Hans-Henrik v. Köller

Jakob der Flößer

Wellhöfer Verlag
Ulrich Wellhöfer
Weinbergstraße 26
68259 Mannheim
Tel. 0621/7188167
www.wellhoefer-verlag.de

Titelgestaltung: Uwe Schnieders, Fa. Pixelhall, Mühlhausen
Satz: Creative Design, Lukas Fieber, Mannheim

ISBN 978-3-939540-78-6

Mitten wyr ym leben sind
mit dem tod vmbfangen,
Wen suchen wyr der hulffe thu,
das wyr gnad erlangen?

———————————

Beginn eines Wechselgesangs
In einer Verarbeitung von Martin Luther

Handelnde Personen

Jakobs Familie

Jakob Hassler	Titelheld
Der alte Hassler	Stiefvater
Ruth de St. Montaigne	Jakobs Ehefrau
Jakobus Hassler	Jakobs unehelicher Sohn
Christoph und Johannes Hassler	Jakobs Zwillingssöhne
Mijnheer Frans van Nienpoort	Bruder
Mevrouw Franziska van Nienpoort	Schwester
Christiaan und Pieter van Nienpoort	Neffen
Willem de Lédignan	Franziskas Ehemann
Grimon, [Sieur] de St. Montaigne	Jakobs Schwiegervater
Klaas de Vries	Advokat /Schwager

Menschen des Tals

Heloisa Dehmel	Müllerin / Kräuterweib
Kaitan Dehmel	Neffe der Müllerin
Maria Dehmel	Kaitans Ehefrau
Hannes Heller	Hauptschiffer
Thomas Kemper	Jakobs Freund
Ernst Knoll	Floßmeister
Georg Ridinger	Hauptschiffer
Hanne Ridinger	Ridingers Schwester
Hannß Rindeschwender	Knecht
Wendel Schickinger	Hauptschiffer
Endres Schwentendorf	Knecht
Luise Schwentendorf	Knechtsfrau
Heinrich Sprauer	Hauptschiffer
Conz Strub	Knecht

Adel

Philibert Markgraf von Baden	Landesherr ***
Philipp Markgraf von Baden	Landesherr ***
Eduard Fortunatus Markgraf von Baden	Landesherr ***
Pankratz Bär von Falkenhain	Rentmeister
Johann der Jüngere von Simmern	Philiberts Vormund ***
Gobert von Weissenburg	Rentmeister
Ernst Friedrich von Baden-Durlach	Landesherr ***

Klerus

Abt Bonifatius	Vertreter des Bistums
Pater Engelbert	Dompropst
Philipp von Flersheim	Bischof von Speyer ***
Marquard von Hattstein	Bischof von Speyer ***
Bruder Hippolyt	Dominikanermönch

Weitere

Don Miguele de Aragon	Inquisitor – span. Krone
Morgana	Jakobs Geliebte
Reb Chaim Issachar	Arzt und Heiler
Wilhelm von Oranien	Niederl. Nationalheld ***
Anna Vermeer	Nienpoorts Magd
Niclaus Gerhaert Widmanne	Kaufmannsgeselle
Baltus Altvatter	Gräflicher Waldvogt
Eitelfritz Negel	Landsknecht Herzogtum Kleve

*** Historisch belegte Personen

Inhalt

Die Rügung

Das Wohnhaus von Hauptschiffer Georg Ridinger bildete den Mittelpunkt der Hofanlage. Scheuer, Ställe und die Schlafräume des Gesindes klebten rechts und links an dem zweistöckigen Gebäude. Durch die kleinen Fensteröffnungen drang das diffuse Licht einer trüben Wintersonne in die schummerige, rauchgeschwängerte Stube. Die geringe Deckenhöhe erlaubte einem Erwachsenen nicht einmal aufrecht darin zu stehen. Man fühlte sich eingezwängt wie in einer engen Grotte.

An der Rückwand der niedrigen Wohnhalle war ein sperriger Schrank eingelassen, dessen Türen sich über die Jahre verzogen hatten. So standen sie ständig offen und gaben den Blick frei auf Regale mit Geschirr, Leinen und Steingut, das der Besitzer früher einmal aus dem Elsass mitgebracht hatte.

In dem ebenerdigen Zimmer muffte es nach vergorener Milch und feuchtem Leder und der Kamin ließ einen fürchten, dass er aus Altersschwäche in sich zusammenfallen könnte. Die Hausteine waren von stümperhafter Hand aufeinandergetürmt und hatten sich über die Jahre verschoben. Der Abzug funktionierte nur schlecht und Rauch trieb den Besuchern Tränen in die Augen. Überhaupt war dieser stickige Raum so erbärmlich karg und ungepflegt, dass man nicht vermuten mochte, sich im Heim des mächtigsten Mannes im Tal zu befinden.

Eine lange Tafel, an der mehr als ein Dutzend Menschen Platz hätten, füllte den Wohnraum des alten Ridinger fast vollständig aus. An diesem Tag saßen alle vier Hauptschiffer auf grob gezimmerten Bänken um den sperrigen Tisch herum.

Nur ein wuchtiger Lehnstuhl mit kunstvoll geschnitzten Armlehnen und weich gepolstertem Rückenteil stach bei näherer Betrachtung der armseligen Ausstattung aus dem Rahmen. Er stand am Kopf der Tafel. Hier hatte es sich der Hausherr selber bequem gemacht, gleichsam um eine Vorrangstellung zu behaupten, die ihm seine Tischgenossen von Herzen gern streitig gemacht hätten.

Es konnte nun nicht mehr lange dauern, dann wollten sie gemeinsam ins Innere der nahe gelegenen Liebfraukirche einziehen, um feierlich und mit dem Recht ihrer hohen Ämter die jährlich einberufene *Rügung* zu eröffnen.

Mit dem nur zwei Jahre älteren Heinrich Sprauer war Hausherr Ridinger schon seit seiner Jugendzeit verbunden, was beide nicht abhielt, wegen des Holzgeschäfts immer wieder heftig in Streit zu geraten.

Wendel Schickinger, der dritte im Quartett, hatte die Flößerei des Vaters erst mit vierzig Jahren übernommen. Sein Einstieg in die verluderte Wirtschaft war schwer gewesen und es hatte mehrere Jahre gebraucht, bis wieder Zucht und Ordnung eingekehrt waren.

Der Jüngste am Tisch, Hannes Heller, passte so gar nicht in diese Runde. Mit seinen pechschwarzen Haaren, den tief liegenden Augenhöhlen und einem noch jungen, ungleichmäßig beschnittenen Bart wirkte der Fünfundzwanzigjährige düster und abschreckend zugleich. Die Leute sagten, dass er sein fremdartiges Aussehen von seinem Vater geerbt habe, der aus dem Balkan stammte. Noch ehe der kleine Hannes das Licht der Welt erblickt hatte, soll sein Erzeuger das Tal wieder verlassen haben – allein und ohne Frau und Kind. Seit Kurzem hatte ihm sein Oheim das Ruder in die Hand gedrückt, der bis dahin die Vormundschaft für Hannes Heller ausgeübt hatte.

Diesen fahrigen Hitzkopf hätte der Hausherr ebenso wie die beiden anderen Gesellschafter am liebsten ins Höllenfeuer oder gleich drei *Fuß* unter das größte ihrer gemeinsamen Flöße gewünscht. Sie alle vier verfügten über die wirtschaftliche Macht und entschieden über das Wohl und Wehe aller Waldarbeiter, *Fergen*, Hauer, Knechte und Mägde.

Jeder von ihnen wusste, dass nur Geld die Welt regiert, und dieses Geld, hier also Wald und Flur, befand sich in ihren Händen. Über die Jahre hatten sie alle vier verstanden, die Regeln im Holzgeschäft zu ihren Gunsten zu formen und mit ihrem steigenden Reichtum sank die große Zahl der anderen Bewohner entlang der Flussniederungen ins Dunkel und Elend hinab. So glänzend sich die einen ausstaffierten, so sehr litten die anderen Hunger. Harte Arbeit wurde von denen, die das Sagen hatten, mit kargen Kreuzern vergolten. Wenn der Unmut zu groß wurde, ließen sie ein wenig aus ihren Schatullen in die Taschen ihrer Männer kullern. Kommt der Magen erst einmal zur Ruhe, dann folgt auch bald der ganze Mensch. Der Strick hielt zusammen, was Generationen eingeschnürt hatten, aber er war an vielen Stellen aufgerieben und brüchig. An ihm durfte nicht mehr arg gezerrt werden.

Die wenigen freien Handwerker und Bauern im Dorf und der näheren Umgebung waren am Ende ebenso abhängig vom Gedeih und Wachstum der Schifferschaft wie das Gesinde auf deren Höfen. Wenn das Geschäft florierte, waren auch die Familien zufrieden, die mit ihrer Hände Arbeit zulieferten. War aber das Jahr schlecht, eine Floßfahrt missglückt oder der Verlust an Mensch und Material erheblich, dann litten sie alle, die Schifferschaft ebenso wie alle, die mit dem Holzeinschlag und seinem Verkauf ihr Auskommen suchten.

Georg Ridinger sah den Ereignissen dieses wichtigsten Tages im Jahr gelassen entgegen. Allein dass sich die drei Mitgesellschafter in seinem Haus versammelt hatten, betrachtete er mit Blick auf die bevorstehende Rügung als Vorteil für sich. Gastfreundschaft schaffte immer auch Abhängigkeiten und es konnte sich am Ende auszahlen, wenn er die Runde spendabel verköstigte. Er rief nach Hanne. Die Schwester des Hauptschiffers brachte erneut starken Würzwein, frische Platten mit Eingelegtem, geräucherten Fisch und gebackene kleine Kuchen mit allerlei wohlschmeckenden Füllungen herein.

Die Männer griffen kräftig zu. Nase und Wangen von Wendel Schickinger waren bereits gerötet und er hob seinen Krug, damit die drei übrigen Zechgenossen auf ein Jahr mit ihm anstießen, das an diesem Tag abgeschlossen werden sollte. Natürlich gab es rückblickend Missgeschicke und die Gesellschaft hatte den Tod eines Flößers beim verpatzten Anländen bei Worms zu beklagen. Die *Ankerboote* waren am Abend nicht vollständig zur Stelle, die wenigen Taue gerissen, und das Floß, mit *Borte* und wertvollem Pech beladen, war bei hohem Wasserstand in die Dämmerung hineingetrieben und auf immer verloren gewesen. Zudem war ein mutiger, junger Triftarbeiter ums Leben gekommen, als er aus einer *verklausten* Rutsche den *Fuchs* herausziehen wollte. Dieser vorderste Stamm hatte das nachfolgende Gewirr derart rasch in Bewegung gebracht, dass der Unglückliche vom Geschiebe zerdrückt worden war.

Wichtiger jedoch zählte die neuerliche Bestätigung der Flößerordnung durch die Vogtei der Markgrafschaft. Das Regelwerk wurde zwar angepasst, aber sicher nicht zum Nachteil der vier Gesellschafter, denn solange dem Rentamt genügend Anteil am Erfolg zukam, konnten sich die Hauptschiffer über Lohn, Abgaben und über das Fürsorgeversprechen gegenüber allen abhängigen Familien selber arrangieren. Es war also alles in allem ein gutes Jahr, wenn nicht am Ende Streit in der bevorstehenden Rügung aufkam und die ganze Sitzung zu Unmut und Aufsässigkeit der Flößer führte.

„Heute führst du das Wort, Georg!" Wendel Schickinger prostete dem alten Ridinger mit unnötig großem Schwung zu. „Im letzten Jahr hast du dich weit zurückgelehnt und uns andere den Stall ausmisten lassen. Immerhin bist du der Älteste und zudem sicher nicht der Ärmste unter uns."

Der Gastgeber wollte auffahren und man sah ihm an, dass er nur mühsam an sich hielt, denn so sehr es auch stimmte, dass er über die Jahre mehr als seine Gäste für sich abgezweigt hatte, so sehr misshagte ihm das gegenseitige Aufrechnen. Erst kürzlich hatte Wendel Schickinger bei der Verteilung des Gewinns von Betrug gesprochen. Ihr unterschiedlicher Wohlstand blieb der wunde Punkt unter Partnern, die nichts als ein alter urkundlicher Vertrag zusammenhielt. Es war ein Regelwerk, das seit alters her Bestand hatte, gelegentlich wohl angepasst durch Einlassungen der markgräflichen Obrigkeit, aber zumindest ein Pakt, der unumstößlich war, nun schon über Generationen hinweg. Wenn einer der Hauptschiffer ausschied, musste ein nächster hinein, denn vier Familien hatten Sitz und Stimme, nicht mehr und nicht weniger, so stand es geschrieben und hatte für sie ebenso wie für die gräfliche Kasse stets reiche Ernte gebracht.

Wenn einer von ihnen Schaden erlitt, weil er mit seinem Besitz nicht haushalten konnte, dann sollte er auch nicht den übrigen zur Last fallen. Er musste seinen Platz räumen, um bestenfalls der mageren Fürsorge der Schifferschaft anvertraut zu bleiben.

„Wartet ab, was heute auf uns zukommt." Der alte Ridinger wollte sich nicht bevormunden lassen. Man würde sehen, in welche Stimmung sie gleich hineingeraten würden. „Ich werde das Maul schon auftun, wenn es Not tut." Seine Gäste sollten sich gefälligst zurückhalten und ihn nicht unter Druck setzen.

Rasch wechselte er das Thema. „Es wird gemunkelt, dass unser hochwürdiger Bischof in Speyer uns ebenso melken will wie die Regentschaft. Hier heißt es gegenhalten. Die Schifferschaft kann nicht zwei Herren gleichzeitig dienen – es sei denn ...", Georg Ridinger schaute verschmitzt in die Runde, „... es sei denn, das Bistum teilt sich unsere Abgaben mit dem Fürstenhaus. Die hohen Herren mögen sich darüber getrost ohne uns einig werden."

„Als ich kürzlich in Speyer war, hat man auch bei mir vorgefühlt. Man wollte anwärmen, was uns später heiß aufgetischt wird." Heinrich Sprauer spuckte verächtlich auf den blanken Boden und fügte zornig hinzu: „Ist es nicht genug, dass uns Zölle an jeder Biegung des Rheins abgepresst werden? Wer kennt ihn nicht, den Spruch:

„Der König und der Bischof teilen
und Burg und Stadt und Stift und Dom.
Mehr Zölle waren am Rhein als Meilen
und Pfaff und Ritter sperrt den Strom."

Muss denn die Kirche ihre Finger in jeden Handel hineinhalten, der am Speyerer Dom vorbeischwimmt!?" Die anderen nickten zustimmend.

„Jetzt sprichst du gerade so gottlos wie dieser Martin Luther!" Wendel Schickinger sagte es nicht ganz ohne Hinterlist. Wer in diesen Tagen gegen die heilige römische Kirche wetterte, könnte es vielleicht mit den Reformierten halten.

Hannes Heller hatte sein Glas geleert, er wollte jetzt aufbrechen, wollte mit dem Unken nichts zu tun haben. Er war mit Abstand der Jüngste und er wusste, dass er nicht die Anerkennung der anderen gewonnen hatte, sie nie gewinnen würde. Hier war es wie überall, man freute sich über den Fleiß und die Regsamkeit der Jugend – solange sie dem Alter nicht in die Quere kam.

13

Sicher, wenn man gemeinsam im Kampf stand, fühlte man gern die Schulter des anderen neben sich, aber spätestens wenn es um die Verteilung der Beute ging, schaute die Missgunst aus allen Knopflöchern. Die Jugend mochte pflügen und säen, das Alter aber wollte ernten und die eigene Scheuer füllen.

Als Hannes Heller vor einigen Jahren seine Rechte in der Schifferschaft geltend machte, waren die drei anderen anfangs der Meinung, dass er das Kleeblatt wohltuend abrunden könnte. Doch bald schon hatte er rheinaufwärts im Kinzigtal Einschlagrechte erworben, darunter einige mit gutem, altem Eichenbestand. Schließlich hatte er ein kleines marodes Sägewerk gekauft und tatkräftig auf Vordermann gebracht. Spätestens hier war den drei übrigen Partnern klar geworden, dass der junge Heller mehr Geld in der Lade aufbewahrte, als er anfangs vorgab. Vielleicht aber hatte er nur einen Goldesel, der ihm fleißig abwarf. Sicher war, dass mit jeder Hufe Wald, an die er das Beil anlegte und mit jeder Sägemühle mehr, die sein Holz verarbeitete, auch sein Anteil an der Gesellschaft – und damit sein Einfluss – wuchs.

Man konnte Hannes Heller nicht Lug und Trug nachweisen, aber dennoch spielte er falsch mit den übrigen Hauptschiffern – so jedenfalls empfanden sie es – und damit saß der Unfrieden tiefer, als es ein jeder der drei übrigen am Tisch offen eingestand.

Jetzt kam Bewegung in die Runde. Man wollte nicht länger beisammen bleiben als eben nötig. Es war Zeit aufzubrechen. Man griff zu den Pelzmänteln und Fellmützen, strich sich nochmals den Bart zurecht und hinterließ die mittägliche Tafel in bunter Unordnung.

Bis zur Kirche waren es keine tausend Fuß, aber die Strecke mit zwei Pferden und im Schlitten sitzend sollte eindrucksvoll zurückgelegt werden. Die stämmigen *Schwarzwälder* waren mit glänzend gefettetem Leder geschirrt und die vier Hauptschiffer saßen Seite an Seite auf bunt bestickten Kissen. So wurde von vornherein erkennbar, wer das Sagen hatte und wer hier hören sollte. Das Gespann wendete so schwungvoll vor dem Eingang der Liebfraukirche, dass zwei gaffende Kinder beinahe umgerissen worden wären.

Das Jahr hindurch war die hölzerne Kapelle für nicht mehr als vier Dutzend Menschen ausgelegt, aber heute mochten sich doppelt so viele dicht zusammengedrängt eingefunden haben. Innen war es kalt und klamm. Vor dem kleinen Altar hatte man einen schweren Holztisch mit vier Sesseln dahinter aufgestellt. Rechts daneben saß in einigem Abstand der markgräfliche Waldvogt, der ebenso wie Abt Bonifatius aus Speyer angereist war. Der Kirchenvertreter hob sich in dem reich bestickten Ornat vom schmucklosen Einerlei des Raums wirkungsvoll ab.

Der geistliche Würdenträger hatte in Begleitung zweier Seminaristen die anstrengende Reise gleich auf mehrere Schultern verteilt. Abt Bonifatius war ein erfahrener Vertreter des Bistums und wusste dieses eindrucksvoll darzustellen. So ließ er den markgräflichen Waldvogt recht einsam dreinschauen. Das Volk sollte sehen, wie die Machtverhältnisse im Land geregelt waren. Kaum einer der scheu wartenden Flößer hatte je selber den Dom zu Speyer betreten. Auf ihrer Fahrt den Rhein hinab haben sie ihn allenfalls einmal von weitem gesehen. So konnte man zumindest in diesem abgelegenen Kirchlein voller Ehrfurcht und mit respektvollem Abstand einen Abglanz der klerikalen Prachtentfaltung bewundern.

Die vier kleinen verbogenen Silberleuchter rings um den Altar spendeten hier mehr Licht als weiter hinten. Einige Öllampen, die an den Wänden baumelten, vermochten den Rest des Raums nicht aufzuhellen.

Als die Hauptschiffer sich ihren Weg bis zum Altar gebahnt hatten, nahm Georg Ridinger als Erster Platz. Geräuschvoll schob er seinen Sessel hinter dem Tisch zurück, wollte Abstand halten und nicht eins sein mit den übrigen Gesellschaftern. Sah man einmal davon ab, dass er nicht sonderlich groß, dafür aber um so beleibter war, machte er mit seinem langen schwarzgrauen Bart und den buschigen Augenbrauen einen furchterregenden Eindruck und der Alte wusste um diese respektfordernde Ausstrahlung. Man könnte denken, dass ein so starker Haarwuchs innere Gefühle und Regungen des Mannes verdeckt, aber bei ihm erzeugte jedes Zucken der fliehenden Stirn, jede verächtliche Mundbewegung eine gesteigerte Wirkung, die sich bis in die Spitzen der Behaarung fortpflanzte, und wenn er redete, dann setzten alle Gesichtsmuskeln ein lebhaftes Mienenspiel frei. Schlaffe, überhängende Augenlider verdeckten seine grauen Pupillen, die ständig tränten. Georg Ridinger wischte sich ein ums andere Mal mit einem großen Tuch über das Gesicht, so als müsste er den Blick von einem wässrigen Schleier befreien. Wenn er aber sprach, durchbohrten seine Augen die Menschen und wirkten kalt und mitleidslos. Ridingers Stimme klang zudem, als wenn ferner Donner grollte. Er redete stets laut und mit herrischem Ton. Es war schwer, diesem furchtgebietenden Klotz eines Mannes zu widersprechen, sich gegen ihn aufzulehnen.

Viele im Raum hatten schon in jungen Jahren mit ihm im Holz gestanden, konnten mit mancher abenteuerlichen Geschichte aufwarten, in die Ridinger damals verwickelt gewesen war, und wenn man seine breiten Hände, die kurzen, aber kraftvollen Arme sah, wusste ein jeder, dass hier einer von ihnen zu Gericht saß. Dieser Hauptschiffer vertrat nicht nur die Flößerei, er verkörperte sie mit seinem ganzen Wesen und Ridinger seinerseits setzte den ihm gezollten Respekt geschickt für seine Belange ein.

Während die besser gestellten Flößer weiter vorn auf den Holzbänken Platz genommen hatten, stand die Mehrzahl der Anwesenden, zumeist jüngere Männer, in dichten Reihen bis zum hinteren Eingang und alles wartete gespannt auf den Beginn der Rügung.

Bis auf einen kleinen Jungen, der sich verängstigt und frierend an den Leutpriester Pater Engelbert klammerte, waren Frauen und Kinder hier nicht zu sehen. Die Versammlung war Männersache – solange man zurückdenken konnte.

Nur langsam kehrte aufmerksame Ruhe ein und Abt Bonifatius trat zum Altar, beugte das linke Knie nieder und betete einige lateinische Formeln, deren Bedeutung den Anwesenden verborgen blieb. Als er wieder aufstand, richtete sich sein Blick unverwandt auf den Tisch der vier Hauptschiffer, denn dort bündelte sich die Macht dieser Versammlung. Er habe die wohlwollenden Grüße seiner Bischöflichen Gnaden zu übermitteln und wolle der feierlichen Rügung guten Erfolg und weise Beschlüsse wünschen.

Abermals umständliches Hin und Her, Stühlerücken und Raunen und erwartungsvolles Schweigen. Schließlich ergriff Georg Ridinger das Wort: „Männer, wie es Brauch ist und wie es die Regel gebietet, sind wir zur alljährlichen Rügung zusammen gekommen."

Der Redner schaute in die Runde, schließlich erhob er sich von seinem komfortablen Stuhl und fuhr stehend fort: „Ein schweres Jahr liegt hinter uns. Viele von euch haben ihr Bestes gegeben, aber der Segen für uns alle hängt nicht von wenigen Fleißigen ab, sondern kann nur Früchte tragen, wenn Ihr alle helft, das Holz in der Strömung zu halten und wenn keiner dabei den Bauch in die Sonne dreht. Ein jeder von uns braucht den Arm des anderen und wenn der Stamm nicht kräftig und aufrecht wächst, fällt er im nächsten Sturm."

Ridinger hielt inne. Es hatte den Anschein, als habe er den Faden verloren. Er räusperte sich, spuckte kraftvoll und mit gezieltem Strahl auf den Boden und kam endlich ohne weitere Umwege auf das Wesentliche zu sprechen.

„Wie Ihr wisst, haben wir im zurückliegenden Jahr des Herrn sechs Flöße mit Schnittholz den Rhein abwärts treiben lassen. Dabei hat es uns in Worms schlimm erwischt. Du, ...", der Finger des Hauptschiffers zeigte auf einen der vorderen Männer, „... du, Ernst Knoll, hast fahrlässig unser Holz aufs Spiel gesetzt und das Leben der Männer darauf ebenso. Am Abend vor der Sonnenwende hatte sich das Floß im Strom auf und davon gemacht und ist in der Dunkelheit verschwunden. Nichts von dem ist übriggeblieben was wir aus den Wäldern herausgeschlagen haben. Eine Sauerei hast du angerichtet. Schlimmer noch, der junge Matthes ist mit abgetrieben. Mag der Himmel wissen ob er dort Einlass fand."

„Vielleicht hat er das Weite gesucht", murmelte der Angesprochene trotzig, aber der Hauptschiffer überhörte es und polterte unverdrossen weiter:

„Wir haben dir die Aufgabe des Floßmeisters übertragen. Bist doch nicht das erste Mal auf dem Holz gestanden!"

Hauptschiffer Georg Ridinger machte eine Pause und man hätte einen Strohhalm auf den festgetretenen Boden fallen hören, so still war es. Viele waren im Sommer dabei gewesen und die Bitterkeit erfasste all jene, denen der Verdienst mit dem verlorenen Floß davongeschwommen war. Zugleich aber mischte sich jetzt Mitleid bei. Man kannte den Gerügten, hatte mit ihm schon gemeinsam zugepackt oder bei den Reisen seine weit donnernden Befehle ausgeführt. Jetzt harrten die stämmigen Männer in ihrer besten Festtagskleidung steifbeinig und unsicher auf den Urteilspruch.

Der Hauptschiffer trat einen Schritt näher an den Tisch heran. Seine Augen schauten hart unter zwei dicken Haarkämmen hervor. „Wir haben beschlossen, dich fortan auf die *Lappenbrücke* zu stellen, dort magst du Aufsicht führen. Mit dem Amt eines Floßmeisters ist es derweil vorbei."

Der Gerügte stand auf. Er schlug sich die löcherige Wollkappe gegen die Schenkel, wollte widersprechen, auftrumpfen, doch dann besann er sich. Resigniert senkte er den Kopf und verließ den Raum ohne ein einziges Wort – nicht einmal ein Murren hörte man. Die Männer wussten, dass nicht nur das Urteil schlechthin schmerzte, sondern die Demütigung vor all den Anwesenden.

Währenddessen nahm die Rügung ihren Fortgang. Anstehende Arbeiten für das Frühjahr und den Sommer wurden besprochen. Männer wurden ausgesucht für das Abholzen der etwa 15 Fuß langen Tannenstämmchen im Frühjahr, der *Wieden*, ehe sie in den großen *Bähöfen* erhitzt wurden und dann, eingedreht und verdrillt, die Flöße zusammenhielten.

Im kommenden Sommer sollte mehr Schnittholz zum Mittelrhein geflößt werden und es wurde wie stets über die Zollstellen entlang der Wasserstraße, über mangelnde Verpflegung unterwegs und ungerechte Löhnung gesprochen. Als einer der Flößer in der vorderen Reihe aufstand und mit gebeugtem Kopf und unsicherer Stimme vorbrachte, dass über die Verteilung des Gewinns erneut nachgedacht werden sollte und dass mit dem Verdienst kein Auskommen sei, schnitt ihm Hauptschiffer Ridinger barsch das Wort ab.

„Keine Faselei an diesem Tag", wetterte er, „der Lohn ist gut und die Gesellschaft muss zudem für vieles aufkommen, das euch allen ins Maul wächst. Euren Kopf solltet Ihr gebrauchen und nicht das lose Mundwerk. Habt Ihr vergessen, welche

Mengen an Bier, gesalzenem Fleisch, Gemüse, Käse, Butter und anderem mehr wir beibringen – all dies, um euch auf langer Fahrt im Futter zu halten?"

„Vieles davon haben wir sogar aus eurer Ernte heraus angekauft", ergänzte Hannes Heller, „und so habt Ihr gleich zweifachen Vorteil vom Geschäft – die freie Kost auf der Reise und einen Lohn für Eure Feldarbeit."

Der Beschwerdeführer setzte sich und auch die anderen wollten nicht als vorlaute Wortführer den Unmut der Hauptschiffer auf sich ziehen, aber das Thema war noch nicht vom Tisch. Jetzt gab sich der Abt das Wort und erklärte recht allgemein und fern des Aufbegehrens aus der Menge, dass der Hände Arbeit unter allen zu verteilen sei und keiner Hunger leiden sollte. Dabei benutzte er allerlei schwer verständliche Redewendungen und endete mit einem Wort aus der Heiligen Schrift über die Vermehrung des Brotes durch Jesus Christus, unseren Herrn.

Nun schon recht ungeduldig dankte Hannes Heller derweil dem ehrwürdigen Abt für dessen Einlassung und wechselte ohne weiteres Federlesen den Gang der Aussprache, so als seien sich alle im Raum wieder einig, als hätte die Rede das wohlwollende Anliegen der Gesellschaft unterstrichen und bestätigt.

„Wir wollen nun endlich auf das Gelingen des Kommenden anstoßen. Schaut zu, dass Ihr hier herauskommt, Männer", schlug der Jüngste der Hauptschiffer in seiner fahrigen Unruhe vor und machte Anstalten sich zu erheben. In der Tat wurde es im Raum lebhaft. Es kam Bewegung in die Reihen der Zuhörer, denn es ging auf den Abend zu. Draußen warteten kräftige Braten, frische Brote, eine Suppe, Wein und Bier. Schließlich war es Tradition nach der Rügung zu feiern.

Da erhob sich völlig unerwartet Pater Engelbert, der Prediger des Tals, der bisher im Dunkel des Raumes abseits gesessen hatte und sich nun mühsam mit dem kleinen Jungen an der Hand einen Weg zum Tisch der Hauptschiffer bahnte. „Hohe Herren, vor das Festen kommt das Richten und noch ist die Arbeit nicht getan. Ihr alle wisst, dass der alte Hassler letzte Woche für immer in die Grube gesunken ist. In seinem Wald oberhalb der Sauwasen hat er den einsamen Tod gefunden. Gott sei dem Alten gnädig. Jetzt ist es an Euch, über sein Kind, den kleinen Jakob hier an meiner Hand, zu entscheiden", und dabei zog er den Jungen mit sich nach vorn ins Licht. „Entweder Ihr findet hier im Tal eine Heimstatt für den Unglückswurm, oder Ihr, Hochwürden, nehmt ihn mit ins Waisenhaus des Bistums."

Den Umstehenden verschlug es die Sprache. In welch einem forschen Ton sprach Pater Engelbert die hohen Herren an! Da war kein Bitten in aller Untertänigkeit, kein gesenkter Kopf oder ein in Demut eingebrachter Vorschlag. Mit seinem klaren „entweder – oder" stellte hier ein einfacher Gottesdiener das Schicksal eines bedeutungslosen Waisen in den Raum. Egal ob Hauptschiffer oder Kirchenfürst – einer von ihnen sollte sich gefälligst des Jungen annehmen, dessen dünnes Fädchen reißen könnte, an dem sein Leben hing.

Der Abt sprang abrupt auf und man sah ihm an, dass er nicht gekommen war, um mit Bürden bepackt den Rückweg in die Bischofstadt anzutreten.

„Zwar ist zu loben, dass Ihr Fürsprache haltet für den bedauernswürdigen Knaben, aber es ist üblich, dass sich der Sprengel selber um seine Waisen kümmert …!" Die scheppernde Stimme des Klerikers klang schrill und hoch. „Die wohltätigen Schwestern in Speyer haben überfüllte Armenhäuser und diese sind zudem den Bürgern der eigenen Stadt vorbehalten!"

Der Eindruck kam auf, als hätten beide Kirchenmänner eine Fehde untereinander auszutragen, eine Rechnung zu begleichen. Pater Engelbert trat einen Schritt zurück und sah in die Runde.

„Nicht nach versperrten Türen müssen wir suchen, sondern schauen, dass der kleine Hassler ein Dach über dem Kopf findet."

Während sich die Kirchenmänner abschätzend gegenüber standen, hatte der kleine Junge die Hand des Paters losgelassen. Verstört blickte er zu Boden. Umringt von den vielen Männern stand ihm die Angst ins Gesicht geschrieben. Ahnte er, dass in diesen Minuten sein weiteres Schicksal in den Händen derer lag, die hier mit harschen Worten die eigene Deckung suchten?

Ein allgemeines Raunen ging durch den schummerigen Raum, während sich nun der Waldvogt aus Baden zum ersten Mal zu Wort meldete. „Die Grafschaft hat auf den Wald ein Auge, nicht aber auf Eure Kinder", stellte er brüsk und in aller Eile fest. Er überließ es den anderen, das Problem zu lösen. Im Übrigen hatte auch niemand ernsthaft damit gerechnet, dass er hierzu etwas beitragen könnte.

Hauptschiffer Georg Ridinger wusste um das Schicksal, mit dem der kleine Jakob Hassler geschlagen war. Den Vater des Jungen hatte er gut gekannt. Die Ereignisse lagen erst wenige Tage zurück. Die Beerdigung, so sagten die Leute, war erbärmlich gewesen. Außer dem Pater und diesem Kind waren nur zwei alte Weiber hinter dem Totenkasten hergestapft. Bei heftigem Schneefall war der alte Holzfäller hastig und notdürftig in der steinharten Erde verscharrt worden. Man konnte nur hoffen, dass die Mulde tief genug gegraben war, um hungriges Wild abzuhalten.

Während nun dieser und jener einen Vorschlag unterbreitete, dachte Ridinger nach: So ein Kind war vorerst nur Kostgänger, schaffte mehr Schaden als nutzbringenden Gewinn und nahm man es auf, blieb man im schlimmsten Fall bis zu dessen Ableben in Haftung für den armen Teufel. Andererseits hatte der alte Hassler eine Hütte und etwas Land besessen. Nahm er also den Jungen zu sich, dann sollte es ihm schon gelingen, sich diesen Besitz vorteilhaft einzuverleiben. Außerdem kam der Knabe bald in ein Alter, wo er sich auf dem Hof nützlich machen konnte und ein Knecht mehr würde bei der ausgedehnten Wirtschaft nicht schaden.

Sollte sich doch Hanne um das Kind sorgen und aus ihm einen aufrechten Kerl machen, überlegte er weiter. Daheim wollte er es ihr gleich auftragen.

Nun hieß es rasch entscheiden, denn die Gedanken der anderen im Raum wurden konkret. Man begann zu rechnen und abzuwägen und so fuhr Hauptschiffer Ridinger donnernd in das bunte Durcheinander von Stimmen und Zurufen: „Lasst uns ein Ende finden, Leute, das Kind kommt aus diesem Tal und hier bleibt es. Wenn sich sonst keiner in der Runde meldet, dann soll der kleine Jakob bei mir ein Dach über dem Kopf finden."

Die Versammlung war erleichtert, denn der Fall hatte sich hingezogen. Das lange Stillstehen war lästig und es geriet Bewegung in die Reihen. Das Kirchentor wurde aufgeschoben, damit die letzten Strahlen der Abendsonne und die frische Winterluft in das Innere der Liebfraukirche dringen konnten.

Ohne unseren Herrgott, sagten die Leute, hätte es der kleine Hassler nicht überlebt. Er sollte dem himmlischen Vater dafür danken, dass der Tod sich nicht durch die Hüttentür gezwängt hatte. Ja, und auch das sagten die Leute: Pater Engelbert wäre dem Herrgott bei der wundersamen Rettung des kleinen Jakob zur Hand gegangen.

Wo der junge Priester herstammte, wusste niemand. Aus der Gegend jedenfalls war er nicht. Seine feingliedrige Statur unterschied sich von dem breitschultrigen Menschenschlag des Tals, von den Männern mit vernarbten Händen und schwerem, schaukelndem Gang. Dieser Mann ging aufrechter, nahezu herrisch seiner Wege. Die Haut war blässlich und seine Hände schlank und schwielenfrei. Man konnte unschwer erkennen, dass er aus einer Welt kam, die nicht so entbehrungsreich wie die seiner Gemeindemitglieder war. Er trug einen säuberlich gestutzten Backenbart und einfache, aber reinliche Kleidung. Dennoch, der bodenlangen Soutane sah man auf den ersten Blick an, dass sie an mehreren Stellen notdürftig geflickt war. Kein Wunder, denn von dem, was ihm die Leute zusteckten, konnte sich Pater Engelbert kaum über Wasser halten.

Vor nahezu fünf Jahren war er hierhergekommen und selbst Abt Bonifatius, bischöflicher Vertreter aus Speyer, wusste nicht viel über Vergangenheit und Herkunft des Leutpriesters, der aus dem Nichts hier aufgetaucht war. Man sagte, dass er von höchster Stelle des markgräflichen Schlosses zu dieser Mission beauftragt worden sei und gute Kontakte dorthin habe. Sicher war jedenfalls, dass er sich dem Dienst an der verstreuten Gemeinde rund um die kleine Liebfraukirche mit Hingabe widmete.

Tatsächlich war es purer Zufall, dass Pater Engelbert gerade einen Tag nach dem tragischen Unfall des alten Hassler den fiebernden Jakob hilflos im Bettkasten der armseligen Hütte vorgefunden hatte. Der Junge hatte mitansehen müssen, wie der Vater beim Fällen einer mächtigen Fichte erschlagen wurde. Er hatte dem Sterbenden die Hand gehalten und sie nicht losgelassen bis er erschreckt merkte, dass sie kalt geworden war. Kopflos war er davon gerannt, über Astwerk und Unebenheiten immer den Berg hinab und wäre er nicht mit der Weite und Einsamkeit des Schwarzwalds vertraut gewesen, hätte er in der grimmigen Kälte wohl den Weg bis zur Hütte nicht wiedergefunden und wäre jämmerlich erfroren.

Als der Pater bei der Kate eingetroffen war, hatte er an der Tür gerüttelt. Dann rief er, ob jemand da sei, aber er erhielt keine Antwort. Also war er mit tief gebeugtem Kopf eingetreten, um sich an der niedrigen Decke nicht zu stoßen. Drinnen war nichts zu erkennen gewesen, aber die drei Ziegen meckerten zum Herzerbarmen und die Hühner waren zur Tür hinaus ins Freie geflattert.

Als er Jakob unter dem dicken Fell des Vaters alleine und fiebernd fand, war ihm rasch klar geworden, dass etwas Schlimmes vorgefallen sein musste.

„Pater", hatte das Kind gekrächzt, „der Vater kommt nicht mehr. Ich muss zu ihm hin."

„Junge, wo ist er denn? Du bist ja krank", Pater Engelbert hatte die heiße Stirn betastet. Der kleine Körper hatte geglüht, die Wangen waren gerötet und die weit aufgerissenen Augen glänzten auf eine unnatürliche Art.

„Vater kommt nicht mehr", hatte das zitternde Kind ein ums andere Mal wiederholt „ich muss hinauf zur Sauwasen und ihm helfen."

Unschlüssig war Pater Engelbert in der Kammer hin- und hergegangen, dann hatte er einen Entschluss gefasst. Beherzt wurde der Junge in ein großes Fell gebunden und so hängte sich der Kirchenmann die Last über die Schultern. So schnell wie möglich wollte er das fantasierende Bündel zur Müllerin schaffen. Wer sonst würde dem armen Kerl in dieser Öde helfen können.

Auf seinem Marsch dorthin war ihm der alte Hassler nicht aus dem Sinn gegangen. Dessen Geheimnis und die schicksalhafte Bindung zwischen Vater und Sohn waren ihm seit Langem bekannt. Schon vor Jahren hatte der Hauer den Pater aufgesucht und darum gebeten, auf den Jungen ein Auge zu haben, falls er mit seinem hohen Alter unverhofft nicht mehr für das Kind einstehen könnte.

In der Mühle schließlich war er zuerst auf Kaitan, den Neffen der Müllerin, getroffen, der sich faul unter dem Mahlgestänge rekelte, das in dieser Jahreszeit still stand.

Das altersschwache Gebäude rechts des Flusses war in einem erbärmlichen Zustand. In allen Ecken stand Gerümpel herum. Verschmutzte und verklebte Häufchen alter Körner ließen darauf schließen, dass sich allerlei Nager im Innern der Mühle wohlfühlten und der Geruch von kaltem Moder und Rattenkot verstärkte den Eindruck eines ungepflegten Durcheinanders.

Der Pater mochte diesen Ort nicht und auch die Kundschaft aus der Umgebung beschwerte sich immer wieder im gräflichen Schloss über die unhaltbaren Zustände der Getreidemühle – und die Faulheit des verluderten zwölfjährigen Neffen der Müllerin.

„Wenn Ihr die Alte sucht, müsst Ihr im Schuppen nachsehen, dort kocht sie ihre Brühen." Mit dieser Auskunft hatte Kaitan sich auf einen Haufen alter Jutesäcke geschmissen und gähnend zur Wand gedreht.

Hinter dem Haus war Pater Engelbert in einem Holzverschlag auf die Müllerin gestoßen, wo sie vor einer niedrigen Feuerstelle hantierte. Sie war aus der Gegend des Mittelrheins. Müller Dehmel hatte sie irgendwann einfach mitgenommen, als er mit zwei Fergen auf dem Heimweg von einer Floßreise Rast gemacht hatte, und die junge Heloisa hatte nicht lange gezögert. Der Mann, die Fröhlichkeit der Rotte junger Flößer und die Heiterkeit der Jahreszeit hatten ihren Entschluss leicht gemacht. Ohne langes Federnlesen wurde sie von dem jungen Dehmel bei der Hand gepackt und mit fortgezogen – bis in dieses Tal.

Wie bei manch anderem Flößer hatte der Tod auch bei ihrem Mann keine langen Umstände gemacht. Er hatte ihn von einem

Moment zum anderen mit sich genommen – in eine bessere Welt, wie der Floßmeister bei der Heimkehr die Witwe zu trösten suchte. Man hatte Heloisa den Flößersack ausgehändigt, der nichts weiter zum Inhalt hatte als den Erlös einer Fahrt. Den Beutel selber hatte sie seither in der Kammer an der Wand befestigt, im Angedenken an ihren Seligen.

Seit dessen Tod aber trug sie ein schweres Los. Es war bereits der vierte Winter, in dem sie ihren Lebensunterhalt ohne ihn bestreiten musste. Es gelang ihr nicht, den verwahrlosten Neffen Kaitan im Zaum zu halten. Lieber kümmerte sie sich um ihr Gärtchen mit all dem Grünzeug als um ein lautes rasselndes Räderwerk in der Mühle, das ihr immer fremd geblieben war.

Schon auf den Feldern im Mittelrheinischen hatte sie die Wirkung von Kräutern, allerlei Extrakten, Säften und tierischen Fetten kennengelernt und sie wusste, wie man aus dem Sud von Rinden, Beeren und Früchten Heilmittel gewinnen konnte, um der Verwundbarkeit des menschlichen Körpers listenreich zu begegnen.

Als der Pater eingetreten war, hatte sie ihn mit einem flüchtigen Blick gestreift, während sie einen Sud abseihte, den sie in einer kleinen Schale auffing. Es roch nach scharfem Rettich und man sah Büschel getrockneter Rauke, von Rosmarin, Kamille, Minze, Salbei, Baldrian und Enzian an der niedrigen Hüttendecke hängen.

„Euch sieht man selten hier, Pater." Ungerührt hatte sie ihre Arbeit fortgesetzt. „Wenn Ihr schon einmal vorbeikommt, scheucht Ihr mich zumeist weit ins Land hinein. Krankheit sucht sich überall ein Plätzchen, einmal hier dann wieder woanders. Sie legt sich mit aufs Lager und wartet, bis wir zu matt geworden sind, um ihr an die Gurgel zu gehen. Ist sie erst einmal bei uns, gibt sie keine Ruhe mehr. Ach, was red' ich da. Schließlich haben wir es beide mit demselben Übel zu tun. Ich gehe den Kranken zur Hand und Ihr seid an der Reihe, wenn alles nichts geholfen hat." Heloisa hielt inne, bereute jetzt ihre Schwatzhaftigkeit.

„Für solche törichten Reden solltest du dich schämen, Müllerin. Das ist nicht christlich gesprochen, denn die Krankheit ist göttlicher Wille und eine Heimsuchung, die uns für unsere Sünden auferlegt ist."

Wieder trat der eigenartige Akzent des Mannes zutage. Man munkelte, er stamme aus Burgund und habe die deutsche Sprache später hinzu gelernt. „Du, Alte, sei dankbar für die Fähigkeit zu heilen, der Himmel bedient sich deiner als Werkzeug. Du solltest über diese Gabe froh sein", rügte er und legte behutsam das Fell mit dem schlafenden Jungen neben ihr auf eine Bank.

„Woher wollt Ihr wissen, ob ich nicht sogar Werkzeug des Teufels bin", gab Heloisa bissig zurück. Verächtlich fügte sie hinzu: „Manch einer glaubt, dass mein Gebräu Teufelskram ist, und macht mich am Ende noch zur Hexe."

Sie wischte sich die Hände an einem Heuballen ab und wendete sich ohne jeden Übergang der Bank zu. „Lasst sehen, was Ihr da auf Eurem Rücken mitgebracht habt." Bei den letzten Worten schlurfte sie zu dem Bündel und fingerte neugierig darin herum. Schließlich sah sie das fiebernde Kind. „Was legt Ihr dieses Häufchen Elend so ganz ohne Erklärung vor mich hin?"

Kurz entschlossen zog sie dem Jungen die zerlumpten Beinkleider vom schmalen Körper und entdeckte ein rotes Mal, das über dem linken Knie handtellergroß hervorstach. Sie befühlte die Hautfärbung, fand dann aber, dass sie nichts Krankhaftes an sich hätte.

Während Pater Engelbert ihr in kurzen Worten schilderte, wie er das Kind vorgefunden hatte, murmelte die Müllerin unverdrossen vor sich hin.

„Hier dieses Bürschchen hat noch kein Leben gelebt und hätte es beinahe schon wieder verloren. Nun geht schon Eurer Wege!", murrte sie ungeduldig. „Der Bub wird's schon schaffen, jedenfalls muss ein solches Fieber nicht gleich den Tod bedeuten."

So dankte Pater Engelbert ihr dafür, dass sie das Kind vorläufig hier behalten wollte und versprach ihr einen Lohn, den er auf die eine oder andere Weise für ihre Mühen auftreiben wollte. Sie sollte den Kleinen so gut es eben ginge kurieren. Damit machte er sich auf den Weg, um Männer aufzutreiben, die ihm bei der Suche nach Jakobs Vater helfen sollten.

Der Heimgang des alten Hassler war mühsam gewesen. Ein Ferge hatte berichtet, sie hätten nur mit Mühe einen Weg durch den hohen Schnee zum Verunglückten bahnen können und der Leichnam sei arg zugerichtet gewesen. Sie hätten mit vereinten Kräften den schweren Baumstamm zersägen müssen, um den Körper darunter hervorzuziehen. Es sei ein Graus gewesen, der sich ihnen dort oben geboten habe.

Und auch das berichteten sie: Pater Engelbert hatte am Wams des Toten herumgefingert und mit einem Messer die verklebte und steif gefrorene Wolle aufgeschnitten. Dann habe er dem alten Hassler ein Amulett vom Hals geschnitten und es eingesteckt. Man habe gut erkennen können, dass er von dem Glücksbringer wusste, denn er hätte ganz gezielt danach gesucht.

———————————

Wie überall brauchte es in der Gemeinschaft einen armen Sünder, an dem sich der Missmut und die Unzufriedenheit der anderen entlädt. Jakob kam da gerade recht, unerfahren und verträumt wie er war, zerlumpt und schmutzig, vor allem aber ungeschickt bei allem, was er anfasste. So kam er an manchem Schubs nicht vorbei. Er war das schwache Glied in der Kette einer Gesindeschar, die viel an Unmut einstecken musste und gern manches davon ohne Umwege weiterreichte. Das alles hatte sich auch während der zwölf Monate nicht geändert, die Jakob nun schon auf dem Ridinger Hof war. Im Grunde stand er nur im Wege, wusste nicht Hand dort anzulegen, wo es Not tat.

Zwei Menschen aber hielten den Lebensmut des Jungen aufrecht, gaben ihm Selbstvertrauen und richteten ihn auf. Da war zum einen Pater Engelbert, der in Abständen eine kleine Schar Jungen um sich versammelte und sie unterrichtete, über das Wort der Bibel und über erstaunliche Dinge dieser Welt, die sich weit entfernt vom Schwarzwald ereigneten. So hörten die Kinder von *Neu-Indien* und reichen Schätzen, die es in jenem Land gäbe.

Einer der Zuhörer, die mit Jakob um den Pater herum saßen und neugierig lauschten, sagte später, der Prediger fantasiere.

Sein Opa habe gemeint, jemand der von einer „Neuen Welt" fasselt, sei wirr im Kopf.

Auf jeden Fall brachte all dieses Abwechslung mit sich und so fand die kleine Schule regen Zuspruch unter den Jungen. Als Pater Engelbert anfangs auch die Mädchen dabeihaben wollte, stieß er auf Ablehnung. Die dummen Dinger blieben besser daheim. Es führe zu nichts, wenn sie sich herumtrieben. Sie sollten derweil den Müttern zur Hand gehen. Wenn es schon des Paters nachhaltiger Wunsch sei, dann sollten die Jungen in Gottes Namen zu ihm gehen. Fürs Leben hier im Tal bringe es keinen Vorteil, aber womöglich mochte der ganze Unfug für den einen oder anderen Lümmel eines Tages anderswo von Nutzen sein.

Nach einiger Zeit aber sollte dieses Tagträumen ein Ende haben. Wenn die Halbwüchsigen kräftig genug für die Arbeit waren, dann stellten sich die Eltern quer. Der Pater mit all seinen Geschichten machte die Kindsköpfe nur blöde. Auch Hauptschiffer Ridinger hielt nichts von dem versponnenen Zeug. Der Mensch solle seinen Glauben festigen, aber die Rotzlöffel mit all den Spinnereien vollzustopfen sei nicht christlich und halte sie vom anständigen Tagwerk ab.

Nur Jakob wollte weit mehr als von diesen Berichten hören. Er wollte etwas über die fremden Sprachen wissen, die ihn der Prediger bereitwillig lehrte. Da der Pater gleich neben dem Ridinger Hof und bei der Liebfraukirche wohnte, konnte der Junge öfter einmal an dessen Tür klopfen, die ihm dann auch zumeist offen stand.

Vor allem lernte Jakob das Rechnen und den Umgang mit Zahlen. So übte er sich im *Duplieren* und *Medieren*. Selbst bei der Arbeit auf dem Hof oder im Wald wandte er das Erlernte spielerisch an, zählte die Eier oder schätzte die Anzahl Klafter geschlagenes Holz. All dies regte seinen Geist an, aber er musste seine Kenntnisse verstecken, um vom Gesinde nicht verspottet zu werden.

Zum Zweiten aber war die Herrin auf dem Ridinger Hof, Hanne, dem Jungen zugetan. Da die Frau des Hauptschiffers im Kindbett verstorben war und das kleine Frühchen gleich mit ins Grab gerissen hatte, führte sie nun als jüngere Schwester von Georg Ridinger den Hausstand. Sie sah alles, was auf dem Hof vorging, schaute den Leuten auf die Finger und tat dies mit besonderer Nachsicht beim kleinen Jakob.

Vom ersten Tag an hatte sie diesen Jungen mit dem blonden Schopf und den blau-grauen Augen in ihr Herz geschlossen, nicht zuletzt, weil sie sein Schicksal schmerzte. Mit dem alten Hassler hatte sie stets auf gutem Fuß gestanden und früher hatte er sogar einmal um sie geworben, zwar ohne Erfolg, aber ihr Herz war für einige kurze Wochen erwärmt gewesen. Jetzt, nach Jahren, schmeichelte diese Erinnerung ihrer wunden Seele.

Gerade diese älteren Weiber, die sich zeitlebens den Männern verweigerten, weil sie auf bessere Gelegenheiten warteten, suchten sich Jahre später eine eigene Herzenssache. Für Jakob bedeutete diese Zuwendung einen unverhofften Glücksfall.

Auch bei Hanne Ridinger waren es die Erinnerungen an die erste feurige Liebe, an das zitternde Verlangen. Mit der späten Sehnsucht, die ihr Innerstes anfüllte, kamen ihre verschütteten Gefühle wieder zum Vorschein. So tat ihre Fürsorge dem Schützling ebenso gut wie der alternden Jungfer.

Der Junge jedenfalls gab ihr ein Stück der verlorenen Jugend zurück und das Bild an eine Liebe, die von seinem Ziehvater geprägt war, ließ ihn noch mehr an ihr Herz wachsen. Nach und nach erhielt er wärmere und auch bessere Kleidung, bekam die Haare geschoren und Hanne stellte erfreute fest, dass sein schmächtiger Körper sich kräftigte und streckte. Jakobs Kopf war nicht mehr tief in einen Wollumhang vergraben, sondern saß nun aufrecht auf einem Hals, der aus einem verschlissenen, aber sauberen Kragen ragte.

Seit über einem Jahr schon teilte er die Strohmatte mit Thomas Kemper, der ihn immer wieder drangsalierte oder auch vom Lager stieß. Jakob reagierte dann jähzornig und wütend. Wie im Rausch schlug er blindlings auf den Widersacher ein und begleitete die Zwistigkeiten mit wilden Flüchen und Verwünschungen.

Thomas war fünf Jahre älter als er, aber etwas kleiner. Seine Statur war kräftig und gedrungen. Eine große Narbe, die er sich bei einer Schlägerei mit Kaitan Dehmel zugezogen haben sollte, verlief quer über die Stirn. Genaueres aber wusste Jakob nicht, denn man ließ ihn nicht teilhaben an dem, was auf dem Ridinger Hof so alles erzählt wurde.

Sie beide waren als Waise auf dem Hof gelandet. Füreinander erwärmen konnten sie sich aber nicht und gingen sich aus dem Weg, soweit dies irgend möglich war. Mit seinem dumpfen und verschlossenen Wesen und einer eigenbrötlerischen Distanz war Thomas Kemper bei den Leuten auf dem Hof nicht besonders gelitten. Oftmals war er aufsässig und gab Widerworte, wenn es um die Verteilung der täglichen Aufgaben ging. Zudem war er wortkarg und einige munkelten, dass er nicht ganz richtig im Kopf sei.

Doch an einem Morgen im Hochsommer 1537 wurde ganz unerwartet zwischen den beiden Jungen der Samen für eine Freundschaft gelegt, die im Verlauf der Jahre wachsen sollte.

Es fing alles damit an, dass Jakob in die Wohnstube des Hauptschiffers gerufen wurde. Als er eintrat, geriet er mitten in eine heftige Auseinandersetzung zwischen Thomas Kemper und dem Alten.

„Was soll ich mit Jakob an meinem Rockzipfel auf einem so langen Weg machen. Der ist ja noch ein Kind und wird unterwegs nur Unsinn treiben", hörte er Thomas zetern. Mit einem heftigen Tritt gegen den Türpfosten begleitete er seinen Wutanfall.

„Du bist wohl nicht ganz bei Sinnen, Mistkerl", schrie ihn Ridinger an. „Wenn ich dir sage, was du tun sollst, hältst du gefälligst dein Maul, und jetzt Schluss damit …!"

Aber der Dreizehnjährige war in seinem Element: „Soll Jakob doch allein seinen Weg nach Baden suchen. Ich jedenfalls kann ihn nicht gebrauchen!"

Jetzt platzte dem Hauptschiffer der Kragen. Widerworte, zudem von einem so jungen Schnösel, konnte er auf seinem Hof nicht dulden. Mit aller Kraft schlug der Alte zu und traf mitten ins Gesicht.

Thomas schaute den Brotherrn verdutzt an. Mit diesem wuchtigen Fausthieb hatte er nicht gerechnet. Aus seiner Nase quoll Blut und die Lippe war aufgeplatzt.

„Macht beide, dass Ihr hier rauskommt, und wenn ich hören sollte, dass Ihr unterwegs Streit habt, ziehe ich noch ganz andere Saiten auf!"

Mit keinem Wort hatte Jakob etwas zu dieser Auseinander-setzung beigetragen. Rasch schob er sich gemeinsam mit Thomas durch die Tür ins Freie hinaus.

Noch in der gleichen Stunde ergriff Thomas die Zügel von zwei Ochsen, die sich mit einem schaukelnden Karren nur widerwillig in Bewegung setzten. Die beiden Jungen sollten im Rahmen von Spanndiensten eine Fuhre Bortebretter im gräflichen Schloss in Baden abliefern. Den ganzen Tag hindurch ignorierte Thomas den jüngeren Jakob, der ständig auf einen neuerlichen Wutanfall seines Reisegefährten gefasst war.

Den langen Weg bergauf kamen sie nur langsam voran und übernachteten in der Hütte eines Pechsieders, bis sie am nächsten Tag endlich gegen Mittag in der markgräflichen Residenz eintrafen.

Inzwischen hatte sich Thomas beruhigt und als sie dicht an der hohen Mauer des Schlosses vorbeifuhren, hielt er die beiden Ochsen an und versuchte neugierig über die hohe Umfriedung in den Park zu schauen. Dabei zog er sich mit dem Oberkörper so weit hoch, dass er eine gute Rundumsicht hatte. Sogleich folgte Jakob seinem Beispiel.

In der weitläufigen Grünanlage sahen die beiden Jungen ein halbes Dutzend Mädchen herumtollen. Ein besonders bezauberndes Wesen von vielleicht fünfzehn Jahren hatte sie schon bald entdeckt. Sie löste sich von der spielenden Gruppe und lief leichtfüßig auf beide zu. Sofort folgten die anderen Spielgefährtinnen ihr zur Mauer hin.

„Ihr gehört nicht hierher, stimmt's", rief sie ausgelassen und: „Sicher kommt Ihr von weiter her und habt schon einen rechten Anmarsch hinter euch …?! So, aus dem Nachbartal kommt Ihr und steht bei einem Hauptschiffer in Diensten …" Mit einer Geste, als wolle sie den Jungen etwas über die Mauer werfen, fügte sie hinzu: „Gebt jedem der beiden ein Goldstück, weil es mein Geburtstag ist." Schon war sie hüpfend und ausgelassen wieder zurück zu einem Ballspiel gerannt, das die muntere Runde für diesen Moment unterbrochen hatte.

Mit missmutiger Miene kletterte ein herausgeputzter Lakai auf einen Stützpfeiler und reichte jedem der beiden Zaungäste eine kleine Münze über die Mauer. Das erste Mal in ihrem Leben spürten die Jungen ein Goldstück zwischen den Fingern, dessen Wert sie nicht einmal kannten.

So kurz und belanglos diese Begegnung mit einer Welt voller Sorglosigkeit und Frohsinn auch war, so stark brannte sich dieser Augenblick in ihre Seelen ein.

Ein kleiner Schatz, nicht mehr, aber er war ihr eigen, etwas, das sie nicht zu teilen gedachten, wie seit Jahren die Schlafstätte, die gemeinsamen Mahlzeiten oder die Kleider, die sie von älteren Knechten bekamen und, wenn es soweit lohnte, auch wieder an Jüngere weiterreichten.

Hätten sie das Geschenk abliefern müssen? Egal, dieses Gold würden sie für sich behalten. In diesem Augenblick knüpften sie ein gemeinsames Band, das weit mehr zählte als der Wert der polierten Münzen.

Dieser Schatz gab ihnen das Gefühl, ein kleines Stück Freiheit geschenkt bekommen zu haben. Vielleicht würde der Besitz ihnen eines Tages helfen, aus der Dunkelheit dieses Tals herauszukommen in eine Welt, die so sorgenfrei war wie das Leben im Schlosspark. Sie wollten weiter oben leben wo die Sonne heller schien. Ein Samen war gelegt, der reifen und wachsen würde.

Fortan hüteten sie ein gemeinsames Geheimnis und so wurden sie durch einen überraschenden Zufall zwei Verschworene, die sich gegen den Rest der Welt zu behaupten suchten.

———————————

Der Wohnraum von Pater Engelbert direkt neben der Liebfraukirche war Jakob so etwas wie ein zweites Heim geworden. Besonders im Winter liebte er die Behaglichkeit und Wärme der Stube. An diesem Abend köchelte eine Kohlsuppe auf der Feuerstelle. Von etwas Bedeutsamem wollte der Priester berichten und so saß der Junge erwartungsvoll auf einem Hocker und dachte nach, ob er sich auf eine Strafpredigt gefasst machen müsse.

„Jetzt gib gut acht, Junge", der Pater rückte dicht an Jakob heran. Er sprach leise und verschwörerisch. „Du bist noch jung, aber ich glaube, es ist an der Zeit, dir schon heute Dinge zu erzählen, die du früher oder später sowieso wissen musst. Bist jetzt grad' einmal sieben Jahre alt, aber wo dir die Eltern fehlen, wirst du halt selber ein Stück erwachsen. In einem Alter, wo andere noch spielen, musst du dein eigener Vater sein. Wie es mit dir weitergehen soll, weiß ich selber nicht, aber der Herr im Himmel hat deinen Weg schon bestimmt."

„Na, Knecht werd ich sein, oder Ferge. Wer beim Hauptschiffer im Dienst steht, wird Holz flößen. So ist es doch, oder?" Schicksalsergeben und gleichmütig kam der Einwurf des Jungen. Er war enttäuscht. Was redete der Pater da für einen Blödsinn. So oft hatte er diesem Lehrer an den Lippen gehangen, hatte sich um Anerkennung bemüht und jetzt schwafelte der fromme Mann vom fehlenden Vater und vom Spielen.

„Der Herr im Himmel lässt manches im Verborgenen, bis wir an unser Ende kommen. Wie willst du heute wissen, wohin er dich führt", und während Pater Engelbert noch im Suppenkessel herumrührte, fiel Jakob das Kräuterweib Heloisa ein, wie sie ständig mit ihren Brühen und Tinkturen hantierte.

In die Zuneigung zu diesem Mann mischte sich gelegentlich Unbehagen. Was trieb den Pater so oft durch die Einöde, und wo zog es ihn hin, wenn er in der wärmeren Jahreszeit für Monate verschwunden war? Warum kannte niemand seinen Werdegang, weder seinen Geburtsort noch den ganzen Namen, denn außer Engelbert war hier nichts bekannt. Ob der Pater ein Geheimnis mit sich herumtrug?

„Nun höre mir gut zu, Jakob", schärfte der fromme Mann seinem jungen Zuhörer ein, „es ist an der Zeit, dass du einiges erfährst. Der alte Hassler ist von uns gegangen, Gott hab ihn selig. Du musst jetzt endlich wissen, dass er gar nicht dein richtiger Vater war, sondern dich nur an Kindes Statt angenommen hatte."

Nach dieser Enthüllung brach Pater Engelbert ab, suchte die Reaktion des Jungen zu erforschen, doch der schaute regungslos in die Glut der Feuerstelle.

„Kurzum, eigentlich bist du ein Findelkind, warst es sogar schon, ehe dich der Verstorbene in seine Obhut nahm."

„Was ist ein ‚Findelkind'?"

„Na, was schon?! Wie ich gerade sagte. Wenn Vater und Mutter unbekannt sind, ist das Kind ein Waise … und Findelkind obendrein! Aber nun hör' zu und unterbrich mich nicht!

Was ich dir jetzt erzähle, begann im heißen Sommer 1532, als dein Vater von Mainz her nach Hause marschierte. Mit einer Rotte von zwei anderen Flößern wollte er heim. Kurzum, die drei wanderten guter Dinge den Rhein hinauf. Sie hatten es nicht eilig, rasteten wo immer es ihnen gefiel, und schliefen in Heuschobern oder unter freiem Himmel. Gleich hinter Worms und nahe bei dem kleinen Flecken Frankenthal geschah es dann."

Der Pater ging zur rauchgeschwärzten Feuerstelle. Er hatte jetzt die ganze Aufmerksamkeit des Jungen gewonnen.

„Bald nachdem die Gruppe aufgebrochen war, stieß sie auf eine umgekippte Kutsche. Sie hatte reiches Schnitzwerk und gehörte wohl jemandem, der wohlhabend sein musste. Der Anblick war dennoch schaurig. Ein Mann, es mochte der Kutscher gewesen sein, hing mit durchschnittener Kehle über der Wagendeichsel. Eine Frau ragte mit dem Oberkörper aus dem Fuhrwerk heraus. Sie war halb entkleidet. Ihr starrer Blick war auf den Boden gerichtet. Der Tod musste schon vor Stunden – vielleicht sogar am Abend zuvor – eingetreten sein, denn die Leiber waren steif.

Wo wollte die Reisegesellschaft hin? Wo kam sie her? Man konnte es nicht sagen. Von den Tieren waren nur die durchtrennten Zugriemen und Hufspuren im sumpfigen Untergrund zurückgelassen worden. Wer weiß, vielleicht hatten die Ganoven es eilig gehabt, sich mit den Pferden aus dem Staub zu machen.

Dein Vater und die beiden Weggefährten wollten rasch weiter, aber dann vernahmen sie einen Laut aus dem Inneren der Kutsche. Die Männer zogen die tote Frau beiseite und untersuchten die Sitzbank. Dort fanden sie ein Kleinkind, das still und aufmerksam zu ihnen aufblickte, so als wollte es fragen, was mit ihm passieren sollte.

Jetzt war guter Rat teuer. Es galt rasch etwas zu entscheiden, denn eines war ihnen sogleich klar; sollte man sie hier neben dem abscheulichen Verbrechen finden, würde der Verdacht auf sie fallen. Von Reisenden wie ihnen wurde zuerst einmal nichts Gutes erwartet. Solchen Fremden traute man nicht über den Weg.

Andererseits wollten sie das Kind nicht seinem Schicksal überlassen. So entschieden sie nach einigem Hin und Her, das kleine Bündel bis zum nächsten Ort zu tragen und es unbemerkt vor einer der Hütten abzulegen. Kurz entschlossen griffen sie ins Wageninnere und hoben den Jungen auf den Arm. Eine Flechttasche diente ihnen als Kinderbett.

Aber noch ehe sie sich den Hang wieder hinaufgearbeitet hatten, sah Hassler in dem zerfurchten Boden ein Schmuckstück blinken. Es war ein Medaillon. Im Handgemenge musste es einem der beiden Toten vom Hals gerissen worden sein. Rasch hob er es auf und schob es in seinen Flößersack. Vielleicht würde es helfen, die Herkunft des Kleinen ausfindig zu machen und es irgendwann daheim abzuliefern. Du wirst längst erraten haben, dass es bei diesem Kind um dich ging."

Der Pater unterbrach seine schaurige Erzählung, ging jetzt an die Tischlade und holte einen rot schimmernden Gegenstand hervor, den er dem Jungen in die Hände legte.

„Schau, Jakob, dieses hier hatte dein Ziehvater damals bei der Kutsche gefunden und vom Boden aufgehoben." Wehmütig schaute der Junge auf einen geschliffenen Stein, der an einem Lederbändchen hing. Wie oft hatte er dieses Amulett unter dem Hemd des Alten baumeln gesehen!

„Ja, so ist es. Nicht dein Vater wurde vom Baum erschlagen, sondern dein Ziehvater. Er wollte dieses Medaillon so lange unter dem Hemd tragen, bis du groß geworden wärst. Ich habe es ihm abgenommen, als er tot am Sauwasen lag. Es gibt nicht mehr als diesen einen Gegenstand, der dir aus deinem Elternhaus geblieben ist. Nun nimm ihn und gib gut acht darauf!"

Geradezu feierlich war es im Raum geworden. Jetzt erst betrachtete Jakob das Schmuckstück näher. Es war ein *Blutstein*, in den ein Wappen eingeschliffen war. Der facettenreiche Schild ließ die Arbeit eines geschickten Graveurs erkennen und zeigte im aufgerichteten Oval die Kontur einer Jungfrau.

„Nur soviel hat unsere Suche nach dem Wappenträger ergeben", erläuterte der Pater mit verschwörerischem Ton, „zuerst einmal erkennst du ein Viereck, das auf der Spitze steht, eine Raute also. Darüber – siehst du die Figur? Es ist eine Jungfrau, eine gute Fee, die den Lebensweg der Menschen lenkt, ihnen zur Seite steht und Unheil von ihnen wendet. Man nennt sie *Norne*. Und dort, was glaubst du hält sie in Händen?

„Eine Schale …?" Jakob betastete das Relief vorsichtig mit einem Finger.

„Richtig. Mit der Schale schöpft sie Wasser aus einem Bach oder Brunnen, um damit den heiligen Weltenbaum zu begießen. Und noch eines: Auf dem Kopf sieht man drei Schwerter. Das sind Wappenzeichen aus heidnischen Tagen, wahrscheinlich aus einem nördlichen Land. Es ist auch möglich, dass du aus einer adeligen Familie stammst, denn Schwerter im Wappen hatten Familien, die über andere richten durften."

So genau hatte Jakob das Schmuckstück nie betrachten können. Der Anhänger war viel schöner als manches Amulett, das dieser oder jener Knecht bei sich trug.

Pater Engelbert seufzte „Unser Herr im Himmel hat es für gut befunden, dich unwissend zu lassen. Du wirst nie erfahren, wo du auf die Welt gekommen bist, vielleicht am Unterlauf des Rheins. Der Rest meiner Geschichte ist rasch erzählt."

Während Pater Engelbert die Lade seines Tisches wieder sorgfältig schloss, fuhr er fort. „Der Tag, an dem dieses Unglück die Wanderer überrascht hatte, schritt voran und sie erreichten erst gegen Mittag ein kleines Dorf auf ihrem Wege in die Heimat. Aber als sie dort angekommen waren, steckten allerlei Männer und Frauen die Köpfe in den Flechtkorb. Man bestaunte die Durchreisenden mit einem so kleinen Kind im Gepäck. Die Leute fanden es unterhaltsam, dass du ganz ohne Mutter durchs Land getragen wurdest. Es war unmöglich, dich heimlich abzusetzen. Derweil lachtest du deine Retter an und warst offenbar guter Dinge. Kurzum, das Trio hatte dich rasch ins Herz geschlossen und du wurdest sozusagen der vierte Mann im Gespann.

Daheim wollte dich dein Stiefvater nicht wieder hergeben und schließlich entschied er, dich bei sich aufzunehmen und großzuziehen. Wegen seines Alters hatte er die Hoffnung auf eigene Kinder längst aufgegeben. So aber hast du unter seinem

Dach auch gleich eine liebevolle Stiefmutter gefunden, die aber wenige Monate später starb. Du kannst dich nicht mehr an sie erinnern, aber du hattest ihr am Ende ihres Lebens noch großes Glück bereitet. Dein Stiefvater hatte dich auch für dieses Geschenk zusätzlich geliebt und mochte keinen Tag aus dem Hause gehen, ohne dich an seiner Seite zu haben.

„Ja, so war das damals gewesen", sinnierte Pater Engelbert. „Als du beim alten Hassler deinen Platz gefunden hattest, warst du etwa zwei Jahre alt. Nun, die Rügung hat dich in eine andere Strömung gespült. Jetzt bist du dem Hauptschiffer Ridinger verpflichtet – mach' also das Beste daraus!"

„Warum konntet Ihr mich nicht aufnehmen?" Diese Frage traf den Pater unvermittelt. Er suchte nach einer einleuchtenden Erklärung. Immer wenn Jakob ihm seine Zuneigung zeigte, verwirrte es Pater Engelbert.

„Mein Leben ist für derlei Aufgaben nicht eingerichtet", wich er aus. Mit einem Anflug von Geheimniskrämerei fügte er noch hinzu, „Mein Auftrag in dieser Welt lässt nicht zu, dass ich mit einem Kind an der Hand meinen Weg gehe."

Morgana
Anno 1548

Seit Tagen regnete es und die Menschen hatten alle Hände voll zu tun, am Abend die nasse Kleidung über den Feuern zu trocknen. Dennoch waren die Waldarbeiter von einer erwartungsvollen Stimmung erfasst, denn der Frühling hielt Einzug. Immer wieder schauten sie auf die steigenden Fluten und man konnte ihnen die Ungeduld anmerken, wenn ihre Blicke dem Flusslauf folgten. Am nächsten Morgen würden sie auf ihm treiben, immer den Windungen des Wassers folgend. Bis hinunter zum Rhein wollten sie und dort ihr Floß zusammenstellen. Viel später dann, in Bingen, wollten sie sich ans Ufer spülen lassen.

Man könnte viel weiter flößen, aber ab dort wurde das Wasser störrisch. Bis St. Goar quetschte sich der Rhein durch tiefe

Schluchten und ließ dabei seinen Zorn über das enge Bett aus. Einige der Alten hatten es in jungen Jahren bis in die Niederlande geschafft und sie wurden nicht müde zu berichten, wie sich die Wasser bei Lorch und Bacharach an Klippen und Untiefen ausgetobt hatten. Erst danach beruhige sich der Fluss wieder, dehne sich in seinem Bett ordentlich aus, um am Ende seines Weges ein großes Delta zu bilden. Dort ergieße er sich dann träge in die unendliche Weite des Meeres.

Die Schifferschaft vermied es, weiter als bis ins Hessische ihr Holz zu flößen. Mit der Länge der Wegstrecke und dem steigenden Erlös stromabwärts wuchsen auch die Kosten mit jeder Flussbiegung und die Hauptschiffer scheuten das hohe Risiko. Die vielen Zollstationen, der weite Rückmarsch und unvorhersehbare Missgeschicke machten Floßfahrten über weite Wegstrecken so riskant, dass Reisen spätestens in Bingen endeten. Womöglich würde sich die wertvolle Fracht irgendwo in der Ferne auf und davon machen.

Jetzt aber vermischte sich das Reisefieber mit der Vorahnung gefahrvoller Wochen und Monate. Breitbeinig standen die Männer im Holz, schlugen die letzten Weißtannen, entästeten die Stämme und zerrten sie zu den Wasserstuben.

Sie alle rackerten sich in diesen Tagen bis zur Erschöpfung ab. Die Arbeiten am Einbindeplatz wurden nur für kurze Pausen unterbrochen. Dann brachten Mägde, einen Getreidebrei der den Magen verklebte, und dunkles Roggenbrot, manchmal auch eine Fischsuppe. Wenn es reichte, langten auch die angeworbenen Lohnarbeiter zu, um sich damit zu wärmen und bei Kräften zu bleiben.

Thomas Kemper arbeitete weiter oben im Wald als Gespannführer und er wusste seine Aufgabe mit Geschick anzupacken. Er liebte seine Schwarzwälder Füchse. Verlässlich und gleichmäßig rückten sie das Holz und zogen die Stämme hinab zum Flussufer.

Die beiden Stuten, Mutter und Tochter, waren der ganze Stolz des alten Ridinger und Thomas setzte sie geübt und mit fester Hand so ein, dass sie ruhig im Geschirr gingen. Diese Kaltblüter mit der dunkelbraunen Fellfärbung, den buschighellen Fesseln und einem langen weißblonden Schwanz waren nicht schnell und behände, aber ihr gutmütiges Wesen und die große Kraft machten sie bei der Waldarbeit so wertvoll.

Die Mittagspause war schon längst überschritten und Thomas hatte drei Baumstämme zusammengebunden, um sie mit seinem Gespann bergab zu schleifen. Er ging in respektvollem Abstand zu einem Steilhang. Die Zügel ließ er locker, denn die Pferde kannten den Weg und arbeiteten nahezu selbständig.

In diesem Augenblick kam Kaitan den Waldweg entlang. Der Neffe von Heloisa Dehmel sollte sich beim Hauptschiffer melden und für die anstehende Floßfahrt rheinabwärts verdingen. In diesen frühen Sommerwochen gab es in der Mühle wenig zu schaffen und so kam er nicht umhin, sich als Lohnarbeiter anzudienen.

Er war schlecht gelaunt. Obendrein missfiel ihm jetzt der Anblick dieses gut eingespielten Pferdegespanns – vor allem seines Gespannführers. Überhaupt betrachtete er das Gesinde des Hauptschiffers voller Neid. Die Mägde und Knechte hatten dort ein Auskommen, fern von Hunger und Elend, die ihn ständig ängstigten. Von Thomas, diesem unfrohen, wortkargen Gesellen fühlte er sich stets von oben herab behandelt.

„Geh zur Seite, Hurenbock, mach dich mit den Gäulen nicht so breit." Kaitan sagte es hasserfüllt, geringschätzig und fordernd zugleich.

„Verschwinde, du Ratte, damit wir dich nicht über den Haufen trampeln! Wegen dir werde ich doch nicht die Fuhre extra anhalten", gab Thomas unbeirrt zurück. Warum musste ihm der Neffe der Müllerin gerade auf diesem schmalen Schleifweg entgegenkommen. Nie hatte er den alten Streit vergessen, bei dem er als kleiner Junge dem zwei Jahre älteren Kaitan schmerzhaft unterlegen war. Heute fürchtete er seinen Widersacher nicht. Auf eine ordentliche Tracht Prügel sollte es ihm nicht ankommen. Dem schmächtigen Kaitan würde er gern zurückgeben, was er früher einmal einstecken musste.

Der anmaßende Ton, das raumgreifende Pferdegespann, vor allem die Selbstsicherheit, mit der Thomas den Vortritt forderte, ließen Kaitan vor Wut schäumen.

„Mach dich gefälligst dünn, wenn ich hier vorbeikomme. Schlägst dir bei deinem reichen Hauptschiffer den Ranzen voll und lässt dich von den Gäulen durch den Wald schleifen." Kaitan hatte einen etwa fünf Fuß langen Stock in der Hand, mit dem er drohend auf Thomas zukam. „Hast du vergessen, wie ich dir einmal die *Sapine* über den Schädel gezogen habe? Der Flößerhaken hat auf deiner Stirn ein Zeichen gesetzt, stimmts ...?", ergänzte er und sah seine bessere Chance für eine drohende Schlägerei in der Armfreiheit, die er hatte. Thomas würde schließlich nicht die Zügel fahren lassen.

Jetzt war Kaitan auf gleicher Höhe mit dem Gespann. Für Thomas war die Position ungünstig. Eingeklemmt zwischen den rollenden Holzstämmen und einem steilen Abhang, wurde ihm blitzartig klar, dass es ihm an Bewegungsfreiheit fehlte.

Gerade wollte er seine Kaltblüter zügeln, als Kaitan unvermittelt seinen Stock hob, weit ausholte und der dreijährigen Stute einen so starken Schlag über die rechte Flanke drosch, dass sie erschreckt anzog und auf dem durchweichten Waldboden auszubrechen suchte. Nun waren schwere Pferde wie diese nicht behände, noch waren sie besonders schreckhaft, aber das gleichzeitige Scheuen der Mutterstute, brachte die ganze Fracht ins Rutschen. Während die Pferde hochstiegen, merkte Thomas, dass die Stämme sich zum Abhang drehten und ihn umwerfen würden. Er ließ die Zügel fahren, versuchte noch über die heranrollende Fracht hinwegzuspringen, aber er fand keinen Halt mehr, glitt ab und rutschte den abschüssigen Hang hinunter. Er überschlug sich wieder und wieder auf Felsvorsprüngen und Geröll. Weit unten im Gebüsch war er dann nicht mehr auszumachen.

Um ein Haar wäre das Gespann mit abgestürzt. Kurz vor dem Abgrund kamen die Stämme zum Halten und wippten jetzt beängstigend über der Talsenke. Kaum auszudenken, wenn die Zugtiere mit hinabgezogen worden wären. Sträucher hinderten sie daran, sich weiter zu bewegen. Beide Tiere standen still, scharrten mit den Hufen und fanden auch bald ihre Ruhe wieder. Nur ein Zittern ihrer Bauchdecken deutete noch auf die schreckhaften Sekunden dieses Vorfalls hin.

Kaitan stand zum Hang hin, ohne bei diesem verhängnisvollen Manöver selber in Gefahr geraten zu sein. Sein Wutanfall hatte Kräfte freigesetzt, die für einen Moment alles außer Kontrolle geraten ließen. Er hatte das Pferd stärker geschlagen, als er es eigentlich beabsichtigt hatte. Nun schaute er die Schlucht hinunter und es wurde ihm klar, dass Schlimmeres passiert sein musste, als er es eigentlich beabsichtigt hatte, denn er konnte Thomas weit unten auf den Schottersteinen nicht ausmachen. Sollte er hinabsteigen und helfen? Wahrscheinlich hatte der Verunglückte den Sturz nicht überlebt. Welch eine Situation wäre es zudem, wenn er den Widersacher verunglücken ließ und ihm sodann zur Hilfe kam.

Unschlüssig stand er da, wog ab und suchte in Panik eine Entscheidung zu treffen. Wenn man nach dem Gespann suchte, es einsam im Wald stehend fand, die Pferde noch im Geschirr, so würde jedermann vermuten, dass Thomas unachtsam kutschierte, und sich zu Tode gestürzt hatte. Nein, ihn Kaitan, würde keiner anklagen können. Mehr noch, er würde behaupten, Pferde und Gespannführer in guter Ordnung bei der Arbeit angetroffen zu haben. Was später passiert war, entzog sich seiner Kenntnis. Er wusste nicht mehr als all die anderen auch. Kurz entschlossen gab er sich einen Ruck und beeilte sich, seinen Weg fortzusetzen. Er wollte rasch Abstand zwischen sich und diesem verfluchten Pferdegespann gewinnen. Wichtig war jetzt nur, dass kein Verdacht auf ihn fiel. Unfälle waren an der Tagesordnung und bald würde Gras über die Sache gewachsen sein.

Am Einbindeplatz schaute sich Jakob inzwischen immer öfter nach dem Verbleib von Thomas um. Er stand bis weit über die Knie im kalten Wasser und half beim Einbinden der Stämme. Es musste zügig gearbeitet werden, denn mit dieser letzten Fracht ging es morgen bei Sonnenaufgang in Richtung Steinmauern, wo mehrere Dutzend Schiffer die große *Floßtafel* fertigstellten. Diese letzten *Gestöre* sollten das riesige Gefährt vollenden.

Die stille Vorfreude auf das Abenteuer hatte auch ihn seit Tagen gepackt und er hörte aufmerksam zu, wenn die anderen Schiffer letzte Anregungen austauschten. Alle Gespräche drehten sich jetzt um die Abfahrt, um die vielen Vorbereitungen, denn man musste für Wochen gerüstet sein.

Warum aber tauchte Thomas nicht wieder auf? Längst hätte er mehrere Male Baumstämme ablegen müssen. Jakob wurde unruhig. Im Verlauf der Jahre waren er und der Gespannführer sich näher gekommen. Die Schweigsamkeit, ja, teils ablehnende Art und Weise, mit der Thomas den Hauptschiffer und das Gesinde verschreckte, war Jakob zur Gewohnheit geworden. Gelegentlich öffnete sich der Ältere ihm sogar und erzählte von seinen Eltern, die so früh gestorben waren.

Mit unsichtbaren Fäden hatte ihr gemeinsames Schicksal eine Beziehung gefestigt, die in der Stille gewachsen war. Die Anerkennung und gegenseitige Achtung, mit der ein jeder die Arbeit des anderen einzuschätzen wusste, hatten das gegenseitige Vertrauen wachsen lassen. Keiner der beiden suchte bei dem anderen einen Vorteil herauszuschlagen.

Nun ging Jakob zu Ernst Knoll, erklärte ihm, dass der Gespannführer nicht mehr aufgetaucht war und auch die anderen Männer äußerten ihre Bedenken. Gemeinsam mit einem Fergen lief Jakob den Weg zurück, um nach dem Freund zu suchen.

Als sie am Unglücksort eintrafen, gab es keinen Zweifel, dass etwas Schlimmes passiert sein musste. Die überhängenden Stämme am Abgrund, das querstehende Pferdegespann mit verheddertem Geschirr und eingepresst zwischen Last und Strauchwerk, dies alles ließ nichts Gutes erahnen.

Jakob packte die Stuten an der Trense und bugsierte das Holz vom Abgrund weg und an eine sichere Stelle des Schleifwegs.

„Spann aus und mach die Pferde an einem Baum fest", rief er seinem Begleiter zu. Rutschspuren an der Wegeskante ließen ihn vermuten, dass der Gespannführer den Hang hinabgestürzt war. Jetzt versuchte er eine waghalsige Kletterpartie bergab, stellte aber fest, dass es hier zu steil war. So lief er einige Minuten den Weg zurück und schaffte den Abstieg an anderer Stelle, indem er sich an Ästen, Strauchwerk und Farngewächs festhielt. Unten suchte er sich zur Unglücksstelle vorzuarbeiten und es dauerte eine Weile, bis er Thomas auf einer Geröllhalde liegen sah. Jakobs Atem ging schnell. Die Anstrengungen des Abstiegs, das mühsame Klettern und Kriechen durch Unterholz hatten seine Lungen ausgepumpt. Er dachte daran, den Körper des Verunglückten auf ein Lebenszeichen hin zu untersuchten, sah dann aber, dass Thomas bei Sinnen war. Der Verletzte hatte die Augen offen, konnte sich aber nicht bewegen.

„Kaitan, dieses Schwein", seine Lippen formulierten nahezu lautlos die Worte, „sage keinem etwas, hörst du, Jakob. Lass uns die Sache unter uns ausmachen, verstanden?" Voller Hass und Wut suchte er beschwörend auf den Freund einzuwirken.

„Kaitan hin, Kaitan her, wir müssen dich von hier hinaufziehen. Hast du starke Schmerzen?" Jakob wollte in diesem Moment nur retten, der Hergang der Geschichte mochte später beleuchtet werden. Die Kleidung des Verunglückten war zerrissen und dort, wo die Haut sichtbar wurde, war sie mit Schrammen und Abschürfungen übersät. Das Gesicht war aufgeschlagen und Thomas blutete aus Mund und Nase. Dann fiel Jakobs Blick auf das unnatürlich abgewinkelte Bein. Mit einem Messer schlitzte er den Stiefel auf, dann die Hose und fuhr zurück, als ein Knochen offen aus dem rechten Knie ragte.

„Wir holen dich hier unten raus, Thomas", suchte er den Verletzten zu trösten. Er sprach beruhigend, aber der Verwundete hörte ihn nicht. Er war in Ohnmacht gefallen. Behutsam legte Jakob ihm seine Jacke unter den Kopf und schrie mit zitteriger Stimme nach oben, rasch weitere Hilfe zu holen. Schon bald warf man Seile herab, um den Verletzten auf den Waldweg hinaufzuziehen und zu bergen.

———————————

Hauptschiffer Ridinger war schlecht gelaunt. Unruhig ging er in der Wohnstube auf und ab. Man hatte Feuer gemacht, weil es abends noch empfindlich kalt wurde.

„Endlich kommst du, Jakob." Als der junge Knecht eintrat, hielt der Brotherr für eine Weile inne. „Wie geht es dem Thomas jetzt? Hast dein Bestes gegeben, um ihm zu helfen. Jetzt müssen wir auf die Kunst von Heloisa vertrauen. Schlimm sieht der Kerl aus, hat nicht aufgepasst, aber die Müllerin hat schon ärgeres Malheur zurechtgebogen." Ohne Pause redete er weiter. „Kannst doch den Thomas eigentlich recht gut leiden, stimmt's? Nun ja, beide seid Ihr elternlos auf meinem Hof herangewachsen. Keiner kommt schließlich mit dem verstockten Kerl so gut zurecht wie du! Wenn er Glück hat, der arme Teufel, dann hilft ihm seine gute Natur, aber fürs Erste können wir nur warten." Ridinger redete ohne Unterlass, stellte Fragen und beantwortete sie sich selber.

In den letzten Jahren hatte er sich oft an den Tag erinnert, als er den kleinen Jakob zu sich auf den Hof genommen hatte. Seine Rechnung, die er damals für sich aufgemacht hatte, war aufgegangen. Zwar war der Junge nicht sonderlich robust gebaut, aber dafür hell im Kopf und von schneller Auffassungsgabe. Mit dem Gesinde kam Jakob gut klar und hatte sich über die Jahre durchaus anstellig gezeigt. Es mochte wohl sein, dass diese gute Meinung von seiner Schwester mit geprägt war. Die alte Hanne jedenfalls machte keinen Hehl daraus, dass sie Jakob allen anderen auf dem Hof vorzog.

Das kleine Anwesen des alten Hassler hatte er sich gleich überschreiben lassen und dafür zugesichert, dass er zeitlebens den Jungen auf dem Hof halten werde.

Jetzt stand er vor der Feuerstelle, stocherte zerstreut in der Glut herum und redete in einem Ton, als wolle er mit Jakob eine Verbrüderung besiegeln. So hatte Ridinger noch nie zuvor gesprochen. Mit ungewohnter Wärme in der Stimme steuerte er auf einen Punkt zu, den er mit seinem Jungknecht abhandeln wollte.

„Ich will's frei heraus sagen, Jakob, die Sache kommt mir ganz und gar ungelegen. Morgen früh sollte Thomas für mich auf der Fahrt einstehen. Dem Floßmeister von Hannes Heller traue ich nicht über den Weg. Ich wollte, dass Thomas meinen Anteil ausbezahlt bekommt und mit heimbringt." Georg Ridinger war inzwischen zum Fenster gegangen, hielt seine Hände auf dem Rücken fest und gab sich den Anschein, als gäbe es auf dem Hof etwas Wichtiges zu betrachten.

„Nun fällt er aus, wer weiß, ob er überhaupt durchkommt. Schwere Schäden wird er allemal sein Leben lang behalten. Mit der Holzarbeit wird er nicht mehr zurechtkommen. Wie schon gesagt: Die Sache steht mir völlig quer."

Er hielt inne und suchte sich zu besinnen, was er eigentlich wollte. „Kurzum, den anderen Hauptschiffern will ich keinesfalls ausgeliefert sein. Du wirst meine Interessen auf der Fahrt vertreten, hast du verstanden Junge! An die drei Dutzend Schif-

44

fer sind morgen dabei und ein Viertel der Leute kommt von mir. Rechnen hast du ja wohl gelernt und scheinst nicht auf den Kopf gefallen zu sein. Vielleicht hat der Pater am Ende doch einiges Gute an dir getan mit all seinen wirren Geschichten." Ridingers Gesicht hellte sich für einen Moment auf. Er sah Jakob mit einem abschätzenden Blick an und es schien, als müsse er sich selber in seiner Entscheidung bestärken.

„Ich gebe dir ein Schreiben an den Floßmeister in Steinmauern mit, dass er dir nach der Fahrt den Teil des Gewinns in die Hand drückt, der mir zusteht. Lass dich auszahlen, stelle dir zwei, drei gute Männer zur Seite und sorge für sichere Heimkehr – der Leute und auch des Gewinns."

Der Alte ging auf Jakob zu und legte ihm in einer Anwandlung von Wärme eine Hand auf die Schulter. Mit dieser Geste wurde weniger ein Zeichen des Vertrauens erkennbar als vielmehr der verunglückte Versuch, sich Mut zu machen. Kein Zweifel, der Ausfall von Thomas verunsicherte den Hauptschiffer, ließ den Boden unter seinen stämmigen Beinen wanken. Er suchte Allianzen, notgedrungen auch unter seinen Leuten. Er musste das Beste aus der vermaledeiten Lage machen. Über die Jahre hatte er rüde und herrisch sein Reich regiert, jetzt fehlten ihm Männer, denen er vertraute. Es kam nicht in Frage, dass er mit auf das Floß stieg. Lächerlich würde er sich machen, zu alt war er zudem und die Geschäfte im Tal waren weitreichend – daheim ginge wohlmöglich den Bach hinunter, was unterwegs zu sichern war.

In Jakob sah er bestenfalls eine Notlösung, aber eine, die sich vielleicht als tragfähig erwies. Auch hatte Hanne, gleich nachdem der schwer verwundete Thomas auf den Hof getragen worden war, auf den Bruder eingeredet und Ridinger so lange bekniet, bis selbst er überzeugt war, dass es das Beste sei, Jakob zum Wortführer seiner Leute zu machen. Auf dieser Reise ging es um viel und abspringen konnte man nicht, schon gar nicht wegen des Ausfalls nur eines Mannes. Mehr als ein Viertel des Holzes war von ihm und da hieß es, die Fracht im Auge behalten. Den Floßmeister von Hannes Heller hatte er einmal kurz gesehen, aber dieses Zusammentreffen war keineswegs beruhigend, sondern nährte Ridingers Misstrauen. Schließlich rechnete sich immer derjenige Hauptschiffer Vorteile aus, der den Floßmeister stellte, und in der Tat kam es häufig zu Unredlichkeiten auf der Fahrt den Rhein hinab.

Spät legte sich Jakob zu Bett. Er war beunruhigt und hatte keine rechte Vorstellung davon, was genau ihm der Brotherr aufgetragen hatte und die Freude auf die lang ersehnte Reise schwand nun dahin. Warum suchte sich der Hauptschiffer ausgerechnet ihn, den jüngsten Fergen, als Wachhund aus? Die andern Männer würden ihn am Ende nicht für voll nehmen, ihn auslachen oder sich ihm sogar widersetzen. Würde diese Entscheidung die Mannschaft auseinandertreiben, statt sie zu einen? Gab es genügend verlässliche und aufrechte Männer wie Ernst Knoll, die einspringen würden, falls es zu Streit und Unfrieden kam?

Unruhig wälzte Jakob sich hin und her, fiel in einen flüchtigen Schlaf und träumte dann, dass er allein auf dem großen Floß fuhr, den Rhein hinunter, und das Wasser schob ihn immer rascher voran. Er merkte, dass die Geschwindigkeit sogar größer war als die Strömung selbst. Eine Bugwelle staute sich nach vorne auf und am Ufer standen auf einer großen Sandbank der Hauptschiffer, seine Schwester und alles Gesinde um ihn herum. Sie winkten und schienen das nahende Unglück nicht wahrzunehmen. Die ganze Fracht steuerte auf einen Felsen zu. Er wollte gegenhalten, aber das Floß trieb weiter und weiter ab – genau in die Richtung, die er meiden wollte. Warum erkannten die Menschen dort drüben nicht die Gefahr? Warum sprang keiner auf? Wollte denn niemand helfen? ‚Kommt her, es geht ums Ganze!' Aber der Hauptschiffer winkte freundlich und in seinem Traum trug das Getöse der verhängnisvollen Fahrt Bravorufe und Händeklatschen zu ihm herüber. Dann gab es ein schreckliches Krachen und Splittern und während das Floß auf hohe Felsen auffuhr, rutschte die ganze Fracht ineinander.

Schweißgebadet fuhr Jakob aus dem Schlaf hoch und stellte fest, dass der Morgen bereits dämmerte. Die Männer um ihn herum schnürten sich bereits das Schuhwerk fest. Es war Zeit, sich für die Reise fertig zu machen.

Am Schwemmteich hatten sich fünf Männer eingefunden, um die letzten Gestöre bis Steinmauern zu flößen. Einer davon war Kaitan. Ungeduldig wartete er, dass es losging. Je eher, desto besser.

Ohne viel Federlesen hatte ihn der Hauptschiffer am Abend zuvor angeheuert, vielleicht, weil ihm der Ersatz für den verunglückten Thomas gerade recht kam. Außerdem hatte die Müllerin nachgeholfen und ein gutes Wort für ihren Neffen eingelegt, den sie von Herzen gern in die Ferne wünschte. Als sie an der Bettstatt des Gespannführers stand, hatte er rasch mitbekommen, dass es schlecht um den Kranken stand. Das Kräuterweib rechnete mit dem Schlimmsten. Nun gut, wenn Thomas nichts sagen konnte, brauchte Kaitan sich vorerst keine Sorgen zu machen.

Am Ablegeplatz hatte sich seine Frau Maria eingefunden. Sie sah vergrämt und blass aus. Kaitan hatte sie vor zwei Jahren geheiratet. An der Hand hielt sie das gemeinsame Kind. Die Frau musste es auf dem Rücken mit hierhergetragen haben. An diesem unerwarteten Nachwuchs hatte er nie Freude gehabt. Das Kind hatte er nicht gewollt und die Hochzeit war ihm aufgezwungen worden. Die Frau, so meinte er, hatte es auf diese Vaterschaft angelegt und so sollte sie zufrieden sein, wenn sie in der Mühle ihr Auskommen hatte und der Müllerin zur Hand ging.

Dann traf Hauptschiffer Ridinger ein. Selbst für diese kurze Wegstrecke hatte er anspannen lassen. Das Alter machte ihm zu schaffen. Er hatte Rückenschmerzen und die Beine fühlten sich taub an. Seine Schwester Hanne saß mit auf dem Bock und kutschierte den Einspänner.

Während sich nun die Männer um den Hauptschiffer versammelten, gab er vom Gespann herunter letzte Anweisungen.

Zu allem Übel musste sich Kaitan mit der Nachricht abfinden, dass Jakob, der gerade einmal Achtzehnjährige, auf der Fahrt das Wort führen sollte. Diesem reichte Ridinger jetzt ein Stück Papier herunter. „Hier das Schreiben, mit dem du in Steinmauern dem Floßmeister meine Entscheidung vorlegst." Sein Abschiedsgruß an die Männer kam einer Drohung gleich: „Nun geht auf Fahrt, Männer, und haltet euch sittsam. Lasst euch nicht gehen, sputet euch auf dem Rückmarsch und denkt daran, dass euch die Ernte auf dem Halm verfault, wenn Ihr euch vertrödelt!"

Aber Kaitan hörte kaum hin. Was ging ihn das an! Er beobachtete derweil, wie sich die Schwester des Hauptschiffers verstohlen an Jakob heranmachte und ihm etwas um die Hüfte schnürte. Und dann sah er auch, dass es eine Geldkatze war und während er noch näher heranrückte, hörte er sie sagen. „Nimm etwas Silber mit, Jakob, gib es nicht aus, wenn es nicht Not tut, aber setze es ein, wenn es unterwegs eng für euch wird."

Diese kleine Begebenheit mochte sich für Kaitan noch vorteilhaft auszahlen. Er wollte Jakob, mehr noch die kleine Barschaft, gut im Auge behalten.

Nun rannte alles durcheinander und Kaitan sprang als Erster auf eines der fünf hintereinander gebundenen Gestöre, so als würde der Teufel ihn aus diesem verfluchten Tal jagen. Einige Frauen und Kinder standen herum, reichten Flößersäcke hinüber und dann ertönte der Ruf, stromaufwärts die Schieber zu öffnen, damit das angesammelte Wasser der Fracht zusätzlichen Auftrieb gab. Es kam immer wieder vor, dass die Fahrt nach kurzer Zeit endete, man neu aufstauen und auf ausreichende Schwallung warten musste, um den Pegelstand zu heben.

Alle halfen, das Holz in die Strömung zu staken. Einige Kinder liefen ein Stück nebenher, riefen, winkten und dann wurde es still. Langsam entschwanden die Zurückgebliebenen dem Blickfeld. Kein Wort, keinen Abschiedsgruss hatte Kaitan seiner Frau Maria und dem Kind zugeworfen. Hier stand Männerarbeit an und Gefühlsduselei vor aller Augen wäre ihm peinlich gewesen.

Hier oben folgte der Fluss vielen Windungen. Wenn die Fracht auf eine der Uferbänke auffuhr, hieß es auf die Böschung oder ins Wasser steigen, stoßen, schieben, Taue einsetzen und das Gefährt wieder flott machen.

Die wichtigste Aufgabe kam dem Mann auf dem letzten Gestör zu. Wenn die Fracht vorne auf ein Hindernis zutrieb, rief man nach hinten, den Anker zu werfen und der Flößer musste alles daransetzen einen Bremsschuh in den Untergrund zu rammen, damit die zusammengebundenen Gestöre sich nicht ineinanderschoben und verkeilten.

Einmal war das Flussbett von Ästen und Stämmen dermaßen verklaust, dass die Männer mit Äxten und *Floßhaken* eine gute Stunde stemmen und zerren mussten, bis die Fahrrinne wieder frei war. Gegen Mittag trat der Wald zurück und nach Tagen wärmte die Sonne wieder, sodass die Männer ihre dicken Jacken über die klobigen Sitzbänke hingen und man Zeit fand auszuruhen und sich treiben zu lassen.

Kaitan kannte diese Strecke. Er flößte nicht das erste Mal nach Steinmauern. Die meisten Männer aus dem Tal waren nun schon seit Tagen dort angekommen, um das große Rheinfloß fertigzustellen.

Gegen Abend erreichten sie ihr Ziel. Die Neuankömmlinge suchten den Floßmeister auf. Ihn zu finden war nicht sonderlich schwer, denn sein Steuerstuhl ragte über die anderen Aufbauten hinaus. Eine Plattform, zehn Fuß hoch, sollte ihm die erforderliche Weitsicht während der Reise ermöglichen. Von dort aus konnte man die Männer oder begleitende Ankerboote durch Zurufe und Zeichen dirigieren.

Der Floßmeister stellte sich als kleiner o-beiniger Mann von vielleicht vierzig Jahren heraus, der umtriebig das Durcheinander der Arbeiten beaufsichtigte, ein Pergament in der Hand schwenkte und gelegentlich durch Hopsen auf dem Holz zu imponieren suchte, so als müsse er den Untersatz auf seine Festigkeit überprüfen. Die Gruppe stieg über Säcke, Körbe und Werkzeug und musste an einem Pferch vorbei, in dem zwei Schweine grunzten, ganz offensichtlich, um unterwegs ihr Leben zu lassen und verspeist zu werden.

Während Jakob sich und seine Leute beim Floßmeister ansagte, fügte er in freundlichem Ton hinzu: „Ich soll Euch grüßen. Hauptschiffer Georg Ridinger wünscht uns allen eine gute Fahrt. Dieses Schreiben soll ich Euch übergeben." Etwas großspurig ergänzte er: „Ich vertrete alle Männer, die bei ihm in Lohn und Brot stehen."

Der Floßmeister warf einen flüchtigen Blick auf das Schreiben. Dessen Inhalt und Jakobs Äußerungen ärgerten ihn offensichtlich.

„Einen Dreck vertrittst du! Dieses ist ein Floß der Schiffer-schaft. Alle stehen unter meinem Kommando und keiner sonst hat hier ein Sagen, ist das klar!?

Der überhebliche und gereizte Ton kam für Jakob überra-schend. Er wollte sich nicht so grob vor der ganzen Mannschaft abkanzeln lassen. „Ihr werdet schon hinnehmen müssen, was unser Hauptschiffer Euch aufträgt, schließlich steht Ihr auch für seinen Anteil der Fracht im Wort."

„Ach, geh zum Teufel und gib ihm am besten auch gleich dein beschissenes Papier", fluchte der Floßmeister laut und ver-nehmlich. „Weißt du Rotzjunge überhaupt, wo mir der Kopf steht? Dein Wisch interessiert mich einen Dreck!" Ohne eine Antwort abzuwarten, fügte er respektlos hinzu: „Mir scheint, dass der alte Ridinger blind geworden ist, denn seit wann be-auftragt man Kinder mit der Aufsicht seiner Knechte? Halte dich an das, was ich sage, und im Übrigen halte dein Maul." Übelgelaunt machte er kehrt und kletterte unbeholfen den Steuerturm hinauf, um dort seinen Ausguck einzurichten.

Schließlich schob sich Ernst Knoll an Jakob heran: „Hast du's nicht gewusst? Der Floßmeister kann gar nicht lesen. Er bläst sich nur so auf, weil er den Respekt vor den anderen nicht ver-lieren will."

Kaitan war der Auseinandersetzung belustigt gefolgt. Er konnte sich ein Grinsen nicht verkneifen. In der Tat war der Sprecher von Ridingers Leuten einer der Jüngsten. Man wür-de sehen, wie die Sache sich weiter entwickelte, und so griff er nach seinem Bündel, um sich ein Quartier für die Nacht zu suchen.

Von der Mannschaft, die früh am nächsten Morgen den Rhein hinabflößen würde, hatte der alte Ridinger elf Knechte abgestellt, drei weitere waren Lohnarbeiter, die gelegentlich für ihn arbeiteten. Der Rest der Leute kam von den anderen Hauptschiffern, wobei einige sogar Holz aus dem Kinzigtal bis hierher geflößt hatten. Dort oben floss der Rhein besonders trä-ge. Die Fahrt hätte ewig gedauert, berichteten sie, weil rund um das Schwarzacher Münster mancher Seitenarm in Sumpfland endete und bei all der Mühsal die vielen Schnaken einen um-brachten.

Diese wenigen Stunden vor Beginn der großen Fahrt war niemand müde und man saß bis Mitternacht beisammen. Kaitan hatte an einem Feuer Platz genommen, bei dem ein gewisser Gottfried Mutz das Wort führte, den sie alle wegen seiner strohblonden Haare „Schimmel" nannten. Der betagte Flößer war immer noch ein Bild von einem Mann mit schlanken Hüften und breitem Kreuz. Er war einer von denen, die Anno achtundzwanzig dabei gewesen waren und er sollte noch einmal erzählen, was genau sich damals ereignet hatte. Der Mann strich sich nachdenklich den Schnauzbart, so als hole er von dort seine Erinnerungen an den Tag.

Mitten im Fluss, so wusste er zu berichten, würde ein großer Krake leben, mit einem Maul, das einen Ochsen quer herunterschlingen konnte. „Wer weiß schon genau, wo sich dieses glitschige Viech gerade jetzt im Flussbett herumsuhlt." Dann setzte er geschickt eine Pause, um die Spannung zu steigern, und zu Kaitan gewandt fuhr er fort: „Ja, ja, brauchst gar nicht so ungläubig gaffen, frag' den alten Junghanns aus Bühl. Er war dabei gewesen, wie wir hinter Worms auf Grund gelaufen waren. Zuerst wollten wir es mit Stangen versuchen, dann aber musste einer unter das Floß tauchen, wo sich das verdammte Holz im Untergrund festgebissen hatte. Drei Mal war er ins Wasser gestiegen und das vierte Mal kam er nicht wieder hoch. Schließlich war klar, dass der arme Hund ersoffen war und da hatten wir es mit dem Tauchen aufgegeben.

Irgendwann kamen wir wieder flott. Als dann aber das Holz am Ende der Reise aufgebunden wurde, hat es den armen Kerl ganz unverhofft nach oben geschwemmt. Ein gewaltiger Schreck fuhr uns durch die Glieder, denn der Rheinkrake hatte seinen Schabernack mit uns getrieben. Der Tote war ganz in Schlingpflanzen eingewickelt gewesen und ein Stück vom langen Krakenarm hatte die Leiche noch um den Kopf gewickelt, dass es sein Grauen hatte. Das Ungeheuer hatte ihn einfach zugebunden und uns überlassen. Wer ein solches Zeichen nicht ernst nimmt, wird früher oder später ebenso seine Seele hingeben."

„Schimmel" schaute in die Runde. Er hatte die richtigen Worte gefunden, hatte den Schauer erzeugt, den er beabsichtigte. Die Zuhörer starrten ins Feuer. Da gab es keinen, der jetzt eine große Lippe riskierte. Besser, man zog seine Lehren aus solchen Vorfällen und ließ das Wasser unter dem Floß in Ruhe. Es würde schon ausreichen, wenn man weiter oben einen klaren Kopf behielt.

Später hatte Kaitan es einzurichten gewusst, nahe bei Jakob einen Schlafplatz zu ergattern. Der Augenblick, als die alte Hanne dem jungen Hassler eine Geldkatze mit Silberstücken zugesteckt hatte, ging ihm nicht aus dem Sinn, und er würde unterwegs sicher eine Gelegenheit finden, seinem ärmlichen Leben mit etwas Glück und Geduld eine bessere Wende zu geben.

Als das Leben nach kurzer Nacht auf dem großen Floß erwachte, fühlte er sich müde und zerschlagen.

Alle Männer begaben sich an ihre Plätze, einige von ihnen standen mit Flößerhaken und Stangen am Ufer. Nachdem Anker und Taue gelöst waren, gab der Floßmeister das Zeichen zu staken, zu schieben und mit den vorderen und hinteren Rudern das starre Gefährt in die Strömung zu bugsieren. Dann spürte man einen sanften Ruck. Die Stämme lösten sich kaum merklich vom Ufer und die schwimmende Holzinsel bewegte sich erst langsam, schließlich schneller in die Mitte der Fahrrinne.

Wenn alles gut ging, würden sie in etwas mehr als einer Woche in Bingen anländen – die verschiedenen Liegezeiten mit eingerechnet. Es würde also dauern, bis Kaitan wieder daheim einträfe, und bis dahin mochte der Hergang des Unfalls von Gespannführer Thomas Kemper keine Bedeutung mehr haben. Hatte der Tölpel sein Leben ausgehaucht, fehlte es an Zeugen. Nach dem Eindruck, den er vom Zustand des Verletzten gewonnen hatte, gab Kaitan dieser Möglichkeit die größere Chance. Überlebte Thomas aber, so mochte derjenige aufstehen, der auf dessen Wort mehr gab als auf seines. Jetzt hieß es erst einmal frisch nach vorn schauen, den Ballast hinter sich lassen, der sich in seinem Leben angesammelt hatte, und hineinsteuern in ein sorgenfreies Leben rechts und links des Rheins.

An diesem Abend sollten die Anker in Germersheim geworfen werden. Von den vielen Erzählungen wusste Kaitan, dass die Strömungsgeschwindigkeit hier nicht so gefahrvoll war wie weiter unten am Mittelrhein. Aber so weit wurde selten einmal geflößt.

Das eingebundene Holz machte sich durch ein gleichförmiges Rumoren bemerkbar. Eng aneinandergefesselt rieb sich die Fracht ständig und mahnte die Flößer, dass es keine Ruhe geben würde, solange die Fahrt andauerte.

Langsam aber beharrlich schob sie der Fluss vorwärts und die Männer unterhielten sich halblaut. Gelegentlich sahen sie einen Fischer, der seinen Lebensunterhalt an den Angelhaken zu bekommen hoffte. Die Landschaft war sumpfig und Sträucher und Gebüsch hingen bis weit ins Wasser hinein. Sie passieren einige Gehöfte. Schließlich glitt linkerhand die Insel Wörth vorbei. In endlosen Windungen ging es durch immer neue Kurven bis hin zum Ziel des Tages.

Kleine Strudel drehten sich spielerisch um ihre Mitte, tanzten über die schimmernde Oberfläche und verloren sich in ihrer nutzlosen Bewegung. Dichte undurchdringliche Auwälder, an denen sie vorbeitrieben, öffneten den Blick auf kleine Weiher und tote Seitenarme, in denen sich Seekanne, Wassernuss oder Algenfarn gegenseitig den saftigen Untergrund streitig machten. Weiter hinten auf den Böschungen trieben Pappeln, Eichen und Hainbuchen frisches Grün aus. In bunter Vielfalt wucherte unberührte Natur aus dem fruchtbaren Boden in die Höhe, um am Ende von nachdrängendem Grün wieder niedergerungen zu werden.

Das idyllische Panorama trog aber nicht darüber hinweg, dass fortwährend gespannte Aufmerksamkeit auf dem großen Fahrzeug herrschte. Lange vor jeder Biegung donnerte der Floßmeister mit lauter Stimme seine Befehle über die Flößer hinweg. Er begleitete sie mit Handzeichen oder Pfiffen und dann setzte die Mannschaft alles daran, das Gefährt so gut es eben ging in der Strömung auszurichten.

Die Kommandos waren so alt wie das Flößergewerbe und sie schafften Vertrauen, denn manch einer stand mit zitternden Beinen auf seinem Posten. Keine Reise verlief wie die andere. Ja, wenn wenigstens alle schwimmen könnten, aber viele Männer fürchteten um ihr Leben, sie müssten absaufen wie ein Stein, wenn sie ins Wasser fielen.

Im Verlauf des Tages versuchte Kaitan mit den Leuten aus dem Kinzigtal ins Gespräch zu kommen, die mit ihm an den fünfzig Fuß langen Rudern ganz vorn auf dem Holz standen, und als sie auf seine Fragen freundlich Auskunft gaben, beschloss er, mit ihnen näheren Kontakt zu halten. Ridingers Knechte waren sowieso eine eingeschworene Mannschaft und ließen ihn spüren, dass man ihn in ihrer Mitte nicht sonderlich schätzte.

Für den Augenblick aber fand sich keine Gelegenheit für einen Schwatz. Der Floßmeister mahnte mit weit hallender Stimme, dass alle Männer ihre Posten einnehmen sollten. Die Begleitboote machten ihre Anker fertig und alles wartete jetzt auf das schwerste Manöver des Tages. Germersheim konnte nicht mehr weit sein und so stieg die Nervosität. Die Gespräche der Männer verstummten. Man schaute nach vorn und dann kam der erwartete Ausruf zu länden. Jetzt wurden Taue am *Bietungsmast* befestigt, um sie zum Ufer hinüberzuwerfen.

Weit vorn hatte ein vorausgeschicktes Beiboot bereits Anker in die Uferböschung gerammt und Taue befestigt. Sowie das Floß nahe heran war, würde man versuchten damit das riesige Gefährt aus der Fahrrinne zu ziehen. Dann musste jedermann auf seinem Posten sein. Die Mannschaft hinten warf Anker aus, damit die Fracht abbremste und zum Ufer hin einschwenkte. Während helfende Hände von Land her Taue herüberwarfen, kam es nun auf den Bietungsmast an, der mit seinem mächtigen Stamm bis in die unterste Lage Holz reichte. Er würde die enormen Zugkräfte beim Abbremsen auffangen. Während sich die Seile tief in die Kerbung des Stammes einschnitten, mussten sie mit Wasser begossen werden, um nicht heiß zu laufen. Das Gefährt drehte nur schwerfällig aus dem Fahrwasser heraus, stieß gegen die Uferböschung und kam endlich zum Stillstand.

Die Schiffer legten sich schon vor Sonnenuntergang schlafen. Die letzte Nacht war kurz gewesen. Außerdem hatte der Floßmeister Anweisung gegeben, nicht an Land zu gehen. Erschöpft sanken die Männer auf ihre Strohsäcke.

Am nächsten Morgen wurde nichts aus ihrer Weiterfahrt. Die Zollformalitäten gestalteten sich schwieriger als erwartet und im Kaufmannshaus wurde über die Menge des Holzes gefeilscht. Die Schiffer waren unruhig. Einige gingen schließlich doch von Bord, wurden aber von den Bürgern mit Flüchen eingedeckt. Die Germersheimer sahen es nicht gern, diese ärmliche Reisegesellschaft herumstreichen zu sehen. Man erinnerte sich an die Händel aus früheren Jahren.

Am darauffolgenden Tag konnte es dann endlich weitergehen, an Speyer vorbei und bis zur Neckarmündung in den Rhein. Dort gab es zwei günstige Ankerplätze zur Auswahl, um das Floß am Ufer festzumachen. Die Tagesstrecke war nicht einmal weit bemessen, aber hier veränderte der Rhein so oft die Richtung, dass die Strecke dreimal länger war als ein schnurgerade verlaufendes Flussbett. Es ging geruhsam voran und bei Philippsburg machte sich einer der jungen Fergen einen Spaß und schwamm unter allgemeinem Gelächter an Land. Gegen Mittag erwartete er die Kameraden bei Rheinhausen und kletterte wieder auf das Holz. Er habe lange am Ufer warten müssen, berichtete er, bis das Floß auftauchte. Von hier aus sah man bereits den Dom von Speyer.

Diese und die folgende abendliche Anländung führten zu Verzögerungen wegen Verhandlungen über Abgaben und Zölle. Kaitan döste während der Ruhetage auf seinem Lager und verließ den Regenschutz nur zu den Mahlzeiten und gelegentlich einmal, um am Ufer auf und ab zu gehen. Nachts wachte er mehrfach auf und stellte missgelaunt fest, dass Jakob gleich neben Ernst Knoll schlief. Dabei lag das Säckchen mit Münzen stets unter seinem Kopf.

Noch zwei Tagesreisen, dann würden sie Bingen erreichen. Dort war es vorbei mit einem günstigen Zufall. Am Ziel angekommen, hieß es für die Flößer den Blick wieder zurückwerfen und an den Heimweg denken. Noch aber hoffte Kaitan, dass sein Griff nach der Geldkatze vielleicht gelingen würde, wenn er den Gaunerstreich im Durcheinander eines glücklichen Zufalls ausführte. Immerhin, solange er Jakob und die Silbermünzen beieinander wusste, war nichts verloren. Heute jedenfalls schob sich die Sonne unverhofft wieder hinter den Wolken hervor und wärmte die Flößer. Späße wurden gemacht. Man zog die dicken Jacken aus und breitete sie in buntem Durcheinander über den Aufbauten des treibenden Holzes zum Trocken aus.

Ein größeres Missgeschick konnte Jakob sich kaum vorstellen. Gleich beim Aufstehen hatte er nach den Münzen von der alten Hanne gegriffen und feststellen müssen, dass sie verschwunden waren. Am Abend zuvor hatte er den unbequemen Schatz unter seinem Kopf zur Seite geschoben und vergessen, ihn zu verwahren. Der Dieb wäre womöglich entdeckt worden, wenn Ernst Knoll in dieser Nacht neben ihm gelegen hätte, statt am Ufer Wache zu schieben. Er musste aufpassen, dass sich Herumtreiber in der Dunkelheit nicht mit Vorräten vom Floß eindeckten. Vielleicht aber war das Säckchen einfach durch eine Ritze zwischen den Stämmen gerutscht, lag schon auf dem Grund des Rheins. Wie sollte Jakob daheim eine solche Unachtsamkeit erklären? Es war der erste größere Betrag, der ihm anvertraut war, alles badische Dritteltaler. Schon nach wenigen Tagen war ihm das schöne Silber abhanden gekommen.

Gleich nachdem er den Verlust entdeckt hatte, sprach er mit Ernst, aber außer einigen Männern, die ihre nächtliche Notdurft erledigt hatten, war ihm nichts Verdächtiges an Bord aufgefallen. Nun gut, das Floß war lang und vielleicht fanden sich die Taler noch ein.

Mit einem Seufzer richtete Jakob sich auf. Es half alles nichts und jetzt hieß es erst einmal die Augen nach vorn richten, sich mit dem schwerfälligen Holz stromabwärts tragen lassen – auf Bingen zu. Es war auch jetzt noch ein berauschendes Gefühl, in der Gemeinschaft eines stattlichen Trupps von Flößern auf dem Wasser zu treiben. Holzflöße dieser Art gehörten zu den mächtigsten Fahrzeugen, die von Menschenhand erbaut und bewegt worden sind und Jakob wollte helfen, das Monstrum auf seiner Fahrt sorgsam von beiden Ufern fernzuhalten. Er wollte seinen Teil dazu beizutragen, dass die monatelange Arbeit vieler Menschen heil am Ziel eintraf.

Seit dem Morgen floss das Wasser nicht mehr nordwärts, sondern wich den Bergen des Rheingaus aus und suchte sich seinen Weg in westlicher Richtung. Links sah man jetzt auf weite ebene Landschaft, während der Blick rechter Hand auf Berghänge mit Weinreben und Feldern fiel.

Als sie am Abend in Bingen anländeten, wurden Besatzung und Schaulustige Zeugen eines Vorfalls, der für schallendes

Gelächter sorgte und den Umstehenden die Tränen in die Augen trieb.

Eines der Schweine sollte von zwei Männern aus seinem Gatter gezerrt werden und seinen Pferch mit dem Kochtopf tauschen. Unglücklicherweise aber hatte das Tier nicht nur große Kraft, sondern es entwickelte auch eine unerwartete Behändigkeit und obwohl ein Schiffer versuchte, es am Schwanz festzuhalten, riss es sich los und rettete sich mit einem großen Sprung in die Fluten. Noch war das Floß nicht zum Stillstand gekommen, da trieb das Borstenvieh auch schon ab. Es blieb fraglich, ob das beherzte Tier irgendwann festen Boden erreicht hatte oder seinen Tod im nassen Element fand. Jedenfalls verflog das sonst übliche andächtige Staunen der Einheimischen im Nu und machte einer lautstarken Heiterkeit Platz.

Kaum hatten sie angelegt, als der Floßmeister sich fertig machte, um die Fracht zu verkaufen. Schon vor Wochen hatte es hierzu Absprachen gegeben und es war abgemacht, dass man die eingebundenen Stämme gleich hier in Bingen aufbinden und zum Trocknen lagern könnte. Jakob interessierte sich für die Verhandlungen und hoffte zugleich, endlich einmal wieder auf festem Boden zu stehen. Nur zu gern wäre er mit Ernst Knoll an seiner Seite dabei, wenn die Ware an den Mann gebracht wurde.

„Wenn Ihr nichts dagegen habt, werde ich Euch begleiten. Es kann Euch nur recht sein, wenn wir zu dritt auftreten", wandte er sich an den Floßmeister.

„Willst mir in die Suppe spucken, du junger Hammel, was? Über das Holz gibt es nichts zu ratschen. Der Preis ist verabredet und wir verkaufen wie besprochen!"

„Ganz wie Ihr wollt. Ich hatte ja nicht im Sinn, Euch ins Wort zu fallen. Es wäre halt eine gute Gelegenheit, etwas über euer Geschäft zu lernen", antwortete Ernst Knoll in gleichgültigem Ton.

Das Argument schmeichelte dem Floßmeister und so lenkte er ein: „Meinetwegen, schaden kann Eure Begleitung nicht, aber hütet Euch, einen eigenen Acker abstecken zu wollen", und dabei warf er den Sack über die Schulter, um sich auf den Weg zu machen.

Es waren nur zwei Männer, die am Ufer auf sie warteten und gemeinsam gingen sie in einen verräucherten Ausschank. In dem feuchten Keller setzte man sich bei einer Kanne Bier zusammen und dann ging es auch gleich zur Sache.

Einer der beiden Binger war alt und wackelig auf den Füßen. Er bewegte sich torkelnd, suchte Halt beim Treppenabgang und schnaufte wie ein überhitzter Stier. Jakob erfuhr, dass dieser Mann den Holzhandel der Umgebung in seinen Händen hielt. Der Jüngere war sein Sohn, ein baumlanger dürrer Kerl mit schütterem Haar. Er hatte bei dem ganzen Gespräch nichts zu melden, weil der herrisch polternde Vater ihn nicht einmal mucken ließ. Wie sollte der Schmächtling jemals die Geschäfte leiten, wenn der Alte ihn nur Luft atmen ließ, die er selber ausblies, ging es Jakob durch den Kopf.

Anders als zuvor behauptet, versuchte der Floßmeister zu Jakobs großer Überraschung aus dem Handel mehr herauszuschlagen. Der vereinbarte Preis sei zu gering für all das gute Holz.

„Wir liefern mehr Ware ab als verabredet", versuchte er das Gespräch in Gang zu bringen. Doch ehe er sich weiter ausbreiten konnte, trumpfte der alte Holzhändler auf. Alles sei abgesprochen und er lasse sich nicht aufs Schachern ein.

„Morgen bekommt Ihr das Silber und wenn es Euch nicht gefällt, könnt Ihr von mir aus rheinabwärts Euer Glück versuchen." So und nicht anders stehe er Hauptschiffer Hannes Heller im Wort. Er sei jedoch bereit, auch das überschüssige Holz zu übernehmen – aber eben, ohne zusätzliches Silber dafür herauszurücken. „Ich will euch bei Gott nicht überrumpeln", log der Binger drauflos, „aber es kommt noch mehr Ware dieses Jahr und den Flößern vom Neckar stehe ich ebenso im Wort."

Es ging noch eine geschlagene Stunde hin und her, aber der Alte behielt alle Fäden in seiner Hand und der Floßmeister hatte von Anbeginn keinen guten Stand bei dem unfrohen Gefeilsche.

Für Jakob war dies alles überaus interessant. Rasch erkannte er, dass es darauf ankam, nicht in die Rolle des Verteidigers abgedrängt zu werden. Derjenige, der die Zügel in der Hand hielt, bestimmte die Marschrichtung.

Der Floßmeister war ins Schwitzen geraten. Zu allem Unglück trank er unablässig Wein, ohne darauf zu achten, wie oft er zum Krug griff. Der alte Binger Fuchs schenkte gern und kräftig ein und sorgte für reichlich Nachschub. Am Ende bat der Floßmeister um Bedenkzeit. Er wolle alles überschlafen, ehe er am nächsten Morgen das Geschäft mit dem Holzhändler besiegelte.

„Mach was du willst, aber wenn du bis morgen Mittag nicht einschlägst, bin ich dir nicht mehr im Wort!" Hier war der Binger zu Hause, die Flößer nur Durchreisende. Rücksichtslos und trickreich spielte er diesen Vorteil aus.

Später auf dem Heimweg meinte Jakob zu Ernst Knoll: „Dümmer hätte der Floßmeister nicht sein können. Er war nur Amboss, der alte Fuchs aber der Hammer!"

Als die Männer zurückkehrten, wurde kein Wort gesprochen. Die Stimmung war auf einem Tiefpunkt. Zugleich aber konnte Jakob eine innere Aufregung nicht unterdrücken. Tief unten in dem stickigen, feuchten Keller war ihm eine Idee gekommen, die er unbedingt mit Ernst Knoll besprechen wollte. Ungeduldig zog er ihn ans Ende der Floßtafel wo sie beide unter sich waren.

„Auf ein Wort", drängte er auf Ernst ein. Jetzt und hier musste es aus ihm heraus: „Vielleicht hältst du mich für verrückt, aber mir ist der Gedanke gekommen, unseren Teil der Fracht aufzubinden und weiter stromab die Ware zu besserem Geld loszuschlagen."

„Bist du verrückt? Du willst einen Witz machen, habe ich recht?" Ernst drehte sich um, wollte zurück zum Unterstand, aber Jakob hielt ihn am Ärmel fest.

„Nun warte doch, verdammt noch mal! Hör' dir doch wenigstens an, was ich denke!" Jakob sprach beschwichtigend. „Wenn wir uns von diesem durchtriebenen Teufel von Holzhändler nicht absetzen, wird am Ende nicht nur ein schlechter Preis herauskommen, sondern wir schenken ihm womöglich den Teil des Holzes, den er im Grunde gar nicht will."

„Er will aber sehr wohl das ganze Holz. Hast du den ganzen Bluff nicht durchschaut?"

„Natürlich habe ich das. Gerade deshalb ärgert mich der gerissene Alte. Ob nun Bluff oder nicht – in jedem Fall würden wir bei dem miesen Handel gerade den Teil der Fracht kostenlos obendrauf legen, der als Gewinn abfallen sollte. Wir werden uns doch nicht gottergeben von diesem hinterlistigen Aas über den Tisch ziehen lassen! Mal ehrlich, Ernst, der Floßmeister ist doch ein riesengroßer Trottel!"

Ernst grinste verständnisvoll: „Du bist wohl noch sauer, weil er dir anfangs quer gekommen war? Jedenfalls kann es nicht angehen, dass wir ihm in die Suppe spucken. Er hat das Sagen und die Verantwortung auch. Und was denkst du, passiert, wenn wir weiter unten am Rhein keinen finden, mit dem wir ins Geschäft kommen? Willst du die Fracht dann allein weiterschwimmen lassen?"

„Was den Floßmeister betrifft, wird er froh sein, wenn er nur den Teil der Ware verkauft, den der Binger haben will. Wir müssen ihm nur klar machen, dass er bei diesem Vorschlag für unser Holz keine Verantwortung mehr trägt, stimmt's!" Jakob machte eine Pause und sah, dass Ernst Knoll ins Grübeln kam. Dann setzte er nach: „Was nun aber unser Risiko betrifft, wenn wir weiter flößen, dann denk doch einmal nach: Gesetzt den Fall, wir schaffen es in die Niederlande – der Weg ist weit, zugegeben und wir kennen die Strecke nicht – der Gewinn dort wäre ein Mehrfaches von dem, was Georg Ridinger mit den anderen Hauptschiffern teilen müsste!"

„Jetzt hört er zu", ging es Jakob durch den Kopf. Zumindest lief er nicht gleich davon. Das war für den Anfang schon gut: „Nun ja, in einem Punkt hast du recht. Der Handel hier sieht nicht gut aus. Der Binger ist ein Schweinehund und hat uns in der Hand. Keinen Heller mehr wird er herausrücken, als er will. Im Grunde knallt er mit der Peitsche und lässt uns tanzen."

„Siehst du, das sag ich doch. Ein Grund mehr, dass du über meinen Vorschlag nachdenkst, oder hast du Angst weiter zu flößen?", fragte Jakob und hoffte den Älteren bei der Ehre zu packen.

„Nicht so sehr die Wegstrecke vor uns macht mir Sorgen, sondern dass wir das Holz vom alten Ridinger selber verschachern wollen. Das ist unrecht, Jakob. Und die Weiterreise … sicher, das kommt noch hinzu. Du weißt ja, beim Binger Loch wird es ungemütlich. Hätten wir erst einmal Koblenz geschafft, wäre die Schlacht schon fast gewonnen, denn ab da wird es ruhiger." Erleichtert stellte Jakob fest, dass Ernst nach vorn schaute und so setzte er noch eins oben drauf.

„Bedenke doch, dass wir ab hier nur mit Holz vom alten Ridinger weiterschwimmen würden. Das Floß wäre viel kleiner und für uns allemal besser zu steuern. Wir nehmen nur unsere Leute mit und wenn einer dabei ist, der sich auf den Handel nicht einlassen will, der fahre heim … oder hinab in die Hölle."

Es war Ernst Knoll anzumerken, dass der Gedanke ihn bereits beschäftigte. „Du bist ein verrückter Hund, Jakob Hassler, aber die Sache beginnt mich zu interessieren. Lass mich deinen Vorschlag durchdenken. Heute entscheidet sich sowieso nichts mehr."

In dieser Nacht konnte Jakob kein Auge zumachen und als es dämmerte, war er hellwach. Sein Vorschlag war halsbrecherisch. Wenn die Männer vom Ridinger Hof nicht mitmachten, war die Sache sowieso gestorben. Er kannte niemanden, der schon einmal bis in die Niederlande geflößt hatte und bis dahin wollte er allemal. Er wusste von früheren Erzählungen, dass man dort viel Holz brauchte und bereit war, dafür zu zahlen.

Noch ehe das Leben auf dem Floß erwachte, drehte sich Ernst Knoll auf seinem Strohsack zu ihm hin. Er schien ebenfalls schlecht geschlafen zu haben: „Ich bin einverstanden, Jakob, auch wenn uns die Sache um Kopf und Kragen bringt. Andererseits macht mir die Rügung daheim schon längst keine Bange mehr. Schlimmer kann es mit mir kaum kommen. Du sprichst gleich mit unseren Männern und ich versuche, dem Floßmeister deinen Plan zu verkaufen."

Erstaunlicherweise war der o-beinige Hitzkopf dieses Mal ganz friedlich und ließ sich ohne großes Zureden umstimmen. Das Argument, besseres Geld nach Hause zu bringen, wenn die Ware nur unter drei Hauptschiffern zu teilen wäre und die Ridinger Leute mit ihrem Holz anderswo ihr Glück versuchten, gefiel ihm auf Anhieb gut. Ja, er drängte sogar darauf, dass sie ihren eigenen Weg gingen. Sollten sie doch sehen, wo ihr tollkühner Vorschlag sie hintrieb.

Anders erging es Jakob. Die Männer fürchteten Entscheidungen, die nicht vom alten Ridinger selber kamen. Auf dem, was der Brotherr nicht selbst angeordnet hatte, konnte kein Segen liegen. Das Flößergeschäft hatte seine angestammte Ordnung und die bestimmten nun einmal die Hauptschiffer. Wer wusste, was dieser tollkühne Vorschlag für Konsequenzen nach sich ziehen würde. Jakob schließlich war nicht gerade ein Mann, der mit Erfahrungen aufwarten konnte. Je mehr er zu überreden suchte, umso zugeknöpfter wurden die Leute. Mochte Georg Ridinger ihm mehr zutrauen als den anderen Männern vom Hof – bis Bingen hatte Jakob etwas zu sagen, aber weiter nicht.

Dann aber kreuzte Ernst Knoll auf. „Männer, keiner kann euch zwingen, mit uns weiterzufahren, aber wenn wir hier das Holz aufs Geratewohl verschenken, dann trifft es uns alle. Was Ridinger daheim an Talern nicht in die Hand gedrückt bekommt, wird uns am Ende im Suppentopf fehlen. Wer weiß schon, ob wir unterwegs irgendwo auffahren, aber wenn wir weit voraus gut acht geben, sollte es möglich sein, dass wir heil am Ziel ankommen. Es mag ja sein, dass wir nicht alles Holz beisammen halten, aber der Lohn für das, was wir am Ende verkaufen, wird allemal ausreichen, um einen möglichen Verlust wettzumachen. Jetzt macht das Maul auf und sagt, wer mit uns ist, und wer heim will. Ich jedenfalls nehme es keinem übel, wenn er jetzt den Schwanz einzieht!"

Ein Dutzend Männer stand hier zusammen. Man sah ihnen an, wie sie mit sich rangen. Abgesehen von dem Risiko, das sie auf ihre Schultern luden, führte sie die lange Strecke flussab immer weiter vom Schwarzwald weg. An den weiten Rückweg mochten sie jetzt gar nicht denken.

Kaitan hob als Erster die Hand. „Mit mir könnt ihr rechnen!" Großspurig schaute er in die Runde. Ihm kam der Vorschlag gerade recht, denn damit ließ er den Schwarzwald weit hinter sich.

Am Ende wollten alle mitmachen. Nicht Jakob gab den Ausschlag. Er musste erst beweisen, was in ihm steckte. Bei Ernst Knoll war das anders, der war schließlich kein kopfloser Draufgänger und – zum Teufel noch mal – sie waren genug Männer und so war das Himmelfahrtskommando wenigstens auf mehrere Schultern verteilt.

Drei Tage sollte es dauern, bis die Stämme aus dem großen Floß herausgebunden waren. Dies alles ging nicht ohne Zank und Ärger ab. Dabei gelang es Jakob und seinen Leuten, dem Aufkäufer kräftig in die Suppe zu spucken, weil sie Holz für sich beiseite schafften, das sie gar nicht geschlagen hatten. Wäre der tölpelhafte Floßmeister nicht so früh in die Heimat aufgebrochen und hätte der borniete Greis aus Bingen besser hingeschaut, dann hätten sie nicht so unbekümmert Ware aussuchen können, die sie für sich einbinden wollten. Im Grunde bekam der alte Halunke jetzt die Rechnung für seine Schäbigkeit präsentiert.

Nach längerem Hin und Her hatten Jakob und Ernst Knoll den Entschluss gefasst, sechs etwa gleich große Flöße aneinanderzuhängen, während ein Mann mit einem Ankerboot weit vorausfahren sollte, um rechtzeitig Hindernisse zu erkunden. Würde ein Gefährt zerschellen, so konnte man die übrigen immer noch um die Gefahr herumsteuern.

Inzwischen hatten die meisten Flößer wieder den Heimweg angetreten. Außer den Männern vom alten Ridinger waren drei Leute zurückgeblieben, die bei Hannes Heller in Lohn standen. Am vierten Morgen in Bingen wurde großzügig Landgang vereinbart und Jakob beschloss zur Burg Klopp hinaufzuklettern, die seit ihrer Ankunft so bedrohlich auf die Fremden herab blickte.

Als er aus einer der engen Gassen kam, war dieser Plan jedoch rasch in Vergessenheit geraten, denn vor ihm öffnete sich ein weiter Platz, auf dem das bunte Treiben eines Jahrmarkts ihn mit magischen Kräften anzog. Die muntere Geschäftigkeit, eine bunte Farbenfülle und allerlei Attraktionen versetzten Jakob von einem Moment zum anderen in freudige Erregung. Nie zuvor in seinem Leben war er in einen solch regsamen Trubel eingetaucht.

Stände mit Früchten, Kohl, Zwiebeln, Knoblauch, Ackerbohnen, mit Linsen und Melde waren in opulenter Fülle aufgebaut und die Händler versuchten fintenreich ihre Waren loszuwerden. Es wurde gerufen, gefeilscht, geflucht, gelacht und gewogen.

Eine Frau hatte Körbe mit Dinkelbrot vor sich ausgebreitet und darüber baumelte Stockfisch an einer Schnur, der fleißig von Fliegen besucht wurde. Etwas weiter hinten reihten sich Flick- und Weißnäher, Scherenschleifer, Pfannenflicker und Schreiner aneinander.

Daheim im Tal hatte Jakob allenfalls diesen oder jenen *Störhandwerker* zu Gesicht bekommen, Männer, die keiner Zunft angehörten und nur Schluderei ablieferten. Hier aber gab es Waren, die von Meisterhand gefertigt waren, streng getrennt nach Zünften. Grob-, Messer-, Sensen-, Huf-, Nagel- und Drahtschmiede zogen eine bunte Schar von Besuchern an, die sich hier versorgen konnten.

In dem lebhaften Gewühl sah Jakob für einen kurzen Moment Kaitan mit drei Männern von Hannes Heller an einem Stand zechen. Sie lümmelten um einen Weinausschank herum und grölten laut, während sie sich reichlich nachschenken ließen.

Schon bald hatte Jakob den Anschluss an die anderen aus seiner Gruppe verloren und gesellte sich zu den Schaulustigen, die sich um die Vorführung einer Commedia dell'Arte geschart hatten.

Aus einem großräumigen, wuchtigen Fuhrwerk mit ausladender Überdachung und einer Plattform davor machten sich Schauspieler lautstark bemerkbar. Die Zuschauer standen in mehreren Reihen hintereinander und reckten dicht gedrängt die Hälse, damit ihnen nichts von dem Spektakel entging.

Abwechselnd traten kostümierte Figuren heraus, die Schabernack miteinander trieben, sich durch gespielte Handlungen in Liebe verbanden, dann aber auch gegenseitig verhöhnten oder zum Narren machten. Es wurde gerufen, gezupft, derb mit der Klatsche aufeinander eingeschlagen, geflucht und gegurrt, dass die Zuschauer ein ums andere Mal applaudierten oder sich den Bauch vor Lachen hielten. Das Schauspiel entschädigte für manche Mühsal des Lebens. Hier konnte man für kurze Zeit vergessen, was der Herrgott einem tagein und tagaus an Last auf die Schultern geladen hatte.

Man sah die Figur eines Dieners namens Pulcinella, maskiert mit einer überdimensionalen Hakennase, der sich von Arlecchino, einem faulen und naiven, aber überaus charmanten Schauspieler in einem Kostüm aus Rautenmuster verhöhnen ließ.

Dann plötzlich tauchte eine schlanke, feingliedrige junge Frau in prunkvoller, feuerroter Robe hinter einem Vorhang auf, die als Amorosi zwei weitere Spieler zu heiteren Tölpeleien ermunterte.

Während Jakob sich nach vorn schob, um der Handlung besser folgen zu können, bemerkte er, dass sie ihren Blick unvermittelt auf ihn richtete und für einen Moment, der ihm wie eine Ewigkeit vorkam, versonnen auf ihm ruhen ließ, ja, ihn spitzbübisch musterte.

Durch seinen Körper lief ein Kribbeln und während er noch glaubte, dass es ein Wimpernschlag der Ablenkung war, musterte sie ihn erneut – lange und nachdenklich. Trotz des ausladenden Kostüms, das die Körperformen verhüllte, konnte er erkennen, dass sie biegsam und schlank zu sein schien. Besonders aber war Jakob von dem schönen, ebenmäßig geformten Gesicht verzaubert. Sie war die einzige Person auf der Bühne, die ohne Maske auftrat. Der tiefrote Mund mochte durch Schminke stärker hervorgehoben sein. Besonders aber verzauberte ihn ihre bronzegetönte Haut, die erahnen ließ, dass dieses Feenwesen aus dem Mittelmeerraum stammen mochte, vielleicht auch von noch weiter her. Ohne jede Scheu wanderten ihre Blicke zu ihm hinüber.

Nun wechselte er den Platz. Hatte er sich getäuscht, wenn er vermutete, dass die junge Schauspielerin ihn bewusst so forschend angesehen hatte? Würde sein Wunschdenken wie eine Seifenblase platzen?

Nach einem besonders derben Scherz und allgemeinem Gelächter war die fremde Schönheit plötzlich von der Bühne verschwunden. Andere Gestalten formierten sich. Ein Mann, der sich Pantalone nannte, war als reicher Kaufmann verkleidet und versuchte sich würdevoll und behäbig in Szene zu setzen, wurde dann aber sogleich von einer alten Fettel als gehörnter Liebhaber entlarvt.

Nach einigen Minuten tauchte die schöne Amorosi dann wieder auf. Sie musste bereits hinter einem Loch im Vorhang den Platzwechsel von Jakob verfolgt haben, vielleicht auch, weil er mit seinem blonden Haarschopf die anderen überragte und als einer der wenigen ohne Kopfbedeckung gut auszumachen war. Jedenfalls sah sie ihn sofort und ein kurzes Lächeln galt unverkennbar wieder ihm. Jakob hatte das Empfinden, sie spiele sogar unkonzentriert und sie könnte den Kontakt zu ihren Mitspielern und der Handlung verlieren.

Seine Blicke verengten sich auf diese eine Person, auf ihre anmutigen Bewegungen. Immer häufiger begegneten sich ihre Blicke und je länger er sie anschaute, umso mehr war sein Inneres aufgewühlt. Er wusste nichts mehr von der Handlung, sah keinen Sinn in der Gestik, dem wilden Hin und Her der wechselnden Personen, er sah nur noch die junge Amorosi und trat sie für kurze Augenblicke ab, dann hoffte er, dass sie schon bald wieder herauskam und ihre Blicke ihn suchen würden.

Noch ehe das Stück beendet war, stieg sie die Stufen einer Holzleiter hinab und ging mit einem Weidenkörbchen bewaffnet durch die Besucherreihen, um einige Kreuzer einzusammeln. Jakob wurde gewahr, dass sie von dem Publikum keine Notiz nahm. Eher unachtsam hielt sie ihren Korb der Menge hin und bewegte sich mit fester Absicht auf ihn zu. Dann stand sie vor ihm, lächelte aber nicht, sondern schaute ihn ernst und nachdenklich an. Er fand eine Münze in seiner Jacke, aber sie lehnte den Beitrag ab. Stattdessen fasste sie ihn am Unterarm, drehte ihn so um, dass sie die Furchen seines Handtellers sehen konnte und strich aufmerksam darüber hinweg. Ihre Finger folgten den Falten, streichelten sie geradezu und lösten sich endlich dort von seiner Hand, wo die Lebenslinien ausliefen.

Die Umstehenden folgten dieser kurzen Berührung teilnahmslos, weil sie vielleicht vermuteten, dass die Frau die Zukunft voraussagen wollte. Jakob aber lief ein Schauer über den Rücken. Er war aufgewühlt und glaubte einen feinen verführerischen Duft an ihr wahrgenommen zu haben. Dann ging sie weiter, schaute sich nicht mehr nach ihm um und beendete ihre Runde durch ein Publikum, das sich rasch verflüchtigte, um der Kollekte zu entrinnen.

Als sich die Menge zerstreut hatte, war er einer der Letzten, die sich entfernten. Das Treiben auf dem Jahrmarkt war ihm unerträglich geworden. Er wollte einen stillen Winkel aufsuchen, seine Sinne wieder ordnen, aber zugleich hielt es ihn auch jetzt noch in der Nähe der Schaustellerbühne, genauer gesagt der berauschenden Schönheit.

So setzte er sich am Rande des großen Marktbrunnens auf eine der Stufen und stützte den Kopf auf. Er mochte geraume Zeit selbstversunken dagesessen sein, als ihn das Gefühl beschlich, Gesellschaft bekommen zu haben und als er sich umschaute, sah er mit klopfendem Herzen die exotisch anmutende junge Frau, die geräuschlos neben ihm Platz genommen hatte und ihn ernst und aufmerksam betrachtete.

Sie hatte sich umgezogen und trug ein leichtes durchgehendes Kleid, das den Temperaturen des Frühlingstages angepasst war. Um ihre Schultern hatte sie einen langen schwarzen Schal gebunden, den sie mit beiden Händen vor ihrer Brust zusammenhielt. Jakob war erneut benommen von dem Zauber und Reiz eines Wesens, wie er es aus seinem bisherigen Leben in den Wäldern nicht kannte.

„Allons, mon amour, wir gehen fort von hier", forderte sie ihn halblaut auf und sie nahm ihn an der Hand, als wären beide einander seit Langem versprochen.

Die ungezwungene Einladung, der selbstverständliche Vorschlag einer Frau, mit der er noch nie zuvor ein Wort gewechselt hatte, verwirrten ihn gänzlich. Unsicher stand Jakob auf und folgte ihr durch Gassen, die er nicht kannte, aber er merkte, dass sie sich in der Richtung auskannte, ein Ziel ansteuerte. Wenn er sich nicht täuschte, entfernten sie sich vom Rhein und bald lag die Stadt hinter ihnen.

Wohin mochte ihn dieses rätselhafte Wesen führen, das außer dem einen Satz in ihrem eigentümlichen Kauderwelsch schweigsam geblieben war.

„Wie heißt du überhaupt?", versuchte Jakob mit ihr ins Gespräch zu kommen. Das Mädchen wandte sich um und schaute ihn wieder mit ihrem versunkenen Lächeln an.

„*Morgana*, mon amour. Weißt du, was die Name ist?", fragte sie vieldeutig und umfasste seine Hand mit unerwartet festem

Griff. Jakob schüttelte den Kopf und so ergänzte sie in ihrem singenden fremdartigen Tonfall. „Ich bin ein Wesen, was aus der tiefe Wasser kommt. Wir steigen auf und leuchten kurz – un moment seulement, tu comprends?" und dann unzusammenhängend: „Ich kenne dir sehr lange – und deine future, mon amour, kenne ich auch. Du bist, ... wie sagt Ihr, ...alors, bist meine Ritter. Dein scharfer Schwert soll unser Lieb' schützen." Was mochte sie ihm sagen wollen, warum sprach sie so unverständlich, dachte er und versuchte weiter in sie hinein zu forschen.

„Und wie alt bist du?" Jakob wollte mehr wissen über diese Frau, die als leuchtender Engel vor ihm her schritt. Aber sie schien ihn nicht zu verstehen, kannte ihr Geburtsjahr vielleicht gar nicht und so sprachen sie nur einmal über den Verlauf ihrer Wanderung, als Morgana den Trampelpfad verließ.

Der Weg führte anfangs an Wiesen mit Kühen und Schafen vorbei und schließlich verließen sie ihn und gingen querfeldein durch einen Wald mit jungem Baumbestand. Sie stießen auf einen Bachlauf, den Morgana leichtfüßig übersprang. Jakob folgte ihr und nur für diesen Augenblick ließ sie seine Hand los, die sie den ganzen Weg bis hierher mit ihrem festen Druck gehalten hatte.

In die anfänglich freudige Erregung, die dieses überirdische Wesen mit seiner ruhigen und geheimnisvollen Ausstrahlung auf ihn ausübte, mischte sich jetzt eine beklemmende Unruhe, ja eine gewisse ängstliche Scheu.

Was trieb diese strahlende Lichtgestalt so unsagbar zielstrebig einem Punkt zu, der ihm noch verborgen blieb? Frauen, so jedenfalls war sein Weltbild geformt, waren abwartend und fügten sich dem Willen des Mannes.

Aber man sagte über diese Wesen noch ganz anderes. Weiber, so brummten die alten Flößer, Weiber wären das Übel über allen Übeln. Bissige Schlangen mit langsam wirkendem Gift. Ja, zu Beginn züngelten sie und rieben die Köpfe an der Mannesbrust, aber wenn sie sich schlängelnd einen Weg gebahnt hatten, hin zu seinem Verlangen, dann gaben sie vor, unersättlich zu sein. Sie ermunterten den verblendeten Tropf, damit er sich trunken vor Gier über sie warf und seinem Zeugungsdrang freien Lauf ließ. Nach einer Weile aber verstopfte ihm seine schändliche Schwäche den Schädel. Nun wurde er mit seinem sündigen Treiben vorgeführt. Ehe der Mann es bemerkte, schlugen sie ihm ihre scharfen Zähne ins Fleisch und pumpten ihn voll mit aller Schlechtigkeit, die sie freigaben. Für die Sünde sollte er erst einmal bei ihr Ablass leisten – später, ja viel später, vielleicht auch bei der heiligen Kirche.

Dieses Wesen hier neben ihm hatte auf ihn gewartet und zauderte nicht einen Augenblick. Sie wies den Weg und der Hauch eines aufkommenden Misstrauens machte ihn schwankend in seinen Gefühlen.

Hatte diese übernatürliche, himmlische Erscheinung geradewegs ihn ausgesucht, einen Unbekannten, einen jungen, in der Liebe unerfahrenen Mann, um ihn zu vergiften? Mit Herzklopfen war er ihr gefolgt. Jetzt aber verstärkte sich das Gefühl einer unerklärlichen Gefahr. Mit federndem Schritt ging sie neben ihm, teils auch vor ihm her, übersprang Unebenheiten des Weges und er hatte den Eindruck, als schwebe sie über dem Boden. Seine Seele hatte er verkauft, war eingekreist von einer Kraft, die ihn hörig machte. Er erkannte kein Umfeld mehr, nur noch den starken Strom einer Bindung, die sich über ihren Händedruck aufbaute und ständig wuchs. Wenn es Wesen gab, die den Menschen zu willenlosen Geschöpfen machten, ähnlich den Sirenen, oder gar solchen die aus dem Dunst der Erde oder des Wassers aufstiegen, dann musste Morgana eine von ihnen sein. Aber war nicht gerade jetzt ein hell strahlender Frühjahrstag? Welche Mächte der Dunkelheit wagten sich jetzt hervor?

Als sie dem Bachlauf eine Weile gefolgt waren, erreichten sie eine Lichtung, sonnenbeschienen und eingehüllt in das Summen unzähliger Insekten. Vor ihnen erstreckte sich ein glasklarer Weiher, der von Sträuchern und Rohr gesäumt war. Morgana hielt inne und strich mit ihren schön geformten unberingten Händen über Gesicht und Hals ihres Gegenübers. Dann löste sie sich, breitete den schwarzen Schal im Gras aus und öffnete langsam und sorgsam ihre *Agraffe*, mit der ihr wehendes Kleid an der Brust zusammengehalten wurde. Schließlich nahm sie Jakobs Hände und führte sie mit unmissverständlicher Geste an den Ausschnitt ihres Kleides. Ihr Geliebter öffnete unruhig und mit zittrigen Fingern die kreuzweise verlaufenden Schnüre eines Unterkleids. Er erbebte, als sich ein Körper der warmen Luft entgegenreckte, dessen schöne Formen ihn gänzlich berauschten. Er atmete schneller. Traf er auf die bronzefarbene Haut, dann schreckte er schuldbewusst zusammen. Dabei führte sie immer wieder seine Hände, spürte wohl auch, dass er sich mit Häkchen von Frauenkleidern nicht auskannte. Jetzt fiel das verführerisch duftende Leinen von ihr ab. Sie stand so dicht vor ihm, dass er die nackte Gestalt nicht im Ganzen einfangen konnte.

Voller Verlangen versuchte er die Rundungen ihrer Brüste mit den Händen zu berühren, aber sie drehte leichtfüßig ab und ging mit schwebenden Schritten zum Wasser, ließ sich sanft tastend hineingleiten und schwamm dann kraftvoll ein Stück hinaus. Selbst wenn er es gewollt hätte, könnte er sich nicht losreißen von dieser Erscheinung. Er wusste, dass er ihr in diesem Augenblick willenlos ausgeliefert war. Wie sicher sie sich ihm gegenüber fühlte! Kein Wort der Ermutigung, keine Aufforderung ihr zu folgen. Morgana tauchte und für eine kurze Schreckminute beschlich Jakob das Gefühl, sie könnte als Nixe in der Tiefe des Weihers verschwinden und ihn entzaubert am Ufer zurücklassen. Er wusste aber auch, dass er ihr ohne zu zögern nachspringen würde – bis auf den tiefen Grund. Wenig später wäre alles wieder ruhig und Libellen würden die trügerischen Wellen sanft glätten, so als wäre hier keine Menschenseele je eingetaucht. So hätte sich rasch und unabänderlich bestätigt, dass ein überirdisches Wesen ein frivoles Spiel mit ihm getrieben hatte.

Dann tauchte sie wieder auf. Morgana versprühte tausend kleine Wassertropfen. Sie holte Luft und schaute zu ihm hinüber, aber sie sagte nichts. Jetzt konnte ihn keine Kraft der Welt mehr zurückhalten. Hastig und achtlos streifte er seine Kleidung ab und warf sie ins Gras. Mit wenigen großen Sprüngen gelangte er ins Wasser. Um diese Jahreszeit war es noch empfindlich kalt und Jakob wunderte sich, dass es ihr nicht das geringste auszumachen schien.

Als er auf sie zuschwamm, noch unschlüssig ob er sie in all ihrer verletzlichen Nacktheit berühren sollte, kam sie ihm entgegen, griff nach seinen Beinen und suchte sie um ihren Bauch zu spannen. Beide spürten seine Erregung und sie lachte und warf ihre langen schwarzen Haare nach hinten, die ihr immer wieder in nassen Strähnen ins Gesicht fielen. Dann wieder schwamm sie um ihn herum, griff von hinten nach seinen Schenkeln und ließ deutlich erkennen, dass sie es mit Absicht tat, sein Verlangen zu steigern.

Immer häufiger berührten sie sich, sie mit der Kraft und Beweglichkeit eines Wesens, das diesem Element zu entstammen schien, er mit dem Gefühl großer Plumpheit, denn er hatte nur selten zuvor in seinem Leben die Gelegenheit gehabt, seine Schwimmkünste zu vervollkommnen.

Mehr und mehr verlor er seine anfängliche Scheu. Dann trieb beide die Kälte ans Ufer. Jetzt legte sie sich auf den Schal und er zog sie so eng an sich heran, dass er ihren wunderbar geformten Körper in ganzer Länge spürte. Ohne sich im Geringsten zu zieren oder zimperlich abzuwehren, zeigte auch sie die deutliche Bereitschaft, sich ihm ganz zu öffnen. Der Druck, mit dem auch sie sich gegen ihn presste, jagte dem Liebhaber einen Schauer über den Rücken. Jetzt ließ er seine Hände wandern und sie gewährte es lustvoll und froh. Bei der zärtlichen Entdeckungsreise seiner Finger stöhnte sie auf und wendete sich voller ungeduldiger Erwartung in seinen Armen. Mit geöffnetem Mund drückte sie ihre Lippen auf die seinen.

Ein immer stärkeres Band des Einklangs entstand zwischen beiden. Jakob spürte die grenzenlose Hingabe dieser jungen Frau, als er sich endgültig mit ihr vereinte.

Sie waren nur diesem Augenblick verhaftet und während sie aufschrie und ihr Leib sich dehnte, wusste er, dass eine unbändige Ekstase sie beide mit sich fort riss. Jeder von ihnen suchte einzusaugen, was der andere an Lebenssaft freigab. Ängste, Müdigkeit, Hunger und all die Mühsal des Alltags waren aufgehoben. Für diese beiden Liebenden war es ein rasender Flug in das Blau des Himmels und in dem kurzen Moment des Liebesaktes hätten sie jeden Schwur gegeben, dass kein Lebewesen vor ihnen je eine so lustvolle Vereinigung verspürt haben könnte. Für einen kurzen Moment fühlten sie sich in einen Schwebezustand versetzt. Nur diese kurze Spanne Zeit zählte und würde sich in sie hineinbrennen, in ihren Seelen festsetzen und einen Abdruck hinterlassen, der unlöschbar ihr Leben lang haften blieb. Später würde Jakob sich fragen, ob sie im Moment der Vereinigung die Augen geöffnet hatte, ihn ansah, und er würde es nicht mehr wissen. Es war ihm auch nicht wichtig.

Dann lag er ausgestreckt auf dem duftenden Gras und kaute an einem Halm, während Morgana leicht über ihn gebeugt seine Brust streichelte. Alles hatte sich gewandelt, dachte Jakob und spürte, dass er einen anderen Lebensraum betreten hatte. Die Welt der Männer, das dumpfe Mühen in einem gleichförmig tristen Rhythmus war einer erregenden leuchtenden Dimension gewichen, die er bis zu dieser Stunde so noch nie gefühlt hatte.

Diese Frau neben ihm hatte ihn herausgeführt aus dem Trott des Alltags. Er war glücklich und zufrieden. Das Floß, die Reise hatten unvermittelt ihren Reiz verloren. Es grauste ihn sogar, sich in die Schar fluchender, trampelnder, grölender und spuckender Männer zurück zu begeben.

Frauen kannte er bisher nur mit aufgerissenen Händen, verschmutzt, vergrämt und früh gealtert. Hier hatte sich ihm ein Fenster aufgetan, durch das er länger schauen wollte. Dieses wunderbare Weib, die wohltuende Wärme, der Duft ihrer Haut und das Kitzeln ihrer Haare wollte er in sich aufnehmen. Diese Stimmung, die ihn hier umgab, die sie beide berauschte, wollte er festhalten.

Sie waren glücklich. Morgana sah an seinem Bein hinauf, das er spielerisch in die Luft streckte. „Woher hast du der große Narbe, über den linke Knie?" Ihr lustiges Durcheinander der Worte unterstrich die fremdländische Prägung ihres ganzen Wesens. Sie strich sanft mit dem Finger über die handtellergroße Hautverfärbung.

„Das kann ich selber nicht sagen, denn so lange ich zurückdenke, ist dieses Zeichen ein Teil von mir. Vielleicht aus jüngster Jugend. Vielleicht bin ich schon so auf die Welt gekommen. Oder es ist eine alte Verletzung – ein Geheimnis meines Körpers, das für den Rest des Lebens verborgen bleiben will."

„Wir müssen nicht alles erkennen, was wir sehen, du, mon amour, weißt nur wenig von dem, was hinter dir liegt. Ich aber habe deiner Seele angerührt und ich weiß, dass du mir vor der

Hölle bewahrst. Du sollst unser Lieb' retten. Mein Held sollst du sein … !" Sie verfiel in Gedanken, schien für einige Augenblicke weit von ihm abgerückt.

„Was soll diese Rede?" Ihre Worte ergaben keinen Sinn. „Kein Mensch weiß, was uns der Herrgott bereithält in diesem Leben. Wir sind alle in seiner Hand!"

„Glaub' du an deiner Gott und bleib treu mit ihm", erwiderte sie eher zusammenhanglos und wischte das Gespräch mit einem Seufzer fort. „Wir müssen unser Glück jetzt fangen." Noch einmal streichelte Morgana ihren Geliebten. „Komm, mon amour, komm nah und küss mir", flüsterte sie zärtlich, ja in drängendem Ton, wusste seine Erregung erneut anzufachen und Jakob entrückte abermals den Sorgen um die Zukunft. Auf diesem kleinen abgelegenen Stückchen Erde, von dem er aufblickte in die endlose Weite über sich, zählte nur der wunderbare Augenblick.

Noch vor der einsetzenden Abenddämmerung kündigte sich ein Gewitter an. Schwülfeuchte Luft breitete sich aus und vertrieb die heitere Unbeschwertheit eines hellen Frühlingstages. Windböen wirbelten in kleinen Tänzen um die Häuserecken. Ganz unvermittelt setzte ein Regenguss ein und wurde von einem krachenden Donnerschlag begleitet. Erst jetzt begannen die Menschen zu rennen und Schutz zu suchen. Das Unwetter breitete sich rasch und mit gewaltigem Getöse aus.

Jakob hatte nichts bei sich, um es über den Kopf zu halten. Die Nässe drang durch seine spärliche Kleidung und verjagte die Gedanken an den traumversunkenen Tag, an den abgelegenen Weiher und an eine Fee, die er gerade eben mit schwerem Herzen an den Stufen des Schaustellerwagens loslassen musste.

Er näherte sich dem Rheinufer und hörte seinen Namen rufen. Was wollten die Leute nur von ihm? Warum winkten ihm so viele Hände vom Ländungsplatz her zu? Warum diese Aufregung? Ganz sicher würde die Fahrt nicht abends fortgesetzt und dumme Scherze passten nicht zu den wunderbaren Erlebnissen, die den Liebhaber auch jetzt noch aufwühlten. Warum wollte man gerade ihn in diese geräuschvolle, umtriebige Welt zurückholen?

Ernst Knoll kam ihm entgegen. „Höchste Zeit, dass du wieder auftauchst. Wo bist du bloß gewesen? Wir wollten gerade selber diese kreuzverdammte, beschissene Sache in die Hand nehmen. Wenn es erst einmal dunkel ist, können wir an Land nichts mehr ausrichten."

Mochte der Groll auch tief sitzen, mit dem Ernst leben musste, seit ihm der Posten eines Floßmeisters aberkannt worden war, die Achtung vor diesem verlässlichen, aufrichtigen Flößer hatten sie alle nicht verloren. Warum war damals ihm allein der Verlust einer wertvollen Holzfracht in die Schuhe geschoben worden? Es war ein Unglück, das am Ende jedem hätte passieren können. Wusste man denn, wie die morgige Weiterreise für sie alle enden würde? Wo Ernst Knoll zum Einsatz kam, herrschte ein raues Arbeitstempo, aber er war gegen jedermann gerecht und so suchten viele der jungen Fergen, seiner Rotte zugeteilt zu werden. Er war nicht mehr der Jüngste, aber seine Kraft und Ausdauer ließen nicht nach und er scheute sich nicht an vorderster Front mit anzupacken.

„Gemach, gemach, Ernst, zuerst der Reihe nach." Jakob war nicht in der Stimmung, sich in diese Aufgeregtheit hineinziehen zu lassen. „Was ist denn nun wirklich passiert und warum sollten wir so spät am Abend noch ausschwärmen. Morgen geht es in aller Herrgottsfrühe los und ich für meinen Teil haue mich lieber auf den Strohsack."

„Vielleicht hast du heute Mittag auf dem Marktplatz die Männer von Hannes Heller gesehen, die mit Kaitan bei einem Weinausschank gezecht hatten. Dort jedenfalls fing der ganze Ärger an", begann Ernst seinen Bericht und reichte Jakob einen Jutesack, damit er ihn zum Schutz vor dem Regen als Kapuze benutzen konnte.

„Ja, richtig, ich habe ihn für einen kurzen Augenblick gesehen. Der Teufel stand an irgendeinem Stand herum. Er wird sich besoffen haben, nehme ich an?!"

„Genau so ist es. Als es dem Schankwirt zu bunt geworden war, versuchte er die Meute loszuwerden und schob sie in eine Wirtschaft, die früher einmal Zunftstube war, seit einigen Jahren nun aber dem Volk offen steht. Bald waren die Kerle nicht mehr zu halten und begannen im Keller zu randalieren.

Irgendwo da unten hatten Zunftmitglieder etwas abseits ihr *convivum* abgehalten und dabei kam es zum Händel zwischen den beiden Gruppen. Dann hatte sich der Zunftmeister eingeschaltet und wurde von dem Frechsten und Rauflustigsten der Zecher mit einem Krug so heftig auf den Kopf geschlagen, dass er zu Boden ging."

„Du brauchst gar nicht weiterreden, ich kann mir gut denken, von wem du spricht", unterbrach Jakob den Bericht. „Ich hätte es mir eigentlich denken können, dass Kaitan uns auf dieser Reise noch Ärger macht."

„Genau um den handelt es sich", bestätigte Ernst Knoll die Vermutung. „Nicht lange und Stadtwächter tauchten auf, packten den Streithammel und schafften mit Hilfe der Zunftmitglieder den Rest der Bande wieder hierher", und mit einer Handbewegung zeigte er auf das letzte Floß, wo drei Knechte von Hauptschiffer Heller schuldbewusst herüberschauten. „Kaitan sitzt jetzt im *Zeughaus* von Bingen fest."

„Und was suchen die Säufer hier auf unserem Floß? Die sollten sich längst auf den Heimweg gemacht haben", wetterte Jakob.

„Ach die, von mir aus können sie sich bis zum Morgen ausschlafen. Wenn ich bei Hannes Heller im Dienst stehen würde, hätte ich es mit dem Heimweg auch nicht besonders eilig. Übrigens haben wir einen von ihnen ausgehorcht, woher denn das gute Geld für all den Wein gekommen war. Der meinte, dass Kaitan die gesamte Zeche übernommen hätte." Dabei schaute Ernst sein Gegenüber vielsagend an und beide ließen unausgesprochen, was ihnen in diesem Augenblick als böse Ahnung durch den Kopf ging.

Der Regen hatte nachgelassen. Sie nutzten das letzte Tageslicht und machten sich ohne langes Zögern auf den Weg.

Am Zeughaus ließ man sie nach einigem Hin und Her herein. Nachsehen dürfte einer von ihnen, aber damit hätte es sich auch. Sie durchschritten lange Gewölbe. An den Wänden hingen Waffen für die Stunde der Not, damit die Zünfte rasch eine Bürgerwehr bilden konnten. In einer Ecke lagen Säcke mit

Schwarzpulver. Salpeter war zum Schutz gegen die Bodennässe auf einem Podest aufgestapelt. Die beiden Männer der Stadtwache gingen bis zum hinteren Ende des Raumes und erklärten Ernst, dass er warten müsse. Nur Jakob solle mit ihnen eine steile Stiege hinunterklettern.

Ein bestialischer Gestank nach Abwässern, Fäulnis und Exkrementen waberte durch das Halbdunkel. Wie überall gab es auch hier keine Kanalisation. Die beiden mitgenommenen Öllampen erhellten nur unzureichend den Weg durch diesen modrigen Untergrund. Schließlich schob einer der Stadtknechte den Riegel einer sperrigen Tür zur Seite. Das schwache Licht erhellte nur notdürftig einen Verschlag, in dem eine Gestalt gleichzeitig mit der rechten Hand und dem linken Fuß in ein Eisen geschlossen war. So musste der Übeltäter in gebeugter Haltung ausharren. Der Regen hatte längst seinen Weg hierher gefunden und das Erdreich stand knietief unter Wasser. Auf einer Bodenerhebung saß eine Ratte und strich sich unbekümmert mit den beiden Vorderläufen über das struppige Fell. Dann drehte sie sich vorsichtshalber um und tauchte in ein Rinnsal ab, das aus dem Gebäude hinausführte.

In der trüben Brühe kauerte ein jammervoll zugerichtetes menschliches Wesen und man konnte nur vermuten, dass es Kaitan war. Die Männer beugten sich über eine übel stinkende Gestalt. Das geschwollene Auge, die Schrammen im Gesicht, die zerrissene Kleidung und Blutspuren deuteten darauf hin, dass man den Raufbold vor dem Einlochen noch kräftig malträtiert hatte. Zudem hatte er offensichtlich den größten Teil seiner Zeche wieder ausgewürgt, wenn Jakob die Auswürfe auf Hemd und Hose richtig einschätzte.

„Um Gottes Willen, Jakob, hol' mich hier raus! Ich werde die Nacht nicht überleben, wenn ich in dieser Jauchegrube weiter so krumm hocken muss", wimmerte Kaitan, der einen ernüchterten Eindruck machte, denn er sprach immerhin zusammenhängend.

„Du dreckiger Halunke bist eine Schande für die Schifferschaft und für die Flößer aus unserem Tal insbesondere. Konntest du nicht wenigstens einmal selber auf dich aufpassen?" Jakob konnte seine Wut über das erbärmliche Bündel Elend nicht zügeln. Vor allem aber wollte er den seelischen Druck nutzen, mit dem der Gefangene jetzt zu kämpfen hatte und stellte die Frage, die ihn seit Tagen beschäftigte: „Gib es zu, du hast mir die Geldkatze im Schlaf vom Lager weggestohlen", aber der verdreckte Kerl in der Jauche zögerte, wand sich und wollte ablenken.

„Hab' endlich Erbarmen, Jakob, hörst du. Ich hab' immer zu dir gestanden. Erinnerst du dich noch wie du klein warst und Heloisa und ich dir auf der Mühle das Leben gerettet haben?" Kaitan bettelte, weinte, er beschwor Jakob, ihn rasch aus diesem Loch zu befreien und sich nicht vor dem Herrgott zu versündigen.

„Dein Lebtag hast du mir noch nicht geholfen und würdest mich schneller verraten als Judas unseren Herrn. Gesteh, du stinkendes Ungeheuer, mit Geld, das du mir hinterlistig geklaut hast, mit Diebesgut, hast du dir und der Horde wilder Zechkumpanen einen Rausch angesoffen und da soll ich dir auch noch helfen?! Solange ich von dir nichts Besseres zu den vielen blanken Kreuzern höre, mit denen du den großen Herrn herausgekehrt hast, kannst du vermodern und verrotten. Womit hast du die Zeche bezahlt? Willst du es nicht sagen, so behalt' es getrost für dich. Ich habe an dir wahrlich nichts gut zu machen!"

Entschlossen wandte sich Jakob zur Treppe, wollte oben mit Ernst beratschlagen was zu tun sei, aber da brach es aus Kaitan heraus. „Zum Teufel noch einmal – warte doch … ! Also ja, es ist wahr, was du sagst und ich gesteh es ein, Mann" und wieder wimmerte er und versuchte sich an Jakob zu klammern. Ein groteskes Bild, wie die besudelte Gestalt nun auch mit dem zweiten Knie in die Brühe eintauchte, in der er hockte. Mit nur einer freien Hand über dem Kopf warf er sich zu Boden, als wollte er gleich hier und jetzt ein Gelübde ablegen. „Mit ganzer Seele bedaure ich den Diebstahl, du bist ein Christenmensch, hast auch dem Hauptschiffer in die Hand versprochen dich um uns zu kümmern. Geh, bring die Sache ins Reine und beeile dich, Jakob, auf der Stelle schwöre ich was du willst – vor allen Männern, die du mir bringst. Ich schwöre, dass ich dir alles zurückzahle. Den Schaden will ich glattstellen … und dasselbe nochmals drauflegen, so wahr mir Gott helfe", fügte er schluchzend hinzu.

Das war es, was Jakob hören wollte. Ohne ein solches Geständnis, so hatte er sich geschworen, würde er den hinterlistigen Schelm verrecken lassen. Die Sache war ans Tageslicht gekommen und so sehr ihn diese Offenbarung tief unter dem Zeughaus der Stadt Bingen auch befriedigte, so bitter blieb die Tatsache, dass die Reisebarschaft unwiderruflich verloren war. Bei dem Gelage, der anschließenden Rauferei, spätestens aber, als man den Trunkenbold in diese dunkele Abfallgrube geschleift hatte, war das Silber für immer in anderen Taschen gelandet. Zugleich wusste er, dass Versprechungen in dieser Not und unter Druck nichts taugten und beim ersten Tageslicht, das Kaitan erblickte, vergessen sein würden.

Ließe sich die Gunst der Stunde nutzen, den Hergang des mysteriösen Unfalls von Thomas Kemper aus der Tiefe dieses Lochs ans Licht zu bringen? Jetzt aber drängten die Stadtknechte zurück zur Treppenstiege, wollten hier kein langes Palaver, nur sehen sollte Jakob den Strolch, mehr aber nicht.

Geräuschvoll wurde die Tür wieder verriegelt und als sie endlich in die große Halle des Zeughauses zurückgefunden hatten, wurde nach dem Zunftmeister gerufen, der zu allem Unglück auch zugleich im Rat der Stadt ein gewichtiges Wort mitredete. Dieser tauchte trotz der späten Stunde irgendwann auf. Er sah ebenfalls arg mitgenommen aus, hatte den breiten Schädel verbunden und während er unwirsch das Eingangstor aufriss, segelte der *Hauptkann*, ein blasser, unfroh dreinschauender Zwerg, als dessen Zeuge mit ihm herein.

Wutentbrannt verkündete der Zunftmeister, dass es doch immer das Gleiche sei mit den Rheinflößern. Den Zoll würde die Stadt bei dem Geschmeiß zwar einsacken, aber gleich darauf durch den Schaden wieder ausgeben.

„Lasst Euch gesagt sein, Burschen, dass ich nach der Zunftordnung Recht spreche und Ihr beide könnt versichert sein, dass ich mit dem gottverdammten Hundsfott da unten kein langes Federlesen machen werde. Schaut zu, dass Ihr auf Euer Floß kommt und überlasst den besoffenen Streithammel nur meiner Fürsorge!"

Der Zunftmeister tobte und schließlich wendete er sich an den dürren Hauptkann, der bei seinem Ausschank alles gesehen hatte und jetzt eifrig zustimmte. Gerade als dieser den Hergang der Schlägerei nochmals breittreten und gestenreich ins rechte Bild setzen wollte, meldete sich Ernst Knoll in beschwichtigendem Ton zu Wort.

„Nichts werden wir beschönigen, Zunftmeister, der Fall mag so gewesen sein, wie Ihr ihn nun schildert, aber mit Verlaub, Gericht, wenn ich es recht sehe, haltet Ihr über Angelegenheiten Eurer Zunft. Ob Ihr aber diese üble Schlägerei zu verhandeln habt, bleibt fraglich. Für Euch selbst kann die ganze Sache doch nur schlimmer werden. Der Mann dort unten in der stinkenden Brühe, mag er diese gottlose Behandlung so verdienen oder nicht, er gehört zu unserer Mannschaft und wir sind morgen schon woanders. Lasst uns den Schaden zahlen, so wie er entstanden ist. Damit spart Ihr Eurer Zunft unnötige Kosten und wir tauchen unseren Schläger so lange in den kalten Rhein, bis sein Kopf wieder klar wird und er nicht mehr so erbärmlich stinkt."

Schon bald schien es, dass der Zunftmeister durch den besänftigenden Ton von Ernst einlenken könnte. Als es aber an einen Geldbetrag heranging, mit dem die Sache aus der Welt geschafft werden sollte, drohte alles wieder zu scheitern, denn keiner der Männer hatte auch nur annähernd den Betrag, der ihnen aufgetischt wurde.

Nun griff auch Jakob ein. Er trat dem Zunftmeister in den Weg, der schon Anstalten machte, sich fortzumachen und den Fall zu vertagen: „Was sollen wir lange drumherum reden, Meister, Silbermünzen haben wir nicht in der Tasche klimpern und unser Floßmeister hat sich mit dem Gewinn aus dem Holzverkauf schon auf den Heimweg gemacht. Lasst die Sache gut sein, setzen wir einen Vertrag auf, nach dem unsere Schifferschaft beim nächsten Anländen in Bingen den Schaden auf den Heller genau ersetzt. Wir sind keine Herumtreiber sondern anständige Flößer, die in Lohn und Brot stehen, und wegen eines schwarzen Schafs muss nicht die ganze Herde vom Teufel geritten sein."

Der Abend war nun schon weit fortgeschritten und dem Zunftmeister mochte auch der Kopf nach etwas anderem ste-

hen als nach mühevoller Inquisition, zumal aus dem Einge-
sperrten kein einziger Kreuzer herauszuholen war.

So zog er schließlich mit einem Kreditbrief ab, den er bei
nächster Gelegenheit einzulösen gedachte. Zwei Mann unter-
schrieben mit der Faust in der Tasche und dann wurde Kaitan
nach oben geschleift. Die Stadtknechte konnten es sich nicht
verkneifen, den schlaffen Körper mit großem Schwung auf die
nasse Gasse zu werfen, sodass er schmerzhaft aufschlug.

„Schaut, dass Ihr schnurstracks auf Eure Holzinsel kommt
und kein lautes Wort mehr zu dieser späten Stunde", rief der
Zunftmeister warnend hinterher, während die Schwarzwälder
sich die Nasen zuhielten und versuchten, den erbarmungswürdigen Kaitan in seinem übel riechenden Zustand zurück zum
Rhein zu zerren.

Dann der nächste Schreck. Es war spät geworden und seit
geraumer Zeit waren die Stadttore geschlossen. Es gab nicht die
geringste Chance, die Wachen davon zu überzeugen, sie durch-
zulassen. Nachts zählte nur die Sicherheit der Einwohner und
es brauchte nur wenige Schnapphähne, um ein halbes Dutzend
Wachen zu überwältigen und die Stadt zu plündern. Bingen
hatte Erfahrung mit Brandschatzungen.

Die Kameraden, ein wärmendes Feuer, trockene Schlafhütten darauf, all das lag gerade einmal dreihundert Fuß von
ihnen entfernt, aber diese verdammte Mauer trennte sie. Kein
Hahn würde danach krähen, wenn der eine oder andere von
ihnen beim Klettern über den Steinwall sein jähes Ende finden
würde, denn ein schlecht aufgelegter Wachposten konnte ohne
jede Warnung seine Muskete in Anschlag bringen und am Ende
würde sich wieder einmal bewahrheiten, was viele sowieso
sagten: „Haltet die Flößer, diese Hungerleider, immer schön in
der Strömung des Rheins, denn an Land verursachen sie Schäden wie Schwarzkittel auf den Feldern."

Es regnete jetzt gleichmäßig. Die Gassen waren menschen-
leer. Schließlich trieb Jakob eine Leiter auf und so setzten sie
alles auf eine Karte, kletterten an einer abgelegenen Stelle
auf das mannshohe Bollwerk und sprangen auf der anderen
Seite in ein Gebüsch, das ihnen Deckung gab. Kaitan kam als
Zweiter und als er zögerte, gab ihm Ernst Knoll einen kräf-

tigen Stoß. Auf allen Vieren landete er im Strauchwerk und verstauchte sich eine Hand. Als er einen Schmerzensschrei von sich gab, hörte man Rufe. Jemand wollte ihnen auf der Leiter nachsteigen. Es wurde höchste Zeit, sich davonzumachen, aus dem Gebüsch, aus den nassen, dunklen Gassen und aus der Stadt Bingen allemal.

Kaum hatten die Flöße abgelegt, da zwängte sich der Rhein in einer engen Rinne zwischen hohen Felswänden hindurch. Eine zusätzliche Gefahr bildeten die unberechenbaren Wisperwinde, die plötzlich quer einfallen konnten.

Der gestrige Nachmittag mit Morgana, das Liebeserlebnis am Weiher, der gemeinsame Heimweg von einem überraschenden Ausflug in die Glückseligkeit, all das schwang in Jakob fort. Er glaubte noch den Duft ihrer Haut zu spüren, der sich mit dem von Wiesenblumen vermengt hatte. Auf dem Heimweg hatte Morgana ihr schwarzes Tuch um ihre Hüfte gebunden so als könne sie die Zweisamkeit auf Dauer fest verknoten. Sie hatte kaum gesprochen und sich in seinen Arm geschmiegt. Als sie wieder in die Stadt kamen, hatte sie den Stoff gelöst, war von ihm abgerückt und bald darauf im Schaustellerwagen verschwunden. Von der Treppe herunter hatte sie sich ein letztes Mal nach ihm umgedreht. Dabei war ihr Blick tief in ihn eingedrungen, so als wollte sie sich das Bild dieses Abschieds für immer einprägen.

Irgendwann hatte Jakob versucht, seiner Geliebten vom Schwarzwald und seinem Tal daheim zu berichten. Er wollte ihr die Heimat näher bringen, ihr den gemeinsamen Ankerplatz mitteilen, an dem sie ihn nach der langen Reise treffen sollte, aber Morgana hatte ihn verständnislos angesehen. Ihr war es wichtiger gewesen, den Augenblick zu spüren – das große Glücksgefühl, in dem sie beide schwelgten. Nein, sie war nicht an Kommendem interessiert. Diese begehrenswerte Frau wollte nur den Moment auskosten. Jakob dagegen wollte planen, ja, ein gemeinsames Leben ins Auge fassen und er hatte gehofft, dass sie beide sich nicht nur in der Liebe trafen. Die Frau neben ihm dachte in Maßstäben, die ihm fremd waren. Sie forderte nichts ein für eine Begegnung, aus der er Verpflichtungen und Erwartungen für sich folgerte.

Es gab keine weitere Verabredung, kein vorgefasstes Wiedersehen. Wollte sie den Zufall zu ihrem Spießgesellen machen? Oder ob sie auf ihre übersinnlichen Kräfte baute, eine nächste Begegnung voraussah? Als er mit Kaitan im Schlepptau am späten Abend das Zeughaus verlassen hatte, konnte er noch einen raschen Blick auf den Marktplatz werfen, aber der Theaterwagen war verschwunden, kein Lebenszeichen von Morgana. Das quirlige, lebhafte Marktgeschehen war fortgespült vom monotonen Plätschern des nächtlichen Landregens.

Jetzt tanzte das Holz auf und ab und schon bald hielten die Verbindungstaue dem Zerren nicht stand und rissen eines nach dem anderen. Die Flöße trieben weit auseinander. In diesen engen Schluchten schob das Wasser seine Fracht schneller voran als an seinem Oberlauf. Ein Anhalten gab es nicht. Die Männer standen knietief im Nass, dann wieder einige Fuß hoch über der Gischt. Jeder war auf sich selbst gestellt. Eine der Floßtafeln schrammte unsanft über eine Untiefe hinweg, drohte auseinanderzufallen und drehte nun ohne Steuermann um die eigene Mitte an einem Ufer entlang. Der Mann mit dem Ankerboot als Schlusslicht machte beherzt am Holz fest und versuchte, dem Gefährt wieder Richtung zu geben. Schließlich gelang es ihm, die Flussmitte anzusteuern.

Jedes Jahr sorgte das Geschiebe des Flusses mit all dem Sand und Geröll für neue Untiefen. Da gab es die *Leistenfelsen*, die *Unkelsteine*, die *Wilde Gefähr*, dann wieder starke Biegungen.

Ein anderes Floß trieb auf eine Insel zu, die weit in den Rhein hineinragte. Mit einem kräftigen Ruck kam das Holz zum Stehen und warf den Steuermann in ein Kiesbett. Doch dann drehte es wieder in die Strömung und der Ferge sprang geistesgegenwärtig zurück auf den schwimmenden Untersatz. Die Wieden hatten die Stämme zusammengehalten.

Eine besondere Gefahr bildeten die *Unkelsteine*, weil sie weit ins Wasser hineinragten und der Durchlass eng war.

Bei der *Bank*, der engsten Stelle dieses Abschnittes, klammerten sich einige Flößer an ihren Rudern mehr fest als dass sie mit ihnen steuerten.

Schließlich weitete sich die Schlucht und die Berghänge traten zurück. Jetzt dehnte sich das Flussbett aus, suchte auch gelegentlich seinen Weg über mehrere Seitenarme, sodass nun wieder die beiden vorausgeschickten Ankernachen die Strecke ausmachen mussten.

Es ging jetzt ruhiger zu. Der Rhein trug seine Last willig, wie ein gutmütiger Gaul seinen Reiter. Die ermatteten Flößer atmeten durch und am Abend fanden alle wohlbehalten an einem beschaulichen Ufer zusammen. Man half sich gegenseitig beim Vertäuen der Stämme.

Nachdem man den ganzen Tag nicht gegessen hatte, wurde Feuer gemacht und die Männer lösten sich aus der beklemmenden Angst einer Havarie.

Welsches Leben
Anno 1548

Die Nachricht über das Eintreffen der kostbaren Fracht in der Stadt Dordrecht war den Flößen vorausgeeilt. Rasch war der Handel besiegelt und mit Silbermünzen reichlich beglichen. Mehr als das Doppelte von dem, was der Binger Greis geboten hatte, wurde hier bezahlt. Für den Heimweg bekam jeder Mann soviel in die Hand gedrückt, dass er für den Marsch in den Schwarzwald keinen Hunger leiden musste. Die meisten hatten sich rasch auf den Rückweg gemachte. Die Niederlande waren ihnen nicht geheuer. Ein Krug Wein, ein kühles Bier mochten helfen, die beschwerliche Wegstrecke heil zurückzulegen. Wenn sie haushielten, konnten sie einige Silberstücke für daheim aufsparen.

Mit leichtem Marschgepäck stahl man sich aus der sicheren Gemeinschaft hinweg. Grüppchenweise waren sie aufgebrochen und hatten einander kein „Auf Wiedersehen" zugerufen. Die Segenswünsche für den anderen hob man sich für die Begrüßung am gemeinsamen Ziel auf.

Einige würden bei ihrer Wanderung heimwärts unachtsam sein, den Lohn versaufen oder mit Dirnen vertun. Dann waren es viele Wochen nutzloser Plackerei und sie mussten am Ende mit dem auskommen, was die Familien dem Acker abgerungen hatten. Statt die eigenen Leute zu ernähren, mussten sie durchgefüttert werden.

Den Erlös vom Holzverkauf verwahrte Jakob bei sich, um ihn dem alten Ridinger daheim in die Hände zu drücken. Zu viert wollten sie ein Auge darauf haben. Mit Ernst Knoll und zwei weiteren Flößern sollte es beim Morgengrauen nach Hause gehen. Die verwahrloste Herberge, in der sie ihr Nachtquartier aufgeschlagen hatten, war stickig und verdreckt. Jakob wollte das letzte Tageslicht nutzen, um vor dem Einschlafen Luft zu schöpfen.

Er schlenderte am Fluss entlang, kam an mehreren Gehöften vorbei und gelangte schließlich in die Mitte der Ortschaft Dordrecht. Die Stille dieser Abendstunde war wohltuend.

Doch dann ging alles so schnell und unerwartet, dass er nicht mehr dazu kam, sich seiner Angreifer zu erwehren. Gelegentlich hatte er es sich ausgemalt, wie er reagieren würde, wenn eine bedrohliche Situation so eskalierte, dass sie außer Kontrolle geriet, aber man konnte solche Ereignisse nicht steuern. Das Überraschungsmoment war heftig und bewusst so angelegt.

Die Dinge überschlugen sich so rasch, dass er unfähig war, den Ablauf zu beeinflussen. In der engen Gasse sah er in einiger Entfernung eine Gestalt am Boden kauern, als wolle sie um Almosen betteln. Vielleicht aber war dort jemand vor Erschöpfung eingeschlafen. Jedenfalls konnte Jakob nichts Ungewöhnliches an der zusammengesackten Person finden und wollte an ihr vorbeigehen, als das Bündel ganz unvermittelt zu Leben erwachte und aufsprang. Vor ihm baute sich ein stämmiger Mann auf und verstellte den Weg. Böse grinsend breitete er zwei muskelbepackte Arme aus und unterstrich seine feindseligen Absichten mit einem armdicken Knüppel.

Instinktiv suchte Jakob den Rückzug, drehte sich um und musste erschreckt feststellen, dass ihm ein zweiter Straßenräuber gefolgt war. In dem schummerigen Licht waren die beiden dunklen Gestalten, zwischen die er geraten war, nur schemenhaft auszumachen. Er griff in den Gürtel, suchte sein Messer, aber da sah er schon eine blanke Klinge in der Hand des zweiten Halunken blinken. Noch ehe er dem Angriff ausweichen konnte, wurde er von hinten gepackt. Er konnte dem Stoß nicht entgehen, war wehrlos und Gaunern ausgeliefert, die vor nichts zurückschreckten. Das Messer bohrte sich in seine rechte Schulter.

Für einen winzigen Augenblick war der Schmerz nicht zu spüren, dann aber zeigte der Stich seine volle Wirkung. Jakob stöhnte auf, aber seine Peiniger wollten sicher gehen, nicht halbe Arbeit leisten. Der Mann stieß wieder zu und traf auf einen Rippenknochen. Die Klinge brach ab. Die demolierte Waffe fiel auf den Boden. Jakob konnte sich nicht mehr aufrecht halten. Die Knie sackten ihm weg. Jetzt schlug der Hüne erbarmungslos mit dem Knüppel auf ihn ein. Am Boden liegend wurde sein Körper malträtiert, der sich nicht mehr wehren konnte. Der Schmerz wurde unerträglich. Diese Burschen wollten keinen überlebenden Zeugen zurücklassen und schlugen brutal auf Kopf und Lenden ein. Dann spürte er, wie mehrere Hände hektisch und aufgeregt seine Kleidung durchwühlten, bis sie fündig wurden, ein Säckchen triumphierend in die Höhe hielten, und schon tauchten die Gestalten in die Dunkelheit hinein.

Es hatte kein großes Geschrei gegeben, warum auch, schließlich ging es um Sekunden, um das blanke Leben. Da war kein Raum für lautes Zetern und Rufen. Für die Räuber zählte allein die Beute, das ganze schöne Geld, mit dem sie sich davonmachten.

Wo steckte Ernst Knoll in diesem Augenblick? Wer konnte jetzt helfen? Jemand musste doch das Handgemenge beobachtet haben. Aber die Gasse war dunkel und des Nachts verschloss man jede Öffnung, die lichtscheues Gesindel zu bösen Taten verleiten könnte.

Für einen kurzen Moment wurde irgendwo über ihm ein Fensterladen aufgestoßen. Jemand schaute in das Dunkel unter sich, schloss ihn aber gleich wieder und es blieb still. Wie in allen Städten stank es nach Kot. Eine Rinne in der Mitte der Gasse diente als Kanalisation und der Abfall vieler Häuser speiste tagein, tagaus den trägen Fluss von menschlichen Exkrementen, verwesendem Küchenabfall und dreckigem Waschwasser.

Nachts dehnte sich die Fäulnis aus und nahm Besitz vom Raum zwischen den Häuserwänden. Hier draußen war der Darm einer Ansiedlung, die sich allen Unrats entledigte. Schmutz und Fäkalien vermischten sich mit dem sickernden Blut einer gepeinigten, geschundenen Gestalt. Langsam, aber unaufhaltsam entschwand das Leben aus Jakobs Körper.

Für eine kurze Zeit mochte Ernst Knoll nach ihm suchen, dann aber wohl oder übel ohne ihn aufbrechen, besorgt und ratlos. Vielleicht würde er sich am Ende sagen: „Lasst gut sein, der Jakob mag sich's anders überlegt haben und ist auf eigene Faust losmarschiert. Mag sein, dass wir uns begegnen. Männer, sputet euch, schaut, dass ihr heimkommt. Welsches Land ist gefährlich." Hier zeigte sich, dass es nicht übler kommen konnte als in diesem gottverdammten Nest mit dem Namen „Dordrecht".

Sollte ein Leben so unbemerkt enden – in der Mitte einer Stadt, umgeben von Bürgern, die ihn nicht wahrnahmen? Man würde ihn am Morgen finden, einen Landstreicher mehr, der sich bei einer Prügelei dem Tod in die Arme geworfen hatte.

„Schafft ihn fort von hier, Leute ...! Wer will schon einen solchen Kadaver vor der Toreinfahrt ...!? Denkt an die Kinder ...! Der Anblick ist wahrlich nicht erbaulich ... es ist nicht gut, Leichen wie diese herumliegen zu lassen ...! Na also, die Taschen sind leer, nichts hat der arme Sünder bei sich ...! Nun ja, das passt ins Bild ...! Spannt einen Gaul vor den Leichenkarren, damit die Sache schnell erledigt wird ...! Der Kerl hier unten greift mit seinem Tod zu allem Übel noch ins Stadtsäckel, kostet unser gutes Geld und hat zu seinem Begräbnis am Ende nichts beigetragen ...!"

Jakob wurde zusehends schwächer. Das Blut floss unaufhaltsam aus zwei klaffenden Wunden. Die Zeit schritt voran und die Gedanken wirbelten unablässig:

„Morgana, kaum habe ich dich umarmt, schon soll ich verscharrt werden. Das, Geliebte, hast du mir nicht aus der Seele lesen können, oder hast du geahnt, dass ich einsam in der Dunkelheit ausblute wie ein waidwundes Wild? Wir hatten uns geliebt, waren zusammengewachsen im klaren Wasser, ließen uns von der Wärme und Stille eines unvergessenen Sonnentages einfangen und ganz plötzlich zerrinnt mein Leben in der stinkenden Gosse. Es kann nicht mehr lange dauern, dann trennt mich der Tod von dir. Wir hätten uns nicht so schnell loslassen sollen und haben Schuld auf uns geladen, weil wir bedenkenlos unserer Wege gegangen sind. Die gerechte Strafe des Herrn kommt rasch über jene, die sich versündigen. Ist eine solche Heimsuchung gerecht – ist sie angemessen? Bleibe du voller Lebensfreude, wenn ich hinweggleite. Im Grunde hast du es von Anfang an darauf angelegt, dein Glück ohne mich zu finden.

Warum liege ich so krumm, dass nicht mehr als eine Häuserwand zu sehen ist? Mit dem Gesicht nach oben könnte ich vielleicht Sterne ausmachen oder den Mond. Jetzt muss ich auf den Dreck unter mir starren. Nein, es kommt keiner mehr vorbei. Irgendwann … wenn es hell wird vielleicht … der Nachtwächter …, dann ist es zu spät für mich. Warum hat mein Mörder den Stich nicht genauer angesetzt, als er mir die Klinge in die Rippen bohrte? Er hätte das Herz treffen sollen. Nicht einmal das konnte er richtig. Es wäre ein gnädiger Tod, nicht so langsam und schleichend. Mit der Geldkatze in den Händen werden sie sich gesagt haben, dass der Rest dieses Lebens auch ohne sie vergeht.“

Dann ließ der Schmerz nach. Warum konnten die Augen kaum noch etwas erkennen? Es wurde alles trübe um den Verwundeten herum. So sah man wenigstens den Dreck nicht mehr. Hatte sich etwa Nebel in der Gasse ausgebreitet? Es wurde so angenehm warm. Mit dem austretenden Blut versiegten nun auch die Gedanken. Die Muskeln entspannten sich. Alles trieb in ein Dunkel ohne Konturen. Loslassen … hinwegschweben … kein Schmerz war mehr zu spüren …

Mijnheer Frans van Nienpoort war heute Morgen von einer Reise aus Gent und Antwerpen zurückgekehrt. Trotz des guten Wetters war die Fahrt anstrengend gewesen. Kaum angekommen, saß er den Rest des Tages im Kontor, hatte sich berichten lassen und aufgearbeitet, was während der vier Wochen seiner Abwesenheit liegen geblieben war.

Wenn er die geteilte Freitreppe der geräumigen Empfangs-halle links hinaufgehen würde, könnte er seine Schwester an-treffen, die in jenem Flügel des Hauses mit ihren beiden Kin-dern wohnte. Seit etlichen Jahren bereits war sie Witwe und würde es wohl auch bis zum Ende ihres Lebens bleiben, denn wer heiratete eine zweimal geschwängerte Frau. Zwar war sie gut versorgt und brauchte um ihren Unterhalt nicht bangen, aber es war unwahrscheinlich, abermals einem Ehemann ver-sprochen zu werden, der ihrem Stand entsprach. Nun über-wachte sie den Haushalt mit all seinem Gesinde.

Mijnheer van Nienpoort benutzte den rechten Treppenauf-gang zu seinen eigenen Gemächern. Ein Hausbursche, der auf einem Schemel gedöst hatte, fuhr in die Höhe. Er nahm seinem Herrn den kühn geschwungenen Hut ab und verbeugte sich ehrfurchtsvoll. „Willkommen daheim, Mijnheer, Eure Schwes-ter hat Gesottenes und Obst für Euch bereitgestellt. Habt Ihr noch Hunger?"

„Wie geht es ihr?", fragte der Handelsherr zerstreut.

„Recht gut, möchte ich meinen, sie war ausgefahren mit beiden Söhnen und ist erst spät wieder daheim gewesen", be-richtete der Diener, aber Mijnheer van Nienpoort hörte kaum hin. Er schloss die Tür hinter sich und wollte seine Ruhe ha-ben – endlich wieder einmal ausschlafen.

Es war weit nach Mitternacht, als es heftig an seiner Tür pochte. Der Adelige brauchte einige Zeit, bis er seine Gedanken geordnet hatte. Dabei glückte es ihm nicht, ein Talglicht anzu-zünden, und so versuchte er sich in der Dunkelheit zurechtzu-finden.

„Mijnheer, unten ist jemand, der Euch unbedingt sprechen muss." Frans wollte wütend aufbegehren, den nächtlichen Ru-hestörer anherrschen, aber als der Bursche nur halb bekleidet und aufgelöst hereinstolperte, nicht gefragt hatte, ob er über-haupt eintreten durfte, schien es dem Hausherrn geraten, zu-erst einmal hinzuhören. Irgendetwas Ungewöhnliches war in seinem Haus vor sich gegangen.

„Vergebt mir, aber ich kann doch den Juden nicht einfach wieder fortschicken." Im Allgemeinen war der Bursche verläss-lich und pflichtbewusst. Man musste ihm zugute halten, dass er nicht wusste, wie er sich die nächtliche Ruhestörung vom Hals halten konnte.

„Welcher Jude will zu dieser Stunde etwas in unserem Haus? Mir scheint, du willst deine bösen Träume an mir rächen", aber Mijnheer van Nienpoort sagte es, ohne wirklich zu zürnen. „Nun sprich aus, um was es geht und lass dir einen guten Grund einfallen." Dabei streifte er sich einen langen Schlafrock über und schlurfte missmutig bis zum oberen Treppenabsatz.

„Der Jude Reb Chaim Issachar steht unten und drängt mich, Euch aus dem Bett zu holen. Er ist furchtbar aufgeregt und eine Leiche hat er auch dabei." Die Worte des Boten überschlugen sich. Ganz offensichtlich war er mit dem Überfall und der makaberen Überraschung gänzlich überfordert.

Unten in der Halle wartete der jüdische Gelehrte Chaim Issachar. Leicht vorgebeugt hielt er seine runde, schmucklose Kippa am Hinterkopf fest, ohne die er nie das Haus verließ. Er war verlegen und außer Atem vor Eile.

Frans mochte den gebeugten Alten mit seinem unaufdringlichen Wesen. Ein abgeklärter Mann stand in der Halle, der belesen war und über Dinge sprach, die auf ein großes Wissen schließen ließen. Er beschäftigte sich neben all seinen Studien über die Mystik und das Universum vor allem mit Heilmitteln und Tinkturen und wusste vieles über die menschlichen Organe.

Ehrerbietig schaute der Alte nach oben: „Mijnheer, bitte schüttet nicht Euren Zorn über mir aus, aber die Angelegenheit lässt sich beim besten Willen nicht hinauszögern. Morgen kann es schon zu spät sein und ich bin mir sicher, dass es in dieser Sache kein Vertun gibt", und dann zog er ein Amulett aus dem schwarzen Umhang und hielt es dem Hausherrn mit beiden Händen entgegen.

Als Mijnheer Frans das fein ziselierte Schmuckstück sah, wurde er blass. „Wie seid Ihr an diesen Talisman gekommen?" Beunruhigt fügte er hinzu: „Gut habt Ihr daran getan, mich gleich aufzusuchen."

„Wer kennt Euer Familienwappen nicht!" Der wohlwollende Empfang tat dem Juden sichtlich gut und er atmete erleichtert auf. „An Eurem eigenen Hals habe ich dieses Amulett schon gesehen, als ich Euch zur Ader ließ, wisst Ihr noch? Jetzt finde ich eben dieses Wappen bei einem Herumtreiber. Viel hat Eure Familie erleben müssen, der Herr segne Euch und alle Angehörigen, aber hier mag ein Halunke Rechenschaft ablegen, noch ehe es ihn ins Fegefeuer treibt."

„Ihr irrt, guter Mann, das ist nicht mein Amulett", und Frans zog ein gleiches Schmuckstück unter seinem Schlafrock hervor, „aber es gibt keinen Zweifel, es gehört zu unserer Familie. Meine Schwester und ich haben zur Taufe das Gleiche bekommen und es gab früher sogar einmal ein drittes …!" Leise und nachdenklich ergänzte der Hausherr: „… ein solches hatte meine Mutter früher einmal um den Hals getragen." Mit einem inneren Ruck suchte er all das zu verdrängen, was in diesem Augenblick in ihm vorging. „Ehe ich jetzt voreilig Schlüsse ziehe, lasst uns aufbrechen und den Leichnam in Augenschein nehmen."

„Den Weg könnt Ihr Euch sparen, gnädiger Herr", und auf ein Zeichen hin wurde unten das schwere Eingangstor aufgestoßen. Der Nachtwächter zog ein Tragebrett mit einer halb entkleideten Gestalt hinter sich her. Das besudelte Hemd war aufgerissen und schleifte blutdurchtränkt über den Boden.

„Passt auf, dass Ihr nichts beschmutzt!" Reb Issachar wollte die nächtliche Ruhestörung nicht durch weitere Unannehmlichkeiten belastet sehen.

Währenddessen war Frans die Treppe hinuntergegangen. „Es ist ein noch junger Mann. Lebt er noch?", fragte er unsicher und während der Heiler dies bejahte, gingen Frans tausend Gedanken im Kopf herum.

„Das Blut ist zum Stillstand gekommen, aber es ist auch nicht mehr viel davon in ihm", meinte der Jude, indem er einen prüfenden Blick auf das blassgelbe Gesicht des Kranken warf. „Als dieser arme Teufel gefunden wurde, hat man mich gerufen. Ich wohne ja gleich nebenan. Sie pochten an die Tür, dass mir ganz wirr im Kopf wurde und als ich dabei war, diesen Fremden genauer zu untersuchten, fand ich das Amulett an seinem Hals – und auch noch einen Rest Leben. Ich habe einen Löffel Alaun in Wasser aufgelöst, um die Wunden damit auszuwaschen. Also sagte ich mir, dass es besser wäre, Euch den Schelm hierher zu bringen, noch ehe er sich aus dieser Welt davon machen kann."

„Recht habt Ihr gehandelt", beruhigte Frans van Nienpoort den nächtlichen Besucher und nachdem er die Bahre einmal ganz umrundet hatte, fügte er hinzu: „Lasst es gut sein, für den Augenblick. Es ist spät und ich will den Fall auf den hellen Tag verschieben. Dieser geprügelte Kerl ist sowieso nicht bei Sinnen, und ob er ins Diesseits zurückfinden wird, wissen wir nicht. Dank Euch, Rebbe Issachar, dass Ihr mir dieses Häufchen Elend ins Haus geschafft habt. Wer weiß, was wir bei Tageslicht in der Sache herausfinden."

Er betrachtete das Kleinod in seiner Hand mit einem verträumten Blick. „Mag sich ein Verbrechen lüften, das nun schon an die sechzehn Jahre zurückliegt. Seid so gut und setzt alles daran, dass der hier ...", Frans schaute mit einem Anflug von Mitleid auf die Bahre, „... dass dieser Unbekannte wieder aufwacht. Bleibt bei ihm und tut Euer Bestes. Eine Magd wird Euch eine Kammer richten und zur Hand gehen, wenn Ihr Hilfe braucht."

Zum Burschen gewandt fügte er hinzu: „Gleich am Morgen suchst du meine Schwester auf. Wir wollen gemeinsam entscheiden, was zu tun ist. Bis dahin mag wieder Ruhe im Haus einkehren. In der Nacht soll der Mensch nichts unternehmen, was er bei Tageslicht besser auf den Weg bringen kann."

Die Nase hinauf bis ins Hirn schmerzte es fürchterlich. Jakob musste husten und mit dem ersten Gedanken, den er fasste, fragte er sich, ob sein Schädel zerplatzen könnte. Er fühlte sich schwach und fiebrig. Sein Innerstes lehnte sich mit aller Kraft dagegen auf, wieder in diese Welt einzutauchen.

„Seht Ihr, es hilft rasch und erfüllt seinen Zweck. Mit diesem Kräutersud atmet unser Patient einen Reiz ein, der stechend ist und ihn zugleich belebt." Es war die hohe, leicht fistelnde Stimme eines betagten Alten. Jemand antwortete, aber Jakob verstand nicht, was gesagt wurde.

Als er die Augen aufschlug, schaute er einem freundlichen, hageren Mann ins Gesicht, der sich besorgt über ihn beugte: „Nun ist er ganz in unserer Welt. Ihr könnt mit ihm sprechen, Mevrouw", sagte die Stimme in eigentümlichem Dialekt.

Eine rundliche, noch jugendliche Frau mit Sommersprossen stand auf der anderen Seite seines Lagers und schaute ihn mit einem Blick voller warmer Anteilnahme an. Noch hatte Jakob nur die Augen bewegt, wagte nicht sich zu drehen, aus Sorge, dass seine Schmerzen heftiger würden.

„Herzlich willkommen in unserem Haus, Bruder Frank", glaubte Jakob aus ihrer fremden Sprache herauszuhören und war sich ziemlich sicher, dass er träumte, denn nichts von dem, was er sah und hörte, ergab einen Sinn.

Er spürte, dass man ihn in weiche, nach Kräutern duftende Tücher eingewickelt hatte. Noch nie in seinem Leben hatte er ein so behagliches Lager unter sich gespürt. Zugleich erfasste ihn eine angstvolle Beklemmung.

Diese unbegreifliche Fürsorge, ein so warmherziges Interesse, dies alles ließ ihn fürchten, dass etwas nicht mit rechten Dingen zuging.

Wo bin ich, ging es ihm durch den Kopf. Da war diese Floßfahrt bis Dordrecht. Richtig, das Holz hatte er verkauft zu einem Preis, der so viel höher war als in Bingen. Gutes Geld hatte es gegeben. Aber irgendetwas war dann schiefgelaufen. Nein, in seinem Dämmerzustand konnte er sich beim besten Willen nicht an das erinnern, was danach kam.

„Holt rasch meinen Bruder, Rebbe Issachar!" Die Frau war aufgeregt. Was wollte sie nur von ihm? Jetzt ergriff sie in sichtlicher Rührung seine Hand. Sie sagte so etwas Ähnliches wie: „Du bist heimgekehrt, geliebter Bruder. Lass' dich ansehen, nicht nur an deinem Gesicht mit der kräftigen Nase eines echten Nienpoort ist das zu erkennen, sondern auch an deiner Statur. Frans muss gleich hier sein. Nein, warte, sag noch nichts."

Dann wurde auch schon eine Tür geräuschvoll aufgestoßen und ein Mann kam auf ihn zu, dem die vornehme Herkunft auf den ersten Blick anzusehen war. Recht korpulent war der Herr.

Offensichtlich verstand er es, üppig zu leben. Er hatte einen gestutzten Backenbart, der das Kinn umschloss. Einige Jahre älter als Jakob mochte er sein.

„Wir grüßen dich gemeinsam, lieber Frank, wie fühlst du dich?" Ob Jakob den Neuankömmling in seiner fremden Sprache richtig verstanden hatte? Er konnte nichts von all dem, was um ihn herum passierte, begreifen. Was mochte ihm dieser vornehme Herr wohl sagen wollen?

Dieses Fieber, dachte Jakob, ich sollte die Augen zumachen und wieder einschlafen. Dann entschloss er sich, reinen Tisch zu machen. Er wollte jedem Irrtum vorbeugen, gleich hier und jetzt. „Vergebt mir, aber ich verstehe nicht was Ihr sagt. Hier liegt gewiss eine Verwechslung vor. Ich lebe im Schwarzwald. Bin ich noch in Dordrecht? Was ist nur mit mir los? Ich kann mich nicht erinnern wie dies alles ..."

„Ah ...! Du bist nicht von hier. Du sagst, dass du aus dem Schwarzwald kommst? Gehörst du etwa zu den Leuten, die vor einigen Tagen Holz über den Rhein angeliefert haben?" Der freundliche Herr über seinem Lager wechselte ohne Mühe in die deutsche Sprache. Er lachte über das ganze Gesicht. Offensichtlich wollte er Vertrauen zwischen sich und Jakob aufbauen. „Welch einen Lebensweg magst du in all den Jahren durchwandert haben, lieber Bruder?!"

Jetzt mischte sich die Rothaarige wieder ein. „Wie kam es, dass du erst jetzt zu uns gefunden hast?"

Wieder wollte Jakob diesem verworrenen Spuk ein Ende machen. Das alles war wohl eher ein Fiebertraum. „Ich hab's doch schon gesagt ...! Ich heiße nicht Frank ... sondern Jakob – nach dem Stammvater Israels."

Sein zaghafter Protest schien den vornehmen Herrn zu amüsieren: „Frank oder Jakob, wie immer du es haben willst. Was du da sagst, passt vorzüglich in unsere Geschichte, denn der Bruder Esau in diesem Fall bin ich, und diese Frau neben mir ist deine – was sag' ich – unsere Schwester. Wir alle drei kommen vom selben Vater, einem Niederländer, und unsere Mutter kam aus dem Herzogtum Kleve."

Wieder wollte Jakob zurechtrücken, was gänzlich aus dem Lot geraten war. So unbeholfen, wie er sich fühlte, wollte er nicht Anlass zu größerem Ärger geben. Er stöhnte, weil ihn das Reden schmerzte.

„Bitte treibt kein Spiel mit mir. Ich fühle mich schrecklich elend, aber ich versichere Euch, dass ich Eure Hilfe auf Heller und Pfennig zurückzahlen will. Allerdings, da habt Ihr recht. In Dordrecht bin ich an Land gegangen und habe Holz verkauft." Dann die unsichere Frage: „Ich bin doch noch immer dort, oder nicht ...?"

„Siehst du, ich habe dir gleich gesagt, dass wir bei seinem Zustand nicht gleich mit der Tür ins Haus fallen sollten", schimpfte der vornehme Herr die freundliche Dame aus, aber der Tonfall war burschikos und ohne Zorn. „Wie soll Frank das alles verstehen? Die ganze Sache überfordert ihn doch in seinem Zustand."

Dann wandte er sich wieder Jakob zu. „Nun, haben wir dich restlos verwirrt? Dann wollen wir auch dieses noch feststellen, unser Bruder Frank bist du so sicher wie der Herrgott die Nacht vom Tag getrennt hat. Nichts ist leichter, als diese Tatsache hier und jetzt und vor deinen Augen zu belegen! Halt, ich muss richtigstellen; es gibt sogar zwei Beweise für meine Behauptung."

Der Mann mit dem Backenbart holte das Amulett aus Blutstein hervor, das Jakob stets bei sich getragen hatte und sofort fasste er sich erschrocken an den Hals, um festzustellen ob der Fremde es ihm in seiner hilflosen Lage entwendet hatte, aber die Bewegung schmerzte und er hielt inne.

Jetzt lachte der Mann wieder und Jakobs Staunen wurde noch größer, als dieser, wie auch die Frau an seiner Seite, ein exakt gleiches Schmuckstück vorzeigte. Seine Verblüffung löste bei beiden eine Heiterkeit aus.

„Hier kann kein Irrtum vorliegen, außer, dass du ein Lump wärst und unserer Mutter das Schmuckstück entwendet hättest, aber diesen Zweifel räumt die Natur unwiderruflich aus. Komm, lass' uns deine Decke lüften", und damit legte der vornehme Herr Jakobs linkes Bein frei. „Brauchst gar nicht den Kopf zu heben, um nachzuschauen. Wer besser als du wird wissen, dass über deinem Knie ein großes Wundmal leuchtet Mag es dich nicht gerade schöner machen, aber es ist ein untrügliches Erkennungszeichen – eine Narbe deiner Geburt. Deine Schwester und ich können bezeugen, dass du von Anbeginn deines Lebens dieses rote Muttermal besitzt. Immer wieder hat uns der Vater davon erzählt, als er die Suche nach dir und unserer Mutter aufgegeben hatte. Anfangs hatte er gehofft, dass dieses Zeichen ihm helfen würde, euch beide zu finden. Nun bist eigentlich du an der Reihe etwas zu sagen. Schließlich lässt sich nur mit deiner Hilfe aufklären, was uns allen bis zum heutigen Tag ein Rätsel geblieben ist. Komm – erzähl uns was du weißt."

So schrecklich schwindlig war Jakob, er sollte sich konzentrieren, sollte Rede und Antwort stehen und zusammenfügen, was ihn restlos verwirrte. „... ich will ... ich kann ..."

Er war nicht mehr wach zu halten. Wieder lag er ohne Besinnung auf dem sauberen Bett und Reb Chaim Issachar schaute nach den entzündeten Wunden, wusch sie aus und rieb sie mit Salben ein.

Irgendwann wachte Jakob durch sein eigenes Stöhnen auf. Die Schmerzen waren unerträglich. Dann hörte er den alten Mann, der Tücher in eine Schale tauchte und dabei plauderte, als wolle er den Patienten unterhalten. „Ich muss Euch jetzt zur Seite drehen. Beißt die Zähne zusammen, aber die Verletzungen müssen nochmals ausgewaschen und mit Zinksalbe eingerieben werden. Ihr dürft Euch keinen Wundbrand einfangen. Zuerst einmal etwas Laudanum", und dabei förderte er eine kleine Ampulle mit dunkler Tinktur ans Tageslicht. „Ihr werdet sehen, dass dieses Mittel hilft. Außerdem werdet Ihr fürs Erste nochmals einschlafen."

Später erinnerte sich Jakob an eine graue wabernde Nebelwand, die er immer wieder zu durchdringen suchte. Und er meinte ferne Stimmen gehört zu haben, um ihn aus dem Schlaf zu reißen und dann wurde er gedrängt, diese bittere opiumhaltige Tinktur aus Bilsenkrautextrakt und Alkohol zu schlucken. Das „Laudanum" stürzte ihn ein ums andere Mal in abgrundtiefe Bewusstlosigkeit.

Er wusste nicht, wie viele Tage und Nächte vergangen waren, als er wieder aufwachte. Er fühlte sich schwach und zermürbt, als habe er seine letzten Kräfte in das weiche Leinen hinein geschwitzt.

Niemand war im Raum und es tat gut, einfach still zu liegen. Vorsichtig versuchte er die Gliedmaßen zu bewegen. Vor allem seine rechte Schulter schmerzte und der obere Rippenbogen.

Mit aller Kraft richtete er sich auf. Er wollte unbedingt einen Blick aus dem Fenster werfen. Sperrte man ihn hier ein? Aber alles war offen und warme duftende Luft flutete herein. Vielleicht konnte er dort draußen etwas sehen, das ihm Aufschluss über diesen Aufenthaltsort gab.

Schließlich trat der freundliche Alte wieder ein und Jakob erkundigte sich mit schwacher Stimme, was ihm denn fehle. „Ihr seid arg zugerichtet worden, Mijnheer, und um Euer Leid noch ärger zu machen: Ich habe Euch die Spitze eines Messers herausziehen müssen, mit dem Euch bei dem nächtlichen Überfall so arg zugesetzt worden war", erklärte ihm Rebbe Issachar.

Bei der Anrede „Mijnheer" wollte Jakob abwinken, aber welche Bedeutung hatte schon dieses Wort angesichts seiner Schmerzen. „Warum tut mir die Schulter so besonders weh und auch die Brust? Jeder Atemzug schmerzt. Werde ich wieder ganz gesund?"

„Mit der Natur sollst du nicht streiten, heißt es, und für den Augenblick wollen wir zufrieden sein, dass Ihr bei klarem Verstand seid und die Welt um Euch herum erkennt", meinte der Alte mit nachsichtigem Blick.

„Als Ihr geschlafen habt, konnte ich Euren Körper genauer untersuchen. Bei vollem Bewusstsein hättet Ihr jede Berührung schmerzhaft verspürt. Jedenfalls wächst das alles wieder zusammen. Schlimmer steht es mit dem oberen Brustbein. Hier ist der Knochen durch das Eisen beschädigt. Ich habe die Messerspitze herausgeschnitten. Wie ich das sehe, werdet Ihr zeitlebens einen Schaden behalten, der Euch an die böse Tat erinnert. Aber jetzt schaut erst einmal mit frohem Herzen nach vorn. Ich verspreche Euch sicher nicht zu viel, wenn ich sage, dass Ihr eines Tages wieder Euer Haubeil als Holzfäller schwingen könnt – falls Ihr dann noch Lust danach verspürt."

Der Jude reichte Jakob einen großen Krug mit Milch. „Trinkt soviel Ihr könnt, Herr, und werdet nicht müde, hinunterzuschlucken, was nur geht. Ihr seid jedenfalls aufgewacht und nehmt schon wieder am Leben teil. Was erwartet Ihr mehr von Eurem Schöpfer. Offen gestanden, habe ich anfänglich keine große Hoffnung gehabt, aber Ihr verfügt über eine robuste Natur."

Nach weiteren zwei Wochen schlug der vornehme Mijnheer van Nienpoort vor, den Patienten am Abend in die große Halle zu tragen. Er äußerte den Wunsch, mit Jakob und der Dame, welche ihm als leibliche Schwester vorgestellt worden war, gemeinsam zu plaudern.

Welch eine Größe diese Räume hatten, durch die er getragen wurde! Teure flandrische Gobelins, großformatige Bilder mit Respekt gebietenden Damen und Herren, vielleicht Ahnen des Hauses, die auf ihn herabschauten, kunstvoll geschnitzte Möbel und Zierrat, alles Dinge, die Wohlstand und Geschmack verrieten.

Im Kamin der Wohnhalle brannte ein Feuer und beide, die Dame und Mijnheer van Nienpoort, warteten bereits auf ihn. Zudem sprangen zwei Jungen auf, die den unbekannten Patienten schüchtern und erwartungsvoll anstarrten.

„Wir grüßen dich, lieber Bruder", eröffnete Frans das Gespräch. „Nein, nein, bleib nur auf dieser Liege und versuche nicht aufzustehen. Sag uns auch, wenn dir das Gespräch noch zu schwer fällt. Zuerst einmal wollen wir dir die beiden Jungen Christiaan und Pieter vorstellen, Kinder unserer Schwester Franziska, sozusagen die nächste Generation unserer Sippe. Christiaan ist fünf, Pieter vier Jahre alt. Im Grunde ist an diesem Ort unsere ganze Familie versammelt. Unser Vater ist bereits vor vier Jahren verstorben. So habe ich nun die Führung der Geschäfte übernommen."

Er unterbrach sich: „Was rede ich da. Nun bist erst einmal du an der Reihe! Erzähl uns von deinem Leben. Was weißt du noch aus deiner Kindheit, vor allem aber – erinnerst du dich noch an unsere Mutter? Lebt sie noch? Was ist mit ihr geschehen?"

Gespannt schauten alle auf den Gast und so begann Jakob zögerlich von dem Wenigen zu berichten, das er vor Jahren von Pater Engelbert hierzu erfahren hatte.

Als er fertig war, entstand eine lange Pause. Dann ergriff Franziska als Erste das Wort.

„So ist also unsere Mutter auf ihrer Reise überfallen und umgebracht worden, du aber bist auf wundersame Weise am Leben geblieben. Ja, genau so muss sich alles zugetragen haben. Die Kutsche, die beiden Erschlagenen, Mutter und der Kutscher, das alles kann man sich so vorstellen, wie es dir erzählt wurde. Anfangs hatte unser Vater Erkundigungen eingezogen, aber es gab keine schlüssige Erklärung für dieses spurlose Verschwinden. Unsere Hoffnung, einen von euch lebend wiederzufinden, schwand von Jahr zu Jahr, und jetzt plötzlich ..." Die Dankbarkeit für diese Schicksalsfügung verschlug der Schwester die Sprache. Sie griff nach einem Tuch, mit dem sie sich verstohlen über die Augen strich.

„Wenn man dir zuhört, möchte man meinen, dass du mit deinen achtzehn Jahren bereits mehr Erfahrungen gemacht hast als mancher Greis." Mitleid und Hochachtung zugleich waren den Worten des Bruders zu entnehmen. „Ein entbehrungsreiches Leben hast du hinter dir, harte Arbeit auf einem Hof und im Holz, dann dieser Bericht über deine Floßfahrt bis hierher ... spannend und bewegend, kann ich nur sagen."

Frans hielt inne und gab dem Diener ein Zeichen, Wein einzuschenken und Essen aufzutragen. Jakob fiel auf, dass die ganze Familie ohne Mühe in die deutsche Sprache überleiten konnte. Als er die Geschwister darauf ansprach, lachte Franziska:

„Das ist schnell erklärt, schließlich stehen wir mit einem Bein in Dordrecht, mit dem anderen in Kleve, wo unsere Mutter herstammte. Wir haben von beiden etwas in uns ... und du ebenso. Wir alle, Frank", und sie wiederholte mit einem mahnenden Unterton, „wir alle, du, Frans und ich – und auch meine beiden Söhne sind der Rest dieser Linie einer adeligen Dynastie, die in den vergangenen Jahren viel durchgemacht hat."

Eifrig fuhr sie fort: „Ich glaube, jetzt müssen wir dich erst einmal fragen, ob du auch weiterhin mit Frank angeredet werden willst, denn so haben dich unsere Eltern schließlich getauft und so nannten wir dich während all der Jahre, als wir glaubten, dass mit dem spurlosen Verschwinden unserer lieben Mutter auch du für immer verschollen wärst."

„Unter diesem Dach erlebe ich so vieles und kann es gar nicht fassen." Jakob zauderte, ehe er antwortete. Wie sollte er sich den neu gewonnenen Geschwistern gegenüber verhalten, wenn er nicht einmal wusste, was es für ihn bedeuten würde, zu einer eigenen und doch unbekannten Familie zu gehören? Schließlich meinte er: „Nehmt es mir nicht übel, wenn ich euch bitte, mich weiterhin Jakob zu nennen. Immerhin habe ich achtzehn Jahre Zeit gehabt, mich an diesen Namen zu gewöhnen. Es würde mir schwer fallen, mir nichts dir nichts in eine neue Haut zu schlüpfen."

Beherzt griff Frans den Arm des Bruders. „Deine Offenheit gefällt mir. Niemand will dir ein neues Leben aufzwingen."

Der jüngere Neffe, Pieter, stellte sich neugierig vor Jakob und fragte: „Warum heißt ihr alle ganz ähnlich – Frans, Frank und Franziska? Haben die Großeltern damals eure Namen nie durcheinander gebracht?"

Hilfe suchend wandte sich Jakob an den älteren Bruder, wusste er eine Antwort? Frans lachte. „Wir hatten nicht nur sehr liebevolle Eltern, sondern beide hatten auch Humor und fanden es witzig, uns Namen zu geben, die alle mit den Buchstaben F-r-a-n begannen, aus einer Laune heraus. Mutter sagte oft: Wehe, wenn wir noch ein Kind bekommen, woher den vierten Namen nehmen? Mir fällt in dieser Verbindung nichts mehr ein. Nun, zu einem vierten Kind sollte es nicht mehr kommen. Nach eurem unerklärlichen Verschwinden hat unser Vater nie wieder gelacht. Er zog sich zurück. Der Gram war ihm anzusehen. Mit jedem Tag ging er gebeugter. Im Grunde war er nach eurem Verschwinden ein gebrochener Mann geworden und vielleicht sehnte er sogar den Tod herbei."

Frans seufzte. Er warf der Schwester einen vielsagenden Blick zu. Auch Jakob fühlte sich berührt, zu einem Teil aber auch ausgeschlossen. Er war mit fremden Menschen aufgewachsen, gelenkt von Einflüssen, nicht aber von Fürsorge und Geborgenheit, sah man einmal von den ersten Lebensjahren mit dem alten Hassler ab.

Unvermittelt stand Frans auf, griff zum Becher und wurde feierlich: „Für uns alle ist es eine große Freude, lieber Jakob, nach so vielen Jahren wieder mit dir vereint zu sein. Zwar bist du noch etwas lädiert, aber doch leidlich wieder hergestellt. In den kommenden Wochen werden wir viel miteinander zu bereden haben."

Die abendlichen Plauderstunden der Geschwister sollten für die nächsten Wochen zur lieben Gewohnheit werden. Wegen der warmen Witterung fanden sie schon bald auf der großen Terrasse ihre Fortsetzung. Nie in seinem Leben zuvor hatte Jakob mehr als bestenfalls einige Stunden ohne harte Arbeit gelebt. Muße und Tagträume passten nicht in das Leben eines Waisenjungen. Von früh bis spät hieß es zupacken, bei Wind und Wetter mühsame Wegstrecken hinter sich bringen, schwere Lasten tragen, Tiere versorgen und sich im Wald bis zur Erschöpfung den Rücken verbiegen. Kaum einmal hatte er ohne ein Hungergefühl in den Schlaf gefunden.

Nun wurde er mit Köstlichkeiten verwöhnt, die er in seinem Leben noch nicht gesehen hatte, und durchlebte Wochen ohne Mühsal und Plackerei.

Manche der Leckereien kamen von weit her. Früchte, Nüsse und leuchtend rote und feurige Weine aus dem Mittelmeerraum ebenso wie Fisch- und Fleischgerichte, die nach würzigen Kräutern schmeckten und ob gekocht, gebraten oder geräuchert – immer aber üppig angerichtet wurden.

Tagsüber saß Jakob mit Franziska und den beiden Jungen zumeist allein am Tisch, während Frans seinen weitreichenden Geschäften nachging.

Recht bald nach dem nächtlichen Überfall versuchte der Bruder geradezu verbissen Jakob nach Einzelheiten auszufragen. Er wollte Genaueres über die Wirtschaft wissen, in der die Flößer übernachtet hatten, über die übrigen Gäste dort, ja alle Personen, die zuletzt in seiner Begleitung gewesen waren, und immer wieder fragte er nach dem geraubten Geld.

Zwar gab Jakob bereitwillig Auskunft, fand aber das Jammern nach vergossener Milch überflüssig. Er hielt Frans regelrecht für engstirnig und wollte lieber zu anderen Themen überwechseln. Eines Tages aber wurde er ungewollt Zeuge einer Zusammenkunft, die sein Bruder offensichtlich eingefädelt hatte und an der drei oder vier Männer teilzunehmen schienen. Genaues konnte Jakob nicht ausmachen, da er in einem darüber liegenden Zimmer durch das offene Fenster nur Gesprächsfetzen auffing.

Deutlich war die Stimme von Frans auszumachen, als er fordernd und gebieterisch Anweisungen gab: „Lasst euch nicht mit so billigen Antworten abspeisen. Ich bin ein Mitglied des Magistrats und will mein Versprechen einlösen, den Hergang des Verbrechens an den Tag zu bringen. Jawohl, ich will ein deutliches Exempel statuieren. Fragt weiter, mischt euch überall ein, hört euch um und geht in die Spelunken. Haltet, wenn es Not tut, den frei, der zu unseren Fragen etwas beitragen kann. Es muss endlich ein Ende mit der gottlosen Brut haben."

Als er sich bewusst wurde, heimlich gelauscht zu haben, zog Jakob eilig den Kopf zurück und begab sich zu einem der wohltuenden, warmen Bäder, die ihm der alte Jude zweimal in der Woche verordnet hatte. Er genoss diese Stunden umgeben von Wärme und duftenden Ölen. In der Regel goss ein Hausbursche heißes Wasser in einen Holzbottich und sorgte auch für einen kleidsamen Bartschnitt. So gewann Jakob ein geradezu elegantes Aussehen.

An diesem Tag aber kam ein hübsches junges Mädchen auf ihn zu und ließ gestenreich erkennen, dass sie das Bad richten wollte. Als er später aus der Wanne stieg, setzte er sich für eine Massage auf eine komfortable Bank, während sie sich hinter ihm aufstellte und ihre Hände über Schultern, Arme und Rücken gleiten ließ. Dann musste er sich auf den Rücken legen. Sie beherrschte offenbar die deutsche Sprache nicht wie sonst alle Bediensteten im Haus, denn sie gab ihren Anweisungen durch Gesten und Berührungen Ausdruck.

Als sie mit beiden Händen über Oberkörper und Leib abwärts zu den Beinen glitt, löste sich wie zufällig ihr Gürtel und das gebundene Kleid gab den Blick auf ein wohlgeformtes Wesen frei, das ungerührt seine Anwendungen fortsetzte. Er nahm ihre schönen, festen Brüste über sich wahr.

Die überraschende Freizügigkeit der jungen Frau wirbelte seine Sinne durcheinander. Eben noch entspannt und umgeben von warmem Wasser, schämte er sich jetzt seiner sündigen Gedanken im Haus der Geschwister.

Die junge Frau streifte ihr Wickelkleid ab, als sei es bei der Arbeit nur hinderlich. Entlang der Beine wurden ihre Bewegungen sanfter. Sie war nicht ungeschickt. Es wurde rasch erkennbar, dass sie absichtsvoll und listenreich vorging.

Jakob sprang auf und stürmte aus dem Raum. Es war nur ein Augenblick der Begierde, mehr nicht. Er hatte sich rechtzeitig besonnen. Hier im elterlichen Heim und von einer fremden und stummen Schönheit verführt – das durfte keinen Fortgang nehmen.

Er hatte die junge Frau nie zuvor gesehen und auch im Verlauf des weiteren Tages tauchte sie nirgends auf. Ob Bruder Frans vielleicht sogar die Hände im Spiel hatte? Wollte er Jakob prüfen oder ihm diese wohlschmeckende Medizin zukommen lassen?

Wie zufällig fragte Jakob am Abend, wer die Badenixe gewesen sei, die sich um ihn gekümmert hatte.

Die Art und Weise, wie sein Bruder auf die Frage reagierte, war offen und ohne den geringsten Anschein eines Versteckspiels: „Das muss wohl Anna Vermeer gewesen sein. Sie kommt aus unserer Faktorei in Gent und hat darum gebeten, eine unserer Lieferungen zu begleiten, weil sie hier Verwandtschaft hat. Dann und wann geht sie Franziska zur Hand. Übrigens ist sie stumm. Ich hoffe, dass dich dieser Umstand nicht verwirrt hat."

Nein, wenn Anna Verwirrung geschaffen hatte, so war es durch etwas anderes als durch ihr Schweigen. Hier war wohl nichts arrangiert und so ließ Jakob die unsittliche Begebenheit auf sich beruhen. Was sollte er dem Mädchen für die kleine Unbesonnenheit Scherereien machen. War es nicht am Ende verständlich, wenn sie versuchte, sich auf die eine oder andere Art in ihrem Leben besser zu stellen?

Bruder und Schwester waren Jakob in diesen Tagen erstaunlich schnell ans Herz gewachsen. Frans mit einer geradezu diebischen Freude, wenn er beobachtete, mit welchem Glücksgefühl Jakob in den ungewohnten Wohlstand eintauchte. Franziska hingegen mit ihrem warmherzigen Wesen, einem wachen Geist und ihrer ständigen Fürsorge half dem jüngsten Bruder rasch wieder auf die Beine zu kommen.

Zwar war Frans gelegentlich ebenso aufbrausend wie Jakob, ließ dieses heiße Blut aber nie die Geschwister spüren.

Gelegentlich war er bei den abendlichen Plaudereien abwesend. Auf eine Zusammenkunft sei er gerufen worden, hieß es dann, oder er müsse einen Besuch auswärts machen. An solchen Tagen kam er spät nach Hause, vermied es aber, sich ausführlicher über diese Treffen auszulassen.

Gern hörte Jakob zu, wenn die Geschwister von der Herkunft ihrer gemeinsamen Familie berichteten, aber zugleich fühlte er sich in der langen Reihe der Ahnen fremd und ausgeschlossen. Was er hier erfuhr, war allemal interessant, aber es blieb zugleich der Blick auf unbekannte Menschen. Sein Leben wurzelte in einer anderen Welt.

Die Familie, so erfuhr er, stammte ursprünglich von einem Jonkheer van Nienpoort aus der Grafschaft Artois ab. Auf dem dortigen Schloss war der Großvater aufgewachsen. Als dann der Erbgang anstand, musste er dem Gesetz des *Fideikommiss* folgen und dem älteren Bruder Platz machen. So verließ der Zweitgeborene das Schloss und zog nach Flandern. Mit der kleinen Apanage, die ihm zugestanden worden war, begann er dort mit einem ersten Frachtkahn Handel zu treiben. So besorgte er in England Stoffe, in den Hansestädten Metalle und verkaufte alles an die Habsburger weiter. Mit dem guten Namen der Familie van Nienpoort wurde er rasch wohlhabend und weitete seine Geschäfte ständig aus.

„Die Hansestädte haben schon immer niederländische Schiffe angeheuert", erklärte Frans, „und irgendwann besaß unser Großvater die stolze Flotte von fünf Frachtkähnen und sechs Seglern. Dieser Geschäftszweig, Jakob, ist immer noch der einträglichste aller unserer Unternehmungen.

Da unser Vater sich wegen der rücksichtslosen Politik der Habsburger Besatzer stets Sorgen gemacht hatte, entschloss er sich gleich nach Großvaters Tod, nach Dordrecht umzuziehen. Er begann daher auch den Rhein hinauf englisches Tuch zu verkaufen. Auf zwei Beinen steht es sich besser als auf einem, hat er stets gesagt. Aus heutiger Sicht hatte er recht. Wir schwimmen in unsicheren Gewässern." Frans sagte es voller Abscheu und Wut.

„Jedenfalls lernte Vater unsere Mutter auf einer Reise nach Kleve kennen und mit der Ehe weitete sich sein Handel den Rhein aufwärts zusätzlich aus", ergänzte Franziska.

Doch Jakob wollte jetzt ein ganz anderes Thema zur Sprache bringen. Neugierig wandte er sich an Franziska. „Nie sprichst du über deinen Mann. Woran ist er eigentlich gestorben? Schließlich bist du doch eine sehr junge Witwe!" Immer wieder hatte er diese Frage hinausgezögert.

Doch da mischte sich Frans ein. „Es fällt uns schwer, über den Tod eines Mannes zu reden, der wegen seines Glaubens umkam. Wir sprechen in diesem Haus nur ungern darüber, weil die Umstände dem freien Geist der Niederländer Hohn sprechen. Nun, einmal musst du es schließlich doch erfahren", meinte er voller Bitterkeit.

„Willem de Lédignan, so hieß mein Schwager, war als Kind französischer Einwanderer in Utrecht geboren. Hier in Dordrecht heiratete er Franziska und trat in unsere Firma ein. Es ist nun schon einige Zeit verstrichen, dass er kurz nach Pieters Geburt unter fadenscheinigen Gründen umgebracht wurde. Die Jahre nach dem großen Genter Aufstand 1540 waren wild und die Habsburger Blutsauger suchten wahllos nach Rädelsführern, von denen sie behaupteten, sie wiegelten das Volk auf. Dabei gingen sie nicht zimperlich vor und mordeten und plünderten wahllos." Frans ließ seinem Unmut über die fremde Obrigkeit freien Lauf.

„Willem jedenfalls", fuhr er in gemäßigtem Ton fort, „war völlig ahnungslos, als er mitten auf offener Straße in Arrest genommen wurde. Man glaubte, dass die großen Handelshäuser die Volkesseele angeheizt hätten, und so warf man ihm seine religiöse Überzeugung als Calvinist vor. Eine freie Gesinnung und ein schlichter, aber fester Glaube an Gott passten nicht zu der sittenstrengen Religionsgewalt, die der Habsburger Kaiser auf unsere Heimat ausübt."

Mit einem Schluck Wein spülte er seinen Zorn herunter. „Als ich in Gent eintraf, hatte man ihn bereits gefoltert, ermordet und verscharrt. Ich selber musste mich wie ein Dieb aus der Stadt stehlen, um nicht ebenfalls dem Mob der spanischen Inquisition in die Hände zu fallen. Heute haben sich die Gemüter beruhigt und wir forschen immer noch nach den Tätern, aber alle unsere Eingaben helfen nichts. Niemand will für den scheußlichen Mord an Willem verantwortlich sein." Bei den letzten Sätzen hielt es Franziska nicht mehr an ihrem Platz. Mit Tränen in den Augen sprang sie auf und lief in den weitläufigen Garten hinunter.

„Um es kurz zu machen ...", mit einer fahrigen Bewegung versuchte Frans die lastenden Erinnerungen fortzufegen „... überlege in unserem Land stets, ob du mit einem Mann sprichst, der sich bei den Habsburgern einschmeicheln will, oder mit einem, der es vorzieht, freie Niederländer Luft zu atmen. Frei sein jedenfalls wollte auch Schwager Willem und bezahlte das mit seinem Leben."

„Aber Kaiser Karl V. ist doch in diesem Land geboren. Hat er nicht seine Jugend in Gent verbracht"?, warf Jakob ein.

„Mag schon sein, aber für den Kaiser sind wir nicht mehr als Habsburgs Hinterhaus."

Frans wusste vieles und Jakob versuchte mehr zu erfahren. „Was ist deiner Meinung nach an dem Gerücht dran, dass er abdanken will?"

„Ach, Jakob, was wissen wir schon von den Plänen eines so fernen Herrschers. Uns Niederländern wär's jedenfalls nur recht, wenn dieser verbohrte Katholik sich aus dem Staub machen würde. Nein, wir lieben Karl V. nicht. Das Haus Habsburg hat nichts mit uns gemeinsam", fasste Frans seinen Grimm auf die Besatzer bitter zusammen.

Anders als im Badischen, ging es Jakob durch den Kopf, setzen sich die Menschen hier heftig gegen ihre Obrigkeit zur Wehr. In ein abgelegenes Tal des Schwarzwaldes jedenfalls drangen Fragen über einen Religionskrieg nicht vor, schon gar nicht bis zu den Flößern und Waldarbeitern. Nach dem Motto „cuius regio, eius religio" war die Konfession des Landesherrn auch diejenige der Untertanen.

„Stimmt es denn, dass eure nördlichen und südlichen Provinzen getrennte Wege gehen wollen? Einigkeit macht stark, denke ich. Es kann nicht gut sein, wenn alles auseinandertreibt."

„Nun", Frans zögerte und versuchte die Worte abzuwägen, „noch stehen wir zueinander. Aber wer weiß, wie es weitergeht. Vielleicht hast du recht und der Kaiser treibt unser Land in zwei Lager. Wir hier im Süden geben zu schnell klein bei. Die nördlichen Provinzen sind standhaft und setzen sich zur Wehr – das ist alles!"

Immer wieder lenkte Frans seinen ganzen Groll auf Karl V. „Der Kaiser braucht unser Geld und steckt es in seine vermaledeiten Kriege mit den Türken. Niederländischer Wohlstand wird mit spanischem Schwarzpulver aufgewogen."

Der Abend war weit fortgeschritten und die spätsommerliche Dämmerung hatte sich über die Terrasse gelegt.

„Lass uns für heute Schluss machen, Jakob", seufzte Frans. „Es ist spät und wir müssen die Welt nicht an einem einzigen Abend aus den Angeln heben. Was hältst du davon, wenn du mich morgen für einige Tage nach Gent begleitest? Ich möchte dir dort einiges zeigen und vielleicht findest du Spaß an unserem Handelsgeschäft."

Als Jakob seinen Bruder erschrocken anstarrte, legte Frans schmunzelnd seinen Arm um dessen Schultern. „Sorge dich nicht. Die Ereignisse um Gent liegen Jahre zurück und ich reise seitdem wieder regelmäßig dort hin. Die Zeit heilt Wunden und für den Augenblick haben wir uns arrangiert, mit dem Kaiser und seinen Steuereintreibern ebenso wie mit dem Klerus, der uns so lange vorgehalten hat, dass wir einen Calvinisten in unserer Familie hatten."

Jakob spielte seine Beklemmung herunter. „Nein, nein, natürlich komme ich gern mit. Nichts ist mir lieber als morgen mit dir zu reisen, aber lass mich noch eines loswerden. Seit mehr als fünf Wochen bin ich jetzt schon in Dordrecht, nun ja, bei uns ... hier im Haus …, während in der Heimat, … im Schwarzwald … keine Menschenseele weiß, dass ich noch lebe. Schlimmer noch, ich führe ein sündhaft angenehmes Leben hier, während der ganze Gewinn meines Hauptschiffers dem Lumpenpack in die Hände gefallen ist. Na klar, es ist meine Schuld. Nachts geht man mit so vielen Dukaten nicht in dunklen Gassen spazieren, aber sollte ich nicht besser ein Lebenszeichen von mir geben?"

Ungewöhnlich kurz angebunden wehrte Frans ab, wollte nicht weiter auf die Sorge des Bruders eingehen und meinte nur: „Dich treiben zu viele trübe Gedanken um. Wir wollen uns deinen Angelegenheiten ein anderes Mal zuwenden. Auf einen Tag mehr oder weniger kommt es nicht an und dein Brotherr wird auch jetzt nicht am Hungertuch nagen."

Während Jakob sich auf sein Nachtlager warf, dachte er darüber nach, warum Frans so achtlos über seine Sorgen hinweggegangen war.

Im leichten Zweispänner kamen die Brüder rasch voran. Vorn auf dem Bock saß der Stallknecht, dessen wuchtige Statur jeden Strauchdieb abschrecken würde. Außerdem begleiteten sie zwei bewaffnete Knechte des Handelshauses.

In drei Tagesmärschen hatten sie das Brabant durchquert und Gent war nun nicht mehr weit. Am Abend zuvor waren sie nahe der Stadt Antwerpen eingekehrt, um nach kurzer Nacht den Rest der Wegstrecke an einem Tag zu schaffen. Jakob hätte keinen Augenblick dieser Reise missen mögen. Beschauliche Dörfer, die gastlichen Unterkünfte, das bunte Leben setzten ihn immer wieder in Erstaunen. Ein Geflecht von Grachten durchzog die ebene Landschaft.

Sah man im Schwarzwald sorgenbeladene und gebeugte Menschen mit der Last des Alltags auf ihren Schultern, waren hier Armut und Elend nicht zu erkennen. Ihren Wohlstand verdankten die Niederländer weniger den Erträgen des Ackers als vielmehr dem weit reichenden Seehandel. Das starke Herz dieses Landes schlug in den Küstenstädten. Alles konzentrierte sich auf die blühenden Zentren wie Antwerpen, Brügge, Gent, 's-Hertogenbosch oder Lüttich. Das Kaufmannsgeschick und den Freigeist dieses Landes jedenfalls hatte die Knute Karl V. nicht zum Erliegen gebracht.

Einmal wurde ihre kleine Karawane von einem knappen Dutzend bewaffneter Reiter aufgebracht, die von einem spanisch sprechenden Anführer befehligt wurden. Barsch wurden die Brüder nach Herkunft und Ziel der Reise gefragt. Kisten wurden aufgeschnürt und grobe Söldnerhände zerwühlten den wohlgeordneten Inhalt. Frans gab seinen Knecht ein Zeichen ruhig zu bleiben. Bei der Übermacht der Fremden wäre jedes Auflehnen zwecklos gewesen. Schließlich durften sie ihren Weg fortsetzen und Jakob erlebte wieder einmal einen Bruder, der von seinem Zorn übermannt wurde.

„Diese spanischen Blutsauger gehören alle an den Galgen, aber nicht etwa mit dem Strick um den Hals, sondern wie unser Herr Jesus am Holz angenagelt", wetterte Fans.

Doch Jakob hörte nur mit halbem Ohr hin. Die Stadt Gent kam jetzt in Sicht und kurze Zeit später erreichten sie die Ortsmitte. Seitlich vom Marktplatz durchfuhren sie eine große Toreinfahrt. Genau hier hatte der Großvater van Nienpoort vor fünfzig Jahren zäh und zielstrebig ein Geschäft begonnen, das inzwischen zu Größe und Bedeutung herangewachsen war.

Das Geviert des Handelshauses war von Remise, Werkstatt und Lagerschuppen umschlossen. Der Einfahrt gegenüber lag das Gebäude mit dem Kontor und den Wohnräumen. Zierliche Erker und Türmchen schmückten das zweigeschossige, ganz aus Stein errichtete Herrenhaus.

Die beiden Brüder wurden erwartet, denn das Hoftor stand weit offen und zwei Mägde grüßten eilfertig. Als Jakob das Haus durchschritten hatte und einen Blick nach hinten hinaus warf, stellte er fest, dass eine Gracht direkt am Anwesen vorbeifloss – ein idealer Transportweg für Frachten aller Art.

Überall sah man Menschen hin und her eilen, Waren registrieren und einlagern. Stoffballen, Getreide, Holz, Flachs, Hanf, aber auch Gewürze, Weinfässer und allerlei Eisenwaren stapelten sich in den großen Räumen.

Die beiden Brüder überquerten den Hof und betraten einen festungsartig errichteten Bau. Drinnen verebbten die Geräusche des betriebsamen Innenhofs. Frans wurde geradezu feierlich. Die Tür war aus schwerem Eichenholz gefertigt. Der Eingang wurde von zwei breitschultrigen Männern bewacht. Rechts und links befanden sich kleine Wandauslässe, um das stickige Innere des Gebäudes mit frischer Luft zu versorgen.

„Du wirst jetzt etwas sehen, das dir gewiss im Leben noch nicht unter die Augen gekommen ist", sagte Frans leise und geheimnisvoll.

Als sie eintraten, fielen sofort zwei jüngere Männer auf, die vor großen Pulten arbeiteten. Das fahle Licht von zwei Talglampen erhellte die Arbeitsplätze.

Nach hinten erweiterte sich der Raum und man hörte schleifende, schabende und stampfende Geräusche, die auf eine emsige handwerkliche Tätigkeit hinwiesen.

„Du betrittst das Heiligtum unseres Unternehmens", klärte Frans den Bruder auf. „Wir handeln mit Edelsteinen, vorwiegend Diamanten. Unter diesem Dach schleifen wir sie und geben ihnen Form und Gestalt. Ich habe mir gedacht, dass es nichts schaden könnte, wenn du bei der Arbeit zuschaust und dir einige Kenntnisse auf diesem Gebiet aneignest."

Zwei Schleifer hielten kleine Pinzetten, mit denen sie die kostbare Rohware immer aufs Neue drehten und wendeten. Jakob trat näher heran und konnte ein erstes Mal in seinem Leben das eingefangene transparente Leuchten dieser Preziosen erkennen. Tief gebeugt polierte ein Mann sorgsam die einzelnen Flächen eines Steins, die er „Facette" nannte. Die lange, mühevolle Feinarbeit des Schliffs folgte festen Regeln. Dabei kam es besonders auf die obere achteckig geformte Fläche, die „Tafel" an, die den Betrachter in besonderem Maße ansprechen sollte.

„Es braucht lange, bis diese Schleifsteine aus einem Diamanten einen Brillanten gemacht haben", wies Frans den aufmerksamen Bruder ein. „Kannst du dir vorstellen, wie wichtig es ist, einen solchen Edelstein immer wieder zu wenden und zu betrachten, ehe man sich am Ende für die bestmögliche Form entscheidet? Was wir wegschleifen, bleibt schließlich für immer verloren."

Jakob zollte der mühevollen Handwerksarbeit große Bewunderung. Ständig waren die Augen auf einen kleinen unscheinbaren Punkt gerichtet, mussten feinste Konturen erkennen. Schließlich zogen sich die Brüder in ein seitliches Kabinett zurück, von dem aus sie an einem weit geöffneten Fenster die besonders wertvollen und schönsten Stücke im hellen Sonnenlicht betrachteten. Nun entfaltete sich die ganze Leuchtkraft der erlesenen Ware. Der teure Schmuck zauberte im strahlenden Hell des Tages eine Vielzahl von Farbnuancen. Jedes Stück war einmalig und wollte seine Schönheit in alle Ewigkeit bewahren.

Wer diese seltenen Kostbarkeiten genauer betrachtete, konnte verstehen, dass sie so große Begehrlichkeiten in aller Welt auslösten.

Abends im Wohnhaus, als Jakob sich zum Essen einfand, wurde er unvermutet mit einer neuen Überraschung konfrontiert. Ein junges hübsches Mädchen kam mit ernster Miene und einer großen Platte Entenpastete und Dörrobst herein. Es war die schöne, schweigsame Badenixe, die ihn erst kürzlich in Dordrecht verführen wollte. Es war Anna Vermeer.

Als er sie ansprach, errötete sie bis unter die Haarwurzeln. Aber auch jetzt kam kein Wort über ihre Lippen. „Ich habe es dir ja gesagt", warf Frans ein, „auf eine Antwort kannst du lange warten. Anna hört dich zwar, aber sie ist stumm." Leichtfüßig und ohne erkennbare Regung trug sie mehrere Gänge auf und wirkte gänzlich unbeteiligt, was die beiden Männer und ihre Gespräche anging. Und trotz dieser scheinbaren Gleichgültigkeit, oder aber gerade deshalb, beschlich Jakob ein sonderbares Gefühl. Stets blieb sie länger im Raum als nötig und hantierte umständlich und ohne ersichtlichen Grund am Tisch der Brüder herum. Wollte sie sich abermals als schmuckes Weib bemerkbar machen? Oder war diese Frau an den Vorgängen im Raum interessiert? War ihr gleichmütiger Gesichtsausdruck nur gespielt?

Während ihrer Arbeit vermied sie es einen der Brüder anzusehen. Sie schwebte herein und hinaus und lächelte nicht ein einziges Mal. Jakob war sich sicher – diese Frau verbarg ein Geheimnis. Frans dagegen war so unbekümmert wie eh und je. Schließlich machte Jakob sich Vorwürfe wegen seines Misstrauens gegenüber einer harmlosen jungen Dienstmagd.

Es war ein anstrengender Tag und so schlief er früh ein, wachte aber nachts auf, suchte etwas Bewegung und schaute aus dem Fenster. Ruhig und friedlich glänzte das Wasser der mondbeschienenen Gracht mit den ausladenden Bäumen rechts und links der Uferböschungen. Dann aber bemerkte er eine menschliche Gestalt und als er genauer hinsah, erkannte er Anna Vermeer. Zwei vermummte Männer traten jetzt hinter einem Baum hervor. Sie gestikulierte heftig und versuchte irgendetwas mitzuteilen. Offensichtlich machte die Verständigung Probleme. Dann zog Anna ein Säckchen unter der Schürze hervor, dessen Inhalt Jakob nicht ausmachen konnte und überreichte es den Fremden. Bald darauf drehte Anna sich um, ging zurück zum Dienstboteneingang und verschwand schräg unter seiner Schlafkammer. Er hörte noch wie das Hoftor sich knarrend hinter ihr schloss. Was trieb diese Frau in der Dunkelheit auf die Straße? Wusste Frans um die nächtliche Emsigkeit seiner Dienstmagd?

Am nächsten Morgen waren die trüben Gedanken wie weggewischt. Ein strahlender Sommertag kündigte sich an. Der Bruder hatte Jakobs Besuch in der Handelsniederlassung genau geplant und bereitete ihn nun auf ein arbeitsreiches Tagespensum vor.

„Heute kannst du dir unsere Faktorei und alles, was mit Wechseln, Schuldscheinen und Kreditbriefen zu tun hat, anschauen."

Nein, jetzt trieb Frans es zu stark. Schreiben konnte Jakob, auch etwas rechnen, aber diese ganze Welt der Zahlen und des Geldes war ihm fremd und wirkte beängstigend. Ein scharfes Breitbeil wollte er gern in die Hand nehmen oder einen Flößerhaken, wozu also die Plage mit den vielen Sorten Gold- und Silbermünzen und das Hin und Her von Waren. Mochten andere sich damit beschäftigen – ihm reichte die Kraft seiner Arme und ein wacher Verstand. Plötzlich sehnte er sich nach den Wäldern, der Frische und Klarheit eines Wintertags und nach duftenden Wiesen. Diese Räume hier wirkten wie Kerkerzellen. Hinter den dicken Mauern der Handelsniederlassung war das Leben da draußen für ihn fern und unerreichbar.

Zugleich aber stellte er fest, dass er erst jetzt in die wahre Welt seines Bruders eingedrungen war. Hier fühlte sich Frans in seinem Element, zog Erkundigungen ein, gab Anweisungen, rechnete nach und prüfte. So hielt sich Jakob zurück, ließ die Ereignisse auf sich zukommen und hoffte auf die Gelegenheit, seinen Unmut über diese lästigen Lehrstunden zu einem späteren Zeitpunkt loszuwerden.

Schließlich blieb er doch eine ganze Woche im Kontor, ließ sich über Warenlieferungen und ihren Wert unterrichten, über die sorgsame Verwahrung von Münzen und Schuldscheinen und stellte ein ums andere Mal fest, dass die Niederländer geniale Händler waren. Während in seiner Heimat der Transport von Geld, Schmuck und kostbaren Edelsteinen stets mit hohem Risiko für Leib und Leben verbunden war, hatte hiesiges Kaufmannsgeschick ein Kreditwesen ins Leben gerufen, das wie ein Geflecht über den gesamten europäischen Kontinent gespannt war. Anstelle aufwendiger Münztransporte erhielt der Geschäftspartner einen Kreditbrief, einen Schuldschein, einen Wechsel, der ihm irgendwo in der Ferne garantierte das Pergament verpfändet, weitergereicht oder ausgezahlt bekommen zu können. Das ganze System wurde effektiver, je mehr Partner an immer mehr Orten sich diesem Zahlungsversprechen anschlossen.

Hätten die Schwarzwälder Flößer schon früher ihre Geschäfte auf diese Art abgewickelt, wäre mancher Verlust auf langen Reisen vermeidbar gewesen. Jakob dachte in diesem Augenblick an das viele Geld, das er dem alten Ridinger schuldete, und er dachte an den Angriff auf sein Leben.

Bis spät in die Nacht ließ er sich eine mathematische Kunst erklären, die so genial war, dass er sich fragte, ob die Menschen daheim jemals davon gehört hatten.

Die van Nienpoort'sche Rechnungslegung folgte nicht mehr dem römischen Zahlensystem mit seinen schwer verständlichen Strichen. Hier rechnete man von null bis neun und nannte es „dezimal". Hatte man es einmal begriffen, war die Führung der Bücher einfacher und hatte zudem einen zusätzlichen Nutzen. Fremde, die sich darin nicht auskannten, blieben außen vor. Wenn man es darauf anlegte, ließ man sie mit dem neumodischen Zahlenspiel im Dunklen tappen.

Immer wieder doppelte, teilte oder addierte er und wurde nicht müde, die Aufgaben zu lösen. Erst war es nur ein Zeitvertreib, aber es dauerte nicht lange, bis er sich schwor, diese Rechenkenntnis fortan auch für sich zu nutzen. Das alles war klug erdacht und Jakob gewann mehr und mehr Interesse an den dicken schweinsledernen Büchern, die sein Bruder ihm auf sein kleines Arbeitspult legte.

Nach Verlauf einer Woche traf unerwartet ein Bote aus Dordrecht ein und bat ohne Umschweife zu beiden Brüdern vorgelassen zu werden. Ob er hier frei reden dürfe, fragte der junge Mann und als Frans dies mit wohlwollendem Nicken bestätigte, überbrachte der Kurier Neuigkeiten, die sich zwischenzeitlich in Dordrecht zugetragen hatten.

„Ihr hattet keine Ruhe gegeben und wolltet um jeden Preis den Mordanschlag auf Euren Bruder geklärt haben, Mijnheer. Jetzt hat Euer Bohren endlich Erfolg gehabt." Durchdrungen von seiner wichtigen Mission, stand der Kurier erregt vor Frans. „Advokat Klaas de Vries, den Ihr mit den Nachforschungen beauftragt hattet, hat endlich Licht ins Dunkel gebracht. Zwei Männer, die Ihr in die Gassen und Spelunken geschickt hattet, mischten sich unter die Zecher, hörten hin, wenn es etwas zu berichten gab, machten diesen oder jenen mit Wein gesprächig und so erfuhren sie irgendwann, dass zwei hessische Söldner mit guten Silberstücken um sich warfen. Dabei erregte es ihre Aufmerksamkeit, dass es sich um Niederländer Geld handelte, trotzdem die Landsknechte allgemein spanische und gelegentlich auch bourbonische Münzen auf die Schanktische knallten.

Es gelang dem Advokaten, die Buhlschaft von einem der Männer ausfindig zu machen. Die hatte er am helllichten Tag überrascht, sie ausgequetscht, dass sie ganz verstört dreinschaute und schließlich hatte sie herausgerückt, dass ihr Liebhaber viel blankes Silber bei sich habe. Nicht zufrieden mit dieser Nachricht, hatte der Advokat de Vries dafür gesorgt, dass man den Söldner nicht aus den Augen verlor, denn auf die Worte der Dirne, das war ihm nur zu klar, mochte keiner einen Eid wagen.

Als er unbemerkt die Schlafstätte des Gauners durchsuchte, stellte sich rasch heraus, dass der andere Halunke die Kammer mit ihm teilte. Unter einer Bettlade lag der leere Geldsack, wie ihn Euer Bruder beschrieben hatte."

Der Bote machte eine Pause und dabei hatte man den Eindruck, dass er die gute Nachricht erst einmal wirken lassen wollte, ehe er seinen Bericht damit fortsetzte, dass Advokat de Fries beim Magistrat der Stadt gleich darauf Klage geführt hatte. Dabei scheute er nicht davor zurück, die beiden hessischen Halunken, die im Dienst der habsburgischen Krone standen, auf der Stelle arretieren zu lassen.

Der spanische Obrist hatte rasch von der Inhaftierung Wind bekommen. Einerseits wollte er die Übeltäter nicht der Gerichtsbarkeit des Magistrats überlassen, andererseits wagte er aber nicht, sie bei so klarer Beweislage gewaltsam zu befreien.

Schließlich einigte man sich auf einen Kompromiss: Der Obrist versprach, die beiden Söldner auf eines der kaiserlichen Kriegsschiffe zu verbringen. Habsburg hatte Bedarf an Halunken jeglicher Art, sei es, um seine Küsten zu sichern, sei es, in der Neuen Welt zu brandschatzen. Auf hoher See und in der Fremde kam kaum einer der Sträflinge mit dem Leben davon.

Man fand bei den Strolchen noch einen Rest der Diebesbeute. Den fehlenden Betrag steuerte die Habsburger Kasse bei und so wäre der Schaden wieder glatt gestellt.

Der spanische Obrist war vor Zorn rot angelaufen. Er hielt dann aber doch den Mund, wollte wohl auch keinen weiteren Unmut in der Stadt heraufbeschwören.

„Zum Beweis habe ich einige der Münzen mitgebracht, die man bei den beiden Söldnern gefunden hat", beendete der Bote seinen Bericht und zog ein Säckchen aus dem Gürtel, dessen Inhalt er vor den Brüdern auf den Tisch ausschüttete.

Das also war es, was Jakob in Dordrecht mitgehört hatte. Nun, Frans hatte erreicht, was er wollte. Für die beiden hessischen Teufel hatte Jakob nicht das geringste Bedauern übrig. Strafgefangene auf einem spanischen Kriegsschiff würden wahrlich besser davonkommen, wenn sie noch am gleichen Tag durch ein Henkersbeil vom Leben in den Tod befördert würden.

Inzwischen hatte Frans die Gold- und Silbermünzen in die Hand genommen und lachte aus vollem Hals. „Du bist mir ein schöner Kaufmann, Jakob, schau, was man dir da für wertloses Metall angedreht hat. *Kipper und Wipper* sind es mit einer billigen Legierung. Der Silberanteil ist nicht der Rede wert. Eine stümperhafte Schmelze, nichts anderes, und wenn wir es auswiegen, wirst du feststellen, dass du mit einem Sack Kupfer besser bedient gewesen wärst. Der wäre zwar nicht besonders wertvoll, aber doch wenigstens sortenrein. Schau doch selbst …. die Farbe. Willst du in der Tat behaupten, dass du bei deinem Holzverkauf echtes Silber erhalten hast?"

„Aber das sind doch gar nicht meine Münzen!" Entrüstet schaute Jakob auf das rötlich schimmernde Metall vor sich. „Frans, ich schwöre dir, dass ich damals Geld im Beutel hatte, das aus reinem Silber war. Ich kann doch wohl noch Kupfer von Silber unterscheiden!"

„Nimm's mir nicht übel, Bruder, aber glaubst du, ich weiß nicht, wie sehr dich die Unterweisungen hier bei uns den lieben langen Tag geärgert haben? Hier siehst du nun, dass du gar nicht genug vom Geldgeschäft lernen kannst. Schau …", Frans ließ sich ein geschliffenes Glas bringen und Jakob hindurch blicken. „Du musst ganz genau hinsehen und am besten auch einmal daran reiben, um herauszufinden, was man dir für dein gutes Holz in die Hand gedrückt hat. Was du hier siehst, ist die schlechte Arbeit eines Weißsieders. Der Schuft hat sich nicht einmal viel Mühe gegeben bei seinem Betrug. Das Verfahren, aus Kupfer Silber zu machen, ist ganz einfach. Die Fälscher kochen die Metallplättchen in Weinsteinsäure oder in Silberamalgan, und schwups, sieht billiges Metall aus wie feinstes Silber. Nach einer Woche verschwindet der falsche Glanz, aber dann ist jedes Jammern zu spät. Kratze zur Sicherheit stets etwas an der Oberfläche, versuche tiefer zu dringen. Wichtiger noch: Wiege die Münzen, um daraus den Anteil des tatsächlichen Metalls zu errechnen."

Jakob antwortete nicht, aber die Scham nagte an ihm. Jetzt war Frans in seinem Element. Edelmetalle und Münzen waren sein tägliches Brot. „Merke dir noch etwas, Jakob, mit älteren und zerkratzten Münzen bist du in aller Regel besser dran, als wenn man dir fein glänzende und polierte andreht. Echtes Gold- und Silbergeld ist schon durch viele Hände gegangen und gelegentlich ist es gekerbt, um es von Falschgeld zu unterscheiden."

Die Unterweisung traf Jakob tief ins Herz. Der Handel mit Waren und Geld war schwerer, als er es sich gedacht hatte. In diesem Moment schwor er sich, genauer hinzuschauen, wenn er wieder einmal ein Geschäft besiegeln sollte. Er wollte nicht ein zweites Mal als Tölpel herhalten, als unwissender, plump betrogener Flößer aus dunklem Tann, der dumm genug war, den guten Lohn harter Arbeit durch Gaunerei und falsche Münzprägung auf ein Bruchteil schrumpfen zu lassen.

Heckenreiter und Halunken
ANNO 1548

Drei Monate waren bereits ins Land gezogen, seit die Flößer von ihrer abenteuerlichen Fahrt in die Niederlande zurückgefunden hatten. Nach und nach waren sie im Tal eingetroffen – bis auf zwei. Kaitan, so sagte man, sei nur eine Nacht daheim in der Dehmel'schen Mühle aufgetaucht. Er habe wenig gegessen und viel getrunken, aber er habe kein Wort gesprochen, nicht mit Heloisa, der alten Müllerin und schon gar nicht mit seiner kränkelnden Frau Maria oder dem gemeinsamen Kind. Noch vor Tagesanbruch soll er das heruntergekommene Anwesen hastig wieder verlassen haben. Nun saßen drei Weibsbilder, Heloisa, Maria und deren kleine blasse Tochter, alleine auf der Mühle und der Herrgott mochte wissen, ob die armen Geschöpfe den nächsten Winter lebend überstehen würden.

Jemand wollte Kaitan weiter oben im Kinzigtal gesehen haben, wo er sich mit einer Horde wilder Gesellen herumgetrieben haben soll – Strauchdiebe, die nicht besonders viel darüber nachdachten, wie sie zu ihrem täglichen Brot kämen.

Der Zweite aber, der sich auf dem Hof nicht mehr zurückgemeldet hatte, war Jakob Hassler. Ernst Knoll wusste nicht viel zu berichten, außer, dass er vergeblich nach Jakob gesucht habe. Am letzten Abend in Dordrecht sei er plötzlich wie vom Erdboden verschwunden. Noch drei Tage habe er nach ihm gesucht, aber der Wirt habe die Flößer nicht leiden können und außerdem hätten die Leute ihn dort unten nicht verstanden. Dann hatte er sich der Hoffnung hingegeben, dass Jakob – aus welchen Gründen auch immer – allein heimmarschiert wäre.

Tagelang hatte der alte Ridinger getobt. Er hatte geschimpft, dass Jakob sie alle zum Narren gemacht hätte, mit der idiotischen Reise so weit den Rhein hinab. Ein Himmelfahrtskommando sei es gewesen, sonst nichts. Schließlich sei es immer noch sein Holz, auf dem sie sich in das Unglück treiben ließen. Das Ergebnis sähe man ja! All das wollte er bei der nächsten Rügung zur Sprache bringen, auch wenn die anderen drei Hauptschiffer vor Vergnügen feixten. Ernst Knoll und die anderen Flößer könnten sich schon einmal darauf einstellen. Sie allesamt hatte der tölpelhafte Jakob an der Nase herumgeführt. Dann ging der Alte tagelang seine Schwester an, dass sie in den Herumtreiber soviel Vertrauen gesetzt hatte. Er, Ridinger, hätte nicht auf die Gefühlsduselei der rührseligen Jungfer hören sollen.

Die anderen Hauptschiffer hatten wenigstens ihren Gewinn, den sie in Bingen eingefahren hatten, abgeliefert bekommen. Er aber war wegen dieses arglistigen Jungknechts leer ausgegangen und fürchtete mehr um seinen Ruf als um den Ruin.

Man sah den Hauptschiffer nur noch selten aus dem Haus gehen. Er fühlte sich krank und war bettlägerig.

Jetzt war keiner da, der sich um die Wirtschaft kümmerte. Die Arbeit im Holz war ohne rechte Aufsicht.

Auf dem Hof und um das Haus herum schaute Hanne Ridinger zwar, dass es irgendwie weiterging, aber mit der Waldarbeit klappte es nicht, wie es sollte. Kurzum, es fehlte an Zucht und Ordnung.

Thomas Kemper glaubte nicht, dass Jakob sich das Silber selber in die Taschen gestopft hatte. Etwas musste zwischen Himmel und Erde passiert sein, etwas, mit dem hier keiner gerechnet hatte. Wenn er noch am Leben war, kam er auch zurück, verletzt vielleicht oder ausgeraubt, aber aus dem Staub würde der sich nicht machen.

An diesem Morgen war Thomas gut gelaunt. Im ersten Dämmerlicht des Tages wollte er sich gemeinsam mit Pater Engelbert zu einem Ritt in die markgräfliche Residenz aufmachen.

So vieles hatte sich für ihn geändert. Den Sturz hatte er überlebt, aber sein Bein, genauer gesagt das Knie, war steif geblieben. Thomas glaubte nicht, dass der Schaden jemals ausheilen würde. So blieb ihm der schwelende Hass auf Kaitan Dehmel. Er sprach den Namen nicht aus, berichtete überhaupt nichts von dem Unglück, in das ihn der Strauchdieb im Frühjahr gestürzt hatte – genau einen Tag, bevor das Holz des alten Ridinger stromabwärts geschwommen war.

Anfangs hatte man ihn aushorchen wollen, schließlich aber das viele Fragen aufgegeben. Er war so verschlossen und einsilbig geblieben wie stets. Wem wäre schon damit gedient, wenn er Kaitan beschuldigte, ganz ohne Anlass den Streit vom Zaun gebrochen zu haben.

Den Ritt nach Baden hatte ihm der Pater vorgeschlagen. Zuerst hatte er unruhig auf den Vorschlag reagiert. So lange Strecken traute Thomas sich nicht ohne Weiteres zu. Es war ein weiter Weg und seit seinem Sturz war er ängstlicher geworden. Er scheute die Fremde und man hörte allenthalben, dass die Zeiten unsicher waren.

Dennoch hatte er sich nach einigem Zögern überreden lassen. „Ein Risiko wird es schon nicht sein, wenn ich mein Bein in warmes Wasser hänge", hatte er auf den Vorschlag von Pater Engelbert geantwortet, „da macht mir eher noch der Weg hin und zurück Sorgen. Man redet von Überfällen und von Schatzung. In der Umgebung soll es Heckenreiter und Wegelagerer geben. Niemand weiß, wann und wo das Pack auftaucht."

Pater Engelbert hatte laut gelacht, vielleicht auch etwas zu laut, um Zuversicht zu verbreiten. „Du sprichst wohl vom ‚Handabhacker', der in allen Köpfen herumgeistert. Frei heraus, Thomas, gesehen haben wir ihn alle nicht und die Reise des Lebens selbst ist nun einmal ein Risiko. Unser Herrgott hat uns aus dem Paradies vertrieben und beschlossen, dass wir auf dieser Erde mutig ausschreiten. Halten wir also die Stirn in den Wind. Keine Bange, ich habe nämlich auch in diesem Punkt vorgesorgt und uns einen weiteren Weggefährten für unseren Ritt besorgt. Bei mir hat sich ein junger Kaufmann ein Dach über dem Kopf gesucht. Ein Augsburger auf seinem Weg nach Frankfurt. Bis Baden wird er mit uns ziehen. Zu dritt sind wir unterwegs besser aufgehoben."

Am Abend zuvor hatte Thomas den jungen Burschen dann zu Gesicht bekommen. Er war ein kräftiger Kerl, muskulös gebaut, schaute fröhlich und unbekümmert drein und hatte gestern beim Erntedankfest die Mädchen kräftig umeinander gedreht. Nur als Pater Engelbert dann die segnenden Worte gesprochen hatte und feierlich das Brot brach, hielt er in seinem Übermut inne, ließ aber mit den Augen nicht von einer der Mägde ab.

Als die drei Männer jetzt zusammentrafen und der Augsburger Handwerksgeselle den Gurt seines Pferdes festzog, war er schon wieder voller Tatendrang. „Schöne Mädchen gibt es bei Euch, Thomas. Für mich hätte es gestern Abend noch ein Weilchen länger dauern können …", grinste er vielsagend und ließ den Rest seines Satzes unausgesprochen.

Während Thomas und der Priester lediglich Proviantsack und Mäntel über die Sättel der betagten, gutmütigen Pferde gelegt hatten, führte der Handwerksgeselle außer seinem Reittier ein Beipferd mit sich, das die Waren schleppte.

Unterwegs erfuhr Thomas, dass der Kraftprotz Niclaus Gerhaert Widmann hieß und mit seinen zweiundzwanzig Jahren ebenso alt war wie er selbst. Zirkelschmied sei er und der Himmel mochte wissen, warum sein Brotherr ihn schon in so jungem Alter ins Hessische ziehen ließ. Einen schönen Beruf habe er, und es hatte den Anschein, dass er sich im Sattel etwas aufplusterte vor Stolz, „… eine ruhige Hand und rechtes Augenmaß musst du haben, Thomas, sonst taugt alles nichts", erklärte er und dabei biss er mit seinen kräftigen, weißen Zähnen in einen leuchtenden Apfel, dass der Saft ihm über das Kinn lief. Eine fesche Frau, die Tochter eines Seilers, sei ihm versprochen, plauderte der Weggefährte munter weiter, und er habe sich dem Pater und Thomas angeschlossen, weil er hoffte, in der Residenzstadt Baden mit einer neuen Reisebegleitung voranzukommen.

Nach und nach verebbte der flotte Plauderton und die drei Reiter bewegten sich auf der anderen Seite des Flusses den Berg hinauf. Während sie dem ausgewaschenen Pfad folgten, wich das offene Ackerland dem Wald, wo nur spärlich Tageslicht durch das hohe Blätterdach bis zu ihnen durchdrang.

Sie kamen ohne Zwischenfall voran und legten nur kurz Rast ein, weil die markgräfliche Residenz nicht mehr weit war und sie das Ziel nicht zu spät erreichen wollten. Als sie endlich hinauf zur Teufelsschlucht gelangt waren, breitete sich die angenehme Wärme eines verblühenden Spätsommertages aus.

Der junge Niclaus hatte längst sein Pulver verschossen und schwieg seit geraumer Zeit. Er folgte mit seinem Lasttier den beiden Begleitern leicht schaukelnd und dösend nach, als unvermittelt von hinten das Geräusch von Hufen auf dem ausgetretenen Weg zu vernehmen war. Rasch kam der Lärm von galoppierenden Pferden und laut rufenden Reitern näher, die ihre Tiere antrieben.

Sie alle drei hatten nicht eine Sekunde Zweifel daran, in unbekannter Gefahr zu schweben, denn der Trupp musste aus einem Hinterhalt im Wald hervorgekommen sein. Einen Moment dachte Thomas daran, seinem betagten Pferd die Sporen zu geben, zu fliehen, aber er wusste, dass er mit diesem Tier nicht weit kommen würde. Vielleicht war die Angst unberechtigt. Hast konnte auch andere Ursachen haben, aber dann sah er drei Gestalten, zwei mit Schwert und Armbrust, den dritten mit Muskete, die genau auf ihn gerichtet war.

Im letzten Moment zügelten die Fremden ihre Pferde mit so brutaler Gewalt, dass die Trensen den Tieren die Mäuler zu zerreißen drohten. An eine Gegenwehr war nicht zu denken. Das Geschrei, die forsche Attacke, alles ließ erkennen, dass es die wilden Gesellen darauf angelegt hatten, Angst und Schrecken zu erzeugen. Kein Zweifel. diese Männer konnten mit Waffen umgehen.

„Stehen bleiben", donnerte der Reiter mit der Muskete, während die zwei anderen Straßenräuber den Weg versperrten.

„Wo kommt Ihr her?", fragte er barsch und griff nach dem Packpferd.

Der Pater schob sich nach vorn, wollte für die anderen das Wort führen, als ihm einer der Banditen mit der flachen Klinge des Degens so hart über den Schädel schlug, dass der fromme Mann vom Pferd rutschte und im Staub hart aufkam.

In diesem Augenblick erschrak Thomas so sehr, dass er fassungslos rief: „Mich trifft der Schlag! Das ist doch Kaitan Dehmel, Neffe der alten Müllerin ...! Da haben die Leute also recht, wenn sie sagen, dass du hier in der Gegend dein Unwesen treibst."

Kaitan schien den unerwarteten Moment des Wiedersehens bereits für sich verarbeitet zu haben. Er würdigte Thomas keines Blickes.

„Du kommst später dran, Krüppel", zischte er mit drohender Faust und richtete sein ganzes Augenmerk auf Pater Engelbert, „den da .... den Mann kenne ich gut. Ob Ihr es glaubt oder nicht, aber wir haben einen leibhaftigen Pfaffen unter uns, einen Gottesmann, der vorgibt, Lämmer zu hüten und ihnen zugleich die Wolle schert, dass sie bluten. Kennt Ihr mich nicht mehr, Pater?" Prahlerisch brachte sich Kaitan in die Mitte des Geschehens.

Wieder ergriff Thomas das Wort. „Kaitan, du stinkender Kadaver, hast dich auf das Plündern und Meucheln verlegt, was! Im Grunde wundert es mich nicht. Verrottet bist du schon auf die Welt gekommen. Für unser Tal bist du eine Schande, dass es zum Himmel schreit!"

Eine so grobe Beleidigung konnte Kaitan in Gegenwart seiner Spießgesellen nicht übersehen. Er schlug Thomas mit dem Lauf seiner Muskete so heftig ins Gesicht, dass dessen Kopf zur Seite schleuderte. „Siehst du, das Gute geht und das Böse bleibt", gab er höhnisch zurück.

Offenbar wollte er vor seinen Kumpanen keine Einzelheiten zu dem alten Streit mit Thomas ausplaudern. Warum sonst knüppelte er so heftig und unvermittelt auf dasjenige seiner Opfer ein, das sich zu seiner Person ausließ. Thomas kam es so vor, dass die Banditen sich zu ihrer eigenen Vergangenheit lieber bedeckt hielten. Vielleicht war es das gegenseitige Misstrauen, bei einer brenzligen Situation von einem aus ihrer Mitte verraten zu werden.

Irgendwie schienen die Halunken unter Druck zu stehen. Sie handelten in fliegender Eile. Ihre ruhelosen Blicke wanderten immer wieder den schmalen Waldweg hinauf und hinunter.

Kaitans Kopf war rot angelaufen und sein unergründliches Grinsen ließ nichts Gutes vermuten. Er riss sein Pferd herum und rief seinen beiden Kumpanen zu: „Nehmen wir die müden Tölpel in unsere Mitte. Mal sehen, ob wir einen von ihnen schatzen können."

Mit derben Schlägen wurde der Pater gezwungen, wieder aufzusitzen. Alle drei Gefangenen klammerten sich überrumpelt und verängstigt an die Sättel ihrer Pferde, während sie dazu verdammt waren, den Banditen in das Dickicht des Waldes zu folgen. Thomas lief der Schweiß über die Augen. Sein Bein tat weh und mehrmals wurde er mit Schlägen traktiert. Die Taktik war leicht durchschaubar. Die Räuber wollten ihre Opfer gefügig machen.

Die Wegelagerer kannten sich hier offenbar gut aus. Gebückt kämpften sie sich durch Strauchwerk und herabhängende Zweige. Am Ende einer Talsenke gelangte die Truppe auf eine Lichtung. Die Reste einer morschen Hütte, vermutlich eines Köhlers oder Pechbrenners, waren erkennbar. Als sie aus der Deckung des Waldes herauskamen, wurden sie neugierig beäugt. Vier weitere Kumpane, die hier offenbar das provisorische Lager bewachten, erhoben sich ohne jede Hast. Auch diese Schnapphähne waren erstaunlich gut bewaffnet und sie litten offenbar keinen Hunger, denn um ein noch glimmendes Feuer lagen Reste einer Mahlzeit achtlos verstreut. Einer von ihnen musste von hoher, vielleicht sogar adeliger Herkunft sein, denn er trug das Wams einer Rüstung und einen Harnisch. Ein Schwert mit silbernen Beschlägen baumelte an einem breiten Gürtel.

Ja, sie waren zweifellos der Bande eines Raubritters in die Hände gefallen, nur welcher der Männer war der Anführer dieses Haufens? Jedenfalls hielt sich der besser gekleidete Mann für den Augenblick zurück, schien geradezu gelangweilt.

„Was bringst du uns da für Reisige mit?", fragte er beim Nähertreten, während Kaitan mit erstaunlicher Kraft und Behändigkeit vom Pferd sprang. Mit einem nachlässig gemurmelten Gruß meinte er: „Einer von denen ist ein Pater, auch den da drüben kenne ich von früher", und dabei zeigte er auf Thomas. „Dem Dritten gehört das Packpferd. Er scheint ein Pfeffersack zu sein. Wir können sie alle drei ein wenig kitzeln und wenn wir es recht anstellen, wird bei einem von ihnen etwas herausspringen."

„Runter von den Pferden", brauste der Mann mit Wams und Harnisch plötzlich auf. Mit der Aussicht auf Beute wurde er jetzt lebhaft. Der Ton war hart und ließ nichts Gutes hoffen.

„Leckt mich am Arsch, Herr Ritter!" Die Antwort war deutlich und kam von Niclaus, der bis dahin nichts zur Unterhaltung beigetragen hatte. Das war ein mutiges Wort und alle Augen richteten sich jetzt auf den Handwerksgesellen.

Der Angesprochene reagierte weder mit wütenden Flüchen noch mit einem Hieb seiner Peitsche, die er in der rechten Hand hielt. Er grinste zurück, war nicht im Geringsten irritiert und antwortete Niclaus mit dem spöttisch großspurigen Gebaren, das ein kühles Blut erahnen ließ. Er möge nicht nachlassen mit seinem Mut und solle recht standhaft bleiben: „Hast du schon einmal etwas vom Handabhacker gehört? Bleib so guter Laune, bist schließlich nicht der Erste, dem ein bisschen Blut in den Wald hineinrinnt, dann mag sich zeigen, ob du auf dem Rücken des Teufels reiten kannst."

Thomas glaubte sich verhört zu haben, aber die umstehenden Männer johlten vor Vergnügen, während der Adelige mit bösem Lächeln hinzufügte: „Natürlich lassen wir dich am Leben und deine beiden anderen Weggefährten auch. Nur eine Hand sollt Ihr drei uns lassen. Was euch dabei an Kraft abgeht, soll uns derweil stärken."

Niclaus Gesichtsfarbe wurde aschfahl. Mit einem Schlag wurde ihm bewusst, dass er die Lage völlig falsch eingeschätzt hatte. Ungewollt hatte er sich in den Mittelpunkt des Interesses der übellaunigen Bande manövriert. Was hätte er darum gegeben, wenn er seine vorlaute Bemerkung rückgängig machen könnte. Diese Rotte von Männern, entwürdigt durch Räubereien, zerstochen von blutsaugenden Insekten, durchnässt von Regengüssen, ohne feste Bleibe und stets ausgegrenzt von der sesshaften Bevölkerung, von geordneter Gemeinschaft, diese Männer scherten sich einen Dreck um das Leben von drei überrumpelten Reisenden irgendwo im einsamen Wald.

Man mochte diese Ausgestoßenen in kein Haus lassen, trachtete ihnen nach dem Leben; nun gut, hier war einmal die Gelegenheit, den Spieß umzukehren.

Die Schnapphähne fingerten derweil im Gepäck des Lastpferdes, fanden gut gefertigte Zirkel in allen Größen und einige Tücher, die man Niclaus offensichtlich zusätzlich mitgegeben hatte.

„Wenn es um die rechte Hand geht, so will ich den Großmäulern die Glieder stutzen", warf Kaitan sich in die Brust, „ich habe einen scharfen *Dissacken,* der in Übung gehalten werden will."

Pater Engelbert wollte einspringen, sich für die anderen verwenden. Auch er erkannte die schier unvorstellbare Gefahr und machte einen Schritt nach vorn. „Zum Donnerwetter, Schluss jetzt mit dem Mummenschanz. Hiermit gebiete ich die Sache zu beenden." Und dabei gab er sich in überzogener Weise herrisch, offensichtlich in der Hoffnung, Vernunft in die Truppe zu bringen.

Die Männer grölten, einer kreischte: „Mit welchem Recht wollt Ihr uns ‚gebieten' …?" Kaum ist ein Kirchenmann unter uns, schon will er bei uns aufsitzen und uns die Sporen geben."

Zur großen Verwunderung von Thomas schrie Pater Engelbert die Bande mit überschlagender Stimme an. „Ich spreche hier nicht als Pater zu euch, sondern als ‚Engelbert Graf von Luxemburg'. Nehmt Vernunft an, Männer, und zieht euch nicht den Zorn des Markgrafen zu."

Die Heckenreiter wieherte vor Vergnügen. Sie schlugen sich vor Freude auf die Schenkel. Thomas hingegen war entsetzt über einen so kläglichen Versuch der Einschüchterung. Hatte der Pater so große Angst um sein Leben, dass er mit wilden Lügengeschichten seinen Hals zu retten suchte – besser gesagte – die rechte Hand?

Einer der Strauchdiebe mit breiten Schultern und Armen wie Wiedenstämme schlug dem Pater erneut und mit so großer Wucht auf den Schädel, dass er nun gänzlich ohnmächtig zu Boden ging.

„Der Pfaffe versucht sich davonzustehlen. Er wird nicht bei Sinnen sein, wenn wir ihn etwas zurechtschneiden", meinte der bullige Schläger. „Soll er sich also hinten anstellen, dann kommt er eben zum Schluss dran."

Währenddessen packten zwei der Halunken den jungen Niclaus und zogen ihn nahe der Hütte zu einem umgestürzten Baum. Sie drückten seinen rechten Arm auf den Stamm nieder. Als Kaitan jetzt sein Schwert packte, wirkte der ganze Vorgang wie eingespielt. Der Gepeinigte versuchte mit aller Kraft sei-

Herder & Thalia Buchhandl
Kaiser-Joseph-Str. 180
D-79098 Freiburg
Tel. 0761 282820
Fax. 0761 2828289
herder.freiburg@thalia.de

Quittung

Jakob der Flößer
9783939540786   12,80 1

SUMME (1)   EUR   12,80

Bar   EUR   20,00

ZURÜCK (BAR)   EUR   -7,20
Betrag enthält 0,84 EUR MwSt:
1: 7,00%= 0,84   Netto: 11,96

Steuernummer: 321/5800/0100
Ust-Idnr.: DE 812277765

Kassierer 2345   Ka: 00001 Dat:24.11.11
LadeNr   0001   BNr:00700 Uhr:11:02

Vielen Dank für Ihren Besuch.
Auf Wiedersehen!
Im Internet: http://www.thalia.de

ne Hand zurückzuziehen und sie unter dem Reiseumhang zu verbergen. Gewaltsam wurde er niedergerungen und kniete schließlich vor seinem Foltertisch. Niclaus war nun nicht mehr keck und mutig. Jetzt hatte er endgültig die Ausweglosigkeit seiner Lage erfasst. Er konnte keinen Einfluss mehr auf sein weiteres Schicksal nehmen. Mit einem letzten Versuch hoffte er die Dinge zum Guten wenden zu können. „Ich kann euch von großem Wert sein. Ihr könnt mich bestimmt auf *200 Gulden* schatzen."

Der besser gekleidete Bandit mit dem Schwert um den Bauch zischte Niclaus böse an. „Keinen Heller wird man für dich geben. Bist doch nicht der Pfeffersack selber. Lange müssten wir warten, wenn ein Bote sich auf den Weg machte. Vielleicht aber wirft die Ware etwas für uns ab, wir werden sehen ..."

„Habt doch ein Einsehen mit mir, was nützt euch meine Qual, soll ich für den Rest meines Lebens zum Krüppel werden. Bitte ...", wimmerte er und die Tränen liefen über sein Gesicht, „... lasst mir die Hand und nehmt alles, was Ihr bei mir findet."

Unwillkürlich griff Thomas seinen eigenen Arm, spürte jetzt die Bedrohung auch auf sich zukommen. Dabei hatte er den Blick unverwandt auf Kaitan gerichtet. Der Strolch hatte seinen bekümmerten Gesichtsausdruck verloren, war kräftiger und sonnengebräunt mit nackten, sehnigen Armen.

Vielleicht war alles auch nur ein Traum – der bitterböse Spott, die Schreie, die ganze aufgesetzte Heiterkeit inmitten einer sonnigen Lichtung.

Ein anderer Mann packte nun die Hand des jungen Handwerksgesellen, zwang ihn mit eisernem Griff nach unten und zog den Arm zwischen seinen Schenkeln hindurch. Er beugte den ganzen Körper des Augsburgers mit unbarmherziger Brutalität nieder. Das Gesicht des Opfers wurde ins Gras gedrückt, während der Arm auf dem Stamm keinen Bewegungsspielraum mehr hatte. Wie in einem Schraubstock kniete der niedergerungene Niclaus und war zu keiner Gegenwehr mehr fähig. Immerhin verhinderte die mächtige Statur des Banditen den Blick auf die Schlachtbank. Er winselte seine panische Angst in den Waldboden hinein.

Währenddessen ließ Kaitan sich Zeit, schaute in die Runde und prüfte die Schärfe seiner Klinge mit dem Daumen. Dann holte er ganz unvermittelt aus und schlug zu, traf nur schlecht und setzte erneut an. Erst der zweite Hieb durchtrennte den Knochen und da die Hand noch immer nicht zu Boden fiel, wurde mit einem dritten Schlag der Rest der grausamen Arbeit erledigt. Schließlich fiel sie auf den Waldboden und der Armstumpf schüttete in Wellen das Blut aus dem Opfer heraus. So wurde Niclaus bei vollem Bewusstsein Zeuge seiner eigenen Verstümmelung.

Trotz aller Anspannung, trotz der Übelkeit, die in Thomas aufstieg, entging ihm nicht die Triebhaftigkeit dieser Männer. Sie alle wollten sich rächen für etwas, das ihnen das Leben angetan hatte. Sie mussten Erfahrung darin haben, Blut fließen zu sehen und sie hatten wohl auch schon ihren Teil zum Blutvergießen beigetragen. Dieser Gleichmut, ja der einstimmige Zuspruch zur Tortur wirkte wie ein Ritual, wie eine Übung, mit der sie ihr grausames Handwerk einander vorführten.

Es waren gnadenlose Mordgesellen, die mit Gewalt, Erpressung und Räuberei ihr Leben fristeten. Wenn sie nicht im Dienste eines feudalen Landesfürsten standen, ihren Lebensunterhalt nicht mit dem *Artikelbrief* eines Lehnsherrn absichern konnten, streiften sie marodierend über Feld und Flur, waren vielleicht gerade für jenes fürstliche Haus eine Gefahr geworden, bei dem sie eben noch im Sold gestanden hatten.

Diese hier waren Wegelagerer auf eigene Faust, Meister des Gemetzels, der Vergewaltigung und unbeeindruckt vom Blut anderer. Landplacker, Plünderpack, das Thomas und seine beiden Weggefährten aufgebracht hatte. Diese Männer kannten kein Erbarmen. Sie wollten Rache nehmen an ihm, an der Welt schlechthin. Ihr eigenes Unglück sollten andere ebenfalls teilen. Es waren Freibeuter, die sich losgesagt hatten von der Welt aus der sie stammten, von ihrer Heimat, von ihren Familien.

Warum Kaitan so rasch bei einem solchen Gesindel Anschluss gefunden hatte und warum er ganz offensichtlich das besondere Vertrauen des adeligen Ritters genoss, lag wohl daran, dass er vor Grausamkeiten nicht zurückschreckte. Offensichtlich genoss er sogar eine gewisse Wertschätzung.

Niclaus lag am Boden. Er wimmerte seine Verzweiflung aus sich heraus und erst als einer der Männer ihm mit seinem Fuß derb ins Gesicht schlug, verstummte der Gepeinigte. Die Gnade der Bewusstlosigkeit hielt ihn jetzt umfangen.

Thomas wollte nicht straucheln, er ahnte das Kommende, konnte es aber nicht wirklich ermessen. Er fror, alle Blicke richteten sich nun auf ihn.

Wieder führte Kaitan das Wort, lenkte nun die Aufmerksamkeit der Bande auf ihn als nächstes Opfer. „Bist noch am Leben, du Müßiggänger." Er drehte sich prahlerisch zu seinen Kumpanen um. „Der Kerl hält wohl mehr aus als ich dachte. Ich hatte gemeint, dass ich ihm längst den Garaus gemacht hätte", und zu Thomas gewandt, „einmal bist du mir von der Schippe gesprungen, hast aber wohl immerhin ein steifes Bein behalten. Wirst sehen, ich bin ein guter Mensch. Weißt du warum? Ich will dir auch heute nicht ans Leben. Du sollst uns nur ein Andenken hier lassen. Wenn du magst, kannst du es auch mit nach Hause nehmen." Kaitan winkte ihn nicht herbei, sondern war bei den letzten Worten auf ihn zugegangen.

Mochte das Schicksal sich abermals gegen Thomas entscheiden. Er konnte auch heute den Fortgang der Handlung nicht steuern. Seine Erbitterung richtete sich in diesem Augenblick nicht gegen seinen Peiniger, sondern gegen die Ausweglosigkeit, mit der er sich abfinden musste. Zwischen ihm und dem raschen Richtspruch lagen nur noch Augenblicke. Richtspruch? Eine erbärmliche Übermacht zwang ihm ein Urteil auf, das keinen Grund suchte. Für den Rest seines Lebens würde ihn dieses Lumpenpack zeichnen, ihn verstümmelt zurücklassen, ohne darüber nachzudenken, ob er das Gemetzel überlebte. Mochte man ihm doch gleich die Kehle durchschneiden, welchen Unterschied machte das. Sollte er die linke Hand hinhalten? Man würde sich auf den Handel nicht einlassen – Kaitan schon gar nicht.

Wie vieles ihm in nur wenigen Sekunden durch den Kopf ging. Er wollte bei dem was auf ihn zukam nicht hinsehen, denn der Schmerz, so sagte man, setzt nicht unmittelbar ein.

Bruchteile einer Sekunde mochte ihn dann das Gefühl trügen, es wären noch alle Gliedmaßen an ihm dran. Er hielt jetzt die Augen geschlossen.

Warum packte man ihn noch nicht? Aus dem Unterholz kamen Geräusche näher. Er schaute um sich und stellte fest, dass von einem Augenblick auf den anderen nicht er den Mittelpunkt des allgemeinen Interesses bildete, sondern ein weiterer Reiter, stattlicher und herrischer in seiner Erscheinung als die übrigen. Der Hüne stürmte mit einem großen Grauschimmel auf die Lichtung. Quer über der linken Wange des Mannes lief eine lange Narbe, die schlecht verheilt war und ihm einen brutalen Ausdruck verlieh. Mit einem ironischen Lächeln um die Mundwinkel saß er hoch aufgerichtet im Sattel. Das wertvolle Waffenkleid und Stiefel aus feinem Ziegenleder verrieten den hohen Stand eines Ritters.

„Schluss mit diesen Spielen, statt die Augen aufzuhalten und auf den Weg zu achten, zieht Ihr eine Horde von Stadtknechten an wie ein Misthaufen die Fliegen", donnerte er die Männer an. „Merkt keiner von Euch, dass ein Trupp Reiter weiter oben herumlungert? Macht, dass Ihr auf die Pferde kommt und verschwindet. Wir können ein nutzloses Handgemenge hier und jetzt nicht brauchen. Du, Schwager ...", und dabei wandte er sich an den anderen besser gekleideten Mann in der Runde, der mit dem Interesse eines harmlosen Zuschauers die Vorgänge verfolgt hatte, „... du solltest besser acht geben!"

Ganz ohne Zweifel handelte es sich bei dem Neuankömmling um den Obristen der Bande. Mit einem geringschätzigen Blick schaute er auf den ohnmächtig daliegenden Niclaus und schien bereits den Hergang erfasst zu haben, denn er wendete sich kopfschüttelnd ab und trieb die Rotte eilig zum Verlassen des Lagers an. Ohne Übergang entstand ein heftiges Laufen und Hetzen, das Feuer wurde ausgetreten, Pferde am Halfter herangezerrt und während sich die Ersten bereits entfernten, den Kopf einzogen und unter dem herabhängenden Astwerk in der Tiefe des Waldes verschwanden, zögerte Kaitan noch, zu sehr war er von seinem mörderischen Tun durchdrungen.

Er wendete sich Thomas zu, warf dann einen Blick auf den Pater und für einen Moment hatte es den Anschein, dass er ihnen beiden rasch noch sein Schwert in den Bauch rammen wollte, aber der Obrist herrschte ihn an, drängte Kaitan barsch zum Aufbruch und packte selber das Packpferd von Niclaus Gerhaert Widmann, das er als Beutegut mit sich zog.

Ohne jeden Übergang hatte sich über dem verlassenen Lager eine beschauliche Ruhe ausgebreitet. Nur hier und da stiegen kleine Rauchsäulen vom Feuer auf und wäre da nicht der umherliegende Unrat, die Essensreste und das bunte Durcheinander der verstreuten Tücher des Zirkelschmieds, würde auf den ersten Blick nichts an die schrecklichen Ereignisse erinnern. Selbst die Pferde der Reisenden standen ruhig im Schatten der Lichtung und grasten, während sie hin und wieder mit dem Schweif schlugen, um Fliegen zu vertreiben.

Nur ganz langsam entspannten sich die verkrampften Muskeln. Thomas atmete heftig durch, so als habe er in den letzten Minuten das Luftholen vergessen. Dann ging er auf den gekrümmt daliegenden Niclaus zu und versuchte umständlich und mit wenig Geschick den Arm abzubinden und das immer noch austretende Blut zum Stillstand zu bringen. Mit einem Fußtritt stieß er angewidert die abgetrennte Hand unter eine Baumwurzel.

Der Pater lag ebenso leblos im Gras. Thomas schüttelte ihn und versuchte mit mehreren kräftigen Schlägen ins Gesicht, den Ohnmächtigen wieder ins Diesseits zu holen. Gerade als er fürchtete, dass der Prediger verschieden sei, rappelte sich dieser jedoch auf und stützte sich benommen gegen einen Stamm.

Er fasste sich an den Kopf. „Wo ist die Horde Banditen geblieben?", fragte er und als er den ohnmächtig daliegenden jungen Niclaus am Boden sah, wurde ihm das furchtbare Verbrechen bewusst, das hier begangen worden war.

„Herr im Himmel", stöhnte er auf, „hast du das alles mit ansehen müssen?" Er schaute Thomas benommen an und einer stellte beim anderen fest, dass er reichlich blass dreinschaute. Sie nahmen den Schwerverletzten auf und trugen ihn wechselseitig bis zum Weg, während sie die Pferde an der Leine mit sich führten.

Falls es einen nahenden Reitertrupp der Stadtwache tatsächlich gegeben hatte, so war dieser schon längst außer Sicht, jedenfalls war weit und breit keine Menschenseele. Auf dem Waldweg endlich hatten sie Platz genug, um den Verwundeten quer über den Sattel seines Reitpferdes zu legen. Trotz der gebotenen Eile vermieden sie es, in Trab zu verfallen, damit Niclaus geschont wurde.

Als die kleine Karawane endlich in die markgräfliche Residenz einritt, nahmen nur wenige Bewohner Notiz von ihnen. Pater Engelbert, der sich hier bestens auszukennen schien, steuerte durch die Gassen hoch zum Marktplatz und weiter hinauf zur markgräflichen Residenz. An einem kleinen Tor des Schlossgartens hielt er an.

Zwei Stadtwachen, jede mit Schwert und Muskete, verwehrten ihnen den Zutritt. In gebieterischem Ton herrschte der Pater die beiden an.

„Öffnet die Tür und bringt mich eilends zum *Truchsess*. Ihr sprecht mit dem Oheim des Markgrafen. Zum Beweis hier der Ring des Luxemburger Herrscherhauses."

Der ältere der beiden Wächter musterte misstrauisch die ärmliche Reisegesellschaft, stellte seine Muskete an die Mauer und strich sich unschlüssig mit den Fingern durch das angegraute Haar. Schließlich entschied er: „Wartet hier. Ich will schauen, was es mit Euch und Eurem Ring auf sich hat ..." und damit verschwand er hinter der Schlossmauer. Die beiden Männer mit dem Schwerverletzten ließ er aber nicht hinein.

Es dauerte nicht lange und der Wächter kam in Begleitung eines jungen Mannes mit besticktem Reiterrock zurück. Für Thomas völlig überraschend verbeugte der sich in höfischer Weise vor dem Pater.

„Bitte verzeiht, dass Ihr am Tor warten musstet, ich begrüße Euch im Namen des Markgrafen Philibert. Wie es den Anschein hat, seid Ihr auf Eurer Reise in Bedrängnis geraten. Lasst sehen, der Mann hier über dem Sattel sieht böse zugerichtet aus." Dabei ging er um das Pferd mit dem Verwundeten herum und inspizierte die leblos hängende Fracht von allen Seiten. „Ich bin angewiesen, Euch zu Diensten zu stehen. Sagt mir bitte, was ich für Euch tun kann." Mit einer weiteren Verbeugung wollte der Jüngling seine gute Erziehung unterstreichen, aber der Pater kam gleich zur Sache.

„Bringt uns unverzüglich zum markgräflichen Scherer. Wenn der junge Mann hier nicht rasch ärztliche Hilfe bekommt, wird er den nächsten Morgen nicht mehr erleben." Der Leutpriester drängte sich durch den Mauerdurchlass in die prächtige Schlossanlage.

Beklommen und verunsichert betrat Thomas einen Park, dessen Anblick ihn in dieser schönen Herbststimmung überwältigte. Zwischen prächtigen Wegen, geschwungenen Blumenrabatten, Brunnen und Wasserspielen vertrieben sich aufwendig gekleidete Besucher plaudernd die Zeit. Livrierte Diener gingen geschäftig hin und her und sorgten für Erfrischungen. Gleich unterhalb der Schlossterrassen stand eine Gruppe vornehmer Herren beisammen.

Aus ihr löste sich eine noch jugendliche Gestalt; ein Junge, der dem Pater in die Arme flog.

Fassungslos verfolgte Thomas das Geschehen um sich herum. So war also dieser unscheinbare Kirchenmann tatsächlich ein Mitglied des Hochadels, ein Fürst vielleicht? Warum aber lebte er so schlicht und zurückgezogen in einem Seitental des Schwarzwalds? Und warum verbarg er über Jahre seine wahre Identität? Den Ring, ja den hatte Thomas schon oft am Finger des Paters bewundert, ihn aber für unbedeutend gehalten. Warum hatte dieser Mann über die vielen Jahre hinweg still und unerkannt gedarbt? Tat er all das nur aus Nächstenliebe? Hier jedenfalls hätte er ein angenehmeres Leben führen können.

Es waren so viele Fragen, die auf Thomas einstürmten. Plötzlich schien ihm dieser Reisegefährte fremd, unnahbar und – das vor allem – undurchschaubar. War dieser Mann überhaupt ein Seelenhirt? Es fröstelte Thomas und er fühlte sich verloren.

Um nicht ungnädig von dannen gejagt zu werden, versuchte er zurückzubleiben, lieber Abstand zu halten. Ein junger, hinkender Knecht, einer der mit Pferden und Rindviechern schlief und dem Hauptschiffer die Kammer kehrte, passte nicht in diese Welt des Herrschens und Kommandierens.

Der Pater indessen löste sich aus der Umarmung des etwa zwölfjährigen Jungen und während er auf Thomas deutete, sagte er beiläufig: „Dieses ist einer meiner hoffnungsvollen Wäldler. Ich habe ihn mitgebracht, weil er die warmen Bäder gut gebrauchen kann und ich habe große Erwartungen in dieses junge Leben gesetzt. Er ist aufgeweckt und kann es noch weit bringen."

Zu Thomas gewandt meinte er dann. „Was schaust du so verwirrt drein? Hast du gedacht, dass ich heimatlos aufgewachsen bin? Oder vielleicht, dass jeder Prediger auf diesem Erdenrund, der neben einem so kleinen Kirchlein wohnt, aus dem Nichts kommen muss? Ich sagte doch heute schon dem Lumpenpack von Wegelagerern, dass ich Mitglied des Luxemburger Herrscherhauses bin, aber geglaubt hast du mir natürlich nicht, stimmt's?"

„Was soll ich zu all dem sagen? Ihr habt mich an der Nase herumgeführt!" Thomas schluckte, verbeugte sich, wie er selber meinte, überaus linkisch und suchte den Blicken des versammelten Hofes zu entfliehen. Dann hörte er eine polternde Männerstimme, die aus der Mitte der Umstehenden kam.

„Ihr seid also Graf Engelbert", und damit trat ein Mann von etwa fünfzig Jahren hervor, reichte dem Pater die Hand und schüttelte sie, wie man Äpfel von einem Baum herunterholt.

„Dann müsst Ihr der Pfalzgraf Johann der Jüngere von Simmern sein, Vormund meines Neffen Philibert", konstatierte der Pater. „Insbesondere Euretwegen habe ich die Reise hierher angetreten und suche bei Euch in den nächsten Tagen um eine Unterredung nach."

Der Pfalzgraf legte dem Pater die Hand um die Schulter. „Nun kommt erst einmal herein und lasst hören, was für ein Unheil Euch heimgesucht hat. Wie heißt Euer Wegbegleiter doch gleich ..., Thomas, ja, also ... wir werden sehen, wie er sich bei uns zu arrangieren versteht. Können wir noch irgendetwas für den Ohnmächtigen dort tun?" Er wandte sich zum Truchsess. „Nun steht nicht so herum, schaut zu, dass der Verwundete rasch unter die Augen des Scherers gerät, statt hier auszubluten."

Mit einem schaurig flatternden Ton stöhnte Niclaus Widmann auf. War er bewusstlos oder verstand er im Dämmerzustand was gesagt wurde? Später glaubte Thomas in einem Mann mit raschem Schritt und Ledersack den Wundheiler erkannt zu haben, der offensichtlich seinen Weg zum Patienten verfehlt hatte und diesen nun suchte.

Pater Engelbert begleitete den jungen Philibert und seinen Vormund bis zur großen Freitreppe des Schlosses. Man merkte dem Pater an, dass er sich darauf freute, nach langer Zeit den Blechnapf mit Silbergeschirr einzutauschen, den eintönigen Getreidebrei mit Wildbret und kandierten Früchten.

Da sich niemand weiter um Thomas kümmerte, folgte er den hohen Herrschaften zögerlich und in respektierlichem Abstand.

Der noch kindliche Philibert bewegte sich aufmerksam beobachtend und schaute mit wachen Augen die Menschen an, die ihn wiederum mit Respekt und Achtung behandelten.

Thomas war vor allem für die warme, wohlschmeckende Fischsuppe dankbar, die nach den Ängsten und Überraschungen der letzten Stunden sein inneres Gleichgewicht stärkte.

Er wurde in eine saubere Stube geführt und noch am selben Tag glitt er in das sprudelnde Thermalwasser eines markgräflichen Badezubers. In der Wärme fiel die ganze Spannung des Tages von ihm ab. Schließlich schlief er sogar ein und glaubte danach, dass die Anwendungen seine Schmerzen lindern könnten, ja vielleicht doch noch sein Knie heilen ließen.

Am nächsten Morgen traf er wieder auf Pater Engelbert, der jetzt ungewohnt elegant gekleidet war. Statt der alten Robe mit ausgefranstem Saum trug er Wams und Hose, diese allerdings fein bestickt und mit einer Borte besetzt.

Pater Engelbert, oder sollte er sagen, Graf Engelbert von Luxemburg, gab ihm einige Münzen, damit er in der Stadt Einkäufe tätigen oder ein Wirtshaus aufsuchten konnte.

Erst am zweiten Tag nach seiner Ankunft fand Thomas heraus, wo der bedauernswerte Niclaus Gerhaert Widmann hingeschafft worden war.

Blass und teilnahmslos lag der Patient in einer kleinen Dachkammer im Haus des Scherers, der bedenklich dreinschaute und Thomas mitteilte, dass sich das Fieber des jungen Mannes nicht gesenkt hatte. Die Wunde sei entzündet und der arme Teufel verliere eine wässerig rote Flüssigkeit. Trotz des dicken Verbandes um den Armstumpf war ein großer Blutfleck zu erkennen.

Für einen Augenblick nahm Niclaus den Besuch wahr. „Dank dir, dass du mich aufsuchst, Thomas", flüsterte er matt. „Augsburg wird ohne mich leben müssen und meine Liebschaft auch. Schreib ihr, hörst du. Lass' auch meinen Meister wissen, dass ich seine Waren nicht mehr an den Mann bringen kann."

Thomas versprach es ihm, fügte aber mit gespielter Überzeugung hinzu, dass Niclaus gefälligst rasch gesund werden möge und die Angelegenheiten dann bestens selber klären sollte. Aber der Kranke stöhnte und versuchte, sich in seiner Bettstatt auf die Seite zu werfen.

Noch in derselben Nacht hauchte der junge forsche Handwerksgeselle sein Leben aus. Nachdem Niclaus Gerhaert Widmann seine rechte Hand eingebüßt hatte, ließ er schließlich auch vom Leben los.

Von den Fesseln befreit
ANNO 1548

Dieses Jahr kündigte sich der Winter bereits kurz nach Allerseelen an. Heute allerdings breitete die Sonne noch einmal lange Schatten über den Feldern und Weinbergen aus. An einigen Stellen brannten Reisigfeuer und sandten ihren Opferrauch für die eingefahrene Ernte in den Himmel hinauf.

Zum Ende eines langen Herbstes brachten die Menschen jetzt ihre letzten Feldfrüchte heim. Überall sah man Säcke mit Möhren oder Zwiebeln, Körbe voller Trauben und Karren, auf denen sich Rüben oder Kohlköpfe stapelten. Ein jeder wollte für den bevorstehenden Winter gerüstet sein.

Es herrschte lebhafter Verkehr. Kurz vor dem Kälteeinbruch versuchten die Menschen zu holen oder wegzubringen, was es in der Ferne zu erledigen gab. Waren die Wege erst einmal von einer Schneedecke verdeckt, sollte man nicht mehr unterwegs sein, sondern im Warmen sitzen und auf eine bessere Jahreszeit hoffen.

Es war nahezu windstill und das Reisewetter angenehm. Seit einigen Tagen folgte Jakob der großen Hauptverkehrsachse, die von Köln, die Rheinschiene entlang über Basel, Luzern, die Ost-schweiz, dann über die großen Alpenpässe bis nach Mailand, Turin, Genua und Florenz verlief.

Mit jedem Tag rückte die Heimat nun näher. Bald waren die Ausläufer der Schwarzwälder Bergwelt zu erkennen. So vieles hatte sich für ihn jetzt gewandelt. Seine Gedanken, seine Träume waren von einem neuen Lebensgefühl geprägt. Ja, gerade die Träume waren es, denen er nachhing, die ihn in eine Hochstimmung, einen Rausch versetzten. Auf Reisen arbeiten die Gedanken lebhafter als daheim. Der Blick in eine neue un-bekannte Zukunft hatte ein herausgehobenes Gefühl in seinem Innern erzeugt. Himmel und Horizont, so schien es ihm, waren jetzt höher und weiter als vor Monaten bei seiner Reise strom-ab.

Aber die letzten Wochen hatten ihn auch gelehrt, dass die komfortable Welt seiner neuen Familie nicht weniger Gefahren mit sich brachte, als sie jeder Flößer erleben konnte. Das un-gewisse Schicksal, dem Bruder Frans und Schwester Franziska mit ihren beiden Söhnen ausgesetzt waren, sorgte ihn. Den cal-vinistischen Schwager hatte sein Glauben bereits ins Verderben geführt und niederländische Kaufleute konnten bei der kleins-ten Unachtsamkeit, einem falschen Wort oder durch Missgunst eines Neiders ein ebensolches Schicksal erleiden.

Frans hatte in Dordrecht seinen Einfluss spielen lassen und die gefälschten Münzen aus Kupfer gegen echtes Silbergeld eingeklagt. Nun trug Jakob nicht nur diesen Schatz bei sich, sondern auch noch ein ansehnliches Startkapital für das neue Leben. Außer dem Erlös aus dem verkauften Holz des Haupt-schiffers Ridinger hatte ihm Frans einen gleich großen Teil Münzen und Kreditbriefe mit auf den Weg gegeben.

Jakob hatte sich vorgenommen die guten Wetterbedingun-gen zu nutzen und täglich etwa zwanzig Meilen voranzukom-men. Mit einem gesunden Nachtschlaf, Pferden, die gut im Fut-ter standen und zwei kräftigen jungen Knechten, die ihm auf einem komfortablen Reisewagen folgten, war es zumeist keine Schwierigkeit sein Tagespensum einzuhalten. Immer wieder mussten Zollbalken überwunden werden. Landauf, landab galt es Tribut zu zahlen.

In den vergangenen Wochen hatte Jakob gelernt, das Handeln und Feilschen nicht selber einzufädeln. Während der junge Endres Schwentendorf an Schlagbäumen mit den Zöllnern das Gespräch führte, sie in den Planwagen schauen ließ, kam man einem Betrag nahe, den es zu entrichten galt. Dann mischte sich unversehens Jakob ein. Von seinem schönen Fuchs herab zeigte er sich ganz plötzlich unwirsch, fuhr mit gespieltem Unmut mitten in die Gruppe hinein und drängte nun endlich diesem entwürdigenden Feilschen ein Ende zu machen. Dann stimmten die Zöllner rasch einem letzten Angebot des hohen Herrn zu und die Reise konnte weitergehen.

Für Jakob waren es wertvolle Erfahrungen, die er, einem Schausteller gleich, in immer neuen Varianten übte und mit eindrucksvollen Gesten anreicherte. Einmal lächelte er huldvoll und erklärte kurzerhand diese oder jene Gebühr für endgültig, ein anderes Mal schlug er ungeduldig mit seiner reich verzierten Radschlosspistole gegen den Stiefelschaft. Beim Anblick der teuren Handwerksarbeit hatte das Feilschen ein rasches Ende.

Dieser Endres Schwentendorf war ein wahrer Glücksgriff. Frans hatte ihn wohl schon lange als Reisebegleitung für seinen Bruder ins Auge gefasst. Der junge Mann aus einem ärmlichen Dorf an der Ostsee war mit den Gepflogenheiten in Dordrecht vertraut. Als Schiffer auf einem Frachtkahn hätte er mit der einbrechenden Winterzeit nicht sein Brot verdient und so bot es sich geradezu an, dass Jakob sein neuer Dienstherr wurde. Ohne jegliche Anweisung schirrte er bei Ankunft in einem Gasthof die Pferde aus, sorgte für Hafer und Heu oder er handelte mit den Bauern geschickt die nötigen Rationen aus, wenn sie sich auf der Reise versorgen mussten.

Der zweite Bursche, ein Franzose aus Reims, der die Vierzig schon überschritten hatte, wirkte dagegen plump und unbeholfen. Mit der Sprache kam er nicht zurecht und blieb deshalb einsilbig. Gleichmütig kutschierte er um die vielen Schlaglöcher herum. Immerhin hatte er Kriegserfahrungen und seine kräftige Statur und die gute Bewaffnung schreckten diejenigen ab, die Böses im Schilde führten. Diese Reisegruppe war beweglich, gut gerüstet und ließ sich nicht so rasch überrumpeln.

Besonders freute sich Jakob über seine kurzzeitige Reisebegleitung, die sich ihm an diesem Morgen aufgedrängt hatte. Der spindeldürre Dominikanermönch, Bruder Hippolyt, hatte am Morgen den drei Männern zugeschaut, wie sie aus dem Inneren des Planwagens herausgeklettert kamen und sich für die Weiterfahrt rüsteten.

Der kleine, lebhafte Mönch erklärte ohne Umschweife, dass er sich spät in der Nacht nahe den drei Reisenden hingelegt habe, um sie am Morgen zu bitten, ihn ein Stück des Weges mitzunehmen. Er wolle bis nach Straßburg und der Herr im Himmel werde es den Herrschaften anrechnen, wenn sie ihm erlaubten, die harten Fußmärsche für diesen Tag mit einem Platz im Wagen einzutauschen.

Jakob gab gern seine Zustimmung, schlug aber vor, dass der freundliche Mönch eines der beiden Ersatzpferde ritt, die hinter dem Wagen angebunden waren. Dem kam dieser Vorschlag gerade so recht wie ein Sitzplatz über den mächtigen Speichenrädern im rüttelnden, schaukelnden Kasten des Gefährts. Zwar stellte sich bald heraus, dass er alles andere als ein geübter Reiter war, aber die Gespräche, mit denen sich die beiden Männer die Zeit vertrieben, verkürzten den Tag auf angenehme Weise.

„Wolltet Ihr ein guter Mensch werden, als Ihr Euch zu einem Leben als Mönch entschlossen habt, oder suchtet Ihr Schutz hinter dicken Klostermauern? Immerhin lebt Ihr alle Tage gut umsorgt in Eurem Bollwerk", versuchte Jakob ihn zu hänseln.

Die Antwort des Mönchs erstaunte ihn. „Nein, Herr, Fürsorge und Nestwärme waren es nicht, die ich suchte. Meinem Orden bin ich beigetreten, weil ich dem Allmächtigen dienen will." Dann machte Bruder Hippolyt eine Pause und fügte mit einem verschmitzten Lächeln hinzu. „Nun ja, ein weiterer Grund für dieses Leben mag wohl darin liegen, dass ich mich von je her den Büchern und alten Schriften verschrieben habe. Ich konnte nicht genug in ihnen studieren und befasse mich vornehmlich damit, sie zu kopieren."

Dann fuhr er mit großem Eifer fort, dass er die neue Form des Buchdrucks ablehne. Er habe in Frankfurt zusehen können, wie gegossene Bleibuchstaben durch das Andrücken auf Papier zum Vervielfältigen verwendet wurden.

„Aber sagt man nicht, dass mehr als Gold gerade dieses Blei unser Leben prägen wird – so jedenfalls sprach man in Geldern von dem neuen Druckverfahren."

„Leider wird übersehen, dass die Sorgfalt kalligraphischer Handschrift, vor allem aber die Farbigkeit der Kapitälchen und die kunstvollen Bilder bei dieser Prozedur wegfallen", beharrte der Mönch auf seinem Standpunkt. „Nein, es ist ein gottloser Akt, wenn man versucht, die heiligen Schriften mit schwarzer Farbe zu besudeln. Das Wort unseres Herrn gehört nicht unter einen Schraubstock."

„Man sagt, dass Straßburg, wo Ihr ja herkommt, mehrere Druckereien besitzt, die allerlei Schriften eben nach diesem Verfahren verbreiten. Musstet Ihr erst bis nach Frankfurt reisen, um Euch in diesem Handwerk umzusehen?"

„Ihr seid gut unterrichtet", antwortete der Mönch bewundernd, „aber bei uns werden nur protestantische Bücher hergestellt und unser hochwürdiger Abt hat nicht die Absicht, bei den Sektierern und Abtrünnigen über die Schultern zu schauen. Katholische Druckpressen gibt es in Straßburg nicht, weil der Magistrat es untersagt hat."

„Wie steht denn Euer Bischof zu diesem neuen Verfahren?", wollte Jakob wissen. „Werter Herr ...", Bruder Hippolyt kicherte und das hörte sich an wie das Keckern einer Schnepfe, wenn sie auffliegt, „... ich nehme an, dass Ihr in Kirchendingen nicht besonders bewandert seid, denn einem Bischof fühlen wir uns nicht zugeordnet. Mönchsorden, wie wir Dominikaner, stehen der Priesterkirche gegenüber nicht im Wort. Gehorsam schulden wir Gott, dem Allmächtigen, dann auch dem Papst, aber alles Nachkommende ist, wie soll ich es sagen ...", der Mönch dachte nach, „... nun, wir missbilligen manches Absonderliche der übrigen Kirche. Nehmt nur einmal die vielen Stifte, Pfarrkirchen, Pfründaltäre und Kapellen oder denkt an all die Kapläne, Spitalgeistlichen, Prälaten, Pfarrherren, ja selbst die Fürstbischöfe, sie alle unterteilen die Kirche in eine Vielzahl von Abhängigkeiten und Regeln. Das ist uns Mönchsorden fremd. Wir glauben an den gleichen Schöpfer, aber wir tun es auf getrennte und, wie ich meine, auf unauffällige Weise."

„Wer, Bruder Hippolyt, hat dann aber am Ende Anspruch darauf, das wahre Wort Gottes zu predigen? Ich bin selber Katholik, so wie alle in unserem Dorf, dennoch fürchte ich, dass immer mehr Menschen unserer Kirche den Rücken kehren, oder glaubt Ihr, dass sich unser gemeinsamer Glaube gegen die Reformierten halten kann?"

„Zwar mögt Ihr recht haben. Schließlich hat die Priesterkirche mit der Bibel unterm Arm manch braven Sünder unverdient ins Grab gestoßen", gab der Mönch betreten zu „aber vergesst nicht, dass Kaiser Karl V. selber die Hand über unseren Glauben hält. Wer übermütig wird, dem muss man das Knie gewaltsam beugen. Reformierte, Lutheraner, Calvinisten, Hugenotten – oder was sonst an Abtrünnigen herumläuft – sie alle versündigen sich mit ihren Irrlehren."

Während Bruder Hippolyt das sagte, stieg er vom Pferd herunter, schlug das Kreuz vor seiner Brust und schickte sich an, einem schmalen Pfad zu folgen, der zum Rhein hinterführte.

„Besten Dank für Euer Pferd, das Ihr mir für diesen Tag ausgeliehen habt", rief der muntere Weggefährte, als er in großen Sprüngen den Hang hinabhüpfte. „Wenn Ihr einmal nach Straßburg kommt, sucht mich im Dominikanerkloster, ich werde Euch Kostbarkeiten zeigen, die unsere Demut vor dem Herrn bekunden. Wenn auch vieles in dieser Zeit ins Wanken gerät, glaubt nur fest an unsere katholische Kirche – sie wird immer fortbestehen!"

Als Jakob seinem Bruder Frans den Entschluss mitgeteilt hatte, wieder in den Schwarzwald heimzukehren, hatte er sehr wohl die Enttäuschung bemerkt.

„Wir lassen dich nur schweren Herzens davonreiten – zu sehr hatten wir gehofft, mit dir vereint zu bleiben. Du bist nun einmal in einer anderen Welt aufgewachsen und liebst in der Tiefe deiner Seele die Wälder und hohen Bäume."

Aber Frans hatte sich rasch wieder gefangen. „Lass uns gemeinsam etwas Gutes daraus machen. Ein weiteres Standbein unserer Familie am Oberrhein kann sehr nützlich sein. Das Elsass, die Schweiz, ja selbst die burgundischen Gebiete kannst du von dort aus beeinflussen und Fäden spinnen, die mit den unseren hier ein festes Netz ergeben. Das Holz flößt du hierher und wir kümmern uns um den Verkauf. Ich bringe dagegen Waren auf den Weg, die es bei euch nicht gibt. So denke ich an den Handel mit Edelsteinen. Auch Gold und Silber, das wir den Habsburgern abkaufen, wird im Badischen sicher gute Gewinne für uns bringen. Was hältst du davon? Was immer du hier gesehen und gelernt hast, es wird uns beiden Nutzen bringen."

Schließlich hatte er hinzugefügt: „Lass uns soviel wie möglich mit Schuldverschreibungen und Kreditbriefen arbeiten und wenig mit Münzgeld, so mindern wir das Risiko. Unterwegs werden wir Stützpunkte errichten, an denen wir zusätzlichen Handel betreiben können. Eines aber ist wichtiger als all dies: Lass uns Nachrichten austauschen, wann immer sich die Gelegenheit bietet. Gute Informationen sind das halbe Geschäft", und dabei fasste er Jakob bei den Händen, als wolle er den guten Plan auf diese Weise brüderlich besiegeln.

Die Abschiedsworte von Frans und Franziska taten Jakob gut. „Wir begleiten dich in Gedanken auf deiner Reise und wir wünschen dir Glück. Bleibe gottesfürchtig und sittsam!"

Während er die letzten Meilen des Weges zurücklegte und bereits die Meiler und kleinen Gehöfte wiedererkannte, wusste Jakob, dass er nicht nur seine Geschwister in der Ferne zurückgelassen hatte, sondern im Augenblick auch seine Zuversicht. Das Gefühl der ungebundenen Freiheit, das Gottvertrauen und die stärkende Gewissheit, sein eigener Herr zu sein, welkten dahin. Während er sich dem Ridinger Hof näherte, überkam ihn die Sorge, immer noch zum Gesinde des Hauptschiffers zu gehören. Erinnerungen an die stumpfe Arbeit als Knecht kamen wieder hoch – mühselige Lebensumstände, die er noch vor seiner ersten großen Floßfahrt im Frühjahr für gottgewollt gehalten hatte.

Wie sollte er vor all die Menschen hintreten, die ihn als einen der Ihren kannten, vor den Hauptschiffer und vor Hanne, vor Pater Engelbert? Wo sollte er jetzt unterkommen? Gab es in diesem Tal noch eine Bleibe für ihn und seinen kleinen Trupp? Gab es einen neuen Anfang, frei und ungebunden?

Frans und Franziska hatten ihn ausgerüstet, ihn gestärkt und ein Fundament gelegt, das hier nicht verfallen durfte. Die Vergangenheit sollte ihn nicht aufs Neue in den Würgegriff bekommen. Es war nicht die harte Arbeit, vor der er zurückschreckte, sondern das Joch, unter dem er so lange gestanden hatte. Er wollte sich nicht ausmalen, wie es wäre, wenn er über kurz oder lang wieder nach der Flöte des Hauptschiffers tanzen müsste.

Zum wievielten Mal nun schon schaute er zurück auf die kleine Kolonne, die er mit sich hierher geführt hatte. Entschlossen richtete er sich im Sattel auf und straffte seinen Körper.

Im Allgemeinen kamen nicht viele Fremde vorbei und so blieb das heftige Pferdegetrappel und das „Hüh" und „Hott" der schmucken Karawane nicht unbemerkt. In diesen frühen Abendstunden blickte manch altvertrautes Gesicht von der Arbeit auf, erkannte ihn wohl auch und grüßte zögerlich. Jakob fühlte sich unbehaglich, hoch oben auf seinem Fuchs.

Schließlich sah er die Liebfraukirche und bald darauf bog er in den Hof des Hauptschiffers ein. Reiter und Pferd, die beiden Knechte mit dem Reisewagen und den zwei Ersatztieren dahinter, erzeugten ein allgemeines Aufsehen. Einiges Gesinde stand verschüchtert vor der Scheune und den Ställen und schaute staunend auf den unerwarteten Besuch.

Keiner der Umstehenden sagte etwas und es herrschte eine beklemmende Stille. Jakob grüßte zwar, als er abstieg, aber er spürte die Verlegenheit der Leute. Sollte man aufeinander zugehen, sich mit dem üblichen „Gott zum Gruß" in die Arme schließen? Nein, hier war ein anderer angekommen. Der vornehme Reiter auf dem geschotterten Vorplatz war keiner von ihnen. Jung und blond war er wie ehedem, aber altvertraut, – das war der Mann ihnen nicht. Fein ausstaffiert hatte er sich, trug Reisekleider mit teurem Besatz. Lederstiefel, Waffen, Umhang sowie das Zaumzeug seines Pferdes putzten allesamt den reichen Handelsherrn heraus.

Die gespannte Atmosphäre wurde unerwartet durchbrochen, als Thomas Kemper humpelnd und seinen Stock schwingend auf Jakob zukam. „Schau sich das einer an! Welch eine Überraschung, du Lumpenhund. Hat dich also nicht der Tod gepackt und auch kein Werbertrupp hat dich verschleppt. Junge, wie kommst du hier angeritten, fein und von oben herab. Hast du etwa das gute Geld aus Dordrecht hergegeben, um mit Pferden und feinen Stoffen Eindruck zu schinden, was?" Ungewohnt redselig gab sich Thomas. Impulsiv schloss er den Jüngeren in die Arme.

Jakob war ganz bewegt. So hatte also der Freund den schweren Unfall am Vorabend seiner Abreise überlebt. Erst jetzt, nach all den Monaten, sah er Thomas wohlauf, wenn auch gezeichnet vor sich stehen. Die sprudelnde Unbefangenheit seines alten Gefährten tat ihm gerade jetzt gut. Die gemeinsam ertragene Jugend, eine geteilte Bettstatt, die Arbeiten im Wald hatten das Band der Freundschaft gefestigt. Noch nie hatte Thomas Gefühle so frei und für alle sichtbar zeigen können. Es war die freudige Überraschung, die aus der Tiefe seines Inneren herausbrach, als er Jakob heil und unversehrt vor sich sah. In diesem Augenblick war ihm ein schwerer Stein von der Seele gerutscht. Die vornehme Aufmachung, der Tross, mit dem Jakob hereinspazierte, das alles mochte sich später aufklären.

Nun trat auch Hanne vor das Haus, und während sie die Hände über dem Kopf zusammenschlug und einen Freudenschrei ausstieß, rannte sie auf ihn zu und umarmte ihn wie einen Sohn. „Ich habe es immer gesagt, unser Jakob geht nicht verloren. Nun sprich, wie kam es, dass dir unsere Männer in der Fremde aus den Augen kamen? Erntedank ist längst vorbei und da kommst du endlich. Warum haben wir so lange nichts von dir gehört? Stehst ganz gut im Futter, Junge!" Die alte Frau hatte viele Fragen, die nicht hier und auf dem Hof beantwortet werden konnten.

„Ja, ja, mir geht es wieder gut, aber lasst mich zuerst einmal eintreten und dem Hauptschiffer vors Gesicht kommen", entgegnete Jakob mit einem leichten Gruß zu all den anderen Umstehenden. Mit klammem Herzen stapfte er unter der niedrigen Tür hindurch ins Haus seines Brotherrn.

In der Wohnhalle war der Hauptschiffer erst auszumachen, als sich die Augen an das Halbdunkel gewöhnt hatten. Er saß weit hinten auf seinem großen Ohrensessel und schaute regungslos auf den Eintretenden. Welch ein erschreckender Anblick. Krank sah der alte Mann aus, und wenn er sitzen blieb, mochte es mit der Schwäche eines siechen Körpers zusammenhängen. Georg Ridinger hustete.

Jakob machte einige Schritte auf den Alten zu, wollte ihm die Hand reichen, blieb dann aber mit ungutem Gefühl in der Mitte des Raums stehen. „Ich bin nun doch angekommen, Hauptschiffer, und das Geld will ich Euch abliefern. Spät vielleicht, aber es haben sich mir einige Dinge in den Weg gestellt, von denen ich Euch berichten will."

„Was soll der ganze Mummenschanz hier auf meinem Hof?", fauchte Ridinger und die geballte Wut schleuderte er mit dieser Begrüßung heraus. „Kommst ganz vornehm auf einem Fuchs hereingeritten mit Fuhrwerk, Beipferden und irgendwelchen fremden Strolchen. Hast dir wohl gedacht, mit dem Geld in der Tasche kannst du selber kommandieren, was?"

Auch jetzt stand Ridinger nicht auf, fingerte an einem angeschlagenen Becher herum und griff dann mit der anderen Hand in den grauen Bart, als wenn er sich auf der Stelle die struppigen Haare ausreißen wollte.

Die eisige Begrüßung und das unfrohe Gebaren des Alten machten es Jakob auf einmal leichter, sich seiner Aufgabe zu entledigen. „Wenn Ihr nicht einmal hören wollt, was meine Rückkehr so sehr verzögert hat, dann soll es so sein. An Eurem Geld jedenfalls will ich nicht länger kleben." Er rief nach draußen, dass Endres Schwentendorf ihm den Kasten unter dem Sitzbock herbringen soll.

Kurz darauf trat der Knecht ein, stellte die kleine Truhe vor Jakob ab und zog sich rasch wieder zurück.

„Zwei feine Lakaien hast du dir da gekauft", wetterte der Alte. „Ich möchte nicht wissen, mit welchem unrechten Geld du über das geschuldete hinaus diesen Trupp hier einfährst. Bist auf Abwege geraten, Jakob, hast bei mir nichts Rechtes angenommen. Eine Schande ist es, einen wie dich unter diesem Dach großgezogen zu haben. Überleg's dir gut, ob du Vernunft annimmst, die Wahrheit auf den Tisch bringst und dich dem Pater Engelbert anvertraust."

Der Hauptschiffer bebte vor Empörung, wirkte aber auf Jakob zugleich, als sei er unsicher. Sorgte sich der alte Mann um seine Autorität? Hatte er Angst, sein junger Knecht rüttelte an den fest gefügten Regeln einer hergebrachten Herrschaft?

„Ich kann nicht mehr Euer Lohnknecht sein, Ridinger", sagte Jakob und er vermied es absichtlich ihn „Hauptschiffer" oder „Herr" anzureden. Hier und jetzt war der Bruch entstanden und so sollte er endgültig und auch von seiner Seite vollzogen sein.

Die herablassende Anrede und das forsche Auftreten des Heimkehrers ließen den Alten gänzlich aus der Fassung geraten. „Raus, du undankbare Ratte. Geh' zum Teufel", wetterte er. „Als du noch ein Kind warst, habe ich dich vor dem Hungertod bewahrt, dir ein Dach über dem Kopf gegeben und dich gekleidet und Rechtschaffenheit gelehrt. Dir hat wohl das Brot bei mir nicht mehr geschmeckt! Kaum vertraue ich dir mein gutes Holz an, schon gehst du deine eigenen Wege, plusterst dich auf und setzt mit frechen Reden dem Ganzen die Krone auf. Für dich, Mistkerl, ist hier kein Bleiben mehr. Winter hin und Kälte her, such mit deinen Strauchdieben ein anderes Dach, mach mein Gesinde nicht scheu und mach dich so rasch aus dem Staub, wie du gekommen bist. Los, los, geh mir aus den Augen und untersteh dich, nochmals hier aufzutauchen!"

„Ihr seid ein alter verbohrter Greis. Ihr urteilt, ohne zu wissen, worüber, kennt meine Geschichte nicht und werdet grob wie ein Haubeil. Ridinger, Ihr tut unrecht und das zahlt sich nicht aus." Ohne eine Antwort abzuwarten, trat Jakob ins Freie und schlug mit Wucht die Tür hinter sich zu. Das Gesinde hatte dem Wutausbruch hingebungsvoll gelauscht. So verletzend die Worte des Alten auch waren, so befreit fühlte sich Jakob von der Last, an diesen Ort gebunden zu sein. In diesem Augenblick hatte er mit der Vergangenheit endgültig Schluss gemacht.

Grußlos und ohne sich umzudrehen bestieg er sein Pferd und wollte gerade zum Hof hinaus reiten, als Hanne Ridinger auf ihn zukam. „Jakob, lass es gut sein, du bist kein schlechter Mensch und mein Bruder ist es auch nicht. Er hat sich sehr verändert. Ständig ist er krank, spürt die Last der Jahre und hat Sorgen um den ganzen Besitz hier. Ich habe dich wie meinen Sohn geliebt, tue es auch jetzt noch und nun reitest du davon, ohne auch nur ein Wort darüber zu reden, wie es zu all dem kam. Du wirst einen Weg finden, wenn du meine Hilfe suchst", und dabei tätschelte sie des Reiters Stiefel, die über dem Sattel-gurt baumelten, während sie sich die Tränen mit der Schürze abwischte und rasch ins Haus verschwand.

Jakob drängte jetzt vom Hof. Es war nicht die rechte Zeit, mit den Mägden und Knechten ins Gespräch zu kommen und die Leute damit in Verlegenheit zu bringen.

Wohin aber sollte er sich wenden? Es dunkelte bereits. Sollte er abermals mit seinen beiden Knechten im Planwagen über-nachten? Aber dazu wäre es noch zu früh am Abend. In die Hütte von Stiefvater Hassler, in der er seine frühen Kindheits-jahre verbracht hatte, konnte er keinesfalls einziehen. Die Bret-terbude war längst verfallen. Der kleine Acker drum herum war Allmende, auf dem zwei arme Alte ihr Gemüse zogen.

So setzte er seine Reise fort und ritt tiefer ins Tal hinein, dort-hin, wo er die alte Kräuterfrau, Wundheilerin und Hebamme, Heloisa Dehmel, anzutreffen hoffte. Nach flottem Marsch ge-langte er an die Mühle. Im schummrigen Dunkel der einbre-chenden Nacht waren nur die Umrisse zu erkennen. Das Holz-haus mit dem großen Schöpfrad und der Schuppen dahinter sahen heruntergekommen aus. Schon immer war dieses Anwe-sen ein Schandfleck. Jetzt war ein Teil des Daches eingebrochen und Gerümpel lag achtlos verstreut. Von allen Seiten kroch die wuchernde Natur heran, überkletterte Bänke und Mauern. Es fehlte nicht mehr viel, dann würde das große Schaufelrad voll-ständig hinter Brombeere, *Giersch* und *Geißblatt* verschwunden sein.

Eine unbehagliche Stille lag über der Mühle. Schließlich lös-te sich eine Frauengestalt aus dem niedrigen Türrahmen. War dieses Lumpenbündel die alte Heloisa oder Maria? Erst als Jakob ganz an sie herangeritten war und sie ihr Kopftuch ab-streifte, erkannte er Kaitan Dehmels Frau. Sie wirkte älter und ausgezehrter als bei ihrem letzten Zusammentreffen. Das war im vergangenen Frühjahr, als Jakob mit ihrem Mann seine erste Floßfahrt angetreten hatte. So vieles war seitdem geschehen ...!

„Was machst du hier, Jakob, und was soll der große Auftrieb mitten in der Einöde und zu nachtschlafender Zeit?" Unsicher-heit und Furcht lagen in ihrer Stimme, als sie dem Pulk entge-gentrat.

„Hab keine Angst, Maria, ich komme in guter Absicht und will Heloisa sprechen. Sie ist doch da …"? Jakob saß ab und klopfte sich Pferdehaare von seinem Mantel.

„Komm herein, aber lass die fremden Männer draußen. Da drinnen ist es zu eng und wenn Ihr alle eintretet, erschreckt sich Heloisa am Ende noch. Wirst ja sehen, ihr geht es gar nicht gut."

Als Erstes war Marias kleine Tochter in der schummrigen Kammer zu erkennen. Blass und verängstigt schaute sie ihn an. Als sich seine Augen an das Dunkel im Raum gewöhnt hatten, konnte er das altersschwache Kräuterweib Heloisa ausmachen. Sie lag an der hinteren Wand auf einem Strohsack. Ihr Atem rasselte und sie rang nach Luft. Ganz ohne Frage, unter diesem Dach war bittere Not eingezogen.

„Du bist es, welch eine Freude – und schmuck siehst du aus. Der kleine Hassler steht hier vor uns wie ein stolzer Ritter. Geh deiner Wege und gehe sie geradeaus … hier ist nicht mehr viel zu retten", japste sie. „Was willst du hier in der Einöde? Du siehst ja, dass wir nichts haben. Den Winter werden wir nicht überleben. Es fehlt schon jetzt an allem. Wir drei Weiber sind vom Unglück heimgesucht. Kaitan, mein verfluchter Neffe, hat uns alle auf dem Gewissen", jammerte sie, immer wieder nach Luft ringend. Ein schleimiger Husten setzte ihrem Gezeter ein Ende. Sie versuchte sich auf die Seite zu wälzen und blieb aus Kräftemangel dann doch in der gleichen verkrampften Stellung liegen.

Diese Alte, die ihm als kleinem, fast erfrorenem, fieberndem Jungen das Leben gerettet und beherzt im Schnee gewälzt hatte – diese gute Fee war nun selber dem Tode nah. Ausgemergelt, hungrig und ohne Zuversicht lag sie da.

„Habt ihr nichts zu essen im Haus? Es wird doch wohl irgendein Gemüse oder Fleisch auf der Mühle geben?", fragte er benommen.

„Zwei Hühner gibt es noch. Der Rest ist verkauft und vier Küken hat der Fuchs geholt", warf Maria ein, die sich abwartend im Hintergrund hielt.

Diese Ausweglosigkeit, dieses Grauen dreier Menschen, die auf nichts als den kalten Tod zu warten schienen, ließ ihn aus dem Raum stürmen. Draußen schöpfte er Luft, schaute seine

Knechte an und schließlich sagte er. „Steigt ab, wir bleiben heute Nacht hier!"

„In dieser verrotteten Mühle? Mijnheer, wir sind hierhergekommen, um eine Handelsniederlassung aufzumachen, nicht aber, um ein Armleutehaus auszumisten." Der Franzose war mürrisch, bereute wohl auch seinen Auftrag hier in dem gottverlassenen Tal und mochte furchtsam an den bevorstehenden Winter denken.

Jakob überhörte die übellaunige Bemerkung. „Schlachtet die Hühner und gebt von mir aus hinzu was sich in unserem Karren findet. Macht alles reichlich und setzt es den Weibern warm vor."

Mit den ersten Anweisungen fand Jakob auch die Fassung wieder. Einen Schritt vor den anderen, dachte er. Wo für ihn der Anfang in diesem Tal lag, mochte sich später finden. Zuerst einmal musste Ordnung geschaffen werden. Warum kümmerte sich keine Menschenseele um die Not unter diesem Dach? Hatte niemand im Tal ein Herz für diese Leute?

Um die verfallenen Gebäude herum entstand Bewegung. Drei Männer fassten kräftig zu. Die Hütte wurde gekehrt, Talglichter angezündet und der Ofen mit frischem Brennholz versorgt. Während sich wohlige Wärme in dem kleinen Wohnraum ausbreitete, machten es sich die Männer an einem Lagerfeuer im Freien bequem.

Heloisa war zu schwach, um zu protestieren. Sie nahm dankbar von der warmen Suppe zu sich und dachte nicht an den Schwund des letzten Federviehs. Vielleicht war Jakob auch so gut, ihr zwei neue Leghennen herbeizuschaffen. Dem aber gingen ganz andere Gedanken durch den Kopf. Er streichelte Marias zweijähriger Tochter über das verklebte Haar und lächelte still in sich hinein. Ja, warum nicht, so müsste es gehen und allen wäre damit geholfen.

Am folgenden Morgen, als sich die Männer aus den Decken des Planwagens herausgeschält hatten, begab sich Jakob zu der alten Müllerin.

„Hör zu, Heloisa, Euer Leben hier in der Einsamkeit kann ein schlimmes Ende nehmen. Was hältst du von einem Vorschlag, der für dich wie auch mich vorteilhaft wäre?", versuchte er vorsichtig das Gespräch einzufädeln. Die Alte sagte nichts und schaute ihn nur teilnahmslos an.

„Ich kauf dir dein Anwesen ab und du bist alle Sorgen los." Die Greisin stöhnte auf. Was für ein Gaunerstück mochte sich der Bengel da ausgedacht haben? Hatte er kein Erbarmen mit ihr? Wohin sollte ein solches Anliegen führen? Wohin für sie und ebenso für ihn?

„Diese verrottete Hütte ist nichts wert, Jakob, und wo sonst sollte ich mit Maria und ihrem Mädchen ein Dach über dem Kopf finden? Willst du uns drei Weiber in die Wälder jagen? Der Winter steht vor der Tür und wird uns umbringen. Kein Mensch wird uns haben wollen." Die Müllerin zeterte, sah nur das Elend, nicht die Chance.

„Gib schon Ruh, nichts von alledem muss dir Angst machen. Ich kaufe deine Mühle und du wirst mit Maria und dem Kind zu meinem Gesinde gehören. Wir werden dich wieder auf die Beine stellen, euch Frauen eine Unterkunft geben und auch das Kind soll es besser haben als jetzt. Wenn du einverstanden bist, nenne mir deinen Preis." Jakob war nun ganz in seinem Element. Hier würde er anfangen, hier seine erste Saat ausbringen, die später Früchte tragen mochte.

Aber Heloisa zögerte. Für sie ging es ums Überleben. „Du weißt nicht, wovon du sprichst! Wenn du es auf die Getreidemühle abgesehen hast, will ich dir lieber gleich sagen, dass unser Mahlwerk hin ist. Wir schroten kein Korn mehr. Bis auf das Schöpfrad ist alles morsch. Seit Kaitan fort ist, fehlt es an kräftigen Armen. Hier gibt es nichts mehr zu tun."

Jakob rührte die Ehrlichkeit, mit der die Alte ihn auf den unvorteilhaften Handel hinwies. „Ich habe nicht im Traum daran gedacht, mich mit Kornsäcken herumzuschlagen. Nein, Heloisa, lass es gut sein, mit deinem Haus hier wird uns was Besseres einfallen. Das Wasserrad, sagst du, tut noch seinen Dienst? Na also, vielleicht werden wir hier eines Tages eine Sägemühle stehen haben. Kommt Zeit, kommt Rat." Erwartungsvoll sah Jakob die Alte an. „Nun, sag schon, was hältst du von diesem Handel? Was willst du für all das hier haben?"

„Ich kann kein Geld annehmen und zugleich von dir am Leben gehalten werden", jammerte Heloisa, „lass es dir überschreiben, was es an Haus und Grund hier herum hat, und treib mich dafür nicht vor die Tür, dann lass uns einschlagen, ganz ohne eine Münze zu wechseln."

„So ist es abgemacht, deine alte Mühle, das verwilderte bisschen Land, beide sind wahrlich nicht viel wert, aber wir werden es schon richten, mit Gottes Hilfe und mit meinem Silber." Er erhob sich vom Rand der Bettstatt, drückte ihr die Hand und fügte hinzu. „Mit einem allerdings musst du rechnen. Mit der Stille ist es vorbei. Wir bringen viel Arbeit und frische Luft in deinen alten Schuppen und es wird einige Zeit dauern bis du wieder deine Ruhe hast."

Die Alte winkte müde, machte die Augen zu. Das Gespräch hatte sie aufgeregt und jetzt wollte sie von all dem nichts mehr hören.

So wurden die Pferde in den kommenden Tagen kräftig bewegt, Bau- und Brennholz bei den umliegenden Mailern gekauft, ebenso wie bei dem Vogt des Grafen, der den Verkauf der verrotteten Mühle mit einer Urkunde besiegelte. Das verrückte Ansinnen des Käufers nahm er mit ungläubigem Staunen zur Kenntnis. Es wurde kein Geld gewechselt, aber Jakob ließ eintragen, dass er für die zwei Frauen und das kleine Mädchen fortan aufkommen wollte.

Zugleich schwirrten wilde Gerüchte durch das Tal. Endres Schwentendorf raunte jedem, der ihn danach fragte, sein Wissen zu. Jakob habe seine wahre Familie in den Niederlanden wiedergefunden und sei jetzt sehr reich und heiße in Wirklichkeit „Frank van Nienpoort". In seiner Schatulle sei viel Silber, aber auch *Badische Dicken* und *Kölsche Mark*, die er in Speyer beim Münzwechsler eingetauscht habe. Sogar Edelsteine seien mit dabei und er könnte noch mehr holen, wenn er seine Geschwister anging. Endres Schwentendorf war alles andere als verschwiegen und so munkelte und mutmaßte man entlang der Hänge, was der Jakob Hassler im Sinn haben mochte, denn eines war sicher: Auf dem Gelände der alten Dehmel'schen Mühle war Leben eingekehrt.

Das Grundstück wurde sorgsam ausgemessen und dann entschied sich Jakob zuerst einmal, eine große Scheune für sich und das kleine Häuflein Gesinde zu schaffen. Sie musste zudem genügend Platz für Vieh und Vorratsräume haben, um die aufkommende Kälte zu überstehen.

Dabei leerte sich seine Geldtruhe rasch und unaufhaltsam. An manchen Abenden trieb es ihn ins Freie hinaus. Er sorgte sich um die Verantwortung, die er sich aufgeladen hatte. Schlimmer aber nagte das bange Gefühl, keinen Weg gefunden zu haben, das Holzgeschäft in Gang zu bringen. Einmal sprach er beim Waldvogt vor, um ihm das Recht abzuringen, selber Holz zu schlagen, aber er wurde barsch abgewiesen. Der Wald in diesem Tal werde von der Schifferschaft bearbeitet und er möge sie um Erlaubnis angehen. Das Flößen aber wurde ihm ein für alle Mal untersagt. Dieses Recht hatte der Markgraf an die Schifferschaft abgetreten. Jakob solle sich unterstehen, bei der fürstlichen Familie um derlei Zusagen zu betteln.

Tatsächlich aber spürte er bei diesem Besuch, dass er außer der verkommenen Mühle nichts vorweisen konnte. Kreditbriefe taugten nun einmal nichts, wenn deren Träger kaum Grund und Boden besaß.

So marterten ihn die Gedanken, ob es ein Ausweg wäre, in den ersten Tagen des Frühjahrs anderen Geschäften, etwa dem Handel mit Silber, Gold und Juwelen nachzugehen, aber dazu fehlte ihm die Erfahrung, mehr noch gute Kontakte. Nein, das Holz und der Handel waren es, worauf sich der junge Jakob verstand und so schob er die Sorgen weiter vor sich her. Nicht mehr lange und er müsste Bruder Frans in Dordrecht um frisches Geld bitten.

Während die Schifferschaft weiterhin gute Geschäfte machte, erschreckte ihn die Armut der meisten Familien. Mehrmals hatte er beobachtet, dass gewildert wurde, vor allem weiter oben in den Bergen, wo die gräfliche Aufsicht selten hinreichte. In der Nacht wurde dann heimgeschafft, was in den Fallen steckte. Ein nahrhafter Happen für einige Tage, dann schlichen Hunger und Tod wieder um die Hütten.

Zu Weihnachten war die große Scheune ringsum mit Bortebrettern und Lehm soweit abgedichtet, dass sie die winterliche Kälte abhielt. Die Enge der Schlafgelegenheiten entspannte sich und es gab genügend Platz für die angekauften Kühe und Jungschweine. Auch die Pferde waren dort untergebracht.

Noch fehlte es an allen Ecken und Enden, aber fürs Erste war man immerhin geschützt.

Mehrmals in dieser Zeit kam Pater Engelbert bei der Dehmel'schen Mühle vorbei, ließ sich ausführlich von Jakobs Erlebnissen berichten und glaubte sogar die niederländische Familie der „van Nienpoort" aus früher Kindheit zu kennen.

Zur Christmette lud Jakob die Menschen von der Mühle in seinen großen Pferdeschlitten und so kamen sie gerade rechtzeitig in der Liebfraukirche an, die von Pater Engelbert recht und schlecht hergerichtet worden war.

Erst jetzt sah Jakob all die Menschen wieder, bei denen er herangewachsen war. Die Knechte und Mägde des Hauptschiffers Ridinger standen beisammen. In der ersten Reihe sah er die alte Hanne sitzen, auch Thomas und Ernst Knoll konnte er im Dämmerschein einiger rußenden Öllampen erkennen. Der Hauptschiffer selbst war aber nicht zu sehen.

Die Blicke aller Männer und Frauen waren auf ihn gerichtet. Nichts anderes hatte in den vergangenen Wochen im Tal für so viel Unterhaltung herhalten können wie Jakob Hasslers Emsigkeit, die keinen Nutzen brachte. Dabei wusste man nicht so recht, wie man sich verhalten sollte. Wäre es angebracht, ihn anzusprechen, oder besser seiner Wege gehen? Und hieß er noch Jakob oder vielleicht „Euer Gnaden"? Eines aber wusste man gewiss. Er tat nichts, um seinen Lebensunterhalt zu erwirtschaften. Von gekaufter Ware lebten alle in der Mühle und von Münzen, die Endres Schwentendorf, ein Zugereister, unablässig aus der Tasche zog.

Pater Engelbert predigte von der Gnade des Herrn und sprach über die Geburt Jesu Christi und von einem Heiligen Land, das keiner der Zuhörer kannte.

Als Jakob die Kirche verließ, wusste er, dass alle hinter ihm her starrten. Kurz entschlossen fasste er sich ein Herz, ging auf die alte Hanne zu und drückte ihr die Hand. Schon lange hatte sie auf diesen Moment hingefiebert. Sie musste Jakob ihre innere Not anvertrauen.

„Es ist gut, dass ich dich treffe!"

Jakob war unsicher. Er suchte nach den richtigen Worten. „Gott segne Euch, Hanne Ridinger." Nicht zu warmherzig wollte er klingen, aber auch nicht schroff oder abweisend. Seine Sympathie für die Schwester von Georg Ridinger war ungebrochen.

„Ach Junge, eben dieser Gott hat großes Leid über uns gebracht und ich bitte dich von ganzem Herzen, dass du bei uns vorbeischaust", brach es aus ihr hervor. Sie wimmerte und klammerte sich an ihn. „Du musst meinem Bruder die Hand reichen und ihm die bösen Worte verzeihen, mit denen er dich vom Hof gejagt hatte. Hast doch selber gesehen, dass es ihm schlecht geht. Jetzt liegt er nur noch im Bett herum und die Wirtschaft gerät aus den Fugen."

„Frohe Weihnachten wollte ich Euch wünschen, Hanne, und jetzt kommt Ihr mit so großen Sorgen daher. Wenn Euch etwas auf den Magen geschlagen ist, lässt die Christnacht keinen Schlaf aufkommen?" Angestrengt überlegte Jakob, wie er sich verhalten sollte: Die Bitte ablehnen, den Besuch verweigern und die bedauernswerte Ziehmutter allein hier stehen lassen, oder gleich morgen zum Hauptschiffer reiten und helfen, wo es Not tat? Die eine Entscheidung mochte so schlecht sein wie die andere. Den Hof nie wieder betreten, das waren Worte, die Jakob damals nicht ernst genommen hatte. Georg Ridinger hatte oft gedonnert und rasch hatte sich dann das Unwetter verzogen. Nein, Jakob fürchtete keine neuerliche Demütigung, aber er wusste nicht, welchen Erfolg eine solche Begegnung bringen könnte – für den einen oder den anderen.

Schließlich sagte er: „Es ist das heilige Fest der Geburt Jesu. Wir alle gehen jetzt heim, werden ein gutes Würzbier trinken und früh schlafen."

Dann nach einigem Zögern fügte er hinzu: „Na also gut, wenn Ihr glaubt, dass es was bringt, will ich morgen auf dem Hof erscheinen, gegen Mittag. Schaut zu, dass Euer Bruder sich dann nicht an seinem Zorn verschluckt." Er kletterte in den Kasten des geräumigen Schlittens, ließ die Peitsche knallen und dann ging es in großem Bogen hinein in die Dunkelheit, dass die Kufen den Schnee in weitem Bogen zur Seite schleuderten.

Alles in allem waren für Pater Engelbert die Tage in der markgräflichen Residenz erfolgreich gewesen. Die Begegnung mit seinem zwölfjährigen Neffen Philibert hatte er genutzt, um mit dessen Vormund, dem Pfalzgrafen Johann von Simmern, zu sprechen. Der hatte ihm mit deutlichen Worten klar gemacht, dass sein kirchliches Leben fortan in anderen Bahnen verlaufen müsse. Es konnte nicht angehen, dass er sich in einem einsamen Tal verkroch, um sich dort selbstlos als Armeleutepriester herumzutreiben.

Ohne Umschweife war der Pfalzgraf damals auf den Punkt zu sprechen gekommen, der seit langem im Raum stand:

„Ihr seid ein Mitglied des Hochadels und da mag es wohl angehen, dass man sich in jungen Jahren die Hörner abstößt, aber jetzt seid Ihr an höherer Stelle gefragt. Mit dem Missionieren im Schwarzwald muss es ein Ende haben. Löst Euch aus dem Dunkel der Wälder und fangt in Speyer neu an. Man erwartet Euch bereits. Diesen ‚Corpus christianum im Kleinen‘, müsst Ihr in andere Hände geben. Besinnt Euch endlich auf Euren Stand und folgt Eurer Berufung.“

Pater Engelbert hatte gespürt, dass er rot geworden war. In der Tat ging er schon auf die Dreißig zu und der Reiz, unerkannt und demütig den wahren Glauben ins Land hinauszutragen und den Menschen in ihrer Not beizustehen, war längst verflogen. Ob er seine Schutzbefohlenen in ihrem Gottvertrauen stärken konnte und ob sein Kampf gegen das Elend im Tal nutzbringend war, musste er bezweifeln. Alles in allem sprachen viele Gründe dafür, mit Ende des Winters in das Zentrum klerikaler Macht zu wechseln. So sah er einer Zeit größerer kirchlicher Aufgaben und ausgedehnter Reisen mit erwartungsvoller Freude entgegen.

Auf dem Heimweg ins Tal hatte Thomas ihm in die Hand versprochen, vorerst Stillschweigen über das zu wahren, was er in der Residenz mitbekommen hatte. Würde man erst einmal von der hohen Abstammung des Predigers Wind bekommen, wäre ein unüberwindbarer Graben aufgeworfen. Sowie die Wetterverhältnisse sich besserten, wollte der Dorfprediger in die Bischofstadt Speyer aufbrechen. Bis zu seinem endgültigen Abschied aber sollte vorerst alles beim Alten bleiben.

Wenn Pater Engelbert jetzt dem Wunsch von Hanne Ridinger nachgab und sich auf dem Hof ihres Bruders einfand, ahnte er bereits, um was es hier ging. Über die Schieflage des Anwesens, den bedrohlichen Gesundheitszustand des Hauptschiffers und die wackelnde Teilhabe an der Schifferschaft hatte Hanne erst kürzlich geklagt. Der alte Ridinger machte es nicht mehr lange, Kinder hatte er nicht vorzuweisen und seine Schwester könnte einen Anteil in der Schifferschaft nicht beanspruchen. Eine Lösung musste her und der Himmel mochte wissen, was die Frau im Schilde führte, wenn sie jetzt um Hilfe bat.

Gleich als er ankam, wurde er in die Wohnhalle geführt, in der man Georg Ridinger ein Lager gerichtet hatte. Wenn schon nicht aufrecht, so sollte er den Besuchern wenigstens in leidlichem Rahmen unter die Augen kommen.

Hanne setzte sich zu ihrem Bruder ans Bett. Sie griff nach dessen breiter, aber beängstigend kalter Hand.

„Georg, ich habe heut ein ernstes Wörtchen mit dir zu reden. Es steht schlecht um dich und du weißt es. Wenn ich den Pater dabei haben will, hat es seinen guten Grund" und zum Leutepriester gewandt: „Ich bin Euch dankbar, dass Ihr den Weg hierher nicht gescheut habt, aber es drängt und mein Bruder hadert mit seiner Krankheit, isst kaum noch etwas, döst und schläft mehr als dass er wacht. Ich will ihn pflegen und hoffe, dass er wieder auf die Beine kommt, aber es kann nicht angehen, dass derweil alles den Bach hinuntergeht. Ich will eine Entscheidung und die will ich hier und heute!"

„Ihr seht in der Tat nicht gut aus, Ridinger", ließ sich der Pater vernehmen. „Eure Schwester hat recht. Es muss Klarheit geschaffen werden, wie immer die auch aussehen mag." Als Kirchenmann hatte er Erfahrung, sah die Hinfälligkeit des siechen Alten, aber er wusste nicht, ob der Kranke überhaupt etwas verstand.

Dann klopfte es an der Tür und Jakob trat herein, grüßte und stellte sich einige Schritte hinter dem Pater auf, denn er wollte vorläufig Abstand zu dem halten, was hier vorging.

„Gut, dass du da bist, Jakob", ergriff nun Hanne das Wort. Wenn es darauf ankommt, können Frauen zäh und energisch zusammenbinden, was auseinanderzutreiben droht. Mit zweiundfünfzig Jahren stand sie noch voll im Leben, stets quirlig und an allen Ecken des Hofes damit beschäftigt, dass der Zahn der Zeit nicht sichtbar nagte. Ihr war es zu verdanken, wenn die vielen Menschen sich nicht dem Müßiggang hingaben. Viel Dankbarkeit hatte sie dabei für sich nicht einsammeln können, aber man achtete sie, folgte, wenn auch oft widerwillig und brummte so leise, dass sie es nicht hörte.

Der Bruder hatte sich all die Jahre um das Holzgeschäft und die Flößerei gekümmert und – er hatte die drei anderen Hauptschiffer im Auge behalten. Nun aber ruhte dieses Geschäft. Die Knechte gingen zwar in den Wald, aber sie hatten keinen Plan. Wie sollten sie auf einmal selber entscheiden, welche Arbeit anlag?

Schlimmer noch, so manch einer sah seine Chance gekommen, jetzt einmal Abstand zu halten zu der Plackerei oder sich auf dem Weg zur Arbeit ein wenig zu vertrödeln. Hatte man nicht schon genug geholfen, dem Hauptschiffer die Taschen ständig zu füllen? Wenn sie also am Gewinn so geringen Anteil hatten, so sahen sie jetzt die Möglichkeit, endlich einmal innezuhalten, den Schritt zu verlangsamen, die Hauaxt öfter beiseite zu stellen.

„Dem Hauptschiffer geht es so schlecht, wie's schlechter nicht kommen kann", klagte Hanne mit leiser Stimme. „Seit Wochen liegt er im Bettkasten herum und hustet sich die Seele aus dem Leib. Der Hof und das Holzgeschäft müssen in feste Hände kommen. Dieses Wirtschaften mit einem Vorknecht führt zu nichts. Es gibt Streit, die Arbeit gelingt nicht mehr und die anderen Hauptschiffer stecken schon die Köpfe zusammen, um den Hasen allein zu erlegen und unter sich zu verteilen. Bei Gott, ich flehe Euch an, Pater Engelbert, wirkt auf den Georg ein und auf Jakob ebenso. Mein Bruder muss das Steuer loslassen, an dem er schon längst nicht mehr dreht. Jetzt muss der Junge zupacken, wie auch immer sich das regeln lässt."

Beide Besucher standen sprachlos da. Das ganze Geschütz der Schwester war in Stellung gebracht, nichts war dem hinzuzufügen. Hier und jetzt musste eine Lösung her. Der Kranke stöhnte und machte eine vage Handbewegung, die irgendwo aufhörte. Sein Arm fiel wieder auf seine Decke und zuckte unruhig. Es war still im Raum. Schließlich nahm der Pater den Faden auf.

„Wenn Jakob der einzige Mann hier ist, dem Ihr vertraut, dann müsst Ihr ihm nicht nur das Steuer übergeben, sondern das ganze Gestör. Lasst Euch das Geld gutschreiben, das Euer Bruder beiseite stehen hat, und gebt die Dinge in Jakobs Hand. Wir hier im Raum kennen ihn und ich weiß von seinen Plänen, die ihn seit seiner Heimkehr umtreiben."

„Magst du nun endlich einwilligen, Georg?" Die Schwester drängte in ihn, die Zeit rückte unermüdlich vor und der Kranke gab keinen Ton von sich. „Hörst du, verdammt noch mal, du Dickschädel. Für mich und für all die anderen unter deinem Dach hast du Verantwortung. Schlag ein und schluck deine Torheit in dich hinein." Die Stimme der Frau wurde flehend und der Alte ächzte unruhig. Ob die Worte in sein Bewusstsein drangen?

Der Pater schaute derweil Jakob an. „Wie stehst du dazu, Junge, bist selber inzwischen Handelsmann geworden und hast viele Wochen damit verbracht, dein eigenes Leben zu planen. Kannst du dir vorstellen, die Stiefel des Hauptschiffers überzuziehen?"

Es war das erste Mal in dieser Runde, die wie ein Komplott wirkte, dass Jakob direkt angesprochen wurde. Er, den die Entscheidungen vor allen anderen etwas angingen, hatte bis hierher nur zugehört.

„Was soll ich denn dazu sagen? So etwas will schließlich reiflich überlegt sein", versuchte er auszuweichen, Zeit zu gewinnen und die Angelegenheit zu durchdenken. Welche Risiken nahm er auf sich? Suchte man ihn wieder zum willigen Werkzeug derer zu machen, die am Ende das Sagen hatten? Nicht mit ihm! Jakob wollte nicht von Neuem bei den Hörnern gepackt und an einen Strick gebunden werden.

Noch hatte er zu dem überraschenden Vorhaben von Hanne Ridinger mit keinem Wort Stellung bezogen, da packte die alte Hanne in ihrer ganzen Angst und Verzweiflung Jakobs Arm und zerrte ihn zum Lager des Kranken. Sie fasste seine Hand und versuchte sie mit der Pranke des Bruders zu vereinen. „Es muss jetzt Klarheit geschaffen werden, hörst du?", drang sie wieder auf den alten Mann ein, der wie ein Blasebalg röhrend die Luft ein- und aussaugte. „Sag etwas und der Pater hier soll es bezeugen."

Während die Hände der Männer wie zufällig von ihr zusammengeführt wurden, sich eher nur berührten, als dass es einem Handschlag glich, stöhnte der Hauptschiffer mit einem lauten Seufzer auf. Wollte er etwas sagen? Wollte er protestieren? War Georg Ridinger ohnmächtig? Man konnte nicht ausmachen, was in ihm vorging. Der Kopf war tief in das Kissen gedrückt, die Augen geschlossen und man wusste nicht, ob er mehr im Diesseits oder Jenseits war. Ein Schwebezustand war es, ein Übergang in eine andere – hoffentlich schönere – Welt.

Keiner der drei im Raum konnte später mit Sicherheit sagen, dass der Sterbende dem Drängen der Schwester seinen Segen gegeben hatte. Aber jeder der drei hätte auf einen Pakt geschworen, der so nie geschlossen worden war.

Noch in der Nacht hörte der alte Hauptschiffer zu atmen auf und als man ihn von seinem Siechbett herunterhob und das Totenkleid überzog, war zu erkennen, wie abgemagert und verfallen der Körper des einst mächtigen Mannes in nur wenigen Wochen geworden war.

Es war ein leichtes, ihn in seinen Totenkasten zu heben und ebenso leicht fiel es den Grablegern, ihn bald darauf in das tiefe Loch seiner letzten Ruhestätte hinabzusenken.

Als in diesem Jahr die Rügung anstand, hatte der Winter sich noch längst nicht davon gemacht. Aber es waren Wege getreten, zu den Nachbarn, hinunter zum Fluss, vor allem aber bis zur Liebfraukirche, denn die Männer wollten dabei sein, wenn die Arbeiten im Wald vergeben wurden, und man wollte endlich wissen, was aus dem Ridinger Hof werden sollte.

Der gräfliche Waldvogt hatte sich weiter hinten auf eine Bank gesetzt, um die Versammlung aus sicherer Entfernung zu verfolgen. Auch der ehrwürdige Abt vom Kloster Speyer, Hochwürden Bonifatius mit zwei Seminaristen, hatte sich einen Weg durch das verschneite Land gebahnt. Bei einer so wichtigen Zusammenkunft galt es, die Interessen der Kurie zu wahren.

Dennoch spürte man es allenthalben; die Angelegenheit war dieses Mal heikel, um nicht zu sagen, verschwörerisch.

Als die Waldarbeiter, Knechte, Flößer und auch einige Bauern sich im düsteren Kirchenraum versammelt hatten, schritten die Hauptschiffer Wendel Schickinger und Heinrich Sprauer in gemessenem Schritt bis vor den Altar. Nun fehlte noch der Dritte, Hannes Heller. Er kam als Letzter, wollte sich von den beiden anderen abheben. War das Trio zerstritten?

Nichts schien gerichtet zu sein. Man musste sich selber die Bänke zurechtschieben. Unruhe und Durcheinander hatten sich im Raum ausgebreitet und die ganze Zeremonie begann turbulent und wirr, mit knappem Gruß von Abt Bonifatius, statt einem Gebet.

An einen Pfosten gelehnt verfolgte Pater Engelbert interessiert das Geschehen. Er hatte seine Abreise nach Speyer verschoben. Kürzlich war er bei den Hauptschiffern vorstellig geworden, aber auf seine Fragen nach dem vierten Mann im Quartett hatte er keine Antwort erhalten. Die Herren waren zugeknöpft geblieben und schienen zu fürchten, dass ihnen jemand in die Karten schauen könnte. Man musste abwarten, was die kommenden Stunden bringen würden.

Jakob Hassler war auf seinem stattlichen Fuchs angeritten gekommen, hatte aber sonst keinen von seiner Mühle mitgenommen. Bis heute war er nicht im Holzgeschäft und so war er lediglich Zaungast in der Menge. Obwohl er nicht auffallen wollte und nahe beim Eingang stand, hob er sich mit seinem teuren Pelz dennoch deutlich von den anderen ab.

Die Zuschauer reckten die Hälse. Sie waren unruhig. Es sollte jetzt beginnen, denn im Anschluss an das deftige Essen wollte man mit vollem Bauch nicht in die Dunkelheit geraten.

Endlich ergriff Hauptschiffer Sprauer als Erster das Wort, war aber nicht bei der Sache und erklärte ohne langes Geschwätz, dass er und die beiden Hauptschiffer sich einig wären, das Holzgeschäft fortan alleine zu betreiben. „Unser lieber Freund und treuer Partner, Georg Ridinger, hat uns verlassen. Wir haben mit tiefer Bestürzung von seinem Tod erfahren und sind nun dankbar, dass er von seinen Leiden befreit ist. Es muss halt ohne ihn weitergehen. Wir drei hier meinen ... also wir haben beschlossen ..., nun also, seiner

Schwester und den Leuten auf dem Hof muss geholfen werden. Kurz und gut, wir werden das Geschäft weiterführen und allen ein Auskommen zusprechen. Hanne Ridinger soll es gut haben und sich nicht mehr um die Wirtschaft sorgen müssen."

Mehr noch, man wolle den Gewinn aus der ersten Floßfahrt dieses Winters der Kurie überlassen. Es sei ein Akt frommer Gesinnung, wenn das Bistum in Speyer mit dem Geld Gutes für die Menschen tun könnte. Der Abt nickte beifällig bei diesen Ausführungen. Über die Mitteilung war er nicht im Geringsten erstaunt. Hatte man sich bereits im Vorhinein untereinander verständigt?

Die Enthüllungen von Heinrich Sprauer klangen so voller Rührung und Fürsorge, dass ein jeder hätte glauben können, der Entschluss sei auf dem Acker reiner Nächstenliebe gekeimt. Pater Engelbert jedoch glaubte sich verhört zu haben. Die Dreistigkeit und Unverfrorenheit der drei Hauptschiffer, mit der sie den Besitz des vierten Teilhabers unter sich aufzuteilen versuchten, verschlug ihm die Sprache. Alles war bestens eingefädelt. Die alte Hanne hatte bei dieser Rügung nichts zu suchen, die Männer vom Hof würden sich den Mund nicht verbrennen, wussten sie doch nicht wer als neuer Herr über sie gesetzt würde. Jakob andererseits konnte mit nichts auftrumpfen, hatte keine Hausmacht außer über seine kleine Mühle und ein Häuflein Menschen, die nichts weiter geleistet hatten, als sich selber ein Dach über dem Kopf zu errichten. Die Zustimmung der Kurie aber erhofften sich die drei Hauptschiffer ganz ungeniert durch ein großzügiges Geschenk, das nicht einmal ihr eigenes Kapital erforderte. In den folgenden Jahren wäre ihnen ein umso größerer Gewinn sicher.

„Was für ein listiges Spiel treibt Ihr da?", brauste Pater Engelbert respektlos auf. „Ihr weint Euch über den Heimgang des Hauptschiffers aus und sagt im selben Satz, dass Ihr seinen Hof an Euch bringen wollt. Der Schwester des Verstorbenen stellt Ihr gerade einmal eine Bleibe in Aussicht. Mehr noch, Ihr wollt Holz schlagen, das nicht euch gehört und damit das Wohlwollen unserer heiligen Kirche erkaufen." Fassungslos schaute Pater Engelbert den Abt an. „Hochwürden, diese Männer hat der Teufel geritten."

Niemand im Raum hätte damit gerechnet, dass der Pater so aufsässig in eine Angelegenheit eingreifen würde, die beinahe schon entschieden schien.

Unruhe machte sich breit. Einige Männer schauten sich nach dem Störenfried um. Sie machten Platz, damit er aus der schummrigen Tiefe des Raumes nach vorn treten konnte. Die Hauptschiffer tuschelten miteinander und der Abt winkte unwirsch ab. „Lieber Bruder im Glauben, Euer Einwand mag aus einem braven Herzen kommen, aber Ihr solltet Euch mit Dingen zurückhalten, die Euch fremd sind. Denkt daran, dass die Rügung unter der Obhut seiner Bischöflichen Gnaden steht und wir sehen uns bestens in der Lage, unseren Glauben und die Kirche zum Wohle aller zu vertreten."

Das mit dem „lieben Bruder" war weit entfernt von Zuneigung, denn der Abt sprach herablassend. Seine Stimme zitterte vor Zorn. Nein, dieser unbedarfte Prädikant in seiner abgewetzten Kutte führte nicht das erste Mal ein vorlautes Wort und der Abt war nicht bereit, sich gängeln zu lassen. Nie zuvor hatte es jemand aus diesem Tal gewagt, in derlei Angelegenheiten Einspruch zu erheben.

Aber Pater Engelbert setzte ungerührt nach: „Auf dem Sterbebett hat Georg Ridinger dem Jakob Hassler die Nachfolge seiner Geschäfte angetragen und mit einem Handschlag besiegelt. Seine Schwester und ich können es bezeugen."

Er zögerte, ehe er sich zum Waldvogt umdrehte. Während er ihn lange und durchdringend anschaute, fragte er so laut, dass alle es hörten: „Wie seht Ihr die alten Regeln dieser Rügung gewahrt, wenn nach dem Ableben eines Hauptschiffers die drei anderen sich zu Erben erklären? Wer sonst als der Landesherr hat darüber zu entscheiden?"

Mit ausgestrecktem Finger unterstrich Pater Engelbert seine Worte und es hatte den Anschein, als wolle er drohen. Er argumentierte mutig drauflos, hatte nicht die geringste Ahnung vom Regelwerk der Schifferschaft, aber die anderen wussten auch nicht mehr und so rechtete er über ein Pergament, das wer weiß wo schlummern mochte.

Der Waldvogt schien mit deutlicher Order hierher bestellt worden zu sein. Auf jeden Fall musste er um die hohe Abkunft des Paters wissen, denn er verneigte sich respektvoll. Ohne lange nachzudenken schlug er sich auf dessen Seite.

„Da habt Ihr in der Tat recht. Es kann nicht angehen, dass eine Nachfolge allein von denen geregelt wird, die für sich einen Vorteil suchen. Diese Angelegenheit muss das gräfliche Haus klären. Wem sonst gehört der Wald? Wo als in Baden sind die Steuern zu entrichten? Nicht hier kann entschieden werden, wie Ertrag und Nutzen zu verteilen sind."

Bei jedem seiner Worte wuchs der Waldvogt etwas höher, so als laste die ganze Autorität der Markgrafschaft auf seinen Schultern. Schließlich ergänzte er seine Bedenken: „Vergesst nicht, dass immerhin vier Hauptschiffer das Flößergeschäft betreiben und nicht drei!"

„Was soll das Ganze", versuchte der Abt erneut eine Wendung herbeizuführen. Die Wortmeldungen konnte er nicht einordnen, wusste nicht, was hier von dritter Seite ins Spiel gebracht wurde. „Ich höre zum ersten Mal, dass unsere Zustimmung nicht ausreichen sollte. Auch die fürstliche Familie steht unter dem Schutz unserer Kirche und sie wird dem beipflichten, was von uns beschlossen wird. Und noch eines solltet Ihr bedenken. Der junge Markgraf Philibert ist noch nicht volljährig, bedarf also der fürsorglichen Lenkung seines Vormunds. Der Pfalzgraf jedoch, das kann ich versichern, beugt sein Knie demütig vor unserer heiligen Kirche."

„Am Ende mag es so kommen. Wir werden sehen, wie sich die Sache entwickelt", meldete sich Pater Engelbert erneut zu Wort. „Ich wiederhole auch jetzt, dass der Verstorbene, Georg Ridinger, noch auf dem Totenbett über seine Nachfolge entschieden hat. Wer an diesem Tag anderes beschließt, erweckt den Anschein, dass in aller Eile ein Unrecht besiegelt werden soll!"

„Ihr nehmt Euch zuviel heraus. Haltet Euch zurück und, mehr noch, haltet Euch an meine Weisung." Unbeherrscht und mit schriller Stimme fuhr der Abt auf.

All dieses aber machte auf Pater Engelbert offensichtlich keinen Eindruck. Überlegen lächelnd rief er in strengem Ton in den

Raum hinein. „Jakob Hassler, trete vor und bezeuge deinen Anspruch auf das Erbe von Georg Ridinger in aller Öffentlichkeit."

Die umstehenden Männer bildeten eine Gasse, um Jakob nach vorn treten zu lassen. Das Herz klopfte ihm bis zum Hals, aber zugleich bemühte er sich, äußerlich ruhig und entschlossen aufzutreten:

„Hochwürden, hohe Herren, ich erkläre allen Anwesenden, dass ich, Frank van Nienpoort, genannt Jakob Hassler, einst Mündel des Georg Ridinger, jetzt als sein Nachfolger eingesetzt bin und für alles Hab und Gut, einschließlich des Gesindes, einstehen werde."

Die formvollendete Rede und die erhobene Hand zum Schwur verfehlten ihre Wirkung nicht. Selbst der ausladende Umhang unterstrich Jakobs hochtrabenden Auftritt eindrucksvoll. Vor allem aber sein Verweis auf die adelige Abstammung zeigte Wirkung.

Für einen Augenblick war es totenstill im Kirchenschiff. Pater Engelbert nutzte die allgemeine Ratlosigkeit der Versammlung und setzte nach: „Hier und an dieser Stelle erwarte ich von Euch, Waldvogt, dass Ihr den Wunsch der drei Hauptschiffer Eurer Badener Herrschaft vortragt, und merkt wohl auf: Das Anliegen der hohen Herren in diesem Raum ist eine Eingabe, aber kein Entscheid."

Wendel Schickinger ebenso wie Heinrich Sprauer und der junge Hannes Heller saßen während der ganzen Auseinandersetzung betroffen auf ihren Stühlen. Siegessicher waren sie in die Schlacht gegangen und mussten nun die Waffen strecken. Ohne den erhofften markgräflichen Segen blieb vorerst alles beim Alten. Diesen Ausgang hatten sie nicht vorausgesehen.

Warum konnte der unbedeutende Dorfpriester sich so weit nach vorn wagen und warum hielt der Waldvogt bedenkenlos zu ihm und seiner scharfen Rüge? Ja, richtig, Rügung hieß es, aber während all der Jahre wurde von oben nach unten gerichtet, nie umgekehrt.

Auch der Abt spürte die Spannung im Raum. Er versuchte einen letzten Anlauf, einen müden Widerstand, die Dinge so zu richten, wie er sie von Anbeginn hatte steuern wollen: „Dieser Jakob Hassler, oder wie sonst er sich auch nennen mag, war er nicht als Schutzbefohlener des Verstorbenen aufgezogen worden? Gehört er nicht somit zu dessen Gesinde?"

„Der Hauptschiffer hatte mich aufgezogen, zu seinem Gesinde aber gehöre ich nicht mehr … ", antwortete Jakob und er schaute den Abt unverfroren an, „… und überhaupt, sagt mir, wo geschrieben steht, dass ich nicht seine Nachfolge antreten kann?"

Hier vermied der Abt weitere Auseinandersetzungen mit diesem unbeschriebenen jungen Mann, der sich aus den Reihen der Zuhörer hervortat, um sein eigener Advokat zu sein. Stattdessen wandte er sich an Pater Engelbert. „Es geht nicht an, dass der Knecht seinem Herrn das Erbe streitig macht. Bruder, Ihr versündigt Euch als frommer Katholik. Ich erlege Euch hiermit auf, gleich nach *Lichtmess* in Speyer bei uns vorzusprechen. Wir wollen Eure Einwände höheren Orts entscheiden."

Die Stimme war kühl und ohne innere Passion. Der Abt hatte sich erstaunlich rasch gefangen, er redete ruhig, aber die Drohung war nicht zu überhören. Für einen Augenblick hatte es den Anschein, als wollte er noch einmal auftrumpfen, den anmaßenden Einwänden entgegentreten, aber dann sackte er in sich zusammen und schwieg.

Der Waldvogt setzte der Auseinandersetzung ein Ende. „Ich erkläre hiermit allen Anwesenden, dass dem Antrag der drei Hauptschiffer nicht hier und nicht heute stattgegeben wird. Die Angelegenheit wird in Baden vorgetragen."

Die Gedanken in Jakobs Kopf überschlugen sich. Mit diesem Entschluss war nichts gewonnen, aber die Schlacht auch nicht verloren gegangen. Er hatte von Anfang an bezweifelt, dass so einschneidende Entscheidungen rasch abzuhandeln wären.

Es gab noch einiges Hin und Her, man besprach das Flößen im kommenden Frühjahr, dann fiel die Versammlung auseinander, ohne feierlichen Ausklang. Die Männer verließen schweigend den Raum, zerstreuten sich und suchten sich ihre Plätze nahe den Speisen draußen auf dem Kirchplatz.

Die Rügung und das anschließende Gelage mit deftigem Essen und reichlich Getränken hatte die Leute auf dem Ridinger Hof früh auf die Strohsäcke sinken lassen.

Hanne Ridinger seufzte, sie hatte ungeduldig auf den Ausgang dieser Rügung gewartet und dann war doch alles offen geblieben. Wie sollte es nun weitergehen?

Sie wusste sich keinen Rat mehr und dachte darüber nach, ob sie die Anteile des Bruders an einen der Hauptschiffer verkaufen sollte. War das überhaupt möglich? Wer verhandelte solche Geschäfte und konnte sie als Frau den Ridinger Hof überhaupt veräußern? Sicher, man hatte ihr berichtet, dass Jakob während des heftigen Streits Farbe bekannt hatte – vor den Hauptschiffern, dem Abt und vor allen Männern, aber was hatte das wirklich gebracht?

Lange lag sie wach. Dann fiel sie in einen Dämmerschlaf, träumte unnützes Zeug und fror, weil die Decken ihr von der Bettstatt rutschten. Sie zog alles wieder über ihrem alternden Körper zusammen und nickte abermals unruhig ein.

Irgendwann meinte sie Geräusche zu hören, die sich nicht einordnen ließen. Es war nicht das Scharren von Hufen oder das Schlurfen eines Schlaftrunkenen auf dem Hof, der sich am Brunnen zu schaffen machte. Es war ein Knacken oder Knistern, das lauter wurde. Dann sah sie draußen einen schwachen Feuerschein, aber sie kam nicht dazu, sich aufzurichten, sich zu vergewissern und aus dem Fenster zu schauen.

Ein lauter Schrei aus den Gesinderäumen verwandelte die vertraute, ruhende Heimstatt in ein tosendes Inferno, in ein Knäuel durcheinander rennender Gestalten.

Eine aufgescheuchte Rotte Menschen, überrascht im Schlaf, verängstigt und ziellos, suchte sich kopflos gegen das Feuer zu stemmen. Teils noch barfuß oder in Decken eingehüllt, kreischten Mägde nach Kindern, hielten Knechte armselige Gefäße in den Händen und schütteten ein spärliches Nass in das heiß heranzüngelnde Toben. Man rannte in unterschiedliche Richtungen, stieß gegeneinander, stürmte wieder in das Innere von Räumen, die man eben erst in panischer Hast verlassen hatte oder sprang aus einer der vielen Luken, hinunter auf den Innenhof.

Nicht aus einem einzigen Brandherd quoll das Feuer. Von mehreren Stellen des Gehöfts fraßen sich die Flammen über die Dächer nach innen. Funkenregen trieb hoch hinauf in den

Himmel. Heu, Staub, ganze Strohabdeckungen wurden von dem Sog erfasst, leuchteten und glitzerten und waren rasch verglommen. Der Widerschein musste weit ins Land hinein sichtbar sein. Man versuchte Ordnung zu schaffen, rannte nach Eimern, Schöpfgeräten und Ledersäcken. Als Erstes wollte man die große Pferdetränke zum Löschen nutzen, aber der Steintrog war zugefroren. Die Winde des Hofbrunnens wurde in Bewegung gesetzt, einige Male sauste der Eimer hinab, wurde hochgezogen, klemmte, kam wieder frei und wurde von mehreren Händen gleichzeitig gefasst. Das wenige Nass aus der Tiefe wurde in der allgemeinen Hektik aber verschüttet. Alles Löschen war hier nutzlos.

Am höchsten hinauf schlugen die Flammen aus der Scheune. Stroh und Getreide waren im Handumdrehen in einen einzigen großen Brand versetzt und die Wucht der Hitze trieb zur Seite, den Menschen auf dem Hof entgegen.

Einige beherzte Männer sprangen zu den Ställen, öffneten sie und ließen die Tiere hinaus. „Treibt alles ins freie Feld!" Die Stimme von Thomas Kemper überschlug sich. Niemand achtete auf ihn, sodass er selber das zweiflügelige Hoftor aufstieß und die in Panik geratenen Kreaturen ins Dunkel scheuchte.

Unbeweglich stand Hanne vor dem Wohnhaus. Die Haare waren zerzaust und sie starrte verständnislos auf die hin und her hastenden Menschen. Schließlich riss sie sich zusammen, wenigstens die Truhe mit den Münzen galt es zu bergen und so packte sie einen der stämmigen Knechte am Arm: „Komm mit mir und hilf tragen."

Der Mann drängte hinter ihr in den Wohnraum, hob die Ofenbank in die Höhe und zerrte die schwere, mit Eisenbändern beschlagene Kiste ins Freie.

Das Feuer hatte einen Pakt mit dem Wind geschlossen. Je breiter sich das leuchtende Züngeln ausbreitete, umso stärker bewegte sich die Luft, blies mitten hinein in die heißen Nester und trieb sie nach allen Seiten. Die verschiedenen Brandherde suchten sich zu vereinen, griffen gierig nach den Deckenbalken und zischelten sich an die Strohdächer heran. Für einen Moment hoffte Hanne, dass der Schnee darauf in die Feuernester sacken und einzelne Brandherde löschen könnte, aber man hörte nur ein anschwellendes Knattern.

Es blieb keine Zeit mehr, irgendetwas zu retten. Die Holzschober, alt und ausgetrocknet, brannten lichterloh. Am längsten widersetzte sich das Wohnhaus der Familie Ridinger dem Inferno, aber von rechts und links warfen sich tausend kleine Funken auf das Dach, tanzten durcheinander und quollen aus Fenstern und Luken. Nun war auch dieser Teil des Anwesens verloren.

Vielleicht ist es ein Traum, dachte Hanne und starrte in das tobende Element. Es wäre fast zu spät gewesen, als eine Magd zu ihr rannte, sie beherzt aus dem Innenhof hinaus ins Freie zerrte. Jetzt versuchten auch die Letzten aus der Umfriedung zu fliehen, um nicht von der Feuerwalze eingeschlossen zu werden. Einzelne Brandherde fanden rasch zusammen, ergriffen sich und bildeten mit ihren Hitzesäulen ein gemeinsames leuchtendes Dach über dem Gehöft.

Wer sich auf den umliegenden Feldern in Sicherheit gebracht hatte, wurde jetzt Zeuge dieses gewaltigen Schauspiels. Es war ein atemberaubender Anblick. Eine gigantische Fackel stieg hoch hinauf in die kalte Winternacht. Die Bleibe all der Menschen war nichts als Brennmaterial für ein teuflisches Element. Aus den schwirrenden und summenden Geräuschen war ein anwachsendes Dröhnen und Krachen geworden. Aus seiner Mitte heraus stürzten berstende Gebäudereste in sich zusammen und schleuderten glühende Geschosse in die Höhe.

Wer sich nicht retten konnte, hatte sich dem Feuersturm in die heißen Arme geworfen. Jeder Tod war einmalig, kam zur unrechten Zeit und wurde nicht so erwartet, wie er nun wahllos zupackte. Ein Gottesurteil hatte sie heimgesucht. Die panische Flucht aus der schützenden Heimstatt glich der Vertreibung aus dem Paradies. Der Herr im Himmel mit seinen Engeln und Erzengeln richtete in dieser Nacht.

Irgendwann, es dämmerte schon, fielen die Flammen zusammen, suchten sich in vereinzelten Haufen gegenseitig am Leben zu halten. Der Funkenflug blieb unverändert stark, trieb nach oben in die aufkommende Dämmerung. Schließlich verebbte er. Es rauchte und qualmte mehr, als dass es loderte. Der Brandgeruch würde noch nach Monaten wahrzunehmen sein.

Der Herr führt euch ins Licht
Anno 1549

Noch in der Brandnacht wurde das obdachlose Gesinde vom Ridinger Hof in der Liebfraukirche untergebracht. Pater Engelbert war rasch zur Stelle und hatte die große Holztür aufgeschoben. Nachbarn schafften an Decken und Kleidung herbei, was für sie entbehrlich war. In der ersten Not öffneten sich die Herzen noch bereitwillig.

Hanne Ridinger hatte seit der Heimsuchung kein Auge mehr zugemacht. Immer noch ganz verstört nahm sie Thomas Kemper beiseite. Irgendjemand musste her, der in dieser Stunde der Not Rat wusste.

„Geh, Thomas, versuch den Jakob zu erreichen. Erzähl ihm von unserem Unglück. Er muss rasch kommen. Ist eines der Pferde schon wieder eingefangen? Wenn nicht, musst du mit deinem kaputten Knie zu Fuß laufen. Es wird hell, Gott im Himmel, wie soll das hier alles weitergehen?" Sie rang die Hände. Nie hatte sie vor einem solchen Nichts gestanden. In all den Jahren hatte stets ihr Bruder die großen Krisen bewältigt, nicht sie. In einer einzigen Nacht, nein, in nicht mehr als einer Stunde, war der ganze Wohlstand verflogen.

„Was soll mit den Leuten werden? Ich kann sie doch nicht alle durchfüttern!" Verzweifelt schaute sie auf die glimmenden Reste, die der Feuersturm hinterlassen hatte.

Einige der Pferde hatten sich von allein wieder eingefunden. Dicht zusammengedrängt wärmten sie sich gegenseitig. Das Stehen in der eisigen Kälte setzte ihnen sichtbar zu.

Als Thomas hastig aufbrach und nach scharfem Ritt auf der Dehmel'schen Mühle eintraf, hatte dort niemand etwas von dem Flammeninferno mitbekommen. Ein milder Widerschein, nicht mehr, wäre auf die Entfernung hin zu sehen gewesen.

Während Thomas von der Katastrophe berichtete, glaubte Jakob, dass sein Freund, vom Schrecken überwältigt, das Ganze maßlos übertrieb. Auf dem Ritt zurück zur Unglücksstelle gewann er dann aber die Einsicht, dass der Ridinger Hof bis auf die Grundmauern niedergebrannt sein musste.

„Dass es Brandstiftung war, ist so klar und durchsichtig wie unser gutes Flusswasser", sinnierte Thomas, während er sich mühte, auf dem schmalen Waldweg gleichauf mit Jakob zu reiten. „Wenn der Hof an allen vier Ecken auf einmal Feuer fängt, ist ganz planmäßig gezündelt worden, meinst du nicht?"

„Hast du denn jemanden gesehen?"

„Wie sollte ich? Wir haben alle geschlafen und der Brandstifter wusste bestimmt, dass wir nach der Rügung rechtschaffen müde waren. Wer weiß, ob es nicht sogar mehrere Halunken waren. Für mich jedenfalls gibt es keinen Zweifel, dass jemand bewusst den Hof in Asche legen wollte. Ich vermute, dass von außen Pechfackeln auf die Dächer geworfen wurden."

Wer hatte Lunte gelegt und das Leben so vieler Menschen riskiert? Und – wie viele Täter mochten es gewesen sein, wenn es an mehreren Ecken gleichzeitig loderte? Dies alles trieb Thomas um und er ließ den Freund an seinen Überlegungen teilhaben.

Als sie schließlich an den rauchenden Überresten des Hofes angekommen waren, standen einige der Obdachlosen frierend und in Decken gehüllt vor der Kirchentür. Stumpfsinnig starrten sie auf die Reste ihrer verkohlten Heimstatt.

Als sie Jakob sahen, schöpften sie Hoffnung. Nur er konnte jetzt helfen. Aber dessen Verhalten setzte sie dann doch in Erstaunen, denn er stahl sich zur Seite weg, hockte sich entfernt zu dem schaurigen Scheiterhaufen auf einen Feldstein und stützte den Kopf in beide Hände.

Während der Morgen dämmerte, die erste Röte eines sonnigen Wintertages von Osten her über die Berghänge kletterte, grübelte ein Neunzehnjähriger in Gedanken versunken vor den Resten eines Hofes, der jahrelang auch sein Heim gewesen war. Der blonde, hoch gewachsene Mann schaute mit abwesendem Blick auf den ascheüberzogenen Schnee unter sich.

Für einen Augenblick nur wollte Jakob Abstand zu all dem hier gewinnen. Nicht, dass er deprimiert oder verzagt gewesen wäre: Er wollte nachdenken – über sein bisheriges Leben und über die wohl größte Entscheidung, die jetzt auf ihn zukam. Alle Hoffnungen waren auf ihn gerichtet. Einen Neuanfang sollte er für die verzweifelten Menschen herbeizaubern. War er einer solchen Aufgabe gewachsen? Würde er für alle eine Unterkunft finden? Wer würde sie alle durch den kältestarrenden Winter bringen? Wo sollte man Kleidung beschaffen? Wie würde man an Vorräte herankommen?

Hier und jetzt und aus dem Nichts heraus sollte er einen Karren flott machen, dem nicht ein Rad, nicht einmal eine Speiche verblieben war.

Immer waren es andere gewesen, die versucht hatten, seine Schritte zu lenken. Jeder hatte ihn steuern wollen und versucht, ihn nach eigenen Bedürfnissen zu formen – der Hauptschiffer, Pater Engelbert, ja selbst die niederländische Familie. Man hatte es gut mit ihm gemeint und man hatte ihn sogar anständig behandelt, aber dabei war er das Gefühl nicht losgeworden, in jede erdenkliche Richtung gezerrt zu werden. Er dachte an Morgana. Die Hingabe an einen Liebesrausch war im Grunde von ihr gelenkt gewesen. Selbst diese unvergessenen Augenblicke verdankte er der Verführungskunst seiner Geliebten. Sie war es, die ihn bei der Hand genommen, ihn mit sich gezogen hatte. In ein Gespinst hatte sie ihn eingewoben, in dem er sich freudig verfangen hatte.

Jakob seufzte. Was blieb ihm übrig, als sich dem Risiko zu stellen, das auf ihn wartete. Es hatte schon seine Richtigkeit, wenn man sagte, dass jeder seines Glückes Schmied ist, kein Tucher, sondern einer, der mit starken Armen das Eisen in die heiße Esse hält, ihm seine Form aufzwingt. Genau das würde jetzt seine Aufgabe werden. Hatte Pater Engelbert ihm nicht schon als Sechsjährigem eingeprägt, dass er keinen Vater hatte und früher als andere seinen eigenen Weg marschieren sollte.

In diesem Augenblick schwor Jakob, die Zügel in die Hand zu nehmen, aber auch mit der Peitsche zu knallen. Im Niederländischen hatte er sich fast zu Tode prügeln lassen und jetzt zeigte ihm dieses Elend erneut, dass menschliche Hinterlist und Habsucht vor nichts zurückschreckten. Nun gut, er, Jakob, würde sich wehren, würde es ihnen zurückzahlen, dabei aber achtsam bleiben und – er wollte höher hinaus als alle anderen. Energisch rückte er seinen Umhang zurecht und bahnte sich seinen Weg durch den Schnee zur Kirche. Entschlossen öffnete er die Eingangstür und scheuchte die dösenden Menschen darin hoch.

„Wo ist Hanne Ridinger?", rief er in das Halbdunkel hinein.

Verstört und frierend kam sie ans Tageslicht. Mit gespielter Zuversicht packte Jakob sie am Arm.

„Lasst den Kopf nicht hängen. Ihr habt noch Zeit genug, mit dem Schicksal zu hadern. Erst einmal machen wir Ordnung!" Er rüttelte die mutlosen Menschen hoch. „Macht, dass Ihr auf die Beine kommt. Sucht die entlaufenen Tiere zusammen und lasst mich wissen, wer diese Nacht nicht überlebt hat. Die Frauen und Kinder packen zusammen, was sie noch haben und gehen zur Mühle. Dort soll man zusammenrücken, Platz schaffen für die nächste Zeit. Die Männer kommen mit mir. Ihr beiden Alten", Jakob winkte zwei wackelige Greise herbei, die nur mühsam hochkamen. „Ihr zwei macht ein großes Feuer und schaut zu, dass aus dem Rest Korn und Wasser ein warmer Brei wird."

In diesem Augenblick gesellte sich Pater Engelbert zu ihm.

„Es ist kein guter Morgen, Jakob, aber ich wünsche dir die richtigen Entscheidungen für den Tag. Übrigens sind wohl zwei Mägde heute Nacht umgekommen. Außerdem hat der Knecht Menzel gesehen, wie ein Deckenbalken herabfiel und die drei Jahre alte Ursula unter sich begrub. Ich werde für alle drei eine Messe lesen. Wie konnte das nur alles passieren?"

„Und alles in der ersten Nacht nach der Rügung. Ob das Zufall war …?", argwöhnte Jakob.

Auch der Pater hatte offensichtlich darüber nachgedacht. „Eigenartig ist das schon. Was wirst du jetzt unternehmen?"

„Zuerst einmal werden wir einsammeln, was an Hab und Gut noch zu retten ist, Tiere, Geräte – kurz, alles was wir finden.

„Und wo werden wir die nächste Nacht schlafen?", fragte ein Flößer und stocherte verängstigt in den Resten eines Aschehaufens.

„Einige können bei uns auf der Mühle wohnen. Es wird eng dort werden. Den Rest der Frauen und Kinder verteilen wir auf andere Höfe, die wir um Beistand bitten. Sie werden es nicht zum Gotteslohn tun, sind schließlich selber beengt. Wir werden sie für den Teil entlohnen, der über die Nächstenliebe hinausreicht." Die Gedanken, so wie er sie aussprach, wurden rasch zu Anweisungen.

„Gleich heute besorgt Ihr Bortebretter, vielleicht auch einen Rest bei der Mühle", überlegte Jakob.

„Wir müssen die beiden Waldhütten fester ausbauen und sie fürs Erste als Schlafplatz nutzen", fügte Thomas hinzu. Jetzt schmiedeten beide Freunde Pläne, verwarfen sie wieder und suchten Lösungen für die kommenden Tage.

„Erst einmal will ich jetzt Ernst Knoll aufsuchen", entschied Jakob schließlich. „Er hat die meiste Erfahrung mit dem Holzeinschlag. Bis in das Frühjahr hinein werden wir arbeiten, ob es nun stürmt oder schneit. Jawohl, wir werden Holz flößen, viel Holz, und wir werden einen neuen Hof aufbauen. Was wir anfassen, werden wir sorgsam planen und Stück für Stück wachsen lassen." Wie zu sich selbst sprach er, während die Männer mit Freude feststellten, dass hier einer stand, der nach vorn blickte und damit begann, einen Weg vorzugeben.

Thomas fasste zusammen, was alle jetzt dachten: „Jakob, genauso machen wir es. Du bist der neue Herr im Haus!"

„Herr ohne Haus, meinst du", antwortete der besorgt. „Außerdem ist dies vorerst ein Alleingang. Wenn die markgräfliche Residenz nicht mitzieht, sind wir schlecht beraten gewesen. Denke nur an die gestrige Rügung!"

„Nun, das habe ich bereits vorausgesehen", warf Pater Engelbert mit spitzbübischem Lächeln ein. „Gleich morgen machen wir uns auf den Weg nach Baden. Der hohe Schnee darf uns nicht daran hindern. Du musst die Kanzlei davon überzeugen, dass die Rechte des vierten Hauptschiffers an dich gehen. Ich komme mit und unterwegs werde ich dir sagen, wie wir die Sache angehen. Und noch einer wird sich mit uns auf den Weg machen. Du, Thomas, wirst der Dritte im Bund sein. Schließlich kennst du dich rund um das Schloss gut aus. Lasst uns früh

171

aufbrechen, damit wir vor dem Abend wieder eine warme Bleibe erreichen."

„Kein begeisternder Vorschlag", murrte Thomas, „vor allem
wenn ich daran denke, mit welchen Schrecken ich das letzte
Mal diese Reise überstanden habe. Aber den Heckenreitern
wird es jetzt zu kalt sein – hoffe ich ...!"

„Lasst uns ein Gebet sprechen." Pater Engelbert schlug das
Kreuz über den Häuptern der übernächtigten Leute. „Herr im
Himmel, in deiner Allmacht hast du diesen Menschen das Dach
über dem Kopf genommen und sie der Kälte des Winters ausgesetzt. Wir bitten dich, lass uns nicht wanken im Glauben und
stärke uns für den Weg, der vor uns liegt. Wir lobpreisen dich
und bitten um Gnade für allen Frevel, den wir dir und der heiligen katholischen Kirche angetan haben! Wende dein Angesicht
nicht von uns ab und sei uns gnädig."

„Amen", hörte man es murmeln und dann wandte sich Jakob an die etwa drei Duzend Obdachlosen, die verrußt und
entmutigt auf ihn blickten.

„Männer, wir werden nicht zulassen, dass uns der Teufel am
Stecken tanzen lässt. Zuerst einmal machen wir die Waldhütten
winterfest und noch vor Valentin werden wir mit dem Holzschla-
gen beginnen. Es liegt eine harte Zeit vor uns und wir werden es
uns nicht auf der Ofenbank gemütlich machen. Im Frühjahr aber,
das will ich hier versprechen, werden wir flößen und wir werden
einen Hof bauen, der besser dastehen soll als der alte."

Jakob hielt inne und so, dass alle es hören konnten fügte er
hinzu: „Hochwürden, Euch danken wir für die Hilfe und den
Schutz während der letzten Nacht. Es kann nicht angehen, dass
wir auf Dauer in der Kirche bleiben. Geweihte Stätte ist kein
guter Schlafplatz und so werden wir noch diese Woche soweit
gerichtet sein, um uns woanders warm zu halten."

Ein deutlicher Ruck ging durch die Reihen. Hanne Ridinger
ergriff Jakobs Arm und drückte ihn kräftig. Die Menschen richteten sich auf, begannen Fragen zu stellen und wollten für diese
oder jene Aufgabe eingeteilt werden. Man einigte sich darauf,
zuerst einmal im Fluss Wasser zu schöpfen und sich so weit
herzurichten, dass man wieder ansehnlich den anderen im Tal
unter die Augen kam.

„Du, Thomas, kommst mit mir. Wir statten Ernst Knoll gemeinsam einen Besuch ab." Die Freunde sattelten zwei Pferde, die man inzwischen eingefangen hatte, und ritten flussabwärts. Dann ging es rechts den Hang hinauf, bis sie die schmucklose Behausung des einstigen Floßmeisters erblickten.

Die Hütte befand sich in keinem guten Zustand. Baumrinde, die als Dach diente, war wellig und rissig. Auch der angebaute Stall zeigte faustgroße Löcher zwischen den Latten. Ein Stützbalken stand schief und drohte zu zersplittern.

Ernst Knoll hantierte an seinem Ziehbrunnen herum und als er die beiden kommen sah, wischte er sich die Hände an dem vorgesteckten Schurz ab.

„Gott zum Segen", grüßte Jakob schon von Weitem, aber er erhielt keine Antwort. Ohne jedes Wort bedeutete Ernst mit einer Handbewegung, ihm in die Hütte zu folgen. Während er vorausging, folgten ihm seine beiden Besucher und zwängten sich unter dem niedrigen Eingang hindurch.

Der einstige Floßmeister schob einen schwarzen Kessel über die Reste eines Feuers. Die Ereignisse der Nacht waren bereits bis hier vorgedrungen.

„Eine schöne Schweinerei, dieses Feuer auf dem Ridinger Hof. Der Teufel war es nicht, der die Hand im Spiel hatte. Ich hätte wahrlich allen Grund zur Schadenfreude – wenn es noch zu Lebzeiten des alten Ridinger passiert wäre, aber so hat es nur Unschuldige getroffen. Das war nicht von alleine losgegangen und ich werde demjenigen den Hals persönlich umdrehen, der sich diese Bosheit ausgedacht hat." Mürrisch wies er seinen beiden Gästen einen Platz auf der Bank zu.

Als sie sich gesetzt hatten, langte Ernst Knoll in den Topf und tischte Jakob und Thomas ungefragt eine Kelle Muos auf. „Ich würde Euch gern helfen, aber Ihr werdet verstehen, dass ich selber nicht viel zu entbehren habe. Was kann ich schon dazu beitragen, um die armen Teufel vom Hof am Leben zu halten", fing er das Gespräch von sich aus an.

„Wo denkst du hin? Glaubst wohl, dass wir gekommen sind, um dich um ein Almosen anzugehen?", entrüstete sich Jakob und stocherte im lauwarmen Gastmahl herum, das er vorgesetzt bekommen hatte. „Ernst, wir brauchen dich, weil du die

Männer bei der Waldarbeit anführen sollst. Vergiss, was dir der alte Ridinger vor Jahren einmal angetan hat, und hilf einen Neuanfang herbeizuführen. Stell dir nur vor, wenn wir bis zum Frühjahr ein gutes Floß beisammen haben und die erste Ernte einfahren. Wenn wir nicht selber handeln, wird alles was zum Hof gehört hat, unter den anderen Hauptschiffern aufgeteilt." Jakob versuchte den erfahrenen Flößer zu begeistern, ihn mitzureißen, aber der winkte ab und suchte Ausflüchte.

„Ob nun drei oder vier das Sagen haben, wir müssen so oder so den Buckel krumm machen. Lasst uns lieber abwarten und sehen, wie es jetzt weitergeht."

Ernst Knoll sprach verächtlich. Ihm fehlt es an Mut und Willenskraft, dachte Jakob. „In zwei Jahren habe ich fünfzig Lenze auf dem Buckel und das viele Stehen im Wasser steckt mir in den Gliedern. Es reißt und schmerzt, da werdet Ihr wohl einen suchen müssen, der mit seinen Armen besser vormachen kann, was mir in meinem Alter abgeht." Er ging zur Feuerstelle und schob ohne ersichtlichen Grund die Glut durcheinander.

Jakob legte nach. „Das alles zählt zusammen nicht soviel wie die Erfahrung, die du mitbringst. Hast es gelernt die Leute anzuführen. Sie respektieren dich und viele kennen dich aus ihren jungen Jahren, als du noch Floßmeister für die Schifferschaft warst."

„Pah, Floßmeister ...! Das ist vorbei, Jakob. Und überhaupt, was kümmerst du dich um die armen Obdachlosen? Du tust so, als wärst du der neue Herr, aber jeder konnte gestern miterleben, dass dir dieser Wunsch nicht erfüllt werden wird. Die drei anderen Hauptschiffer wollen dich nicht, stimmt's oder etwa nicht?", gab Ernst Knoll skeptisch zu bedenken. Er wirkte aber alles in allem nicht gänzlich ablehnend, eher unschlüssig und versuchte mit seinen Einwänden Zeit zu finden, sich auf das Angebot einzurichten.

„Nichts da, Ernst, wer lange zögert, verpasst sein Glück. Du wirst schon morgen in aller Herrgottsfrühe bei der Kirche sein und es soll dir auch gelohnt werden, was du in die Arbeit einbringst. Das Holz im Fluss einbinden sollen andere machen. Wir schicken dich nicht ins Wasser, aber du musst die Richtung vorgeben. Ich selber will mich nicht zur Seite stehlen, aber zuerst einmal will ich mich nach Baden aufmachen und Thomas hat sich um anderes zu kümmern. Lass die Leute zupacken und lass uns den Plan durchsprechen, nach dem wir es angehen wollen."

„Ihr habt ja nicht einmal eine richtige Sägemühle. Der alte Ridinger hat doch in letzter Zeit seine Bortebretter nur noch beim Schickinger schneiden lassen." Immerhin denkt Ernst jetzt in meine Richtung, stellte Jakob hoffnungsvoll fest. Ganz so abgeneigt, wie er vorgab, war der alte Floßmeister von den Plänen also nicht.

„Das mit dem Sägen haben wir schon besprochen. Thomas wird die Dehmel'sche Mühle auf Vordermann bringen. Statt Körner und Mehl zu schroten, wollen wir jetzt Bortebretter zuschneiden. Das Schöpfrad tut noch seinen Dienst und wenn wir den alten Plunder umrüsten, neue Treibriemen, einen Sägetisch und Schlitten anbauen, werden uns in wenigen Wochen die Späne um die Ohren fliegen."

Dann breitete Jakob vor dem geistigen Auge der Männer die Waldflächen aus und wusste schon bald, dass die gemeinsame Arbeit, das Bauen eines mächtigen Riesen, nicht weit von der Sauwasen entfernt, die Fantasie seiner Zuhörer beflügelte. Er redete vom Einsatz so vieler Pferde wie möglich, vom Anwerben weiterer Tagelöhner und dann gab auch Ernst Knoll seine Vorschläge mit bei, wusste über den Stand der bisherigen Winterarbeit des alten Ridinger Bescheid und wollte schließlich sogar Gerätschaften beschaffen.

Die Gesichter waren vom Eifer ihrer Planungen gerötet. Gegen Mittag trennten sich die Männer, ohne dass es eines Handschlags bedurfte. Es war ausgemacht, dass Ernst Knoll, der freie Bauer und langjährige Floßmeister, die Vorarbeit übernahm. Im Grunde war er stolz. Jahrelang hatte die Schmach an ihm genagt, hatte ihn einsilbig und unfroh werden lassen. Zudem hatte ihm sein Anteil an der eigenmächtigen Floßreise bis in die Niederlande Monate hindurch zum Sündenbock gestempelt. Ein Einsiedler war er geworden, ein früher Witwer, der zwei Töchter aus dem Haus gegeben hatte. Die Jüngste war gerade erst im Sommer nach Steinmauern heimgeführt worden. Vielleicht würde er sie schneller wieder sehen, als er bisher gehofft hatte. Noch einmal war er gefragt, nicht nur als Tagelöhner, sondern als ganzer Mann, der wieder ein Sagen haben sollte.

Er spuckte aus, nahm den schweren Zuber und ging das wenige Vieh füttern, das er für den Lebensunterhalt unter seinem Dach hielt.

Die Reise nach Baden war anstrengender als die drei Männer es sich vorgestellt hatten. Im Tal waren die Wege getreten, aber als es die Steigungen hinaufging und die Pferde nur mühsam im Schnee vorankamen, mussten sie immer wieder absteigen. Ein kalter Wind blies die Hänge herab und sie mussten die Umhänge fest zusammenziehen.

An diesem Tag würden sie die Strecke nicht mehr schaffen und so beschlossen sie, in der Hütte des Pechsieders zu übernachten, der sich stets über ein Zubrot freute. Als sie am nächsten Morgen in Baden eintrafen, strahlte die Schlossanlage in schönstem Sonnenlicht. Unvermittelt zog Jakob ein kleines Goldstück aus der Tasche. „Erinnerst du dich, Thomas, wie wir als Jungen auf dem Ochsenkarren standen und über die Schlossmauer gegafft hatten? Jeder von uns bekam so ein kleines Vermögen. Hast du dein Gold noch?"

„Wo denkst du hin. Leider bin ich nicht so sparsam", lachte Thomas. „Du kannst eben besser haushalten mit deinem Geld. Vielleicht bist du deswegen auch reicher als ich." Andächtig schaute er auf das Metall. „Was bist du mir damals mit deiner vielen Fragerei auf die Nerven gegangen. Nun ja, wir haben viel gestritten, aber das kam, weil wir zu eng zusammengepfercht waren. Jeder von uns hätte mehr Luft für sich gebraucht."

Jakob aber bewegte jetzt eine ganz andere Frage. Es lag auf der Hand, dass der Pater eine wichtige Schachfigur in dem Spiel um die Schifferschaft geworden war. Aber jedermann wusste, dass der junge Markgraf Philibert noch minderjährig war und unter Vormundschaft stand.

„Wer wird denn nun über unseren Fall richten?"

Pater Engelbert hatte die Frage erwartet. „Wir werden uns einen Weg zum Rentmeister bahnen. Auf jeden Fall müssen wir den Faden hier und nicht in Speyer spinnen, damit ein fester Strick daraus wird. Haben wir in Baden gewonnen, wird auch der Klerus nachziehen. Wegen uns wird man sich nicht in die Haare kriegen. Nun kommt es darauf an, die richtige Taktik anzuwenden. Über eines werde dir klar, Jakob, dieser Kampf kann auch verloren gehen. Unterliegst du, dann kann ich nichts mehr für dich tun."

Unruhig rutschte Jakob auf seinem Sattel herum: „Wer trifft denn nun wirklich die Entscheidungen in der Residenz? Ist der Rentmeister derweil allein zuständig? Philibert ist zu jung, denke ich, und außerdem soll er irgendwo auswärts heran-wachsen."

„Nein, so einfach liegen die Dinge nicht!" Der Pater lachte bei dieser Vorstellung. „Da könnte einer so manches von un-terst zu oberst kehren. Bis zur Volljährigkeit des jungen Phili-bert hat einer der beiden Vormunde das Sagen – also entweder der Herzog von Bayern oder der Pfalzgraf von Simmern. Dei-ne Angelegenheit allerdings wird wohl kaum an höhere Stelle weitergeleitet. Das Rentamt kann da allemal selber Stellung nehmen. Das Tagesgeschäft wird hier entschieden."

„Und was heißt das in unserem Fall?", fragte Thomas be-sorgt.

„Wir werden sehen. Der Rentmeister wird geschmeichelt sein, wenn wir ihn zuerst über deine Ansprüche ins Bild setzen. Über den Weg nach Speyer denken wir später nach. Weiter als bis hierher kann ich dir nicht helfen. Ab morgen werde ich mich zur Residenz des Bischofs in Bewegung setzen!"

„Dann lasst uns nicht lange zaudern, packen wir die Sache an und schauen, mit welchem Ergebnis wir am Ende heimkeh-ren." Thomas gab seinem Pferd die Sporen und setzte sich an die Spitze des kleinen Trupps.

Schon bald darauf stiegen die drei Reiter vor dem langge-streckten Bau des Rentamts ab. Während Thomas bei den Pfer-den blieb, folgte Jakob dem ortskundigen Pater in das Labyrinth von Fluren und Räumen, die angefüllt waren mit Bittstellern, Zunftmeistern, Vertretern der *Landstände* und wer weiß was für Besuchern – Menschen, wie sie überall dort anstanden, wo es etwas zu entscheiden galt.

Allein zehn Räte, fünf Sekretäre und für jeden von ihnen ein Registrator, ein Renovator und mehrere Kammerschreiber hielten die Angelegenheiten der Markgrafschaft am Laufen. Man registrierte aus allen Teilen des Landes die Stadt-, Allmenden- und Gemeindeabgaben, Wein- und Gewerbeakzise, Abgaben für Vieh und Fleisch bei Hausschlachtungen und Dienstbarkeiten, die keiner der Besucher im Einzelnen auseinanderhalten könnte. Die Markgrafschaft brauchte Geld und konnte es sich nicht leisten, einen auch noch so geringen Flecken, einen noch so kleinen Beitrag zu übersehen.

Ein bedeutsam dreinschauender Rat führte die beiden Besucher zu Gobert von Weißenburg, dem Rentmeister, der alle Geldgeschäfte im Auge behielt, bis der junge Philibert selber in die Zügel greifen konnte.

„Ihr seid uns stets willkommen, Durchlaucht. Falls Ihr im Schloss logiert, brauchtet Ihr Euch den mühsamen Weg zu mir nicht zumuten. Ihr hättet selbstverständlich jederzeit nach mir rufen lassen können", wandte er sich schmeichelnd an Pater Engelbert.

„Lasst gut sein, Rentmeister", wehrte der Pater bescheiden ab. „Ich komme vorab in Angelegenheiten, die diesen jungen Herrn hier betreffen", deutete er auf Jakob neben sich. „Mijnheer van Nienpoort tritt das Erbe des Hauptschiffers Ridinger an und wird drüben im Tal das markgräfliche Holz schlagen und zu Wasser bringen. Er wird der vierte Mann der Schifferschaft und braucht dazu Euren Segen."

„Euer Name klingt fremd, seid Ihr aus den Niederlanden?", wandte sich der Rentmeister mit bedenklichem Ton an Jakob.

Das klang alles andere als nach einem wohlwollenden Einstieg. „Ich war schon als Kind Untertan des Hauses Baden, aber geboren wurde ich in der Tat in der Stadt Dordrecht. Nennt mich einfach Jakob Hassler. So kennt mich jeder im Tal von kleinauf." Dabei nahm er allen Mut zusammen, um dem prüfenden Blick seines Gegenübers standzuhalten.

„So, so, in Dordrecht geboren, aber doch einer aus unserer Grafschaft", setzte der Rentmeister sein Verhör fort. „Seid Ihr denn gottesfürchtig und kennt Euch in der Heiligen Schrift aus?" Aber Gobert von Weißenburg erwartete offenbar keine

Antwort, denn er fuhr geradewegs fort. „Nun, das mag Eurer Eingabe so oder so nicht im Wege stehen, vielmehr werden wir unsere Zustimmung vom Wort Eures fürstlichen Begleiters abhängig machen und nicht von Eurem Glauben."

Der Rentmeister wandte sich an den Pater. „Durchlaucht, Ihr habt in den zurückliegenden Jahren bedürfnislos und mit gläubiger Hingabe unserer Kirche gedient. Auf eine standesgemäße Apanage habt Ihr verzichtet. Seht es mir nach, den Hauptschiffer Ridinger kenne ich nicht, aber ich weiß natürlich um die weit reichenden Geschäfte und ..." er lächelte verschmitzt, „... um unseren grundherrlichen Anteil an dem Holzgeschäft. Ich kann nicht sehen, warum dieser aufrechte Mann, für den Ihr das Wort einlegt, nicht der Gesellschaft beitreten sollte – vorausgesetzt Ihr bürgt für ihn."

„Ich habe dem verstorbenen Hauptschiffer Ridinger die Augen zugedrückt und gebe Zeugnis darüber, dass aller Besitz an die Schwester überging, die nun das Geschäft in die Hände dieses Mannes legt", beteuerte Pater Engelbert feierlich.

Aber so rasch war die Angelegenheit nicht abzuhandeln und der alte Herr führte Jakob die Pflichten seiner neuen Aufgabe vor Augen. „Was das Gefälle und die Gerechtigkeit betrifft – kennt Ihr Euch da aus? Jedenfalls hat es mit den Herren Hauptschiffern in dieser Angelegenheit nicht gerade gut geklappt. Säumig waren sie und es gab falsche Angaben. Ich baue jetzt darauf, dass Ihr Eurer Pflicht besser nachkommt. Ihr seid doch mit den Abgaben vertraut?", wiederholte der Rentmeister in mahnendem Ton.

„Im Allgemeinen schon", versuchte der Gefragte die gute Stimmung im Raum aufrechtzuerhalten. „Im Einzelnen ..., nein, die Abgaben im Einzelnen sind mir nicht bekannt."

„Schaut nur nicht so gottergeben drein, junger Handelsmann, denn ein solcher seid Ihr fortan. Tut nur nicht so harmlos. Meint Ihr, ich weiß nicht, was man hinter unserem Rücken so alles spricht? ‚Der Herr hat's gegeben – und das Schloss hat's genommen' ..., so sagt man doch bei Euresgleichen, stimmt's?"

Mit einem kurzen glucksenden Kichern schien Gobert von Weißenburg selber Vergnügen an dem Spruch zu finden. Doch dann wischte er das Thema mit einer entschiedenen Handbewegung vom Tisch.

„Nun, wie dem auch sei, insgesamt sehe ich Euer Anliegen nicht gefährdet. Schaut Euch derweil in der Stadt um. Eure Pferde könnt Ihr hinter dem Gasthaus zum Salmen unterbringen. Innerhalb von drei Tagen will ich Euch unsere Entscheidung mitteilen", und zum Pater gewandt, fuhr er fort: „Ihr, Durchlaucht, werdet in Kürze nach Speyer aufbrechen." An die vornehme Anrede konnte sich Jakob immer noch nicht gewöhnen. Der ältere Freund gehörte zum Hochadel, war nicht länger einer von ihnen und stieg auf eine andere – wenn man so will höhere – Stufe.

„Auf Euch wartet schon ungeduldig Bischof Rudolf von Frankenstein und ich füge noch hinzu, dass Euch die Führung der Speyerer Dompropstei anvertraut werden soll. Zudem werdet Ihr zu einem der sechzehn ständigen ‚Assessoren' im Reichskammergericht ernannt, so wenigstens ist mir übermittelt worden." Der Rentmeister läutete und ein Sekretär überreichte dem jungen Prediger das umständlich gefaltete und versiegelte Bestallungspapier.

„Wie denn, bin ich fortan als Propst dem Bischof zugeordnet und zugleich als Assessor dem weltlichen Gericht?" Pater Engelbert fand sich in den Verfügungen, die er soeben ausgehändigt bekam, nicht zurecht.

„Eure Berufung ist delikat, das steht außer Frage", gab der Rentmeister zurück. „Als Dompropst werdet Ihr mit den Gläubigen zu tun haben. Ihr wisst ja, Speyer ist mehrheitlich reformiert. Was aber die Aufgaben im Reichskammergericht betrifft, so habt Ihr recht, dass es rein weltlicher Natur ist, aber Ihr untersteht Kaiser Karl V. und der wird dafür sorgen, dass die Angelegenheiten des höchsten Gerichtshofs im Reich – ebenso wie seine Assessoren – keinen Schaden nehmen."

Das Gespräch hatte nicht lange gedauert. Draußen vor dem Kanzleigebäude trennte sich der Pater von Jakob und Thomas. Es war ein herzlicher Abschied. Während der neue Dompropst den Florentiner Berg hinaufritt, um zum Schloss zu gelangen, drehte er sich noch einmal um: „Vergiss nicht, Jakob, du musst rasch beim Bischof vorsprechen. Es sieht nicht gut aus, wenn du deinen Besuch zu lange hinauszögerst."

Beim Gang durch Baden schauten Jakob und Thomas neugierig die Vielzahl von Gaden an, die rund um die Stiftskirche und entlang des Marktplatzes aufgereiht standen. Bäcker, Metzger, Müller, Ziegler, Wollweber, Tuchmacher und Goldschmiede boten Waren an, die säuberlich aufgestapelt zum Kauf anregten.

Schließlich landeten sie vor der Herberge zum Salmen. Zu Thomas' großer Freude gab es neben den fünfzehn Schlafkabinen an die fünf Duzend Badekästen, sodass er sich vornahm, das Heilwasser ausgiebig zu nutzen.

Der Wirt allerdings war unfreundlich und gab mit einer Handbewegung zu verstehen, dass die beiden Gäste ihre Pferde allein versorgen sollten. Anschließend wurden sie mit vier anderen Männern in eine Stube verfrachtet, die lediglich über klapprige Holzpritschen verfügte. Die Strohsäcke darauf hätten längst einmal neu befüllt gehört.

Als Jakob und Thomas am Abend auf das Essen warteten, dauerte es lange, bis der erste Gang aufgetragen wurde. Ehe nicht alle Gäste saßen, wollte sich der Knecht nicht in Bewegung setzen. Schließlich zählte er die Anwesenden durch und trug nach geraumer Zeit eine Fleischbrühe mit Brotstücken herein. Der Wein war wässerig, wahrscheinlich gepanscht. Es folgte ein angewärmtes Salzfleisch, über das etwas Brei verteilt worden war. Braten und gesottener Fisch machten nur kurz die Runde, denn der mürrische Knecht räumte alles schnell wieder ab. Keiner der Gäste sollte in die Versuchung geraten, unnötigerweise noch einmal zuzulangen.

In der Nacht war kaum an Schlaf zu denken. Die ungewohnten Rufe der Scharwärter ließen die Freunde immer wieder aufschrecken. Schlimmer aber war das Röcheln, Stöhnen und Schnarchen der Bettnachbarn, die ihren täglichen Lebenskampf hier im Traum noch einmal austrugen.

Am dritten Tag schließlich erhielten sie die Nachricht, dass Jakobs Gesuch stattgegeben war – soweit dem Segen der bischöflichen Residenz nichts im Wege stand. Endgültig aber konnte das Holzgeschäft des verstorbenen Ridinger erst auf Jakob Hassler übergehen, wenn Speyer sich gleichfalls einverstanden erklärte. Noch am gleichen Nachmittag sattelten die beiden Freunde ihre Pferde, um schnell heimzukommen.

Tags darauf trafen sie wieder im Tal ein. Die Flößer grüßten verlegen und wirkten verunsichert. Sie standen herum und unterhielten sich halblaut. Ein junger Ferge ging auf Jakob zu und erklärte aufgeregt, dass Hauptschiffer Hannes Heller bereits gestern aufgekreuzt sei. Er habe herumgeschrien und ihnen befohlen fortan für ihn zu arbeiten. Sie sollten sich gefälligst tummeln und nicht etwa darauf hoffen, dass der nichtsnutzige junge Hassler sich aufplusterte.

Jakob schaute sich in der Runde um. „Wo ist denn Ernst Knoll?", frage er, ohne auf die Erklärungen näher einzugehen. Die Männer blicken zu einem hell lodernden Lagerfeuer. Dort sah er ihn endlich in Gesellschaft von zwei weiteren Gestalten. Die drei Männer zechten fröhlich und hatten einen gehörigen Rausch. Als Jakob näher heranritt, stand Ernst auf, schwankte und raunte ihm verschwörerisch zu: „Schau, dass du weiterkommst, Jakob. Lass mich noch für eine kleine Weile in Ruhe. Von mir aus schrei mich nachher an, soviel du willst, aber jetzt kümmere ich mich erst einmal um diese zwei Halunken. Ich sorge dafür, dass sie bechern was das Zeug hält. Es ist sogar jemand unterwegs, um mehr Wein zu holen. Du wirst sehen, es klärt sich alles später auf ..." und damit schwankte er wieder zurück zum Feuer und grölte lauter als nötig. Dabei schenkte er den beiden Fremden kräftig nach.

In diesem Augenblick tauchte ein Junge auf und schwenkte feixend zwei volle Krüge durch die Luft.

Jetzt drangen die Flößer von allen Seiten auf Jakob ein und schwatzten aufgeregt durcheinander. Als sich einer schließlich Gehör verschafft hatte, erklärte er das rätselhafte Treiben.

„Die Sache ist wie folgt: Die beiden Männer dort drüben gehören zu Hannes Heller. Als der Hauptschiffer wieder weggeritten war und die zwei zurückließ, hatten sie ihm hinterhergeflucht und etwas von einem Feuerteufel gefaselt. Da hat Ernst Knoll gleich aufgehorcht. Er hat sie mit Wein abgefüllt und wie ich ihn kenne, wird es nicht mehr lange dauern, dann hat er sie ausgequetscht wie zwei faule Birnen. Irgendetwas wissen die beiden von dem Brand und während er sie volllaufen lässt, wird Ernst aus ihnen herausholen, was sie wissen." Die Leute rieben sich vergnügt die Hände und Jakob hatte plötzlich Verständnis dafür, dass alle Augen auf dieses Schauspiel gerichtet waren. Da hielt es keinen mehr bei der Arbeit.

Nicht lange, und Ernst kam schwankend und mit rotem Kopf wieder zurück. „Leute …", rief er schon von Weitem und schwankte bedenklich. „Leute, die Sache hat sich aufgeklärt. Der Hauptschiffer Heller hat die Hände im Spiel gehabt. Er hatte Schick- … Schickinger und dem Sprauer gesagt, … na also … die waren wohl in seinen dreckigen Plan eingeweiht, aber sie haben nur gemeint, dass sie sich raushalten würden. Es wäre besser, wenn einer davon was weiß und nicht alle drei. Dann hat der Heller zwei Auswärtige aufgetan, die ihm in der Nacht … naja, sie haben Feuer gelegt und von den beiden anderen … war keiner mehr gesehen worden. Der eine dort hinten am Feuer hat mitbe...kommen, wie der Heller Fackeln und Öllichter dabei hatte und er hat mit den anderen die Köpfe zusammengesteckt. Am nächsten Morgen hat der Heller nach Rauch gestunken wie eine verkohlte Sau und sein Mantel war voller Brand … löcher … Kein Zweifel also, dass er die ganze Teufelei angezettelt hat. Diese beiden jedenfalls waren ganz sicher nicht dabei!"

Ernst war zwar sternhagelblau und er sprach langsam und musste aufpassen, dass sich ihm die Zunge beim Reden nicht in den Weg stellte, aber er schaute voller Stolz in die Runde. „Nun Jakob, bist du immer noch mit Groll an...gefüllt? Ich sage dir, das war die Sache wert. Dem Hannes Heller jedenfalls kannst du nicht über den Weg trauen und die anderen beiden Haupt... sch...iffer … die … sind am Ende nicht besser! Diese hier kannst du ihren Rausch aus...schlafen lassen", und dabei zeigte er achselzuckend auf die zusammengesackten Gestalten am Feuer. „Die fühlen sich selber nicht wohl in ihrer Haut. Ich glaube sogar irgendwie haben sie ein schlechtes Gewissen, sonst wären sie nicht so gesprächig gewesen. Und jetzt schick mich besser heim. Morgen kannst du mir von mir aus alles …, heute bringt das nichts mehr."

In einem solchen Zustand hatte Ernst Knoll noch keiner gesehen und trotz der bestürzenden Nachricht gab es einige, die hämisch feixten. Alle klopften ihm bewundernd auf die Schultern. Einigen Männern kullerten die Tränen in ihre Bärte und Thomas packte den benebelten Helden schließlich auf ein Pferd, mit dem man den Vorarbeiter in seine Hütte verfrachtete.

„So Leute, lasst es gut sein und jetzt ...", Jakob hatte nicht vor, die Arbeit für heute als beendet zu erklären, aber er kam nicht weiter.

In wildem Gezappel kam ein Mann den Weg heraufgeritten. Im raschen Trab hüpfte und schaukelte der Reiter in seinem Sattel hin und her. Schon bald erkannte man den Hauptschiffer Heller. Die düstere Gestalt wirkte in ihrem wehenden Umhang wie ein rachsüchtiger Dämon. Die flatternde Figur hielt die Zügel zu hoch und zerrte daran herum, als müsse man sich an ihnen festhalten.

„Geh zurück zu deiner Mühle, Jakob Hassler", schrie Hannes Heller schon von Weitem. „Lass die Leute in Ruhe und stifte keinen Aufruhr, sonst werden wir dir die Hammelbeine lang ziehen. Hast du nicht mitbekommen, was auf der Rügung beschlossen wurde? Die Arbeit im Holz verteile ich und sonst keiner, ist das klar!?"

Der Hauptschiffer wollte rasch und endgültig die Angelegenheit für sich entscheiden. Ganz herrisch suchte er Jakob und die übrigen Männer einzuschüchtern. Er war jetzt knapp dreißig Jahre alt und wirkte mit seiner gedrungenen, kräftigen Statur und seinem schwarzen ungleich wachsenden Bart teuflisch und furchterregend.

„Du Satan, pack deine besoffenen Leute ein und solltest du wieder einmal vorbeikommen, dann klopf an meine Tür und frage höflich, ob du eintreten darfst." Jakob wollte sich abwenden, drehte sich aber wieder um. „Ach ja, und dass ich's nicht vergess, hier magst du die markgräfliche Verfügung einschauen, mit der ich fortan für Ordnung sorgen werde, die du heute bei uns auf den Kopf gestellt hast ... aber was sag ich ... vielleicht kannst du gar nicht lesen. Lass dir doch das Pergament vom Rentmeister vorlesen." Jakob faltete sein Schreiben mit übertriebener Sorgfalt wieder zusammen und steckte es in die Gürteltasche.

Die Anrede ohne jede Form, das ‚Du' so herablassend zurückgegeben, das alles rief bei Hannes Heller eine Art Schreckhaftigkeit hervor. Man sah dem Reiter geradezu an, dass er Zeit suchte, um sich eine angemessene Antwort zurechtzulegen, aber ihm schien nichts einzufallen. Er wendete sein Pferd und trat ihm in die Weichen, dass es mit den Vorderläufen hochstieg. So schnell wie der Hauptschiffer auf Jakob und die Flößer zugeritten war, so kopflos galoppierte er jetzt fort von diesem vermaledeiten Ort.

„He, Hauptschiffer", schrie einer der umstehenden Männer übermütig. „Ihr habt etwas vergessen. Nehmt Eure besoffenen Leute mit oder sollen wir sie für euch einmal kräftig ins Wasser tauchen?"

Der Reiter mochte nicht mehr alles mitbekommen haben. Er war auf und davon und alles andere war ihm bei der Blamage auf einmal nicht mehr wichtig.

Die Männer waren jetzt außer Rand und Band. Sie johlten. „Heute gibt es mehr zu lachen als sonst im ganzen Monat. Das ist ein gewaltiger Spaß. Dem Heller haben wir es richtig heimgezahlt."

Jetzt schüttelte man Jakob die Hände. Endlich waren die Dinge so gerichtet, wie sie alle es erhofft hatten. Ihr neuer Brotherr war Hoffnungsträger und im Überschwang der Gefühle schworen sie sich, dass sie ihm immer treu zur Seite stehen würden.

„Schluss jetzt Leute, zurück an die Arbeit. Ihr habt's gehört. Ich bleibe und ich werde mein Versprechen halten. Der Hof wird wieder aufgestellt und Ihr seid in Lohn und Brot." Dabei wusste keiner von ihnen wie sorgenvoll Jakob nach vorn schaute. Wie sollte eine Schifferschaft nutzbringend Handel treiben, wenn die vier Gesellschafter in bitterem Streit lagen?

Es hatte keinen Zweck, wenn Jakob Klage gegen Hannes Heller führen würde. Wer wusste schon, welche Halunken letztendlich die Fackeln auf die Dächer des Ridinger Hofs geworfen hatten. Hannes Heller hätte sich herausgeredet und Wendel Schickinger und Heinrich Sprauer hätten mit Empörung auf eine solche Unterstellung reagiert. Womöglich hätten sie für ihn einen falschen Eid abgelegt. Nein, Jakob wollte erst einmal Ruhe in die Angelegenheit bringen.

„Lass uns nicht überhitzt handeln. Für den Augenblick mag es für uns sogar vorteilhaft sein, wenn der Heller die Hosen voll hat. Schließlich weiß er nicht, ob wir Beweise über seine Gaunerei in der Hand halten", sagte er zu Hanne. Diese zog ihre Truhe hervor und antwortete: „Schau jetzt erst einmal, dass du den Hof und das Holzgeschäft wieder in die Reihe bringst, Jakob", und sie fügte hinzu: „Jetzt brauchst du erst einmal Münzen. So, wie sie in diesem Winter herausfließen, sollen sie sich auch wieder vermehren. Wenn die Truhe für das Silber eines Tages nicht mehr reicht, so wär's schon recht."

Jakob Hassler hatte jetzt für viele rechtschaffene Männer Arbeit zu vergeben. Er plante zu Beginn des Frühlings stromabwärts zu flößen und wer nicht ins Holz wollte, konnte Thomas Kemper helfen, den neuen Hof aufzurichten.

Für die ersten Tage meinte es das Schicksal gut mit dem Neueinsteiger. So trübe und nasskalt es in diesen Wochen auch war, für „Mijnheer" Jakob schien die Sonne. Schon drei Wochen, nachdem ihm das markgräfliche Haus die Einwilligung zum Flößergeschäft gegeben hatte, waren es mehr als drei Dutzend Männer, die er mit dem Haubeil in den Wald schickte. Er war die Lichtgestalt, auf die alle setzten. Welche Richtung der neue Brotherr auch immer vorgab, jeder wollte jetzt mitmarschieren.

Ihm aber blieben die Sorgen erhalten. Recht bald schon war der Entschluss in ihm gereift, seine Geschäfte vorläufig ohne die drei übrigen Hauptschiffer voranzutreiben. Wo stand geschrieben, dass einer nicht ohne den anderen flößen dürfte? Er wollte sich alleine seine Ware zusammenstellen und als Erster den Rhein hinuntertreiben lassen. Vor allem aber würde kein anderer mithalten, wenn er alles auf eine Karte setzte und bis nach Dordrecht flößte. Die anderen Hauptschiffer würden ihm bei einem solchen Himmelfahrtskommando ganz sicher nicht die Hand reichen.

Bald jedoch beunruhigte ihn das große Rad, das er jetzt drehte. Es waren so viele Menschen, bei denen er im Wort stand. Sie alle wollten essen, Familien ernähren und irgendwann auch ausgezahlt werden. Täglich flossen Münzen irgendwo hin, aber keine zu ihm zurück.

Es hatte sich einfach so ergeben, dass sich ihm so viele Hände entgegengestreckt hatten. Der eine war ein alter Bekannter aus dem Tal, ein anderer war Durchreisender, der den Eindruck machte, kräftig zupacken zu können, und ein Dritter wurde ihm von irgendwoher aufgeschwatzt. Jakob hatte sich übernommen. Wie sollte sich das alles am Ende rechnen? Zugleich gab es keinen Hof, keine feste Bleibe, weder Landwirtschaft noch Vorräte.

Die Schatztruhe der alten Hanne leerte sich erschreckend schnell und es würde bald die Zeit kommen, dass Jakob die Leute nicht mehr verköstigen konnte. Der Weg vom Holzeinschlag bis zu dem Tag, an dem das Geld den Rhein heraufgeschafft wurde, war lang. Irgendwie hatte er zu viele helfende Hände. Rasch musste er Holz verkaufen und zugleich sein Risiko im Auge behalten. Einen Teil der ersten Fracht würde er schon in Worms oder Bingen losschlagen und nur den Rest für Dordrecht zusammenbinden. Jenes Holz aber musste von bester Qualität sein. Dort war der Gewinn auch am höchsten.

Jakob wusste, dass die Niederländer für hochwertige Ware besonders gut bezahlten. Für den Bau von Häuserwänden oder Dachgiebeln und als Borte eigneten sich Tanne und Buche. Für den Schiffsbau wiederum war besonders Eiche gefragt, weil das Holz fest und haltbar war. Die Werften waren gierig nach all dem wertvollen Material, das es am Unterrhein nicht hinreichend gab.

Vor einigen Tagen hatte Jakob mit Ernst Knoll seine Sorgen besprochen, der gleich mit einem brauchbaren Vorschlag kam. Er selber wollte schon am nächsten Tag nach Steinmauern reiten und beim Dorfschulzen anfragen. Der hatte vor einigen Monaten seine Tochter geheiratet und war nun sein Eidam. Auf diese Weise würde Ernst erfahren, wie weit die Pläne der anderen Hauptschiffer dieses Jahr gediehen waren und ob sie womöglich früher als Jakob flößen könnten. Die Gelegenheit, dabei die Tochter wieder einmal zu sehen, mochte diesen Vorschlag beflügelt haben.

Vier Tage später konnte Ernst bereits von den Neuigkeiten berichten, die er an der Mündung zum Rhein erfahren hatte.

„Noch rührt sich in Steinmauern nichts, aber man sagte, dass anderswo schon Wiedenstämmchen gedrillt werden. Man hat schon angefragt, wann man die ersten Gestöre dort festmachen könnte."

„Das klingt nicht gut, Ernst, wir sind noch nicht soweit. Selbst den neuen Riesen haben wir noch nicht fertiggestellt. Wenn die Dinge schlecht laufen, wird ein anderes Floß vor uns den Rhein hinabschwimmen." Jakob war die Sorge deutlich ins Gesicht geschrieben. In diesem Frühjahr musste sich zeigen, wer künftig die Spielregeln vorgab.

„Denkst du, ich bin so weit geritten, um dir nichts besseres aufzutischen?" Ein Lächeln spielte um seine Mundwinkel. „Mein Tochtermann kann nämlich die Dinge für uns steuern. Ich habe ihm Holz von vier Gestören angeboten, wenn er uns als Erste den Platz zum Einbinden des Floßes vorhält. Er hat gern eingeschlagen, wenn wir bis Trinitatis vom Ufer abstoßen.

Umständlich zerrte er dabei seinen Flößersack vom Pferd herunter.

„Das werden wir nicht schaffen, Ernst. Wir haben noch lange nicht genug Holz geschlagen und es fehlt an Pferden für das Rücken der Stämme." Wie sollte man in den wenigen Wochen bis Trinitatis diese Arbeit bewerkstelligen, ganz zu schweigen von dem Einbinden des großen Floßes. „Nein, wir werden unsere Stämme wohl oder übel hinter den anderen Flößen her schwimmen lassen müssen", resümierte er. „Auf jeden Fall hast du dein Bestes getan und dafür will ich dir danken."

Noch am selben Abend hatte die Nachricht bei den übrigen Männern die Runde gemacht. Sie alle wussten nun, dass die Umstände nicht günstig waren, dass sie für einen Neueinsteiger schufteten, der auf wackeligen Beinen stand und noch nicht einmal vom Bischof in Speyer seinen Segen bekommen hatte. Sollte man sich den Weg zu einem anderen Brotherrn offen halten, der nicht so leicht absaufen würde wie Jakob? Immerhin war es riskant, auf diesen jungen Grünschnabel zu setzen, der am Ende vielleicht nur Versprechungen parat hatte.

In dieser Nacht schlief Jakob schlecht. Die alten Geldsorgen tauchten wieder auf und der Gedanke, dass die drei übrigen Hauptschiffer ihn ausbooten würden, noch ehe er einen ersten Dukaten verdient hatte, ängstigte ihn. Irgendwann stand er auf und wanderte hin und her, aber die Beklemmung blieb.

Als er am folgenden Morgen selber ins Holz gehen wollte, standen die Männer schon vor der Tür – auch die Rotte von Ernst Knoll.

„Ihr seid früh dran, Leute", stellte er erstaunt fest. „Was treibt euch schon vor dem Tag aus dem Stroh?"

Die Antwort gab ihm Ernst Knoll. „Wir haben die Sache unter uns besprochen, Jakob. Wir schieben unser erstes Floß bis Trinitatis in den Rhein. Dem Heller wollen wir es heimzahlen. Wir sind uns einig, dass wir schaffen, was das Zeug hält. Nur den Tag des Herrn werden wir mit der Arbeit anhalten. Und wir müssen Männer besorgen, die den Riesen so fertigstellen, dass wir die Stämme noch vor Ostern den Hang hinunterschießen lassen, mitten hinein in die Wasserstuben. Nach dem Fest lassen wir die Gestöre bis Steinmauern treiben und dort bleib ich dann zurück. Es gibt genug Hände den Rhein entlang, die ich anwerben kann."

„So ist es!" Die Leute nickten zustimmend. „Hauptschiffer Heller, dem Saukerl, machen wir heuer einen Strich durch seine Rechnung – und dem Schickinger und Sprauer auch."

Die Entschlossenheit der Leute überraschte Jakob. Besonders erstaunt aber war er über die Wandlung von Ernst Knoll. Noch vor Kurzem hatte der gezögert, sah Hürden und Hindernisse hinter jeder Biegung und nun riss er die ganze Mannschaft mit. Wahrscheinlich war er es sogar, der sie in diesen Überschwang hineingeredet hatte. Wer wusste, wie lange die Zuversicht anhalten würde?

„Wohlan, wenn Ihr's so wollt, dann lasst uns in die Hände spucken. Gehen wir gleich heute an die Arbeit", gab Jakob nüchtern zurück.

Es wurden Tage und Wochen, die alle Kräfte abforderten, aber was kann der Mensch nicht alles leisten, wenn er aus eigenem Antrieb handelt. Als der alte Ridinger noch die Arbeiten verteilte, hatten sich seine Leute dumpf und gottergeben zu den Hauen aufgemacht. Niemand dachte daran mehr zu schaffen als das vorgegebene Maß. Das Ergebnis interessierte im Grunde keinen. Jetzt aber standen sie einem Mann gegenüber, der sie an seinen hochfliegenden Plänen teilhaben ließ. Noch gestern hatten viele von ihnen geschwankt, ob der neue Brotherr vor ihren Augen unterging. Heute hingegen packte sie alle der Glaube an die gemeinsame Sache. Nun gut, Jakob saß nicht fest im Sattel, aber er gab doch Hoffnung. Er fasste sie bei der Hand und steckte die Wegstrecke ab, die vor ihnen lag.

Gleich nach dieser Entscheidung hatte Jakob einige Änderungen vorgenommen. Die Arbeiten am Neubau des Hofes wurden eingestellt. Die Frauen bereiteten alles Essen in der Mühle vor und brachten es zu den Einschlagplätzen. Schließlich hatte Thomas weiter unten aus den Dörfern um Pforzheim drei Ochsengespanne aufgetrieben und deren Besitzer nach einigem Hin und Her zur Mitarbeit überreden können. Die Ochsner mit ihren Tieren kosteten ihr Geld, aber die große Kraft der stoisch trottenden Gesellen erhöhte die Tagesleistung erheblich. Als die Stämme dann nach Ostern über den 2000 Fuß langen Riesen den Hang hinuntersausten, gleichzeitig Pferdegespanne von den Seitentälern her weitere Fuhren zum Fluss brachten, wuchs in Jakob die Hoffnung, dass sich all das Mühen am Ende lohnen würde.

In diesen Wochen summte es vor Geschäftigkeit im Tal. Überall wurde geschlagen, entästet, gezogen und gezerrt. Holz wurde gerückt und es lebte und bebte die Hänge hinauf und herab. Selbst kräftige Jungen kamen zum Einsatz, hielten die Bähöfen in Gang und drillten junge Wieden, um später die Stämme zusammenbinden zu können.

Ernst Knoll hatte sich schon längst auf einem der vielen Gestöre nach Steinmauern aufgemacht. Täglich flößte eine Mannschaft dorthin und kam zwei Tage später zu Fuß wieder im Tal an. Ja, es ging gut voran in Steinmauern, berichteten sie, aber es gab auch Streit mit den anderen Hauptschiffern, die den Braten jetzt gerochen hatten. Sie wollten Einspruch bei der Markgrafschaft erheben, weil das Flößergeschäft nur gemeinsam zu betreiben sei.

„Das mögen sie nur versuchen", donnerte Jakob aufgebracht zurück. „Erst verkünden sie laut, dass ich ihnen nicht in die Suppe spucken soll und dann drehen sie die Geschichte anders herum und fühlen sich abgehängt. Jetzt nutzen wir die Strömung und die Herren Gesellschafter mögen selber sehen, wo sie bleiben."

Einige Tage vor Ostern hatte er schließlich Endres Schwentendorf beiseite genommen. „Für dich geht es morgen zurück ins Niederländische, hörst du. Nimm deinen Weg über den Rhein und besorge dir dafür in Steinmauern einen Kahn. Wir haben hier keine Pferde übrig. Spute dich. Du wirst dich bis nach Dordrecht treiben lassen. Erkläre meinem Bruder, dass wir nicht lange nach Trinitatis bei ihm anlegen. Er soll das Holz schon jetzt verhandeln und an den Mann bringen. Sage ihm, dass ich mitkomme und alles weitere mit ihm selber bespreche. Vor allem werden es Tannen-Starkholzstämme sein – im Mittel siebzig Fuß lang und mit einem Zopfdurchmesser von eineinhalb und zwei Fuß. Einige Bäume sind aber auch doppelt so breit. Dann werden wir besonders gute Eichen- und Eschenstämme als Oblast mitführen, und wir erwarten für dieses Holz einen doppelten Erlös, hast du alles verstanden, Endres?"

Der Auftrag war ganz nach dem Geschmack des jungen Knechts. Auf sich allein gestellt würde er mit einer wichtigen Nachricht den Rhein hinabrudern. Man würde zu ihm aufblicken – sowohl hier wie auch in Dordrecht.

Aber jetzt stellten sich immer größere Hindernisse in den Weg. Das winterliche Wetter wollte sich nicht davonmachen und die Unglücksfälle häuften sich. Am härtesten traf es die Männer in den Einbindebuchten. Das lange Stehen im Wasser warf auch die Gesündesten unter ihnen dann und wann auf das Lager. Die Nässe durchdrang die langen Stiefel, stieg die Kattunhosen hoch und ließ die Glieder steif werden. Es stärkte die Gesundheit, behaupteten die einen; es schädigt sie, meinten die anderen.

So stakten und schoben die Hauer und Flößer, banden Holz zusammen und schon beim nächsten Stamm, der ins Wasser rollte, hieß es wieder nachsteigen, drehen, wenden und Wieden einbiegen bis ein neues Gestör für die lange Reise fest genug zusammengebunden war.

Pater Engelbert hatte den Rhein schon früh am Morgen überquert und war am Morgen an Germersheim und Lingenfeld vorbeigeritten. Ab hier war die Bischofstadt Speyer auszumachen. Die Silhouette des Doms zeichnete sich im Dunst des Horizonts ab. Furcht spürte er dieses Mal nicht. Das weite Land war hier stark besiedelt und für Überfälle schlecht geeignet.

Am frühen Abend ritt er durch das Rheinburger Tor in die bischöfliche Residenz ein und wurde von zwei Stadtknechten misstrauisch inspiziert. Schließlich ließen sie den Pater durch und so ritt er durch die belebten Gassen bis zum Domplatz.

Er kannte sich hier nicht aus, fand aber schon bald seitlich des Gotteshauses den prächtigen Wohnsitz des Bischofs. Als er durch die schwere Eisentür eingetreten war und sich in dem Innenhof umsah, war die beschauliche Ruhe wohltuend. Der geschäftige Lärm der Straßen wurde unvermittelt vom leisen Plätschern eines Brunnens abgelöst. Dieses Refugium hielt Abstand zu der geräuschvollen Welt da draußen.

Über Marmorböden gelangte Pater Engelbert in eine sechseckige Halle. Zwei Wächter in Wams und Pluderhosen gekleidet und mit unhandlichen Hellebarden waren vor mächtigen Flügeltüren postiert, die nahe zu den reichen Verzierungen der Stuckdecke hinaufreichten.

Durch eine Seitentür trat ein einzelner geistlicher Würdenträger herein, in dem Pater Engelbert den Vertreter der Kurie bei den jährlichen Rügungen wiedererkannte. Ja, es war Abt Bonifatius, der den Gast abfällig musterte. Sein vorwurfsvoller Blick ließ keinen Zweifel daran, dass er den staubigen Aufzug des Besuchers missbilligte.

„Da habt Ihr endlich den Weg zu uns gefunden. Vielleicht solltet Ihr Euch erst einmal herrichten, ehe Ihr Eure Aufwartung macht", rügte der Abt. „Es wird kein leichter Besuch für Euch werden. Nun denn, wir wollen sehen, wie der hochwürdige Bischof Euren Fall bewerten mag. Allein, ich fürchte, dass Ihr nicht ohne Weiteres vorgelassen werdet. Die Zeit Philipp von Flersheims ist bemessen und Ihr werdet wohl am Ende auf meine Fürsprache hoffen müssen." Der Abt spielte seine Macht aus, wollte Beklemmung hervorrufen und endlich heimzahlen, was ihm damals im Tal der Flößer an Prestige abhanden gekommen war.

In diesem Moment öffneten sich die Doppeltüren und ein Mann trat heraus, dem man, kaum zutrauen mochte, dass er jemals in seinem Leben gelacht hatte. Wer auf diese Erscheinung nicht vorbereitet war, erschrak über den Eindruck einer großen Düsterheit, die den massigen Menschen umgab. Das Gesicht war glatt und fleischig mit einer großen geröteten Nase. Den runden Schädel umgab ein schütterer Haaransatz. Tiefhängende Augenlider verdeckten die dunklen Pupillen. Der Hüne trug eine schlichte, bequeme Robe, aus der ein kleiner weißer Hemdkragen hervorschaute. Die taubenblauen Pantinen schlurften über den Fußboden, als habe er Angst sie beim Gehen zu verlieren. Das also war der Mann, dessen Macht so unermesslich war, dass er allenfalls vor dem Kaiser oder dem Papst sein Knie beugen musste. Aber beide waren weit und so verkörperte er die heilige katholische Kirche und ihr Gesetz auf beiden Seiten des Rheins. Als der Bischof zum Sprechen ansetzte, mochte man sich wundern, welch eine weiche, melodische Stimme diesem Bündel derber Plumpheit entsprang.

„Endlich seid Ihr da, lieber Graf. Wir erwarten Euch mit Ungeduld. Seit Beginn des Jahres ist der Posten des Dompropstes verwaist und Ihr werdet hier dringend gebraucht." Mit beiden Händen packte Philipp von Flersheim den Priester bei den Schultern und fügte, ohne diesen zu Wort kommen zu lassen, hinzu: „Da habt Ihr ja auch gleich die Bekanntschaft unseres lieben Bruders Bonifatius gemacht. Der Abt wird einer der Schutzbefohlenen sein, die ich Euch ab diesem Tage anvertrauen will. Keiner weiß so gut wie er unsere Einkünfte beisammen zu halten und sie zu mehren. Ihr werdet sehen, er wird Euch eine wertvolle Stütze sein."

Größer hätte die Überraschung des Abts nicht ausfallen können. Entgeistert trat er einen Schritt zurück und starrte fassungslos auf den neuen Dompropst. „Ihr seid ... von hohem Adel ...? Durchlaucht, ... verzeiht mir, dass ..."

„Lasst gut sein, lieber Bruder im Glauben", versuchte Pater Engelbert die Verwirrung des Abts zu dämpfen. Nun zog er sein Bestallungsschreiben hervor und übergab es dem Bischof mit einer feierlichen Geste.

Ungelesen nahm Philipp von Flersheim das sorgsam gerollte Schreiben an sich. „Ihr habt bis hierher ein Leben in Buße geführt, lieber Graf", und dabei schaute der Bischof seinem Gast warmherzig in die Augen. „Jahre hindurch habt Ihr selbstlose und demütige Nächstenliebe vorgelebt. Die Entbehrungen eines solchen Lebens zeigen uns, dass Ihr im Glauben stark seid, und so werdet Ihr von unserer Priesterschaft voller Hinwendung erwartet. Allerdings ...", der Bischof machte eine vielsagende Pause, „... das Leben in Speyer ist wohl doch ein anderes als im hintersten Winkel des Bistums. Bereitet Euch sorgfältig auf die große Aufgabe vor, die auf Euch wartet."

Dann bat er den neuen Dompropst mit einer einladenden Handbewegung in das Innere seiner Gemächer. Der Abt blieb derweil zurück – ohne dass er eines weiteren Blickes gewürdigt worden war. Man konnte nur ahnen, was in seinem Inneren vorging, als er die Lippen zusammenpresste und die Empfangshalle durch dieselbe Tür wieder verließ, durch die er gerade erst hereingekommen war.

Treibgut
Frühjahr 1549

Voller Genugtuung hörte Jakob Hassler die glucksenden Geräusche des Wassers zwischen den Streichbalken. Endlich war es soweit. Sein erster Holztransport auf eigene Rechnung trieb den Rhein hinab. Der Zustand beflügelte, versetzte ihn in einen Rausch und ließ die Sorgen des Alltags vergessen – für eine kurze Dauer jedenfalls. Nur der Augenblick zählte. Nichts lastete auf der Seele und dieser überwältigende Freudentaumel gab dem Mann ganz vorn auf seinem Floß das Gefühl der Stärke und Unverletzbarkeit.

Er schwamm mitten hinein ins Abenteuer. Tag und Nacht hatte er all seine Kraft auf die Fertigstellung des ungelenken Monstrums verwandt. Nun vertraute er es dem Wasser an. Es galt die gewaltige Last – und mehr als vierzig Menschen darauf – sicher ans Ziel zu bringen.

Jetzt kam es auf die Erfahrenen unter den Flößern an. Sie mussten das Treibgut von Uferböschungen, Sandbänken und Untiefen fernhalten und die Gesetze der Strömung, der Trägheit und der trügerischen Windböen beachten.

Die anderen drei Hauptschiffer würden frühestens in einer Woche hinterherflößen. Jakob und seine Leute hatten den Wettlauf mit der Zeit gewonnen.

Die drei Ochsengespanne aus der Gegend um Pforzheim waren ihr Geld wert gewesen. Vor sechs Tagen hatten sie sich wieder fortgemacht. Ihre Besitzer wollten sich nicht länger im Tal vertrödeln. Ja, im nächsten Winter wäre wieder mit ihnen zu rechnen, aber dann müsste ihnen rechtzeitig Bescheid gegeben werden.

Thomas Kemper war nicht mit auf die Reise gegangen. Er hatte den Auftrag, mit den Zurückgebliebenen den Wiederaufbau des Ridinger Hofs voranzutreiben.

Dem angehenden Hauptschiffer durfte bei diesem ersten Handel, den er auf den Weg brachte, kein Fehler unterlaufen. Jakob wollte auf Nummer sicher gehen. Die Oblast seines Floßes wollte er in Worms verkaufen. Ab dort würde die Fracht um die Hälfte kleiner sein. Jener Teil für Dordrecht bestand aus besonders großen Stämmen mit gutem *Zopfmaß*.

Wenn es Jakob gelänge, mit dem wertvollen Holz wohlbehalten bei Bruder Frans anzukommen, wären die Geldsorgen fürs Erste vom Tisch.

Der Fluss führte dieses Jahr viel Wasser und so ging es rasch voran. Gegen Mittag schüttete es wie aus Kübeln und die Sicht wurde zusehends schlechter. Als Orientierungshilfe wurde ein Ankerboot vorausgeschickt, um den Verlauf des *mäandrierenden* Wassers rechtzeitig auszumachen.

Mit dem letzten Tageslicht machten sie in Speyer fest. Ein Mönch löste sich aus der Gruppe der Schaulustigen und begleitete Jakob zum Anwesen des ehrwürdigen Dompropstes, der

bereits ungeduldig auf den Schutzbefohlenen aus den Jugend-
tagen wartete. Er begrüßte Jakob in großer Herzlichkeit. Das
Aussehen des einstigen Paters hatte sich seit ihrem Abschied
vor wenigen Wochen sehr geändert.

Als Leutpriester im Schwarzwald hatte der alte Freund
eine gesunde Gesichtsfarbe, gebräunt von der frischen Luft
und den langen Wanderungen im Freien. Jetzt aber sah er
blass aus und die Augenlider waren gerötet. Graf Engelbert
von Luxemburg trug ein weißes Hemd, das am Hals mit einer aufwendig plissierten Krause abschloss. Das fein gestick-
te Leinen bedeckte die Arme. Nur die Hände schauten aus
gerafften Rüschen hervor. Ein offener Umhang, der bis zum
Boden reichte, wurde am Hals mit einer Goldkette zusammengehalten.

„Euch tut der Ortswechsel nicht besonders gut, Hochwürden", stellte Jakob besorgt fest.

„Vielleicht ist die Luft rund um den Bischofsitz nicht so gesund wie bei euch im Tal", entgegnete der Dompropst vielsagend. „Auf jeden Fall bin ich sehr froh, dass du endlich gekommen bist, Jakob. Lass uns gleich morgen früh zur Andacht
gehen. Bischof Philipp von Flersheim hat sich bereit erklärt,
dich im Anschluss an die Laudes zu empfangen. Seine Exzellenz weiß bereits von deinem Anliegen. Hoffen wir also, dass er
dir nichts in den Weg stellt und du endgültig als vierter Mann
Anteil an der Schifferschaft hast."

Gleich nach einem reichhaltigen Abendessen spürte Jakob,
wie ihm die Augen zufielen und so griff er dankbar den Vorschlag auf, in der Propstei und nicht auf dem Floß zu übernachten, damit er sich am folgenden Tag in aller Herrgottsfrühe auf
die Audienz beim Bischof vorbereiten konnte.

In dem hellen Licht der Morgensonne wirkte der Kaiserdom
überwältigend. Die Größe und Schönheit des Kirchenbaus ließ
den Strom der Gläubigen winzig erscheinen. Immer wieder
bewunderte Jakob die Lysenen und Rundbögen, die figürli-
chen Plastiken auf den Steinvorsprüngen, die farbig gefassten
Fenster und hoch oben eine Zwerggalerie, die den Bau optisch

größer erscheinen ließ. Wie viele Generationen hatten an diesem Gotteshaus gearbeitet und wie viele Jahrhunderte würden Menschen auch zukünftig den Atem anhalten, um das mächtige Bauwerk ehrfürchtig zu bestaunen.

Er betrat eine Kathedrale, die den Gläubigen in Demut verweilen ließ, ihn spüren ließ, dass die Allmacht Gottes unermesslich ist, der Mensch dagegen klein und vergänglich.

Drei Kirchenschiffe verwiesen auf die Dreifaltigkeit Vater, Sohn und Heiliger Geist. Die zwölf mächtigen Stützpfeiler des großen Langbaus wiederum symbolisierten die Zahl der Apostel. Himmelwärts strebende Wände und Säulen aus gelbem und rotem Sandstein waren in ihrem oberen Abschluss als vorstehende Tellerkapitelle ausgebildet, um das Kreuzgratgewölbe mit Gurtbögen abzufangen, die das Kirchendach über der ganzen Breite des Raumes trug. In schwindelnder Höhe ließen die Bogenfenster das gedämpfte Tageslicht hereinfluten, verstreuten es als sanft leuchtendes Geflecht im Inneren des Bauwerks.

Und dann schwebte ein leiser Glockenschlag in das Innere des Kirchenschiffs herein. Ein zweiter fiel ein und noch einer und dann dröhnte es, dass die gewaltige Klangfülle die Seelen der Menschen erbeben ließ. Das Geläut trug bis weit über den Rhein und in die Dörfer hinaus, bis sich die Töne mit einem letzten leisen Klingen im Morgendunst auflösten.

Gleich darauf vernahm man eine melancholische Melodie, ganz leise erst, dann immer kräftiger. Eine hohe Männerstimme intonierte ein Madrigal. Andere Sänger fielen ein, bis die schönen, schwermütigen Töne den Dom bis hinauf zur Kuppel anfüllten.

Umgeben von Seminaristen und Messjungen zelebrierte Graf Engelbert die Morgenmesse in der Vierung des Altarraums. Erst als die Liturgie nahezu beendet war, erkannte Jakob den Bischof in seinem kostbaren Gewand auf einem ausladenden Sessel vor dem Chorgestühl.

Nach der Frühmesse kam der Dompropst auf Jakob zu, um ihn zur Audienz zu begleiten. Er führte ihn in die seitlich angebaute Afrakapelle. Philipp von Flersheim war bereits vom Reisefieber gepackt.

„Da pacem domine", der Dompropst deutete eine Verbeugung an.

„In diebus nostris", gab Philipp von Flersheim murmelnd zurück und konzentrierte sich ganz auf den Novizen, der im Begriff war, ihm die Pluviale abzunehmen. Der kreisförmige, bodenlange Mantel war mit Gold- und Silberfäden reich verziert.

Philipp von Flersheim suchte kein langes Gespräch. Mit den Gedanken bereits bei seiner Abreise, wollte er rasch abhandeln, was es zu erörtern gab.

„Das also ist der Herr des Floßes unten am Rhein. Man hat mir schon von seiner Durchreise berichtet und auch davon, dass er geschäftlich auf wackeligen Füßen steht. So ist es doch, mein Sohn, nicht wahr? Aus dem Badischen stammt er. Nun, welcher Konfession gehört er an? So, also wenigstens unserem Glauben folgt er, dann dient er der wahren Kirche und dem Kaiser zugleich. Wer das trennen will, sät Unfrieden." Und dann unvermittelt die Frage des Bischofs, mit der Jakob überhaupt nicht gerechnet hatte. „Wie will er denn verhindern, dass der Raubbau am Wald überhand nimmt?"

„Exzellenz, die Wälder sind in der Tat nicht endlos, wir haben daher einen Bestand zu wahren, denn ohne Nachzucht kann man nicht ernten. Unser Tun soll auch unseren Kindern noch zum Segen gereichen." Eine recht unausgegorene Antwort. Jakob hoffte sehnlich, dass der Bischof dieses Thema rasch verließ, denn mit seiner unliebsamen Frage hatte er genau ins Schwarze getroffen. Der drohende Kahlschlag im Schwarzwald stand allen deutlich vor Augen, aber man schaute lieber weg.

„Recht so, aber sage er nun vor allem wie er mit seinen Geschäften zum Wohle der Kirche beizutragen gedenkt." Nun kam Philipp von Flersheim auf den Punkt, ging es Jakob durch den Kopf, auf diesen Augenblick kam es an. Jetzt hieß es aufpassen, dass er mit einem weiteren Zoll hier in Speyer nicht seinen Gewinn aufs Spiel setzte, andererseits aber brauchte er das Wohlwollen des Kirchenfürsten.

„Exzellenz werden vermerkt haben, dass Steuern und Abgaben bereits in Baden abgehandelt wurden. Ich dachte, dass es Absprachen gibt – zwischen dem markgräflichen Haus und dem bischöflichen Sitz."

Philipp von Flersheim zeigte sich ungeduldig, wollte aufbrechen und nicht lange herumhandeln. Überhaupt hatte er solche unangenehmen Geldangelegenheiten stets Abt Bonifatius überlassen. Man sah ihm an, dass er nicht über Einzelheiten reden wollte – sie wohl auch gar nicht kannte. Noch ehe er sich mit einer barschen Antwort abwenden konnte, kam ihm Jakob zuvor. „Es ist meine erste Floßreise und mein erster Handelsabschluss ist noch nicht unter Dach und Fach. Ich bitte Euch daher um Aufschub der Steuereinschätzung, bis die Gewinne überschaubar sind."

„Dem Anliegen wollen wir nachkommen unter der Bedingung, dass er in Jahresfrist seine Geschäfte hier in Speyer auflegt und nicht herumrudert mit seiner Abgabenpflicht." Wieder drängte der Bischof zum Aufbruch, wollte sich entfernen, aber nochmals setzte Jakob nach.

„Auf ein Wort noch, Exzellenz, damit ich mich am Ende gegenüber der Kirche nicht der Sünde des Geizes schuldig mache …" und dabei zog er ein kleines reich besticktes Stoffsäckchen aus dem Gürtel, öffnete es und ließ einen wundervoll violett leuchtenden Amethyst in seine geöffnete Handfläche rollen. „Mit der niederländischen Handelsniederlassung unserer Familie wollen wir dem Bistum eine Gabe zukommen lassen, die Exzellenz nach eigenem Gutdünken verwenden mag."

Von einem Moment zum anderen ging in Philipp von Flersheim eine Wandlung vor. Eben noch von Unruhe und Reisefieber gepeinigt, war jegliche Spannung von ihm gewichen. Der Bischof nahm das Kleinod in die Hand, betrachtete es mit offensichtlichem Kennerblick und ließ es dann zurück in das Säckchen fallen.

„Ein großzügiges Geschenk, das er uns zukommen lässt. Sage er, ist der Handel mit solchen Pretiosen Teil seiner Geschäftätigkeit? Wir können uns vorstellen, hin und wieder solche Schätze zu erwerben", versuchte der Bischof sich vorsichtig dem Thema zu nähern.

„Nun, Exzellenz, in aller Bescheidenheit handelt es sich um nicht mehr als einen schön geformten Quarz. Ich wollte nicht den Eindruck erwecken, Euer hochherrschaftliches Wohlwollen mit Diamanten zu erschleichen. In der Tat verfügt unser Niederländisches Handelshaus über größere Mengen Edelsteine, insbesondere Brillanten, aber auch mit Silber und Gold können wir zwischen Amsterdam und dem Badischen aufwarten. Dabei versichere ich Euch, dass unsere Beziehungen zu den neuen spanischen Kolonien bereits reiche Früchte tragen. Ich werde bei meinen zukünftigen Besuchen nicht versäumen, eine Auswahl Kleinodien vorab Euch vorzulegen." Des Geistlichen ganze Aufmerksamkeit hatte sich Jakob zugewandt. Ein wohlwollendes Lächeln umspielte das Gesicht, während der Bischof seinem jungen Gegenüber die Hand zum Abschied reichte.

„Wir wissen seinen Glauben und die Opferbereitschaft zu schätzen, mit der er sich mir offenbart hat." Dann winkte er den Dompropst herbei, der sich während der Unterredung in geziemendem Abstand gehalten hatte.

„Lieber Bruder, Ihr habt mir einen hoffnungsvollen, angehenden Handelsmann zugeführt. Ich will ihn ein anderes Mal gern wieder empfangen, vorausgesetzt, seine geschäftlichen Angebote stimmen mit unseren Überlegungen überein", und zu Jakob gewandt: „Euch, junger Mann, wünschen wir Glück mit dem Holzgeschäft, in das Ihr einsteigen wollt. Haltet die Augen offen und bleibt gottesfürchtig."

Mit einer Art Segnung, wandte sich der Bischof um und verließ die Afrakapelle.

Jakob stieß einen erleichternden Seufzer aus. „Ich glaubte die Schlacht bereits verloren. Beinahe war ich schon aus diesem Paradies vertrieben, aber dann hat der Stein den Glanz herbeigezaubert, der unserem Gespräch anfangs gefehlt hatte", und dabei traten beide, Jakob und der Dompropst, in die frische Morgenluft hinaus.

„Am Ende mag es beiden zum Vorteil gereichen." Graf Engelbert von Luxemburg packte den jungen Freund schwungvoll unter den Arm. „Philipp von Flersheim kann mit deiner Hilfe an Edelsteine herankommen, die er auf dem direkten Weg über Spanien nicht einkaufen mag, allein schon deshalb, weil Kaiser Karl V. Einblick in die Geschäfte des Bischofs erlangen würde. So aber kann er ganz heimlich und leise mit deiner Hilfe sein

Vermögen nach Belieben mehren. Dir aber wird diese Verbindung ebenso helfen. Alles in allem hätte der heutige Morgen nicht besser für dich verlaufen können", fasste der Dompropst das Ergebnis befriedigt zusammen.

Als sie sich Bingen näherten, wollte Jakob dort früh am Nachmittag festmachen. Er gab vor, in die vor ihnen liegenden engen Schluchten nicht zu spät hineintreiben zu wollen. Tatsächlich aber brannte sein ganzes Herz auf eine Begegnung mit Morgana. Er wollte sie dem Gauklerleben entreißen, sie entführen und an seine Seite holen. Ein Jahr war es her, dass er sie nicht mehr gesehen hatte und so hoffte er voller Verlangen, seinen Liebestaumel in der gleichen Stadt wie damals neu zu entfachen.

Ernst Knoll begab sich gleich nachdem sie festgemacht hatten zum Stadthaus, um den Zoll auszuhandeln. Jakob aber ging seiner eigenen Wege. Schon bald wurde ihm klar, dass seine Erinnerungen in nächtlichen Träumen verfangen blieben. Es gab keinen Markttag und von einem Wagen mit wandernden Schaustellern hatte man in der Stadt schon seit Langem nichts mehr gehört oder gar gesehen. Er suchte den Weg hin zum versteckten Liebesort fernab der Stadt an einem einsamen Weiher, aber er fand sich nicht zurecht. Das Wetter war trübe und schließlich landete er frierend und durchnässt wieder auf seinem Floß.

Ernst berichtete ihm, dass man über die Abgaben hinaus bei ihm einen alten Schuldschein eingefordert hatte. Eine Zusage vom vergangenen Frühjahr, als man Kaitan Dehmel aus dem Kerker des Zeughauses auslösen musste.

„Jetzt ist es also so weit gekommen, dass wir die Laster dieses verdammten Hurensohns aus unserer Tasche begleichen müssen?", brauste Jakob wütend auf und zog sich mürrisch und niedergeschlagen in seinen Unterstand zurück. Wie anders war der Aufenthalt hier verlaufen als er es sich ausgemalt hatte. In Bingen hielt den jungen Hauptschiffer dieses Mal nichts mehr zurück.

Seit undenklichen Zeiten hatte der Rhein eine Rinne aus dem Schiefergebirge gespült. Jetzt war der Fluss gefangen, konnte nicht ausweichen, nicht willkürlich seinen Lauf bestimmen wie weiter oben in der Ebene und man mochte meinen, dass die Wassermassen sich nicht damit abfinden wollten, in die Schlucht gezwängt zu werden.

Eng war es hier und die Geschwindigkeit nahm zu. An manchen Stellen warf der Rhein mit Gischt um sich. Was kümmerte ihn das bisschen Holz und die kämpfende Mannschaft, wenn er seinen Unmut an den schmalen Durchlässen austobte. Bei St. Goar war es am schlimmsten.

Ernst Knoll holte aus den Flößern alles heraus, damit sie, abgearbeitet und übermüdet, nicht kurz vor dem Ziel nachließen. Jakob packte mit an. Noch nie zuvor hatte man einen Hauptschiffer gesehen, der selber an einer der Ruderpinnen stand und sich das Spritzwasser um die Füße spülen ließ.

Als es zu dunkeln begann, beruhigte sich der Fluss. Hinter Koblenz erreichten sie endlich ebenes Land zu beiden Seiten.

Eine weitere Woche dauerte es noch bis sie die niederländische Grenze erreichten. Jetzt würden sie bald am Ziel sein.

Hier war die Fahrt zu Ende und die Flößer stiegen endgültig von den Stämmen herunter. Nur für ein bis zwei Nächte noch wollten sie bleiben, dann hieß es Abschied nehmen. Ein Gefühl der Unsicherheit erfasste sie. Über Wochen war das Holz ein Hort der Geborgenheit gewesen, glitt als schwimmende Insel durch fremdes Land und hielt Abstand zu den Gefahren entlang der Ufer. Hier fiel die Gemeinschaft auseinander. In kleinen Trupps mussten sie ihren Weg in die Heimat suchen.

Am Ländungsplatz hatte der Handelsherr van Nienpoort genügend Knechte postiert, die halfen, das Holz aus der Strömung zu bringen und am Ufer zu vertäuen. Kleine Lagerfeuer flackerten auf, an denen man es sich bequem machen konnte. Badener und Dordrechter Knechte kamen sich näher.

Frans war ohne die Schwester zum Ankerplatz gekommen und beide Brüder umarmten sich nach der langen Trennungszeit. Dann trat der Floßmeister respektvoll heran. „Wir liefern Euch hiermit die Arbeit vieler Wochen ab, Mijnheer", und Ernst Knoll fügte hinzu: „Es ist beste Qualität. Kein Stamm ist dabei, der morsch oder faulig wäre. Ihr werdet zufrieden sein mit der Ware."

„Setzt Euch zu uns und stärkt Euch für den Anfang", lud Frans den Floßmeister ein. „Ihr werdet ebenso wie die anderen Männer ausruhen wollen ehe es zurück ins Badische geht", dabei wirkte er fahrig, schaute prüfend über das Ufergelände, wandte sich dann aber wieder Jakob zu. „Den größten Teil des Holzes habe ich bereits in Gent verkauft, einen kleineren Teil wollen wir selber verarbeiten. Gemeinsam mit einer Werft bei Antwerpen beabsichtigen wir zwei Lastkähne auf Reede zu legen, weil wir unser Geschäft zur friesischen Küste hin ausbauen wollen. Du wirst sehen, Jakob, dieses Holz wird durch die Weiten der Meere schwimmen", aber seine Heiterkeit wirkte gekünstelt.

Einer seiner Männer näherte sich, flüsterte Frans etwas ins Ohr und er nickte, ehe sich seine Gedanken wieder dem Bruder zuwandten. „Es war gut, dass du mich frühzeitig über eure Ankunft unterrichtet hast. Wir haben alle Ware losgeschlagen. Fürs Erste ist der Markt bedient. Wer nach uns kommt, wird sein Holz nicht zu unserem Preis an den Mann bringen ..." Frans machte eine bedeutungsvolle Pause „... es sei denn, man kommt am Ende doch wieder mit uns ins Geschäft. Jakob, so müsste es immer laufen. Einen anderen Weg in die Niederlande als über Dordrecht gib es nun einmal nicht – und hier sitzen wir. Unsere Häfen sind hungrig nach deinen Baumstämmen."

Frans hatte rasch gehandelt, hatte deutlich gemacht, dass Ausgangs- und Endpunkt von ein und derselben Familie bestimmt wurden. Bis jetzt war es immer ein Problem gewesen, erst mit Ankunft der Ware Abnehmer aufzutun. Dabei dümpelte das Holz oft für kostbare Wochen herum. Jetzt aber erhöhte der verkürzte Verbleib im Wasser den Wert beträchtlich. Zudem hatte man Angaben über Menge der Lieferung, die Holzarten, Längen und Zopfmaße lange vor Eintreffen in Dordrecht parat.

„Wir geben den Takt vor. Es mag eine Weile dauern bis andere Flößer einen Weg gefunden haben, um an uns vorbeizusteuern", fasste Frans befriedigt zusammen.

„Wer seine Ware so weit treiben lässt wie wir, hat allerdings ein ungleich größeres Risiko", gab Jakob zu bedenken.

Doch der Bruder hörte nur mit halbem Ohr zu, stand auf und sprach mit einem seiner Leute. Jakob beschlich das Gefühl, dass etwas Unerklärliches in der Luft lag. Schließlich setzte sich Frans wieder zu ihm und fuhr in gespieltem Gleichmut fort.

„Du kannst dieses Jahr ruhig noch mehr Holz schicken. Vor allem, Jakob, musst du Langholz liefern, das im Schaft über einen guten Durchmesser verfügt. So etwas brauchen wir für den Schiffsbau, verstehst du? Bei uns liegen Aufträge für England, Frankreich, vor allem für die Habsburger Kriegsflotte vor. Wir können mit Stolz sagen, dass zurzeit nirgends bessere Frachtkräne und Fregatten gebaut werden als in unserem Land."

„Wie kommt es zu einer so großen Nachfrage nach Schiffen?", fragte Jakob erstaunt.

„Nun, von Niederländer Häfen wird der größte Teil des Handels mit Neu-Indien, aber auch mit England, Schweden und den Hansestädten abgewickelt. Wichtiger ist aber, dass Frankreich seine Kriegsflotte vergrößert. Die Sache ist für uns nicht ungefährlich. Die Habsburger misstrauen unseren Geschäften mit anderen Ländern." Leise und nur zu Jakob gewandt fuhr er fort: „Wir stehen ständig zwischen den beiden Rivalen Frankreich und Spanien. Der Kaiser will natürlich, dass wir nur Habsburger Interessen folgen. Wir dagegen machen unsere Geschäfte dort, wo der beste Gewinn winkt."

Es war spät geworden und es dunkelte bereits. Jakobs Flößer waren großenteils bereits abgezogen. Warum aber waren die Leute von der Handelsniederlassung Nienpoort noch da? Sie kauerten in einiger Entfernung an zwei Feuern und unterhielten sich halblaut.

Völlig unvermittelt fragte Frans, ob Jakob Waffen bei sich trug, und als dieser auf seinen Gürtel zeigte, fügte Frans hinzu: „Ich frage das nur, weil, … nun ja, …. wir Handelsleute sind immer auf alles gefasst. Jakob, die spanischen Herren führen eine Schreckensherrschaft." Unvermittelt wechselte Frans das Thema. „Aber jetzt erst einmal das Neueste. Franziska hat sich neu vermählt. Sie ist jetzt aus dem Haus ausgezogen und hat ..."

Doch weiter kam der Bruder nicht. Plötzlich brach ein Höllenlärm los. Etwa zwei Dutzend Reiter preschten vom unteren Treidelweg hervor und versuchten zu den beiden Brüdern vorzudringen. Landsknechte, spanisch gekleidet, stürmten in wildem Galopp auf die beiden Handelsherren zu. In diesem

Augenblick sprangen die Knechte von ihren Lagerfeuern auf, warfen ihre Umhänge beiseite und hatten auch schon Messer, Musketen und Schwerter zur Hand. Es gab ein heilloses Durcheinander. Die Angreifer ihrerseits hatten mit dieser kampfbereiten Schutztruppe nicht gerechnet.

Martialische Schreie erfüllten den Lagerplatz. Eine Kugel traf den vordersten Reiter am Bein. Er fiel in vollem Galopp vom Pferd, das nun reiterlos die übrige Truppe in ihrer Attacke behinderte. Zwei Angreifer kamen bis nahe an die Brüder van Nienpoort heran, sprangen von den Pferden und wollten sich auf Frans werfen, aber seine Männer waren von allen Seiten angelaufen gekommen. Mit Messern und langen, spitzen Stöcken setzten sie den Reitern zu. Jakob hatte seine Langpistole am Gürtel, aber er kam nicht dazu, sie einzusetzen. Das Laden und Zünden der Waffe hätte viel zu lange gedauert.

Der Moment der Überraschung war den Angreifern misslungen. Nach einem kurzen Handgemenge wendeten sie und zogen sich hastig zurück. Die Attacke verkehrte sich schnell in Flucht. Außer dem Anführer war noch ein Mann verletzt worden, ein dritter war zu Boden gegangen und schaute seinem davon galoppierenden Pferd nach. Von den Knechten, die Frans geschützt hatten, war nur einer durch eine Stichwunde leicht am Arm verletzt.

Der Überfall traf die Gruppe ganz offensichtlich nicht unvorbereitet. Frans hatte einen Schwarm wehrhafter Wachen um sich und seinen Bruder postiert.

„Du hast es gewusst!", Jakob war erregt. „Du hast es gewusst!", wiederholte er ein ums andere Mal „… und hast mir nichts gesagt!"

„Beruhige dich!" Frans suchte gleichmütig zu reagieren. „Wenn du es genau wissen willst, nun ja, es gab Hinweise, dass man mich aus dem Weg räumen will, aber meistens sind das doch nur Gerüchte. Auf jeden Fall wollte keiner etwas von dir. Es schien mir besser, dich nicht in die Sache mit hineinzuziehen. Was soll das auch helfen. Wir Kaufleute wissen, wie wir uns wehren, du hast es ja eben selber gesehen."

„Mich nicht hineinziehen …?" Unwillkürlich suchte Jakob nach seinem Messer im Gürtel. „Ich stecke mitten drin und da wäre es schon gut, vorbereitet auf das zu sein, was hinter der nächsten Ecke lauert. Weißt du, Frans, immer wenn ich in Dordrecht bin, muss ich fürchten, dass mir das Lebenslicht ausgeblasen wird."

„Kopf hoch, kleiner Bruder. Reg dich nicht unnötig auf. Es ist ja nichts passiert. Ein kleines Scharmützel, wenn du so willst. Komm' steig in die Kutsche. Lass uns daheim weiterreden. Wir wollen hier lieber nicht die Nacht verbringen."

Sie hatten die halbe Strecke bis zur Handelsvertretung zurückgelegt, da wurde ihnen mitten in der Stadt der Weg verstellt. Dieses Mal hatten die Söldner Verstärkung geholt. Mit einer deutlichen Übermacht zwangen sie die beiden Brüder, aus dem Wagen zu steigen. In der Enge der Gasse war an eine Gegenwehr nicht zu denken. Sie wurden gefesselt und abgeführt, während man die Knechte ihrer Wege ziehen ließ.

Jakob überlegte voller Sorge, in welcher Gefahr er sich befand. Was mochten die Gründe sein, dass man sie so hartnäckig abfing und festsetzte? War das Flößergeschäft strafbar? Gab es dunkle Machenschaften um seine Familie, genauer gesagt, um seinen Bruder? Müde und abgekämpft hoffte er noch eben darauf, ausgiebig schlafen zu können, und nun zog und zerrte man ihn in eine Kammer des Stadthauses. Sie wurden nicht geschlagen, aber Jakob hatte das Gefühl, dass die Bewacher nur auf eine unbedachte Bewegung warteten, um einem von ihnen dann mit gutem Grund den Garaus zu machen.

Eben noch Herr über drei Dutzend Flößer, saß Jakob nun abgeschnitten von aller Welt im Dunkel eines Raumes, dessen Konturen zu dieser Stunde nur schemenhaft auszumachen waren. Nachdem man ihnen die Fesseln abgenommen hatte und die Tür sich hinter ihnen geschlossen hatte, wurde diese mehrfach und mit großer Sorgfalt verriegelt. Der Raum, in dem sie sich befanden, war mit Schemeln, Bänken und Tischen voll gestellt. Er war zu groß, um als Abstellkammer zu dienen, und zu klein für eine Versammlung. „Mitten in unserem Stadthaus haben sich die Habsburger dieses Eckchen angeeignet. Sie hoffen damit unsere Ratsmitglieder besser im Auge zu behalten", schimpfte Frans.

„Dieses Dordrecht bleibt ein Hexenkessel." Jakobs Kopf glühte. Was würde als Nächstes auf ihn zukommen?

Er setzte sich neben den Bruder, der die Ereignisse erstaunlicherweise weit ruhiger hinnahm. Nicht mit einem Wort hatte er bei der ruppigen Aktion protestiert, hatte mit keinem der Söldner ein Wort gewechselt. Vielleicht war seine größere Köperfülle ein Polster, das ihn vor Todesangst und Panik schützte.

„Sage mir bitte, was das alles zu bedeuten hat!" Jakob wollte endlich Klarheit haben. „Warum dieser Überfall? Hast du irgend etwas ausgefressen? Warum, um alles in der Welt, rückst du nicht mit der Sprache heraus. Sage bitte nicht, dass du mich schonen willst! Immerhin geht es hier um mein Leben und da darf ich doch wohl genauer nachfragen, oder nicht?"

„Zuerst einmal, Jakob, beruhige dich. Hier geht es wohl weniger um dein Leben als um meines." Frans versuchte sich im Dunkel auf einer der Bänke auszustrecken. „Mach dir's bequem und lege dir den Mantel unter den Kopf. Natürlich will ich dir alles erzählen was ich weiß. Vorhin kam ich nicht mehr dazu, von unserer Schwester zu berichten, die sich neu vermählt hat. Genauer gesagt, hat ein Freund unserer Familie um ihre Hand angehalten. Du wirst dich an unseren Advokaten, Klaas de Vries, erinnern. Beide, er und Franziska, hatten sich schon lange sehr nahe gestanden."

„Advokat de Vries, ja natürlich erinnere ich mich, er hatte sich mit dir abends oft getroffen und Ihr habt dann bis in die Nacht hinein geredet." Jakob hatte sich damals gewundert, was Frans so spät abends noch zu besprechen hatte.

„Ja, um eben diesen Mann geht es! Mit dieser Eheschließung hängt höchstwahrscheinlich auch unsere Inhaftierung zusammen. Klaas hat sich mit den Calvinisten zusammengeschlossen, die hier bei uns nicht gelitten sind. Sie haben sich in den nördlichen Provinzen breitgemacht. Kurzum, Klaas de Vries verabscheut den starren Katholizismus des Habsburger Regimes." Frans sprach im Flüsterton.

„Hat er den Spaniern etwas getan? Steckt da noch mehr dahinter, wenn wir hier festsitzen?" Es missfiel Jakob, dass sein

Bruder nur scheibchenweise sein Wissen preisgab. Die Antwort kam vorwurfsvoll:

„Vertraue mir nur. Es ist besser, wenn du nur über unsere Geschäfte etwas weißt, nicht aber über die Politik hier im Süden der Niederlande."

Der Bruder machte eine Pause, zögerte und fuhr dann fort: „Nun gut, jetzt haben die Scheißkerle uns beide eingebuchtet. Die ganze Geschichte sieht also so aus: Man beschuldigt mich und die Mehrzahl der Handelsherren, dass wir insgeheim mit den Calvinisten paktieren. Von Flandern bis Brabant, von Lüttich bis nach Luxemburg gibt es viel Widerstand, den wir nicht offen austragen. Wir kämpfen im Untergrund, um die spanische Krone ein für alle Mal aus dem Land zu fegen."

„Aber dann ist unsere Schwester mit ihrer Familie in großer Gefahr. Sind Pieter und Christiaan in Sicherheit?", fragte Jakob besorgt.

„Nicht so laut, Jakob! Es müssen ja nicht alle zuhören. Hier haben die Wände Ohren", mahnte der Bruder. „Sei unbesorgt, Schwager Klaas hat Franziska und die beiden Söhne schon vor Monaten mit nach Friesland genommen. Die nördlichen Provinzen stehen fest gegen die Habsburger. Übrigens hält uns das nicht ab, weiterhin gute Geschäfte mit denen zu machen."

„Du hättest mir ruhig früher von alledem erzählen können."

„Wie denn ...?" Frans schien pikiert, „du bist nur einmal im Jahr persönlich zu fassen! Soll ich dir über alle deutschen Fürstentümer hinweg Einzelheiten zu unserem Widerstand übermitteln?"

„Allerdings ein gutes Argument." Ganz langsam fügten sich die bedrohlichen Teile eines Bildes zum Ganzen. Jakob richtete sich auf, versuchte zwischen dem vergitterten Fenster und der Holzbank auf und ab zu gehen.

„Du musst es so verstehen", versuchte Frans dem Bruder auseinanderzusetzen. „Friesland, Holland, Utrecht, Geldern, auch Groningen sind unabhängige Provinzen und setzen sich immer stärker mit Waffengewalt gegen die spanische Inquisition zur Wehr. Wahrscheinlich hätten sie sich der überlegenen Macht Karls V. längst beugen müssen, hätte der nicht die Türken am Hals."

„Na, und die Franzosen, wie ich meine", fügte Jakob hinzu.

„Schon, schon, aber im Augenblick ist in jener Richtung Ruhe."

Fieberhaft überlegte Jakob, wie sie beide heil den kommenden Tag überstehen könnten. Die Inquisition, soviel war ihm klar, hatte alle Sorten von Folter verfügbar. Die Zunge rissen sie den Menschen heraus. Es wurde gesiedet, geviertteilt oder verbrannt. Oftmals traf es sogar Familienmitglieder, die mit der ganzen Sache nichts zu tun hatten.

Während Jakob sich alle Todesqualen ausmalte, blieb der ältere Bruder erstaunlich gefasst, gerade so, als wäre er lediglich Beobachter. Die ständige Bedrohung schien ihm zur Gewohnheit geworden zu sein.

„Behalte nur einen kühlen Kopf!" Er lag auf dem Rücken, hatte die Arme hinter dem Kopf verschränkt und starrte mit offenen Augen in das Dunkel ihres gemeinsamen Verlieses. „Vor Tagesanbruch können wir eh' nichts ausrichten. In der Nacht überkommen uns nur trübe Gedanken. Solange wir nicht hinterrücks gemeuchelt worden sind, steht die Angelegenheit nicht ganz so schlecht, wie du vielleicht denkst. Hinter uns stehen die Bürger der Stadt. Die Habsburger fürchten zurzeit nichts mehr als Aufstände in unserem Land."

Früh am nächsten Morgen wurde dann die schwere Tür aufgerissen. Außer einem Schluck schalen Wassers gab es keine Möglichkeit, sich zu erfrischen.

Vier Bewacher nahmen die Brüder in ihre Mitte und führten sie in die nahe gelegene Kirche von Dordrecht. „Auf zur Inquisition, Jakob", der Bruder seufzte und gab sich einen Ruck.

In den Straßen hatte sich die Inhaftierung bereits herumgesprochen. Bewohner schauten aus den Fenstern, einige standen vor ihren Häusern und man hörte Flüche und Pfiffe. Ein alter Mann spuckte beim Anblick der Söldner abfällig aus und drehte sich weg.

An einer Häusereinfahrt erkannte Jakob einige Männer seiner Mannschaft, unter ihnen auch den Floßmeister. Irgendwie gab ihm der Anblick ein beruhigendes Gefühl. „Haltet mit der Handelsniederlassung Kontakt", rief Jakob den Flößern zu, aber einer der Aufpasser stieß ihm den Schaft seiner Lanze unsanft in die Rippen. „Ta gueule, salaud", herrschte ihn der Mann auf französisch an.

Das Dämmerlicht und die Kälte des Kircheninneren, in das sie jetzt hineingestoßen wurden, wirkten auf die Häftlinge wie eine feuchte, kalte Gruft. An einem langen Holztisch vor dem Altar saß der Priester des Gotteshauses mit der Bibel und einem kleinen Eisenkreuz, das er vor sich aufgestellt hatte. Zwei Schreiber sollten die Verhandlung aktenkundig werden lassen. Nur wenige Zuschauer verteilten sich auf den vorderen Kirchenbänken – auf den ersten Blick nur Männer. Jakob vermutete, dass es sich um Gefolgsleute der spanischen Krone handelte. Händler, Amtsvorsteher, Kuriere, vielleicht auch gefügige Niederländer. Die beiden Brüder wurden neugierig von den Anwesenden gemustert, während sich die Wachen rechts und links des Kircheneingangs auf den Bänken lümmelten. Mit lautem Knarren öffnete sich schließlich die altersschwache Tür der Sakristei.

Ein hagerer Mann mit seiner eng anliegenden, spanischen Tracht trat ein. Der Inquisitor, mit ergrautem Spitzbart und einem bodenlangen schwarzen Mantel, wirkte asketisch und düster. Er machte den Eindruck, als sei er geradewegs einem Grab entstiegen. Ein schmaler Mund, die große Hakennase und verkniffene Gesichtszüge verstärkten die finstere Erscheinung. Mit der Aura eines Todesengels schritt er steifbeinig und kerzengerade auf seinen Richtertisch zu.

Mit einem heimlichen Schubs deutete Frans auf eine seitliche Kirchenbank. Jakob traute seinen Augen nicht. Dort saß eine hübsch hergerichtete junge Frau, ohne Zweifel, das war Anna Vermeer, die Magd der Familie van Nienpoort. Eben jene Frau, der Jakob sowohl in Dordrecht wie auch später in Gent begegnet war. Noch vor einem Jahr hatte die schöne Stumme versucht, ihn beim Baden zu verführen. Wenige Tage später hatte er gerätselt, warum sie nachts mit unbekannten Gestalten zusammengetroffen war. Kein Zweifel, sie hatte sich damals im Handelshaus eingeschlichen, um zu spionieren. Welche Rolle mochte man dem Luder bei diesem Prozess zugedacht haben?

„Diese verräterische Dirne", wisperte Frans. „Sie schnüffelt für die fremden Teufel."

210

„Wie wird der Inquisitor es anstellen, die Stumme zum Reden zu bringen", überlegte Jakob und fragte sich, ob eine Frau überhaupt zu einem solchen Kirchengericht zugelassen war.

„Vielleicht ist an ihr plötzlich ein Wunder geschehen", versuchte Frans mit aufgesetzter Heiterkeit die Spannung im Kirchenschiff abzumildern.

Mit einem feierlichen Griff zu seinem Schwert, so als wollte er bereits vollziehen, was noch nicht gerichtet war, erhob sich der Inquisitor mit einem grimmigen Ausdruck. „Ruhe da", schrie er Frans an. „Redet nur, wenn ich es gebiete. Nennt mir vorab Euren Namen und den des Mannes neben Euch. Gehört er zu Eurem Hausstand?"

Don Miguele de Aragon war nur einer von vielen Sonderbeauftragten, die richteten und urteilten – über Irrgläubige, Häretiker, Ketzer, über Hexen, Zauberer, falsche Konvertiten und Juden. Seine Aufgabe war ihm vom Papst persönlich übertragen worden. Sein Erfolg lag in der Fähigkeit, die Bedrohung der Heiligen Katholischen Kirche auch dort zu ergründen, wo sie anderen verborgen blieb.

Schroff und unerschrocken trumpfte Frans mit gleicher Schärfe auf. „Ihr haltet einen Bürger dieser Stadt in Arrest, ein Ratsmitglied überdies, wie soll ich das verstehen? Können wir Niederländer nicht mehr unbehelligt unseren Geschäften nachgehen?"

„Zähmt Eure Zunge, Frans van Nienpoort." Wundersamerweise hatte der Inquisitor den Namen nun doch parat. „Antwortet nur auf Fragen, die ich stelle. Wer ist der Mann an Eurer Seite?", wiederholte er und als er abermals keine Antwort bekam, wechselte er unvermittelt zu einer anderen Frage über. „Wollt Ihr Euch selber anzeigen und Euch der Ketzerei schuldig bekennen, ja oder nein?"

„Wir kennen uns, Don Miguele, Ihr folgt dem Wahn, Verfechter der einzigen Wahrheit zu sein und glaubt mit Feuer und Schwert unseren gemeinsamen Glauben beschützen zu müssen. Als Inquisitor werdet Ihr eines Tages im Himmel ebenso Rechenschaft ablegen müssen wie wir alle in diesem Raum." In verächtlichem Ton überging Frans die Fragen des Spaniers.

„Gestehe, dass du ketzerische Umtriebe unterstützt, ja sogar selber gute Glaubensbrüder vom rechten Weg abzubringen suchst!" Der Inquisitor ging um den Tisch herum und stieß den ausgestreckten Zeigefinger vor, als wolle er sein Gegenüber auf der Stelle durchbohren. Dabei verfiel er in das abwertende „Du", wie man mit Gesinde umzugehen pflegte. „Ich vertrete das heilige Offizium in Rom und dessen Segen ruht auf unserem frommen Eifer. Im Namen des Herrn, bekennt Euch der Ketzerei und des Verrats an unserem Kaiser, dem Heilsbringer des Abendlandes, Karl V. für schuldig. Wer im Dunkel der Gosse herumstöbert, wer Kot aufnimmt, stinkt bald selber inwendig. Ich kann es bis hierher riechen, du Dreckskerl."

„Und wer den Menschen das Kreuz unseres Herrn auf die Schultern legt und meint, sie ohne jeden Grund in diesen Kot stoßen zu können, dem steht es nicht an, im Namen unserer Kirche Recht zu sprechen."

Jetzt geriet der Inquisitor außer sich vor Zorn. Nie hatte sich ein Delinquent so respektlos ihm gegenüber verhalten. Furchtlos, auftrumpfend und beleidigend verspottete Frans den Ankläger, statt sich bußfertig zu zeigen. Beide Männer standen sich abschätzend gegenüber. Der Dordrechter herablassend und voller Hochmut, der Spanier schnaubend vor Wut und unbeherrscht. Sein ganzer Hass entlud sich jetzt. „Was maßt du dir an, Krämerseele!" Die Stimme des Inquisitors war schrill und überschlug sich. „Im Dunkel kriechst du und das ganze Geschmeiß um dich herum. Ihr traut euch alle nicht ans Tageslicht."

Ohne jedes Zeichen seiner inneren Erregung schaute Frans den Spanier an:

„Wisst Ihr, Don Miguele, was das Schlimmste an Euch ist? Ihr plustert Euch hier auf, unterdrückt freie Bürger unseres Landes und – Ihr gebt vor, im Besitz einer besseren Lehre unseres Herrn zu sein. Ihr sprecht ein Recht nach eigenem Gutdünken und … Ihr seid dreist!"

Noch hatte der Inquisitor sich nicht gefasst, da flog das Portal der Kirche auf. Zwanzig, vielleicht auch mehr Männer stürmten mit lautem Gepolter in das Kirchenschiff. In acht von ihnen vermutete Jakob einflussreiche Bürger der Stadt. Man sah ihnen ihre Autorität und Machtfülle an, mit der sie zügig den Raum durchschritten. Hinter ihnen drängten bewaffnete Knechte mit nach vorn.

„Don Miguele de Aragon, Ihr überschreitet Eure Kompetenz, missachtet die Befugnisse der Niederländer Generalstaaten und vergreift Euch an einem Mitglied unseres Magistrats. Wir fordern Euch auf, die ehrwürdigen Brüder van Nienpoort freizugeben und dieses armselige Schauspiel, noch dazu im Hause unseres Herrn, unverzüglich zu beenden." Der Redner überragte die anderen Männer deutlich, war aber der Jüngste in der Gruppe, kaum ein ausgereifter Mann. Sein Gebaren, der harsche Ton ließen darauf schließen, dass er gewohnt war zu befehlen. Trotz der Jugend zeigten sich bereits die Härte und Durchsetzungsfähigkeit eines Anführers mit dem Drang zur Macht. Er sprach ohne die Stimme sonderlich zu heben, gerade so, als handele er Belanglosigkeiten ab. Aber er wirkte bestimmend, unnachgiebig, und die hohen Herren in seinem Gefolge wurden durch die Festigkeit seines Auftretens geradezu mitgerissen, gewannen an Sicherheit und suchten die beiden Brüder in ihre Mitte zu ziehen.

„Was nehmt Ihr Euch heraus, Fremder. Seid Ihr von hier oder mischt Ihr Euch in Dinge, die Euch gar nichts angehen?" Machtvoll und unerschrocken wollte der Wächter der Kirche auftreten, doch während er sprach, war dem Inquisitor nicht entgangen, dass der Priester an seiner Seite blass und verschreckt aufgesprungen war. Zweifellos fühlte sich der fromme Mann plötzlich unwohl in seiner Rolle. Um wessen Gunst sollte er in dieser angespannten Lage buhlen.

„Ich weiß, wer dieser Mann ist, Don Miguele." Dabei verbeugte sich der Prediger respektvoll, ohne dass ersichtlich wurde, welchem der beiden Herren er seine Ehrerbietung zollte. Leise und furchtsam ergänzte er. „Vor Euch steht seine Erlaucht, der Graf von Nassau, besser bekannt als Wilhelm Prinz von Oranien!"

Die Worte hatten Wirkung. Keine Seite sagte etwas und alle schauten zwischen den beiden Kontrahenten hin und her. Die Geschicke der beiden Angeklagten hingen jetzt einzig und allein vom beherzten Auftreten des Oraniers ab.

„Ihr seid also der Graf von Nassau. Nun, wie dem auch sei, ich vertrete die ‚Sancta Congregatio Inquisitionis'; wenn Ihr es einfacher haben wollt: das Glaubensgericht. Ihr werdet mir sicher nicht die Befugnisse zur Inquisition absprechen, oder wollt Ihr Euch gegen Kirche und Krone stellen? Vergesst nicht – ich stehe unter dem Schutz des Papstes und unseres Kaisers ebenso!" Don Miguele de Aragon suchte Würde zu wahren und ließ sich die Initiative nicht so leicht entreißen.

„Stehen wir nicht alle unter dem Schutz des Kaisers?" Während der junge Graf von Nassau dicht an den Inquisitor heran trat, wurde seine Stimme leise und eindringlich: „Man hat mir gesagt, dass Ihr den Rat der Stadt übergeht und kirchliches Gericht haltet ohne fristgerechte Einberufung. Uns wurde weiterhin berichtet, dass beide Handelsherren gestern von Eurem Söldnertrupp innerhalb der Stadtmauern aufgebracht und festgesetzt wurden. Nun frage ich mich, ob ich die Angelegenheit dem Kollegium der Generalstaaten zur Kenntnis bringen muss. Hier kommt doch der Verdacht auf, dass Ihr mit dem päpstlichen Edikt recht liederlich umgeht. Ich aber mag nicht glauben, dass Ihr es darauf anlegt, Händel zu suchen. Wie, frage ich mich, können wir sicherstellen, dass Euer gläubiger Eifer nicht zu Schaden kommt, wir andererseits die Stadt nicht unbedacht in Aufruhr bringen?"

Die Drohung war gewagt und frech. Zugleich gab sich der Graf gerade so, als suche er zu vermitteln. Er sprach kühl und sachlich, gab sich den Anschein, als wolle er abwägen und die Interessenlage beider Parteien im Auge behalten. Dabei mangelte es seinen Worten nicht an deftiger Ironie. Beide Männer waren von hohem Stand, aber die Geschicklichkeit des Jüngeren machte ihn überlegen, verunsicherte den Kontrahenten.

Jetzt musste der Spanier dagegenhalten. Keinesfalls durfte er verspottet, gedemütigt einen Raum verlassen, der nun nicht mehr Kirche war, sondern Turnierplatz.

„Wer kennt Euren Namen nicht! Versucht jedoch nicht, der gerechten Sache im Weg zu stehen. Ich handle im Namen des heiligen Offiziums zu Rom. Setzt Euch einfach hin und schaut zu! Ich werde gleich beweisen, dass der Mann hier mit den Calvinisten unter einer Decke steckt. Die Häresie gegen unseren

Glauben ist ein giftiges Schlinggewächs. Ich werde an diesem Schmutzfink ein Exempel statuieren. Versucht nicht diesem gottgewollten Auftrag zu schaden. Es mag Euch interessieren, was der hochwürdige Priester an meiner Seite gegen diesen Frans van Nienpoort vorzubringen weiß?", und damit deutete der Inquisitor auf den verschüchterten Kirchenmann an seiner Seite. „Der Angeklagte hat seine Umtriebe gegen die spanische Krone hier in dieser Kirche und im Beichtstuhl eingestanden."

„Im Namen des Herrn, das ist in der Tat ein schweres Unrecht. Eines der schwersten überhaupt, wie ich meine", gab sich der junge Graf entrüstet und es hatte den Anschein, er habe sich auf die Seite des Inquisitors geschlagen. Dessen Gesichtszüge entspannten sich für einen kurzen Augenblick, doch die Empörung des Prinzen wandte sich in eine unerwartete Richtung. „Schlimm in der Tat", wiederholte Wilhelm. „Allein, ich vermisse den wahren Schuldigen auf der Anklagebank. Hat dieser Gottesdiener tatsächlich eine Gewissensqual des Frans van Nienpoort ausgeplaudert? Nun, dann hat er das Sakrament des Beichtgeheimnisses gebrochen, eines der schwersten Vergehen, dessen sich ein Gottesdiener schuldig machen kann. Hoffen wir also, dass Ihr Priester ..." und damit wandte sich der junge Graf dem aschfahl gewordenen Kirchenmann zu, „... hoffen wir also, dass Ihr missverstanden wurdet und nicht selber der Inquisition übergeben werdet. Ich für meinen Teil will jedenfalls glauben, dass Euch ein Irrtum unterlaufen ist."

Der Spanier rang um Haltung. „Ihr dreht mir das Wort im Munde herum, Euer Durchlaucht, aber es gibt weitere Zeugen für die ketzerischen Umtriebe dieses Mannes hier. Seht die Frau dort auf der Bank." Der Inquisitor winkte mit seinem dürren langen Finger Anna Vermeer, die Stumme, herbei, aber noch ehe die sich erhoben hatte, fiel ihm Wilhelm abermals entrüstet ins Wort:

„Seit wann entwürdigt Ihr Euch und sucht einen Weiberrock, um Euren Anschuldigungen Gewicht zu verleihen." Einer der Handelsherren trat neben Wilhelm von Oranien und ergänzte zynisch. „Wir kennen diese junge Dirne, es muss ein Wunder mit ihr geschehen sein, denn bis heute konnte sie kein Wort sprechen und ebenso wenig schreiben. Vielleicht war der

Inquisitor in der Lage, auf unheilvolle, finstere Weise in Leib und Seele des Weibsbildes einzudringen."

„Ein makabres Spiel, in der Tat, Don Miguele, das Ihr mit der Kirche treibt", setzte der junge Wilhelm nach. „Ein Weib, von unserem Herrn derart gezeichnet, soll Zeugnis geben für die Gottlosigkeit dieses adeligen Mannes hier. Schlimmer noch, Ihr nehmt die eigene Magd des Herrn van Nienpoort zur Komplizin Eurer haltlosen Anklage." Der Prinz wandte sich den beiden Angeklagten zu, ignorierte den Inquisitor an dieser Stelle ebenso wie seine Helfer und sagte in unverändert beschwichtigendem Ton: „Genug jetzt mit diesem düsteren Mummenschanz. Meine Herren, ich bitte Sie, dem Inquisitor seine entwürdigende Behandlung nicht nachzutragen. Der Graf de Aragon ist eine Respektsperson, die alles tut, um die Interessen von Kirche und Kaiser in unserer schönen Heimat zu wahren. Wir wollen ihm also jegliche Achtung entgegenbringen!"

Indem der junge Wilhelm von Oranien dies sagte, griff er die Brüder am Arm und führte sie aus der Kirche hinaus. Es war nicht die Schnelligkeit, mit der er die Ereignisse geschickt steuerte, auch nicht sein sicheres Auftreten, sondern die große Kunst zu argumentieren, ohne angreifbar zu werden. Er schmeichelte und verhöhnte den Spanier in einem. Wilhelm von Oranien kämpfte auf seine Art um die Freiheit seines Volkes. Kein Niederländer sollte sich von den Besatzern seine Würde nehmen lassen. Wie mochte der Inquisitor sich nach dieser Schlappe vorkommen?

Draußen bedankten sich die Brüder bei dem jungen Grafen, dessen Namen jeder Niederländer kannte und der schon in so jugendlichem Alter im ganzen Land als Hoffnungsträger galt. Dieser Jüngling beherrschte beides – den Umgang mit der Macht und das Geschick zu überzeugen.

Später erklärte Frans, dass seine Landsleute auf die Leuchtkraft dieses jungen Noblen bauten, der aber zurückhaltend blieb und die Dinge im Lot halten wollte. Wie lange es ihm gelingen würde, die überhitzte Stimmung zu zügeln, war jetzt noch nicht abzusehen.

Für Jakob blieben die Stunden im Arrest, die Demütigungen, die fadenscheinige Inquisition und die Willkür der Gewalt ein unvergessliches Erlebnis. Nein, die Heimat seiner Familie verwirrte ihn ein ums andere Mal. Noch erkauften sich die Niederländer ihre Freiheiten durch hohe Abgaben an den Kaiser, aber der Brandherd schwelte – angefacht durch die Spaltungen des Glaubens.

Noch in derselben Woche verließ Jakob das Anwesen der Familie, verabschiedete sich von seinem Bruder und bedauerte es, die Schwester nicht angetroffen zu haben, die sich mit ihrem neuen Ehemann und den Kindern Christiaan und Pieter in den hohen Norden zurückgezogen hatte.

Der Erlös aus dem Holzverkauf hatte Jakobs Erwartungen übertroffen und so ritt er voller Pläne heim nach Baden. Nur einen Teil aus dem Gewinn hatte er als Münzgeld mitgenommen, weit mehr aber in Form von Kreditbriefen. Für den Ausbau des familiären Edelsteingeschäfts hatte er dieses Mal eine größere Menge an Brillanten und Farbsteinen von ausnehmend guter Qualität dabei. Es kam nun darauf an, die richtigen Kontakte herzustellen. Ein vielversprechender Anfang war gemacht, indem der Bischof von Speyer auf diesen Geschäftszweig aufmerksam geworden war.

Innerhalb eines Jahres war aus dem jungen aufrechten Fergen ein gestandener Handelsherr geworden, der sich vorgenommen hatte, das Tal daheim wirtschaftlich zu beherrschen. Die Leute sprachen von ihm untereinander längst von „Mijnheer" und es klang Ehrfurcht heraus. „Mijnheer Jakob" sollte helfen, die Lebensverhältnisse für sie alle verlässlich und erträglich zu machen.

Die Straßburger Hexe
Anno 1554

Grimon Sieur de St. Montaigne wartete voller Ungeduld auf seinen Besuch. Der Dominikanermönch müsste längst eingetroffen sein. Nun ja, der Weg vom Kloster bis in die Stadtmitte war lang, und schlimm genug ging es heute allemal in Straßburg zu.

Der französische Adelige, ein hagerer Mann mit schlohweißem Haar, saß schon eine ganze Weile im Garten und schaute der Tochter gedankenverloren bei der Handarbeit zu. Das Grün der Rasenflächen, die farbenfrohen Sträucher und bunten Blumenbeete machten ihm in dieser Jahreszeit besonders viel Freude. Wenn man einige Schritte in den Garten hineinging, gelangte man an einen kunstvoll geschmiedeten Eisenzaun, der die Zierpflanzen von den Kräuter- und Gemüsebeeten trennte. Bruder Hippolyt meinte einmal, dass dieses Gatter die Natur in zwei Teile trennt, ohne die der Mensch nicht leben kann – Seele und Gedärm, wobei der Mönch in der Regel dem Teil hinter dem Zaun, eben dem Kräutergarten, die größere Aufmerksamkeit schenkte.

Dann bemerkte Grimon Sieur de St. Montaigne die alte Köchin, wie sie Zwiebeln aus einem Beet rupfte. Er sah es nicht gern, wenn sich sein Gesinde im Garten zu schaffen machte während Besuch erwartet wurde. „Gibt es für dich nichts mehr im Haus zu richten? Dass mir das Essen nachher warm auf den Tisch kommt!"

Die Küchenmagd hielt verlegen ihren Korb umklammert. „Sieur, ich wusste nicht, dass Ihr im Garten seid. Ich wollte nur schnell ." Sie unterbrach sich. „Da kommt Euer Gast ja schon. Herr im Himmel, jetzt muss ich schnell zum Herd." Sie hastete zurück zum Haus.

Der Besucher hob eine Hand hoch, als wollte er die Mächte des Himmels um Beistand bitten. Noch ganz außer Atem rief er schon von Weitem: „Vergebt mir, Sieur, dass ich Euch so lange warten ließ. Unser Abt hat mich wieder einmal nicht gehen lassen und die Pflichten im Kloster gehen nun einmal für einen wie mich vor. Ihr wisst ja, dass ich die Gunst dieser Besuche nicht zu sehr strapazieren darf. Ein einfacher Mönch soll sein Vergnügen nicht vor den Glauben stellen." Der schmächtige Ordensbruder sagte es mit einem schelmischen Lächeln und man hörte sehr wohl heraus, dass dieses Zusammentreffen mehr Freude machte als der Ordensauftrag.

„Nun, Hauptsache Ihr seid da. Schließlich kann ich kein Recht auf Euer Kommen anmelden." Grimon Sieur de St. Montaigne wandte sich um. „Komm, Ruth, lass' deine Stickerei liegen und begrüße unseren lieben Gast."

Die Tochter legte ihre Handarbeit zur Seite. Mit federnden Schritten kam sie auf die beiden Männer zu. Dabei setzte sie balancierend einen Fuß vor den anderen, so als liefe sie auf einem unsichtbaren Band am Boden. Ihr rötlich schimmerndes Haar war modisch zu einem Kranz geflochten und um den Kopf festgesteckt. Aus einem gelben Oberteil, das reich bestickt und über der Brust mit Schnüren kreuzweise gebunden war, schaute eine hellblaue Bluse hervor. Das weiche Schuhwerk mit Bändern war die schlanken Fesseln hochgeschnürt. Jede Einzelheit der Kleidung verriet ihre Sorgsamkeit und den guten Geschmack einer wohlerzogenen Städterin.

Unverkennbar war der Übergang vom Mädchen zur Frau. Man konnte ihrem energischen Schritt entnehmen, dass trotz der Zurückhaltung, die sie an den Tag legte, gelegentlich ein eigenwilliger Geist in ihr aufflammte.

Ruth de St. Montaigne hatte ihre Mutter in so jungen Jahren verloren, dass sie sich ihrer nicht mehr erinnerte. Sie wurde von einer Amme, später dann von einer Magd großgezogen. Gerade dieser Mangel an mütterlicher Nestwärme hatte sie früher als ihre Altersgenossinnen für das Leben reif gemacht. Für ein Leben, das sie jetzt noch ganz dem geliebten Vater widmete. Aber bald würde die Natur sie drängen, sich einer neuen und anders gearteten Liebe zu öffnen.

Die Besuche des Dominikanermönchs mit seiner ausgewaschenen Tunika, dem *Skapulier* und der weißen Kapuze freuten auch sie jedes Mal. Immer wenn sich der Mönch ankündigte, war der Vater in stiller Vorfreude und das dankte die Tochter dem Gast insgeheim.

Die Freundschaft der Männer hatte sich vor vielen Jahren entwickelt, als der Hausherr den Entschluss gefasst hatte, sich der *Rosenkranzbruderschaft* anzuschließen. So ergab es sich wie selbstverständlich, dass er mit dem Dominikanerkapitel in Berührung kam, das schon hundert Jahre früher diese Laienbruderschaft ins Leben gerufen hatte.

„Sei mir nicht böse, Vater, aber eure Männergespräche will ich nicht stören und außerdem muss ich noch Wolle vom Färber holen." Mit jedem Schritt nahm sie zwei Stufen und eilte die Treppe hinunter, die aus dem Haus führte. Der Vater seufzte, während er sich seinem Gast zuwandte. „Es fehlt die Mutter, sage ich Euch. Dieses Mädchen ist wild und unbekümmert und sollte gesitteter gehen."

„Ich habe selten eine junge Frau gesehen, die sich so natürlich und anmutig gibt, Sieur, lasst ihr diese Unbekümmertheit. Wer weiß, welche Last sie in diesem Leben noch auf ihre Schultern nehmen muss." Währenddessen schnürte der Mönch ein Säckchen auf, das er in der Hand hielt. „Ich habe Euch dieses Mal einige Kräuter mitgebracht, die einen schattigen Platz brauchen. Schaut, dieses hier ist Minze, das andere Schlehe. Ihr müsst beide als Wickel ausprobieren. Man muss nicht gleich krank sein, um sie anzuwenden. Besonders gut eignen sich beide für heiße Bäder. Sie wirken entspannend auf den Körper ein."

Mit einem Freudenschrei deutete der Mönch auf ein blau blühendes Beet. „Schaut wie sich das ‚Hysspus officinalis' wunderbar entwickelt hat. Ihr könnt es auch Josefskraut nennen. Aus dem kleinen Trieb ist inzwischen eine so üppige Pracht herangewachsen. Welch eine Kraft uns die Natur doch immer wieder vorführt. Sagt der Köchin, dass es sich bestens zum Würzen von Suppen eignet.

So wanderten beide Männer durch den Kräutergarten. Grimon Sieur de St. Montaigne stellte hier eine Frage, bückte sich dort, um ein Blatt zwischen den Fingern zu zerreiben, während der schmächtige Mönch sich über das Blühen und Gedeihen der Anlage freute.

Dann aber besann sich St. Montaigne auf seine Rolle als Gastgeber. Er wusste, wie sehr der Mönch die gute Küche und den Wein in diesem Haus schätzte und fragte, ob es recht sei, wenn sie sich zu Tisch begaben.

Doch dieses Mal machte der Mönch ein betrübtes Gesicht. „Nehmt es mir nicht übel wenn ich Eure freundliche Einladung heute ausschlage. Ihr wisst, wie gern ich mit Euch esse, aber in der Stadt ist der Teufel los, wenn mir eine solche Redewendung in dieser Kutte erlaubt ist. Immer wenn in Straßburg Hexengerichte abgehalten werden, sind die Gassen voll Abschaum, bei dem man nicht sicher ist, ob einem wie mir hinter der nächsten Ecke die Gurgel durchgeschnitten wird. Das Kloster wünscht an solchen Tagen, dass wir nicht unnütz Augenzeugen solcher

Malefizgerichte werden, auch wenn sie im Namen des rechten Glaubens stattfinden."

In diesem Augenblick betrat Ruth völlig aufgelöst wieder das Haus. „Die Straßen sind voll von Menschen und keiner scheint einer gottesfürchtigen Tätigkeit nachzugehen. Das sind sicher nicht die Bürger der Stadt, denn die halten ihre Fenster verschlossen. Von überall her kommen die Leute und sind schon jetzt mit Bier und Wein zugeschüttet."

Dann sah sie, dass der Mönch Anstalten machte aufzubrechen. „Bruder Hippolyt, Ihr werdet Euch doch nicht in das Getümmel dort draußen vor der Tür stürzen, zudem noch ohne etwas Ordentliches gegessen zu haben." Zum Vater gewandt fuhr sie fort: „Das wirst du doch nicht zulassen. Den langen Weg ist unser Gast bis hierher gekommen und nun wird er doch nicht hungrig heimkehren wollen."

Am Ende hatte die Tochter die größere Überzeugungskraft und als dem Mönch der Duft von gebratenem Fleisch in die Nase stieg, ließ er sich am Ende gern überreden, noch über Mittag zu bleiben.

Bei diesem Besuch im Elsass wollte Jakob endlich neue Geschäftsbeziehungen knüpfen. Es war nicht seine erste Reise ins Linksrheinische, aber bisher war seinem Handel mit Edelsteinen nur geringer Erfolg beschieden gewesen. Es fehlte ihm an guten Beziehungen, vor allem zum mächtigen Klerus und zum Hochadel. Schließlich konnte er nicht einfach zur Tür hereinkommen, vor einem wildfremden Menschen sein Tüchlein aufschlagen, um Preziosen vorzuführen. Nein, für solche Geschäfte brauchte er einflussreiche Persönlichkeiten, die seinen Leumund bezeugten und zudem halfen, die Dinge auch dann zu richten, wenn er nicht da war. Ja, im Grunde suchte er einen verlässlichen Partner mit gutem Leumund und – das vor allem – mit guten Kontakten vor Ort.

Und noch ein anderes Anliegen wollte er dieses Mal voranbringen. Endlich sollte daheim im Tal ein solides Haus gebaut werden. Natürlich gab es Hütten und Ställe aus Hausteinen, die jeder Tölpel aufeinanderstapeln konnte, solange sie sich gegenseitig Halt gaben. Er aber wollte einen geschickten Steinmetz auftun, der ein Bauwerk errichtete, wie es im Schwarzwald noch keiner gesehen hatte.

Wie sein Haus beschaffen sein sollte, davon hatte Jakob nur eine vage Vorstellung. Als er im Jahr zuvor einen Blick hinter Straßburgs mächtige Kathedrale geworfen hatte, war er auf Männer gestoßen, die mit Steinen umzugehen wussten und Wände errichteten, die ewig hielten. Einen solchen Baumeister wollte er jetzt anwerben.

Die letzte Nacht hatte er in Schwarzach verbracht. Bereits beim Einreiten in dem kleinen Flecken mit seinem schönen Münster hatte er Bauern beobachtet, die in dieser Gegend reichlich Krapp anbauten. Die Wurzeln der Färberröte wurden gemahlen und getrocknet verkauft. Unter Beigabe von Tonerde, Zinn oder Eisen ließen sich die herrlichsten Farben in allen Schattierungen von rosa, schwarzrot, violett bis braun mischen. Rheinabwärts würde man bis zu sechs Gulden für jeden Zentner des schönen „Türkisch-Rot" zahlen.

Abends in einer Schänke hatte er einen der Dörfler angesprochen und bald herausgefunden, dass die Frankfurter Aufkäufer den Bauern schlechte Preise für die viele Arbeit zahlten. Als er sich interessiert zeigte, die gesamte Ernte einmal jährlich zu übernehmen und für besseres Geld loszuschlagen, war im Nu der Schankraum voll. Mit einem Handschlag hatte er noch am gleichen Abend das Geschäft besiegelt und die Jahresernte von 200 Säcken Färberröte für einen Preis von je drei Gulden ausgehandelt. Als Zuladung auf seinen Flößen würde ihn der Transport der gemahlenen Wurzeln praktisch nichts kosten. Vielleicht ließ sich dieses Geschäft in den nächsten Jahren sogar noch ausweiten.

Während Jakob jetzt auf Straßburg zuritt, zogen immer mehr Menschen mit ihm in die gleiche Richtung. Tagelöhner, Handwerksgesellen, Knechte und Mägde marschierten im Gänsemarsch den schmalen Pfad entlang. Schließlich fragte er eine Gruppe Marschierer, was sie alle in die Stadt trieb.

„Wisst Ihr denn nicht, dass wir heute einer Hexe den Garaus machen?", wurde er aufgeklärt. „Eine von der schlimmsten Sorte, sage ich Euch", fiel ein anderer ein, und ein dritter meinte vorlaut: „Mit dabei sein wollen wir schon, wenn sie zum Teufel reitet, aber ", er schüttelte sich angewidert, „ganz nah will ich ihr lieber nicht kommen."

„Wie wär's, Herr, ein Schlückchen vorweg kann auch Euch nicht schaden", lud der Anführer zum Trinken ein.

Doch Jakob winkte ab. Er hatte sich geschäftlich viel vorgenommen und es passte nicht in seine Pläne, wenn Straßburg Kopf stand. Kurz vor dem Stadttor stellte er seinen lieb gewonnenen Fuchs bei einem Korbflechter ein, der sich ein Zubrot damit verdiente, die Tiere von Durchreisenden zu versorgen.

Jetzt strömten Scharen von Menschen aus der Stadt heraus, kamen ihm entgegen, grölten, stießen sich gegenseitig und folgten einem grob gezimmerten Leiterwagen, der bedenklich schwankend in der Masse eines bunt bewegten Knäuels vorwärts rumpelte.

Auf diese Entfernung hätte es ein schönes, lebendiges Bild sein konnte. Das bunte Völkchen, groß und klein, mit Hüten, Tüchern, Stöcken und in farbenfroher Kleidung wirkte wie eine festliche Prozession. Schaute man aber näher hin, wurde deutlich, dass sich Pöbel den Weg bahnte. Heute war ein besonderer Feiertag. Da wurde getrunken und gegrölt. Es wurden die gottverdammten Weiber verflucht, die sich mit dunklen Mächten umgaben, sie für sich nutzten, um anderen Schaden zuzufügen. Heute entlud sich das Leid des eigenen Schicksals an der Abscheu über eine Hexe. Man wollte helfen, das Satansweib auf ihr Schafott zu heben.

Von einem Teufelsbanner war sie geprüft worden. Man hatte sogar in einer öffentlichen Beschwörung versucht, den Dämon aufzurufen, mit dem sie kommuniziert hatte. Anfangs schien es, als habe man Erfolg mit der Austreibung des satanischen Gesellen. Der Exorzist hatte den bösen Geist gerufen. Der hatte dann auch jämmerlich geschrien und schließlich hatte der Teufelsaustreiber ihn mit starken Maultaschen zum Entweichen des befallenen Körpers bewegen wollen.

Ein ekeliger Gestank hatte sich danach im Raum festgesetzt, aber es war alles vergebens und der Satan war dem Körper nicht entwichen.

Als man dann die Probe machte und Zeichen am Körper der Geprüften suchte, hatte die Person sich ganz kalt angefasst und krankhafte Eindrücke an Hals und Oberarmen gehabt.

Ja, sicher, schön war das Frauenzimmer allemal, verführerisch mit dunkelfarbener Haut und feurigen Augen. Wer weiß, mit wie vielen Männern sie es getrieben hatte. Ein solches Wesen konnte ihnen die Lenden schwächen und die Sinne verdrehen. Es war ja allgemein bekannt, dass der Teufel oftmals die Gestalt einer Verführerin annahm.

Schließlich, als das ganze Verhör kein Geständnis zuwege gebracht hatte, wurden der Hexe die Hände auf dem Rücken zusammengebunden und sie an diesen hochgezogen. Dann hatte man sie an den Wachstuhl gebunden und ihr den Schlaf entzogen. Außer allerlei Klagen und Gefasel war aus der Unglücklichen aber nichts Handfestes herauszubringen.

Kurz und gut, das ganze Exorzieren blieb am Ende ein Misserfolg. Die Hexe war in keiner Weise folgsam. Ganz verwirrt hatte sie Rede und Antwort gestanden und schließlich nur noch in ihr Inneres hineingehorcht, dorthin wo ihr das schändliche Tun von bösen Geistern souffliert wurde.

Die Gefahr für Mensch und Tier war nun einmal zu groß. Einen starken Hagelschlag hatte es in jüngster Zeit gegeben. Die Ernte der Gegend lag zerhauen am Boden und ein Bauer hatte vermeldet, dass just dieses Weib in der Nähe seiner Kühe gesichtet worden wäre und dann sei bald darauf ein Viech wie verhext gewesen, habe sich im Kreis gedreht, kläglich geschrien und sei schließlich tot zu Boden gefallen.

In dem Kind aber, das dieses Hexenweib bei sich hatte, kam alles zusammen, was Luzifer aufzutischen vermochte. Ja, es war so angefüllt mit Kot und Unrat, dass es am besten gleich samt der Hexe den selben Weg nehmen sollte. So viel schlechter Zauber war in dem Kind versenkt, dass es eine ganz verbogene Gestalt angenommen hatte. Sollte der Wurm doch bei der Mutter bleiben, wenn sie auf dem Scheiterhaufen vom Leben zum Tode befördert wurde, denn nur die Feuerglut würde das Ungeziefer ein für alle Mal vernichten.

Am Ende trat ein Kirchenprediger hinzu und hielt dem Dämon, welcher sich in dem Weib verbissen hatte, das Wort der heiligen Schrift vor. Dort steht im 2. Buch Moses, Kapitel 22, Vers 17: „Hexen sollst du nicht am Leben lassen."

Der Papst wird schon gewusst haben, warum er derlei Brut erbarmungslos ausrotten ließ. Da hieß es gründlich handeln und keine Nachsicht üben, zum Wohle derer, die sich von der Pestilenz der Hölle fernhielten.

Jedenfalls war es ein Malefizgericht, das mit großer Sorgfalt und mit allem erforderlichen Sachverstand abgehalten worden war.

Der Leiterwagen mit zwei plumpen Speichenrädern holperte schwerfällig vorwärts. Er wurde von einem stoisch trottenden Stier gezogen, aber man hätte meinen können, dass die Kraft des Tieres nicht erforderlich gewesen wäre, denn ganz Mutige packten mit an, wollten helfen, die Last aus der Stadt zu schaffen, hinauf zum Richtplatz.

Jungfrau und Stier – wiederholte sich der uralte Mythos? Trug die Kraft des Tieres das Weib der Erlösung entgegen?

Die Wahrnehmungen verschwammen, ebenso wie das Individuum, das aufging in der wabernden Menge. Einige eilten voraus, andere bildeten den Saum einer Kolonne, die sich über den gestampften Weg aus Straßburg hinaus drängte und auf die angrenzenden Felder ergoss. Es ging nur langsam voran und Jakob musste zurücktreten, um von der Flut Leiber nicht weggespült zu werden.

Jetzt war der Leiterwagen gleichauf mit ihm. Er erkannte eine kauernde Person, eine Frau ganz ohne Frage, deren Gesicht von feuchten, pechschwarzen Haaren verdeckt war. Ein kleines Kind in verschlissenem, löcherigem Kleidchen vor ihr schien ohne Leben, saß abgewandt mit dem Blick über die Menschen hinaus in die Ferne gerichtet. Jegliches Leben war schon jetzt aus ihm gewichen. Eine Nähe der Mutter zum Kind war hier nicht erkennbar. Man hätte meinen können, dass die beiden sich fremd waren. Vielleicht hatten sie bereits Abschied voneinander genommen.

Als der hüpfende Leiterwagen direkt an Jakob vorüberfuhr, hob die Frau ein einziges Mal für kurze Zeit den Kopf. Als folgte sie einer inneren Regung, einer unerklärlichen Eingebung, ging ihr Blick in seine Richtung. Nur zu ihm, nirgends sonst sah sie hin. Jakob glaubte plötzlich, dass sein Herz vor Schreck stehen bleiben würde. Diese armselige Kreatur kannte er nur zu gut. Das war niemand anderes als seine Geliebte, ja ganz ohne Zweifel, keine andere Frau als Morgana konnte es sein. Nicht ihr Äußeres, das blutbeschmierte und zerfetzte Gewand, nicht ihre Haltung, die ganz in sich zusammengefallen war, hatte ihn dieses Wesen wiedererkennen lassen, es war das schön geformte Gesicht und der Glanz eines tiefen, langen Augenaufschlags, der ihn traf, sich in ihn versenkte.

Wieder stand er am Rande einer Menschenmenge, die ihn und diese Frau umschloss, gerade so wie vor fünf Jahren auf dem Marktplatz in Bingen. Wieder bildete er nur die Staffage, während sie im Mittelpunkt der Aufmerksamkeit stand. Auf sie konzentrierte sich eine Horde triebhaften Gesindels – im Namen der Kirche Gottes. Es war die gleiche Frau, die mit einem letzten Glühen ihres Inneren seine Seele zu durchdringen suchte. Ja, ein Blitz aus heiterem Himmel wäre es, wenn nicht gerade dieser Vergleich sich dem Bild versperren würde.

Die Menschen drängten weiter und Jakob war von einem Moment zum anderen nur noch ein Bündel stürmischer Gefühle. Morgana, seine geheimnisvolle Liebe, die er im Nebel sonnenwarmer Träume mit sich getragen hatte, war unverhofft in sein Leben getreten. Alles wie in Bingen, nur die Vorzeichen hatten sich gänzlich verdreht, verknotet. Dieses Mal fuhr sie als Werkzeug des Teufels schaukelnd und schwankend ihrem eigenen Schafott entgegen. Was konnte er schon an dieser Stelle unternehmen? Die Menschen auseinandertreiben, die Geliebte befreien, sie retten, ein Kirchenurteil außer Kraft setzen?

So wurde er mitgerissen vom vorwärts drängenden Pöbel, ging auf in der Masse, die ihn nun ganz umfing. Nur ein Ziel verfolgte er – irgendwie musste er nahe an die Märtyrerin herankommen, sie ansprechen, ihr alles Vertrauen, alle Kraft geben, die sie jetzt brauchte, aber das Stoßen und Schieben war groß. Immer wieder sprangen die Leute zur Seite, wenn die großen Räder des Gefährts nach der einen oder anderen Seite ausbrachen und ihm damit den Weg zur Geliebten versperrten.

Mutige griffen durch die Stäbe, berührten die Dämonin und drängten andere zurück. Irgendwann kam der stoische Stier zum Stehen. Die Stadtknechte mussten jetzt Platz schaffen. In angemessener Entfernung stellten sich Straßburger Würdenträger auf, um Zeugnis über den ordentlichen Ablauf des Gottesgerichts zu geben.

Ganz nah stand Jakob beim Karren, sah das Kind und erkannte seinen entstellten Körper. Wie abschreckend es aussah. Die rechte Schulter war hochgezogen, während die linke abfiel, gerade so, als habe sie einen Schwengel zu tragen, der den Körper nach einer Seite niederdrückte. Rechts dagegen ragte ein Buckel aus der Gestalt hervor. Ein entstelltes Ungetüm, ein Monster saß vor der Mutter, deren grazile, biegsame Figur auf dieser erbärmlichen Pritsche einen grotesken Kontrast bildete. Das Kind kauerte seitlich von ihr, schaute sie nicht an. Man konnte erkennen, dass sich Tränen in dem dreckverkrusteten Gesicht ihren Weg gesucht hatten. Jetzt war zum Weinen keine Kraft mehr in dem Unglückswesen.

Alles war gut vorbereitet. Um einen senkrecht in die Erde gerammten Stamm hatte man große Ballen Stroh geschichtet, darüber türmten sich Reisigbündel und Äste. Eine Leiter war angestellt, über die man die Hexe hinaufheben würde. Dort mochte sie einen letzten Blick auf eine Welt richten, in der sie keinen Platz mehr hatte. Von dort oben sah man über die Gaffer hinweg weit ins Land. Am Horizont war der Rhein zu erkennen, dessen Wasser sich wie ein silbernes Band durch die Landschaft schlängelte.

Inzwischen waren die Knechte mit allerlei Vorbereitungen zugange. Jakob machte einige Schritte nach vorn, ging auf den Karren zu, klammerte sich an die Gitterstäbe und seine Stimme klang gehetzt als er die Geliebte anrief:

„Morgana, erkennst du mich? Schau mich an Liebste! Ich bin es, Jakob, um Himmels Willen, erkennst du mich nicht?" Wie konnte sie nur so wertvolle Zeit verstreichen lassen. Er wiederholte es, wollte, dass sie die kostbaren Augenblicke nutzte, ihm irgendein Zeichen gab, vielleicht um sie am Ende doch noch aus dieser aussichtslosen Lage zu befreien.

Dann – endlich – eine schwache Regung. Sein Flehen musste zu ihr vorgedrungen sein. Sie bewegte sich. Die Beine leicht angezogen, drehte sie den Oberkörper zu ihm hin.

In diesem Moment trennten Jakob gerade einmal drei Fuß von seiner einstigen Geliebten und doch war sie so unerreichbar fern. Einer Spinne gleich, warf er alle Fäden zu ihr hinüber, die seine Gefühle woben, aber es hatte den Anschein, dass sie bei ihr nicht haften blieben. Sie hob den Kopf, die Haare glitten zur Seite und eine blasse, gespannte Haut ließ Nase, Augen und Mund scharf hervortreten. Dann stach es ihn tief ins Herz, als sich ihr Mund leicht verzog. War es Fieber oder die Angst in ihr, als sie ihren flatternden Blick auf ihn richtete?

Sie erkannte ihn, „Jakob, mein Ritter mit der Schwert, mon amour", las er mehr von ihren Lippen ab, als dass er sie verstanden hätte. Er fürchtete, dass man ihn wegziehen würde. Krampfhaft hielt er sich an den Stäben des Leiterwagens fest, wollte nicht fortgespült werden in dem allgemeinen Durcheinander.

Wie eine Ewigkeit kam es ihm vor, als ihr Gesicht eine schwache Regung zeigte. „Rette dem Kind. Garde le bien, notre petit!", flüsterte sie so leise, dass Jakob sich nicht sicher war, ob es diese Worte waren, die er in all dem Trubel auffing. Nur dieses eine Mal wanderte ihr Blick voller Rührung zu dem kleinen Gnom hinüber, dass Jakob hätte heulen mögen.

Später erinnerte er sich nur an diese zwei Sätze. Er wusste dann nicht mehr, ob sie ihm noch anderes mitteilen wollte. Jedenfalls war es nur ein kurzer Moment, in dem sie zu ihm und zu dieser beängstigenden, erbarmungslosen Welt zurückgekehrt war.

Man griff ihn beim Arm, wollte ihn zurückstoßen in die Masse der Schaulustigen, aber er befreite sich und ging auf die Gruppe städtischer Würdenträger zu.

„Ich bin Jakob van Nienpoort", trumpfte er selbstbewusst auf „Wenn Ihr schon diese Frau auf das Schafott schafft, so übergebt mir wenigstens das bedauernswerte Wesen dort", und er zeigte auf das Kind hinter den Leiterstäben. „Ich verbürge mich für den Kleinen und appelliere an Euer christliches Herz."

Es entstand Bewegung in der Gruppe. Abermals kamen zwei Knechte auf ihn zu und wollen ihn zurückdrangen, aber einer der Ratsherren winkte beschwichtigend.

„Lasst ab von ihm, wir wollen hören, was er da vorzubringen hat!" Die unerwartete Verzögerung war den Umstehenden jetzt gar nicht recht.

Jedes Wort, das wusste Jakob, musste er abwägen. „Hohe Herren, es wurde exorziert und ein Hexengericht über diese Frau gehalten. Wenn Ihr schon keine Schonung für sie sehen könnt, so entlasst doch wenigstens das unschuldige Kind aus diesem Bann." Schnell konnte sich die Angelegenheit gegen ihn wenden, ein Fremder, der einer Hexe die Hand reichte, war nicht minder bedrohlich für die Kirche, als die Delinquentin selbst.

Tatsächlich traf der Bittsteller auf offene Ohren. Dieses Kind, das mochte so manchem der Augenzeugen durch den Kopf gehen, hatte keinen Teil am Malefizgericht, war im eigentlichen Sinne nicht schuldig gesprochen worden und die Angelegenheit hatte bis hierher einen bitteren Beigeschmack. Fand sich also jemand, der den Kleinen, und um einen Jungen handelte es sich in der Tat, der also dieses verwachsene Bürschlein aus dem ganzen Feuerzauber herausholte, dann war die Hexe redlich zur Hölle gefahren, allein, sorgsam examiniert und nach dem Kodex des *Hexenhammers* der Gerechtigkeit übergeben worden.

„Wie sollen wir Euch verstehen? Was bringt Euch dazu, dieses missgebildete Kind in Eure Fürsorge zu nehmen? Seid Ihr Euch der Aufgabe bewusst, zeitlebens das verschmutzte Bündel bei Euch zu verkösten, es am Leben zu erhalten?" Der Sprecher, mit hohem unförmigen Hut und Schweißperlen auf der Stirn, wollte nicht unüberlegt handeln. Am Ende fiel der Knabe Straßburg zur Last, wo schon die Hexe keinen Heller zu den Kosten dieser ganzen Prozedur beigetragen hatte.

„Hohe Herren, ich glaube ebenso wie Ihr an die heilige katholische Kirche und bin gottesfürchtig. Es kann nicht angehen, dass ein Kind, noch unschuldig und mit so großem Leid behaftet, denselben Weg wie die Mutter gehen soll. Übergebt es mir. Ich komme von der anderen Seite des Rheins aus dem Badischen und kann, ohne Not zu leiden, einen Esser mehr unter mein Dach bringen."

Die Zeit drängte, es war kein Raum für ein langes Palaver und die Leute riefen: „Steckt sie an, die Hexe, lasst ihre Seele endlich zur Hölle fahren – dorthin wo sie hergekommen ist ...!" Die Gaffer schnürten den Kreis enger und einige junge Männer machten Anstalten, selber Hand anzulegen, um das Spektakel zu beschleunigen.

Der Mann mit der absonderlichen Kopfbedeckung drehte sich den anderen Würdenträgern zu. Man tuschelte und dann, nach kurzem Hin und Her hieß es: „Ja, lasst den Mann mit diesem Kind abziehen, gebt es ihm, und dass er nicht eines Tages kommt und sich die Sache anders überlegt. Es gibt genügend Zeugen hier, die seine Fürsprache mit angehört haben. Wenn er also redliche Absichten hat, so soll der Krüppel ihm anvertraut werden. Genug wenn die Mutter hier endlich ihr Ende erlebt."

So wurde das Kind aus dem Leiterwagen herausgehoben und Jakob nahm es auf die Schultern. Morgana aber, das jammervolle Wesen, sah nicht mehr auf. Es war gut möglich, dass sie nicht einmal mehr bei Sinnen war. Keine Regung zwischen ihr und dem entschwindenden Kind. Es hatte den Anschein, als würde eine leblose Puppe über das Gitter gezerrt.

Die Menge nahm es wahr. „Seht doch, wie die Mutter das Kind von sich lässt. Nichts rührt sich bei dem Satansweib. Sie hat einen Klumpen Dreck geboren und so geht er ihr auch unter den Augen davon."

Hastig drängte Jakob mit dem Kleinen durch die dichten Reihen der Zuschauer, um rasch Abstand zu diesem ganzen Narrentreiben zu gewinnen. Nur aus weiter Ferne, als er nach schnellem Gang und nach Luft ringend sich einmal umblickte, sah er ein wahres Höllenfeuer oben am Hügel lodern. Der Funkenflug war selbst bei diesem hellen Licht des Tages gut erkennbar. Ein Schreien oder Stöhnen war nicht auszumachen, nur das gleichförmige ferne Summen, wie es große Menschenansammlungen verursachen, blieb ihm in den Ohren hängen.

Er musste sich ausruhen, das Kind von den Schultern heben und sich am Rande einer Hecke ins Gras setzen. Das missgestaltete Bündel neben ihm wirkte leblos. So wie Jakob den Jungen hinsetzte, blieb er bewegungslos hocken, den gleichgültigen Blick auf seinen Retter gerichtet.

„Wie heißt du eigentlich", versuchte Jakob einen zaghaften Kontakt zu dem Kleinen herzustellen, aber er erhielt keine Antwort.

„Kannst du mich verstehen? Du bist doch sicher groß genug, um mir etwas zu sagen ..." Noch immer regte sich der Kleine nicht. Mit der breit gewölbten Stirn, den dunkelbraunen Haaren und seinen blaugrauen Augen ließ er sich nicht aus seiner Starre herausreißen.

Aus welch einem Strudel von Menschen, Gejohle, Gier hatte Jakob diesen Knaben herausgezerrt. Jetzt musste er sich sammeln und erst einmal nachdenken.

Warum war er gerade heute hier eingetroffen, genau zu der Stunde, als sein Liebestraum auf den Richtplatz geführt wurde? Welche Fügung des Schicksals hatte der Herrgott vorgesehen, wenn er das Kind vom Feuertod rettete, die Mutter dagegen den Flammen überließ?

Die Kirche berief sich auf die reinigende Wirkung des Malefizgerichts, aber Pater Engelbert, selber ein Mitglied der Kurie, verleugnete stets die Rechtmäßigkeit solcher Teufelsaustreibungen, hatte die Hexenprozesse mit Spott und Ironie gegeißelt.

Was hatte es mit dem Kind auf sich? Hatte Morgana in den kurzen wirren Momenten vorhin etwas von „notre petit" gestammelt? Wollte sie den Krüppel als „unser" Kind in seine Obhut geben? So wird es wohl gewesen sein. Die Mutter hatte ihm den Jungen als das Ergebnis ihres gemeinsamen Liebesakts ans Herz gelegt.

Er dachte an den kleinen See bei Bingen und dann fiel ihm die Prophezeiung wieder ein, die ihn damals verwirrt hatte. „Du bist mein Ritter", hatte sie damals gesagt – und „Dein scharfes Schwert soll unser Lieb schützen!" Vielleicht sah sie schon damals voraus, dass er Schutz und Schild eines gemeinsamen Kindes werden sollte. Wenn ein Wesen so deutlich die Zukunft sah, ging dann alles mit rechten Dingen zu? War sie am Ende tatsächlich eine Hexe?

Er machte sich Vorwürfe, dass er im Begriff war, seine Nerven zu verlieren. Jetzt war nicht der Moment, in den Strudel dunkler Gaukeleien einzutauchen. Aber woher stammten diese

Verunstaltungen, mit denen das Kind hier neben ihm gezeichnet war? Unwillkürlich begann Jakob nachzurechnen. Wann war es, dass Morgana und er sich einander hingegeben hatten. Fünf Jahre und vielleicht sogar einige Wochen mögen inzwischen vergangen sein.

„Wie alt bist du?", stieß Jakob ganz unvermittelt heraus. „Sag, Junge, wie viele Jahre zählst du?" Aber das Kind blieb unbeweglich, sah zu ihm hoch und er fühlte sich plötzlich unsicher, beobachtet. Es schien ihm, dass dieses kleine Lumpenbündel ihn mit prüfendem Blick anschaute.

Nun war es genug. Er sprang auf und suchte den Weg in die Stadt. Zuerst einmal, sagte er sich, musste er jemanden finden, der den Kleinen tagsüber bei sich aufnahm, ihn gründlich wusch, fütterte und ihn ausschlafen ließ. Es wurde Zeit, dass er sich um seine Geschäfte kümmerte. Die Erlebnisse der vergangenen Stunde, die aufgewühlten Gefühle, wollte er durch praktisches Handeln verdrängen und er wusste, dass ihn noch auf lange Zeit der Gedanke umtreiben würde, Morgana nicht gerettet zu haben.

Hinter dem Croneberger Tor ging er über die Grienbrücke und befand sich jetzt im Innern der Stadtmauer. Von hier aus konnte er den hohen Pfennigturm ausmachen und ließ schließlich den Kornmarkt rechts liegen. Er gelangte zum Collegium des Predigerklosters. Das schweigsame Kind folgte ihm willig an der Hand. Straßburg schien ausgestorben zu sein. Wahrscheinlich hatte es die einen zur Richtstätte gezogen, während andere die Türen versperrt hatten, um den unberechenbaren Pöbel von sich fernzuhalten.

Von der Münstergasse her bog eine schmächtige Gestalt ein. Ein recht klein geratener Mönch ging hastig und mit gesenktem Kopf auf ihn zu. Jakob konnte ihn nur aufhalten, indem er sich dem Mann in den Weg stellte.

„Verzeiht, aber ich brauche Euren Rat." Der Mann in der abgewetzten Kutte machte einen Bogen und versuchte unbehelligt an ihm vorbeizukommen. Doch gerade als er sich rasch davonmachen wollte, drehte sich der Angesprochene unvermittelt nochmals um und stutzte. Er warf einen prüfenden Blick auf das ungleiche Paar. Dann schien er zu überlegen, sich auf die Pflicht der Nächstenliebe zu besinnen und schaute abermals den Mann und das zerlumpte Kind nachdenklich an.

„Wie kann ich Euch helfen, damit ...?" Er unterbrach sich, dachte angestrengt nach – und dann verlor sich auf einmal sein misstrauischer Gesichtsausdruck: „Ja, ist es denn die Möglichkeit, Euch kenne ich, Herr, wo sind wir uns schon begegnet, auf einer Reise, gewiss, Ihr seid nicht von hier. Halt, wartet, ja, ja, jetzt fällt es mir wieder ein, Ihr seid der feine Herr, der mich auf einem seiner Pferde reiten ließ."

„Und Ihr seid Bruder ... Hippolyt, so heißt Ihr doch?", ergänzte Jakob erleichtert. „Ihr seid der Dominikanermönch, der außer dem Herrn im Himmel die heiligen Schriften so besonders liebt!" Man sah es Jakob an, wie sehr er sich freute, gerade jetzt einem Menschen zu begegnen, der ihm nicht gänzlich fremd war.

„Bruder Hippolyt, ich bin froh, dass Ihr mir über den Weg gelaufen seid. Bitte sagt mir, wo in dieser Stadt ich eine Unterkunft für dieses Unglückskind finden kann, das Schweres durchgemacht hat, und ..."

„... und das dem Feuertod entkommen ist", unterbrach er Mönch, „habe ich recht? Das hier ist das Kind der armen Sünderin, die heute aufs Schafott gebracht wurde – ist es nicht so?"

„Woher wisst Ihr ...?"

„Herr ..., es gibt wohl kaum jemanden, der nicht Bescheid weiß über das Kirchengericht und die Schuld der armen Sünderin, Gott möge sie gnädig aufnehmen." Dabei schlug der Mönch das Kreuz über der Brust.

„Ich konnte diesen armen Kerl gerade noch vom Wagen heben, ehe der Feuerzauber einsetzte. Gebt mir bitte einen Rat, wo ich ihn in Pflege geben kann?"

„Was heißt ‚in Pflege'? Wollt Ihr dieses Kind gleich wieder loswerden?" Mit unverhohlenem Misstrauen versuchte Bruder Hippolyt herauszufinden, was dieser junge Mann im Schilde führte. Hatte der feine Herr schon nach wenigen Augenblicken seine gute Absicht bereut? Für derlei Machenschaften wollte sich der Mönch nicht hergeben!

Über Jakobs Gesicht huschte ein Lächeln: „Traut Ihr mir wirklich zu, dass ich den Jungen zuerst in meine Obhut nehme, um ihn dann gleich an der nächsten Ecke wieder abzusetzen?

Das Kind soll mit mir in den Schwarzwald kommen, aber fürs Erste muss ich mich meinen Geschäften widmen und kann den Kleinen nicht dauernd bei mir haben."

„Ihr seid gewiss ein guter Mensch, Herr ..." Der Mönch hielt inne. „Wartet, ich muss nachdenken. In unser Männerkloster kann ich das Häufchen Elend nicht mitnehmen, aber vielleicht wird uns ein guter Freund behilflich sein." Noch immer zögerte der Mönch, doch dann schien er sich zu einem Entschluss durchgerungen zu haben. „Folgt mir, wir brauchen nur zwei Straßen weitergehen."

Zu dritt überquerten sie einen großen Platz vorbei am Straßburger Münster und bogen in eine Allee ein, die von mächtigen Baumriesen gesäumt war. Nach kurzer Zeit blieb der Mönch vor einem hohen Zaun stehen, der ein beeindruckendes Anwesen umschloss. Ohne langes Zögern klopfte der Mönch an das große Tor.

„Ihr seid wieder zurück?", staunte der Mann in der Tür und man sah ihm seine Verwirrung deutlich an. „Ich dachte, Ihr hättet Euch für heute bereits verabschiedet."

Noch ehe der Besucher etwas antworten konnte, kam ein junges Mädchen hinter dem Knecht zum Vorschein.

„Da seid Ihr wieder, Bruder Hippolyt", setzte sie an, sah dann aber die Begleitung des Mönchs und hielt verschämt inne. „Oh verzeiht, ich habe den Herrn hinter Euch nicht gleich gesehen. Ihr wollt sicher zu meinem Vater ..." Die Tochter des adeligen Hausherrn trat beiseite.

Dann kam auch schon der Vater zur Eingangstür. Ihm war anzumerken, wie sehr ihn die Rückkehr des Mönchs mit dem seltsamen Besucherpaar verwirrte. Das zerlumpte Kind ließ im ersten Moment nichts Gutes erwarten. Der Anblick machte den alten Herrn unsicher.

„Sieur de Montaigne, zuerst einmal muss ich mich entschuldigen", setzte der Mönch an. „Ich will Euch diesen Herrn aus dem Badischen vorstellen. Ich kenne ihn von früher und glaube, dass Ihr Euch seine Geschichte anhören werdet", versuchte der Mönch zu beruhigen.

„Wie heißt er denn?" Wieder sprach de Montaigne nur den Mönch an.

„Das ist Herr ..., Herr ...", der Mönch besann sich, zauderte dann, „ich weiß nicht einmal wie Ihr heißt!", und damit wandte er sich Jakob zu. „Zwar bin ich einen lieben langen Tag lang mit Euch geritten, aber Euren Namen habe ich mir beim besten Willen nicht gemerkt. Vielleicht habt Ihr ihn damals gar nicht genannt."

Jakob lächelte verlegen. „Nun, nennt mich einfach ‚Jakob Hassler'. Ich bin Hauptschiffer im Schwarzwald und habe neben meinen Geschäften mit dem Holz noch andere Handelstätigkeiten, die mich heute hierhergeführt haben."

„Na, dann tretet erst einmal ein und erfrischt Euch. Wir können drinnen weiterreden." Sieur de Montaigne wandte sich an seiner Tochter. „Ruth, schau zu, dass unsere Gäste etwas aus der Küche vorgesetzt bekommen."

Nach kurzer Zeit wurden Getränke und süße Kuchen gebracht.

Mitten aus der Heiterkeit eines schönen Sommernachmittags heraus war dieser junge Mann mit dem verunstalteten Kind in ihr friedvolles Heim eingebrochen und hatte sich ihrer Gedanken bemächtigt. Ruths Gefühle waren durcheinandergeraten. Was war bloß mit ihr los, dass dieser badische Holzfäller sie dermaßen einzuspinnen vermochte, ihr den Schlaf raubte, das Herz zum Glühen brachte und doch nichts tat, um ihr ganz nahe zu kommen. Sollte sie ihn ermutigen, diese unerklärliche Erregung zu erwidern? Nicht etwa, dass er sie abweisend behandeln würde. Ganz im Gegenteil, sein Benehmen war einwandfrei, er sprach offen, ja, er versuchte sie mit seinen Blicken einzufangen. Der Flößer wusste sich zu unterhalten und sie konnte rasch erkennen, dass er sich energisch und voller Selbstvertrauen seinen Weg im Leben bahnte.

Saß er aber allein im Garten oder schaute dem Kind zu, dann wirkte der Gast nachdenklich. Sie fühlte, dass zwischen der verbrannten Hexe, ihrem verbogenen Kind und diesem stattlichen Mann eine Verbindung bestanden hatte.

Dieser blonde Badener wirkte reifer und gesetzter als die jungen Großmäuler, die sie in Straßburg kannte. Zwar sprach

Jakob wenig über seine Heimat im Schwarzwald, aber unverkennbar saß Ruth einem Mann gegenüber, der anderen den Weg vorgab.

Der Vater war anfangs skeptisch gewesen. Er hatte sich gefragt, ob die unglaublichen Geschichten über das Flößergeschäft, die niederländische Herkunft und – nicht zuletzt – dieses Kind an seiner Hand, etwas verdecken sollten, ja erlogen waren! Doch auch er hatte den jungen Mann bald in sein Herz geschlossen.

Der verkrüppelte Knabe war in der Stadt in aller Munde. Einige dauerte das Schicksal des Kindes, andere mochten nachträglich richten, den Jungen auch jetzt noch in die Glut schieben, nachdem die Mutter längst der Gerechtigkeit übergeben worden war. Warum sollte man nur den Stamm verbrennen, sollte nicht der Schössling gleichfalls lodern?

In ihren starken Gefühlen für Jakob galt Ruths ganze Zuwendung jetzt dem Unglückswurm. Sie badete ihn und half ihm anständig zu essen, ohne dass er alles gierig in sich hineinstopfte.

Dabei musste sie sich überwinden, ihre Abscheu vor dem missgestalteten Knaben nicht zu zeigen. Es fiel ihr schwer, die schiefe Statur, den buckeligen Rücken mit Wasser zu bearbeiten, ja, den Jungen überhaupt zu berühren.

Das Kind löste sich nur langsam aus seiner Erstarrung. Es redete einzelne Brocken, zumeist in unterschiedlichen Sprachen, blieb ernst und jeder Annäherung gegenüber scheu und abweisend.

Eine Woche war Jakob nun schon in der Stadt. Grimon Sieur de Montaigne hatte ihm mit all seinen Beziehungen Tür und Tor geöffnet, ihn über mehrere Umwege schließlich auch mit dem mächtigen Klerus von Straßburg in Kontakt gebracht und den jungen Badener mit seinen Edelsteinen an andere wohlhabende Familien weiterempfohlen. Die geschäftlichen Kontakte entwickelten sich jetzt vielversprechend.

In der Woche nach Jakobs Erscheinen im Haus des Sieur de St. Montaigne erklärte der alte Herr, dass er auf eines seiner Landgüter bei Reims reisen werde und der Gast für die letzten zwei Tage seines Aufenthalts ohne ihn auskommen müsse.

Voller Gewissensbisse entschuldigte sich Jakob dafür, seinem Gastgeber so lange zur Last gefallen zu sein, aber der winkte beschwichtigend ab. „Macht Euch deshalb keine Sorgen. Während ich verreist bin, wird meine Tochter es sein, die das Gesinde anweist, Euch mit gleicher Umsicht zu versorgen wie bisher. Schließlich sollt Ihr Straßburg in guter Erinnerung behalten."

Inzwischen hatte Jakob einen Kirchenschreiber ausfindig gemacht, der das Malefizgericht der Hexe bezeugt hatte und ihm berichtete, dass die Delinquentin mehrfach nach dem Vater des Kindes befragt worden sei. Dabei waren ihre Antworten kaum verständlich gewesen. Ein ‚Bader' habe ihr beigeschlafen und ein Feuermal habe sich auf seinem Bein befunden. Sie habe einer Truppe von Gauklern angehört und die Verunstaltung ihres Sohnes sei durch einen Unfall entstanden, als sich der Junge hinter dem Wagenrad des Reisefuhrwerks befand. Die Pferde hätten gescheut, das Fuhrwerk sei rückwärts gerollt – genau über den Körper des spielenden Kindes hinweg. Nach dem schrecklichen Unfall wären sie und der kleine Invalide eine Belastung für die Fahrensleute geworden. Sie habe dann irgendwann die Truppe verlassen müssen. Durch Bettelei habe sie sich und das Kind recht und schlecht am Leben gehalten.

Für Jakob stand außer Frage, dass es sich bei dem Vater um keinen anderen als ihn selbst handeln konnte, denn sie hatte wahrscheinlich nicht ‚Bader' sondern ‚Badener' gemeint und das Geburtsmahl am Bein des Liebhabers war ein Zeichen, das sich nicht bei vielen Männern finden würde.

Es mochte dem Exorzisten leicht gefallen sein, die verworrenen Aussagen Morganas, das Wundmal des Liebhabers und manch andere Ungereimtheiten in einen unseligen Zusammenhang zu bringen. Alles Auskünfte, um dem Verdacht satanischer Einflüsse Nahrung zu geben. So hatte sich das arme Wesen unwissentlich immer tiefer in sein Schicksal hineingeredet.

Jakob seufzte als er Ruth dies alles offenbarte. „Es deutet alles darauf hin, dass ich Vater des Kleinen sein könnte. Ein kurzer Fehltritt, der mir mit diesem verunglückten Wesen fortan vor Augen gehalten wird."

„Ihr habt nobel gehandelt, Jakob, und der Himmel wird Euch die Güte heimzahlen, mit der Ihr das Schicksal des Jungen nun zu dem Euren macht." Ruth spürte eine immer größere Zuneigung zu dem jungen Handelsherrn und sie musste an sich halten, um ihm nicht zärtlich über den Kopf zu streichen. Die Frau, der er sich vor Jahren hingegeben hatte, lebte nicht mehr. Ruth wollte das Liebesabenteuer mit dieser exotischen Nixe nicht ernst nehmen. Eine Landstreicherin hatte ihn verführt, unerfahren wie er damals war. Sie liebte Jakob und da war kein Raum für lähmende Gedanken.

In den vergangenen Tagen hatte sie immer wieder beobachten können, wie er sie angeschaut und auffallend häufig ihre Nähe gesucht hatte. Sie war klug genug, um zu erkennen, dass er schüchtern war, vielleicht weil er Schuldgefühle hatte. Um sie sollten sich seine Gedanken drehen. Er sollte sie als reifende Frau wahrnehmen, sie in die Arme schließen. Warum nur öffnet er sich ihr gegenüber nicht endlich.

Vor einigen Tagen hatte er ihr von einem Steinmetz berichtet, der am Münster beschäftigt war, und sich bereiterklärt hatte sein neues Haus zu bauen. Mit einem Stock hatte Jakob Raum für Raum in den Sand gezeichnet und vor ihren Füßen ausgebreitet. Sie war geradezu mitgerissen, hatte bald selber diese oder jene Anregung hinzugetan und er hatte die Ratschläge dankbar angenommen. Wie schön wäre es, wenn sie das Wachsen des neuen Heims begleiten könnte, um eines Tages mit ihm darin zu wohnen.

Dann war die Stunde des Aufbruchs gekommen. Ruth hatte ihre weibliche List eingesetzt, indem sie ihm klar gemacht hatte, dass es für den Jungen besser sei, wenn er in Straßburg und bei ihr zurückblieb und noch nicht die Strapazen einer Reise auf sich nahm. Auf diese Weise musste ihre heimliche Liebe bald wiederkommen, sagte sie sich und so wurde das Kind zum Faustpfand ihrer Sehnsucht.

Als sie den Gast zum Korbflechter vor den Toren der Stadt begleitete und er sein Pferd dort wieder in Empfang nahm, fragt sie ihn: „Wie wollt Ihr eigentlich das Kind nennen? Es sagt nichts und vielleicht hat es gar keinen Namen mitbekommen?"

„Darüber habe ich auch schon nachgedacht. Nennen wir ihn ‚Jakobus', wie den Führer der Urgemeine Jerusalems. Ein frommer Name, der seinen gottesfürchtigen Weg ebnen mag. So heißt er beinahe so wie ich – damit ich mich als sein Vater zu ihm bekenne." Ohne Zögern war die Antwort gekommen und es war Ruth klar, dass er diesen Entschluss schon länger gefasst haben musste.

„Fein, Jakob, beim Nennen seines Namens denke ich dann auch an Euch!" Sie biss sich auf die Zunge. Hätte sie sich nicht im Zaum halten können? Die Bemerkung war geradezu aufdringlich.

Er aber nahm sie ganz unverhofft und impulsiv in die Arme. „Ich danke Euch für alles. Nicht nur für die Liebe und Fürsorge, die Ihr dem Kleinen antut, sondern auch für die Wärme, die ich bei Euch so sehr verspürt habe." Er hätte gern mehr sagen wollen, aber er brachte es nicht über sich. Wie konnte er annehmen, dass diese Frau ihm sein früheres Liebesabenteuer vergeben würde. Das Kind, so meinte er, stand zwischen ihnen beiden.

„Ja … ja … ja …" wollte sie ihm hinterherrufen, als er auf sein Pferd stieg und energisch antrabte – „dich will ich haben und keinen anderen sonst. Gesunde, hübsche Kinder will ich dir schenken und dich aus deinen Grübeleien reißen."

Der geschundene Wald
Anno 1557

„Jetzt heißt es dem Gaul in die Zügel greifen. Wenn er weiterhin bockt und ausschlägt, trifft er am Ende uns allesamt. Du, Hannes, warst es doch immer gewesen, der dem Jakob Hassler den Schneid abkaufen wollte. Kaum kommt der Ridinger Hof in Sicht und schon kneifst du!" Ja, Hannes Heller mit seinen forschen Sprüchen, der hatte immer getönt, dass er den Quertreiber an die Kandare nehmen, ihn in das gemeinsame Joch zwingen wollte, aber es war beim Sprücheklopfen geblieben. Ein Schwätzer und Großmaul war der Hannes. Heinrich Sprauer hatte den weit jüngeren Hauptschiffer noch nie leiden können.

Der Ärger mit Jakob Hassler aber stellte alles andere in den Schatten. Von Anfang an hatte sich der Neueinsteiger geweigert, mit den drei Teilhabern gemeinsame Sache zu machen. Es musste jetzt endlich ein Ende haben mit dem Streit in der Schifferschaft.

„Lass' du nur deine üble Laune bei anderen aus", gab Hannes Heller missgelaunt zurück. „Ich habe dem Hassler mehr als einmal gesagt, dass er mit ins Boot steigen soll, aber er hat mir gedroht, die Hunde auf mich zu hetzen."

„Was regt Ihr Euch so auf?" Wendel Schickinger mischte sich ein. Er hatte schon manchen harten Schlag in der Schifferschaft überstanden. Heute würde er den bockigen Partner beim Genick packen. „Wir haben die ganze verfahrene Angelegenheit beim Rentamt in Baden angezeigt und von dort wird er den richtigen Bescheid bekommen. Der Lump hat sich zu fügen oder er verliert seine Holzrechte. Entweder er ist daheim, dann werden wir mit ihm umspringen, wie wir es gemeinsam verabredet haben, oder er ist ausgeflogen – dann wird ein anderer für ihn einspringen." Schickinger hatte die Nase gestrichen voll. „Seit nun schon über sechs Jahren will sich der junge Hassler nicht mit uns abgeben, flößt selber und obendrein weiter als wir – bis in die Niederlande."

Heinrich Sprauer saß den beiden anderen Hauptschiffern gegenüber. „Er wird den Kürzeren ziehen, Ihr werdet es gleich sehen. Am Oberrhein liefern immer noch wir das Meiste. Es muss endlich ein Ende damit haben, dass er seine eigenen Geschäfte in der Fremde macht. Wer die Gefahr sucht, kommt in ihr um! Mein letztes Wort: Wir flößen alle gemeinsam und nicht weiter als bis ins Hessische. Wenn er nicht mithält, lassen wir ihn absaufen."

Jetzt hatten sich die Männer in der Kutsche in Rage geredet. „Wir sind zu dritt und er allein. Es sollte mit dem Teufel zugehen, wenn wir den widerspenstigen Hammel nicht an die Leine bekommen", fluchte Wendel Schickinger und suchte jetzt das Gehöft des Ridinger Hofs auszumachen.

„Mir gefällt das alles nicht, wie wir da bei ihm vorfahren. Hätte nicht er zu uns kommen müssen?" Hannes Heller überlegte laut. „Wir fahren hier doch nicht als Bittsteller vor."

„Hast wieder einmal die Hosen voll, Hannes?" Wendel Schickinger konnte es auf den Tod nicht leiden, wenn sie alles miteinander besprochen hatten und kurz vor dem Ziel plötzlich eine andere Gangart ins Gespräch kam. Immer war der Heller am Überlegen, ob man nicht besser den entgegengesetzten Weg beschritten hätte. „Würden wir ihn aufgefordert haben, sich zu uns aufzumachen, hätte er mit tausend Ausreden den Kahn auf Grund gesetzt. Nein, nein, wir machen heute Nägel mit Köpfen. Außerdem ...", Schickinger spuckte gekonnt in hohem Bogen aus der Kutsche, „... könnte es uns gerade recht sein, wenn er sich verleugnen lässt. Wenn der Vogel ausgeflogen ist, liefern wir den Beweis, dass er sich einen Dreck um die Verordnungen unseres Landesherrn kümmert. Das würde ihm endgütig den Hals brechen, stimmts?"

Endlich waren sie angekommen. Der Rindiger Hof wirkte wie eine unfertige Baustelle. Die Gebäude duckten sich in eine Senke, als wollten sie in der Weite des Tals unsichtbar bleiben. Auch heute noch, sieben Jahre nach dem großen Brand, war alles in einem erbarmungswürdigen Zustand. Das Anwesen mochte in seiner Fläche größer sein als der alte Hof, an dessen verrußten Mauerresten die drei Hauptschiffer eben vorbeigefahren waren, aber Speicher und Schlafräume waren nicht viel mehr als hastig aufgestellte Bretterverschläge.

Die Stallungen wirkten immer noch wie ein Provisorium. In ihrer Mitte war der Misthaufen ohne schützende Wand aufgetürmt und weil keine Rinne ausgehoben worden war, floss die Jauche nur träge ab, denn es fehlte an Gefälle. So stank es ständig und es war feucht und glitschig, wo immer man hintrat. Das Haus, in das sie jetzt eintreten sollten, war ein ebenerdiger Holzbau, kaum größer als die übrigen Scheunen und Unterkünfte.

Steifbeinig stiegen die drei Besucher aus der Kutsche und hielten sich betont angewidert die Nasen zu. Hanne erwartete sie. Die alte Frau war in den Jahren geschrumpft. Ihre Knochen hatten sich verbogen und zwangen ihren Blick auf die Erde nieder.

Sie reichte jedem der drei Besucher die Hand. Man erinnerte sich der Tage, als ihr Bruder, Georg Ridinger, noch lebte. „Nun ist der auch schon lange von uns gegangen. Ein guter Mensch ist er gewesen und ein Partner, auf den man bauen konnte." Man sagte es weniger zu Hanne, als vielmehr, um sich einzustimmen – auf den Nachfolger, diesen fauligen, spröden Knochen.

„Schad' drum, Hanne, dass alles so kommen musste. Du solltest ein ernstes Wörtchen mit Jakob reden. Wenn Georg das alles gewusst hätte, wie der Hassler unser Geschäft vor die Hunde gehen lässt, glaube mir, dein Bruder hätte dem Halunken nicht die Zügel in die Hände gedrückt." Wendel Schickinger nahm kein Blatt vor den Mund. Als Ältester der drei hatte er keine Hemmungen. Auf den Amboss hier gehörte ein kräftiger Hammer.

„Nun tretet erst einmal ein, Jakob erwartet euch mit dem anderen Gast schon drinnen." Hanne wollte vorangehen, doch da hielt sie Hannes Heller am Arm fest. „Was heißt hier ‚mit dem anderen Gast …'? Wir sind mit Jakob Hassler im Geschäft und mit keinem sonst", stieß er beunruhigt hervor. In was für eine Schweinerei waren sie hier geraten?

Aber Hanne wollte kein unnötiges Geplapper vor dem Haus. Jakob erledigte alle Geschäfte. Sie stieß die Tür zur Stube auf und die drei Ankömmlinge standen außer dem Hausherrn noch einem weiteren Mann gegenüber.

„Nun, tretet ein, meine Herren." Der Hausherr zeigte sich freundlich, viel zu freundlich, wie die drei Besucher fanden.

„Wir sind mit dir verabredet, Jakob, und damit hat sich's. Was soll das mit dem Fremden hier? Schick ihn fort!" Wendel Schickinger konnte seine Empörung nicht mehr zügeln.

„Aber Wendel, kaum angekommen, willst du schon randalieren. Lasst mich zuerst den Herrn hier vorstellen. Der gräfliche Waldvogt Baltus Altvatter ist noch nicht lange im Amt. Ihr könnt ihn noch nicht kennen. Er ist neu im Tal. Schließlich will ich nichts anderes als unseren Streit schnell, und zum Nutzen unseres Markgrafen Philibert, aus der Welt schaffen."

So ein durchtriebenes Aas, dieser Hassler. Nachdem er nie zu einer Zusammenarbeit bereit gewesen war, wollte er nun die Angelegenheit so hindrehen, als sei er es, der Frieden sucht.

Als alle Platz genommen hatten, wurde eine kräftige Kost aufgetragen – geräucherter Fisch in fetter Soße, Gepökeltes vom Wildschwein und frisches Bier. Aber die Besucher hatten keinen rechten Appetit, stocherten hier und dort und wollten endlich zur Sache kommen.

Dann meldete sich Waldvogt Baltus Altvatter zu Wort. „Männer, es wird nicht nur wegen der Schifferschaft Beschwerde geführt, sondern zudem vom Rentamt in Baden. Lasst uns das vorneweg abhandeln." Der bärtige Mann mit seiner großporigen Nase und den roten Wangen, die unter dem wallenden, eisgrauen Bart zu verschwinden drohten, richtete sich auf. „Der Wald ist Eigentum der Markgrafschaft und sonst hat niemand einen Teil daran. Es ist der Wunsch des Fürstenhauses, dass Ihr alle gemeinsam nicht ständig an den eigenen Nutzen denkt, sondern das Wohl des jungen Markgrafen im Auge behaltet."

In den drei Neuankömmlingen ging von einem Moment zum anderen eine Wandlung vor. Eben noch die stolzen Hauptschiffer, wurden sie wie Stallknechte auf ihre Pflichten als Untertanen des Landesfürsten eingeschworen. Jedes Wohlwollen, jede Zusage aus Baden konnte sich von einem Moment zum anderen ins Gegenteil verkehren. Jakob hatte das ganz offensichtlich zu nutzen gewusst, hatte in Baden Einigungswillen geheuchelt und den Richtstuhl hier auf seinem Hof aufgebaut. Hatte er vielleicht den Waldvogt bestochen? Das wäre immerhin gegen ihn zu verwenden.

Den Namen „Baltus Altvatter" kannten die drei Besucher bereits. Es hieß, der Mann sei aufrecht und lasse sich nicht kaufen. Nun, man würde sehen, wie sich das entwickelte – auch das beste Haubeil wird irgendwann stumpf.

Wieder ergriff der Waldvogt das Wort. „Bannwärter haben die Baumbestände in den letzten zwei Jahren aufs Genaueste untersucht. Sie haben Berichte abgegeben und die Badische Kanzlei hat angewiesen, dass die Wald- und Forstordnung ohne Rücksicht auf Person und Stand einzuhalten ist. Keiner von euch hat in der Vergangenheit dafür gesorgt, die Hauen vom Verbiss des Viehs zu schützen – geschweige denn sie aufzuforsten. Ihr plündert die Wälder, als wären sie im Jahr darauf wieder erntereif."

„Wie meint Ihr das, Altvatter", fragte Hannes Heller. Er warf ein abgenagtes Hühnerbein auf die große Schüssel in der Mitte des Tisches, als habe er in fauliges Aas gebissen. Bis heute war ihm die Waldordnung gänzlich egal gewesen. ‚Es ist mein Wald', so hatte er gedacht, und die markgräfliche Residenz ist weit. Es waren Bäume, die der Herrschaft in ihrem Lebtag noch nicht ein einziges Mal unter die Augen gekommen waren. Wer trug denn am Ende seine Abgaben nach Baden, musste geradestehen für Lohn und Brot all der Leute, die er mit dem Holzgeschäft in Arbeit hielt? Ohne mutige Hauptschiffer wäre das ganze lukrative Geschäft nicht zu bewerkstelligen. „Es fehlt an Weideflächen im Schwarzwald und so ist es seit altersher Brauch das Vieh in die Hauen einzulassen. Wo sonst soll es sich sein Futter suchen?", grollte er.

„Das mögt Ihr in Baden klären, nicht hier", entgegnete Baltus Altvatter ungeduldig. „Soll nach dem Recht des Landesherrn gehandelt werden oder danach, wie Ihr Schweine und Kühe rasch fett bekommt? Schaut, dass Ihr endlich Vernunft annehmt. Jahr für Jahr schlagt Ihr mehr Holz und schaut mit offenen Augen zu, wie die Hänge kahl werden."

Baltus Altvatter setzte nach, ihm war anzumerken, dass er es genoss, die Autorität des Landesherrn in dieser Runde zu verkörpern. „Es fehlt an gutem Holz bergauf und bergab. Bestenfalls stellt sich nach dem Einschlag wieder Erle, Hasel, Birke oder Espe ein, vielleicht auch hier und da Hagbuche, gut genug für den Hausbrand, aber nicht für einen vernünftigen Handel. Fortan sind Eiche, Buche und Tanne so reichlich einzusäen, dass die Nachzucht mit dem Einschlag Schritt hält."

Immer mehr ereiferte sich Baltus Altvatter. „Denkt doch selber nach, wo findet Ihr heute noch Ahorn? Vergesst nicht, dass Frucht tragendes Holz wie Nuss, Pflaume, Birne und Kirsche in hinreichender Zahl vorzuhalten ist. Nichts davon findet sich in Eurem Revier. Nein, nein, lasst mich nun zum Ende kommen", und der Waldvogt wehrte den Widerspruch von Hannes Heller ab. „Ich weiß schon, was Euch im Kopf herum geht. Auf diesem Holz liegen zu hohe Abgaben, es lohnt nicht den Aufwand und die Mühe! Ich sage Euch, wenn euch der Streit wichtiger bleibt als die Badische Waldordnung, handelt Ihr Euch alle zusammen – so wie Ihr hier sitzt – nichts als Unmut ein!"

„Wie soll das alles funktionieren, wenn der Jakob nicht mit uns an einem Strick zieht?" Wendel Schickinger wollte es auf den Punkt bringen, eben auf jenen Punkt, der die Hauptschiffer bewegte. Sollte doch der Waldvogt seine Vorhaltungen dem Jakob Hassler um die Ohren hauen.

„Es wäre besser, Ihr macht reinen Tisch miteinander und fragt dabei nicht nach Hilfe von anderen. Das Rentamt hat den ewigen Streit in der Schifferschaft satt. Die Erträge aus Euren Geschäften sind lau, und, mehr noch, der Vorrat an Holz reicht nicht unendlich. Kurzum, ein jeder von Euch verfährt mit dem Wald, als sei er sein Eigen!"

„Wenn nichts nachwächst, liegt es am Wildverbiss", versuchte Hannes Heller die Standpauke in eine andere Richtung zu lenken. Am besten, man brachte ein neues Übel ins Spiel, dann würden die bisher genannten in den Hintergrund geraten.

„Nur gut, dass Ihr auf dieses Thema kommt", konterte der Waldvogt, „jetzt rührt Ihr an der Jagdordnung und auch hier schert Ihr Euch einen Dreck um alle Verfügungen, so als würdet Ihr keines Menschen Untertan sein. Jede Haue ist zu verzäunen, damit die Saat dem Wild nicht vors Maul wächst. Bei Euch tobt sich die Natur aus, ohne dass Ihr dagegenhaltet. Auf jeden Fall … nun, … kurzum – schaut endlich nach dem Rechten und stopft Euch nicht die Taschen selber voll!"

Waldvogt Baltus Altvatter sah jetzt einen guten Moment gekommen, die versammelten vier Hauptschiffer allein zu lassen. Er hatte seinen Auftrag erfüllt, die Flößer in gehörige Unruhe versetzt und nun mochten sie sich die Köpfe einschlagen. Seine Sache war es nicht, deren Geschäfte im Auge zu behalten.

„Lasst Euch von mir nicht aufhalten, meine Herren", ließ er sich beim Hinausgehen hören. „Ihr habt sicher genug miteinander zu bereden und da will ich nicht länger stören."

Die Hauptschiffer hörten den Waldvogt davonreiten, während das Quartett in der lähmenden Stille, die jetzt herrschte, es vermied sich anzusehen.

Schließlich meldete sich Wendel Schickinger als Erster zu Wort und rückte auf der harten Bank bedrohlich von Jakob weg. „Wir vier waren miteinander verabredet und du lässt den Bluthund aus Baden hier herumkläffen. Mit seiner idiotischen Waldordnung kann er sich den Arsch abwischen. Eine schöne Geschichte, in die du uns alle hineingeritten hast."

Heinrich Sprauer lenkte ein. Jetzt bloß nicht erneut in Streit geraten. „So kommen wir nicht weiter. Wenn wir hier nicht einig auseinandergehen, wird aus dem Donnerwetter womöglich ein Blitzschlag. Ein harter Hund soll der Waldvogt sein und ich meine, hier hat er es uns auch gleich bewiesen."

Dann wandte er sich an Jakob. „Was ist nun, Hassler, wollen wir gemeinsam flößen oder willst du dir eine eigene Wurst aus dem Rauchfang holen?"

„Ich weiß nicht so recht, was ich von Eurem Angebot halten soll. Es ist noch nicht lange her, da habt Ihr diesen Hof selber unter Euch aufteilen wollen. Dann ging er in Flammen auf und noch immer wird viel darüber gemunkelt wo das Feuer herkam …", dabei schaute Jakob ganz ungeniert auf Hannes Heller.

„Willst du damit sagen, dass ich …?", polterte dieser los, aber Jakob fiel ihm ins Wort.

„Kurzum, anfangs habt Ihr alles daran gesetzt, dass ich nicht ins Geschäft komme, und jetzt soll ich mit Euch unter eine Decke kriechen. Plötzlich stellt Ihr fest, dass es ohne mich nicht geht."

„Wenn du uns so kommst, soll der Rentmeister in Baden uns den vierten Mann stellen", warf Wendel Schickinger empört ein. Er wollte an diesem Gezeter nicht mehr teilnehmen. „Entweder wir machen gemeinsame Sache oder du wirst Bauer – und wir übernehmen die Waldarbeit."

Jakob überlegte und die anderen sahen es ihm deutlich an. Man konnte geradezu seine Gedanken lesen. Machte er seine eigenen Geschäfte, war die Grundlage der Schifferschaft über den Haufen geworfen. Das Fürstenhaus würde ihn ausbooten, machte er aber mit den anderen drei gemeinsame Sache, müsste er seine weit ergiebigeren Unternehmungen mit den drei Gästen hier im Raum teilen. Nein, er konnte sich wieder nicht entschließen. Das Flößergeschäft musste ihm mehr abwerfen als den anderen.

Der Gastgeber war rastlos und die Angst, in Armut zu geraten, die seine Jugend geprägt hatte, beschlich ihn jetzt wieder. Sein Freund und erster Knecht Thomas Kemper hatte oft genug den Kopf geschüttelt. Er sei gierig geworden. Thomas hatte ihn vor den Folgen gewarnt, wenn er versuchen würde, die Partner an die Wand zu drücken.

Und in der Tat blies auf dem Hof ein eisiger Wind. Im ersten Jahr als neuer Hauptschiffer hatte Jakob seine Leute begeistert und mitgerissen. Inzwischen aber konnte jeder nachvollziehen, dass die Arbeit nur ihm reichen Segen gebracht hatte. Das Gesinde murrte und dann kam der Tag, als Jakob einen von ihnen zum Hoftor hinausgejagt hatte. War es ein Zufall, dass der Mann kränklich gewesen war, mit seiner Arbeit nicht nachkam? Hatte sich der Brotherr von einem unnützen Schmarotzer befreien wollen? Mit ihm mussten sich die Frau und ein kleiner Junge von dannen machen. Sie sollen den Rhein hoch Richtung Basel gewandert sein – mehr aber wusste man nicht. „Mijnheer ist ein Blutsauger", hörte man jetzt nicht selten. „Wenn er aus seinem vermaledeiten Dordrecht einmal nicht heimkehrt, soll es uns gerade recht sein."

Wieder einmal konnte Jakob nicht über seinen Schatten springen. Stattdessen versuchte er die drei Gesellschafter erst einmal hinzuhalten. „Macht, was Ihr wollt", murrte er, „wenn es was zu regeln gibt, bin ich bereit, aber versucht nicht, mir das Mühlwasser so umzuleiten, dass es am Ende nur Euer Räderwerk in Gang hält."

Das hätte er nicht sagen sollen, jetzt fuhr Wendel Schickinger in bitterem Zorn auf ihn los. „Gerade du musst uns damit kommen. Spielst hier den Beleidigten. Heißt es nicht für jeden von uns, dass wir gemeinsam flößen?"

Hitzig sprang Jakob auf und schlug mit der Faust auf den Tisch. „So, und steht dort auch etwas davon geschrieben, dass wir unser Holz nicht weiter treiben lassen dürfen als bis ins Hessische?" Was wollten diese dreimal Gestrigen ständig mit ihrer Flößerordnung! Schließlich änderten sich die Zeiten. Keiner wusste besser als er, dass weiter abwärts gutes Holz vom

Neckar und aus anderen Zuflüssen des Rheins feilgeboten wurde. Wenn man nicht aufpasste, war man schnell aus dem Geschäft gedrängt.

So durfte man mit Wendel Schickinger nicht sprechen. Er spuckte auf den gestampften Lehmboden, nahm seine Jacke von der Bank und während er aus der Kammer stürmte, fluchte er unbeherrscht und laut: „Nein, nein, du Saukerl. Versuchst doch bloß glitschig, wie ein Fisch von der Angel zu kommen. Du willst Krach haben? Nur zu! Ich mache, dass ich hier fortkomme. Schlimm genug, was du aus dem Hof gemacht hast – ein einziger Schweinestall ist das alles hier!"

Krachend schlug die Tür hinter ihm zu, dass man hätte meinen können, die Schließe würde aus der Wand gerissen.

Jetzt blieben die beiden anderen Besucher mit Jakob im Raum zurück, Hannes Heller und Heinrich Sprauer. Sie sahen nun auch keinen Grund mehr, einen neuen Anlauf zu einer friedlichen Einigung zu suchen. „Hättest dich wirklich darum bemühen sollen einzulenken, Jakob." Heinrich Sprauer sagte es, als sei er ein gütiger Beichtvater. „Das ganze Theater heute bringt dir nichts. Wirst lernen müssen, dass wir nicht nach deiner Musik tanzen. Jetzt muss Baden dir auf den Zahn fühlen. Für heute heißt es Abschied nehmen. Grüß uns die alte Hanne. Das waren noch andere Zeiten ..." Er ließ den Satz unvollendet, so als wisse ein jeder, wovon er sprach.

Die letzten Worte kamen leise und hasserfüllt. Sollte sich der Jakob selber aus der Jauchekuhle befreien, in die er gerutscht war. Auf diesem Hof stank es sowieso in allen Ecken. Der Mann ging seinem eigenen Untergang entgegen und merkte es nicht einmal.

Jetzt hieß es, die verfahrene Situation entschieden anzupacken. Jakob musste das Feld räumen und dann würde sich auch eine Lösung finden, damit die Schifferschaft zukünftig Hand in Hand arbeitete.

„Kochen kann sie, die Maria ...", aber das allein war es nicht, weshalb Thomas Kemper zu ihr hinüberblickte, während sie die Suppe aus Fisch und Gemüse auftrug. Maria Dehmel war jetzt sechsundzwanzig Jahre alt und hatte nichts mehr von der blassen, kränkelnden Art wie vor sieben Jahren. Sie wieselte zwischen der Feuerstelle und dem Gemeinschaftstisch der Mühle hin und her, unterstützt von einigen der Frauen, die Brot aufschnitten und einen Becher Wasser weiterreichten, den zuerst Thomas als Hausvorstand vorgesetzt bekam.

„Mit dem Weib habe ich es gut getroffen", dachte er bei sich. Nun ja, er konnte sie nicht heiraten, schließlich hatte sie einst Kaitan Dehmel ihr Wort gegeben, aber der Heckenreiter war auf und davon und so hatten sich die verletzten Seelen irgendwann getroffen. Beide waren sie auf unterschiedliche Weise von Kaitan in ihr Elend gestoßen worden, Thomas, als er die Zügel fahren ließ und am Hang abgestürzt war und Maria, weil sie damals erbärmlicher dahinvegetieren musste als jede andere Frau. So lebte Kaitan als schemenhaftes Gespenst zwischen beiden, ohne dass sie ihn je mit einem Wort erwähnt hatten.

Als Thomas eines Tages die stille, verschlossene Maria nach der Tagesarbeit auf seine Strohmatte gezogen hatte und beide die ganze Gier eines lange entbehrten Liebeshungers auskosteten, da hatten sie sich wie zwei unersättliche Irrlichter gefühlt, die sich aneinander entzünden. Das alles war nicht der Sturm einer einzigen Nacht. Viele Wochen hindurch waren sie in ihren Umarmungen versunken, hatten nicht über die Sünde gesprochen, der sie sich preisgegeben hatten, denn beide nährte das Gefühl, sich ein gegenseitiges Geschenk zu schulden, das ihren langjährigen Schmerz aufwiegen sollte.

Für diese Wochen war den beiden Liebenden die Nacht zum Tag geworden. Es fehlte ihnen an Schlaf und sie genossen diesen Dämmerzustand, der sie fortwährend umfing. Auf dem gemeinsamen Lager berauschten sie sich und dazwischen lagen Arbeitsstunden, die ihnen wie eine Ewigkeit vorkamen. Begegneten sie sich in der Mühle, dann brauchten sie nicht einmal Blicke auszutauschen, sich auch nicht heimlich berühren. Es schien damals, dass sie ihre Umarmungen nur für einige Stunden unterbrachen, um mit Einbruch der Dunkelheit ihre ekstatische Wolllust wieder neu zu entfachen.

Die Leute auf der Dehmel'schen Mühle hatten rasch das Treiben der beiden Liebenden durchschaut. Es mochte anfangs auch zu einigem Gerede geführt haben, aber sie spürten, dass die junge Frau im Begriff war, sich von einem Schicksalsschlag zu befreien, der sie im Winter zuvor heimgesucht hatte.

Das kleine blasse Kind an ihrer Hand hatte damals mehr und mehr gehustet, anfangs mit lästigem Auswurf, dann aber mit schaumigem Blut. Heloisa war längst hinfällig und verwirrt. Sie konnte mit keinem Rat mehr dienen. Man hatte dem schmächtigen Mädchen fette Brühe eingeflößt, aber es konnte seiner Hinfälligkeit keine Kraft mehr entgegenstellen. Der Hunger, unter dem es in seinen ersten Lebensjahren so bitter litt, hatte Spuren hinterlassen.

Den Tod eines Kindes kann eine Mutter nie verwinden, aber die tiefe Geborgenheit in den Armen von Thomas Kemper half ihr schon bald ein Gleichgewicht wieder herzustellen, das in ihrem Wesen stets geschlummert hatte. Mochte es auch unschicklich sein, mit diesem Mann unter die gleiche Decke zu kriechen, für sie war es ein wärmender Strom von Lebenskraft, der zu ihr herüberfloss.

Dieses Glück, das Maria an der Seite von Thomas verspürte, sollte dem alten Kräuterweib in den letzten Wochen zugute kommen. Liebevoll wurde Heloisa von Maria umsorgt, aber die Kranke konnte nicht mehr verstehen was um sie herum geschah und die Leute sagten, dass ihr Geist schon in eine andere Welt entglitten war.

Viele der Knechte und Mägde zeigten Verständnis für den Zustand der Alten, denn dieses Weib hatte unter jedem Dach um Leben gekämpft, hatte Tinkturen und Salben gebraut, und bei manch einem hatte sie Wunder vollbracht. Die anderen, die mit Zorn und Trauer an den Gräbern standen, hielten Heloisa mit dem Teufel im Bunde.

Thomas gab sich einen Ruck und erhob sich vom Tisch. „Das Holz vom Heusteig muss heute noch fertig geschnitten werden", wies er Conz Strub an. „Ich reite jetzt zum Ridinger Hof. Schaut zu, dass mehr Wasser auf das Treibrad fließt. Der Bach führt jetzt nicht viel davon und da zählt jeder Tropfen, der die Schaufeln in Drehung hält!"

„Es heißt, dass Jakob an *Margaretha* nach Speyer flößen will. Thomas, du musst auf ihn einwirken. Er treibt und treibt, dass wir erst spät des Nachts unseren Schlaf finden, dabei schaffen wir die Menge Bortebretter nicht einmal, wenn wir die Feiertage durcharbeiten." Conz gehörte nicht zu den Nörglern und wenn er sich in dieser Sache so sehr ins Zeug legte, dann hatte er lange nachgedacht.

„Magst recht haben. Es hat lange nicht geregnet und das Wasser bringt nur die halbe Kraft." Insgeheim hatte Thomas dieselbe Rechnung aufgemacht wie Conz Strub. Der setzte nach: „Also sag es dem Hauptschiffer, wenn du hinreitest. Sag ihm, dass wir den Rest der Stämme ungeschnitten flößen. Soll doch der Bischof sich in Speyer selber zusammensägen, was er dort braucht."

„Das haben nicht wir zu entscheiden. Ich will mit Jakob reden, aber ganz sicher braucht er nicht unseren Rat." Aus den Worten war ein deutlicher Verweis herauszuhören.

Als Thomas auf sein Pferd stieg, reichte Maria ihm den Stock hinauf, den er stets bei sich trug, um sein steifes Knie damit zu entlasten. Sie hatte es so eingerichtet, dass sie am Brunnen stand, als ihr Geliebter fort ritt. Sie winkte nicht, wusste sich auch so mit ihm einig.

Für ihn war es ein gewohnter Weg zum Ridinger Hof. Wenn Jakob auf Reisen war, musste er an beiden Plätzen gleichzeitig die Angelegenheiten beaufsichtigen. Im Grunde aber war er nur auf der Dehmel'schen Mühle glücklich. Dort redete ihm der Hauptschiffer nicht ins Handwerk und ließ ihn seine Dinge selber richten.

Jakob sorgte für den Holzeinschlag und das Flößergeschäft, auf der Mühle aber kannte er sich nicht gut aus. Rasch sollte es gehen und am liebsten wäre es ihm gewesen, wenn die gefällten Stämme gleich vom Schlitten der Mühle ins Wasser gleiten würden. Mehr als einmal war Thomas mit dem Hauptschiffer in heftigen Streit darüber geraten.

„Das Holz muss abgetrocknet sein, Jakob", drang Thomas immer wieder auf den Brotherrn ein, „nasses Holz braucht länger beim Sägen und reißt rasch."

Als Thomas auf dem Hof ankam, stieg er mit dem gesunden Bein voran vom Pferd und warf die Zügel locker über einen Pfosten im Hof.

„Gut, dass du kommst", Jakob war unruhig. „Du musst mit mir nach Baden reiten, Thomas. Ich brauche dich dieses Mal. Außerdem nehmen wir zwei Knechte hier vom Hof mit. Zu viert reitet es sich sicherer!" In Wahrheit beabsichtigte Jakob bei seinem Besuch im Rentamt mit seiner Begleitung Eindruck zu schinden. Dieser Entschluss, das sollte er später reuevoll feststellen, wäre um ein Haar folgenschwer ausgegangen.

Als Thomas ihn auf die Arbeiten in der Mühle ansprechen wollte, schnitt ihm der Freund rundweg das Wort ab. „Lass gut sein, wirst schon wissen, wie du die Stämme am besten auf den Sägeschlitten schiebst. Ich habe jetzt wahrlich andere Sorgen. Heute waren Heller, Schickinger und Sprauer bei mir zu Besuch, außerdem Waldvogt Altvatter. Irgendwie ist das ganze Palaver nicht so gelaufen, wie ich es mir gedacht hatte."

„Hast du wieder nicht klein beigegeben können, stimmts! Immer willst du den anderen drei Hauptschiffern den Takt vorgeben!"

„Nicht schon wieder, … du alte Unke", würgte Jakob den Einwand ab. „So wie die Dinge stehen, kann ich sie nun einmal nicht rückgängig machen. Jetzt muss ich schauen, dass wir mit dem Rentamt in Baden klar kommen. Wenn uns überhaupt noch etwas in der Sache retten kann, dann muss es rasch angegangen werden."

Noch am gleichen Nachmittag brachen die vier Männer auf. Thomas hatte in aller Eile einen Jungen zur Mühle geschickt und ausrichten lassen, dass Conz Strub für einige Tage allein die Arbeit richten sollte.

Obwohl der Tag schon weit vorangeschritten war, schafften sie ein gutes Stück des Weges und übernachteten bei dem alten Köhler, der auf halbem Weg zwischen dem Tal und Baden seinen Meiler unter Feuer hielt.

Als sie in dem Heuschober die Decken ausbreiteten, erfuhr Thomas Einzelheiten vom Gespräch Jakobs mit den anderen Hauptschiffern: „Die Partner kochen vor Wut", beendete Jakob seinen Bericht. „Ich habe sie ohne Ergebnis ziehen lassen, aber mir war nicht wohl dabei. Jetzt werden sie versuchen, mich endgültig vom Flößen abzubringen. Ich muss rasch dagegenhalten. Vielleicht kann ich den Rentmeister vorab auf mich einstimmen. Wenn das nicht gelingt, werden wir fortan Steckrüben aus der Erde pulen müssen."

Thomas wusste nur zu gut, dass er auf Gedeih und Verderb von den Entscheidungen des Freundes abhing. Dieser Alleingang war beängstigend. „Das Rentamt hat dir oft genug gesagt, dass alle Teilhaber Hand in Hand arbeiten sollen. Was zum Teufel willst du mit deinem Starrsinn erreichen? Überhaupt – was versprichst du dir eigentlich von diesem Besuch in Baden?"

„Keine Ahnung. Mir wird schon etwas einfallen. Jedenfalls sind wir schneller vor Ort als die drei anderen. Wenn ich als Erster in Baden auftauche, müssen sie sich mit ihrem Wehklagen hinten anstellen. Das könnte für mich vielleicht von Vorteil sein." Selbstvergessen stocherte Jakob in der Asche des Lagerfeuers. Er reckte sich und warf sich seufzend auf ein Bündel Heu. „Lassen wir uns von einem neuen Tag überraschen", brummte er vor sich hin. „Morgen um diese Zeit werden wir klüger sein."

Am darauffolgenden Tag ritten sie gegen Mittag in der markgräflichen Residenz ein. Die Stadt schien in Bewegung zu sein. Irgendwie wirkte alles kopflos und verstört. Die Straßen waren auf unerklärliche Weise mit hastenden Menschen angefüllt. Vor allem junge Männer drängten sich überall, zogen Karren oder schleppten Säcke und Bündel über den Schultern. Und noch eines fiel auf – man sah Waffen, wohin man auch blickte.

Als Thomas sich aus dem Sattel herunterbeugte und einen der Männer ansprach, gab der bereitwillig Auskunft.

„Ja, habt Ihr es denn noch nicht gehört? Philibert zieht in den Krieg. Es werden Männer ausgehoben. Gegen die Medici soll es gehen. Wenn Ihr Lust habt, Herr, könnt Ihr gleich mit gegen die Franzosen marschieren!" Der schmächtige Junge war kaum älter als 16 Jahre. Großspurig gab er Auskunft. Andere gesellten sich hinzu. Es schwirrten so viele Gerüchte umher. Man hörte dieses und jenes und wo sich die Gelegenheit bot, hielt man das Ohr hin.

„Wieso soll es gegen Katharina von Medici gehen?", fragte Jakob verwundert. „Mit Frankreich ist der Kaiser doch zurzeit im Reinen!"

„Nichts da, die Franzosen fühlen sich wieder einmal zu stark eingeschnürt vom Habsburger Reich. Da springt unser junger Markgraf dem Kaiser bei. Er will sich einschleimen. Ihm bringt es Ehre und uns die bittere Not", wetterte ein alter Haudegen. „Kaiser Karl V. hat jetzt seinem Sohn Philipp II. das Schwert in die Hand gedrückt. Ihm selber ist die Kraft ausgegangen."

„Und Markgraf Philibert will dem Kaiser mit Landsknechten und Kanonen zur Seite stehen", rief einer aus der Mitte der Zuhörer. Der Sud einer Gerüchteküche brodelte in diesen Stunden kräftig.

„Nimm bloß nicht das Maul so voll, du Angeber, sonst stellen sie dich beim Hauen und Stechen gleich in die erste Reihe. Hier gibt es allerlei Ohren, die zuhören, wenn einer den jungen Markgraf anstänkert." Eine alte Frau, bei der nur noch zwei Zähne zum Vorschein kamen, wenn sie den Mund aufmachte, hatte sich nach vorn gedrängt. Sie hatte das Kommandieren gelernt – wusste, wie man mit Mannsleuten umging.

„Was weißt du schon, Alte, willst' auch mit in den Krieg ziehen?", feixte ein Mann hinter ihr und sorgte für allgemeine Heiterkeit.

Doch die Alte war nicht einzuschüchtern: „Was denkst du denn, du Grünschnabel. Natürlich gehe ich mit und hör' gut hin, das tue ich nicht das erste Mal. Weiber wie wir sind es, die euch in der Fremde nicht ganz verlausen lassen. Wenn wir nicht wären, würde es mit eurem Mumm bald am Ende sein." Sie brauste mächtig auf und während sie schimpfte, sprühte Spucke durch die Zahnlücken, dass die Männer einen Schritt zurückwichen.

Fürs Erste hatte Jakob genug gehört. Er winkte den Umstehenden, beiseitezutreten, und trabte davon.

Den jungen Philibert hatte er erst einmal gesehen, vor wenigen Monaten, als er seine Regentschaft antrat. Bisher schien er nicht den Eindruck zu machen, sich mit der mühseligen Aufgabe eines Landesvaters plagen zu wollen. Hochwürden Engelbert hatte einmal gemeint, dass der jugendliche Landesherr nicht das Rüstzeug zum Regieren mitgebracht habe. Er sei oberflächlich und vergnügungssüchtig. Die aufwendige Haushaltung der Residenz würde eines Tages zum Staatsbankrott führen.

Der kleine Reitertrupp kam am Markt vorbei. Dort wurden die frisch ausgehobenen jungen Männer gemustert. In Reihe standen sie hintereinander. Man forderte sie auf, sich zu bücken, dann den Mund weit aufzureißen, sich zu strecken und schließlich mussten die armen Teufel hinter einen Verschlag, um die Hosen herunterzulassen. Es herrschte die Parole, dass man sich vor einreisender Infektion und vor böser Luft hüten sollte.

Nicht weit entfernt und bis in die engen Gassen hinab waren Marktstände aufgebaut, die den angehenden Landsknechten noch schnell ihre Waren andienten. Die Erfahrenen unter den Männern kauften nichts – sie wussten, dass jetzt alles überteuert war, man sich zudem für den langen Marsch nicht mit unnötigem Plunder belasten sollte.

Jakob beschlich ein ungutes Gefühl. Wäre es besser, in einer so giftigen Atmosphäre den Besuch beim Rentamt zu verschieben? Aber das wäre noch fataler, denn gerade jetzt musste er seine Dinge regeln – noch bevor die anderen Hauptschiffer ihren Anlauf nahmen.

Als er schließlich am Ziel anlangte, wies er Thomas an, mit den Knechten im Hof auf ihn zu warten. Er betrat das Gebäude und hatte Schwierigkeiten, bei den Schreibern Gehör zu finden. Dann plötzlich überschlugen sich die Dinge. Gobert von Weissenburg trat aus einem seitlichen Kabinett hervor, sah ihn und erkannte ihn auch sogleich.

Der Rentmeister wirkte zerstreut, ja gehetzt. Mit seinen mehr als 60 Jahren ermüdete ihn die Mühsal der Verantwortung. Mehr als die Hälfte seines Lebens hatte er die Dinge geregelt. Vor allem in der letzten Zeit, als der junge Philibert auf seine Volljährigkeit gewartet hatte, war ihm das hohe Amt zur Last geworden. Jetzt kam zu allem Übel dieser Feldzug nach Brüssel. Ständig sollte er neues Geld auftreiben und wusste doch nicht, wo die Steuern noch weiter angezogen werden konnten.

„Ihr kommt mir gerade recht, Jakob Hassler!" Der Rentmeister bedeutete dem Besucher ihm zu folgen. Sie betraten das

große Comptoir, in dem sich Jakob schon bei seinem Antritts-
besuch vor Jahren befunden hatte.

„Einen schlechteren Zeitpunkt hättet Ihr nicht wählen können, junger Mann!" Ohne den Blick zu heben, schien das ganze
Augenmerk des Alten auf eine Liste voller Zahlen gerichtet zu
sein. Doch plötzlich richtete er sich auf. Mit einem unfrohen
Blick durchbohrte er Jakob.

„Lasst uns gleich zur Sache kommen! Ich brauche Leute für
den Beistand, den das Markgräfliche Haus dem Kaiser zugesichert hat. Mit wie vielen Männern aus seinem Tal kann er beispringen? Ihr habt Leute, die sich für die gute Sache ins Zeug
legen können. Nun, Hauptschiffer, wie steht es damit?"

Nicht für einen Augenblick hatte Gobert von Weissenburg
sich danach erkundigt, weshalb Jakob bei ihm vorsprach. Das
Anliegen des Besuchers schien bedeutungslos. Mit galligem
Ton stellte der gerissene Alte nur sein eigenes Ansinnen in den
Raum. Eine unterschwellige Drohung war unverkennbar herauszuhören. Jakob war sprachlos. Er war hierhergekommen,
um geschickt seinen Standpunkt zur Schifferschaft auszuleuch-
ten, stattdessen sollte er den Tross des Markgrafen mit seinen
Männern auffüllen. Gobert von Weissenburg hatte nicht etwa
gefragt, er hatte ihm den Spieß direkt aufs Herz gerichtet.

„Das wird kaum gehen, Exzellenz", rang Jakob fassungslos und mit klopfendem Herzen nach Worten. „Wir brauchen
alle Kräfte für die Holzwirtschaft und außerdem … die Zeit ist
zu knapp. Es geht meines Wissens schon diese Woche los. So
schnell kann ich keine Leute herbeischaffen."

„Ihr wollt das Wohlwollen der Herrschaft, aber Ihr wollt es
Euch nicht verdienen, wie mir scheint!" Der Rentmeister ließ
keinen Raum für umfangreiche Erklärungen. Wollte er nichts
über den Anlass dieses Besuchs erfahren? Was wusste er wirklich von den Streitereien innerhalb der Schifferschaft?

„Exzellenz, Ihr wisst, dass ich besser mit meinen Abgaben
als mit Männern der guten Sache dienen kann. Mir fehlt es
überall an starken Armen."

„Dann erklärt mir doch einmal was die drei prachtvollen
jungen Burschen dort draußen sollen, die Ihr Euch als Reiseun-
terhaltung zugelegt habt! Sind deren Arme zu schwach für ein

ordentliches Schwert, Meister Jakob ...?" Mit ausgestrecktem Arm zeigte Gobert von Weissenburg auf den Hof.

„Dieser listige Fuchs", ging es Jakob durch den Kopf. Der Mann wollte doch nicht allen Ernstes seine besten Knechte hier an Ort und Stelle ausheben – ihn am Ende allein wieder auf den Heimweg schicken. Es würde nicht viel fehlen und er müsste selber in den Krieg ziehen. Gegen den Landesherrn gab es schließlich kein Aufbegehren.

Und schon setzte der Alte nach: „Haltet Ihr mich für einen alten Narren, Herr Hassler? Meint Ihr wirklich, dass ich nicht längst weiß, wie sehr Ihr um Eure Teilhabe in der Schifferschaft bangt? Ja, Ihr habt ein Spiel mit hohem Einsatz gewagt, habt allein angeschafft, wo es von uns verordnet ist, dass Ihr gemeinsam und zu viert euer Geschäft betreibt. Nun gut, ich weiß, dass Ihr Kontakte den Rhein hinab habt und der junge Markgraf sieht es mit Wohlwollen, dass Ihr im Niederländischen adelige Verwandtschaft habt. Lasst Eure Leute da draußen gleich jetzt anwerben und wir wollen die ganze Angelegenheit, die Euch so arg drückt, auf ein anderes Mal verschieben, was haltet Ihr davon?"

Was konnte Jakob schon gegen diesen Überfall ausrichten. Am Ende verlor er die Männer und seine Holzrechte obendrein. Was aber hatte der Alte gerade von den guten Kontakten den Rhein hinab gesagt? Unter dem Druck einer Entscheidung und ohne lange zu überlegen griff Jakob den Gedanken auf. Rasch formte er einen Plan.

„Nun gut, Exzellenz, ich sehe Ihr seid gut unterrichtet. Wenn Ihr mich schon auf meine niederländischen Kontakte ansprecht, dann will ich mit weit größerem Nutzen der Sache dienen. Was bringen Euch schon die paar Burschen von meinem Hof! Ihr steht vor der Aufgabe, Menschen, Kriegsgerät und Marschverpflegung auf einen Weg zu bringen, der lang ist und sicher auch verlustreich. Was also haltet Ihr davon, wenn ich ein Floß zusammenstelle und Mannschaft und Ausrüstung ein gutes Stück des Weges mit auflade? Für ein *Fähnlein* von 400 Mann und einiges Gerät wird das Holz vom letzten Einschlag reichen." Jakob kam in Fahrt, schilderte, wie er innerhalb von zwei Wochen – nein, doch besser drei – die Vorbereitungen treffen könnte, und wusste doch zugleich, dass er mehr Holz brauchte, als er für ein so großes Floß vorrätig hatte. „Die Kämpfer wären ausgeruht und die Ausrüstung nicht schon auf dem Anmarsch zu Bruch gegangen", beendete er seinen kühnen Gedanken.

Mit keinem Zucken eines Gesichtsmuskels ließ Gobert von Weissenburg erkennen, wie er zu diesem Vorschlag stand. Wortlos ging er ans Fenster und sah hinaus. Jakob schien es eine Ewigkeit, bis sich der Rentmeister endlich umdrehte und in unerwartet versöhnlichem Ton antwortete:

„Ich lasse mit mir nicht feilschen, Hauptschiffer – und ein solcher seid Ihr für den Augenblick wohl immer noch. In seinem Fall will ich mir den Gedanken dennoch durch den Kopf gehen lassen." Der Alte schien unschlüssig. Er beugte sich über seine Papiere, als wollte er eine andere Arbeit aufnehmen, dann aber hatte er einen Entschluss gefasst. „Ihr habt sicher noch anderes zu besorgen, während Ihr die Residenz aufsucht. Kommt gegen Abend wieder vorbei. Ich werde zwischenzeitlich die Angelegenheit an geeigneter Stelle vorbringen."

Was meinte der Rentmeister mit „geeigneter Stelle?", fragte sich Jakob, während er zu seinen Leuten auf dem Hof zurückkehrte. Es half alles nichts, er musste den Tag verstreichen lassen und mit Thomas Kemper und den beiden Knechten durch die engen Gassen der Stadt streifen. So kaufte Jakob Äxte, Flößerhaken und Riemen. Ein Tuchhändler, der schließlich von Jakob auch noch einen guten Auftrag in der Tasche hatte, versprach die gesamte Ware hinüber in sein Tal zu bringen. So hatte das Warten doch noch einen Sinn gehabt.

Als er dann am späten Nachmittag wieder vor dem Rentamt auftauchte, wurde er bereits von einer Abordnung erwartet. Zu seinem Erstaunen führte man ihn den Florentinerberg hoch zum markgräflichen Schloss. Nach einem kurzen Halt begleitete ihn ein Lakai zu einem weitläufigen Salon. Gleich darauf trat der Rentmeister ein, aber außer einigen belanglosen Sätzen ließ er sich nicht auf das Thema vom Morgen ein. Er stand einfach da und starrte gleichgültig in ein flackerndes Kaminfeuer.

Dann entstand Bewegung, eine gewaltige zweiflügelige Tür wurde aufgestoßen und Markgraf Philibert kam mit federnden Schritten auf Jakob zu. Drei junge Adelige folgten in respektvollem Abstand. Ein gepolsterter Sessel mit hoher Lehne wurde herbeigeschoben. Kaum hatte der Landesherr Platz genommen, streckte er die Beine weit nach vorn. Ohne ein freundliches Lächeln oder einen höflichen Gruß steuerte der Markgraf auf den Kern seines Anliegens zu: „Ihr wollt in unser Kriegsgeschäft mit einsteigen, hat man mir berichtet."

„Durchlaucht, ich habe lediglich angeboten, meine Flöße nach Belieben mit Landsknechten oder Gerätschaft zu bestücken. Die Fracht will ich gerne den Rhein ein Stück weit hinabbringen. Wie weit, das wäre mir aufzutragen. Allerdings …", Jakob versuchte das Risiko zu begrenzen. „… würde es hinter Bingen wegen Untiefen zu gefährlich für eine Floßfahrt." Wie, um Himmels willen, sollte er sich hier erfolgreich schlagen? Schon bei der Wahl seiner Worte stürzte Jakob sich in ein unberechenbares Abenteuer.

„Wir können uns für diesen Plan erwärmen, Hauptschiffer." Der Markgraf hatte in etwa die gleiche Größe wie sein Gegenüber, war aber schmächtiger. Er war bartlos und hatte blässliche Wangen. Die Augen wirkten auf Jakob wie die eines Raubvogels, direkt, spähend, so als müsse er Beute ausmachen. Besonders fielen die dicht beringten Finger auf. Er sprach gestenreich, schnell und undeutlich.

Man musste aufpassen, dass man zu diesem Herrscher mit seinen rudernden Bewegungen auf Abstand blieb. Bei dem Gedanken lächelte er unbewusst.

„Ihr seht Euch mit Eurem Vorschlag wirklich im Reinen, wenn ich Eure Heiterkeit richtig deute."

Jakob hätte sich auf der Stelle ohrfeigen können. „Verzeiht, Durchlaucht, aber ich habe nur nachgedacht, wie eine Floßfahrt mit Euren Kriegsplanungen in Einklang zu bringen ist." Ein zweites Mal wollte er sich nicht ablenken lassen und er spürte, dass jedes weitere Wort von großer Tragweite für seine Geschäfte sein konnte.

„Der Rentmeister hat mir Eure Absicht vorgetragen. Wenn ich es richtig verstehe, will er meine Kontributionen für den Kaiser auf seinem Holz bis nach Brüssel transportieren."

„Bis nach Frankfurt, Durchlaucht", korrigierte Jakob, „vielleicht auch ein Stück weiter, aber ich habe schon am Morgen auf die Gefahren aufmerksam gemacht, mit denen man weiter flussabwärts rechnen muss."

„Was in aller Welt erzählt er mir da. Hat er nicht adelige Standsgenossen in den Niederlanden? Was wäre das für eine Hilfe, die er hier andient, wenn er meine Landsknechte auf halber Strecke an Land ausladen wollte!" Heftig trommelte Markgraf Philibert auf die Tischplatte, aber Jakob hatte den Verdacht, dass die Empörung gespielt war, um ihn zu größeren Zugeständnissen zu bewegen.

„Durchlaucht werden mir verzeihen, aber ein Transport an der Loreley vorbei ist gefährlich. Zumindest wäre die Ladung auf mehrere Flöße zu verteilen, damit ein Unglück nicht gleich alles mit sich reißt", gab Jakob zu bedenken und während er dies sagte, überlegte er fieberhaft wie die Chancen bei diesem Handel für ihn kalkulierbar blieben.

Das Gespräch behagte dem Markgraf nicht. Diese kleinliche Debatte mochte er nicht weiterhin führen. „Er soll gefälligst mit seinen Bedenken nicht so herumeiern. Entweder der Haupt-schiffer kann ein abgesprochenes Kontingent bis nahe Brüssel transportieren oder er bringt seine Flößer für einen raschen Abmarsch schnurstracks hier in meine Residenz. Hat er nicht schon genug mit unserem Holz beiseite geschafft?"

Der Jähzorn des zwanzigjährigen Landesherrn ließ es Jakob geraten sein, nicht weiter zu debattieren. Jung und unduldsam verfolgte Philibert nur seine militärischen Ambitionen. Ein je-der im Land wusste, dass er alles daran setzte, den schützen-den Schirm Habsburgs über sich zu wissen.

Doch der Landesherr wollte offensichtlich noch ein anderes Thema abhandeln. Nicht allein die Floßfahrt war es, warum er selber diese Unterredung führte, denn ohne langes Federlesen kam er plötzlich auf ein Problem zu sprechen, das ihm ganz ohne Zweifel der Rentmeister ins Ohr gesetzt hatte.

Markgraf Philibert griff fahrig in ein Schälchen mit Speze-reien. Er ließ das Naschwerk auf der Zunge zergehen und fuhr fort: „Das Ordinariat in Speyer steht seit einigen Jahren mit grö-ßeren Krediten bei ihm in der Kreide. Verhält sich sein Geschäft so, dass er mein gutes Schwarzwälder Holz dazu benutzt, um sich mit Geld der Kirche die Taschen vollzustopfen?"

„Mit Verlaub, ich stehe mit dem größeren Teil meiner Abgaben in den Büchern Eurer Durchlaucht, während das Ordinariat in Speyer kleinere Anleihen bei mir aufnahm – vorwiegend für den Ankauf unserer Preziosen", versuchte Jakob die überraschende Intimkenntnis des Landesherrn herunterzuspielen. Er hoffte sehnlich, dass der Markgraf wieder auf das Thema seines Truppentransports einschwenken würde.

Aber Philipp setzte hartnäckig nach.

„Er täte gut daran, seinen Handel vorab mit dem Rentamt abzustimmen und nicht in der Fremde hausieren zu gehen." Wieder ein überraschend scharfer Wind, der ihm entgegenblies. Es hatte nicht gerade den Anschein, als fühle sich der Landesherr mit den kirchlichen Institutionen im Einklang. Welche der beiden Mächte musste Jakob für die Entwicklung seiner Geschäfte mehr fürchten?

„Wenn Durchlaucht mir einen Vorschlag erlaubt!" Bis hierher hatte Gobert von Weissenburg nur im Hintergrund gestanden, bereit, seinen Herrn im rechten Augenblick mit gutem Rat zu begleiten. „Der Hauptschiffer hat nach unseren Büchern die meisten Transporte auf dem Rhein schwimmen lassen. Gemessen an den Klaftern Holz liefert er somit einen größeren Beitrag an uns ab als jeder der drei anderen Hauptschiffer."

„Worauf will er hinaus"? Markgraf Philibert verstand nicht, was der Rentmeister im Sinn hatte.

Jetzt wendete sich Gobert von Weissenburg Jakob zu: „Nun, die Akzise für das Holzgeschäft legen wir vor Ort fest und sie wird im Großen und Ganzen auch rechtens von Euch abgeführt. Den Gewinn aber könnt Ihr Flößer nach Gutdünken einstreichen." Noch war nicht erkennbar, auf was der Rentmeister zusteuerte. „Es würde unserer Finanzlage entgegenkommen, wenn der Hauptschiffer mit dem Überschuss seiner gedeihlichen Geschäfte Geld an die Markgrafschaft ausleiht."

„An was konkret hat er bei seinem Vorschlag gedacht?" Philibert war jetzt ganz bei der Sache. Diese Wendung der Unterhaltung schien ihm zu gefallen. Jakob schlug das Herz bis zum Hals. Ihm blieb nichts anders übrig, als den Gesprächsverlauf gottergeben zu begleiten. Er kam sich vor wie ein strammer

Stier, dem man auf dem Marktplatz ins Maul schaute, um dann seinen Preis zu bestimmen.

„Was ich sagen will: Jakob Hassler möge der Grafschaft mit 12 000 Gulden beispringen, die er aus dem Holzverkauf an Gewinnen herausgeschlagen hat. Wir werden ihm dafür jährlich einen angemessenen Zinsfuß zusprechen."

Jetzt wurde Jakob schwindelig. Ein solcher Betrag würde all sein Vermögen übersteigen. Er wusste nur zu gut um den Schuldenberg des Markgräflichen Hauses. Spätestens wenn der Landesherr zahlungsunfähig würde, könnte er sein Geld in den Wind schreiben. Ginge er aber auf den Vorschlag nicht ein, würde der Rentmeister die Flößerrechte der Schifferschaft neu verteilen. Dann könnte er von Glück reden, falls man ihn noch beim Brenn- und Pfahlholz die Axt anlegen ließ.

„12 000 Gulden, Durchlaucht, kann ich beim besten Willen nicht aufbringen. Ich müsste mich mit unserer Handelsgesellschaft in den Niederlanden absprechen." Jakob setzte auf Zeit. Die Gedanken wirbelten durch seinen Kopf. Er musste sich entscheiden. Es würde sich keine zweite Chance ergeben, seine Angelegenheiten an höchster Stelle geregelt zu bekommen. Wenn er hier ohne endgültiges Ergebnis herausging, würde er den drei anderen Partnern die Tore weit öffnen. Ihm kam ein Gedanke, den er ohne langes Nachdenken in den Raum warf.

„Ich will den Zinsfuß für den Geldverleih nicht unbotmäßig aushandeln. Gebt mir zwei Prozent per annum und lasst mich dafür die Schifferschaft im Tal in einer Hand zusammenfassen. Ihr selber, Rentmeister, habt mir Euren Unmut über den Händel zwischen uns Hauptschiffern heute Morgen vorgehalten. Setzt mich an den Kopf und ich leiste alle Dienstbarkeit dem fürstlichen Haus gegenüber aus einer Hand. Ihr hättet diesen Teil der Abgaben nur an einer Stelle zu erheben. Was aber den Gewinn aus dem Handel betrifft, will ich fortan einen deutlichen Teil davon an das Rentamt ausleihen."

Man konnte dem Markgrafen ansehen, dass er schwer zu tragen hatte an 240 000 Gulden Schuldlast, die er mit seinem Regierungsantritt vor zwei Jahren als Achtzehnjähriger übernommen hatte. Jetzt aber mischte er sich wieder ein. Den Vorschlag einer Anleihe von 12 000 Gulden wollte er rasch festzurren.

„Wir nehmen das Angebot an, wenn auch, ohne uns auf den Tag der Rückzahlung festzulegen. Wir wollen zusehen, wie er sich alleine im Holzgeschäft schlagen wird. Bringe er erst einmal seine Flöße unbeschadet den Rhein hinab und dann wollen wir die anderen Hauptschiffer anweisen, ihre Holzlieferungen mit Euch abzustimmen – allerdings zu Preisen, die auch Ihr auf dem Markt erzielt. Solltet Ihr Euren Partnern den Hals zuschnüren, dann drehen wir die Geschäfte zu deren Gunsten einfach um." Der Markgraf versuchte Jakobs Blick festzuhalten. Rasch und entschlossen wollte er auftreten. Zwar hatte der Rentmeister den Handel angestoßen, entscheiden aber wollte der Fürst selber.

„Setzt dem jungen Kaufmann einen guten Vertrag auf, Gobert von Weissenburg", und während der Markgraf sich bereits erhob und auf die Tür zusteuerte, fügte er noch hinzu: „Und lasst mich dann und wann wissen, wie sich das Holzgeschäft unter Jakob Hassler entwickelt."

Kein Handschlag, kein Abschiedsgruß! Rasch und ungeduldig wie der Landesherr den Raum betreten hatte, verschwand er hinter der zweiflügeligen Tür.

Plötzlich stand Jakob mit dem Rentmeister allein in der Audienzhalle. Jetzt hieß es die Augen zumachen und hoffen, dass er sich bei der ganzen Feilscherei nicht vertan hatte.

„Also gut, ich werde den Transport des militärischen Kontingents der Markgrafschaft für meinen Teil tragen, sozusagen als Akzise für unseren Landesherrn und für das Haus Habsburg. Des Weiteren soll als vereinbart gelten, dass ein Truppenkontingent von höchstens 400 Mann bis nach Dordrecht geflößt wird – weiter geht es leider nicht. Über die Gefahren hinter Bingen habe ich ja bereits mit allem Respekt aufmerksam gemachte. Für den Rest des Weges über Land will ich derweil Vorsorge treffen, dass die Männer samt Kriegsgerät rasch und unbeschadet ihr Ziel erreichen. Wenn Ihr mit diesem Vorschlag einverstanden seid, so soll der Handel geschlossen sein."

Ein Lächeln glitt über das Gesicht Gobert von Weissenburgs. „So ist's recht. Nicht mehr und nicht weniger wird von Euch gefordert. Unsere Landsknechte sollen rasch und ausgeruht dort ankommen, wo sie gebraucht werden." Nach einer Pause fügte er noch hinzu. „Es wäre seinem Geschäft nicht zuträglich, wenn es ein Unglück zu beklagen gäbe und unser Vertrauen, das wir in ihn setzen, erschüttert würde. Ihr behaltet bis auf Weiteres Eure Leute und stellt die benötigten Flöße innerhalb von zwei Wochen zusammen. Wir senden Landsknechte und Kriegsmaterial an den Rhein. Euer Floß trägt doch so schweres Gerät wie Kanonen, oder nicht? Ein Fähnleinführer wird unsere Angelegenheiten überwachen und er selbst die Reise. Bis Brüssel bleibt er mir im Wort. Merkt wohl auf. Geht auch nur ein Teil im Rhein unter, dann verliert er sämtliche Rechte am Holzgeschäft, ist das klar?"

Noch am gleichen Tag wurden zwei Verträge aufgesetzt. Einer mit allen Einzelheiten über den Umfang der Oblast auf dem Floß. Zum anderen regelte eine Urkunde umständlich und in großer Breite die zukünftige Rechtsstellung der übrigen Hauptschiffer, deren Interessen Jakob Hassler nach Abschluss der Reise allein vertreten würde.

Fürs Erste hatte er 7 000 Gulden noch in dieser Woche in Baden abzuliefern. Für den Rest wurde eine Schuldverschreibung ausgeschrieben, die von Basel bis Dordrecht in jeder größeren Stadt entlang des Rheins zur Auszahlung kommen konnte. Mehr noch – mit der Vereinbarung hatte Jakob den jungen Markgrafen fortan fest an sich gebunden. Sollte man mit weiteren Forderungen auf ihn zukommen, so würde nicht nur sein finanzielles Risiko steigen, sondern sein Einfluss auf den Landesherrn gleichermaßen.

Jetzt hielt Jakob nichts mehr in der Residenzstadt. Es gab viel zu tun, denn in zwei Wochen musste alles gerichtet sein. Mit 12 000 Gulden, die er dem Markgrafen in seine Taschen stopfte, hatte er das ganze Holzgeschäft im Tal an sich gerissen. Jakob würde bestimmen, welche Ware wohin zu liefern war und es sollte mit dem Teufel zugehen, wenn er dabei nicht seinen Schnitt machen würde.

„Wusstest du eigentlich, Thomas, dass du um ein Haar im badischen Heerlager gelandet wärst?", wandte sich Jakob auf dem Heimweg gut gelaunt an den Freund – und für die Knechte hinter sich ergänzte er: „Euch zwei hätte der Rentmeister am liebsten auch gleich in den Sold gezwungen!"

Die Mitteilung ließ seine Begleiter zusammenschrecken. Es wäre nicht das erste Mal, dass badische Männer von der Straße weg für den Kriegsdienst ausgehoben wurden und ins Ungewisse marschierten. Wer sich unnötig rund ums Schloss herumtrieb, riskierte im Handstreich ergriffen zu werden. Die Markgrafschaft hatte Order gegeben, ein Kontingent an Landsknechten auszuheben. Beim Zählen wäre man gewiss nicht kleinlich und hätte einen Kandidaten wie Thomas Kemper mit seinem steifen Bein gern mit eingerechnet. Wichtig war allein die Truppenstärke bei Aufbruch.

Die Reise nach St. Quentin
Anno 1557

Am Ende waren mehr als drei Wochen ins Land gezogen, ehe Jakob in Speyer anlegte. Nach mehrfacher Beratung mit Thomas hatte er sich entschieden, sechs gleichgroße Flöße auf die Reise zu schicken. So verteilte sich das Risiko. Mit jedem Tag wurde ihm deutlicher bewusst, welches Wagnis er sich in Baden eingehandelt hatte. Es gab kein Zurück mehr. Spätestens seit sie in Steinmauern abgelegt hatten, ging es unerbittlich vorwärts.

Mit nur wenigen Lagen übereinander war das Holz geschichtet, dafür aber waren die Flöße breit genug ausgelegt, um ausreichend Platz für Landsknechte und Kanonen zu haben. Die Stämme vom Wintereinschlag hatten nicht ausgereicht und so mussten sogar Bäume im vollen Saft geschlagen und mit eingebunden werden.

„Ein Jammer, dieser Raubbau", meinten die älteren Holzfäller und einer hatte gegiftet: „Wenn der Markgraf in den Krieg zieht, versteckt er ganz plötzlich seine eigene Waldordnung ganz unten in seinem Kabinett."

Es war entschiedene Sache, dass Kaiser Karl V. die Geschicke für diese Schlacht in die Hände seines Sohns Philipp II. legen würde. Nun, Jakob war es im Grunde einerlei, welche Kriegsherren sich irgendwo zwischen den Niederlanden und Frankreich die Köpfe einschlagen wollten. Immer öfter fiel der Name St. Quentin, dem Vernehmen nach ein unbedeutender Ort irgendwo im Norden Frankreichs, wo die beiden Heere aufeinander stoßen würden.

Was für eine Sorte Krieger hatte sich auf den Flößen breitgemacht? War nicht jeder Einzelne von ihnen Abenteurer und Vagabund? Würde diese Brut wohlmöglich randalieren, wenn sie eng zusammengepfercht ihrem ungewissen Schicksal täglich näher kam? Zusätzlich trug das Holz ein Dutzend nagelneuer Kartaunen, die sorgfältig verzurrt waren, damit sie während der langen Reise nicht ins Rutschen kamen und im Fluss versanken. Eisen, das selbst auf festem Boden bockig war, um wie viel tückischer mochte sich die Fracht auf dem Wasser verhalten.

Schon eine Woche vorher hatte das Badener Rentamt einen Boten nach Speyer geschickt, um Jakob Hasslers Eintreffen anzukündigen. Damit hatte das Bistum rechtzeitig Kenntnis von der Reise bekommen. Man hatte sich entschlossen, die Gelegenheit zu nutzen und dringende Nachrichten nach Brüssel zu überstellen, die für das Habsburger Heerlager bestimmt waren.

Es lag auf der Hand, dass man Engelbert von Luxemburg diese Mission anvertrauen würde. Der hohe Stand des Dompropsts würde dem ganzen Unternehmen Schutz und Schirm sichern. Man hätte keinen besseren Mann für diese Expedition aussuchten können. Immerhin war der Geistliche nicht nur Mitglied des Luxemburger Hochadels sondern zugleich enger Verwandter des markgräflich-badischen Hauses. War doch die Mutter des jungen Philibert eine geborene Franziska Gräfin von Luxemburg und zugleich eine Base des Dompropsts.

„Hauptschiffer Hassler, ich bitte in aller Form darum, von Euch mitgenommen zu werden. Erlaubt mir, dass ich mich bei Euch einschiffe." Dompropst Engelbert begleitete seine Bitte mit einer gespielt übersteigerten Verneigung.

„Ich freue mich, Hochwürden, dass Euch der Humor in der Bischofstadt nicht abhanden gekommen ist. Immerhin kann ich mir denken, dass es rund um den Dom zugeht wie in einem Wespennest." Mit einer herzlichen Umarmung unterstrich Jakob seine Freude über diesen willkommenen Passagier.

„Du meinst wohl, dass so nah beim Gotteshaus kräftig gestochen wird, wie?"

„Nun ja, wo viel Macht ist, gibt's auch Neid. Da kann es
schon einmal vorkommen, dass einer den Stachel ausfährt."

„Da ist allerdings etwas dran." Mit einem Seufzer ließ sich
Hochwürden Engelbert auf der Bank vor einer der provisorischen Schlafhütten nieder. „Ich für meinen Teil freue mich
jedenfalls auf die Fahrt … und natürlich auf deine Gesellschaft."

„Es ist lange her, Hochwürden, seit wir uns das letzte Mal
sahen. Umso glücklicher bin ich, wenn Ihr jetzt für einige Tage
mein Gast auf diesem Floß seid. Ihr wisst, wie ungemütlich es
mit diesem schwankenden Untersatz werden kann. Seht es mir
nach, dass es hier an allem Komfort fehlt. Mit den Annehmlichkeiten einer bischöflichen Residenz kann ich leider nicht mithalten." Aber Jakob wusste, dass Entbehrungen seinem alten
Lehrer und Freund nicht fremd waren.

„Keine Angst, ich bin nicht wasserscheu!" Der Dompropst
klopfte Jakob zuversichtlich auf die Schulter. Dann schaute er
bewundernd auf fünf weitere Flöße, die am Ufer vertäut waren.

„Diese ganze Karawane willst du also bis nach Brüssel bringen. Für das markgräfliche Wohlwollen handelst du dir aller-
hand Gefahren ein, Jakob!"

„Was blieb mir übrig, die drei anderen Hauptschiffer drohten mich absaufen zu lassen, also habe ich die Flucht nach vorne angetreten. Jetzt heißt es geradeaus schauen und den Mut
nicht verlieren." Dabei klangen Jakobs Worte alles andere als
zuversichtlich.

Dann erkannte Hochwürden Engelbert einen weiteren Zög-
ling aus früherer Zeit. Thomas Kemper kam vom Nachbarfloß
herübergehinkt. Er hatte von Jakob den Auftrag, stets als Letzter abzulegen und die Nachhut des Konvois zu bilden.

Um den hohen Gast mit allem Anstand zu begrüßen, beugte
Thomas so gut es eben ging das gesunde Knie und küsste die
Hand des geistlichen Würdenträgers. „Lass gut sein, Thomas,
keine Förmlichkeiten auf dem Floß. Hast es dir nicht nehmen
lassen, auch dabei zu sein, wenn es Jakob wieder einmal in die
weite Welt hinaustreibt."

„Ich wäre lieber im Tal zurückgeblieben, Hochwürden, aber Jakob ist ein elender Schinder", und es wunderte den Dompropst, wie vergnüglich der sonst mürrische Thomas zuweilen sein konnte.

Jetzt drängte Jakob zum Aufbruch. Die Fracht war heikel und sollte ohne Aufschub ihrem Ziel entgegenschwimmen.

Von Anfang an hatte er Weisung gegeben, die einzelnen Flöße allmorgendlich mit deutlichem Abstand zueinander treiben zu lassen, auch wenn er dabei in Kauf nahm, sie aus den Augen zu verlieren.

Man sah dem Hauptschiffer an, dass er schlaflose Wochen hinter sich hatte. Es galt innerhalb von vierzehn Tagen alles Holz ins Wasser zu bringen und nach Steinmauern zu flößen. Dort waren die Stämme zusammengebunden worden. Man hatte 390 Landsknechte zum Rhein geschickt, die sich zu je 65 Mann auf dem Holz einen trockenen Platz suchen mussten. Jakob war froh, dass außer zwölf Kartaunen nur leichtes Kriegsgerät auf der Reise mitfuhr.

Anfangs hatte er sich Sorgen gemacht, dass die eingepferchten Männer ihm das Flößen schwer machen könnten und die Ordnung auf dem engen Raum ins Wanken käme.

Immer wieder hatte er seinen Leuten eingetrichtert, sich nicht mit den Söldnern einzulassen, sie stets auf die Mitte der Floßtafeln zu verweisen und sich um ihre eigene Arbeit an Bug und Heck zu kümmern. Selbst Unterkunft und Verpflegung von Mannschaft und Mitreisenden war streng getrennt und so ließen sich bisher größere Rangeleien vermeiden.

Die Kartaunen mit ihren achtkalibrigen Eisenkugeln wurden immer wieder gereinigt. Die Landsknechte nannten diese Kanonen mittlerer Größe „Nachtigallen". Sie waren als Vorderlader mit kurzen Rohren aus Kupfer ausgestattet und erst kürzlich gegossen worden. Nagelneu waren sie je zwei auf jedem Floß in Abstand zueinander mit den Stämmen verkettet, damit die Last gleichmäßig verteilt nicht kenterte.

Zwei Fähnleinführer hatten die Befehlsgewalt über den bunten Landsknechthaufen. Der Ältere stand groß und kerzengerade da. Er hielt Abstand zu jedermann. Der knochige Haudegen mit gegerbtem, faltigem Gesicht musterte sein Umfeld stets mit mürrischem Blick und schaute hochmütig auf alle anderen herab. Das Schwert an seiner Seite war zu lang und schleifte am Boden, aber zugleich schien die unhandliche Waffe mit ihm verwachsen zu sein, so als würde er sie nicht einmal im Schlaf ablegen. Griesgrämig wie er war, fuhr er überall dort in die Söldner hinein, wo sich Heiterkeit breitmachte. Gehorsam und Gefügigkeit gedeihen nicht in froher Runde.

So gut es bei den beengten Verhältnissen eben ging, drillte der drahtige Hagestolz sein Fähnlein mit eiserner Disziplin. Als kriegserprobter Mann pendelte er von einem Floß zum anderen, hielt die Horde auf Trab, ließ sie mit Waffen üben, Kleidung flicken und die Schlafplätze säubern. Das alles ging nicht spurlos an den Männern vorbei. Sie fluchten und wünschten den schikanösen Alten in die Hölle.

Heimliche Landgänge der Söldner wurden unnachgiebig mit Stockschlägen geahndet und einer von ihnen wurde sogar in Ketten gelegt, dabei ständig mit den Beinen im Wasser. Bisher jedenfalls hatte die straffe Aufsicht ihre Wirkung nicht verfehlt.

Einmal fragte Jakob den Hagestolz, warum er seine Leute nicht an Land ließ, wenn sie abends anlegten, aber der Fähnleinführer antwortete, dass es gute Gründe dafür gebe, wenn man das nichtsnutzige Gewürm dort ließe, wo es gerade war.

Es mochte auch eine gewisse Rolle spielen, dass die Fahrgäste noch nie zu Wasser gereist waren und sich nur furchtsam diesem unsicheren Element anvertrauten. Den meisten von ihnen war der schwankende Untersatz nicht geheuer.

Der andere Fähnleinführer war jung und eitel. Einmal war der Stutzer ins Plaudern gekommen und hatte Jakob erzählt, dass seine Familie nahe bei Durlach einen Meierhof der Markgrafschaft bewirtschaftete. Daheim sei er überflüssig, weil demnächst sein älterer Bruder die Nachfolge des Vaters antreten würde.

Auf der Strecke zwischen Bingen und Koblenz, dem unruhigsten Teil der Wasserstraße, wurden die Kriegsknechte an den Kartaunen verteilt. Schnürregen prasselte unaufhörlich auf sie nieder und behinderte die Sicht. In dichten Schleiern jagten Windböen die Schauer über das Wasser. Viel zu schnell wurden die Flöße durch die Schlucht geschoben. Hinter Caub legte die Geschwindigkeit nochmals zu. Der Fluss drehte in eine starke Linkskurve. Die Kraft der Strömung wirkte jetzt mächtig auf das Holz des vordersten Floßes ein und trieb es unerwartet stark zum rechten Ufer ab. Die Steuerleute hielten mit aller Kraft dagegen. Sie versuchten mit den großen Paddeln das massige Fahrzeug wieder in die Mitte der Fahrrinne zu dirigieren. Starr und verschreckt standen die Landsknechte an den Kartaunen und suchten krampfhaft Halt am nasskalten Metall. Ihre Blicke bohrten sich in den diesigen Dunst vor ihnen. Dann plötzlich gab einer von ihnen einen Schreckensruf von sich. Er zeigte auf zwei Felsen, die weit in die Fahrrinne hineinragten. Unaufhaltsam trieb die Fracht auf diesen Punkt zu.

Auch die Männer an den Lappenrudern waren von der kommenden Katastrophe wie gelähmt. Ihre Hände ließen die Holmen fahren. Das sperrige Fahrzeug schien von diesen knapp über die Wasseroberfläche hinausragenden Klippen geradezu angezogen zu werden. Flößer wie auch Söldner standen versteinert und warteten auf den Aufprall. Dann krachte auch schon das quertreibende Gefährt donnernd auf das starre Hindernis. Dem lauten Bersten des Holzes folgte ein Scheuern und Rütteln. Dort, wo die Fracht auf Kies und Felsen traf, schossen die Stämme in die Höhe. Das Fahrzeug brach in zwei ungleiche Teile auseinander. Während das größere Vorderteil einige Fuß über eine Sandbank hinausragte, löste sich das hintere Ende, drehte zurück in die Strömung und nahm erneut wieder Fahrt auf.

Mit einem gellenden Schmerzensschrei hob ein blutjunger Flößer die Hände in die Luft. Mit der Brust war er zwischen zwei mächtige Eichenstämme geraten, die ihn regelrecht zusammenpressten. Die Zurückgebliebenen sahen noch, wie der Unglückliche den hilflosen Versuch unternahm, sich mit den Armen hochzuziehen, um seinen Körper aus dem Schraubstock zu befreien. Aber das Holz drehte sich um die eigene Achse und noch ehe das ganze Geschiebe außer Sicht gekommen war, tauchte der Kopf des Mannes unter. So schmerzhaft sein Tod auch gewesen sein mochte, der Unglückliche war rasch aus dem Leben geschieden.

Andere Männer, Flößer und Söldner, waren bei dem Aufprall ins Wasser gesprungen und suchten sich an Bohlen und Brettern festzuhalten. Sie paddelten wild mit den Händen, um an das rettende Ufer zu gelangen.

Gerade glaubte Jakob, dass der Rest der Fracht auf dem flachen Untergrund genügend Halt gefunden hatte, da löste sich ein großer Stamm aus der untersten Lage. Mit dem Auftrieb des Wassers schwappte das Holz hoch und drehte sich schwerfällig in die Strömung. Es zog ein Tau mit sich, dessen anderes Ende sich im Gewirr eines dichten Knäuels auf der festgefahrenen Floßtafel verlor. Mit einem deutlichen Ruck zog das treibende Holz am Seil, das sich um den linken Fuß eines noch jungenhaften Söldners geschlungen hatte.

Dann ging alles ganz schnell. Kaum hatte der Unglückliche in das Gewirr unter seinen Füßen gegriffen, um sich von dem Tau zu befreien, da wurde er bereits fünf – sechs Fuß über das Floß gezerrt. Die Leine war jetzt bis zum Zerreißen gespannt und hatte den Mann unentrinnbar gefesselt. Es war ein grob geflochtener, solider Strick, der zusammenhielt, was auseinandertreiben wollte. Mit einem gellenden Schrei warf sich der Landsknecht auf das Holz und versuchte den zerrenden Stamm zurückzuhalten, aber die Zugkräfte waren viel zu stark. Den Umstehenden kam es wie eine Ewigkeit vor, bis endlich einer der Flößer beherzt hinzu sprang und mit einem kräftigen Hieb eines Haubeils den Hanfstrick durchtrennte. Helfende Hände bemühten sich jetzt, die Schlaufe zu öffnen, aber das verteufelte Zeug war nass und zäh. Es bedurfte vieler Mühen, bis man den Verunglückten von dieser Fessel befreit hatte. Das nackte Muskelfleisch und zerrissene Sehnen boten einen erschreckenden Anblick.

Ein älterer Mann fasste sich ein Herz. Mit einem langen Messer hieb er das baumelnde Fußende ab und stieß es ins Wasser. Winselnd vor Schmerz zog sich der Verunglückte auf das Floß zurück. Ungläubig stierte er auf das, was von seinem Bein übrig geblieben war. Der Gepeinigte bot den Umstehenden einen gespenstischen Anblick, als er unvermittelt begann mit einem lang gezogenen, winselnden Klagelaut zu greinen und seinen Oberkörper wie besessen hin- und herzuwerfen.

Jemand band den Beinstumpf mit einem nassen Flicken zu, aber schon bald zeigte sich wieder Blut. Der junge Landsknecht wurde einem Kameraden auf die Schulter geladen. In hüfttiefem Wasser schleppte man ihn an Land und ließ ihn dort ins Gras sinken.

Völlig benommen schaute Jakob sich um und suchte die Leute ausfindig zu machen, mit denen er vorn auf dem Holz gestanden hatte. Sowohl der Dompropst wie auch der alte Haudegen hatten die Havarie offenbar unbeschadet überstanden. Beide starrten entgeistert auf das Durcheinander von gestürzten Leibern und davontreibenden Stämmen.

Nur ein Gedanke wirbelte Jakob im Kopf herum: Wie konnte er die nachfolgenden Flößer warnen? In dem Durcheinander schrie er zwei seiner Leute an, das kurze Stück zum Ufer zu schwimmen und zurückzulaufen, so rasch sie konnten. Sie sollten den anderen zurufen: „Links!, links!, ganz links die Biegung ansteuern!"

Der Fluss hielt nicht inne. Kleine Wellenkämme jagten mit den rasch fließenden Wassern das enge Tal hinab. Es gab kein Anhalten und mit jeder Minute, die verstrich, trieb der Rest von Jakobs schwimmendem Vermögen in riskanter Fahrt auf ihn zu. Minuten unerträglichen Wartens vergingen, bis das zweite Floß aus dem trüben Dunst auftauchte. Jetzt fiel ihm ein Stein vom Herzen. Seine beiden Boten werden sich die Kehle aus dem Hals geschrien haben, um rechtzeitig zu warnen. Zuerst sah man die beiden Kanonen, dann auch die Männer auf dem gut ausgerichteten Fahrzeug um die Biegung treiben. Kurz darauf waren sie auf gleicher Höhe mit den Gestrandeten. Man rief einander etwas zu, verstand sich aber auf die Entfernung hin nicht.

Auch die letzten vier Flöße hatten offensichtlich die Warnung erfasst und steuerten problemlos an der Untiefe vorbei. Sie alle mussten nun auf gut Glück versuchen, irgendwo zu ankern.

Thomas, der mit seiner Mannschaft das Schlusslicht bildete, hob im Vorbeifahren vielsagend die Arme in die Höhe. „Was ist passiert?", hörte Jakob ihn herüberrufen. Aber er erhielt keine Antwort auf die Frage.

„Du musst versuchen, rechts zu länden, Thomas. Versuch bis hierher zurückzulaufen. Alles Weitere später!" Dann meinte er noch ein „Ja, hab alles verstanden" gehört zu haben, ehe das Floß weitertrieb und gleich darauf im nebeligen Dunst verschwunden war.

Erst jetzt kamen die Leute dazu, den Schaden genauer zu untersuchten. Von den zwei Kartaunen hatte sich die vordere aus ihrer Verankerung gelöst und lag mit dem Rohr abwärts ins Wasser geneigt zu einem Teil auf dem Holz und mit dem anderen auf der Sandbank. Die zweite Kanone war gänzlich umgekippt und im Rhein versunken. Immerhin hatte das Kiesbett ein Abrutschen in größere Tiefe verhindert. Man konnte ein Rad der Lafette mit den mächtigen Holzspeichen etwa ein Fuß unter der Wasseroberfläche ausmachen.

Als Jakob auf den Fähnleinführer zuging, um sich mit ihm zu beraten, was aus seiner Sicht zu tun wäre, gab der sich unwirsch und zugeknöpft. Der Alte blieb völlig ungerührt von den Ereignissen. Er war es gewohnt in bedrohlichen Momenten ruhig Blut zu bewahren und die Ereignisse überlegt anzugehen.

„Ihr seid der Flößer, Jakob Hassler, und nicht ich. Damit Ihr's gleich wisst. Euer Holz geht mich einen Scheißdreck an", wetterte er. „Auf meine Leute passe ich schon selber auf. Und noch eins: Es wäre schlecht für Euch, wenn die Kartaunen hier absaufen. Lasst Euch etwas einfallen, damit die Sache wieder ins Reine kommt."

Umständlich band sich der Haudegen seinen Säbel fester und fügte in herrischem Ton hinzu. „Das Beiboot dort drüben brauche ich zum Übersetzen. Schaut zu, dass ich nicht auch noch schwimmen muss."

Die Situation war angespannt genug und Jakob wollte den Ärger nicht noch weiter anwachsen lassen. „Von mir aus geht an Land. Wir müssen sowieso alle hier runter. So wie es aussieht, dauert es eine Weile, bis wir wieder flott werden."

Erst am Abend waren alle Männer teils schwimmend, teils watend auf festem Boden. Taue, Flößerhaken, Kleidung, vor allem Verpflegung, wurden nach und nach mit Stricken zum Ufer gezogen. Endlich war auch der gestrandete Rest des Holzes mit

Ankerhaken am Ufer vertäut. Als auch die beiden Kanonen mit vereinten Kräften am Holz vertäut waren, schien die Gefahr fürs Erste gebannt. Die wertvollen „Nachtigallen" mochten über Nacht so liegen bleiben und erst am nächsten Tag aus dem Wasser gezogen werden.

Jetzt traf auch Thomas mit einer Überraschung bei der Unglückstelle ein. In dem Durcheinander des Lagerplatzes ritt er hoch zu Ross auf Jakob zu. In seiner Begleitung war der Besitzer des Pferdes. Nicht weit von hier hatte der Freund in einem kleinen Weiler den Bauern ausfindig gemacht und es zuwege gebracht, ihn zum Mitkommen zu bewegen. Der Mann hatte rasch begriffen, dass hier ein schnelles Geschäft winkte, und so zog er mit der Zusicherung wieder ab, sich am nächsten Abend das Tier gegen blankes Silber wieder abzuholen.

Inzwischen war es zu spät, um mit dem Pferd noch eine vernünftige Arbeit anzugehen, aber bei Tagesanbruch konnte es durchaus eine wertvolle Hilfe sein.

„Die anderen Flöße liegen zwei Stunden flussabwärts dicht beieinander vertäut", berichtete Thomas und amüsiert fügte er hinzu, „der junge Fähnleinführer rennt dort aufgeregt hin und her, um seine Leute nicht an Land vagabundieren zu lassen. Ich glaube, der hat vor dem alten Haudegen genau so viel Angst wie die Landsknechte."

Allein, Jakobs niedergeschlagene Stimmung durch einen Scherz aufzuheitern, misslang. Zu frisch haftete die Erinnerung an den Moment völliger Hilflosigkeit, als er mit ansehen musste, wie das davontreibende Holz seine lebendige Beute mit sich riss. Der Mann mit dem zerquetschten Fuß lag abseits neben einem rußigen Feuer und wimmerte leise vor sich hin. Ein erfahrener Söldner hatte zerriebenes Johanniskraut auf der Wunde verschmiert und alles fest umwickelt. Das linderte für den Augenblick den Schmerz des Invaliden, während er sich zugleich mit dem Schicksal abfinden musste, für den Rest seines Lebens verunstaltet zu bleiben. Immer vorausgesetzt, die Wunde würde ihn nicht ins Jenseits befördern, musste er doch fortan fürchten, von der Mildtätigkeit anderer zu leben. Man würde ihn höchstens noch bis Boppard, vielleicht auch Koblenz mitnehmen. Als Landsknecht jedenfalls taugte der Krüppel nicht mehr.

Von zwei Söldnern, die in der Strömung fortgespült worden waren, fehlte immer noch jedes Lebenszeichen.

„Hast du unterwegs noch Landsknechte angetroffen, Thomas?" Doch Jakobs Hoffnung wurde enttäuscht.

„Es ist eine gottverlassene Gegend", kam die Antwort. „Außer dem Bauern habe ich keine Menschenseele gesehen. In dieser Einöde gibt es nur steile Berghänge und jede Menge Geröll."

„Vielleicht sind die Kerle auf die andere Uferseite abgetrieben", überlegte Thomas weiter. „So dicht vor der Schlacht bekommen es einige mit der Angst zu tun. Die paar Gulden, mit denen man sie auf die Flöße lockte, haben ihre Zuversicht nicht wachsen lassen. Jedenfalls müssen die Herren Fähnleinführer damit rechnen, dass ihre Männer das Weite gesucht haben", konstatierte er mit einem schadenfrohen Grinsen.

Als sich jetzt der Dompropst zu den beiden hinzugesellte, wartete er mit einer überraschenden Nachricht auf. „Hast du gewusst Jakob, dass der alte Haudegen sich die Stute unter den Nagel gerissen hat und davongeritten ist?"

„Das kann doch nicht wahr sein." Wütend sprang Jakob auf. Aber Hochwürden Engelbert wusste auch zu berichten, warum der Adelige verschwunden war. „Er versucht seine entlaufenen Landsknechte wieder einzusammeln. Ich wette darauf, dass er alles daran setzt, ein Exempel zu statuieren. Wie ich den kenne, holt er sich die Burschen wieder – egal ob im Guten oder Bösen und ...", mit einem angedeuteten Kreuzzeichen über seiner Brust fügte er hinzu: „... wenn dieser Bluthund erst einmal die Witterung aufgenommen hat, ist es nur eine Frage der Zeit, bis er seine Beute zu fassen bekommt!"

„Hätte der verstockte Alte nicht wenigstens zu Fuß gehen können? Den Gaul brauchen wir dringender als er!" Für diese ganze Brut von Kämpfern hatte Jakob nicht das Geringste übrig.

Am Abend dampften feuchte Decken, Kleider und Fußlappen über rauchigen Feuern. An langen Stöcken hingen die nassen Sachen zum Trocknen. In dieser Nacht fand keiner von ihnen ein warmes Plätzchen zum Schlafen. Mit Zweigen und

Strauchwerk als Unterlage und gepeinigt von unzähligen lästigen Insekten, blieben viele am Feuer hocken oder gingen auf und ab. Welch ein Glück, ging es Jakob durch den Kopf, dass es in dieser Jahreszeit noch so warm war. Drei Monate später wäre man nicht sicher, ob sich das lädierte Fahrzeug im eisigen Wasser überhaupt reparieren ließe.

Bei Tagesanbruch waren nur die Flößer auf den Beinen. Ohne die Knute des alten Haudegen im Nacken, nutzten die Landsknechte jetzt die Gunst der Stunde, um endlich einmal zu dösen und den Tag langsam angehen zu lassen. Doch dann hörte man Hufschläge und schon wenig später kam der Fähnleinführer den Treidelweg herauf und ritt ins Lager ein. Neben ihm stolperte einer der beiden vermissten Landsknechte. Mit einem Seil war er an den Händen zusammengebunden, während das andere Ende am Sattel des Adeligen verknotet war.

Wahrscheinlich hatte keiner von beiden diese Nacht ein Auge zugemacht. Der Mann neben dem Pferd schien am Ende seiner Kräfte zu sein. Unbeeindruckt von dem beschwerlichen Ausflug sprang der alte Haudegen federnd vom Pferd.

Jakob schüttete den angestauten Zorn einer schlaflosen Nacht über dem Alten aus. „Wie könnt Ihr Euch unterstehen, mir den Gaul wegzunehmen und Euch auf- und davonzumachen?"

„Seid Ihr noch bei Sinnen, Hauptschiffer. Wie redet Ihr mit mir!? Ihr solltet das Maul halten und Euch darum kümmern, wie wir von hier wieder wegkommen."

„Das eine hatte mit dem anderen nichts zu tun. An dem Pferd jedenfalls habt Ihr Euch nicht zu vergreifen. Wer hat denn das Biest aufgetrieben und bezahlt? Es soll helfen, die Kartaunen zu bergen, nicht aber Eure entlaufenen Männer einzufangen!" Impulsiv fasste Jakob in die Zügel. Das arme Tier ließ den Kopf hängen. Der Ritt durch die Nacht hatte ihm arg zugesetzt.

„Was nehmt Ihr Euch heraus! Hier habe ich das Sagen oder wollt Ihr das nicht einsehen?", wetterte der Fähnleinführer.

Die Auseinandersetzung fand Zuhörer. Flößer und Landsknechte standen herum und verfolgten genüsslich das Wortgefecht.

Jakob bebte vor Entrüstung. „Ein für alle Mal, ich habe bei diesem vermaledeiten Handel mein Wort in Baden gegeben. So oder so bringe ich Euch bis in die Niederlande. Findet Euch endlich damit ab, dass ich auf dieser Reise die Richtung gebe und nicht Ihr!"

Jetzt griff der Alte in seinen Lederbeutel, den er ständig um die Hüfte trug. „Ihr wollt es wohl unbedingt auf Pergament vorgesetzt bekommen, wie hier die Dinge stehen." Umständlich förderte der Fähnleinführer ein Schriftstück zutage. Dann las er daraus vor, dass es „...Wunsch und Wille des allergnädigsten Markgraf Philiberts sei, seine badische Kontribution für einen gottgewollten Sieg an die Seite seiner allerhöchsten Gnaden, des Habsburger Kaisers zu stellen". Dann folgten allerlei verschnörkelte Instruktionen, die damit endeten, dass eben der hierfür abgestellte Fähnleinführer einzig und allein für das Wohl der Truppe Verantwortung trage. Das Dokument endete damit, dass sein Inhaber allerhöchster Order folge und keiner, egal welchen Standes, das Recht habe, sich für die Dauer der Exkursion über diesen Beschluss zu stellen.

So also hatte Markgraf Philibert bis in diesen entlegenen Winkel seinen Willen durchgesetzt und Jakob nicht einmal in die Entscheidungen eingeweiht.

„Ich will Euch nicht abhalten, Hauptschiffer, den Schaden endlich zu beheben, statt mir in meine Arbeit zu pfuschen. Für diesen Lumpenhund hier heißt es jetzt aber erst einmal wieder zur Vernunft kommen", und dabei schaute er abfällig auf den Fang zu seinen Füßen. „Wir wollen nichts weiter, als ein Recht wieder ins Lot bringen, das der Saukerl auf den Kopf stellen wollte." Noch ehe Jakob fragen konnte, was der Alte denn nun wieder im Sinn hatte, wendete der sich an die gaffenden Landsknechte.

„Leute, hier bringe ich den Strauchdieb, der euch im Stich lassen wollte." Der entlaufene Kriegsknecht kniete während der Unterredung teilnahmslos und entkräftet auf dem Boden. Jetzt wurde er unbarmherzig hochgezerrt. „Der hier hat sein Wort gebrochen, das er unserem gnädigen Landesherrn gegeben hat. Was ist das für ein Hurenbock, der in Baden die Hand zum Schwur hebt, sich auf der Reise den Ranzen vollschlägt und schließlich herausgemästet das Weite sucht. Ihr wisst, Männer, was zu tun ist. Sucht euch eine kräftige Weidenrute und dann wollen wir dem hier geben, was wir ihm schulden."

Thomas, der bei Jakob stand, spuckte verächtlich auf den Boden. „Der Alte ist ein elender Blutsauger, zum Teufel mit ihm."

„Von dem zweiten Geflohenen hat er bisher kein Wort verloren", raunte ihm Jakob zu. „Der jedenfalls ist ihm wohl durch die Lappen gegangen. Nun muss dieser arme Tropf für den Kameraden mit herhalten."

Der Übeltäter flehte und lamentierte: „Ich hab' Euch schon hundert Mal gesagt, dass ich nicht gleich den rechten Weg gefunden habe. Ist es nicht Beweis genug, dass ..."

Weiter kam das winselnde Bündel nicht. Mit ganzer Kraft schlug der ergraute Recke dem Gefesselten ins Gesicht. „Hättest genug Zeit gehabt Dich hier wieder einzufinden. Wo kommen wir hin, wenn du darauf wartest, dass ich dich abhole, du erbärmlicher Saukerl!"

Hatte der Dompropst bisher etwas beiseite gestanden, ging er jetzt auf den Haudegen zu. „Mag schon sein, dass Ihr das Wort führt, denkt aber bitte daran, dass dieser arme Sünder schon genug mit der Schande zu tun hat, die er auf sich geladen hat."

„Hochwürden, glaubt Ihr tatsächlich, dass der Schurke hier ein Gefühl der Schande verspürt? Mit allem Respekt für Euren Stand und die Kirche, lasst mich meine Arbeit tun, so wie Ihr die Eure tun mögt." Verbissen und unnachgiebig scheuchte der Alte die Landsknechte so zusammen, dass sie eine enge Gasse bildeten, aber Hochwürden Engelbert setzte noch einmal nach. „Dann lasst mich dem armen Sünder wenigstens die Beichte abnehmen. Man sagt, dass ein solches Kriegsgericht zum Tode führen kann. Wollt Ihr verantworten, dass der Mann ohne Absolution vor unseren Herrn und Schöpfer treten muss?"

„Der kurze Fußmarsch mag ihn zwar etwas schmerzen, aber umkommen wird er schon nicht. Wir kitzeln ihn ja nicht mit Lanzen, sondern Weidenruten", wiegelte der Fähnleinführer ab. Zugleich ließ er aber nicht den nötigen Respekt vermissen. Wie auch immer der Alte hier auftrat, Anstand und Umgangsformen hatte er zweifellos mit der Muttermilch aufgesogen.

„Nun gut, nehmt in Gottes Namen dem Tölpel die Beichte ab", entschied er dann schließlich doch. „Eigentlich hat der Kerl es nicht verdient, vor einem so vornehmen Würdenträger wie Euch hinknien zu dürfen."

Dankbar und bereitwillig sank der schmächtige Bursche vor dem Dompropst nieder. Landsknechte und Flößer traten respektvoll zurück. Dann waren Ablass und Segen in wenigen Worten abgehandelt.

„Und nun soll er dankbar sein, dass ihm gerade einmal vier Dutzend Männer die Gasse bilden", drängte der Alte schließlich. „Wären die Leute von den anderen Flößen hier, würde ihm das Fell sicher kräftiger durchgewalkt."

Der Fähnleinführer stieß den armen Sünder an den Anfang der zwei Reihen, die inzwischen von seinen Männern gebildet worden waren.

„Jetzt, Männer, schlagt kräftig zu und helft dem Lump, sich wieder rein zu waschen. Und merkt wohl auf: Ihr steht hier nicht um zu vergeben – das ist Sache unseres Landesherrn" – und nach einer Pause: – „Am Ende vielleicht auch unseres allmächtigen Herrn im Himmel. Hier wird vollstreckt, was höheren Orts beschlossen ist. Verrat hat dieser elende Drückeberger gleich mehrfach begangen. An unserem Landesherrn, an unserem Kaiser und an euch, die er mit dem gottlosen Franzosenpack allein lassen wollte."

Mit einem kräftigen Schubs stieß der Alte den Gefesselten in die enge Gasse hinein und rief ihm nach: „Zeige wenigstens jetzt, dass du deinen Mann stehen kannst."

Mit Abscheu und in einiger Entfernung verfolgten die Flößer das makabere Schauspiel. In diesem Moment mochten sie sich sagen, dass es schlimmere Schicksale auf Erden gab, als sich jahrein, jahraus im Wald zu placken.

So abstoßend das Spektakel auch war, die Augen hafteten gebannt auf dem wankenden Bündel, das sich abmühte unter den Schlägen, die auf ihm niedergingen, wegzutauchen. Anfangs versuchte er die Gasse rasch zu durchlaufen, aber unter der Wucht der Stockhiebe verlor er jede Orientierung. Angefeuert von den Worten ihres Anführers kochte die Wut seiner Peiniger. Während der Gepeitschte nach rechts und links taumelte, schubsten ihn die Männer immer wieder in ihre Mitte. Er fiel zu Boden. Einer der Rutenschläger griff ihn und stellte ihn wieder auf die Beine.

Als der Bestrafte endlich auf allen Vieren kriechend das Ende der Gasse erreicht hatte, fiel die angestaute Spannung von den Männern ab. Jetzt standen die Landsknechte betroffen da. Einige schmissen die Ruten weg, als hätten sie in Dornen gefasst. War es die provozierende Rede ihres Anführers oder die Anspannung und Übermüdung der letzten Tage, dass sie statt Erbarmen nur Grimm und Verzweiflung in ihre Hiebe gelegt hatten?

Als Jakob abends mit dem Dompropst am Feuer saß, hatte er seine eigene Ansicht zu diesem Drama: „Ich glaube, Hochwürden, dass die Männer den alten Haudegen selbst vor Augen hatten, als sie so rücksichtslos zuschlugen. Krieg entsteht nicht von allein. Es bedarf dazu einiger Kreaturen, die den Kessel erst kräftig anheizen, damit die Suppe später ordentlich kocht."

„Sei froh, dass du nicht von dem mageren Geschäft des Tötens deinen Lebensunterhalt verdienen musst", entgegnet der Dompropst. „Im Grunde sind es alles verirrte Seelen, die hier ihre Haut verkaufen. Den armen Tölpel traf es schon heute, die anderen kommen vielleicht einige Wochen später dran."

„Immerhin, der Haudegen versteht es die ganze Bande in Zucht und Ordnung zu halten", sinnierte Jakob und nach einer Pause fügte er hinzu: „Wir sollten froh sein, dass nicht mehr dieser bedauernswerten Krieger bei dem Durcheinander das Weite gesucht haben."

Auf dem letzten Teil ihres Weges trieben Jakobs Flöße langsam, viel zu langsam, wie er fand. Hier schob sie der Rhein durch das Herzogtum Kleve. Dies war der letzte Abschnitt ihrer Reise, ehe sie in Dordrecht festmachen würden.

„Wir haben noch nie so weit in den Sommer hinein geflößt." Jakob saß neben dem Dompropst. „Wenn es wahr ist, dass der Kaiser eine große Zahl Karavellen in Amsterdam in Auftrag gegeben hat, lohnt sich diese hundsmiserable Fahrt mit all den Schrecken am Ende doch. Habsburg braucht Holz und dann soll es auch dafür bezahlen. Vielleicht schneide ich besser ab, als ich noch bei Caub gedacht hatte."

„Und du meinst, dass Markgraf Philibert dir keinen Ärger machen wird?"

„Ärger, weshalb? Gibt es an dem Auftrag irgendetwas auszusetzen? Alle werden heil am Ziel ankommen. Nun gut, einer hat während des Schiffbruchs das Weite gesucht und einen todkranken Mann haben wir in Koblenz vom Floß heruntergetragen, aber alles andere hat doch geklappt. Die Leute sind wohlauf, die Kanonen vollzählig und heil und die badische Kontribution Landsknechte ist schneller an Ort und Stelle, als wenn sie marschiert wäre."

Die Reste des gestrandeten Führungsfloßes waren recht und schlecht wieder eingebunden. Allerdings trug es nur eine der beiden Kanonen und nicht mehr als zwei Dutzend Landsknechte. Die anderen Flöße hatten dafür mehr Fracht übernommen. Zwei volle Tage waren Jakobs Männer damit beschäftigt gewesen, Menschen und Material neu zu richten und zu verteilen.

Der alte Haudegen hatte es für sich so eingerichtet, dass er Jakob möglichst wenig zu Gesicht bekam. Nach langem Hin und Her hatte er sich sogar überreden lassen, den verprügelten Fahnenflüchtigen auf Jakobs Floß zu lassen. Dort durfte er liegenbleiben, um seinen wund geschlagenen Rücken auszuheilen. Der Mann war noch jung und fasste rasch neuen Lebensmut. Dennoch, es würde ihm nicht erspart bleiben, sich ein zweites Mal in sein Schicksal zu fügen, wenn er in der Schlacht bei St. Quentin um sein Überleben kämpfen sollte.

Es ging bereits auf den Abend zu und es war abzusehen, dass sie bald in Dordrecht ankommen würden.

Dompropst Engelbert räusperte sich, ehe er ein Thema anschnitt, das er bis heute vor sich her geschoben hatte. „Jakob, ich muss ein ernstes Wort mit dir reden. Unsere Reise geht zu Ende – höchste Zeit also, dass wir auf eine ärgerliche Sache zu sprechen kommen. Es geht um deine Sittsamkeit und um den Ruf der Jungfer Ruth de St. Montaigne." Hochwürden Engelbert suchte nach Worten. Ihm war es sichtlich peinlich, mit einem delikaten Thema auf Jakob einzudringen.

„Was soll in der Angelegenheit ärgerlich sein? Ihr wisst besser als jeder andere, dass ich dieses Mädchen seit Jahren lieb gewonnen habe und sie eines Tages zur Frau nehmen werde." Jakob wusste nicht recht, worauf der Dompropst hinauswollte.

„Damit sind wir schon beim Kern der Angelegenheit. Ich habe große Sorgen um dich, mein Sohn – und wenn ich dich ‚mein Sohn' nenne, dann tue ich das mit ganzem Nachdruck als väterlicher Freund." Der Dompropst beugte sich bekümmert auf seiner Bank nach vorn. „Schau, es geht hier nicht um meine eigenen Ansichten, sondern um Klagen, die bis zum Bischof durchgesickert sind. Seit einiger Zeit haben uns Berichte sowohl aus Straßburg wie auch aus Baden erreicht, dass du schon mehr als sieben Jahre der Jungfer Hoffnungen machst, sie aber noch immer nicht dein Weib ist. Schlimmer noch, du hast ihr ein Kind anvertraut, das unkeusch zur Welt gekommen ist."

„Haltet ein, Hochwürden", unterbrach Jakob, der jetzt sichtlich verunsichert wirkte. „Seit Anbeginn wisst Ihr von meiner Liebe, die ich in Straßburg zurückgelassen habe. Wenn ich Ruth de St. Montaigne nicht zu mir geholt habe, gab es einen guten Grund. Zu sehr fürchtete ich, dass sie die Dürftigkeit des Schwarzwalds nicht ertragen könnte. Dieses Mädchen ist die Einsamkeit nicht gewohnt. Ihr wollt mir im Grunde mitteilen, dass man meinem guten Ruf an allerhöchster Stelle schaden will, habe ich recht?"

„Was meinst du mit Dürftigkeit?" Der Dompropst bohrte mit einem Stock zwischen den Ritzen der knarrenden Stämme. „Hast du nicht daheim im Tal allen Wohlstand, den es braucht, um Weib und Kind rechtschaffen zu ernähren? Wenn ich an deine Jugend denke, dann würde es Jakobus ungleich besser haben als du in seinem Alter. Aber das ist es nicht, was mir Sorge bereitet. Seit Jahr und Tag wird die junge Ruth von dir hingehalten. Vergiss nicht, dass sie von hohem Stand ist und dein Zögern in dieser Angelegenheit nicht nur von ihr missverstanden werden kann."

Mit jedem Wort wurde Jakob hellhöriger: „Da ist doch etwas, Hochwürden, was Ihr mir vorenthaltet. Wenn es nur um mein Verhältnis zu Ruth de St. Montaigne gehen würde, hättet Ihr mir das im Nebenher gesagt. Übrigens, ich hänge es nicht an die große Glocke, aber gehöre ich durch meine niederländische Abstammung etwa nicht zur Nobilität? Nein, nein, es gibt etwas, mit dem Ihr nicht herausrückt, stimmt's ...?"

„Du hast mich wieder einmal durchschaut. Ja, als Bischof Philipp von Flersheim noch am Ruder war, da konntest du sicher sein, dass du mit deinem Edelsteinhandel bei ihm einen verlässlichen Fürsprecher hattest, aber der Bischof ist schon vier Jahre tot und derzeit gibt es rund um den Dom viel Neid und Missgunst. Die treibende Kraft gegen dich ist Abt Bonifatius. Er unternimmt alles, um dich zu Fall zu bringen. Sieh mal, der neue Bischof ist nur selten im Bistum anzutreffen. Seine Abwesenheit hat eine Leere hinterlassen, die jetzt andere auszufüllen gedenken. Du kannst dir ja vorstellen, wie Abt Bonifatius versucht, sich breitzumachen. Diese Zeit des Zuwartens ist nicht besonders heilsam für den Klerus in Speyer."

„Was sollte der Abt wohl gegen mich haben. Bis heute bin ich mit ihm noch niemals zusammengestoßen. Da steckt doch mehr dahinter, nicht wahr?"

„Nun ja, da magst du wohl recht haben. Bitte vergiss nicht, die größte List und Tücke wächst dort, wo die Kirchtürme besonders hoch gebaut werden. Der Abt jedenfalls spinnt eifrig Fäden."

„Wollt Ihr sagen, dass man Berichte gegen mich verfasst?"

Jetzt schaute der Dompropst Jakob offen ins Gesicht und man konnte ihm ansehen, dass ihn die Entwicklungen in Speyer mit Sorge erfüllten. „Vergiss nicht, du bist inzwischen ein mächtiger Mann, hast über Jahre Einfluss auf Bischof Philipp von Flersheim gehabt und kommst jetzt auch mit Markgraf Philibert ins Geschäft. Zugleich aber stehen drei Hauptschiffer gegen dich, die nur auf dem Pergament deine Partner sind. Es gibt Berichte, dass sie Abt Bonifatius für ihre Sache eingespannt haben.

Aber auch mich lässt er nicht aus den Augen. Wie gern würde er mir manche Schmach aus alten Tagen heimzahlen. Sein Netz ist fest geknüpft und er will ganz sicher auch mich darin einschnüren. Ständig ist er auf Reisen, spricht heute in der markgräflichen Residenz vor und morgen in Straßburg oder Rom."

„Ich wusste das alles nicht, Hochwürden", gab Jakob bestürzt zurück. „Es geht hier also nicht nur um den Ruf von Ruth, auch nicht um das uneheliche Kind Jakobus, es geht hier ganz offensichtlich um handfeste Interessen. Ich kann mir gut vorstellen, dass meine so genannten Partner dem Abt schamlos Geld zustecken."

„Das, lieber Jakob, ist nicht zu beweisen. Möglich ist alles, nur – damit wir uns recht verstehen – der Abt geht aufs Ganze. Wer weiß, ob er nicht versucht, ein Kirchengericht durchzusetzen."

„Ein Kirchengericht? Gegen wen? Wegen was?" Erregt sprang Jakob auf und baute sich vor dem Dompropst auf. „Er hat doch nichts, was er vorbringen kann, oder?"

„Eben doch! In tausend Angelegenheiten kann er auftreten: Wegen der Unkeuschheit mit einer verbrannten Hexe, wegen des verkrüppelten Kindes als Ergebnis dieser Unzucht oder auch schlicht wegen Bestechlichkeiten, die er deinen Geschäften mit dem verstorbenen Bischof anlasten würde. Und mir ...", der Dompropst hielt inne, dann lächelte er versonnen, „… kann er doppelt so viele Vergehen in die Schuhe schieben wie dir. Jedenfalls ist der Kläger dem Angeklagten stets um eine Elle voraus!"

„Das alles, Hochwürden, klingt nicht gerade gut!" Sollte der Klerus gegen Jakob auftreten, würde man früher oder später auch in Baden Abstand zu ihm suchen. Gerade jetzt, fern der Heimat, konnte er nichts dagegen unternehmen. Markgraf Philibert jedenfalls würde darauf bedacht sein, sich vor allem mit Speyer gut zu stellen.

Über die Bedrohungen, mit denen der Dompropst selbst zu kämpfen hatte, konnte sich Jakob nur ein ungefähres Bild machen. Die Kirche war undurchsichtig und oftmals beängstigend.

„Jetzt, wenn Ihr schon einmal auf Reisen seid, Hochwürden, wollt Ihr da nicht lieber in Luxemburg bleiben? Ihr habt doch Familie dort und werdet daheim besser aufgehoben sein als in Speyer."

„Ich danke dir, dass du dir Gedanken über meine Angelegenheiten machst, aber lass uns jetzt nicht die Dinge auf den Kopf stellen. Im Augenblick geht es ausschließlich um dich."

„Ihr habt sicher recht. Hier auf dem Floß können wir sowieso nichts ausrichten. Erst einmal wollen wir mit Gottvertrauen in die Zukunft blicken." Jakob versuchte einen gleichgültigen Ton anzuschlagen. „Auf jeden Fall will ich nicht gerade jetzt das Feuer schüren. Gleich nach meiner Rückkehr werde ich bei Ruths Vater um ihre Hand anhalten."

Als das Floß am Abend kurz vor Sonnenuntergang Dordrecht erreichte, wurden die Landsknechte von einer spanischen Abordnung in Empfang genommen. Man zerrte die schweren Kanonen an Land und brachte das badische Landsknechtfähnlein in einem provisorischen Lager unter.

Jakob und Hochwürden Engelbert wurden von einem Wagen abgeholt, der sie zum Anwesen der Handelsgesellschaft van Nienpoort brachte.

Frans strahlte seine unbekümmerte Heiterkeit aus, als er den Bruder und dessen Gast in Empfang nahm. „Du kommst wie gerufen", nahm er den Bruder in Empfang. „Uns liegt ein Angebot aus Amsterdam vor, mit dem wir einen stattlichen Preis für dein Holz bekommen. Ich habe die gesamte Ware auf einen Schlag an einen Spanier verkauft. Man hat mir gesagt, dass sie neue Karavellen auf Kiel legen."

„Du weißt aber, dass uns ein Teil der Stämme davongetrieben ist", gab Jakob zu bedenken.

„Na und …? Wussten wir nicht von Anfang an, dass es Probleme geben kann? Was du hierhergebracht hast, ist allemal genug, um deinen Verlust aufzuwiegen. Wir werden einen guten Schnitt machen, verlass dich darauf!"

Damit wandte sich Frans dem Dompropst zu. „Vor allem aber, Hochwürden, will ich Euch ein herzliches Willkommen sagen. Ich freue mich, endlich den Freund meines Bruders kennenzulernen, der ihm seit frühester Jugend verbunden ist." Frans fasste die Hand des Geistlichen und schüttelte sie mit aller Kraft. „Darf ich so vermessen sein und nun in eigener Sache um einen großen Gefallen bitten? Wenn es Euch nichts ausmacht, würde ich Euch – und das Fähnlein Badischer Landsknechte – gern auf der Weiterreise nach Brüssel begleiten."

„Nichts lieber als das, Mijnheer van Nienpoort, nur – verratet mir, warum Euch daran liegt, selber mitzukommen?"

„Die spanische Krone presst uns Niederländern hohe Kriegssteuern ab, um den bevorstehenden Waffengang mit den Franzosen finanzieren zu können. Ich will Euch offen gestehen, dass ich unser Haus ins rechte Licht setzen will, wenn wir Euch sozusagen als Quartiermacher begleiten. Ich hoffe, dass unser Beitrag an entsprechender Stelle gewürdigt wird." Ein spitzbübisches Lächeln erschien auf seinem Gesicht.

Noch am selben Abend wurde festgelegt, wie man die badischen Landsknechte und ihre Kanonen unter der Führung des Handelshauses van Nienpoort rasch und heil in das Heerlager der Habsburger bringen konnte. Dort wurden die Kontributionen der deutschen Herrscherhäuser zusammengefasst und für den Marsch nach St. Quentin vereinigt.

Der Feldwaibel
Anno 1557

„Dieses verfluchte Sauwetter!" Missgelaunt wischte sich Kaitan Dehmel das Regenwasser aus dem Gesicht. Dann spuckte er in hohem Bogen über den Kopf seines Pferdes hinweg und drehte sich im Sattel um – so als müsse er sich vergewissern, dass der kleine Reitertrupp, den er anführte, noch vollzählig war. Seit Stunden folgten die Söldner dem Flusslauf und suchten ihren Weg im trüben Dunst, der vom Boden aufstieg. Sie alle hatten seit Tagen keine Sonne mehr gesehen und die von Nässe voll gesogenen Filzhüte und Umhänge tropften auf dampfende Pferdeleiber.

„Jetzt sind es schon drei Tage, dass an mir nicht ein trockenes Haar mehr ist", gab der hoch aufgeschossene Mann neben ihm zurück. „Es wird Zeit, dass wir ein Dach über dem Kopf finden, um endlich einmal die Klamotten zu trocknen. Die Männer hinter uns schimpfen. Wir müssen aufpassen, dass sich nicht einige von ihnen aus dem Staub machen."

Kaitan antwortete nicht. Was sollte er auch dazu sagen. Im Grunde war es ihm egal, wie sie vorankamen, und genau so egal, ob die Meute vollzählig blieb. Er hatte keine Eile und im Laufe der Jahre war er widrige Wetterverhältnisse gewöhnt.

Die langen Arme des jungen Reiters neben ihm baumelten lässig über dem Hals seines Pferdes. Der 28-jährige schlaksige Eitelfritz Negel, ein gebürtiger Klevener, hatte Kaitan vom ersten Augenblick an gefallen. Als der Aushebungstrupp nach Kriegsknechten Umschau gehalten hatte, standen sie beide zur gleichen Zeit um das Zelt herum. Sie hatten erfahren, dass Kaiser Philipp II. gegen die Franzosen rüstete, und wer sich mit auf den Weg machte, sollte es auch entlohnt bekommen.

Irgendwo im Hessischen hatte sich Kaitan anwerben lassen. Mit seinen 34 Jahren, dem verwitterten und geröteten Gesicht, dem breiten rostroten Schnurrbart und drahtigen Körper hatte man schnell erkannt, dass ihm der Umgang mit der Waffe nicht unbekannt war. Wo er sich denn zuletzt verdingt habe, wurde er gefragt, doch seine Schilderungen waren ungenau. Kaitan hatte keinen Grund gesehen weit auszuschweifen und dort anzufangen, wo er sein rastloses Leben nach der Jugend im heimatlichen Tal begonnen hatte. Sollte er dem Obristen stecken, dass er mit einem heruntergekommenen Adeligen und dessen Gesellen marodierend den Oberrhein entlanggezogen war, dass er sich durch besondere Grausamkeit einen Namen gemacht hatte?

Seine guten Dienste beim Brandschatzen waren der entwurzelten Bande gerade recht gewesen, weil er mehr noch als die anderen das Verstümmeln und Morden übernommen hatte. Angst machte die Opfer gefügig und half zugleich, die Ausbeute zu steigern.

Nein, das Vagabundieren musste früher oder später ein Ende haben. Mehr als einmal war es pures Glück gewesen, dass er nicht aufgebracht wurde, von Stadtknechten oder Bauerntrupps, die sich in schierer Verzweiflung zusammengerottet hatten, um sich die Landplage dieser Heckenreiter vom Hals zu schaffen. Was man dann mit ihm gemacht hätte, war ihm wohl bewusst. Den *Handabhacker* hatte man ihn genannt und tatsächlich war dieses kalte, gefühllose Zuhauen ein Markenzeichen, das ihn von der übrigen Bande abgehoben hatte. Er war geduldet, aber man suchte nicht seine Nähe. Die scheußliche Brut hatte ihn nur zu gerne an den Rand des Nestes geschoben. Man hatte ihn fühlen lassen, dass er ein Kuckucksei des Geleges war.

Irgendwann hatte er sich aus dem Staub gemacht, war aber schon bald mittellos und hungrig gewesen und hatte sich zu den *Halfleuten* gesellt. Von Mainz musste er mit 52 Mann einen Kahn nach Straßburg hinaufziehen, der mit seinen 2000 Zentnern Gewicht den ganzen Mann forderte. Nachts um zwei wurde die Mannschaft vor das Schiff gespannt und beim Ziehen hatte man mitunter bis zum Gürtel im Wasser gestanden. Das Treideln entlang der Leinpfade würde er sein Lebtag nicht wiederholen. Nein, bei den ‚Schiffigen' wollte er sich nicht noch einmal verdingen.

Kaitan Dehmel hatte sich vorgenommen, aus dem Schatten herauszutreten, den sein bisheriger Lebensweg geworfen hatte.

Es mochte die Kommission beeindruckt haben, als er von seinem jüngsten Broterwerb berichtete, von dem Vorzug, als Stadtknecht ein Auskommen gefunden zu haben, obwohl er dort als Zugereister anfangs beargwöhnt worden war. Immerhin, die vier Jahre im Hessischen hatte er sich hochgedient. Nur dem Hauptmann gegenüber war er verantwortlich gewesen, andere Bürger hatten ihm nicht dreinzureden.

Dabei hatte er allerdings verschwiegen, dass eines Tages auch dort die Luft für ihn zu dünn geworden war – wegen eines verheirateten Frauenzimmers. Hätte sie nicht so dämlich herumgequatscht mit ihrer Affäre, wäre er sicherlich auch heute noch dort. Der gehörnte Ehemann war alteingesessener Bäckermeister und hatte seine Zunftbrüder davon überzeugen können, dass ein geiler Bock wie dieser Kaitan Dehmel kein Ruhmesblatt für die Stadt darstellte, sondern vielmehr deren Sicherheit gefährdete.

Die Kommission hatte ihn dann ohne langes Federlesen rekrutiert – wegen seiner Waffen, aber auch, weil man ihm die Führung des Trupps zutraute, den er in Antwerpen abliefern sollte. Rasch war der Haufen junger Burschen auf ihn als vorläufigen Rottmeister eingeschworen.

So hatte der Herumtreiber eine Mohrenwäsche an sich vorgenommen, die fürs Erste erfolgreich verlaufen war. Man hatte es ihm abgenommen, dass er das Zeug mitbrachte, sich für den Kaiser zu schlagen, notfalls auch sein Leben für diesen lassen würde.

Was ihn am Ziel erwartete, war Kaitan nicht im Geringsten klar. Noch nie hatte er sich in einem großen Heeresverband bewegt. Es sollte guter Sold gezahlt werden, hatte man versprochen und Beute sollte es obenauf geben. Kam es zu einem Gemetzel, dann war das Morden sogar legitim. Zudem hatte er sich ausgerechnet, dass des Kaisers Streiter den Franzosen überlegen sein würden. Alles in allem standen die Chancen gut für den Habsburger – und vielleicht am Ende auch für ihn.

Gerne hätte er sich als Doppelsöldner verdingt. Den zweifachen Lohn würde man ihm für die besondere Bewaffnung zahlen, mit der er angeworben worden war. Er wusste, dass seine Muskete mit Luntenschnappschloss zu den Handfeuerwaffen gehörte, die sich nur wenige leisten konnten. Wie die früheren Arkebusen verschossen sie Kugeln mit zweilötigem Gewicht. Das Rohr seines Vorderladers, bei dem Pulver und Munition von der Laufmündung her eingebracht wurden, hatte keine Schnörkel und Zierrat, war aber von handwerklicher Perfektion.

Vor den Reitern tauchte ein Bauernhof auf, dessen Konturen bei der schlechten Sicht erst spät erkennbar wurden. Düster ragte eine Hütte aus dem Grün der Flussniederung hervor. Als die Männer ankamen, sprangen sie steifbeinig und mit klammen Gliedern von den Pferden. Die Bäuerin stand allein im Hof. Die Männer fragten nach Milch und Marschverpflegung. Als sie sonst keine Menschenseele weit und breit ausmachen konnten, wurden sie forsch – sie fragten nicht mehr – sie forderten, gingen in die Stube hinein und suchten selbständig nach Essbarem. Sie fanden ein Fässchen eingelegte Fische – ein wertvoller Vorrat des Bauern. Man beschloss es mitgehen zu lassen, zusammen mit einem Korb Fladenbrot.

Kaitan ließ kein Auge von der Bäuerin. Sie war nicht mehr jung, vielleicht zehn Jahre älter als er, aber sie war eine stattliche Frau mit ausladenden Brüsten. Schon packte er sie an der Schulter, wollte sie in den niedrigen Schuppen nebenan zerren, doch die Frau wehrte sich mit kurzen, schrillen Hilferufen. Es störte ihn und die anderen Peiniger nicht, die hinzugekommen waren. Hier in dieser Einsamkeit mochte sie sich die Seele aus dem Leib schreien, es hörte sie doch keiner. Ganz im Gegenteil, dieses Schubsen und Tasten von weiblichen Formen und das Plärren der Frau erregten den einen oder anderen mehr, als wenn sie stillgehalten hätte und stumm geblieben wäre.

Es war ein kurzes Ringen und Strampeln der Unglücklichen, dann lag sie im Schober auf dem Rücken. Gierig zerrten ihr zwei, drei Männer die Wollhose von den Schenkeln, drückten sie ins Stroh und so befriedigten sie eine Gier, die in Männern dieses Schlags rasch und unvermittelt aufsteigt. Es bedurfte nur eines winzigen Anlasses und sie gebärdeten sich wie triebhaftes Getier. Sie wirkten hungrig, stießen sich gegenseitig weg, machten obszöne Verrenkungen und lachten nicht einmal. Es war kein Vergnügen, sondern ein Verlangen für das sie sich demütigten – für einen Augenblick. Sie stießen sich gegenseitig zur Seite wie ein Knäuel raufender Wölfe – so, als müssten sie ihre Beute rasch und atemlos verschlingen.

Die Frau wurde stumm, war wohl nicht mehr bei Sinnen und lag bewegungslos da. Den Barbaren war es egal, ob sie noch lebte oder nicht. Sie rafften sich auf und starrten ausdruckslos auf den Boden, so als brauchte es einige Zeit, in die Gegenwart zurückzufinden. Sie sprangen auf die Pferde und drängten jetzt rasch zum Aufbruch, als wäre der leibhaftige Teufel hinter ihnen her. Bald verloren sie sich in der Weite des Landes und kein Hahn krähte mehr nach dem Hergang dieses Verbrechens.

Kurz darauf kamen sie an einem Mann vorbei, der am Fluss fischte. „Das wird der Bauer sein. Dem haben wir daheim eine Überraschung vorbereitet", feixte einer der Hessen und schaute verschwörerisch den Reiter neben sich an, aber in seinem Innern fühlte er sich elend und zerschlagen. War erst einmal der zerstörerische Trieb verflogen, klammerten sich die Bilder des Erlebten in den Hirnen fest. Es wurde nachgedacht und Maß genommen. Man sprach es nicht aus, aber jeder machte die eigene Rechnung auf. Wer hatte die Tat angezettelt, wer hatte sich mitreißen lassen und wer Abstand gehalten. Jetzt, da die wilde

Glut nur Asche zurückgelassen hatte, wünschte jeder den anderen zum Teufel.

Nach weiteren drei Tagen erreichten sie Antwerpen. Spätestens hier trat fürs Erste das Erlebnis auf dem Bauernhof in den Hintergrund. Jetzt hieß es sich zurechtzufinden. Nach einigem Fragen taten sie einen Fähnrich auf, der ihnen den Weg zum spanischen Feldlager vor den Toren der Stadt zeigte. Was die mitgeführten Pferde betraf, wurde nicht lange gefackelt. Der Profos brauchte Reit- wie auch Zugtiere an allen Ecken und Enden. Kaitan hatte nicht die geringste Chance, sich das Tier zu sichern, mit dem er angekommen war. Missmutig marschierten die Neuankömmlinge in eines der überfüllten Zelte des vorläufigen Lagers.

Sie bekamen eine Suppe von *Kaldaunen*, die schon seit einigen Tagen den waffentragenden Männern vorgesetzt wurde. Dann gab es dürres Rindfleisch mit Knoblauch gespickt, das einen widerlich süßlichen Geruch verbreitete.

Das große Heerlager war angefüllt von Menschen aus allen Teilen des riesigen Reiches. Nach Tagen der Liederlichkeit und Trägheit wurde die hessische Söldnertruppe ganz plötzlich von österreichischen und spanischen Befehlen in Reih' und Glied gebracht. Von einem Moment zum anderen war Kaitan Dehmel kein Rottmeister mehr und sah sich einer verhassten Zucht unterworfen. Schon hielt er nach einer Möglichkeit Ausschau, um sich unbemerkt davonzumachen.

Philipp II. wollte den Waffengang gewinnen – ein für alle Mal wollte er den Franzosen eine Lektion erteilen und dem ständigen Gerangel um die Vorherrschaft Europas ein Ende machen. Im Lager hieß es, dass sein Vater, Karl V., krank und hinfällig in ein Kloster umgezogen sei. Dort betete er den lieben langen Tag und wolle von der Politik nichts mehr wissen. Der Herrscher, in dessen Reich die Sonne nicht unterging, war an der Größe seiner Aufgabe zerbrochen und gab sich nun ganz den Gliederschmerzen hin. Er hatte Gicht.

Kaitan und seine zwei Dutzend Hessen wurden einem Fähnlein zugeteilt, das täglich exerzierte. Man spürte, dass es schon bald ins Feld ging, dass dieses riesige Landsknechtlager nicht auf Dauer angelegt war. Einen Sold von vier Gulden je Mann und Monat konnte man nur für kurze Zeit zusagen und ob es überhaupt zur Auszahlung kam, wurde hier und dort bereits bezweifelt.

Man probte eine neue Taktik, bei der Gewalthaufen von je vierhundert Mann Aufstellung nahmen und – angeführt von Trommlern und Pfeifern – vorwärtsrückten. In den beiden ersten Reihen gingen die Schützen mit Feuerwaffen, um gleich zu Anfang eine Bresche in die französische Walze zu schießen. Sie traten dann rasch zur Seite und machten Platz für die Spießer mit ihren fünfzehn Fuß langen Eschenstangen, die mit ihren Eisenspitzen Reihe um Reihe den Nahkampf einleiteten. Kamen dann aber die Landsknechte aus dem hinteren Haufen mit dem Feind in Berührung, dann ging es endgültig ums nackte Leben. Mit Pickeln, Hellebarden, Bohr- und Panzerstechern, mit Hämmern und Sauspießen würde sich Mann gegen Mann schlagen. Ein Rückwärts war unmöglich, denn die Nachrückenden bildeten eine geschlossene Mauer. War man einmal an der Reihe, dann hieß es vor allen Dingen Armfreiheit behalten, denn die Enge des Gefechtfeldes ließ zuweilen nicht einmal den Einsatz einer Waffe zu – man wurde wohl oder übel in das gegenseitige Morden hineingeschoben.

An einem Abend wählte das Fähnlein nach alter Tradition den Feldwaibel aus der eigenen Mitte. Dieser Brauch war unumstößlich und daran hatte sich auch der Fähnrich zu halten. Nun kannte man sich kaum, war für nur kurze Zeit miteinander verkettet und bald kam es zu hitzigen Diskussionen über diesen oder jenen Mann. Kaitan war schon bald einer von denen, die sich die Männer als Anführer wünschten, weniger weil sie seinen Mut oder die Geschicklichkeit beim Waffengang kannten, als vielmehr wegen des äußeren Anscheins. Der breite Backenbart, die buschigen Augenbrauen, das verwitterte Gesicht, besonders aber die Pracht seiner Kleidung hatten ihn unversehens in das helle Licht der Lagerfeuer geschoben.

Dieser Mann mit dem rot-weiß gestreiften Wams, die Hosenbeine über dem Knie geschnürt und mit Puffen und Schlitzen in den Farben rot und gelb durchsetzt, erfreute das Herz der Kämpfer. Der Stolz auf ihre schmucke Kleidung in schillernden Farben war eine Schwäche aller Söldner. Vom Harnischkragen bis zum Oberarmzeug, vom *Pikenierhandschuh* bis zur eisernen Beintasche, vom wollenen Rock bis hinunter zu den bunt gestreiften Kniestrümpfen, putzte sich ein echter Streiter des Kaisers mächtig heraus. Kaitan konnte in der Tat mit den Besten im Lager mithalten.

So war er noch vor Mitternacht zum Feldwaibel bestellt, bekam einen mächtigen Gaul zugestanden und hatte sich vor allen anderen einen Platz erobert, auf den er kaum zu hoffen gewagt hatte. Sein Traum, den Lohn eines Doppelsöldners zu erhalten, wurde von einem Moment zum anderen sogar übertroffen. Jetzt fand er Gefallen an diesem Männerleben. Man hatte ihm einfach geglaubt, als er von seinen Erfahrungen sprach. Ohne Skrupel hatte er aus dem Leben eines Heckenreiters nur insofern geplaudert, als es sich gut anhörten.

Nur zehn Tage blieb das Heerlager bestehen. An allen Ecken und Enden wurden Vorbereitungen getroffen, Trosswagen beladen, Schießpulver aus einer Mischung von Schwefel, Kohle und Salpeter zusammengerührt und Waffen geschmiedet und geflickt.

Mörser wurden auf den großen Streitwagen montiert, Kartaunen auf Lafetten mit Widerlagern aus Holzkästen befestigt. Die 20 Pfund schweren „halben Haken" mit vier Lot schweren Geschossen waren immerhin doppelt so schwer wie Handrohre und wurden von jeweils zwei Mann bedient.

Es kam immer wieder zu Handgemengen, zu Beschwerden der umliegenden Dörfer und der Profos hatte alle Hände voll zu tun, um dazwischenzugehen wo der Zorn aufflammte.

„Wenn der Teufel Sold ausschreibt", so sagte man allgemein, „dann fleugt und schneit es zu wie die Fliegen im Sommer, dass sich doch jedermann zu Tode verwundern mochte, wo dieser Schwarm nur herkam und sich den Winter über erhalten hatte."

Und auch das sagte man über diesen wilden Haufen, von dem man hoffte, dass er sich von der eigenen Scholle fernhielt: „Die Landsknechte erfreuen sich am Unglück anderer und suchen Not und Krieg. Um schlechtes Geld verlassen sie Weib und Kind und verschreiben sich dem Teufel, weil sie aus Blutdurst und Mutwillen ausziehen und ihren Übermut mit Würgen, Rauben und Brennen kühlen. Nur wer Geld hat und es ihnen gibt, ist ein guter Herr – und wenn es der Teufel selber ist!"

Auf Kaitan jedenfalls traf dieses allemal zu. An seine junge Frau und das blasse Kind im Badischen dachte er längst nicht mehr.

Dann brach das Lager auf. Die einzelnen Haufen setzten sich schwerfällig in Bewegung. Stockungen, gebrochene Speichen von Trosswagen, verendende Pferde und Ochsen, verunglückte Männer und Frauen versperrten den holperigen Weg. Es dauerte fast drei Wochen, bis man an die Stelle in Flandern vorgerückt war, an welcher sich die Entscheidungsschlacht abzeichnete.

Alles zusammen zählte man weit über zehntausend Habsburger Söldner. Spätestes hier verlor das Lagerleben auch den letzten Glanz, wurde rasch still und freudlos. Die Prahlerei von Mut und Verwegenheit ließ nach. Von Tag zu Tag zeichnete sich der Schlachtenbeginn deutlicher ab. Auch die Franzosen konnten sich kein langes Warten leisten. Beide Seiten hatten knappe Kriegskassen und sie wussten, dass ausbleibender Sold manch einen zum Meutern oder Überlaufen verleitete.

Dann kam der Tag, an dem Kaitan erfuhr, dass es am nächsten Morgen losgehen sollte. In diesen letzten Nachtstunden hatte niemand den rechten Schlaf gefunden. Schon vor Tagesanbruch setzten die Trommeln mit anfänglich monotonem Wirbel ein und wurden schließlich so laut und dröhnend, dass der Krach an den Nerven zerrte.

Männer fluchten und spuckten in den Sand, Pferde schnaubten, während sie geschirrt wurden, und das Klappern von Metall mischte sich mit dem Pochen der Herzen, die jetzt allen bis zum Hals schlugen. Würde man den Abend noch erleben? Wenn man Glück hatte, würde man sich aufheben können – für ein anderes Mal. Wenn es einen von ihnen aber erwischte, dann bitte ganz und endgültig. Halbe Sachen in diesem Geschäft waren das Schlimmste, was einem Kämpfer passieren konnte. Niemand wollte als Krüppel vom Schlachtfeld getragen werden.

Immerhin gab es genug Landsknechte, die nach einer gewonnenen Schlacht ihr Glück gemacht hatten, die reich heimkehrten und über Jahre hinaus sorglos lebten. Dafür riskierte man alles an diesem Tag – darum stand man hier. Heute galt es sein Leben hinzugeben oder aber auf lange Zeit ausgesorgt zu haben. Hatte erst einmal die eine oder andere Seite die Oberhand, dann klang die Seele. Dann waren die Verfolger ihrem Ziel nah. Alle Häuser, Kirchen, Gehöfte, alle Klöster und Spelunken standen offen. Der Kaiser gab seinen Segen und es war gleich, ob man sich Gold und Dukaten unter das Wams stopfte oder erst einmal ein Fässchen Wein in sich hineingoss, um den höllischen Druck fortzuspülen, der sich während des Sengens und Mordens im Innern breitgemacht hatte.

Das Fähnlein, dem Kaitan zugeteilt war, sollte überraschend von einem bewaldeten Hang her die rechte Seite der französischen Streitmacht bedrängen. Der Fähnrich, ein schmucker Grande von gerade einmal 20 Jahren, hatte Kaitan auf die andere Seite des Haufens beordert. Dort sollte er mit seinem Wallach auf ein Kommando hin voranstürmen und die Männer den Hang hinab in die Flanke des Feindes führen.

Als die Sonne über dem gegenüberliegenden Hang auftauchte, leuchtete das bunte Flechtwerk der Streitmacht in den schönsten Farben. Das helle Licht der schräg einfallenden Strahlen ließ die blank geputzten Waffen aufblitzen. Man mochte meinen, dass sich zwei gigantische Prozessionen einer Kirchweih dort unten im Tal aufeinander zu bewegten. Banner wehten lustig im Wind und buntes Tuch schmückte die stolzen Haufen, gab ihnen das Aussehen eines heiteren Treibens.

Einerseits rechnete sich Kaitan auf seinem Pferd einen gewissen Vorteil aus, andererseits wusste er, dass die gegnerischen Kämpfer mit den gefürchteten Spießen und Hellebarden alles daransetzen würden, ihn mit Widerhaken vom Pferd zu ziehen. Wenn das nicht half, würden sie dem Tier das blanke Metall unter seinen Schenkeln in den Leib rammen, es aufbäumen lassen und zu Boden zwingen. Im Fallen aber war der Reiter wehrlos und konnte durchbohrt werden, noch ehe er wieder auf die Füße kam.

Es war weniger das Warten auf den alles entscheidenden Moment über Leben und Tod als die Unentrinnbarkeit des Kommenden. Das Wissen, in den Hexenkessel dort unten eintauchen zu müssen und sich ohne wahren Hass auf den Feind zu stürzen, wurde immer unerträglicher. Auch Kaitan machte mit dieser rasenden Angst zum ersten Mal Bekanntschaft. Stets hatte er einen Ausweg gesehen, hier aber blieb ihm eine Meute von Männern auf den Fersen, die ihn vorwärtsdrängte, hinein in eine tobende Hölle.

Von der Anhöhe aus hatte man einen guten Rundblick. Die Söldnerhaufen waren in ihrer Länge und Breite sauber ausgerichtet. Großen Flößen gleich, die auf dem Wasser trieben, bewegten sich die Gewalthaufen über die sanften Bodenwellen vorwärts. Ständig wurde ihr Abstand zueinander von den vorausreitenden Hauptleuten überwacht und hier und da durch laute Rufe korrigiert. Nur unvollständig hörte Kaitan Kommandos aus dem Gewirr von Trommlern und Pfeifern bis zu seiner Anhöhe hinaufdringen.

Immer näher bewegten sich die gegnerischen Heere aufeinander zu. Jetzt lösten sich die vorderen Reihen auf. Die ersten Kämpfer konnten nicht mehr an sich halten. Sie hasteten einige Schritte vor, legten an und schossen. Einige stürzten, andere stürmten zur Seite weg, um nicht zwischen den Reihen aufgerieben zu werden. Sie gaben den Weg frei für die nachrückenden Spießer. Das ohrenbetäubende Dröhnen der Trommeln verstummte, fand kein Gehör mehr in dem immer heftigeren Schreien und im Geknatter der Feuerwaffen. Die Kampflinie dehnte sich in die Breite, während immer neue Fähnlein nachrückten und ihre Vordermänner in ihr Unheil drängten. Deutlich konnte Kaitan einen großen Landsknecht ausmachen, der eingeengt von Leibern unaufhaltsam vorwärts gestoßen wurde. Ohne das Unheil abwenden zu können, durchbohrte seine spitze Lanze den Vordermann. So wurde der Bedauernswerte von der eigenen Truppe zur Strecke gebracht.

Jetzt wurde der spanische Grande links von Kaitan ungeduldig. Sein Pferd tänzelte unruhig hin und her. Schaum trat dem Tier aus dem Maul und tropfte die Kandare hinab. Dann hielt es den jungen Fähnleinführer nicht mehr an seinem Platz. Ihm fehlte die Erfahrung eines alten Recken. Er forderte mit stolz gezücktem Schwert seine Leute auf, den Hang hinabzurennen, sich von der Seite her auf die Franzosen zu werfen, statt den Moment der Überraschung durch Zuwarten zu steigern.

Es gab ein wildes Stürmen und Hasten, ohne dass die Männer wussten, wo genau sie den Angriff einleiten sollten. Hoch auf dem Pferd gelang es Kaitan, den Überblick zu behalten. Zugleich aber ritt er verhalten, um sich nicht als Erster in das Getümmel stürzen zu müssen. Er verstand es, sein Pferd so zu lenken, dass es ganz außen trabte. So sicherte er sich genügend Bewegungsfreiheit für den Aufprall mit dem Feind.

Wie alle anderen auch war er vor Angst wie von Sinnen. Gleich neben ihm surrte eine Kanonenkugel, flog ins Leere und übertönte das ohrenbetäubende Kriegesgeheul, mit dem sich ein jeder Mut machte.

Das war der Moment, die Muskete abzufeuern. Oftmals hatte Kaitan es spielerisch geübt, die Feuerwaffe beim Reiten zu laden und dann anzulegen. Das Pulver und die Kugel hatte er bereits auf der Anhöhe in den Lauf gleiten lassen. Jetzt hob er das Gewehr an die rechte Wange und mit zitternden Fingern führte er die brennende Lunte an das Pulver im Zündschloss.

Er zielte nicht wirklich auf einen der Franzosen, die sich nun gegen ihn und seinen Haufen wandten. Die Lunte züngelte hell auf in der wirbelnden Luft einer rasenden Meute. Als das Feuer mit dem Pulver in Berührung kam, glaubte Kaitan einen zischelnden Ton zu hören, doch dann sah er für den Bruchteil einer Sekunde den gewaltigen Feuerstoß, der ihn mitten ins Gesicht traf. Den Knall nahm er schon nicht mehr wahr. Alles um ihn herum war von einem Moment zum anderen dunkel und er roch verbrannte Haut. Ob die Kugel überhaupt aus dem Rohr geschossen war, wusste er nicht. Auch die Schmerzen der Verbrennungen waren für den Augenblick nicht das Schlimmste. Es war die vollständige Blindheit, die ihn zu Tode ängstigte. Statt einen Schuss abzufeuern, war die Ladung explodiert, ging es ihm ahnungsvoll durch den Kopf.

Jetzt blieb ihm nichts anderes übrig, als dem Pferd die Zügel zu lassen und zu hoffen, dass es ihn nicht gerade jetzt in das Schlachtengetümmel hineintrug.

Wie lange er niedergebeugt und ziellos im Sattel sitzend umhergeirrt war, sich immer wieder mit einem Tuch über die Augen gewischt hatte und sich zu beruhigen suchte, wusste Kaitan nicht, aber schließlich erkannte er wieder erste Umrisse zur Linken. Dann sah er auch einige Männer seines Haufens, die den Franzosen von der Flanke her kräftig zusetzten.

Kaiserliche Soldaten hinter ihm, das wusste er, würden ihn rücksichtslos niederknüppeln, wenn er sich aus dem Staub machen sollte. Bei Fahnenflucht wurde nicht lange gefackelt. Aber das hatte er auch gar nicht vor. Wochenlang hatte Kaitan sich bis hierher durchgeschlagen, nur aus einem Grund – er wollte Beute machen. All sein Mühen wäre umsonst gewesen, hätte er diese Gelegenheit verstreichen lassen. Er riss sich zusammen und langsam wurden die Konturen um ihn herum wieder deutlicher.

Einige der Gegner wandten sich zur Flucht, suchten nicht mehr die Berührung mit dem Feind. Man sah mehr und mehr Franzosen, die blutüberströmt das Weite suchten. Die Kampfhandlungen wurden zusehends unübersichtlich. Manche Männer stachen in dem Durcheinander die eigenen Kameraden ab. So schmuck und farbenfroh die Kleidung der Landsleute auch war, sie unterschied nicht zwischen Freund und Feind. Ein jeder schlug zu, um sich Luft zu verschaffen, um sich selber aus der Hölle herauszubringen.

Die frisch hinzugestoßenen Haufen von den seitlichen Hängen sahen bereits, dass sich das Kriegsglück den Kaiserlichen zugewandt hatte. Die Männer erfasste der Siegesrausch. Ihre ganze Anspannung schrien sie aus sich heraus und schon bald befanden sich die Reste der französischen Streitmacht in wilder Flucht. Die Fliehenden warfen schwere Panzerungen und Waffen von sich. Nur das Leben wollte man retten. Es kam dann aber nicht zu einer langen Verfolgungsjagd, denn die Ersten der spanischen Söldner drehten bereits ab und schwärmten aus, um in Siedlungen und Städte einzufallen. Jetzt hieß es an sich selber denken, zusammenraffen, was sich stehlen ließ. Jeder von ihnen wusste, dass man nicht am Ende der Soldateska stehen durfte. Nur die ersten Plünderer machten wahrhaft gute Beute.

Mit einem Mal war die Pracht des Aufmarsches verflogen. Das farbenfrohe Geglitzer hatte sich in Schmutz und Blut verwandelt. Tote und Verwundete lagen verstreut. Es gab keinen, der nicht zerschlissen und besudelt aus dem Getümmel herauskam. Die Meute der Kämpfer tobte davon, als würde der Anblick der Vernichtung für sie auf einmal unerträglich. Zurück blieben beherzte Feldscher und Frauen, die zur Hand gingen. Man beugte sich nur dorthin, wo die Malträtierten noch ein Lebenszeichen von sich gaben, röchelten, stöhnten oder in ihrem Schmerz wimmerten. Die einen bettelten um barmherzige Hilfe, die anderen um den gnädigen Dolchstoß mitten ins Herz.

Kaitan trieb sein Pferd wieder an, beteiligte sich aber nicht an der Flut davonstürmender Landsknechte, die jetzt brandschatzen wollten. Dies war der Moment auf den er von Anfang an gehofft, ja gewartet hatte, denn er verstand sich auf ein anderes Geschäft und so zerrte er drei seiner hessischen Mitstreiter aus dem Getümmel fort und forderte sie auf, ihm zu folgen. Einer von ihnen war Eitelfritz Negel. Von einer Erhebung aus hatte Kaitan zwei Franzosen ausgemacht, denen man die hohe Herkunft schon von Weitem ansah. Die Kleidung, die edlen Pferde und ihr überhebliches Gehabe deuteten auf junge Herren hin, die aus gutem, will sagen, reichem Hause kamen.

Als diese Burschen in einem rückwärtigen Waldstück ihr Heil suchten, war für Kaitan der Moment gekommen, mit seinen Leuten die Fliehenden in eine Schlucht abzudrängen, aus der es kein Entweichen gab. Er hielt seine lädierte Muskete im Anschlag, während er ihnen Zeichen gab, von den Pferden zu steigen. Die verängstigten Halbwüchsigen merkten nicht einmal, dass ein verbogenes Rohr auf sie zielte. Ihre eigenen Waffen hatten die Jungen schon längst von sich geworfen. Man sah ihnen die Angst an, mit der sie nun die Hände zum Himmel strecken und kein Wort über die Lippen brachten. Erbarmungswürdig schlotternd standen sie ihren Verfolgern gegenüber und rechneten damit, dass es ihr letzter Blick in ein hoffnungsvoll begonnenes Leben war.

Ohne lange zu zögern erklärte Kaitan seinen Kumpanen, dass sie die Rotzlöffel an den Händen zusammenbinden sollten und anstatt sich in das Getümmel der Söldner einzugliedern, ritt er mit seiner Beute aus dem Kriegsschauplatz heraus in eine abgelegene Senke. Es war Kaitan wohl bewusst, dass die Hessen ihn verstohlen anschauten. Mit seinen abgefackelten Augenbrauen und den Brandwunden im Gesicht musste er furchterregend aussehen. Aber sie sagten nichts. In den letzten

Stunden hatten sie Schlimmeres gesehen als diese Verletzungen.

Jetzt, da die Schlacht geschlagen war, freuten sich die Obristen über jeden der nicht mehr auftauchte, um nach seinem Sold zu fragen. Die meisten Kämpfer wären sowieso mit leeren Händen heimgegangen, denn der Kaiser hatte zu wenige Münzen beigebracht, um die ganze Meute zu besolden. So lebten die Helden, wie es schon immer Brauch war, von dem, was sie dem geschundenen Land an Hab und Gut abpressen konnten.

Nachdem Kaitan seine Gefangenen nach ihrer Herkunft befragt hatte, nach dem Stand und nach dem Vermögen der Familien und die Burschen erst mitteilsam wurden, als er den Älteren der beiden Herrensöhnchen zur Abschreckung ordentlich zugerichtet hatte, setzte er Eitelfritz Negel in Marsch, um sich die Beute versilbern zu lassen.

Mit der stattlichen Summe von dreitausend Gulden Lösegeld tauchte dann tatsächlich ein Herold auf, der die jungen Adeligen freikaufte; Geld, das ein Mehrfaches dessen ausmachte, was beim Plündern hätte herausgeholt werden können.

Nackt und gedemütigt taumelten die Geiseln aus dem Versteck hervor und verschwanden mit dem Boten im Dickicht eines nahen Waldes.

Es gab ein kurzes Palaver zwischen Kaitan und den drei Hessen, ehe er mit der Hälfte der Beute davonritt. Mehrere Pulversäckchen aus Leder dienten ihm nun als Geldkatzen, die er am Körper so verschnürte, dass sie unter dem Wams unbemerkt blieben.

Seine Kumpane hatte er wissen lassen, dass er sich nach dem erfolgreichen Streich um ein Fässchen Wein für alle kümmern wollte, aber daran hatte er nicht ernsthaft gedacht, war auf und davon, immer nach Westen dem Rhein entgegen.

Es gab viele, die nach der Feldschlacht von St. Quentin über die Stadt Köln zurückgewandert waren. Dorthin trieb es auch manch einen Verletzten, der hoffte, dass die schwelenden Wunden ihn nicht unterwegs hinwegrafften, sondern gutwillig verheilten. Einige aber hatten volle Taschen und taumelten im

Rausch des Überflusses durch die Gassen. Sie alle suchten sich ihren Weg in ein neues Glück.

Als Kaitan in der rasch wachsenden Bischofstadt ankam, waren die meisten Landsknechte schon weitergezogen. Man hatte an den flüchtigen Besuchern verdient und sie auch gern wieder ihrer Wege ziehen lassen. Er war einer der Letzten, weil er so lange auf das Lösegeld für die französischen Geiseln gewartet hatte. Jetzt aber war er guter Dinge. Nein, dieses Mal würde er seine Beute nicht wieder sorglos unter der Mithilfe von Saufkumpanen und Weibern aus dem Fenster werfen. Dieses Silber sollte für einen völlig neuen Anfang reichen – vielleicht für einen kleinen Hof. Aber eigentlich verabscheute er das Leben der Bauern. Eher schon hatte er an den Kauf einer Mühle gedacht, schließlich kannte er das Geschäft aus den Tagen seiner Jugend.

Jetzt aber, nach dem harten Ritt zurück zum Rhein, war er müde. Erst einmal wollte er ausruhen und sich dem Kommenden behutsam nähern. Besonders um seine Augen sorgte er sich. Anfangs glaubte er, dass die Schmerzen nachlassen würden, aber das Gegenteil war eingetreten. Durch seine Pupillen tanzten schwarze Punkte, die hin und her schwammen wie kleine Fische in einem Teich. Seine Sehkraft hatte zudem deutlich abgenommen. Er konnte die Landschaft nicht scharf erkennen. Nun, es brauchte alles seine Zeit, dachte er und erinnerte sich anderer Verletzungen, die ihn nicht umgeworfen hatten.

Die Herberge, in der er unterkam, bot nur Schlafstellen, aber kein Essen an. Über die Straße sollte er gehen, dort war eine Schenke. So versorgte er sein Pferd im Stall und griff zum wiederholten Mal tief in den Wams hinein, dorthin wo er die erpresste Beute sicher eingebunden wusste.

Es war schon spät, als er das Kellergewölbe hinabstieg und es bedurfte guten Zuredens, damit der Wirt ihm noch eine Brotsuppe und einen Krug Bier auftischte.

Eine junge Frau saß gelangweilt in einer Ecke. Sie mochte um die Dreißig sein, hatte brünettes, lang herabfallendes Haar und man konnte auf den ersten Blick erkennen, dass sie kaum jemals ins Tageslicht trat. Sie gehörte zu den Frauenzimmern, die sich nachts ihren Lebensunterhalt verdienten. Ihre Blässe und die tief eingekerbten Sorgenfalten verrieten ihr Elend, mit dem sie ständig zu kämpfen hatte. Gleich bei Ankunft des neuen Besuchers schaute sie auf und ließ ihn nicht mehr aus den Augen. Schließlich schlenderte sie zu seinem Tisch herüber, fragte, ob sie sich zu Kaitan setzen könne und ob er ihr von seinem Bier etwas abgebe. Schon bald streifte sie das große Tuch von den Schultern, weil sie meinte, dass es ihr zu warm sei, und Kaitan nahm ihre blässlichen Schultern wahr. Später hob sie die Beine auf die Sitzbank und zog sie dicht an sich heran, so als könne sie in dieser Haltung besser sitzen, und es machte ihr nichts aus, dass der Rock viel höher rutschte, als es schicklich war.

Sie solle sich ja nicht einbilden näher an ihn heranzukommen, ging es Kaitan durch den Kopf. Seinen Silberschatz zu rauben, dazu brauchte es mehr Einfallsreichtum als diese tumbe Art der Verführung. Kaitan kannte das Spiel lockerer Frauenzimmer in Spelunken und wusste mit den ungeschriebenen Regeln umzugehen. Das Luder hatte todsicher ein Abkommen mit dem Wirt und zahlte ihm einen Anteil am Geschäft für jeden Freier, den sie hier im Warmen auftat. Nein, ohne seine Zustimmung ließe sich diese Rechnung bei ihm nicht einlösen. Warum aber sollte er sich nicht amüsieren, dachte er zugleich, schließlich war es egal, wenn sich dieser Abend noch etwas ausdehnte.

Die Dirne kicherte, drehte und wendete ihren Körper, als sei sie ruhelos vor Verlangen und Erlebnishunger. So leerten sie einige Becher, bevor der Wirt die beiden aus dem schummerigen Keller drängte. Es war spät und der Mann wollte nicht mit der Stadtwache über Kreuz geraten.

Draußen in der Gasse zog die Dirne Kaitan mit sich in eine Kammer nebenan, die erbärmlicher nicht sein konnte. Ein Holzverschlag war es, der seinen Halt an einer Häuserwand suchte, wo er notdürftig angenagelt worden war. Drinnen roch es nach feuchtem Sacktuch und dem säuerlichen Mief von Mäuse- oder Rattennestern. Ob das schnurrende Kätzchen hier auch wohnte oder der Verschlag nur ihren Liebesstunden diente, fragte sich Kaitan, während sie sich auszog. Er hingegen behielt sein Wams an und gab sich seiner flüchtigen Gier nur halbnackt hin.

Das Mädchen kannte ihr Geschäft, hatte vielleicht sogar mehrere Freier in dieser Nacht mit sich auf ihr Strohlager gezogen. Ihm war es egal. Beide machten sich nichts vor, wussten von der Verkommenheit des jeweils anderen, von seinem Verlangen nach einem gierigen Glücksgefühl und ihrem nach zwei Kreuzern.

Da es dunkel war in dem Verschlag, nahm der Freier zwar ihre Ausdünstungen wahr, aber er konnte nicht erkennen, dass ihre Scham gerötet war und ein Hautausschlag den Unterleib und beide Schenkel bedeckte. Enttäuscht spürte er die Dürre ihres Körpers, die sie im Schankraum geschickt verhüllt hatte.

Sie sagte nichts über ihren Widerwillen, den sie bei der Vereinigung empfand und verdrängte ihre Kopf- und Gliederschmerzen, die sie schon seit Wochen bis zur Raserei quälten.

Er blieb nicht lange, zahlte ihr den ausgemachten Preis und machte sich ohne jeden Gruß von dannen. Im Grunde war es ein Geschäft, bei dem jeder der beiden auf seinen eigenen Gewinn aus war. Eine nächtliche Übereinkunft, von der Kaitan sich Abwechslung und Spaß erhofft hatte, dann aber im Nachhinein nur Trostlosigkeit empfand. Das kurze heftige Berühren hatte nichts von einem Liebesspiel und hinterließ in ihm einen schalen Geschmack. Auf dem Weg in seine Herberge wandelte sich der aufreizende Duft der Sünde in das stumpfe Erinnern an Dunst und Unrat. Wie schon häufig in seinem rastlosen Leben beschlich ihn ein Gefühl der Verlorenheit.

Er lenkte seine Gedanken hin zu dem Neuanfang, den er seit geraumer Zeit schon seinem Leben gönnen wollte. Von jetzt an, und mit dem Schlussstrich unter das gerade Erlebte wollte er ein ganz anderes Maß an sich selber anlegen, und so tat sich nach dieser freudlosen Stunde mit einem Straßenmädchen der Schimmer eines helleren Morgen auf.

Ein Entschluss stand jetzt vor seinen Augen. Es ging ihm für die kommende Zeit nicht allein um einen Lebensunterhalt, schließlich hatte er fürs Erste trefflich ausgesorgt, nein, es ging ihm um ein menschliches Wesen an seiner Seite, um eine fürsorgliche, liebende Frau. Er wollte daran glauben, dass der Mensch seine Vergangenheit von einem Tag auf den anderen von sich abschütteln konnte wie einen lästigen Schwarm Fliegen.

Einen Weg zurück zu Maria, mit der er vor langer Zeit den Bund der Ehe geschlossen hatte, gab es nicht mehr. Er machte sich nichts vor. Sowohl Thomas Kemper wie auch Pater Engelbert hatten ihn damals als vagabundierenden Schnapphahn erlebt und sie hatten sicher das Ihre getan, seinen Ruf im heimatlichen Tal endgültig zu ruinieren. Nein, einen Neuanfang in der Dehmel'schen Mühle konnte er trotz des schönen Silberschatzes fürs Erste getrost vergessen. Wenn er Glück hatte, fand er eine Frau, die etwas Grund und Boden in die gemeinsame Zukunft mit einbrachte. Mit Hoffnungen und Plänen im Gepäck ließ er am folgenden Morgen die Stadt Köln hinter sich.

Heiter und mit dem Gefühl, einer unbeschwerten Zukunft entgegenzureiten, machte er sich in Richtung Süden auf den Weg. Noch nie hatte er so viel Wohlstand sein eigen nennen können. Dazu hatte er noch ein gesundes Pferd zwischen seinen Schenkeln, das er ungefragt als Kriegsbeute behalten hatte. Jedenfalls war am Ende der Schlacht von St. Quentin bei ihm niemand vorstellig geworden, der Anspruch auf den Wallach erhoben hätte.

Vier Tagesritte weiter fühlte er sich nicht mehr wohl. Heftiger Juckreiz plagte ihn. Um den Gürtel abwärts hatte er einen üblen Ausschlag. Zudem schmerzten die Augen heftig. Er stieg vom Pferd und wusch sich gründlich in einem kleinen Bach. Das Wasser war frisch und tat gut. Dann legte er sich in das herbstlich feuchte Gras und schon setzte das Kribbeln und Brennen heftiger ein als zuvor. Er kratzte sich blutig und hätte sich am liebsten die Haut vom Körper gezogen.

Schon bald ahnte er, dass die nächtliche Dirne ihn angesteckt haben könnte. Schlechte Körpersäfte, das erzählten die Männer untereinander, konnten sich übertragen und waren eine Gefahr vor allem für Beischläfer, die nicht gottesfürchtig lebten. Im Heerlager bei St. Quentin hatten die Kameraden ihre derben Späße über die „Franzosenkrankheit" gemacht – wie sie allgemein hieß. Die Franzosen ihrerseits aber schoben den schwarzen Peter weiter und machten die Seefahrer aus Neu-Indien für diese Krankheit verantwortlich. Sie hätten das Übel eingeschleppt.

Mit diesem anwachsenden Schmerz zwischen seinen Beinen fiel ihm das Reiten täglich schwerer. Schließlich stieg er von seinem Pferd herunter und ging nebenher. Er quälte sich vorwärts, machte viele Pausen und ruhte immer häufiger aus. Als er Köln bereits eine Woche hinter sich gelassen hatte, waren seine Leiden unerträglich geworden. In Sinzig fragte er nach einem Bader und wurde an eine Abtei verwiesen. Die Mönche brauchten nicht lange zu untersuchen, um festzustellen, dass der fremde Reiter der Hölle näher war als dem Himmel. Aber sie hatten ein Herz und verschrieben ihm gegen die Syphilis eine Salbe aus dem Holz des Guajakbaums. Aber der Erfolg der Prozedur war nur von geringer Dauer. Als er nach besserer Hilfe fragte, bekam er die barsche Antwort, dass es die beste Medizin sei, die es gebe. Nur der Wirkstoff eines Harzes aus Neu-Indien könne helfen, weil er dort gewonnen wurde, wo das Leiden herrührte.

Schlapp und ausgelaugt fand Kaitan gegen gute Bezahlung bei einem einsamen Bauern vorläufig eine Unterkunft. Zuerst einmal wollte er wieder auf die Beine kommen und sich mit Hilfe dieser Salbe und allerlei mitgegebener Ratschläge von der schlimmen Marter befreien, aber schon bald machten ihm die Augen wieder zu schaffen. Er sah die Welt vor sich ganz verschwommen.

In nur wenigen Wochen war die bunte Kleidung des schmucken Feldwaibel zerschlissen. Die Farben waren unter der Schmutzschicht unkenntlich geworden. Kaitan stellte es nicht einmal fest, weil sein Äußeres ihm gleichgültig geworden war. Der Bauer, bei dem er kampierte, stellte ihm das Essen in die Scheune, aber ließ ihn nicht in sein Haus. Der Alte hatte rasch begriffen, dass es besser war, den gut zahlenden Kostgänger fern vom eigenen Dach zu füttern, so wie man es mit einem bissigen Hund tun würde.

Statt ausgeruht und gesund die Reise fortzusetzen, verfiel der Kranke in Trägheit und Teilnahmslosigkeit. Schon bald hatte er sich das Pferd vom Bauern abschwatzen lassen, nur um neue Salbe von der nahen Abtei mitgebracht zu bekommen.

Welcher barmherzige Samariter würde schon dem hoffnungslosen Fall allen Mut nehmen und so erhielt auch Kaitan hin und wieder aufmunternde Nachricht mitgebracht. Aber schon am nächsten Morgen stellte der Kranke fest, dass sich Knoten über seinen ganzen Körper ausdehnten. Die Geschwüre öffneten sich und schieden eine farblose Flüssigkeit ab. Immer neue Ängste befielen ihn, denn außer den Furunkeln schmerzten jetzt auch die Augen und er spürte, dass der Rohrkrepierer bei St. Quentin nicht ohne Folgen geblieben war.

Verzweifelt warf er sich auf seinem Strohlager hin und her. Jetzt brachte der Bauer sein Unbehagen über diesen verwahrlosten Untermieter deutlich und ungeniert zum Ausdruck. Mitleidlos schob er ihn mit den spitzen Zinken seiner Forke beiseite, um an das Futter für sein Vieh zu kommen. Kaitan stöhnte und hoffte auf etwas Schlaf, um sich aus der Bitterkeit seines elenden Zustands für kurze Zeit zu lösen. Nur nicht weit vorausschauen. Wann würde sich dieser Tag dem Ende zuneigen – an den nächsten wollte er gar nicht erst denken. Irgendwann musste es mit ihm schließlich wieder aufwärtsgehen.

Unsichtbare Mächte
Anno 1563

Als Ruth de St. Montaigne dem Schwarzwälder Hauptschiffer Jakob Hassler zum ersten Mal begegnet war, zählte sie neunzehn Jahre und nun ging sie schon auf die Dreißig zu. Das war eine lange Zeit des Wartens auf einen Mann, der die Beziehung mit ihr in flüchtigen Begegnungen aufrecht gehalten hatte. Umarmungen, die sie ein ums andere Mal in neue Hoffnungen und alte Enttäuschungen gestürzt hatten. Es gab genügend Bewerber, die sie gern heimgeführt hätten, aber bis auf einen wurden sie alle abgewiesen.

Ihre Liebe zu Jakob war unerschütterlich – mehr noch – die Sehnsucht nach ihm war von Jahr zu Jahr gewachsen. Nur mit ihm wollte sie sich verbinden, mit ihm ihr ganzes Leben verbringen und ihm eine gute Frau sein. Des Nachts steigerte sich Ruth in eine Fantasiewelt hinein, die mit jedem anbrechenden Tag aufs Neue verflog.

Grimon Sieur de St. Montaigne hatte immer wieder versucht, seinen väterlichen Einfluss auf die Tochter auszuüben, sie im Linksrheinischen zu halten, aber ihr Band mit Jakob war so eng geknüpft, dass sich der Gang der Dinge nicht mehr um-kehren ließ. Vor allem die Erziehung des kleinen Jakobus lag seit Anbeginn allein in ihren Händen.

In seinem Ehrgeiz, rasch reich zu werden, hatte Jakob der Liebe während all dieser Jahre keinen Raum gelassen. Dann endlich, um die Weihnachtszeit 1561, hielt er voller Gewissens-bisse um ihre Hand an. Der Druck sowohl aus dem markgräf-lichen Haus in Baden als auch aus der Bischofstadt Speyer war so groß geworden, dass er den alten St. Montaigne darum bat, die einzige Tochter heimführen zu dürfen.

Erst Wochen später erfuhr Ruth, dass ihr Vater seinen Teil dazu beigetragen hatte, die Angelegenheit in die eine oder an-dere Richtung zu lenken. Er hatte seine weitreichenden Verbin-dungen genutzt, um Jakob zu einer Entscheidung zu zwingen. Entweder der Flößer ehelichte Ruth, deren Kräfte über die Jahre nicht mehr ausreichten, dessen verwachsenes Kind allein groß-zuziehen, oder er holte den Unhold ab, damit Jakobus unter anderer Fürsorge und mit männlicher Strenge aufwuchs.

Ständig hatte der Satan mit seinem unergründlichen Wesen den Unfrieden im Hause der St. Montaignes anwachsen las-sen. Um es rund heraus zu sagen, er war vom ersten Tag an ein schwieriges – geradezu unerträgliches – Bündel Verschlossen-heit. Im Grunde hatte Ruth nie einen Zugang zu ihm gefunden.

So hatte sie dieses rätselhafte Kind ohne innere Zuwendung und lediglich mit ihrer unerschütterlichen Liebe zu Jakob un-ter ihre Fittiche genommen. Der kleine verwachsene Kerl hatte ihr Bemühen mit gleichmütiger Kälte und Teilnahmslosigkeit beantwortet. Keine Freunde waren ihm wichtig, auch nicht die üblichen Spiele oder ein heiterer Zeitvertreib. Am liebsten saß Jakobus in seinem Zimmer, schaute von dort auf das Treiben der Straße, widersetzte sich aber mit aller Macht, in jene Welt der Betriebsamkeit einzutauchen, die er aufmerksam, aber mit Abstand an sich vorbeiziehen ließ.

Überhaupt dieses Beobachten, diese Ablehnung gegen die Menschen um ihn herum, das hatte Ruth nicht nur sorgenvoll wahrgenommen, es hatte sie regelrecht geängstigt. Gelegent-lich fragte sie sich insgeheim, ob der Vierzehnjährige sie als Ziehmutter hasse. War sie ihrer Rolle nicht gerecht geworden?

Dabei war der Junge nicht aufsässig. Nie hatte er geklagt, auch keine Streiche gespielt. Er machte vielmehr den Eindruck, als handele er tief in seinem Innern all seine Gedanken für sich allein ab. Da der Junge nur spielte, wenn er dabei still an einer Stelle sitzen bleiben konnte, legte er an Gewicht zu und war korpulent und träge geworden.

Einmal, als Bruder Hippolyt wieder zu Besuch bei den St. Montaignes war, hatte sie ihre Sorgen vor ihm ausgebreitet und um Rat gefragt, aber der Mönch hatte damals recht allgemein von Zucht und Ordnung der Dominikaner gesprochen und am Ende hatte Ruth feststellen müssen, dass er sich auf diesem Feld nicht sonderlich auskannte.

Als sie bald nach der Hochzeit den Vater zum Abschied umarmt und der geliebten Stadt Straßburg ein letztes Lebewohl gesagt hatte, war ihr plötzlich bewusst geworden, dass sie sich in ein gänzlich anderes Leben verabschieden würde. Noch nie hatte sie das Tal gesehen, von dem ihr neuer Ehemann so flammend berichtet hatte, wusste auch nicht, wie sie dort aufgenommen werden würde. Aber dann packte sie Jakobus entschlossen am Arm, zog den Jungen auf den vollgestopften Wagen mit all der Aussteuer und spürte, dass spätestens jetzt ein Leben hinter ihr blieb, das ihr die väterliche Fürsorge so lange versüßt hatte.

Nun waren schon Monate vergangen und ihr jugendliches Strahlen war einem blassen und ernsten Gesichtsausdruck gewichen. Ihre leuchtend blauen Augen verschwanden hinter den verquollenen Lidern, die nächtliches Weinen verursachte. Einem aufmerksamen Beobachter konnte es nicht entgehen, dass die junge Frau des Hauptschiffers in diesem Schwarzwälder Tal bis heute nicht ihr erhofftes Glück gefunden hatte.

Gleich bei Ankunft war sie so sehr vom Zustand des verwahrlosen Ridinger Hofs erschreckt gewesen, dass es ihr kalt über den Rücken lief. Sie erinnerte sich der begeisterten Planungen eines schönen Wohnhauses, das Jakob bei ihrer ersten gemeinsamen Begegnung in den Sand gezeichnet hatte. War er damals nicht auf der Suche nach einem guten Steinsetzer gewesen? In den Jahren des Wartens hatte sich in ihr die Vorstellung festgesetzt, dass sie in ein hübsches Heim einziehen würde, um mit ihrem Ehemann darin ein fröhliches Leben auszubreiten.

Tatsächlich aber bestand ihr Zuhause aus eilig zusammenge-schlagenen Hütten, die seit dem großen Brand von 1548 kaum ergänzt worden waren. In dem Haus, das sich Jakob mit der alten Hanne teilte, konnte man kaum aufrecht durch die Tür gehen und drinnen war es feucht und stickig. Der Hof starrte vor Dreck und achtlos weggeworfenen Abfällen. Aber dies alles war es nicht allein, auch nicht diese Einsamkeit und die abweisende Starre der hohen Wälder, die jeden Blick in die Weite verstellten. Was Ruth vom ersten Tag an fehlte, waren die Blumen und Kräuter, die Geselligkeiten im Kreise gleichaltriger Freundinnen und die Quirligkeit einer großen Stadt. Nur Gestank, schlichtes Tagwerk und die fernen Geräusche der Holzarbeit umfingen sie jetzt. Wie sollte sie die dunklen Tage des Winters, die Kälte und Trostlosigkeit in dieser Abgeschiedenheit überstehen?

Die Menschen auf dem Ridinger Hof hatten sie freundlich begrüßt, waren dann aber wieder ihrer Arbeit nachgegangen. In der Weite des Landes hatten sie sich rasch verloren.

Ein Lichtblick für die junge Hausfrau war Hanne. Die freundliche Zuwendung der Alten hatte Ruth überrascht, denn sie hatte befürchtet, dass die Schwester des verstorbenen Hauptschiffers Ridinger sie ablehnen könnte. Doch Hanne half ihr, sich einzurichten, auch wenn die Räume ungewohnt klein, verräuchert und dunkel waren. Selbst dem kleinen Jakobus gegenüber zeigte die Alte Verständnis, ging auf ihn ein und wenn er in sich kroch, dann lachte sie ihn aus, anstatt vor Gram zu vergehen. Allerdings hatte sie nun schon ein biblisches Alter erreicht und die letzten Monate ließen befürchten, dass die Greisin ihrem Ende näher kam.

Ihr nüchternes Urteilsvermögen ließ Ruth rasch erkennen, dass die Verwahrlosung der Behausungen und Ställe allein der häufigen Abwesenheit ihres jungen Ehemannes zuzuschreiben war. Seine Geschäfte hatten ihn vergessen lassen, welch wunderbare Pläne sie zusammen geschmiedet hatten. Dann aber fürchtete sie insgeheim, dass es sein Geiz sein könnte, der ihn über den erbärmlichen Zustand hinwegsehen ließ.

Den ersten Winter hindurch hatte sie in einer Art stumpfer Verzweiflung gelebt. Was sollte sie an diesem Ort inmitten des monotonen Alltags anfangen, der so gar nicht zu vergleichen war mit ihrem bisherigen Leben? Hatte sie sich einem falschen Mann versprochen? Wusste er nicht, dass sie ihrem Stand entsprechend ein anderes Zuhause erwartete als das plumpe Wäldlerleben inmitten von Jauche und Mist? Zudem war er ständig unterwegs, manchmal nur tagsüber, meistens aber für mehrere Wochen, in denen sie sich sorgte, ob er wieder unversehrt daheim eintreffen würde.

Als dann aber das Frühjahr kam, wurde es zusehends lebhafter. Die Leute vom Hof richteten sich mit aller Kraft auf das Flößen ein und öfter einmal schauten Besucher auf dem Hof vorbei.

Mit dem Erwachen der erstarrten Landschaft entschied Ruth, dass sie sich mit diesem Schicksal nicht abfinden wollte. Nur nicht in Schwermut verfallen und schweigend ein solches Los erdulden.

Ihr Plan war es, Jakob abseits vom Hof ins Gewissen zu reden und ihm ihr Herz auszuschütten. Am Rande eines Waldstücks setzte sie sich auf eine halb verfallene Mauer und lud ihn ein, neben sich Platz zu nehmen.

„Heute, Jakob, muss es aus mir heraus. Fast zehn Jahre hab' ich auf dich gewartet. Nun bin ich bei dir angekommen, wohne unter deinem Dach und liege in deinem Bett, aber mit der Kälte des letzten Winters ist mir auch das Herz eingefroren." Sie rang nach Worten. Es musste ihr gelingen, ihm klarzumachen, dass sie keine Heulsuse war, aber auch keine Frau, die gottergeben in ihrem Unglück untergehen wollte.

„Was in aller Welt kann ich dafür, wenn es im Winter kalt ist?", wollte Jakob ihre Klagen beleidigt im Keim ersticken.

„Ach was, der Winter ist hier so kalt wie überall. Das ist es nun wirklich nicht, worüber ich mit dir reden will. Lass' mich doch erst einmal ausreden."

„Ist es dir vielleicht in der Bettlade schlecht ergangen und ich habe es nicht einmal gemerkt? Dann sollten wir aber gleich ..."

„Halt ein, wo denkst du hin, du verdrehter Kerl", unterbrach sie ihn. „Ihr Männer denkt gleich an hitzige Nächte. Auch wenn du mir am Ende nicht vergeben kannst, was ich dir zu sagen habe: Jakob, dieser Hof ist für mich ein Albtraum. So wie es hier aussieht, mag ich nicht leben. Kannst du nicht erkennen, wie schwer mir der Anblick dieses freudlosen Anwesens fällt? Gegen ein Leben in Straßburg wirkt hier alles sehr – wie soll ich es sagen ...", sie hielt inne, wollte ihn gerade jetzt mit keinem unbedachten Wort kränken.

„Lass gut sein", fiel er ihr ins Wort. „Ich glaub, ich hab dich verstanden. Der Hof ist dir zu dreckig, stimmt's? Aber wie, glaubst du, soll ich mich bei all der Plackerei jetzt auch noch darum kümmern, dass es überall nach Rosen riecht?" Er schien beleidigt. Hatte er es nicht weit gebracht? Bedeutete ihr das gar nichts? Kam es nicht vor allem darauf an, seinen Wohlstand zu halten, ja zu mehren? Ruth wusste herzlich wenig über den Kampf, dem er sich täglich stellte.

Sie versuchte deutlicher zu werden. „Hast du dich je gefragt, wie ich hier zurechtkomme? Ständig bist du auf Reisen. Nicht, dass du denkst, ich wollte dich festbinden ...", sie unterbrach sich erneut mit einem schelmischen Lächeln. „... Ja, doch, natürlich würde ich dich gern ans Hoftor ketten. Aber im Ernst, wenn du davonreitest, lässt du mich stets mit einem stinkenden Misthaufen allein zurück." Mit leiser Resignation in der Stimme ergänzte sie: „Das ist wahrlich ein anderes Leben als in Straßburg!"

Betroffen schaute Jakob auf den Boden. Es verwirrte ihn, dass Ruth so frei von ihren Sorgen sprach. Man ertrug das Schicksal, wie es der Herrgott einem aufzwang, und machte kein Aufhebens davon. Diese Frau aber an seiner Seite, das hatte er längst gespürt, war aus einer anderen Welt. So schwieg er erst einmal und ließ ihrem Unmut freien Lauf. Er hatte schon seit einiger Zeit wahrgenommen, dass etwas auf seiner jungen Ehe lastete. Längst war Ruths Unbekümmertheit aus Straßburger Zeiten verflogen.

Als sie nun in aller Offenheit ihr Herz vor ihm ausschüttete, nahm er sie beherzt in den Arm. Er hatte ein wunderbares Weib heimgeführt, das sich auch jetzt noch fremd in diesem Tal fühlte. Ihm zuliebe hatte sie die Annehmlichkeiten ihrer elsässischen Heimat hinter sich gelassen, und nun trauerte sie in der Freudlosigkeit dieser abgeschiedenen Gegend ihrer Jugend hinterher.

Ruths weiblicher Instinkt wiederum sagte ihr, dass sie Jakob dazu bringen musste, zu glauben, dass er selber den Wunsch hatte, die Dinge zum Besseren zu richten. Irgendwie musste es ihr gelingen, Licht und Wärme herbeizuzaubern – für sich und Jakob ebenso wie für die Leute auf dem Hof.

„Mir ist klar, dass du keine Zeit für derlei Dinge hast, aber lass mich all das anpacken, was mir am Herzen liegt. Überlass es mir, uns ein neues Haus zu bauen. In den nächsten Tagen kommt ein Steinsetzer aus Straßburg, den ich ohne deine Zustimmung einbestellt habe. Gib mir nur freie Hand und lass mich Haus und Hof richten. Du kümmere dich derweil um deinen Wald und das Holz darin", schlug sie vor und ihr Herz klopfte bis zum Hals vor lauter Sorge, er könnte ihren sehnlichsten Wunsch ablehnen.

Seine spontane Antwort überraschte sie dann doch: „Würdest du das tun? Du weißt, dass ich diesen Sommer viel weg bin und nichts kann mir mehr gelegen kommen, als wenn du uns ein schönes Heim herrichtest." Dann fuhr er fort: „Nur eins muss ich dir sagen, es fehlt mir im Frühjahr an kräftigen Armen für die Holzwirtschaft. Suche dir Leute von weiter her. Gleich morgen reite ich zur Dehmel'schen Mühle und sage Thomas, dass er hilft, wenn ich nicht da bin!"

Dieses Gespräch weckte in Ruth neuen Lebensmut. Schon bald ging sie mit ganzer Energie an die Verschönerung des Ridinger Hofs, um ihm ein neues Aussehen zu geben. Sie wollte alles daran setzen, endlich Wurzeln in dieser Schwarzwälder Erde zu schlagen.

Ihre Pläne für die Umgestaltung des Hofs hatte Ruth längst vor Augen. So wurde der Stallmist weit hinter den Hof verbannt und eine Rinne ließ die Jauche in eine Grube sickern. Das Hofinnere wurde mit frischer Erde aufgefüllt. In einigen Ecken blühten schon erste Blumenbeete, die den Besucher freundlich willkommen hießen.

Mägde hatten hinter der Hofumfriedung die wild wuchernde Landschaft ausgeputzt. Die Mauer dorthin wurde abgetragen und ließ einen weiten Blick auf die neue Bepflanzung zu.

Geschwungene Wege wurden angelegt und ein Tümpel aus-gehoben, der mit leuchtend weißen Kieseln umsäumt war. An warmen Sommertagen tanzten bunt schillernde Libellen um diesen beschaulichen Bereich.

Das viele Planen und Ausmessen, das Suchen nach Möglich-keiten, ihre neue Welt freundlicher zu gestalten, hatte Ruth ihre alte Unbekümmertheit wieder finden lassen. Die alte Hanne konnte zwar nicht mehr mithelfen, aber sie kannte Menschen im Tal, die mit der einen oder anderen Fertigkeit Hand anleg-ten. So war ein ständiges Kommen und Gehen und selbst wenn Ruth dem Ehemann dieses oder jenes Gespann für eine Fuhre abschwatzte, ließ er es geschehen und freute sich am Ende über immer neue Überraschungen, mit denen seine junge Frau auf-wartete.

„Siehst du, Jakob", hänselte ihn Thomas Kemper. „Dir hat es nur an der richtigen Frau gefehlt. Wie oft habe ich auf dich eingeredet, diesen Hof auf Vordermann zu bringen, aber nie hast du ein Ohr dafür gehabt. Jetzt kommt diese hübsche Straßburgerin ins Haus und schon wandelt sich alles zum Gu-ten."

Dann, als Jakob eines Tages aus Freudenstadt heimgeritten kam, wo er Pläne für eine neue Sägemühle wachsen ließ, blieb sein Herz für einen Moment stehen. Das Haus des Hauptschif-fers war bis auf die Grundmauern niedergerissen.

„Was um Gottes Willen ist passiert?", rief er schon von Wei-tem und sprang voller Sorge vom Pferd.

Hanne, die im Hof stand, schaute ihn gleichmütig an. „Das musst du schon deine Frau fragen", und ohne ein weiteres Wort schlurfte sie zur großen Tenne am Ende des Hofes hinüber.

Ruth hatte bereits das Pferdegetrappel gehört und während sie auf Jakob zukam, wischte sie sich das staubige Gesicht mit einem Tuch ab.

„Das hast du nun davon …!", rief sie ihm schon von weitem zu. „Du hast mir freie Hand gelassen und jetzt musst du damit leben, dass du kein Dach mehr über dem Kopf hast!" Sie lachte ausgelassen und ihr Gesicht glühte vor Tatendrang.

„Aber das hättest du mir doch sagen müssen." Er klang beleidigt. „Garten und Hof zu verschönern, das lasse ich mir gefallen, aber unser Haus dem Erdboden gleichmachen, kann doch nicht dein Ernst sein!"

„Ach Jakob, ich wusste doch, dass du nicht deinen Segen geben würdest, also habe ich deine Reise genutzt, um in einem gewaltigen Anlauf die modrige Holzhütte aus dem Weg zu räumen. Nun schau nicht so böse, sondern fasse Vertrauen in das, was neu entstehen wird." Ruth strich über das bärtige Gesicht ihres Mannes, der die Liebkosung in diesem Augenblick nur widerwillig geschehen ließ.

„Und wo, bitte, sollen wir in den nächsten Monaten wohnen? Du meinst wohl, wir könnten in eine der Waldhütten umsiedeln ...?" Während Jakob so mit ihr grollte, sah er ein schwer beladenes Fuhrwerk in den Hof einbiegen, das mit grob behauenen Steinen beladen war. Der fremde Kutscher hielt in einiger Entfernung den Wagen an und begann seine Fracht abzuladen.

Ruth folgte seinen Blicken. „Das, lieber Jakob, ist der Anfang eines soliden Fundaments. Hier kommen keine Störhandwerker zum Einsatz. Schon morgen wird ein Steinsetzer mit der Arbeit beginnen. Ein Grundriss ist schon abgesteckt und am Ende wird dein neues Heim drei Stockwerke hoch in den Himmel ragen und innen werden Schnitzereien aus dem schönen Holz deiner Wälder die Wände der Räume schmücken. Du wirst sehen, das Haus wird noch stehen, wenn bereits unsere Kinder und deren Kinder darin wohnen."

Jakob versuchte einen letzten Protest, doch man konnte ihm ansehen, dass er bereits begann, sich mit dem Plan anzufreunden: „Und wann, glaubst du, muss ich das Holz bereitstellen?"

„Gar nicht, denn ich habe schon alles mit Thomas abgesprochen. Die Bortebretter liegen bereits in der Mühle bereit und vor dem Winter haben wir eine neue Decke über dem Kopf ...!"

„Wenn du alles so schön bedacht hast, dann wirst du doch hoffentlich auch wissen, wo wir die nächsten Wochen eine Bleibe haben, oder nicht?" Jakob sagte es und war sich zugleich gewiss, dass sie auch für dieses Problem eine Lösung parat hatte.

„Fürs Erste, Jakob, wohnen wir auf der Mühle. Es wird eng werden, aber dennoch soll es dir an nichts fehlen. Jakobus übrigens will nicht mitkommen und bei Hanne bleiben. Die beiden sind schon in eine Kammer umgezogen, die wir ihr in der Scheune gerichtet haben."

Schließlich umarmte Jakob seine Frau, trat einen Schritt zurück und schaute sie voller Stolz an: „Wenn du weiter so ins Große hinein planst, wirst du uns alle in die Armut stürzen. Pass bloß auf, dass wir uns am Ende nicht verrechnet haben, um in einer zugigen Hütte aus Baumrinde die schlechten Wetter vom Leib halten zu müssen ...!" Er lachte, hob sie hoch und wirbelte sie übermütig durch die Luft.

Es sollten die schönsten Wochen in Ruths Leben werden. Hier hatte sie endlich einmal Abstand zu dem Stiefsohn Jakobus, der beständig an ihren Nerven zerrte, und die enge Behausung, mit der sie beide notgedrungen auf der Mühle auskommen mussten, ließ Raum für ihre gemeinsamen Empfindungen und Sehnsüchte.

Man sah das junge Paar in diesen leuchtend schönen Herbsttagen Hand in Hand den Waldweg hinaufwandern und wenn sie abends wieder heimkehrten, verriet Ruths Antlitz, dass sie in die wundervolle Welt der Liebe eingetaucht war. Ihre Augen glänzten und sie war durchglüht von einer Wärme, die nicht von der Sonne herrührte.

Jetzt erst hatte sie diesen Mann ganz für sich allein und ein ums andere Mal spürte sie, wie Jakob im ständig wechselnden Spiel gegenseitigen Verlangens ihr näher gerückt war. Endlich einmal hatte er seine weitreichenden Geschäfte zurückgestellt.

In den Dingen der Liebe brachte Ruth keine Erfahrungen mit. Jetzt aber flammte eine Leidenschaft in ihr auf, die sie über die vielen Jahre verdrängt hatte. Mit ganzer Hingabe warf sie sich dem geliebten Mann in die Arme und beider Empfindungen trugen sie mit starkem Flügelschlag weit in den lichten Himmel hinauf.

Dann erlebten sie diesen unvergesslichen Tag mit dem plötzlich aufkommenden Regen, der sie in der einsamen Waldlichtung überraschte. Schnell waren beide bis auf die Haut durchnässt. Jakob zog der Geliebten das Hemd über den Kopf, half ihr den Rock herunterstreifen. Dann stand sie nackt vor ihm, verschämt, die Augen zum Boden gerichtet, aber in der grazilen Haltung, die jede ihrer Bewegungen leichtfüßig erscheinen ließ, gerade so, als schwebe sie über das nasse Grün. Ohne jedes Wort trat Jakob an sie heran, umfasste sie und spürte wie sich ihr Schoß an ihn drängte. Sanft und hingebungsvoll verschmolz sein Körper mit dem ihren und sie glitten zurück auf den Lagerplatz, dessen kühle Nässe sie in diesem Augenblick nicht spürten.

Erst nach zwei Wochen siegte die Neugier und beide wollten den Fortschritt des Hausbaus auf dem Hof in Augenschein nehmen. An diesem Tag mussten sie einander loslassen und sich wieder dem Leben im Tal stellen. Das Gebäude war rasch in die Höhe gewachsen. Steine für die Grundmauer waren kerzengrade ausgerichtet und trugen jetzt Deckenbalken, die den Abschluss der hohen Räume bilden würden. Drei Kamine waren bereits hochgemauert und gut verkleidet, um die Brandgefahr zu mindern.

Jetzt war ein Weißler dabei, die Wände hell erstrahlen zu lassen. Bei den Menschen im Tal hatte sich herumgesprochen, dass die Straßburgerin allerlei Neuerungen mitgebracht hatte, die Nachahmer fanden.

„Noch nie zuvor hat der Ridinger Hof ein so frohes Erntedankfest erlebt und Grund zum Feiern gab es in der Tat", ging es Jakob durch den Kopf, als er den Fluss entlangritt. Bereits bei Rastatt hatte er den Rhein überquert, um nach Speyer zu kommen.

Für das Fest hatte Ruth einen Priester aus Herrenalb dazu bewegen können, die Ernte zu segnen und dem Herrgott für das gute Gedeihen der Feldfrüchte zu danken.

Am Vorabend hatte Jakob immer wieder auf Jakobus geschaut, der ihm mit unbewegter Miene gegenüber saß. Auch heute fiel es ihm schwer, eine Verbindung zwischen diesem Kind und dem verblassenden Bild der leiblichen Mutter herzustellen. Wie konnte es der himmlische Vater geschehen lassen, dass ihm Morgana in der letzten Stunde ihres kurzen Lebens ein solches Bündel Unglück auf die Schultern geladen hatte? Jakobs Erinnerung an dieses Liebesabenteuer waren jetzt fern und unwirklich. Die starken Empfindungen, die er für das neue – rechtmäßige – Eheweib verspürte, ließen keinen Raum für frühere Leidenschaften, aber Jakobus, der Krüppel, blieb die sichtbare Mahnung an eine Frau, die ins Höllenfeuer geschickt worden war. Mit ihm hingegen, ebenso unkeusch und mit gleicher Schuld beladen, hatte sich die Kirche bestens arrangiert.

Während des gestrigen Erntedankfestes war Jakobus unruhig auf der Bank hin und her gerutscht und ließ nur selten seinen Blick über das bunte Treiben gleiten. Er hatte viel gegessen, wie er es stets tat, und kaum von seiner Schüssel hochgeschaut. Wollte er sich mit seiner abweisenden Haltung unter den Blicken der vielen Menschen hinwegducken? Warum hatte er keine Freude an den ungelenken Tänzern, die im Rausch des Bieres tollpatschig umeinanderstolperten? Die ganze Heiterkeit ließ dieser Junge an sich abgleiten. Schließlich wollte er gehen. Er fühle sich nicht wohl und gehöre ins Bett.

Jakob wechselte in einen leichten Trab. Was sollte er mit dem Unhold nur anfangen? Immer wieder hatte er sich diese Frage gestellt. Wenn sich der Junge wenigstens einer vernünftigen Aufgabe stellen würde. Dieser Müßiggang war unerträglich. Als Ruth ihren Mann von dessen Freude an seinem Kräutergarten überzeugen wollte, hatte Jakob es als Unfug abgetan. „Besser, der Junge beschäftigt sich mit Dingen, die ihn eines Tages ernähren können. Wie soll es mit der Wirtschaft weitergehen, wenn der Bengel Unkraut begießt und in den Tag hineinträumt?"

In jenem Augenblick hatte Ruth ihn mit einem eigentümlichen Lächeln angesehen und gesagte: „Was hältst du davon, wenn wir uns auf einen eigenen Nachwuchs einrichten würden?"

„Du meinst, wir sollten ein Kind zeugen?", hatte er geantwortet und wusste dabei nicht so recht, warum Ruth gerade jetzt damit kam. „Das müssen wir dem Herrgott überlassen", hatte er nur gemeint.

Doch ein vielsagendes Lächeln war über ihr Gesicht gehuscht: „Unser Herrgott, lieber Jakob, will aber, dass Ihr Mannsbilder euch selber darum kümmert. Du jedenfalls hast bis hierher gute Arbeit geleistet.", und dann hatte sie gelacht und auf ihren Bauch gedeutet. „Du bist blind wie ein Maulwurf, aber ich weiß es schon eine ganze Weile, dass wir unser größeres Haus bitter nötig haben." Vor Freude und Aufregung war sie ihm um den Hals gefallen.

Er hatte sie mit einer solchen Kraft in die Arme geschlossen, dass sie aufschrie: „Sei vorsichtig, du Kindsmörder! Kaum habe ich dir von unserem Geheimnis erzählt, schon willst du das Ungeborene zerdrücken." Ihre geheuchelte Empörung ließ Jakob auch jetzt wieder lächeln.

Wenn er noch so sehr beteuerte, dass es ihm egal sei, was seine Frau zur Welt bringen würde, insgeheim hoffte er auf einen Jungen. In jüngster Zeit hatte er sich öfter einmal die Frage gestellt, wo sein ganzes Mühen einmal enden sollte. Jetzt stärkte ihn die Zuversicht, dass seine Nachkommen auch dann noch Holz flößen würden, wenn er von seinem Lebenswerk Abschied nehmen musste.

Heute hatten die beiden Pferde ordentlich zu tragen, denn Jakob wollte an die 500 Unzen Gold bei der bischöflichen Residenz abliefern. Ein drittes Packpferd hatte er abgelehnt, weil das auffällig gewesen wäre. Schon im Frühjahr war das Gold von der Nienpoort'schen Handelsniederlassung über Köln zu ihm heraufgekommen. Es war eine Bestellung des neuen Bischof Marquard von Hattstein. Das kostbare Erz aus Neu-Indien wurde vom Bistum mit Ungeduld erwartet.

Natürlich würde der Bischof wieder versuchen, mit allerlei Überredungskunst und unverhohlenem Druck einen Kredit mit ihm auszuhandeln. Im Augenblick war es Jakob egal, wann der Klerus seine Schulden bei ihm einlösen würde, solange der vereinbarte Zinssatz regelmäßig in seine Schatulle floss.

Wie so oft in letzter Zeit begleitete ihn Endres Schwentendorf auch auf diesem Ritt nach Speyer. Der nur acht Jahre ältere Knecht war dem Hauptschiffer ein guter Weggefährte geworden, der sich um die Unterkunft von Ross und Reiter kümmerte, Marschverpflegung organisierte und – das vor allem – auf einsamen Reisewegen einen verlässlichen Begleitschutz abgab. Wie stets hatte Jakob die mitgeführten Wertsachen mit Endres aufgeteilt. Auch Edelsteine und wichtige Dokumente waren in beider Kleidung und Sattelzeug so geschickt vernäht, dass Banditen eine Weile brauchen würden, um die Verstecke ausfindig zu machen.

Bei seinem Ritt den Rhein hinab folgte er einem ausgetretenen Treidelpfad. Dann verließ er die Uferböschung und schließlich konnte er den Dom von Speyer weit hinten am Horizont erkennen. Ohne eine größere Rast ritten die beiden Männer den ganzen Tag hindurch, bis sie früh am Abend in der Domstadt eintrafen.

Mit der wertvollen Fracht im Gepäck bahnten sich die Reisenden ohne Umwege den Weg zur Propstei, wo sie Hochwürden Engelbert anzutreffen hofften. Der Graf von Luxemburg sei verreist und komme aller Voraussicht nach innerhalb der nächsten Wochen nicht zurück, wurde ihnen bedeutet, aber sie könnten im Hospiz der Barmherzigen Brüder übernachten und versuchen, am nächsten Tag ihre Geschäfte mit dem Ordinariat abzuklären. Nun ja, im Namen des Herrn, wenn es helfen würde, könnte man die mitgeführte Ware über Nacht hier im Haus lagern und für die Pferde gebe es nur wenige Straßen weiter einen Stall, in dem die Tiere gut versorgt würden. Ob der Hauptschiffer für den nächsten Tag mit Bischof Marquardt von Hattstein zusammentreffen könne, müsse er gefälligst an anderer Stelle abhandeln.

Die Auskunft war kurz und noch ehe er weitere Fragen stellen konnte, wurde Jakob die Tür vor der Nase zugeworfen. Immerhin wurde der Empfang des Goldes in aller Form und mit dem Siegel der Propstei bestätigt.

In der Tat ein frostiger Ton, aber das mochte an dem Umstand liegen, dass der Dompropst außer Landes war. Ja wirklich, diesen Freund vermisste Jakob heute in besonderem Maße.

Als er mit Endres Schwentendorf in dem nahen Hospiz eine Kammer zugewiesen bekam und sich die Männer anschickten, ein ausgiebiges Essen in der Gaststube einzunehmen, setzte sich ein noch junger Mann in brauner Kutte, wahrscheinlich ein Seminarist, zu ihnen. Neugierig fragte er nach Herkunft der Besucher, nach dem Grund der Reise und ob es der erste Aufenthalt in der Domstadt sei. Endres Schwentendorf wollte mit der Nachricht beeindrucken, dass sein Herr mit dem Bischof selbst im Geschäft sei und am kommenden Morgen um eine Audienz bitten werde.

Gespannt lauschte der Mönch. Doch irgendwann entschuldigte er sich wieder, erklärte nicht weiter stören zu wollen und griff entschlossen nach seinem noch halb gefüllten Becher mit dem er sich im hinteren Teil des Gewölbes den Blicken der beiden Besucher entzog.

„Glaubt Ihr, dass der Mönch zum Hospiz gehört, Hauptschiffer?", fragte Endres. „Man könnte meinen, das Bürschchen hat selten Gelegenheit, sich mit Leuten wie unsereins auszutauschen. Mich wundert es, dass er nicht gefragt hat, wie hoch der Himmel über uns reicht."

„Lass' gut sein, Endres, der Bursche wird vor lauter Studium auch einmal eine Unterhaltung brauchen. Wer ständig die Nase in die Bücher steckt, wird ganz wirr im Kopf. Da will man einmal unter Menschen kommen." Und dann trug man auch schon eine kräftige Gemüsesuppe mit Speck auf. Danach gab es eine abgebratene Geflügelkeule mit einem Kanten Brot.

Gerade als sich Jakob erheben wollte, marschierte ein pfiffiger, kleiner Junge mit löcherigem Umhang in den Raum. Zielstrebig ging er auf Jakob zu und fragte, ob er der Herr sei, der heute die beiden Pferde in der Remise beim Korbbinder Kunzenknecht eingestellt habe.

„Ja, so ist es, Junge, was gab's in dieser Sache zu fragen?" Das aufgeregte Verhalten des barfüßigen Kindes in seinem zerlumpten Aufzug ließ Jakob nichts Gutes ahnen.

„Ich soll Euch ausrichten, dass ein Pferd Kolik hat und dass Ihr gleich vorbeischauen sollt, weil der Gaul mit geschwollenem Bauch am Boden liegt und mächtig strampelt und schnaubt."

Jakob drückte dem Boten einen *Zweiling* in die Hand. „Komm, Endres, mach du dich auf den Weg. Schau alleine was man mit dem Tier machen kann. Zu zweit können wir auch nicht mehr ausrichten."

Gegen Mitternacht wachte Jakob auf und sah die Bettlade von Endres Schwentendorf neben sich noch immer leer.

Ein Pferd mit Kolik! Mochte es auch noch soviel zu kurieren geben, aber nach drei, allenfalls vier Stunden würde Endres dem Tier geholfen haben oder es war krepiert. Jakob verließ das Haus, indem er einen frommen Bruder darum bat, ihm die Tür bis zu seiner Rückkehr offen zu halten.

Man hatte dem Hauptschiffer eine Blendlaterne in die Hand gedrückt, deren Licht nicht weiter als bis zu seinen Füßen reichte. Der schwache Strahl musste ihm in der pechschwarzen Nacht als Orientierung reichen.

Als er um eine Häuserecke bog, stand er zwei Männern gegenüber, die ohne jede Vorwarnung brutal auf ihn einschlugen und ihn an beiden Armen packten. Ganz benommen taumelte er zurück, als auch schon ein Sack über seinen Kopf gezogen wurde. Während der eine ihn umklammerte, begann der andere hastig, ihm mit einem Strick die Arme zuzubinden.

„Halt ja dein Maul und mach keine Faxen. Los, lauf gefälligst!" Man stieß ihn vorwärts und Jakob musste sich darauf konzentrieren, nicht zu straucheln und hinzufallen.

Kräftige Arme schoben ihn nach rechts, dann wieder nach links und bald meinte er, dass er absichtlich hin und her geschubst wurde, damit er die Orientierung verlor. Es kam ihm wie eine Ewigkeit vor, als er durch Gassen und um Ecken taumelte. Hin und wieder murmelten die Männer etwas, ohne dass man verstehen konnte, über was sie sich austauschten.

Das Sacktuch über seinem Kopf hatte den scharfen Geruch von Gerberlake und verrottetem Fleisch. Seine beiden Widersacher werden es aus einem weggeworfenen Lumpenbündel gefischt haben, dachte er.

Unter sich spürte er unebenen Boden, dann wieder knirschenden Kies. Schließlich streiften seine Beine dichtes Gras oder Gebüsch. Weit waren sie nicht gelaufen, dessen war sich Jakob sicher. Der Entfernung nach mochte er noch innerhalb der Stadtmauern sein. Nachts war es zudem viel zu schwer, Speyer unbemerkt zu verlassen. Auch eine Mauer hatte er nicht übersteigen müssen. Jetzt hielt man an. Er wurde eine steile Stiege hinabgestoßen und fiel hin. Unten angekommen hörte er, wie sich eine knarrende Tür öffnete.

Hier schien das Ziel zu liegen, denn er wurde mit den Füßen in einen Raum geschleift, in dem es kalt und feucht war. Ein unsanfter Stoß beförderte ihn auf den harten Boden und schon schlug die knarrende Tür hinter ihm ins Schloss. Dann hörte er, wie von außen mehrfach verriegelt wurde.

Ganz benommen versuchte Jakob den Sack vom Kopf zu ziehen und es gelang ihm ohne große Mühe, denn die Männer hatten das übel riechende Gewebe nur nachlässig zugeknotet. Als er sich von dem Leinen befreit hatte, blieb es dennoch dunkel um ihn herum. Er tastete den Boden unter sich ab und stellte fest, dass es festgetretener Lehm sein musste, auf dem er hockte. Offensichtlich befand er sich in einem Keller, gerade einmal so groß, dass er sich liegend ausstrecken konnte. Was ihn aber noch mehr ängstigte, war die geringe Höhe, denn er musste beim Stehen den Kopf einziehen und konnte sich nur gebückt bewegen. Es fror ihn und er hatte nicht mehr bei sich als seinen Umhang und diesen alten Sack.

Lautlos und schnell war er an diesen Ort geschleppt worden. Ein Gefängnis ganz für ihn alleine. Der Gedanke war makaber und beunruhigend zugleich. Der Eingekerkerte fasste sich ins Gesicht und spürte, dass die Nase blutete. Es schmerzte noch etwas, aber gebrochen war offensichtlich nichts.

Die ganze Aktion hatte nicht einmal lange gedauert. Fest stand, dass seine Entführer nach genauem Plan gehandelt hatten und dass sie unerkannt bleiben wollten. Was mochte dieses alles bedeuten? Jakob hockte auf der Erde und versuchte einen klaren Gedanken zu fassen. Hatte er diese letzten Minuten geträumt? Eben noch lag er entspannt in der Kammer seiner Herberge und jetzt war er ohne erkennbaren Grund in einem Keller gelandet.

Warum hatte man ihn in diese Gruft gebracht – und warum diese Umstände? Umbringen jedenfalls wollte man ihn offenbar nicht – noch nicht – denn ein Meuchelmord auf offener Straße hätte weniger Aufwand bedeutet als diese Verschleppung. Wahrscheinlich wollte man ihn hier nur wegschließen, aber aus welchem Grund? Vielleicht wollte irgendjemand ein Lösegeld erpressen und ihn dann wieder freilassen. Ein langes Hinhalten hier, irgendwo in oder doch nahe der Stadt Speyer, war auf jeden Fall riskant, es sei denn, einflussreiche Mächte konnten sich ihrer Sache sicher sein. Wem mochte daran liegen, ihn an diesem unbekannten Ort einzukerkern?

Die Zeit schlich dahin und der Verzweifelte fand keinen Schlaf. Es musste bereits auf einen neuen Tag zugehen und immer noch hockte Jakob an eine der grob behauenen Steinwände gelehnt, nur den Sack hinter sich geklemmt, damit die Kälte nicht zu arg in die Knochen drang.

Jetzt müsste er langsam Tageslicht sehen, vielleicht durch eine Ritze der Tür, aber es blieb stockdunkel. Sollte er einfach drauflos schreien? Er vermutete, dass sein Rufen hier unten nicht weit gehört würde, ihn allenfalls zermürbte.

Waren es nur seine überspannten Nerven oder verliefen die Ereignisse der letzten Stunden gar nicht so zufällig? Jakob erinnerte sich wieder an den jungen Novizen, der so eindringlich nach Namen und Herkunft der beiden Herbergsgäste gefragt hatte und der sich hastig aus dem Staub gemacht hatte. Wenn man es recht bedachte, gehörte der Unbekannte nicht zum Hospiz, wollte vielleicht nur etwas in Erfahrung bringen, aber was genau und für wen? Angenommen, er hatte einen Auftrag, welche Nachricht mochte ihm so wichtig sein, dass er sich so ausführlich erkundigt hatte?

Dann dieser abgerissene Straßenjunge. Kam er tatsächlich im Auftrag des Korbbinders Kunzenknecht? Warum nicht, immerhin wusste er, dass dort die Pferde untergestellt waren. War eines der Pferde tatsächlich an einer Kolik erkrankt oder wollte man nur Knecht und Herr voneinander trennen, um den Überfall leichter zu bewerkstelligen? Nein, wahrscheinlich war es nicht die zufällige Tat eines Einzelnen, sondern ein vorbereitetes Komplott, dem eine sorgfältige Planung zugrunde lag.

Das Gold allein, mit dem er angereist war, konnte eigentlich nicht den Ausschlag für diesen Überfall gegeben haben, denn er hatte es gleich bei Ankunft in der Propstei abgegeben. Ein Siegel bestätigte schließlich seine hinterlegte Ware. Nun ja, die Übergabe war irgendwie kalt, abweisend. Auch den Mann an der Tür kannte er nicht von früheren Besuchen. Vielleicht war er gar nicht aus dem Umfeld des Dompropsts.

Hastig fasste Jakob unter die Weste und war froh, die Beglaubigung seiner Goldlieferung bei sich zu fühlen. Auf diesen Schatz konnten es die Gauner also nicht abgesehen haben. Immerhin gehörte es der Kirche, sollte dem Wohle des Bistums dienen.

Wenn man in einer solchen Klemme sitzt, darf man nicht in Panik geraten, dachte er und wollte sich Mut zusprechen. Auf die eine oder andere Art und Weise musste die Angelegenheit rasch zu einem Ende kommen.

Konnte es möglich sein, dass jemand unerwartet hier vorbeikam, überlegte er hoffnungsvoll. Er musste sich bemerkbar machen und laut rufen. Jetzt sprang er auf, stieß sich den Kopf, fluchte und hämmerte mit beiden Fäusten gegen die grobe Holztür. Aus Leibeskräften schrie er, dass man ihm aufmachen sollte. „Was habt Ihr Teufel da vor?", brüllte er jetzt „zeigt Ihr Feiglinge Euch wenigstens. Was um alles in der Welt wollt Ihr von mir?" Aber es rührte sich nichts. Er spürte, dass seine Stimme aus diesem Verlies nicht weit trug. Sie verfing sich in der Enge der Gruft. Herr im Himmel, spätestens wenn es hell wurde, musste doch irgendwer mit dem Grund dieser Gewalttat herauskommen! Nun gut, er würde geschoren und man würde sehen, wie viel Wolle man ihm über die Ohren ziehen wollte.

In einem Dämmerzustand sank ihm der Kopf auf die Brust und ein ums andere Mal schreckten ihn Wachträume auf. Er glaubte zwischen Holzstämmen eingeklemmt zu sein, die ihn zu zermalmen drohten oder er fuhr hoch, weil er meinte, ins Bodenlose zu stürzen – immer schneller und schneller.

Irgendwann spürte er, dass ein neuer Morgen angebrochen sein musste. Nicht durch den kleinsten Spalt drang Tageslicht in sein Verlies. Es blieb stockdunkel, aber er hörte es an den Geräuschen, die zu ihm vordrangen. Er meinte ganz schwach das Zwitschern von Vögeln zu vernehmen.

Dann, plötzlich, ein Schrei. Sein ganzer Körper erschauderte bei diesem grauenvollen, sich überschlagenden, gellenden Ton, der von einer weiblichen Stimme herrühren mochte. „Vergib ,... vergib ... Herrscher der Hölle." So oder ähnlich hörte die Stimme sich an und dann war wieder Stille. Nach kurzer Zeit wiederholte sich das unheimliche Kreischen: „Vergib mir, vergib ...", jammerte die Stimme von Neuem, leiser und leiser, dann wieder Stille und dann hörte Jakob lautes Fluchen.

„Halt's Maul, du irres Biest!" Eine kräftige Männerstimme war es und wenn er sich nicht irrte, hatte der Mann zugeschlagen, denn das Geschrei brach ganz plötzlich ab.

Nach einiger Zeit setzte das Gezeter wieder ein: „Vergib ..., vergib mir!" Dann ein lang gezogenes „Hiiilfe ...!" Das alles konnte nicht weit weg sein, spielte sich vielleicht sogar direkt über ihm ab.

Die Stunden vergingen und hin und wieder konnte der Eingesperrte andere Klagelaute hören, gerade so als wenn es mehrere Gepeinigte gab, die riefen, flehten, und dann und wann ein lautes Fluchen, als wolle man dem ganzen Spuk eins draufsetzen.

Immer wieder rüttelte Jakob an seiner Tür, rief nach einem Menschen, der ihn hörte. Die Kälte, ja diese feuchte, immer tiefer kriechende Eiseskälte, machte ihn schlapp und mutlos. Sein Körper zitterte und Jakob konnte es nicht unterbinden. Er sank auf die Knie und fing an leise zu beten:

„Allmächtiger Herrgott, hab' ein Einsehen mit mir. Ich habe Schuld aufgehäuft, wohl auch gesündigt, aber befreie mich aus dieser Not. Vielleicht habe ich Menschen in ein unverdientes Schicksal getrieben. Auch war ich unkeusch, aber vergib mir und lege mir nicht diese Buße auf ...!"

Er gestand sich ein, dass er gottesfürchtig nur dann war, wenn es sich mit seinen Geschäften vereinbaren ließ. Nein, die Knie hatte er sich wahrlich nicht für seinen Glauben aufgerieben. Aber hatte er nicht auch Gutes getan. Ja, warum sollte er es nicht erwähnen. Das Findelkind, Jakobus. Ob er tatsächlich der leibliche Vater dieses Krüppels war, würde nie zu beweisen sein und dennoch hatte er das Unglücksbündel ohne langes Federlesen in seinem Hausstand aufgenommen.

„Ach Ruth, wenn du jetzt wüsstest, wie's mir geht. Du bist in guter Hoffnung und ich weiß nicht, ob mir das gemeinsame Kind jemals im Leben unter die Augen kommt."

Er versuchte aufzustehen, gebückt hin und her zu gehen, aber all das war in der Enge seines Verlieses schwierig und so hockte er sich wieder auf den Boden. Irgendwann zog er den Umhang aus und schob ihn unter sich. Sogleich fror er oben herum. Wie immer er es anstellte, es fehlte ihm an wärmender Kleidung oder an Decken.

Hatte Endres Schwentendorf seine Abwesenheit entdeckt? Ganz sicher hatte er das, aber was sollte ihm das helfen? Endres kannte niemanden mit Einfluss hier. Selbst wenn der Knecht das eingenähte Geld verwenden würde, um seinen Herrn auf irgendeine Art freizukaufen, er wüsste nicht, mit wem der Handel gemacht werden sollte. Herr im Himmel, mach dieser grauenhaften Unsicherheit ein Ende! Wie stets hatte Jakob Geldstücke in seinem Wams eingenäht. Bei seinen ausgedehnten Reisen rechnete er damit, einmal auf einen solchen Notgroschen zurückgreifen zu müssen, aber was half ihm jetzt dieser Schatz? Niemand interessierte sich für seine Münzen. Es gab keinen Bewacher, es gab überhaupt keine Menschenseele, die sich für ihn interessierte.

Die Dunkelheit war unerträglich. Irgendwann glaubte er tierische Geräusche um sich zu hören, aber er sah nichts. Vielleicht gab es Ratten oder Mäuse, er hasste sie und jetzt fürchtete er diese raschelnde Gesellschaft. Es waren ungleiche Bedingungen, in denen er diese Behausung mit den Nagern teilte. Hier ein orientierungsloser, blinder Tölpel inmitten eines kleinen Quadrats und dort das flinke huschende Ungeziefer mit feinen Nasen und dem Gespür für vergängliches Leben, dem man auf der Spur bleiben musste.

„Ich werde euch erschlagen, so wahr ich Jakob Hassler heiße", krächzte er und sogleich fühlte er sich von dem Getier verhöhnt, denn es rührte sich nichts. „Vielleicht wartet ihr bis ich richtig mürbe bin, um dann euer Spiel mit mir zu treiben."

Jetzt war es nicht ganz so kalt. Lag es daran, dass die Tageswärme auch hier unten im Keller die Temperatur etwas höher steigen ließ, oder war es nur Einbildung? Dann blieben irgendwann die Gedanken aus. Es stellte sich kein Zeitgefühl mehr ein. War jetzt Abend? Gelegentlich verstärkten sich die gellenden und plärrenden Schreie. Sie wurden übertönt von Flüchen und immer wieder durch Wimmern, so als würden die Gepeinigten gezüchtigt. Das Gefühl für die Zeit war jetzt ganz verloren gegangen.

Das war ein sauberer Plan. Ja, so war es wohl. Wahrscheinlich war gleich nebenan ein Irrenhaus, ein Gewahrsam für verhexte Kreaturen, die sich Speyer vom Leibe halten wollte. Jakob stöhnte auf. Wenn das der Fall war, konnte er sich die Seele aus dem Leib brüllen, soviel er wollte, denn niemand in diesem Höllenkessel würde einen weiteren Schreihals wie ihn wahrnehmen.

Anfangs hatte es ihm geholfen die eigene Stimme zu hören. Er sprach all das vor sich hin, was ihm so durch den Kopf ging, aber jetzt ängstigte er sich vor Geräuschen, die er machte. Dann setzte der Durst ein. Wenigstens einige Schlucke wünschte er sich sehnlich und immer wieder hatte er panische Angst, die ihn dann und wann befiel. Auf dem Boden zusammengekauert versuchte er sich einzurollen und hielt die Hände über dem Kopf, so als müsse er sich vor Schlägen schützen.

Waren es Stunden, die er in diesem tiefen Loch bereits zugebracht hatte? Nein, wenn er die wenigen Laute hier unten richtig einordnete, mussten es jetzt fünf Tage sein, vielleicht aber auch doppelt so viele – oder war doch nur eine Nacht vergangen?

Er hustete immer häufiger. Irgendwann hatte er eine Ecke ausgesucht, in der er liegen konnte und eine andere für seine Notdurft. Dann verlor er die Orientierung. Es war nicht mehr auszumachen, wo die Stelle war, die er sich sauber halten wollte. Richtig, seine nachlassenden Ausscheidungen ließen darauf schließen, dass er schon mehrere Tage hier eingeschlossen war und es würde wohl auch seine Richtigkeit haben, wenn er die Zeit in dieser Hölle mit einer Woche vermutete.

Der Durst war mit nichts zu stillen. Einmal, vor vielen Jahren am Ende seiner ersten Floßfahrt auf dem Rhein, hatte Jakob in Dordrecht schon einmal mit dem Tode gerungen. Damals waren es Minuten, vielleicht auch zwei, drei Stunden, die ihn vom Jenseits getrennt hatten. Aber dieses hier, nein, das war etwas ganz anderes. Dompropst Engelbert hatte einmal gesagt, dass der Tod mit den Lebenden am gleichen Strick zog – aber jeder an einem anderen Ende. Jetzt glaubte Jakob, dass er Unrecht hatte, denn hier unten wollte er an keinem Seil zerren. Ganz im Gegenteil, sollte der Tod ihn doch endlich zu sich herüberschleifen.

Jetzt lag er nur noch am Boden, bewegte sich wenig und vielleicht wachte er beim nächsten Mal schon gar nicht mehr mit klarem Verstand auf.

Irgendwann schlurften Schritte die Treppenstufen herunter. Er hörte es auf seiner linken Seite. Dort also musste die Tür sein, durch die er hier einmal hineingestoßen worden war. Umständlich machte sich jemand am Schloss zu schaffen und dann blendete ihn Licht. Er konnte nichts erkennen. Jemand leuchtete ihn an und er hörte die Gestalt mit etwas rascheln und hantieren.

Dann wurde es wieder dunkel. Die Tür schloss sich und er war abermals allein. Warum hatte er keinen Laut von sich gegeben? Wie gelähmt hatte er dagelegen und sich vor panischer Angst nicht gerührt. Aber jetzt fühlte er ganz plötzlich ein Glücksgefühl in sich aufsteigen. Stroh, ja ein Bündel frisches duftendes Stroh, hatte man ihm hingeworfen und als er vorsichtig auf allen Vieren weitertastete, fühlte er eine Schüssel. Jetzt nur nichts umstoßen. Dort noch etwas, eine Kanne. Gierig zog er sie an sich heran, versuchte sie zu heben und spürte dieses wunderbare Nass. Wasser war es, reines Wasser. Er trank maßlos und es lief ihm einiges über das zerschundene Gesicht. Dann hielt er inne, wurde sich klar darüber, dass er mit jedem Tropfen, jedem Körnchen vorsichtig haushalten musste. Er konnte es sich nicht leisten auch nur den kleinsten Bissen dieser kostbaren Nahrung zu vergeuden. Die Schüssel war mit kaltem Brei gefüllt, aber ihm kam der Inhalt wunderbar vor. Jakob langte mit den Fingern hinein und leckte die klebrige Masse genüsslich ab.

Später fühlte er sich elend, hatte Angst, all das wieder von sich geben zu müssen, was er so gierig geschluckt hatte, als hätte er nicht alle Zeit der Welt in diesem dunklen Loch. Sein Wille war zu schwach gewesen und so hatte er diesen unerwarteten Segen zügellos in sich hineingeschlungen.

Er streckte sich auf dem Stroh aus, das er sorgfältig in nur einer Ecke ausgebreitet hatte, um sicherzugehen, dass die Reste seines Kots sich nicht mit dem frischen Lager vermengten.

Was mochte diese wunderbare Überraschung bedeuten? Warum hatte man ihm diese Gunst erwiesen und ihm etwas zugesteckt? Seit geraumer Zeit hatte Jakob geglaubt, dass man ihn ohne großes Aufheben einfach verrecken lassen wollte. Und nun dieses Wunder. Konnte er hoffen, dass diese unbekannte

Macht ihn weiter am Leben halten wollte? Überhaupt, wünschte er sich nicht längst einen raschen Tod herbei, statt lebendigen Leibes qualvoll in ein Delirium zu verfallen?

Der Husten hatte sich weiter verstärkt und Arme und Beine des Gefangenen juckten. Er war sich sicher, dass er an mehreren Stellen des Körpers blutete und er wusste, dass er mit seinen Fingernägeln die Wunden nur noch weiter aufriss, aber er hatte nicht die Kraft dem Kratzen zu widerstehen.

Die alte Verletzung aus seinen ersten Tagen im Niederländischen, als er gerade einmal achtzehn Jahre alt gewesen war, schmerzte jetzt wieder heftig und die Kälte des dunklen Kellers bohrte sich in die alte Wunde, breitete sich aus und sandte qualvolle Stiche bis hinauf in seine Schläfen.

Aufs Neue vergingen Stunden – oder waren es auch jetzt wieder Tage? Dann wiederholte sich derselbe Ablauf wie zuvor. Die Schritte, das umständliche Öffnen der Zellentür und dann diese barmherzige Wohltat mit frischem Wasser. Dieses Mal gab es keinen Brei, sondern einen Kanten Brot. Jakob hatte sich vorgenommen etwas zu sagen, aber wieder brachte er nichts heraus. Er war wohl doch noch klar bei Sinnen, denn er konnte ermessen, welch einen Anblick er jedem bereiten musste, der ihn in all seiner Erbärmlichkeit am Boden kauern sah. Wer hier hereinschaute, nahm eine Gestalt wahr, die sich in stinkender Kloake suhlte, dabei mühsam versuchte, sich einen kleinen Flecken Stroh trocken zu halten.

In Abständen öffnete sich die knarrende Pforte und jedes Mal gab ihm dieser lichtumrandete Schatten die Hoffnung, dass man an seinem Überleben Interesse haben könnte. Der Häftling schämte sich bis auf die Knochen für diese Lage, in der er sich befand. Jakob Hassler, Hauptschiffer und einer der reichsten Männer des Schwarzwalds, war in so kurzer Zeit zu einem Häufchen Dreck herabgesunken. Gierig und mit kleinen glucksenden Freudenschreien kroch der einst stolze und herrische Handelsherr auf jeden Napf zu, der ihm in seine Dunkelheit hineingeschoben wurde. Kein menschlicher Abschaum konnte tiefer sinken als dieses stinkende Bündel voller Kot und Blut.

Dann erinnerte er sich an den Tag, als er in Bingen im Keller des Zeughauses Kaitan Dehmel aus seiner misslichen Lage befreit hatte. Er kicherte in sich hinein. Der Neffe der Müllerin hatte es geradezu gut gehabt, verglichen mit dieser Misere hier. Damals wusste man den Hergang der Dinge und man tat sein Möglichstes, den Frevler irgendwann aus seiner Lage zu befreien. Hier aber wollte ihn jemand qualvoll und langsam in die Ewigkeit befördern.

Endres Schwentendorf würde längst abgeritten sein. Man konnte es ihm nicht verdenken, wenn es ihn zurück in den Schwarzwald trieb, um den Lieben daheim die schlimme Nachricht zu überbringen. Es gab einige, die um ihn trauern und weinen würden, aber auch solche, die sagten, dass einer wie Jakob Hassler mit seinem plötzlichen Tod rechnen musste. Nun ja, es würde diesen oder jenen geben, der eine Rechnung mit ihm begleichen wollte, aber wer hasste ihn so abgrundtief, um ihm eine solche Folter zu bereiten?

Wie lange mochte dieses Hinsiechen jetzt schon anhalten? Inzwischen hatte er Durchfall und seit einigen Tagen konnte er nicht mehr die wenigen Brocken bei sich behalten, die man ihm dann und wann hereinreichte. Manchmal fragte er sich, ob seine Körpersäfte längst vergiftet waren. Immerhin hatte er in den letzten Nächten das Gefühl, von Ratten gebissen worden zu sein, aber es konnten auch die Kratzwunden sein, die ihm so zusetzten. Seit Längerem richtete er sich nicht mehr auf. Sein Köper war zu schwach und schon das Wenden auf dem bisschen Stroh fiel ihm unsäglich schwer.

Die Gedanken kamen nur noch selten. Weder schlief er noch war er wach. Er döste in eine zeitlose Ewigkeit hinein. Längst war ihm jedes Gefühl für Tag und Nacht vergangen und die Schreie und Beschimpfungen dort draußen vor seinem Verlies erreichten ihn nur ab und an. „Ja, ich bin einer von euch, schreit nur kräftig, ich stimme mit ein." Es war ihm eine Genugtuung, sich mit diesen Irren zu solidarisieren. „Wir sind alle aus dem gleichen Brei gekocht", glaubte er zu sich selbst gesagt zu haben und wusste nicht einmal, dass er nur krächzte und röhrte.

Wieder betete er, bat den Herrgott um ein rasches Ende. Dann meinte er an der Tür einen Lichtschimmer zu sehen. Diese ständige Dunkelheit rief Wahnvorstellungen hervor. Er schloss die Augen. Als er sie wieder öffnete, sah er immer noch diesen kleinen Lichtpunkt auf der Erde. Er schob sich zu der Stelle hin. Deutlich war eine Türöffnung zu erkennen, eine schwere Schließe hing herab. Mit der ganzen Kraft, die er aufbringen konnte, schob er die Tür um einen Spalt weiter auf. Er kroch noch näher heran, stemmte seinen Körper dagegen und – sie gab ein kleines Stück nach. Ja, tatsächlich, beim letzten Mal, als die unbekannte Person hier gewesen war, hatte sie die Tür nicht wieder verriegelt. War es Absicht? Ganz sicher, denn solch einen Folterraum lässt man nicht gedankenlos offen.

Von oben drang dämmeriges Tageslicht bis hinunter in sein Verlies, aber die Helligkeit war grell und tat den Augen weh. Sie traf auf rote entzündete Lider eines Schreckgespenstes, das sich Stufe um Stufe mühsam nach oben schob. Völlig erschöpft von der Anstrengung gelangte Jakob bis zum obersten Absatz und lag in mannshohem Farn.

Wie es hier duftete. Erde, frisches Grün. Mit zitternden Fingern zupfte er wahllos Blätter und steckte sie sich in den Mund. Er schloss die Augen, kaute nur wenig und spuckte dann doch die bitter-herbe Kost gleich wieder aus. Es musste in den Abend hineingehen. Kalt war es, aber verglichen mit dem dumpfen Modergeruch seiner Gruft war es etwas Wunderbares, so herrlich frei zu atmen. Ja, natürlich, als man ihn hier hinabgestoßen hatte, war der Herbst schon weit vorangeschritten. In dieser Stunde verlor die kurze Abendsonne rasch ihre Kraft.

Der weiche Boden unter ihm, das Rauschen von Blättern und irgendwo fern undefinierbare Geräusche, all dies belebte seine Sinne. Jetzt durfte er nicht nachlässig handeln, musste genau überlegen, was zu tun war. Diese wunderbare Fügung durfte nicht verspielt werden. Irgendwie musste Jakob versuchen, Anschluss an das Leben hier oben zu bekommen.

Nur nicht liegen bleiben und einschlafen. Auf allen Vieren schob er sich vorwärts und als er ganz nah das Schreien und Stöhnen wieder wahrnahm, das ihn die ganze Zeit in seinem Loch verfolgt hatte, wandte er sich erschreckt zur anderen Seite hin. Nur nicht auffallen. Wer wusste schon, ob sein Unheil aus gerade jener Richtung gekommen war. Schließlich mussten es Verrückte sein, die ihn so gezielt und vorsätzlich in eine Hölle gestoßen hatten, von der er sich jetzt so schnell es eben ging entfernen wollte.

Die entzündeten Augen konnte er nur um einen Spalt öffnen. Um ihn herum war Unland, Gestrüpp und totes Holz. Dann weiter links ein Trampelpfad, vielleicht ein selten genutzter Zugang zu diesem Fleck Erde. Er krabbelte jetzt auf allen Vieren, folgte dem schmalen Weg durch das wuchernde Grün und gelangte an irgendwelche Häuser. Eine Gasse führte weiter hinein in die bewohnte Stadt. Dann erkannte er Menschen, aber er wagte nicht sich aufzurichten und auf sich aufmerksam zu machen. Zusammengekrümmt blieb er am Rande einer Mauer liegen. Hatte er die Sinne verloren oder war er eingeschlafen?

Jetzt war er wieder hellwach und um ihn herum war es dunkel geworden. Er kroch weiter und weiter – hin zu der Welt des Lebens und der wunderbaren Geräusche. Sollte er sich nähern? So sehr es ihn zur Stadt drängte so sehr zögerte er voller Angst, dass ihn seine Häscher entdecken und zurück in die schreckliche Gruft stoßen könnten. Alles um ihn herum war Gefahr, jedes lebendige Wesen konnte Unheil bringen. Kinder liefen auf ihn zu, blieben erschreckt stehen und starrten ihn an. Dann eine Frau, die sie rief, fortzog von dieser verlausten Kreatur, um die Rasselbande rasch heimzubringen.

Diese Begegnung mit dem lachenden Leben verbreitete in Jakob ein wunderbares Glücksgefühl. Hier traf er auf Menschen, die ihren Alltag lebten. Ihn selber nahmen sie wohl als Vagabunden und Bettler wahr. Na und, sollten sie doch denken, was sie wollten, Jakob lebte und sog die frische Luft in vollen Zügen ein.

Jetzt könnten ihm seine eingenähten Münzen hilfreich sein, aber wieder wusste er nichts mit ihnen anzufangen. Welch eine Situation, wenn ein Bettler Geld hergab, statt es zu empfangen. Alle Anstrengung brachte er auf, um seine ausgezehrte Gestalt mühsam aufzurichten, indem er sich an einem Baumstamm hochzog. Die Beine wollten nachgeben. Er schwankte, setzte sich wieder hin und fand einen Stock, auf den er sich stützte, als er sich abermals mühsam aufrichtete. Die Augen brannten, aber da es dunkelte, fiel es leichter als bei grellem Tageslicht etwas auszumachen. Dort, gar nicht fern, erkannte er die Silhouette des Doms von Speyer, weiter links das musste der Hafen sein. Ja, wenn er den Dom erreichte, hatte er vieles geschafft.

Es kam ihm wie eine Ewigkeit vor, bis er sich an die Straße herangeschleppt hatte, in der das Hospiz der Barmherzigen Brüder ihm als letzte Bleibe vor der Entführung gedient hatte. Lichtpunkte aus dem Innern einiger Häuser und ein heller Nachthimmel wiesen ihm den Weg. Nur wenige Menschen hasteten an ihm vorbei, die sich angeekelt von ihm abwandten. „Warum nur muss dieser zerrissene Strauchdieb so nahe am Dom betteln. Wenigstens waschen könnte sich der Herumtreiber dann und wann. Der Kerl stinkt ja eine Meile gegen den Wind. Für den ist jeder Kreuzer vergeudet. Er würde sich doch nur einen Rausch erkaufen, der versoffene Geselle, von Geld, das andere sich durch harte Arbeit verdient haben, und irgendwann würde sein Lebenslicht sowieso in zuviel Wein ertränkt. Viel ist eh nicht mehr an dem wandelnden Gerippe dran."

Als Jakob das Hospiz erreichte, versuchte er in das Innere hineinzuschauen. An einem der geschlossenen Holzläden war ein kleiner Spalt. Er erhaschte einen Blick in den Gastraum. Zwei Talglichter brannten auf einem Tisch. Ein Mann, der ihm den Rücken zuwandte, konnte Thomas Kemper sein. Und – ach, wie gut es tat, sich dem Traum für kurze Zeit hinzugeben – dort war auch seine geliebte Frau Ruth zu sehen. Ein wenig gerundet war ihr Bäuchlein. Ja richtig, das noch ungeborene gemeinsame Kind …!

„Ich fantasiere", murmelte der verängstige Mann und sein zerschundener Körper sackte zurück auf das Straßenpflaster. Er schaute an sich herunter. Nein, nein, das waren keine Fantastereien, keine Sinnestäuschungen, die ihn umnebelten. Er griff nach seinem Knie und er spürte deutlich den Druck der eigenen Hand. Vielleicht aber war auch das nichts anderes als trügerische Gaukelei, ein Gleiten durch die Welt der Täuschungen und Irrungen.

Die Treppe hinauf zur Eingangstür schaffte er nicht, aber der Stock war lang genug und so klopfte er mit der Kraft eines Verzweifelten an massives Holz.

Ein Mann in Kutte trat vor die Tür. „Was gibt's hier im Dunkel noch zu randalieren? In der Nacht geben wir nichts. Komm morgen bei Tageslicht wieder vorbei, dann magst du etwas zu essen haben!"

Mit aller Macht setzte Jakob zum Sprechen an. Er wollte sagen, dass er Jakob Hassler sei und dass man ihm die Stufen hinauf ins Haus helfen sollte. Erschreckt stellte er fest, dass er nur gequetschte Silben hervorbrachte. „… Bin Ja…, Jakob … Hass…, helft …!"

„Schon gut", beruhigte ihn der Mönch, „wie ich schon sag: Komm morgen wieder!"

Der Mann in der Kutte drehte sich um und ging zurück, hinein in die Geborgenheit des Hauses. Jakob lag auf den Stufen des Treppenaufgangs. Ein Lichtstrahl fiel auf die Gasse. Das ausgemergelte Gerippe lauschte angestrengt, um alles zu erfassen was im Inneren zuging.

„Was gibt es denn?", fragte jemand dort drinnen.

Der Angesprochene antwortete eher nebenher: „Ein armes Schwein, zerlumpt und dreckig. Er kann nicht richtig sprechen. Hatte etwas von ‚Jakob …' und ‚Hass …' gestottert." Dann eine Pause. Der Mann drinnen schien nachzudenken. Die Wortfetzen vor der Tür gingen ihm offenbar nochmals durch den Kopf.

Aufgeregt mischte sich eine weibliche Stimme ein. „Vielleicht hatte der da draußen so etwas wie ‚Jakob Hassler …' sagen wollen!"

Das war Ruth, da war sich Jakob sicher. Denkt nach, schrie es in seinem Innern. Jemand musste doch endlich diesem Spuk ein Ende bereiten.

„Ja um Himmels Willen, so lasst uns noch mal nachschauen. Vielleicht weiß der dort draußen etwas!"

Stühle wurden gerückt und Jakob hörte das Getrappel von Füßen. Die Tür wurde abermals heftig aufgerissen.

Wieder tauchte der fromme Bruder auf. Hinter ihm die Frau im Halbdunkel musste Ruth sein. Beide beugten sich über das zerschundene Bündel vor der Stiege der Herberge. Jakob krächzte, wollte irgendetwas erklären, aber verstehen konnten ihn die beiden nicht. Jetzt kam der alte Freund Thomas vor die Tür.

Das zitternde Bündel Mensch dort vor dem Eingang sackte kraftlos in sich zusammen. Die Sinne schwanden ihm. War es

Wahrheit oder Traum, was sich dort über ihn beugte? Es war Jakob das eine wie das andere recht, wenn man ihn nur schlafen ließ.

––––––––––––––

Als er aufwachte, suchte er mit einer Hand das Stroh unter sich. Doch er konnte seine gewohnte Unterlage nicht fühlen und schreckte auf. Jetzt spürte er auch, dass er in weiche Decken eingewickelt war. Schließlich sah er Ruth über sich gebeugt.

Mitleidig schaute sie auf ihn herunter. „Jakob, mein armer Mann, was haben sie nur mit dir angestellt. Du lebst! Ich bin ja so froh, Nein, nein, sage nichts, lieg nur still und schone dich. Du wirst sehen, alles wird gut. Seit zwei Tagen haben wir dich wieder und seitdem träumst du lauter wildes Zeug."

Ruth hob seinen Kopf vorsichtig an und klopfte behutsam ein Kissen zurecht, so als könne sie alles noch bequemer für ihn herrichten.

Nur sie hatte ihn in seiner erbärmlichen Lage dort auf den Stufen vor dem Hospiz erkannt. Aufgeschrien hatte sie und als Thomas Kemper ihr zur Hilfe gekommen war, hatten sie beide ihm die stinkenden Reste der zerlumpten Kleidung vom Leib gezerrt, gleich so, wie er dort lag, hatten sie ihn in ein großen Tuch gewickelt. Dann hatten die Barmherzigen Brüder Wasser herbeigeschafft, um ihn gründlich zu waschen, während er immer wieder versucht hatte, sich der Tortur mit aller Macht zu widersetzen.

Ja, und ein Bader musste her, gleich am selben Abend. An guter Entlohnung sollte es nicht mangeln. Immer wieder war der Patient zusammengeschreckt, hatte nach der Kleidung der Umstehenden gegriffen, um sich selber damit zu bedecken.

Als er dann mit vereinten Kräften auf sein Krankenlager gehoben war, ging es an ein sorgsames Untersuchen. Der Heiler hatte ihn von oben bis unten abgetastet, an den Wunden gerochen und lange nichts gesagt. Schließlich aber seinen Befund mitgeteilt: „Gebrochen ist nichts, aber dieser Körper ist ganz vertrocknet. Ihm fehlt es an gesunden Säften! Ich werde ihn jetzt erst einmal mit Honigsalbe einreiben." Dann hatte er Ruth angewiesen, diesen Balsam zweimal am Tag am ganzen Körper ihres Mannes zu verstreichen und er hatte ihr außerdem allerlei Tinkturen in die Hand gedrückt. „Der Kranke muss trinken – und Ihr müsst ihm Brei in seinen Mund stopfen, auch wenn er es nicht mag. Besonders wichtig sind diese Tropfen hier." Dabei hatte er auf ein kleines Fläschchen gezeigt. „Mengt stets ein wenig davon seinem Essen bei. Wenn er die Medizin nicht zu sich nimmt, kann es sein, dass er alles wieder ausbricht! Der Magen muss sich erst wieder an kräftige Nahrung gewöhnen, versteht Ihr?"

Und ob Ruth das alles verstanden hatte. Sorgsam hatte sie nun schon zwei Tage und zwei Nächte hindurch die Anweisungen befolgt und immer wieder erschreckte sie vor dem Anblick des ausgezehrten Körpers vor ihr. In so kurzer Zeit war der Hauptschiffer zusammengeschrumpft. Die Knochen zeichneten sich deutlich unter der geröteten, rissigen Haut ab.

Jakob glühte inwendig. Fiebrig richtete er sich auf. „Sind wir noch immer im Hospiz?" Mit beiden Händen griff er nach Ruth: „Rasch, pack alles zusammen, lass uns aufbrechen. Man wird uns hier umbringen, hörst du? Beeil dich doch!", stöhnte er. Dann sank er auf sein Lager zurück und schlief unruhig weiter.

Erst am vierten Tag und nachdem Ruth ihm immer wieder Brei, warme Milch und Gemüsesuppen eingetrichtert hatte, war er endgültig bei klarem Verstand. In der neu gewonnenen Freiheit begann Jakob sich zaghaft für das zu interessieren, was um ihn herum passierte.

Neugierig versuchte er Thomas Kemper nach den Ereignissen auszufragen, die sich zwischenzeitlich zugetragen hatten. Wusste der Freund Einzelheiten zu dem schrecklichen Martyrium, das er durchlebt hatte? Auch Ruth saß neben der Bettstatt.

Es tat gut zu sehen, wie Jakob sich zögerlich auf ein Gespräch einließ. Noch war ihm nicht im Geringsten klar, warum man ihn einfach aus diesem Leben entfernen wollte. Nur das hatte man ihm bereits gesagt: Er war knappe drei Wochen in sein dunkles Loch eingepfercht gewesen. Genau genommen waren es zwanzig Tage und Nächte, die er ohne jedes Tageslicht versucht hatte an dem kleinen Rest Leben festzuhalten, das man ihm belassen hatte.

„Warum seid Ihr jetzt in Speyer und warum ist Endres Schwentendorf nicht mehr hier?"

„Nun Jakob, das ist wahrscheinlich die einzige Frage auf die wir mit Gewissheit Auskunft geben können", antwortete Ruth enttäuscht und Thomas fügte hinzu.

„Nur soviel wissen wir wirklich; als Endres Schwentendorf bei den Pferden eingetroffen war, hatte sich rasch herausgestellt, dass keines der Tiere krank war. Beide standen ruhig auf trockenem Spreu. Dann plötzlich wurde die Stalltür von außen verriegelt und Endres hatte bis weit nach Mitternacht gebraucht, um sich durch das Dach wieder ins Freie zu hangeln. In der Herberge angekommen wunderte er sich, dass du nicht da warst. Man hatte dich fortgehen sehen, aber du bliebst die ganze Nacht verschwunden. Am nächsten Morgen hatte Endres zuallererst in der Propstei nachgefragt, aber man war kurz angebunden. Mit einer Rückkehr des Herrn Dompropst Graf von Luxemburg sei in naher Zukunft nicht zu rechnen und ob er überhaupt noch einmal seine Ämter hier aufnehmen würde, sei völlig ungewiss. Abt Bonifatius sei jetzt für die Belange dort verantwortlich. Im Übrigen solle er es nicht wagen, den Bischof sprechen zu wollen, und er sollte sich als Knecht nicht noch einmal herausnehmen, hier am Tor aufzutauchen.

Wo die Ware sei, die er mit seinem Herrn am Vorabend hier abgeliefert habe, wisse niemand. Gold, nein, das habe man hier nicht herumliegen. Ob er für seine freche Behauptung irgendeinen Beweis vorzeigen könne? Den dreisten Ton des Fremden wolle man an dieser Pforte nicht mehr hören, gab man ihm zu verstehen. Noch drei Tage hatte Endres sich in Speyer herumgetrieben, aber über deinen Verbleib war nichts herauszubekommen. Du warst wie vom Erdboden verschwunden."

Thomas räusperte sich und machte eine Pause, sodass Ruth die weiteren Ereignisse schildern konnte: „Schließlich holte Endres die Pferde und ritt zurück auf den Ridinger Hof, als sei der Teufel hinter ihm her. Ja, Angst hatte er gehabt, berichtete er daheim. In Speyer könne man seines Lebens nicht mehr sicher sein, hatte er immer wieder gesagt. Was dort vorging sei nicht auszumachen, aber es sei ihm unheimlich in der Bischofsresidenz geworden.

Als Thomas dann nach Speyer aufbrechen wollte, um Nachforschungen anzustellen, hatte es mich nicht mehr gehalten. Schwangerschaft hin und Geburt her, noch ist unser Kleines nicht einmal zur Hälfte in meinem Leib herangewachsen und da sah ich keine Gefahr zu reisen. Seit acht Tagen sind wir nun schon hier und unsere Hoffnung dich lebend wieder zu sehen, wurde von Tag zu Tag geringer." Ruth fasste Jakobs Hände und suchte ihre Rührung zu verbergen.

„Übrigens ist Endres Schwentendorf schon längst wieder unterwegs", fügte Thomas dem Bericht hinzu. „Ich habe ihn kurzerhand zu deinem Bruder nach Dordrecht geschickt, um deiner Familie über das Unglück zu berichten. Ich nehme an, dass die Botschaft in diesen Tagen bei Mijnheer Frans eintrifft."

„Und wen schickst du jetzt hin, um meine Wiedergeburt zu verkünden?" Jakob hatte es im Scherz gesagt, aber er konnte selber nicht so recht darüber lachen. „Was hat die Propstei zu all dem unternommen? Ihr wart doch im Haus von Hochwürden Engelbert, oder nicht?"

Der Patient richtete sich halbwegs auf, indem er sich auf seine Ellenbogen stützte. Dann sprach er aus, was ihm seit den Tagen der Gefangenschaft durch den Kopf ging. „Sind es die verworrenen Gedanken der Dunkelheit oder ist etwas daran, wenn ich glaube, dass jemand vom Klerus hier die Fäden spinnt?"

„Nun, wenn du das glaubst, Jakob, dann ist es bis jetzt nicht mehr als eine von vielen Möglichkeiten", antwortete Thomas vorsichtig. „Immerhin haben wir in diesen Tagen schon einiges herausbekommen, aber das Wenige macht keinen Reim. Der Prior dieser Herberge hat angedeutet, dass Abt Bonifatius eine ganze Truppe junger Novizen durch das Land schleichen lässt. Wie eine fette Spinne sitze er im Netz und sammle alles an Nachrichten, was ihm nützlich erscheint. Überhaupt hat es den Anschein, dass die Barmherzigen Brüder hier im Haus unsere Sorgen mit großer Anteilnahme teilen. Nun ja, und wenn man so sucht und Fragen stellt, dann kommt irgendwann dieses und jenes ans Tageslicht."

Wieder stiegen in Jakob Ängste empor. Alles was Talar oder Kutte trug, erschien ihm jetzt bedrohlich. „Und wenn die Barmherzigen Brüder selbst diese ganze Geschichte angezettelt haben? Wissen wir, was die armen Männer in der Nacht umtreibt? Verwechseln sie vielleicht die Begriffe Seelsorger und Seelenverkäufer ...?"

„Jetzt übertreibst du aber wirklich", rügte Ruth mit vorwurfsvollem Ton. „Hier musst du einmal uns vertrauen und glauben, dass von diesem Haus keine Gefahr für dich ausgeht. Ganz im Gegenteil, der Prior steht uns mit soviel Liebe und Fürsorge zur Seite, dass wir es gar nicht genug danken können."

„Nun gut, das Wort ‚Vertrauen' muss ich wohl neu lernen." Jakob wandte sich wieder Thomas zu. „Was soll das bedeuten? Deine Bemerkung mit dem Abt Bonifatius? Er schnüffelt, sagst du, aber um gut informiert zu sein, braucht es keine schleichenden Kapuzenmänner.

Im selben Augenblick stand ihm das Bild dieses kirchlichen Würdenträgers wieder so unangenehm vor Augen wie schon damals als Sechsjährigem bei der ersten Rügung, die er miterlebt hatte. Nie hatte er den Moment vergessen, als er zwischen den Beinen der Flößer hindurch den kaltherzigen Gottesmann sah, der ihn als Waisenkind ohne mit der Wimper zu zucken in die Kälte vor der Tür gestoßen hätte.

„Was kann der Abt schon mit der ganzen Sache zu tun haben? Vielleicht müssen wir den Übeltäter ganz woanders suchen. Was mich umtreibt ist letztlich die Frage, warum man mich für so lange Zeit in ein tiefes Loch gesteckt hat und warum ich wieder freikam."

Nachdenklich schaute Thomas aus dem Fenster. Der Blick wanderte auf die Straße und weiter hinten auf die große Eingangspforte der Propstei. „Ich hatte in diesen Tagen viel Zeit von hier aus nach draußen zu schauen und wenn es mir zu viel wurde, habe ich herumgehorcht. Jakob, ich sage dir, etwas stimmt hier mit der Kirche nicht. Der Abt soll zwar in der Stadt sein, aber niemand hat ihn in letzter Zeit zu Gesicht bekommen. Er ist wie vom Erdboden verschwunden. Warum liest er keine Messe im Dom, ist dort auch nie gesehen worden? Mit den Gepflogenheiten der heiligen Herren kenne ich mich nicht gut aus, aber geheuer kommt es mir nicht vor, wenn der Abt in Abwesenheit des Dompropstes alles daransetzt, sich ausgerechnet in dessen Haus breitzumachen."

„Er wird Hochwürden Engelbert vertreten, denke ich", wandte Jakob ein, und weiter: „Was ist eigentlich mit dem neuen Bischof los? Marquard von Hattstein hast du mit keinem Wort erwähnt. Seit zwei Jahren ist der Mann am Ruder und er wird sich doch nicht die Butter vom Brot nehmen lassen, oder?"

Konnte der Bischof am Ende selber auf die eine oder andere Art die Hand im Spiel gehabt haben? Nein, das traute er dem Adeligen nicht zu, ihn in eine Gruft zu sperren und dort vor die Hunde gehen zu lassen: Welches Motiv sollte der Bischof haben, seine beste Melkkuh auf diese Art zu beseitigen? Es musste eine ganz andere Erklärung geben.

Jakob gab sich einen Ruck. „Was hältst du davon, wenn ich versuche, die Stelle wiederzufinden, an der ich mich aus meinem Loch wieder an die Oberfläche gewühlt habe? Der Keller wird in der Zwischenzeit nicht vom Erdboden verschwunden sein, oder?"

Jetzt kam Leben in den Patienten. Ehe nicht Klarheit geschaffen war, fühlte er sich unsicher, ja geängstigt. Nichts war schlimmer als ein Feind, der aus dem Dunkel angriff.

„In deinem Zustand willst du doch nicht etwa aufstehen und durch die Stadt marschieren?" Besorgt war Ruth aufgesprungen. Kaum spürte Jakob wieder das Leben um sich, da wurde er schon unvernünftig. Aber weder ihr strenger Ton, noch die flehende Bitte konnten ihn zurückhalten. Außerdem hatte nun auch Thomas Feuer gefangen. Lange genug hatte er herumgeschnüffelt. Wenn erst einmal die Gruft gefunden war, in der Jakob so lange gelitten hatte, dann konnte es sein, dass sich der Faden aufnehmen ließ, an dem die ganze Geschichte hing.

Kurze Zeit später hatte Thomas ein rumpelndes Pferdegespann besorgt, in dem er gemeinsam mit Jakob Platz nahm. Der Patient gab die Richtung vor und der Freund kutschierte. Es dauerte nicht lange, da sah man rechter Hand das Unland, aus dem Jakob in die neu gewonnene Freiheit gekrabbelt war.

„Dort, das ist der Pfad ..., siehst du das dichte Gebüsch da drüben ...? Von dort hinten bin ich wieder ins Leben gekrochen", sagte Jakob. „Geh allein und suche den Keller. Ich bin noch nicht so weit. Jetzt überkommt mich plötzlich wieder die Angst. Frei heraus: Mich kriegen keine zehn Pferde zu dem Verlies. Mach schon, steig vom Wagen. Du wirst den Platz alleine finden." Und damit gab er seinem Freund einen Schubs.

Es kam Jakob vor, als habe es eine Ewigkeit gedauert, bis Thomas wieder aus der wuchernden Wildnis auftauchte.

„Ich habe deinen Keller gefunden", rief er schon von Weitem.

Als er wieder die Zügel in die Hand genommen hatte und zur Herberge kutschierte, meinte er, „Für mich hellt sich die Angelegenheit langsam auf. Um es vorweg zu sagen, nicht nur den Keller habe ich gefunden, sondern auch zwei Männer, die dabei waren, das Erdloch auszumisten. Sehr dreckig habe es darin ausgesehen und erbärmlich gestunken. ‚Ein armes Schwein muss es gewesen sein, das sich dort eine Unterkunft gesucht hat', fluchten die Leute. Weißt du, was das für ein Keller ist, in dem du da eingesperrt warst?" Thomas machte eine Pause.

„Nun spuck es aus und spann mich nicht auf die Folter. Heraus mit der Sprache!" Ungeduldig drang Jakob auf den Freund ein.

„Du hast es die ganze Zeit in einem Eiskeller ausgehalten. Na ja, du weißt schon, wenn im Winter Eisschollen gestochen werden, wirft man sie in ein Erdloch und hält sie, so gut es eben geht, gefroren, damit sie den feinen Herrschaften den Sommer über die Speisen kühlen. Ja richtig, es ist ein schlichter Keller, in den sie dich gestoßen haben. Jetzt im Spätjahr war er leer und die Knechte, mit denen ich sprach, sagten, dass sie ihn wieder herrichten sollten. Nicht lange, und man hätte dich in deinem Loch entdeckt."

„Mag schon sein, aber dann nicht mehr lebendig. Ich wäre doch längst krepiert." Jakob sagte es mit belegter Stimme. Er hoffte auf weitere Enthüllungen. „Und mehr hast du nicht in Erfahrung gebracht?"

„Warte es ab, Mijnheer, das Beste kommt erst jetzt. Genau, wie du gesagt hast, war gleich neben dem Keller eine dicke Mauer und dahinter ein Haus. Beides gehört zum Bistum."

„Woher weißt du das?"

„Na, ich bin durch eine Pforte hineinmarschiert und habe den Nächstbesten gefragt. Der Kerl war riesig, fett und stark. Er hat mir gutwillig und recht tapsig geantwortet, dass er dem Bischof diene." Mit der Peitsche deutete Thomas auf ein lang gestrecktes flaches Gebäude in einiger Entfernung. „Dort drüben, das ist ein Irrenhaus. Alles arme Teufel, die das Bistum gnädig am Leben erhält. So ist das eben, sie alle hängen von der Barmherzigkeit der Kirche ab."

Nach einer kleinen Pause ergänzte Thomas: „Ja, und dann fragte ich den Kerl noch, wer denn den Eiskeller verwaltet, und was glaubst du, hat er mir geantwortet? Abt Bonifatius beaufsichtigt nicht nur das Haus der Irren, er ist auch den Sommer über für die Eislagerung zuständig!" Man konnte dem Erzähler deutlich anmerken, dass er mit seinem Bericht zufrieden war, ehe er fortfuhr:

„Ich fragte ihn dann noch, ob der Abt hier oft vorbeikomme. Aber jetzt wurde der Mann unruhig. Ich solle nicht so neugierige Fragen stellen. Warum diese plötzliche Zurückhaltung? Warum war der Kerl auf einmal so zugeknöpft? Ich konnte deutlich spüren, dass er Angst bekommen hatte. Ganz plötzlich hatte er es eilig und war im Nu verschwunden."

Die Nachricht erklärte bestenfalls die Möglichkeit, dass Abt Bonifatius die Hände im Spiel hatte, aber einen wirklichen Grund für dieses Martyrium gab die Auskunft nicht her.

„Lauf ein bisschen, du faule Mähre!" Mit dem Ende seiner Leine ermunterte Thomas das Pferd, schneller zu gehen. Dann fuhr er fort: „Übrigens, wenn ich es recht betrachte, hast du in deiner Gruft da unten Glück im Unglück gehabt. Während der letzten Wochen war es für den Herbst ungewöhnlich warm und geregnet hat es auch nicht. Wären die Tage kälter gewesen, dann hätte sicher dein letztes Stündchen geschlagen. Möglicherweise wärest du längst erfroren oder im Sickerwasser ersoffen ...! Immerhin im Eiskeller des Herrn Bischof – eine gewisse Ehre, könnte man sagen. Als ich da unten hineingeschaut habe, hat es mich nachträglich geschaudert. Also ehrlich, Jakob, ich hätte die Totengruft nicht so lange Zeit lebend überstanden." Bei dem Gedanken schüttelte es ihn. Er trieb das Pferd an und suchte Abstand von dem unheilvollen Ort zu gewinnen.

Seit der glücklichen Rettung des Schwarzwälder Flößers Jakob Hassler waren zehn Tage vergangen und die Nachricht über die dreiste Entführung hatte sich herumgesprochen. Man munkelte, wer dahinterstecken könnte, und dieser und jener trat an Jakob heran, um vielleicht etwas Neues aus erster Hand zu erfahren. Aber die Teile ließen sich nicht zusammenfügen. Der Drahtzieher blieb weiter im Dunkeln.

Täglich ging Jakob längere Strecken durch die Gassen und fühlte seine Kräfte wieder wachsen, auch wenn sich eine unerklärliche Angst in ihm festgesetzt hatte. Es gab Momente, in denen er zusammenschreckte. Dann klopfte sein Herz und er schaute sich ängstlich um, ob ihm jemand folgte. Stets wusste er es so einzurichten, dass er noch vor der Dunkelheit im Hospiz der Barmherzigen Brüder eintraf. Und noch eines war bei ihm hängen geblieben: Wie aus heiterem Himmel überfiel Jakob in Abständen ein unerklärliches Zittern. Dann zuckten seine Glieder und sein Kopf schüttelte hin und her, als müsse er sich eines Schwarms Bienen erwehren.

Schließlich meinte der Bader: „Ihr müsst Geduld haben, Herr, es braucht seine Zeit, bis Furcht, Kälte und Angst sich davonmachen. Nach den Wochen in Eurem kalten Loch muss jetzt der ganze Unrat aus Eurem Inneren herausgeschwemmt werden. Erst dann werdet Ihr wieder mit ganzem Mut Euer Leben anpacken."

Während dieser Tage kamen Ruth und Jakob immer wieder mit dem Prior des Hospizes ins Gespräch. Der kahlköpfige Alte nahm bewegt Anteil an dem Schicksalsschlag, den sein Gast durchlitten hatte. Dann, an einem nasskalten Abend, der nun schon den Winter ankündigte, bat der Prior beide an einen Tisch weit hinten in einer Ecke des Refektoriums.

„Ich glaube, dass sich die Angelegenheit um Eure mysteriöse Geiselnahme nun doch aufhellt." Der Prior blätterte in seinem Gebetsbüchlein herum – eine nutzlose Handlung, die nur den Sinn hatte, sich zu sammeln und die richtigen Worte zurechtzulegen. Dann fuhr er fort:

„Mit meinen Mitbrüdern habe ich Euer Leid sorgenvoll begleitet. Als Ihr verschwunden wart, haben wir täglich für Euch gebetet. Es ist schmerzhaft festzustellen, dass Euch ein solches

Unheil so nahe bei unserem Dom widerfahren ist. Nun, unsere Stadt ist nicht groß und natürlich haben wir Vermutungen angestellt. Der eine kennt diesen, der andere jenen und Ihr werdet gleich verstehen, warum gerade jetzt vieles ausgeplaudert wird, worüber bisher niemand zu reden gewagt hatte." Der alte Mann hielt inne, suchte immer noch einen Anfang zu seinem Bericht.

„Was steckt denn nun hinter all dem?", drang Ruth ungeduldig auf den Barmherzigen Bruder ein.

„Wartet ab, vielleicht werdet Ihr dem Missetäter sogar einen Teil seiner Schuld vergeben."

„Nie werde ich das", fiel Jakob dem Abt ins Wort.

„Wir werden sehen. Zuerst einmal vergesst bei allem nicht, dass die Angelegenheiten unserer Kirche sich hier in Speyer seit einiger Zeit deutlich verschärft haben. Ihr wisst sicher, dass in diesen Mauern heute mehr Protestanten als Katholiken leben. Eine Entwicklung, die der Kaiser mit großem Missfallen verfolgt, insbesondere wenn man in Betracht zieht, dass hier das Reichskammergericht ansässig ist. Eine gottlose Herausforderung, sagen die Katholiken, dass die höchstrichterliche, kaiserliche Instanz von Andersgläubigen umstellt ist!

Ihr, Jakob Hassler, seid ein angesehener Handelsmann und, das wollen wir hinzufügen, zudem von Adel, aber Ihr habt keinen wahren Einblick in die Vorgänge hier. Die Ratsversammlung drängt den Bischof und damit den Einfluss des Bistums immer weiter zurück und es mag nicht mehr viel fehlen, dann bleibt der römischen Kirche nicht mehr als das Geviert um den Dom herum."

„Die Kirche hatte also die Finger im Spiel. Habe ich es nicht von Anfang an gesagt?" Ein Anflug von Triumph lag in Jakobs Stimme. „Aber wer wollte mich nun wirklich aus dem Leben befördern? Die Protestanten oder sogar meine eigenen Glaubensbrüder?"

„Leider muss ich hier eingestehen, dass Letzteres der Fall ist. Aber lasst mich fortfahren." Der Prior machte eine Pause. „Kurzum, die Bewohner dieser Stadt sind voller Missgunst gegeneinander. Dass der Kaiser vor zwei Jahren Marquard von Hattstein zum Bischof von Speyer ernannt hat, war meiner

Meinung nach ein Fehler." Der Prior sprach erregt und voller Bitterkeit.

„Nun, frei heraus. Bischof Marquard von Hattstein ist nicht übermäßig an den geistlichen Angelegenheiten des Bistums interessiert – genausowenig wie am Wirtschaften. Mag er die Politik des Kaisers auch unterstützen, hier in Speyer lässt er die Zügel schleifen."

„Was soll dieser Religionsstreit mit mir zu tun haben? Ich bin Katholik und stehe dazu. Wenn mich irgendetwas schützt, dann doch wohl die Heilige katholische Kirche, oder?" Aufgebracht ergänzte Jakob: „Wolltet Ihr vielleicht sagen, dass gerade sie es ist, die mich vernichten will?"

„Ihr erregt Euch immer noch zu sehr, Hauptschiffer Hassler", fiel ihm der Prior streng ins Wort, „noch wisst Ihr nicht, worauf ich hinaus will. Jedenfalls hatte der Kaiser unseren Bischof sozusagen ‚sine jure succesionis' in sein Amt eingeführt. Wisst Ihr, was das bedeutet?"

„Mein Latein reicht leider nicht sehr weit", antwortete Jakob verlegen, „aber für den Kirchgang und das Gebet hat es bisher genügt."

„Nun, damit hat der Kaiser dem Bischof das Recht auf die Nachfolge seiner Sippe in dieses hohe Amt rundweg versagt. Diese Berufung ohne frühzeitige Festlegung auf die Nachfolge schafft Raum für dunkle Machenschaften. Hier nun kommen wir zu Abt Bonifatius: Als Mann ohne hohe Abstammung, dafür aber umso ehrgeiziger, begleitete er seit Jahren missgünstig die Ernennung von Kirchenfürsten, die er mit Kniefälligkeit begrüßte und die nach einigen Jahren dahinwelkten. Er war dabei nicht mehr als ein – sagen wir – Herold im Felde. Er schritt voran, bereitete den Weg und trat wieder in den Hintergrund. Zwischen ihm und seiner Exzellenz, dem Bischof, stand zudem seit Jahren ein Mann, der die Machenschaften des Abts stark einzuschränken wusste.

Jetzt schaute der Prior Jakob erwartungsvoll an. „Wer, meint Ihr, war dieser Mann zwischen dem Bischof und unserem Abt? Na, wenn Ihr da nicht selber drauf kommt, Herr Hassler! Ich meine natürlich Engelbert von Luxemburg, Euren Vertrauten seit frühester Jugend, wenn man so sagen will! Jedenfalls hielt

Bonifatius die Berufung des Dompropsts für eine unverzeihliche Demütigung seiner eigenen Stellung. Man hatte ihm einen Unbekannten vor die Nase gesetzt, der ihn weiter denn je vom Stuhl des Bischofs wegrückte. Statt in höhere Ämter aufzusteigen, hatte Bonifatius über die Jahre soviel Dreck geschluckt, dass sein Innerstes am Ende faulig und unrein war.

„Was kann daran für Jakob bedrohlich sein?", fragte Ruth verwundert.

Das Gesicht des Priors verfärbte sich und man wusste nicht, ob es der Eifer seiner Rede war oder die Scham, die er bei seinem Bericht verspürte.

„Während Ihr die Geschäfte der Schifferschaft direkt und an höchster Stelle vorbringen konntet, gab es zwischen dem Abt und den anderen drei Hauptschiffern offenbar Absprachen und Machenschaften, die nicht bekannt werden sollten. Um es kurz zu machen, der Abt hat sich über Jahre beträchtliche Mittel von Euren Partnern zustecken lassen, die er für sich selber abgezweigt hat.

„Gibt es Beweise dafür?" Jakobs Frage klang hoffnungsvoll.

„Nein, nicht die geringsten, aber um den Abt herum gibt es jetzt plötzlich Stimmen, die sich nicht scheuen, offen zu reden."

„Und warum gerade jetzt? Kann Abt Bonifatius keinen Druck mehr ausüben?"

Der Prior winkte ab. „Nein, dem Herrn sei Dank, die Karten sind neu gemischt. Aber erst einmal der Reihe nach.

Unglücklicherweise erwähntet Ihr damals bei Eurer Ankunft, dass Ihr gleich am folgenden Morgen bei Marquard von Hattstein um eine Audienz gebeten hattet. Jetzt war der Abt auf das höchste beunruhigt. Er musste rasch handeln und dieses Treffen mit allen Mitteln verhindern. Er wird befürchtet haben, dass seine dunklen Geschäfte ans Licht kommen könnten. Was wusstet Ihr über ihn und die Bestechungen Eurer drei Geschäftspartner? Welche Beweise mochtet Ihr vorlegen? War einer der anderen Hauptschiffer vielleicht umgefallen und hat sich auf Eure Seite geschlagen? Kurzum, der Abt war in Panik geraten. Wären seine Machenschaften aufgeflogen, hätte das zweifellos gefährliche Konsequenzen für ihn gehabt. Euer Gold, Herr Haasler, spielte da erst einmal keine Rolle."

Der alte Prior lehnte sich zurück, ließ seine Enthüllungen nachwirken und beobachtete die Reaktion seines Gastes.

„Und woher wollt Ihr dies alles wissen?" Die Zusammenhänge erschienen Jakob abenteuerlich. „Der Abt jedenfalls wird mit diesen Neuigkeiten wohl nicht herausgerückt sein?"

„Könnt Ihr Euch an den neugierigen Novizen erinnern? Wir waren schon damals über seinen Besuch erstaunt, denn wir kannten ihn nicht. Jetzt aber ist gewiss, dass er zu einem guten Dutzend Spionen gehörte, die alles in Erfahrung zu bringen hatten, was für den Abt von Interesse sein konnte. Gestern endlich hat sich der junge Mann voller Verzweiflung einem unserer Brüder offenbart und seine Verfehlungen eingestanden. Ihr wisst ja, wie das Leben so spielt. Je härter die Schafe angekettet sind, umso wilder suchen sie das Weite, wenn sie frei kommen. Es war ein Gespinst der Abhängigkeiten und Drohungen."

„Und Ihr meint, das hat sich jetzt geändert? Auf jeden Fall werde ich es denen heimzahlen, die mir das angetan haben", brach es aus Jakob heraus.

„Jetzt muss ich Euch enttäuschen. Eure Rache an Abt Bonifatius jedenfalls wird Euch auf alle Ewigkeit unmöglich sein, denn er hat vor zwei Tagen nach schweren Qualen und ohne den Segen unserer Kirche von dieser Erde und all seinen dunkeln Geschäften Abschied genommen."

Ruth und Jakob verschlug es die Sprache. Der Prior blätterte aufs Neue in seinem Gebetsbüchlein, verlor es aus den Händen und hob es umständlich vom Boden wieder auf.

„Ihr habt doch immer wieder Eure Verwunderung darüber zum Ausdruck gebracht, dass man Euch nur die ersten Tage ohne Essen und Trinken gelassen hatte. Nun, wäre der Abt nicht gerade zu dem Zeitpunkt erkrankt, dann hättet Ihr nicht einen Tropfen der Stärkung erhalten, aber die Gnade unseres Herrn war mit Euch. Kurzum, ganz plötzlich erkrankte der Abt auf das Heftigste. Wir wissen, dass derzeit rund um den Stuhl des Heiligen St. Peter die Pest wütet. Ob Abt Bonifatius sich dort oder irgendwo unterwegs angesteckt hat? Jedenfalls fing der alte Gauner schon bald an zu fiebern, dann hustete er Blut und als seine Haut sich blau verfärbte, rannten alle in heller Panik auseinander. Man befürchtete, dass er weitere Gefolgsleute anstecken könnte. Ohne großes Aufhebens verfrachtete man ihn so rasch und leise wie nur irgend möglich in das Haus der Irren und Aussätzigen. Richtig, genau in das Haus, neben dem Ihr Eure Höllenqualen durchleiden musstet. Man könnte sagen, Ihr seid dem Abt näher gewesen, als Euch lieb war."

Der Prior hielt inne, wollte die Wirkung seines Berichts wirken lassen und fügte schließlich hinzu: „Ihr wisst doch, was die Leute über die Pestillenz sagen: ‚Ich bin der schnelle schwarze Tod, ich überhol' das schnelle Boot und auch den schnellen Reiter.'"

Als sich in jenen Tagen das Gerücht ausbreitete, dass diese heimtückische Krankheit den Abt auf sein Lager geworfen hatte, da riss sein Spitzelnetz im Nu entzwei. Plötzlich bekamen es alle mit der Angst zu tun. Keiner wollte sich an Eurem Untergang schuldig machen und man schob Euch eben die Menge an Kost in Euren Kerker, die Euch überleben ließ. Der Abt aber verfiel von Tag zu Tag und immer schneller. Am Ende zeigte keiner mehr an Eurem Tod Interesse und eine beherzte Seele ließ irgendwann die Kerkertür offen, damit Ihr selber den Weg ins Leben zurückfändet.

„Meinem Bericht bleibt nur noch hinzuzufügen, dass der spionierende Novize unsere Stadt inzwischen verlassen hat und auf eine Pilgerfahrt gegangen ist, von der er so bald nicht zurückkehren wird."

Der Prior griff zum Krug und nahm einen letzten Schluck. Schließlich fügte er nachdenklich hinzu, als wollte er den Gang der Welt in eine kurze Formel bringen: „Irgendwann bekommt auch der größte Sünder von unserem Herrn im Himmel seine Strafe zugemessen. Auf seinem letzten Gang hat niemand den Abt begleitet. Man wagte sich nicht mehr in seine Kammer, aus Angst, ihn zu berühren und sich anzustecken. Einsam und hinter fest verriegelten Schlössern soll er elendig krepiert sein. Ein Ende nicht viel anders, als er es kurz zuvor noch Euch verordnen wollte."

Der Heimkehrer
Anno 1576 / 1577

Hoch über dem sonnendurchfluteten Tal kreiste ein Bussard und suchte entlang der Berghänge die Aufwinde für seinen ruhigen Gleitflug. Hin und wieder gewann er mit kräftigem Flügelschlag erneut an Höhe. Man konnte erahnen, wie er tief unten ferne Beute auszumachen suchte.

Am Boden jedoch regte sich in der flirrenden Hitze des Hochsommertags kein Lufthauch. Über der Landschaft schwebte das gleichförmige Summen unzähliger Insekten. Mensch und Tier räkelten sich in der wohligen Ruhe und Wärme der Mittagsstunden.

In diesem hellen Licht erschien das Tal länger, der Horizont weiter als in der kalten Jahreszeit, dachte Ruth und ihr Blick streifte über die Ebene, die anfangs sanft, dann immer steiler anstieg. Als sie vor Jahren auf dem Ridinger Hof eingezogen war, reichte der Wald noch bis tief in die Täler. Jetzt konnte man gut erkennen, wie der Baumbestand zurückgegangen war. In jüngster Zeit bemühte sich der Hauptschiffer gemeinsam mit Forstmeister Baltus Altvatter, die Blößen neu aufzuforsten. „Es ist eine Investition in unsere Kinder", hatte Jakob eines Tages seinen Entschluss bekräftigt.

Luise, die Magd, hatte eine große Schale mit Haferbrei und eingekochten Äpfeln in den Tragkorb gepackt. Außerdem sollten die Zwillinge einen großen Krug Milch mitnehmen, um alles den Mägden und Knechten zu bringen, die jetzt bei der Heumahd waren. „Sagt den Leuten, sie sollen Milch trinken. Das viele Wassersaufen bläht die Bäuche auf und macht träge." So jedenfalls hatte sie sich in ihrer unverwechselbaren Art ausgedrückt, als sie die gleichaltrigen Söhne des Hausherrn losschickte.

„Ich habe Christoph und Johannes gesagt, dass sie sich gefälligst beeilen und nicht wieder heimlich in den Fluss springen sollen." Luise wischte sich die Hände an der Schürze ab, als sie aus dem Haus herauskam und sich neben Ruth an den Blumenbeeten zu schaffen machte.

„Schon recht, aber glaubst du im Ernst, dass die Bengel auf dich hören?" Ruth hatte Luise über die Jahre schätzen

gelernt. Diese resolute und sommersprossige Mittvierzige-
rin war eine wahre Hilfe in der weitläufigen Hofstätte. Mal
schnauzte sie einen Jungen an, der sich die Riemen seiner
Kuhmaulschuhe zerrissen hatte, oder sie fegte wie eine Furie durch die Kammern der Altknechte, wenn diese wieder
einmal keine Ordnung hielten und das Heu in ihrer Matte
verrotten ließen.

„Ja, Furie ist das richtige Wort." Unwillkürlich schmunzelte
Ruth, denn das Gesinde murrte, dass die Magd eine Hexe sei
und auf einem Besen dahergeritten kam. Am Ende aber war sie
bei allen gelitten, denn ihr Schwung und die frische Art, mit
der sie diesem oder jenem den Kopf wusch, tat vor allem denen
gut, die um ihr Donnerwetter herumkamen.

Seit Endres Schwentendorf sie von einer Reise aus Mainz
mitgebracht hatte, waren nun schon zehn Jahre vergangen.
Nie würde Ruth den Tag vergessen, denn just als der Knecht
mit seiner Braut auf dem Hof eintraf, waren beide auf den
Trauerzug getroffen, der sich hinter dem Sarg der alten Hanne formiert hatte. Nur vier Monate fehlten damals, dann hätte
die Schwester von Hauptschiffer Georg Ridinger die Siebzig
vollgemacht. Es war schon lange abzusehen gewesen, dass ihr
Lebenslicht verglühen würde. Der Allmächtige hatte sie nach
einem arbeitsreichen Leben zu sich genommen und wenn auch
kein Priester anwesend gewesen war, so hatte doch Jakob am
Grab die rechten Worte gefunden und der alten Hanne versprochen, dass er schon bald den Prädikant aus Herrenalb herbitten
wollte, um eine heilige Messe für die Verstorbene zu lesen. Es
war am Ende eine kurze Beerdigung gewesen, denn der Regen
hatte über dem Gottesacker alle *Klausentore* geöffnet.

Noch am selben Abend war es beschlossene Sache gewesen,
dass Luise auf dem Hof des Hauptschiffers mit anpacken sollte. Damals waren die Zwillinge gerade einmal zwei Jahre alt
und Ruth brauchte jemanden, der ihr half, Christoph und Johannes aufzuziehen. Zudem war das feindselige Verhalten des
siebzehn Jahre älteren Jakobus daheim eine ständige Belastung
gewesen.

Jakobs qualvolle Kerkerhaft in Speyer lag nun schon zwölf
Jahre zurück. Damals hatten die Leute hinter dem Rücken des

Hauptschiffers gemunkelt: „Es ist erschreckend, was zwanzig Tage in einem so engen Verlies dem Menschen antun können. Der wird sich nie wieder von dem Unrecht erholen, das ihm widerfahren ist."

Tatsächlich hatte er sich über Wochen in dem schönen neuen Haus eingeschlossen. Hinter den dicken Mauern seines Heims hatte er sich zurückgezogen und Schutz gesucht wie in einer Burgfeste. Nur selten war er noch selber umhergereist. Stattdessen hatte er Thomas Kemper und Endres Schwentendorf die Aufsicht über das Holzfällen und Flößen überlassen.

Als Ruth dann aber von den Zwillingen entbunden worden war, hatte sich bei Jakob die Erstarrung gelöst. „Der Herrgott hat es wieder gerade gerückt, was dem Hauptschiffer damals in Speyer zugestoßen ist", sagte Thomas Kemper einmal. Der glückliche Vater nahm wieder Anteil am Leben und freute sich am Heranwachsen der Jungen. Dabei wurde es Ruth rasch klar, dass ihr Ehemann besonders den wenige Minuten älteren Christoph in sein Herz geschlossen hatte.

„Ich weiß schon, warum du ihm den Namen Christoph gegeben hast, Jakob", hänselte sie ihn einmal. „Weil du an Christoph Kolumbus, den Entdecker von Neu-Indien, gedacht hast und deinem Ältesten damit ein Zeichen setzen wolltest!"

„Ach was, du irrst dich gewaltig", hatte er entgegnet. „Der Junge hat nichts mit dem Seefahrer zu schaffen. Besser er bleibt auf festem Boden – vom Flößen einmal abgesehen. Nein, ich habe da eher an den heiligen Christophorus gedacht, den Schutzpatron von uns Flößern."

„Ja, ja, an was der Mensch so alles glaubt", hatte Ruth ihn daraufhin geneckt. „Wenn ich nicht irre, bauen auch die Färber, Gärtner, ja selbst die Schatzgräber auf diesen Schutzheiligen und am Ende taugt das ganze Patronat nicht das Geringste, weil selbst der heilige Christophorus nicht all den vielen Fürbitten nachkommen kann. Immerhin, ich mag den Namen geradeso wie Johannes, denn gottesfürchtig klingen sie beide und nur das ist doch am Ende wichtig!"

Die Sonne brannte jetzt so heiß auf das Tal nieder, dass sich die Menschen unter schützende Schatten retteten. Am besten, man döste so lange in den Tag hinein bis die ärgste Hitze vorbei war. Die Abende waren lang und bis Sonnenuntergang blieb viel Zeit, das Tagwerk zu verrichten.

Eine Woche war Jakob nun schon fort. Dieser Ritt war längst geplant, denn zum ersten Mal hatte er Jakobus mit sich genommen. Wegen dieser Reise hatte es ein langes Hin und Her gegeben, weil der buckelige Geselle sich nicht fügen wollte. Schließlich hatte er seit seiner Ankunft auf dem Ridinger Hof noch nie das väterliche Anwesen verlassen. Ängstlich und verschlossen achtete er darauf, sich nicht weit zu entfernen.

Dann war Jakob irgendwann der Geduldsfaden gerissen. So hatte er seine Beziehungen spielen lassen und den unehelichen Nichtsnutz im Kapuzinerkloster von Heidelberg angemeldet. Erst hatte er dem Jungen das Studium der Juristerei einreden wollen, aber da hatte Jakobus sich für Tage verstockt gezeigt. Schließlich aber hatte er dem Zorn des Vaters nichts mehr entgegenzusetzen und erklärte sich bereit zu folgen, falls er sich den Lehren der Medizin widmen dürfte. Nun gut, Jakob hatte irgendwann nachgegeben und dem Kloster im Gegenzug für die Unterweisungen eine jährliche Lieferung von fünfzig Klaftern Bortebretter in die Hand versprochen. Jedenfalls wurde es jetzt höchste Zeit, dass Jakobus sich mit seinen beinahe siebenundzwanzig Jahren dem Ernst des Lebens stellte.

Der Abt hatte den verwachsenen Kerl bei seiner Ankunft in Heidelberg aufmerksam gemustert. Dieser aber schaute gottergeben auf die Steinplatten zu seinen Füßen. Wurde er angesprochen, dann blieb er stumm, sagte kein Wort und war verschlossen wie eh und je. Mit einem skeptischen Blick hatte ein Mitbruder den Neuankömmling mit sich fort genommen. „Ein Kloster ist allemal eine Heilstätte für die Seele", hatte der Abt beim Abschied des Vaters zu trösten versucht, aber seinen Worten hatte es an Überzeugung gemangelt.

Als späterer Hauptschiffer kam der Krüppel nicht in Frage. Inzwischen wuchsen schließlich zwei prachtvolle Buben heran und da war es eine ausgemachte Sache, dass Christoph als der Ältere eines Tages die Zügel in die Hand nehmen sollte. Zudem zeichnete sich ab, dass er am Holzgeschäft mehr Interesse zeigte als Johannes, der verspielter und verträumter war als der Bruder.

Ruth seufzte. Insgeheim gestand sie es sich ein, dass ihr dieser Abstand vom ungeliebten Stiefsohn im Grunde ihres Herzens gut tat. Ständig hatten die Zwillinge unter den Händeln zu leiden, die der Unhold eingefädelt hatte.

„Endlich kommt Ruhe ins Haus", sagte sie sich auch jetzt wieder und begab sich in das Innere des stattlichen Wohnhauses. Jedes Mal, wenn sie eintrat, schlug ihr Herz vor Freude schneller. Schon die geräumige Halle mit ihren mehrfarbigen Hölzern zeigte, dass ein meisterhafter Schnitzer am Werk gewesen war. Üppige Blüten- und Blattverzierungen rankten um Darstellungen von Sauen, Hirschen und Bären.

Es war Jakobs ganz besonderer Wunsch gewesen, dass der obere Balken mit einem Wappen abschloss, auf dem eine Jungfrau herausgearbeitet war, die eine Krone mit drei Schwertern auf dem Haupt trug.

„Dieses Bild meiner niederländischen Familie van Nienpoort hat uns bis heute Glück gebracht", hatte er den Schnitzer aus dem Tonbachtal wissen lassen. „Prägt Euch das Bild auf dem Medaillon gut ein, das ich um den Hals trage. Es soll über allem stehen und in dem neuen Haus stets an meine Herkunft erinnern!"

Gerade wollte Ruth das schöne Motiv mit einem Tuch putzen, als sie Geräusche vom Hof her vernahm. Jakob kam mit zwei Knechten nach Hause, die er in letzter Zeit stets zu seinem Schutz bei sich hatte. Erschöpft stieg er aus dem Sattel.

Es schickte sich nicht vor allen Leuten seinen Gefühlen freien Lauf zu lassen und so ging sie ins Haus zurück, um dem Hauptschiffer kalten Braten vom Birkhuhn und ein Bier zu richten.

„Auf die Kühle hier drinnen habe ich mich die ganze Zeit gefreut", rief er beim Eintreten und strich Ruth im Vorbeigehen über das Kopftuch. „Seit dem frühen Morgen sind wir in einem Stück durchgeritten. Jetzt haben die Pferde einige Tage auf der Koppel verdient", plauderte er munter drauf los und man sah ihm an, dass er froh war, der Mittagshitze entronnen zu sein.

Ruth setzte sich neben ihren Mann und blickte ihm in das gerötete Gesicht. „Wenn du deinen Bart weiter wuchern lässt, wird dich eines Tages keiner mehr erkennen", gab sie sich entrüstet, während sie zugleich schelmisch lächelte.

„Gib Ruhe, Weib, sonst muss ich denken, dass dir meine Heimkehr nicht passt." Er lachte und trank den Becher in einem Zug leer.

Man merkte ihr an, wie erleichtert sie war, ihren Mann wohlbehalten und voller Lebenswillen wieder um sich zu haben. „Ach, wenn du wüsstest wie froh ich bin, dass du deine alte Zuversicht wiedergefunden hast. Weißt du noch, wie du nach der Rückkehr aus Speyer in dich gekehrt warst? Es gab Tage, an denen du kein einziges Wort gesprochen hast. Jetzt bist du wieder ganz der Alte."

Verlegen wehrte er ab. „Lass gut sein, es war schließlich ein großer Segen, dass uns der Herr im Himmel mit diesen zwei Jungen bedacht hat. Schwer genug hast du an ihnen getragen."

Ruth lächelte und stellte sorgenvoll eine Frage, die sie seit Tagen beschäftigte: „Wie ist es dir mit Jakobus ergangen? Du hast ihn in fremde Hände gegeben. Glaubst du, dass er sich bei den Kapuzinermönchen zurechtfinden wird?"

„Das weiß nur der Himmel", gab Jakob unwirsch zurück. „Ich habe ihn in Heidelberg abgeliefert und nun mag er sich endlich einmal selber helfen. Ich habe diesen Kerl nie verstanden. Ein Mensch kann doch nicht so verstockt durch die Welt gehen."

„Versündige dich nicht an deinem eigenen Blut. Jakobus trägt eine schwere Verunstaltung mit sich herum und spürt, dass sein Anblick abstößt."

„Nimm ihn nur nicht in Schutz. Ist der Junge dir in all den Jahren nicht genug auf die Nerven gegangen? Vielleicht tut ihm die Fremde ganz gut." Wütend warf der Hauptschiffer seinen Reisesack in die Ecke. „Wer weiß, ob dieser Weg ein Segen für uns alle ist oder eines schönen Tages unheilvoll für ihn enden wird. Wer kann das schon wissen ...?"

Abrupt wechselte Jakob das Thema. „Auf dem Heimweg bin ich über Speyer geritten. Die Geschäfte dort laufen gut. Ich habe jetzt fast den gesamten Krappanbau in die Hände bekommen. Erst wollten die Bauern nicht so recht, hatten sich dabei wohl ausgerechnet, die Färberröte selber den Rhein abwärts zu liefern, aber dann habe ich ihnen zwei neue Krappmühlen und eine Darre obendrauf versprochen. Dafür fehlt ihnen das Geld, also haben sie eingewilligt und so kann ich den Preis bis hinunter nach Frankfurt und Köln selber bestimmen."

„Und für deine Flöße ist es eine Zuladung. Die Fracht kostet dich nicht einen Heller, stimmt's?" Zwar mischte Ruth sich nicht in die Angelegenheiten ihres Mannes, aber sie wusste, dass er neben dem Holzverkauf auch den Handel mit Edelsteinen und Gold ausgebaut hatte, ja und eben auch diesen Aufkauf von Färberröte. Fix und fertig gedörrt und gemahlen übernahm er die Säcke und flößte sie rheinabwärts. Dort hatte er seine Aufkäufer, die ihm einen guten Preis zahlten.

„Hast du den Dompropst in Speyer aufgesucht? Sag endlich, wie geht es ihm? Er ist doch nicht krank?"

„Da gibt es nicht viel zu berichten." Mitleidig ergänzte Jakob: „Er lebt so recht und schlecht, hält sich an einem Stock aufrecht. Seit einem Jahr ist er im Vikarienhof von den frommen Brüdern gut versorgt. Ich habe ihm von uns und den Kindern berichtet, aber Dompropst Engelbert hatte Mühe, mir zu folgen. So traurig es klingt, aber er sieht wohl sein Ende nahen. Zum Abschied hat er gemurmelt, dass er sein bisschen Leben jetzt ganz in Gottes Hand lege."

„Vielleicht hätten wir früher darauf drängen müssen, ihn zu uns einzuladen", meinte Ruth reuevoll. „Er hat immer von den Jahren gesprochen, die er hier als junger Prediger verbrachte. Er liebte die Stille und die Größe dieser Landschaft, die den Menschen Gott näher bringt."

„Naja, bei dem giftigen Leben rund um den Dom von Speyer können einem derlei Gedanken an vergangene Tage schon einmal kommen. Auf jeden Fall ist er mit seinen 67 Jahren nicht mehr in der Lage zu reisen." Jakob lehnte sich entspannt zurück. „Gönnen wir ihm den Frieden, den er jetzt genießt. Ich habe mich von ihm mit dem Gefühl verabschiedet, dass er das letzte Stück seines Weges wandert. Es bedeutet ihm nichts, dass sein Augenlicht schwindet, denn sein Blick ist nach innen gerichtet."

Nach einem schneereichen Winter führte der Rhein dieses Frühjahr viel Wasser mit sich und die Holzfracht stampfte im Auf

und Ab der Wellen. Gestern hatte sich ein Teil des zweiten Floßes aufgelöst. Im kabbelnden Wasser hatten die Stämme mehrere Wieden durchgescheuert und so musste Jakob zähneknir-
schend zusehen, wie die kostbare Ware abtrieb. Hauptsache, er
konnte den größten Teil der übrigen Fracht zusammenhalten.
Jetzt galt es, das verbliebene Holz bis Dordrecht schwimmen
zu lassen.

Was ihn aber wirklich sorgte, war die Ungewissheit, mit der
er ins Niederländische hineinsteuerte. Seit Monaten gab es be-
unruhigende Berichte, die bis in den Schwarzwald gedrungen
waren.

Die Nachrichten waren allesamt widersprüchlich und ver-
wirrend. Die Abberufung des tyrannischen Herzogs von Alba
durch Kaiser Philipp II. hatte noch zuversichtlich geklungen.
Das Blutgericht in Brüssel, dessen grausame Urteile so viele
aufrechte Niederländer an den Galgen gebracht hatten, sei ab-
geschafft. Mehr noch, es hieß, alle siebzehn Provinzen hätten
in einer gemeinsamen ‚Genter Pazifikation' erreicht, dass die
spanischen Besatzer abziehen würden. Jeder könnte seinen eigenen Glauben haben. Dann aber hatte ihm sein Kölner Agent
einen Boten geschickt, der über große Unruhen berichtete, die
sich bis hoch in den Norden ausgedehnt hätten. Die hoffnungs-
volle Allianz der südlichen und nördlichen Provinzen sei brüchig und zerfahren. Man sei sich im Land nicht wirklich einig
geworden.

Ungeachtet dieser Nachrichten hatte Jakob schon vor Wochen in Dordrecht ausrichten lassen, dass er mit gutem Holz
auf Reisen gehen würde. Warum aber kam von Frans seit Langem kein Lebenszeichen mehr? Nur zu gut erinnerte sich Jakob an die zurückliegenden Ereignisse des Jahres 1549, als er
direkt an den Ufern des Rheins von spanischen Landsknechten
eingesperrt worden war. Mit knapper Not waren beide Brüder
damals einer Inquisition entgangen. Immer wieder war es jener
Wilhelm von Oranien, der seinen Landsleuten Mut machte und
ihnen half, sich ihre Unabhängigkeit zu erstreiten. Wie mochte
sich zwischenzeitlich das Verhältnis zwischen dem Handelshaus van Nienpoort und den Spaniern entwickelt haben? Hatten die Habsburger das Land verlassen?

Bis zum letzten Jahr jedenfalls liefen die Geschäfte erfreulich. Die Preise für sein Schwarzwälder Holz waren in die Höhe geschnellt. Mehr und mehr Baumaterial für Schiffe und Befestigungsanlagen wurde Jakob förmlich aus den Händen gerissen und die guten Beziehungen von Bruder Frans waren dabei von ausschlaggebender Bedeutung. Ob es ihm gut ging? Und wie mochte es Franziska, seiner Schwester und deren beiden Söhnen Christiaan und Pieter in der nördlichen Provinz Friesland ergehen?

Jakob stand auch jetzt wieder auf dem vordersten seiner Flöße und schaute gedankenverloren auf den Fluss voraus. Gute zehn Jahre mochte es jetzt her sein, dass Ernst Knoll für immer vom Steuerturm heruntergestiegen war und bereits ein Jahr später hatte ihn der Herrgott heimgerufen. Die harte Arbeit im Holz gönnte den Männern in ihren späten Jahren keine Ruhe. Es riss in den Knochen und manch einer wurde gleich nach der Arbeit auf sein Lager geworfen. Lag aber der Flößer erst einmal am Boden, war es bis zu seinem Eintritt ins Paradies nur noch ein kurzer Weg.

Gegen Abend verbreitete sich die Fahrrinne. Jakob kannte die Windungen des Flusses hier bestens. Die Anzahl seiner Reisen den Rhein hinab hatte er nicht nachgerechnet, aber es waren sicher mehr als zwei Dutzend. Er seufzte, spürte auch jetzt wieder seine alten Wunden und fasste sich an die rechte Schulter, dorthin, wo ihm in jungen Jahren Reb Chaim Issachar die Spitze eines Messers herausgeschnitten hatte. Inzwischen war er reicher im Tal geworden als alle anderen zusammen, aber in dem Maße, wie er Macht und Einfluss gewonnen hatte, drückten ihn auch Sorgen. Je umfangreicher seine Geschäfte geworden waren, je mehr die Summen anwuchsen, mit denen er umging, umso riskanter gestaltete sich sein Geldverleih. Es waren immer größere Beträge, die er herausgab, und es waren immer schwierigere Absprachen, mit denen er seine Ansprüche abzusichern suchte. Egal ob die Markgrafschaft oder das Speyerer Bistum, ob linksrheinischer Adel oder Straßburger Zünfte – ein einziger fauler Apfel reichte aus, um den ganzen Korb zu verderben. Wenn nur einer der Gläubiger im Strudel der Weltgeschichte ersoff, konnte es rasch vorbei sein mit seinem eigenen Wohlstand. Es war jetzt schwer geworden, das große Rad am Laufen zu halten, das er entlang des Rheins ständig in Bewegung hielt.

Demnächst wollte er seinem Ältesten die Geschäfte überlassen. Er seufzte und balancierte über die Fracht zurück in seine Hütte, die man ihm hergerichtet hatte. Er wünschte sich von ganzem Herzen, nie wieder ein schwankendes Floß besteigen zu müssen. Sein Sohn Christoph könnte jetzt die Plackerei übernehmen. Er, Jakob, sehnte sich nach ruhigen Stunden in seinem Heim im Schwarzwald. Aber sollte er tatsächlich all seine Macht in die Hände eines jungen Wirrkopfs legen? Gut möglich, dass der den Karren an die Wand fahren würde. Knurrend streckte sich der Hauptschiffer auf einer Matte aus.

Mit jedem weiteren Abend, den sie anlegten, erhielten die Männer auf den Flößen genauere Auskünfte darüber, was sie flussabwärts erwartete. Die ‚Genter Pazifikation' taugte nicht das Pergament, auf dem sie geschrieben war. Der hoffnungsvoll besiegelte Frieden würde nicht einmal ansatzweise halten, erfuhr Jakob. Die nördlichen Provinzen wollten ihren calvinistischen Glauben mit Hauen und Stechen durchsetzen, während die Niederländer weiter südlich unerbittlich ins Joch der Habsburger gezwungen wurden.

„Wenn die Herren von Frieden reden, meinen sie Krieg", meinte ein Dörfler beim abendlichen Gespräch. Alles in allem sei nichts in die Reihe gekommen. Ganz im Gegenteil hatten die spanischen Besatzer Fronde und Steuerlast so sehr in die Höhe geschraubt, dass eine Welle der Armut über das Land schwappte. Das Geld aber brauchten die spanischen Besatzer, um es gegen diejenigen zu verwenden, denen sie es abjagten.

„Die Bewohner der nördlichen Provinzen nennen sich jetzt Geusen", berichtete ein groß gewachsener Bursche. „Hin und wieder ziehen Familien mit ihrem spärlichen Hab und Gut bei uns vorbei und rheinaufwärts. Alles verarmte Niederländer, die ihr Heil in der Flucht suchen."

Der junge Mann stand bei Jakob am Ufer und schaute interessiert auf die Flöße.

„Herr, Ihr habt eine schöne Fuhre Holz auf dem Fluss, seid klug und schlagt die Ware los, ehe sie den Spaniern in die Arme treibt. Ich habe selber erlebt, wie die Landsknechte des Kaisers mit Fremden umgehen. In St. Quentin habe ich mich für sie geschlagen und wenn ich am Ende mit heiler Haut und einigem Silber im Sack davongekommen bin, dann habe ich das unserem Feldwaibel zu verdanken." Dann kam der Mann ins Plaudern, schwärmte von diesem Tausendsassa und wenn er sich nicht irrte, würde der auch aus dem Schwarzwald stammen. Schließlich fiel der Name „Kaitan Dehmel".

Jetzt wurde Jakob hellhörig. Die meisten seiner Männer kannten den Heckenreiter nicht mehr und hatten von dem listigen und verschlagenen Unhold allenfalls gehört. Nur gut, dass Thomas Kemper auf dieser Reise nicht dabei war. Die Nachricht hätte den Freund auch heute noch zusammenfahren lassen.

Jakob erfuhr, dass der junge Mann vor ihm Eitelfritz Negel hieß und Seite an Seite mit Kaitan Dehmel gekämpft hatte. Der Feldwaibel habe damals beim Zünden des Luntenschnappschlosses seiner Muskete eine Ladung Schießpulver ins Gesicht bekommen – eine Fehlzündung, die ihn fast das Augenlicht gekostet hatte, aber wie gut die Verletzung am Ende verheilt sei, das wisse er nicht. Auf jeden Fall habe Kaitan gutes Geld aus zwei jungen Franzosen herausgepresst und sei auf Nimmerwiedersehen davongeritten. Ein wilder Draufgänger sei er gewesen und man habe getuschelt, dass er mit dem Teufel ein Einvernehmen gehabt hätte.

Ja, hier war von Kaitan die Rede. Besser hätte der junge Negel es nicht auf den Punkt bringen können. Wohin mochte es den Schelm inzwischen wohl verschlagen haben?

Dann aber wechselte der Dörfler das Thema und fragte Jakob geradeheraus, ob er für den Rest der Floßfahrt anheuern könnte. „Ihr habt mich über Euer Reiseziel und über die Vorgänge rund um Dordrecht ausgefragt, Hauptschiffer. Ich kenne mich dort gut aus, wohne schließlich nur einen Tagesritt entfernt und verkaufe Hafer und Heu an die spanischen Herrschaften auf der anderen Seite der Grenze. Zwar mag ich die hochnäsigen Obristen nicht, aber unsereiner muss sehen, wie er sich sein täglich Brot verdient. Überlasst mir einige Bortebretter aus der Oblast für meinen Hof und ich helfe, dass Ihr Euch zurechtfindet zwischen Freund und Feind, wenn Ihr am Ziel ankommt", plauderte der Hüne unbekümmert drauf los. „Leid tun mir die Söldner allemal. Nur selten bekommen sie ihren Lohn und viele versuchen dann auf der anderen Seite bei den Geusen ihr Glück."

„Von mir aus soll der Handel gelten. Was für ein Name: Eitelfritz. Wer hat dir denn den verpasst? Na, wie dem auch sei, für die nächsten Tage sollst du ein Auskommen bei mir haben und zwei Gulden lege ich noch oben auf, wenn wir wieder heil hier ankommen. So zappelst du fürs Erste im gleichen Netz wie wir."

„Keine Angst, Herr, wenn die Spanier nach uns fischen, werd ich schon drauf achten, dass wir im rechten Moment durch die Maschen rutschen", erwiderte Eitelfritz Nägele selbstbewusst und als sich die sperrige Fracht am nächsten Morgen wieder vom Ufer löste, sprang er beherzt mit auf das Holz.

Wenn alles glatt ging, würden sie an diesem Abend die Grenze erreichen. Gerade als Jakob die Augen für ein Weilchen schließen wollte, tauchten ganz unverhofft zwei Reiter am rechten Ufer auf. Sie riefen und winkten, dass man anhalten möge, um mit ihnen zu reden. Bei dem Gedanken musste Jakob laut lachen. „Das wäre eine schöne Sache, so kurz einmal ans Ufer stoßen und ein Schwätzchen halten. Was drängeln die beiden so wild auf uns ein?" Doch dann erkannte er, dass es sich um etwas Ernstes handeln musste. „Binde das Boot los und setz einmal über. Irgendetwas wollen die Kerle doch von uns", wies er einen der Flößer an. „Zwar versteht man sie nicht, aber ich könnte darauf wetten, dass es Niederländer sind."

Schon kurze Zeit später kletterte einer der beiden Fremden, ein Mann von vielleicht vierzig Jahren, zu ihm auf die Stämme. Der andere war bei den Pferden geblieben und ritt auf gleicher Höhe mit dem treibenden Floß.

„Grüß Gott, Oheim!" Noch außer Atem baute sich der überraschende Besuch mit schalkhaftem Grinsen vor Jakob auf. Mit knielangen Hosen, grauem Wams und locker aufgesetzter Bundhaube war er eher unauffällig ausstaffiert. Heiter und selbstsicher strahlte er Jakob an. „Erkennst du mich nicht, Jakob van Nienpoort? Ich bin's, dein Niftel Christiaan!"

Jakob war sichtlich verwirrt. Doch dann streckte er dem Besucher mit einem strahlenden Lächeln die Hand entgegen. „Ja ist es denn die Möglichkeit! Christiaan, mein Geschwisterkind, Leute, das ist der Sohn meiner Schwester Franziska. Was treibt denn dich hierher? Hast dir wohl den Hintern beim Reiten wund gescheuert und willst ein wenig auf dem Floß mitfahren?"

Voller Freude packte Jakob den Arm des Neffen. Die Überraschung war gelungen. Weitab von jeder menschlichen Behausung tauchte mitten aus dem mannshohen Schilf ein Mitglied seiner niederländischen Verwandtschaft auf. Nie im Leben hätte Jakob mit dieser unerwarteten Reisebegleitung gerechnet.

„Das ist nicht zufällig, Onkel, ich warte schon seit Tagen hier. Die Nachricht über deine Reise haben wir sehr wohl erhalten. Glaub mir, wichtige Botschaften gehen unterwegs nicht verloren. Schließlich hängt unser Wohl und Wehe davon ab, stets gut unterrichtet zu bleiben. Aber jetzt erst einmal …", Christiaan schaute sich mit einem verschwörerischen Blick auf dem Floß um. „Können wir uns hier auf dem Holz auf ein Wort zurückziehen?"

Man sah dem Besucher an, dass er es eilig hatte, etwas Wichtiges los zu werden. Vor der Hütte des Hauptschiffers setzten sich die beiden Männer auf die kleine Holzbank.

„Was gibt es denn, dass du ein so ernstes Gesicht machst? Hand aufs Herz, dieses Zusammentreffen hat einen besonderen Grund, oder?", begann Jakob vorsichtig das Gespräch.

„Nun, wenn es dir nichts ausmacht, komme ich gleich zur Sache. Frei heraus, Onkel Jakob, wir warten hier schon seit einigen Tagen auf dich. Schließlich waren wir uns gar nicht mehr sicher, ob wir dich und dein Holz verpasst hatten. Zudem wäre es ja immerhin möglich, dass du deine Geschäfte inzwischen weiter oben am Rhein erledigt haben könntest. Jetzt bin ich jedenfalls froh, dass ich dich hier abgefangen habe!"

„Ja, um Gottes Willen, weshalb hast du nicht gewartet, bis ich in Dordrecht festmache? Es war doch abgemacht, dass ich das Holz dort abliefern würde!"

„Das ist es ja eben. Dort wirst du keinen von uns vorfinden. Den Namen van Nienpoort gibt es in Dordrecht nicht mehr."

„Was sagst du da? Wieso um alles in der Welt solltet Ihr dort nicht mehr sein? Schließlich gehört Euch das Handelshaus!"

„Gehörte, gehörte, lieber Onkel. Fürs Erste sind wir vertrieben worden. Die Spanier haben unsere Niederlassungen in Gent wie auch in Dordrecht von einem Tag auf den anderen beschlagnahmt."

„Du meinst, alles ist jetzt in der Hand der Spanier?", fragte Jakob entgeistert.

„So ist es, aber viel Glück hat ihnen dieser Streich nicht gebracht." Christiaan lachte spöttisch: „Bis jetzt hat unser Geschäft den neuen Herren noch keine Freude gemacht. Die haben gar keine Ahnung von unserem Handel."

„Was erzählst du mir da vom Handel! Ich will wissen wie es meinem Bruder geht! Ist Frans gesund? Er ist doch noch am Leben?" Erregt packte Jakob den Neffen am Arm, so als müsste er ihm die Antwort aus dem Ärmel pressen.

„Onkel Frans ist wohlauf, wenn man es so sagen will", antwortete Christiaan und ergänzte zurückhaltend, „jedenfalls ist er gesund. Guter Dinge, das kannst du dir sicher denken, ist er allerdings nicht. Onkel Frans ist bei uns in Friesland eingezogen.

Von unserem Handelshaus hat er in letzter Minute alle Münzen und die Edelsteine retten können. Knechte haben ihm die Sachen nachts herausgeschafft. Das alles war riskant. Es war sein Glück, dass er rechtzeitig einen Hinweis bekommen hatte. Man wollte ihm nachweisen, dass er den guten katholischen Glauben verraten hätte. In der Dunkelheit konnte er sich mit dem kleinen Rest seines Vermögens nach Norden durchschlagen. Die eigenen Landsleute, alle nichts als Verräter, haben gegen ihn gehetzt."

„Und was macht er jetzt dort oben in Friesland?" Mit einem Schlag schien der ganze Familienbesitz verloren. Wovon sollten sich Bruder und Schwester jetzt ernähren?

„Onkel Frans geht es nicht so schlecht, wie man vielleicht denken könnte. Er ist im Geschäft wie eh und je – nun ja, vielleicht etwas geringer als bisher! Bis auf zwei hat er alle Frachtkähne auf abenteuerlichen Wegen ins Geusenland im Norden bugsiert. Er ist jetzt einer von uns und steht auf der Seite der

Calvinisten. Er kämpft auf seine eigene Weise und betreibt immer noch Handel mit England und Skandinavien", ergänzte Christiaan seinen Bericht.

„Und was mache ich jetzt mit der Ware hier unter unseren Füßen? Ich kann das Holz doch nicht rückwärts schwimmen lassen!"

„Darum bin ich ja hier. Noch sind es deine Stämme, auf denen wir sitzen. Lass sie den Spaniern nicht in die Hände fallen."

„Ist das der Grund, warum du so überraschend hier aufgetaucht bist? Wolltest mich wohl warnen, dass ich mit meinen Leuten abspringe und mich in Sicherheit bringe. Denkst du tatsächlich, dass ich die ganze schöne Ware einfach davontreiben lassen?"

„Genau das will ich dir vorschlagen", antwortete Christiaan und beobachtete die Reaktion seiner Worte. „Es stimmt, dass ich hier bin, um dich zu bitten abzusteigen, und es stimmt auch, dass wir dich bitten, dieses Holz allein flussabwärts treiben zu lassen!"

„Bist du verrückt geworden? Willst du mir einreden, dass ich all diese guten Stämme zum Teufel gehen lassen?!" Helle Empörung klang aus Jakobs Worten.

Aber Christiaan ließ sich nicht aus der Ruhe bringen. Unbeirrt fuhr er fort und es war ihm anzumerken, wie sehr es ihm jetzt auf das Wohlwollen seines Onkels ankam.

„Ich habe nicht gesagt, dass du mit leeren Händen umkehren musst. Ganz im Gegenteil. Ich habe schließlich nicht ohne Grund so lange auf dich gewartet. Lass mich auf den Punkt kommen. Wir Geusen bitten dich, wenige Ruten stromabwärts zu länden und alles Holz an Ort und Stelle auseinanderzubinden. Mit anderen Worten – mein Auftrag ist es dir zu sagen, dass du nicht bis ins spanisch besetzte Dordrecht flößt. Überlass bitte alles, was du bis hierher geflößt hast uns Geusen und somit den nördlichen Provinzen!"

„Ihr braucht das Holz dringend für den Schiffsbau, stimmt's? Es wird viel darüber gesprochen, dass ihr euch von See her wacker gegen die Spanier schlagt."

„Für den Schiffsbau und für vieles mehr", ergänzte Christiaan vage.

„Und wie soll all das zu euch gelangen? In Dordrecht, sagst du, sitzen die Spanier und die werden nicht einen Klafter an euch aushändigen. Wollt Ihr die Stämme mit Pferden rücken, vielleicht an spanischen Aufpassern vorbei und über Land heimschaffen? Nein, Christiaan, ohne Wasser bringt ihr das Holz nicht weit!"

„Nun, genau so denken wir auch und deshalb haben wir einen Plan, der von Wilhelm von Oranien bereits gutgeheißen worden ist. Onkel Frans selber kann sich hier nicht blicken lassen. Über kurz oder lang würde man ihn einfangen. Aber ich habe mit vier Dutzend Geusen die spanischen Lager umgangen. Sie alle warten hier auf dich. Halte deine Flöße etwas weiter flussab an. Wir wollen die Fracht aufschnüren und nachts im Dunkeln den Rhein abwärts treiben lassen. Mit deinen Flößern und unseren Geusen können wir es in drei Nächten schaffen. Die ganze Ware soll an den Spaniern vorbeischwimmen – einzeln, Stamm für Stamm und in dunkler Nacht. Es braucht nach unserer Berechnung etwa sieben Stunden, dann fließt der Rhein wieder durch Geusenland. Dort nehmen wir das Treibgut in Empfang."

„Und habt Ihr auch überlegt, was mit dem Holz passiert, das unterwegs hängen bleibt?" Der Plan begann Jakob zu interessieren.

„Sicher, es wird vielleicht nicht alles an der Stelle ankommen wo wir warten, aber auf beiden Uferseiten schieben wir so viele Stämme wieder in die Strömung wie nur möglich. Der eine oder andere wird nach einiger Zeit auch wieder von alleine drehen und weiterschwimmen. Im Geusengebiet legen wir ein großes Wehr schräg über den Rhein und lassen alles in eine Gracht treiben. Das Ganze funktioniert nicht anders als bei euch daheim im Schwarzwald, wenn Ihr die Stämme in Euren Wasserstuben auffangt!"

Christiaans Augen blitzten voll listigem Stolz. „Nun, wie stehst du zu diesem Vorschlag? Voraussetzung wäre, dass du jetzt rasch entscheidest, denn während ich mit dir plaudere, treiben wir unablässig weiter auf die verdammten Habsburger zu."

„Du meinst also, ich sollte das Holz für den Freiheitskampf von Wilhelm von Oranien und seinen Geusen opfern?" Jakob überlegte und wusste zugleich, dass er gar keine andere Wahl hatte.

Die Antwort des Neffen war dann doch erstaunlich: „Glaubst du wirklich, Onkel Jakob, dass wir dich um ein Almosen bitten? Sicher, es mag schon sein, dass ‚Geusen' nichts anderes als ‚Bettler' bedeutet, aber sei versichert, wir haben Geld genug, um die Fracht zu deinen Bedingungen zu entlohnen, aber das wirst du besser mit Onkel Frans ausmachen." Selbstbewusst fügte der Neffe hinzu: „Man fürchtet uns vor allem, weil wir mit Ideen und Einfallsreichtum um die Freiheit und unser Land kämpfen und nicht mit erpressten Steuern und Frondiensten." Und dann fügte er hinzu: „Nun, was hältst du von alldem? Unsere Leute sind hier verteilt und warten nur auf mein Zeichen, um deine Fracht zu übernehmen."

Solch einen Streich konnte sich nur Bruder Frans ausdenken. Gewiss, heikel und riskant war das Abenteuer, aber für Jakob stand augenblicklich fest, dass sein Holz bei den Geusen besser aufgehoben war als bei der Habsburger Krone. Zudem würde er auf diese Weise seiner Familie beistehen.

Entschlossen sprang er von der Bank auf. „Hört zu Leute, wir länden auf mein Zeichen hin am rechten Ufer! Du, Conz Strub, bleibst mit dem Beiboot zurück und sagst es den anderen hinter uns. Hier geht die Fahrt zu Ende!"

Jetzt entstand Bewegung. Die Feuerstellen wurden ausgemacht und die Fergen verschnürten ihre Flößersäcke. Mit einem lang gestreckten Pfiff gab Christiaan dem Mann am Ufer ein Zeichen und im gleichen Augenblick jagte dieser in gestrecktem Galopp davon, das zweite Pferd am Zügel.

Offenbar hatten diese Niederländer eine eigene Art, untereinander Verbindung zu halten. Jedenfalls blieb es den Männern auf dem Floß unerklärlich, wie es den Geusen gelungen war, bis zur Abenddämmerung die verstreut kampierenden Männer genau dort zusammenzuziehen, wo das Holz festgemacht wurde. Es waren alles stämmige Burschen, die sich mit dem Element des Wassers bestens auskannten.

Taue und Ankermaterial flogen zum Ufer hinüber und es war ein Leichtes, mit der Kraft der vielen Pferde Floß für Floß längsseits am Ufer zu vertäuen.

Noch vor Einbuch der Dunkelheit ging es dann an das Aufbinden der Baumstämme. Weit entfernt von menschlichen Ansiedlungen fiel die Geschäftigkeit hier nicht weiter auf. Nur einmal kam ein Fischer vorbei, schaute staunend auf das Treiben und war froh, als man ihm seinen Fang für gutes Geld abkaufte.

Tagsüber ruhten die Männer, lagen in Büschen und Senken herum und vermieden es, auffällig zu werden. Drei Nächte hindurch wurden die Flöße auseinandergebunden.

Dann war alles vorbereitet und Christiaan verständigte sich mit seinem Onkel darauf, die riskante Aktion in den späten Nachmittagsstunden in Bewegung zu setzen. Während die Niederländer mit ihren Pferden die Stämme vom Ufer wegzerrten, halfen die Schwarzwälder mit Flößerhaken sie weit in die Strömung zu stoßen. In diesen Stunden stakten und schoben beide Mannschaften, als ginge es um ihr Leben.

Als Jakob schließlich auf Conz Strub zuging, war die gesamte Fracht unterwegs. „Hör zu, Conz, die Geusen machen sich jetzt auf den Weg. Sie reiten auf Umwegen, um das Holz in den Morgenstunden hinter Dordrecht einzufangen. Du gehst mit unseren Leuten heim, verstanden? Gib acht, dass Ihr schnell von hier fortkommt!"

„Und was ist mit Euch, Hauptschiffer? Wollt Ihr mit Eurem Niftel Christiaan reiten?"

„Da mach' dir mal keine Sorgen drum. Ich nehme die beiden Ankerboote mit und lasse mich mit den letzten Stämmen treiben. Endres Schwentendorf und Eitelfritz Negel bleiben bei mir."

Jetzt standen alle Flößer um Jakob herum und wollten ihn davon überzeugen, mit den Geusen zu reiten, aber der Hauptschiffer winkte ungeduldig ab. „Gebt schon Ruhe, Leute, ich kenne diese letzte Wegstrecke und glaubt mir, auf dem Rhein fühle ich mich wohler als im Sattel. Daheim haltet Ihr das Maul und gebt nichts von all dem hier an Frau und Kinder weiter, verstanden?" Die Zuversicht, mit der Jakob sich von seinen Leuten verabschiedete, mochte gespielt sein, aber gegen sein Wort gab es keine Widerrede. So gingen die Flößer rasch auseinander.

Als er selber in einem der beiden Beiboote hinter Eitelfritz Negel Platz genommen hatte und sich von der Strömung des Rheins treiben ließ, folgte ihnen Endres Schwentendorf dichtauf. Vom Ufer her winkte ihnen Christiaan nach. Einige Geusen waren schon aufgebrochen, um zu schauen, dass die Stämme im Fließwasser trieben. Der Rest der Reiter wollte sich in dieser Nacht unbemerkt durch spanisches Gebiet schlängeln, um beim ersten Dämmerlicht dort zur Stelle zu sein, wo sie hofften, mit den drei Flößern wieder zusammenzutreffen.

So trieben die beiden Ankerboote in die Nacht hinein. Ihre Ruder benutzten Jakob und seine beiden Begleiter nur, um sich möglichst unauffällig entlang der dicht bewachsenen Ufer treiben zu lassen. In der Düsternis der Nacht war das vorbeigleitende Land nur schemenhaft auszumachen. Keiner redete. Angespannt horchten sie alle drei auf jedes Geräusch. Jakob fühlte sich nicht wohl in dieser Lage. Die letzten Fichten-, Eichen- und Buchenstämme schwammen rechts und links mit ihm stromab. Dann und wann hörte man ein Kracken am Ufer oder ein unerklärliches Rascheln im Buschwerk. Vielleicht waren es Geusen, die verhakte Stämme ins Fließwasser zurückschoben.

„Wir treiben jetzt in spanisches Gebiet hinein", flüsterte Eitelfritz Negel und sie kauerten sich tiefer in ihr Boot hinein. Es nieselte leicht. Plötzlich hörte man Schüsse, wahrscheinlich Musketen. Hatte man einzelne Geusen beschossen, die landseits im Dunkel entdeckt worden waren? Umrisse von Gebäuden tauchten auf. Jakob machte am rechten Ufer ein aufgeregtes Hin und Her aus. Er erkannte zwei Feuer und Menschen, die wild gestikulierten. Zweifellos war die Aktion jetzt so kurz vor ihrem Ende entdeckt worden, denn die Gestalten an Land standen an der Böschung und zerrten an einem Stamm.

Jakob konnte seine Unruhe kaum noch zügeln. Vorsichtig hob er den Kopf über den Bootsrand. Endres Schwentendorf musste in der Nähe sein. Vorhin noch war er ein gutes Stück hinter ihm getrieben. Würde man sie im Dunst der Nacht ausmachen? Abermals hatte er um sein Leben Angst. Wieder einmal lag sein Schicksal ganz in Gottes Hand.

Wenn man wenigstens etwas unternehmen könnte. Eitelfritz Negel fluchte leise. Warum nur brachte sie die Strömung kaum voran. Beide Männer beteten, dass sie rasch wieder aus dem Blickfeld der Landsknechte gelangten.

Am linken Ufer hatte man Musketen in Anschlag gebracht. Jetzt wurde auf sie geschossen. Eine Kugel durchschlug die dünne Bootswand. Wasser strömte herein. Sie konnten Männer erkennen, die eine Kanone zum Ufer zerrten. Aufgeregt deuteten die Gestalten auf den Kahn. Zwischen die gestikulierenden Menschen und das treibende Boot schob sich ein mächtiger Eichenstamm. Wenn diese schwimmende Deckung doch endlich in voller Breite Schutz bieten würde. Eine zweite Kugel fand ihr Ziel und streifte Eitelfritz Negel am Bein. Er konnte ein Stöhnen nicht unterdrücken. Die Spanier brauchten Zeit, um zu laden und zu zielen. Dann endlich war das Boot von der Dunkelheit der Nacht verschluckt. Dichter Bewuchs auf beiden Uferseiten versperrte den Blick landseits. Hier waren sie vorerst sicher.

Eitelfritz Negel lag auf dem Boden der kleinen Bake. Ein dünner Strahl Wasser drang ein. „Glaubt Ihr, dass man uns von Land her mit Pferden einholt?"

„Ach was, das kannst du getrost vergessen. Ich glaube, rings herum ist es viel zu sumpfig", beruhigte Jakob den Verwundeten. „Lass mal fühlen. Wo hat es dich denn erwischt?"

„Nicht so schlimm, Hauptschiffer. Es tut nur höllisch weh. Mir scheint, dass die Habsburger Brut das Zielen noch kräftig üben muss." Es war ein Streifschuss. Jakob holte ein Tuch aus seinem Flößersack und verband das Bein, so gut es eben ging. Dann fertigte er einen Stopfen für die Bootswand, damit sie nicht noch mehr Wasser fassten.

„Schau zu, dass du einiges mit den Händen wieder hinausbeförderst, sonst saufen wir noch ab", wies er Eitelfritz Negel an, „ich versuche uns wieder in die Mitte des Rheins zu rudern. Je schneller wir vorankommen, umso besser für uns."

Jetzt machte sich Conz Strub bemerkbar. Sein Boot musste irgendwo hinter ihnen treiben. Ein gedämpftes „alles klar", hörte Jakob aus der Dunkelheit rufen – mehr nicht.

Irgendwann trieben sie nebeneinander her. „Hör zu, für den Fall, dass uns die Spanier einholen, lassen wir uns ins Wasser fallen und suchen hinter einem der Stämme schwimmend unser Heil, ist das klar?"

„Na sicher", gab der lakonisch zurück. „Bei den Geusen komme ich so oder so irgendwann an, entweder lebendig oder mit einem Loch im Schädel. Wenn jetzt nichts weiter passiert, werde ich zurück im Badischen dem heiligen Christophorus dankbar eine Kerze weihen."

So glitten die beiden Boote still durch die Nacht. Eine Ewigkeit verging, bis Eitelfritz Negel plötzlich verkündete: „Wenn ich mich nicht täusche, haben wir jetzt die Habsburger abgehängt. Hier weiß man nie genau, wann spanisches Gebiet endet und Geusenland beginnt."

„Du hast eine eigene Art, uns Mut zu machen", flüsterte Jakob, aber zugleich fühlten sie sich alle drei erleichtert. Die Männer streckten ihre nassen und steifen Glieder und versuchten sich aufzurichten. Es konnte nicht mehr lange dauern, bis es hell würde.

Wie gut die Leute um Christiaan van Nienpoort organisiert waren, zeigte sich dann im Dunst des Frühnebels, als Jakob aneinandergekettete Baumstämme ausmachte, die schräg über den Rhein gespannt waren. Die Konstruktion war so ausgelegt, dass treibendes Holz von diesem Wehr abgefangen wurde und in einem seitlichen Wasserarm landete. In kleineren Booten saßen Männer, die versuchten die Baumstämme frühzeitig quer zu staken, um den Aufprall auf das Hindernis zu mindern. Für Jakob stand fest, dass die Geusen schon lange vorher dieses Manöver ausprobiert hatten. Ohne viel zu reden, dirigierten sie das treibende Holz in die seitliche Wasserrinne. Dort standen Pferde bereit, die Platz schafften für nachfolgendes Treibgut. Ein gut vorbereitetes Unternehmen.

„Ist alles gut gelaufen?" Christiaan, der die Nacht hindurch geritten war, empfing seinen Onkel mit sichtlicher Erleichterung, als dieser aus seinem kleinen Kahn kletterte.

„Wie du siehst, leben wir noch. Es war unser Glück, dass der Himmel trübe war. Bei Mondschein hätten uns die Landsknecht ein rasches Ende bereitet", und dabei zeigte er auf Eitelfritz Negel, der klaglos durchgehalten hatte. Steifbeinig kletterten die Männer aus ihren Booten.

Die nächtliche Bootsfahrt und das nasskalte Wetter hatten sie so erschöpft, dass sie sich an eines der warmen Feuer schleppten, die feuchte Kleidung an Stöcken zum Trocknen hingen und gleich darauf erschöpft in tiefen Schlaf fielen.

Als Jakob wieder aufwachte, war heller Tag. Er fühlte sich jetzt wunderbar erfrischt. Derweil waren die Geusen emsig mit dem Abtransport der schwimmenden Fracht beschäftigt.

Christiaan ritt hin und her, gab Anweisungen, sprang vom Pferd und packte mit an, um ein verkantetes Holz längsseits zu dirigieren.

„Was, glaubst du, ist unterwegs hängen geblieben?", fragte Jakob den Neffen.

„Gezählt haben wir natürlich nicht, aber wenn noch einiges angeschwemmt wird, sind es drei von vier Stämmen, die hier eintreffen. Mehr konnten wir von der Aktion nicht erwarten. Jedenfalls haben wir den Spaniern ein Schauspiel geboten, das sie nicht oft erleben. Das allein war doch die ganze Mühe wert, nicht wahr?"

Schon während der nächtlichen Bootsfahrt hatte Jakob sich zu diesem Gaunerstück seine eigenen Gedanken gemacht. Es war erst wenige Jahre her, da hatte er der Markgrafschaft und somit auch dem Habsburger Kaiser geholfen, ein Truppenkontingent den Rhein hinabzuflößen. Nun stand er mit dieser Aktion unverhofft der anderen Seite bei. Der Gedanke war beunruhigend. Die Niederländer um ihn herum jedenfalls arbeiteten in einer Art Siegesrausch und hätten für seine heikle Lage gar kein Ohr gehabt. Sie sahen ihn als einen der ihren an und einige Männer grüßten ehrerbietig und zollten ihm Respekt. Für sie war er ein Verbündeter – ob er es nun wollte oder nicht.

Die Nähe der spanischen Besatzer war den Geusen nicht geheuer. Sie rechneten damit, dass über kurz oder lang ein Reitertrupp auftauchen könnte, um ihnen die nächtliche Beute abzujagen.

Gegen Mittag setzte sich eine seltsame Prozession in Bewegung. Mit langen Stangen wurden die Stämme durch die Grachten gestakt. Es grenzte an Zauberei, wie schnell und unablässig die große Menge Holz von zahllosen Helfern durch die Wasserstraßen geschleust wurde.

Immer wieder tauchten Frauen und Männer auf, während andere wieder verschwanden. Gelegentlich packten auch

Kinder zu, die halfen. Christiaan hatte nichts dem Zufall
überlassen. Selbst an Marschverpflegung mangelte es nicht.
Frauen hielten dem vorbeimarschierenden Trupp ihre damp-
fenden Töpfe hin und verschwanden unauffällig, wie sie gekommen waren, in einem der nahen Weiler. Später erklärte
man Jakob, dass jedermann half, wenn es gegen die Habsburger ging.

In weniger als einer Woche kamen sie am Ziel an. Erst hier
überließ Christiaan die Aufsicht einem anderen und ritt mit Jakob voraus.

Das Handelshaus der Familie van Nienpoort – oder das, was
von ihm noch übrig war – hatte auf dem Anwesen von Klaas
van Vries eine neue Bleibe gefunden. Zuerst tauchte Franziska
auf und begrüßte sie mit Freude und Erleichterung über die
geglückte Aktion. Als dann aber Frans vor die Tür trat, war Jakob erschrocken, wie sehr der Bruder gealtert war. Aus dem
einst lebensfrohen beleibten Mann war ein gebeugter Greis
geworden. Deutlich hatte er an Gewicht verloren. Ein langer
Umhang, den der Bruder um die herabhängenden Schultern
trug, schleifte am Boden. Der große Schlapphut verdeckte recht
und schlecht das graue Gesicht, aus dem die Lachfältchen verschwunden waren.

„Dies hier ist nun unser neues Zuhause, Jakob." Frans deutete auf das rückwärtige Gebäude. „Du musst dich hier leider mehr einschränken, als du es von Dordrecht her gewohnt
warst. Komm, gehen wir hinein. Unser Schwager kommt erst
gegen Abend heim."

Drinnen trug Franziska Gemüse auf, dazu gab es vom Vor-
tag abgebratene Hasenkeulen. Als die Schwester das Tischge-
bet beendet hatte, drückte Frans dem Bruder impulsiv die Hände. „Ich weiß gar nicht, wie ich dir danken soll. Es hat sich hier
schon herumgesprochen, dass du dich selber in Lebensgefahr
gebracht hast, nur um das wertvolle Holz zu uns zu schleusen!
Du hast dem Freiheitskampf der Geusen einen großen Dienst
erwiesen."

Jakob wollte abwehren und seinen Anteil an der Nacht- und
Nebelaktion herunterspielen, doch Frans fügte besorgt hinzu:
„Wird dir diese Geschichte daheim Ärger machen? Schließlich

muss man damit rechnen, dass dein Markgraf vom fernen Spanien die ganze Gesichte aufgetischt bekommt!"

„Nun ja, Was soll's, bis es sich daheim herumgesprochen hat, wird noch eine Menge Zeit vergehen."

Nur drei Tage blieb Jakob in Friesland, plauderte mit der Familie und überlegte mit dem Bruder, wie sich in den kommenden Jahren ihre gemeinsamen Geschäfte betreiben ließen. Schwager Klaas de Vries tauchte nur einmal kurz auf. Er hielt Verbindung mit dem weit verzweigten Netz der Geusen und kümmerte sich mit Christiaan um die Übergabe des Schwarzwälder Holzes an die Schiffsbauer in Utrecht und Groningen.

Franziskas jüngerer Sohn Pieter war schon seit Längerem nicht mehr daheim gewesen. Häufig begleitete er Wilhelm von Oranien, der alles daran setzte, die Belagerung der Stadt Amsterdam von der Seeseite aufrechtzuerhalten.

Die nördlichen Provinzen hatten sich ihre Erfahrungen zur See zunutze gemacht und so bauten sie immer neue – und immer bessere – Schiffe, um gegen die übermächtige Streitmacht von Kaiser Philipp II. bestehen zu können. Das Meer war den Geusen vertraut und in diesem Element gelang es ihnen häufig, Siege davonzutragen. An Land dagegen fiel es ihnen schwer, sich gegen die Spanier zu behaupten. Dann waren List und Einfallsreichtum gefragt.

An seinem letzten Abend in Friesland kam Jakob auf den Preis des Holzes zu sprechen: „Ich habe es mir überlegt", setzte er dem Bruder auseinander. „Was hältst du davon, wenn ich euch alles zum halben Preis überlasse. Ihr habt gutes Silber derzeit nötiger als ich. Nun bin ich einmal dran, dir und Franziskas Familie geradeso auszuhelfen, wie Ihr es früher bei mir getan habt."

„Das kommt überhaupt nicht in Frage", protestierte Frans entrüstet. „Du hast eine falsche Vorstellung von den Verhältnissen hier. An Geld fehlt es nicht. Die Calvinisten waren schon immer gute Geschäftsleute und unser Handel läuft gut. Nimm die Münzen und schau' zu, dass wir auch in Zukunft Schwarzwälder Holz bekommen. Wir brauchen es dringender als das Silber, verstehst du!"

Schließlich blieb Jakob nichts anderes übrig, als einen Betrag anzunehmen, der weit über seinen Vorstellungen lag.

Der Abschied von Frans, Franziska und ihrem Ehemann, Klaas van Vries, war für alle bedrückend. Zwischen ihnen stand die Frage, wie es mit diesem Land weitergehen würde. Christiaan begleitete seinen Onkel noch zwei Tagesritte und übergab dann die Führung an den ortskundigen Eitelfritz Negel, der sich ab hier gut auskannte.

Auf dem Rückweg von Friesland machte Jakob einen Umweg und folgte dem Neckar bis hinauf nach Heidelberg. Er wollte sich erkundigen, wie es Jakobus im Kloster der Kapuzinermönche erging. Erstaunlich rasch wurde er zum Prior vorgelassen, der ihn in den Kapitelsaal bat. Der unerwartete Gast wurde vom Klostervorsteher aufgefordert, auf einem der unbequemen Schemel Platz zu nehmen.

Der Empfang war kühl und steif zugleich und Jakob versuchte seine ahnungsvolle Sorge mit Munterkeit zu überspielen. „Nun, Hochwürden, wie macht sich mein Sohn in der Mitte Eurer Brüder? Ist er ein strebsamer Studiosus geworden?"

Der Prior fühlte sich sichtlich unwohl in seiner Haut. Offenbar wollte er nicht mit der Sprache heraus.

„Ist etwas mit dem Jungen nicht in Ordnung? Ist er etwa krank?"

„Nein, nein, nichts dergleichen. Eurem Jungen fehlt gar nichts", gab der Mönch verlegen zurück. „Es ist nur so ...", wieder dieses Abwägen, als müsse man nach passenden Worten suchen.

„Nun, wie soll ich sagen? Jakobus liebt die Menschen nicht. Unser Cellerar meinte einmal, dass er selbst unsere Brüder aus tiefer Seele verabscheuen würde. Als Jakobus hier eintraf, hatten wir schon nach kurzer Zeit die Absicht ihn Euch zurückzuschicken. Frei heraus, er macht nicht den Eindruck sich auf uns und die Studien der heiligen Schrift einzustellen. Mit großen Hoffnungen hatten wir ihn anfangs unserem Infirmarium zugeteilt. Wir glaubten, dass er sich mit den Regeln der Medizin vertraut machen wollte."

Nach einer Pause fuhr der Prior fort: „Leider muss ich Euch sagen, dass Euer Sohn nicht die geringste Neigung dazu verspürte, den Leidenden zu helfen und unseren Brüdern zur Hand zu gehen. Wir vermuten sogar, dass ihn die Krankheiten anderer abstoßen und ängstigen."

„Aber genau das war doch die Absprache." Ungehalten versuchte Jakob etwas zu retten, was doch so gänzlich verunglückt schien.

„Schon, schon. Immer wieder wollten wir sein Interesse wecken, versorgten ihn mit Büchern über die Kunst des Heilens und Helfens", fuhr der Prior bekümmert fort „aber Euer Jakobus zeigte nicht die geringste Neigung und verschloss sich jeder Aufgabe. Schlimmer noch, er versah seine Exerzitien hier im Haus nicht, verschlief Virgil und Laudes am Morgen und verkroch sich vor der Komplet am Abend wieder in seine Kammer. Jedenfalls waren meine Brüder nach einiger Zeit das Drängen und Ermahnen leid. Suchte man den jungen Studiosus, dann fand man ihn immer häufiger im Klostergarten. Nur dort zeigte er sich anstellig. Ohne drumherum zu reden: Euer Sohn eignet sich nun einmal nicht zum Studium des Magisters. Irgendwann hat er sich mit einer kleinen Ecke unseres Klosterlebens abgefunden. Wenn Ihr ihn sucht, werdet Ihr ihn im Kräutergarten finden."

Der Prior erhob sich mit einem Seufzer: „Am besten, Ihr schaut selbst einmal nach."

Als Jakob ins Freie trat, öffnete sich dem Blick eine gepflegte, weiträumige Ansammlung von Pflanzen aller Art.

Weit hinten schaute Jakobus auf, erkannte den Vater und kam aus seiner gebückten Haltung hoch. Für einen Augenblick verharrte er unschlüssig, beugte sich über ein Beet und riss unmutig einen Strauch aus der Erde. Dann schien er sich zu besinnen, stand auf und ging mit gesenktem Kopf auf Jakob zu. Es gab kein Wortgefecht, denn Jakobus antwortete nicht auf die Vorhaltungen des Vaters. Achtlos legte er seine Hacke beiseite und folgte Jakob mit einem verschlossenen Gesichtsausdruck.

So dauerte es nicht lange und beide ritten davon. Es war dem Prior deutlich anzumerken, dass ihm bei diesem Abschied keine Tränen kamen. Nicht einer der frommen Männer hatte in Jakobus ein Licht entzünden können. Dunkel und dumpf hatte er in all den Monaten nur ein stilles Plätzchen gesucht, in dem man ihn in Ruhe ließ.

„Fass sie nicht an, … gib acht …, geh weg du Aas, … jawoll, vergiftet ist die Dirne …", hörte man den heruntergekommenen Landstreicher hinten auf dem Ochsenkarren krächzen. Man verstand nicht recht, was er sagte. Die gestammelten Worte ergaben keinen Sinn und die Stimme war schrill und überschlug sich. Der Mann klammerte sich auf der Fuhre Holz an einen Stamm wie ein Ertrinkender an ein treibendes Brett. „Da … der Dissacken, … ich schlag zu … zur Seite, jetzt ich …!", brabbelte der zerlumpte Blinde wirr und zusammenhangslos.

„Halt endlich dein Maul, verdammter Idiot!", herrschte ihn der Bauernbursche an, der mit langen Zügeln in der Hand neben dem Ochsenkarren herging. „Dein blödes Geplapper macht einem geradezu Angst. Entweder du gibst jetzt Ruhe, oder ich setz' dich mitten im Wald ab, dann kannst du deinen langen Stecken fragen wo es für dich nach Hause geht!"

Für einen Augenblick war Kaitan Dehmel ruhig. Es hatte den Anschein, dass die Drohung des Knechts bis zu seinem Bewusstsein vorgedrungen war, aber dann jammerte er aufs Neue und wimmerte leise vor sich hin. „… Der Dissacken … jetzt du … schlag doch zu … willst nicht, hä …?"

Es mochte jetzt schon ins vierte Jahr gehen, dass Kaitan Dehmels Augen die Welt zum letzten Mal wahrgenommen hatten. Wenn er gelegentlich noch klar im Kopf war, versuchte er zurückzurechnen, aber sein Zeitgefühl hatte sich verloren. Außerdem war die Erblindung keine Angelegenheit von einem Tag auf den anderen. Es hatte Wochen gegeben, in denen er voller Zuversicht auf Besserung seiner Sehkraft gehofft hatte. Sein Herz hatte vor Freude gehüpft, wenn er Vögel über den Baumkronen ausmachen konnte und dann gab es wieder diese beängstigenden Zeiten, in denen er nur Reste eines konturlosen Lichtschimmers einfing.

Immer wieder dieses Hoffen auf eine Wundertinktur, auf einen Bader, der ihn aus der Dunkelheit herausführen könnte.

Irgendwann hatte er in Speyer eine Bleibe gefunden. Die Kirche hatte sich dort seiner Leiden angenommen – wenigstens solange er für die Pflege bezahlen konnte. Ein ums andere Mal musste er auf einen wohlgefälligen Lebenswandel schwören und in der Tat stellte sich mit der Verschlechterung seines Gesundheitszustandes auch eine gewisse Frömmigkeit bei ihm ein. Alles in allem hatte der häufige Besuch in den Gotteshäusern den großen Vorteil, dass er Zugang zu neuen Heilern fand.

Für die Augen pries man ihm Wasser an, das er für sündhaft teures Geld einem Quacksalber abgekauft hatte. Dann wieder band ihm ein Fahrender die Augen zu und schwor ihn darauf ein, täglich mit der geheimnisvollen Binde ins helle Licht zu blicken. Möglichst direkt in die Strahlen der Sonne sollte er schauen. Die Kraft dieses Wickels werde schon bald die Sehkraft auf erstaunliche Weise stärken. An Walpurgis sollte er alles aufknoten, aber ja darauf achten, dass es stockdunkel war. Bei Anbruch des Morgens werde er wieder sehen können – wie ein junger Habicht.

Die Enttäuschung, dass die Welt für ihn auch nach Walpurgis um keinen Deut heller werden wollte, hatte ihn in eine noch tiefere Verzweiflung gestoßen. In jenen Tagen hatte sich seine Franzosenkrankheit mit neuer Heftigkeit in Erinnerung gebracht. Auch bei diesem Gebrechen schwankte er ständig zwischen himmelhohem Jauchzen und tiefer Niedergeschlagenheit.

Nie würde er den Tag vergessen, an dem ihm Ordensbrüder von der Salbe des Guajakbaumes abgeraten hatten und stattdessen eine Schmierkur mit Quecksilber verordneten. Es dauerte nur kurze Zeit und er verspürte eine deutliche Besserung. Die schwarzrosa gefärbten Flecken und die Pusteln auf seinem Körper waren zurückgegangen und er hatte auch weniger Gliederschmerzen. Zugleich war sein sorgsam gehüteter Münzvorrat dahingeschmolzen. Ohne das Geld von der Schatzung bei St. Quentin war er irgendwann gänzlich von der Fürsorge des Bistums abhängig geworden.

Doch da ließ man ihn rasch fühlen, dass er als Kostgänger der Kurie auf Dauer lästig wurde und so hatte man ihn kurzerhand als hoffnungslosen Fall dem Schwarzwaldkloster Hirsau überstellt, das gleichfalls zum Bistum Speyer gehörte.

Anfangs hatte er gefürchtet, dass die neue Bleibe zu nahe bei seiner alten Heimat liegen würde. Jemand aus dem Tal könnte ihn erkennen und dann würde sich ein verspätetes Strafgericht über seinem Haupt entladen. Aber als er mit dem letzten Augenlicht, das er damals noch besaß, in einen Spiegel geschaut hatte, war er zuversichtlich, dass die Spuren seiner Auszehrung ihn gänzlich entstellt hatten. Das Gespenst, dem er sich gegenüber sah, hatte nichts mehr von einem verwegenen Heckenreiter an sich, und von einem stolzen Feldwaibel schon gar nicht.

Ohne jeden Heller in der Tasche war es ihm am Ende egal, wo er unterkam. In Hirsau gab es immerhin eine schmale Kost und ein Dach über dem Kopf. In einem dumpfen Kellergewölbe hielt man ihn mit vier Dutzend Todgeweihten am Leben. Morgens wurde er in aller Frühe vor die Tür gescheucht. Dort saß er oft für Stunden auf einem Stein, bis er wieder hinab in den Schlafsaal durfte. Wollte er jedoch vorzeitig auf sein Lager zurück, dann wurde er schroff gemaßregelt. Unten im Keller, so hatte man ihm erklärt, würde sein Körper verfaulen. Hier oben sollte er sich ordentlich bewegen und durchatmen. Diese Stunden in der frischen Luft waren ihm jedes Mal ein Gräuel und wollten nicht enden.

Selbst im Winter und bei bissiger Kälte hatten die Mönche kein Erbarmen mit ihm und seinen Leidgenossen. Sie hingen von der Opferbereitschaft der frommen Männer ab und machten so lange ihre täglichen Runden bis sie sich endlich wieder auf ihre Strohsäcke flüchten durften.

Die Franzosenkrankheit aber hatte sich in ihm festgebissen. Die hässlich dunklen Pusteln waren aufgebläht und zu kupferfarbenen Knoten herangewachsen, die auch in den Hautfalten auftraten und sich sogar im Schlund und in den Luftwegen breitgemacht hatten. Aber auch im Innern seines Bauchs schmerzte es seit einiger Zeit heftig.

In nur einer Nacht, nein, in nicht mehr als einer Stunde, hatte das satanische Weib in Köln ihm alle Qualen heimgezahlt, die er zuvor so vielen Frauen angetan hatte. Auf ihrem stinkenden Lager hatte ihm die Dirne einen Schmerz in den Leib eingebrannt, der ihn langsam und unaufhaltsam umbringen würde.

„... Wie weit ist es noch? ... Habt Erbarmen und fahrt zu!", stöhnte Kaitan und wieder plagten ihn die Albträume. Er begann aufs Neue im Delirium zu faseln. „... pack' seine Hand, ... schlag schon zu, du Bastard, ... mach zu ...!"

Der Gespannführer fluchte über seine Nachgiebigkeit, einen Irren als Oblast mitgenommen zu haben. In einem kleinen Weiler hatte er die heruntergekommene Gestalt auf seine Fuhre geladen, hatte den Leuten dabei geholfen, den Verrückten ein Stück weiter fortzuschaffen. Nur soviel hatte man aus ihm herausbekommen. Der Blinde habe bereits einen mühevollen Weg vom Kloster Hirsau zurückgelegt und wollte um alles in der Welt ins Tal zu den Flößern. Dort wartete schon so lange seine Familie auf ihn. Daheim würde man ihn gesund pflegen.

„Nun, wir sind angelangt und ab hier brauchst du nicht fürchten, dass dich die Wölfe in der Einsamkeit zerreißen. Ein Stück weiter unten ist dein vermaledeites Tal", brummte der Bauernbursche missmutig. Er war sichtlich froh, sich von dieser lästigen Reisebegleitung zu trennen. „Hier brauchst nicht lange warten. Es gibt genug gute Menschen, die dir weiterhelfen. Wenn aus dir nur herauszukriegen wäre, wo genau du hin willst, du irrer Geselle. Nimm's mir nicht übel, aber du siehst aus, als wärst du geradewegs aus einer Totengrube aufgestiegen, ... zum Grausen, sag ich!"

Angeekelt packte der Ochsenführer den Fremden an den löcherigen Gamaschen und zog ihn vom Holz herunter. Er setzte ihn in das Gras und drückte ihm seinen langen Stecken in die zittrige Hand. Zu guter Letzt richtete er den Blinden so aus, dass er den Weg abwärts unter den Füßen spürte. „Dort unten ist der Fluss. Kannst ja versuchen, selber ein Stück zu laufen, aber fall' nicht ins Wasser!"

Gerade war er im Begriff, seine Peitsche über den Rücken der stoischen Tiere zu schwingen, als er es sich anders überlegte und inne hielt. Er steckte dem Blinden zwei Äpfel und einen Kanten Brot zu, eine Vesper, die er eigentlich für sich mitgenommen hatte. Mitleid schwang in der Stimme mit. „Von mir aus bleib' hier hocken. Ruh' dich etwas aus. Über kurz oder lang wird jemand vorbeikommen, der dich ein Stück deines Weges mitnimmt. Kannst sicher bald die nächste Fuhre nutzen."

Kaitan hörte, wie sich das Gefährt wieder in Bewegung setzte. Die Geräusche des rumpelnden Fuhrwerks, das gutmütige Antreiben der Ochsen, verwehten in der Ferne. Dann war es still um ihn herum. Zusammengesunken saß der Blinde auf dem Boden. Außer Äpfeln und Brot hatte er keinen Bissen bei sich. Schon nach kurzer Zeit erinnerte er sich nicht mehr an die Stärkung. Nutzlos und vergessen lag sie im hohen Gras neben ihm. Das Schuhwerk war zerschlissen. Ein Riemen hielt den Rest der strohgeflochtenen Sandalen an seinen Füßen. Der Umhang, den der Reisende um die Schultern trug, bedeckte die Arme nur halb. Es fror ihn nicht, weil es an diesem Spätnachmittag noch angenehm warm war. Gegen die Nachtkälte jedoch würde die spärliche Bekleidung nicht schützen.

Der dürre Oberkörper war nach vorn gebeugt. Unbeweglich döste der Blinde vor sich hin und verfiel in einen Wachtraum. Die Erinnerungen an die Schlacht bei St. Quentin dämmerten herauf, der Augenblick, als er sich in panischer Angst in den Haufen von Menschen werfen sollte, die ihr eigenes Leben mit aller Kraft zu verteidigen suchten. Warum eigentlich war er damals in dem Getümmel herumgeritten? Warum nur hatte er bald darauf so viele Silbermünzen im Gürtel stecken gehabt? Wo ist all das Geld geblieben? Es fiel ihm nicht mehr ein und irgendwie war es auch nicht von Bedeutung. Nicht ein Heller davon war ihm übrig geblieben. Ganz schnell war der Segen über ihn hinweg gegangen. Warum aber erinnerte er sich an die dumpfe Nacht in Köln? Was hatte sein damaliger Wohlstand mit der Dirne dort zu tun? Wahrscheinlich gar nichts! War er denn nicht reich genug gewesen, sich bessere Weiber zu gönnen?

Zerlumpt saß das verwirrte Bündel eines Landstreichers am Rand des Weges und konnte seine Gedanken nicht zu einem Ganzen ordnen. Für einen Augenblick befand er sich wieder in der Gegenwart. „Wo bin ich hier", ging es dem Blinden durch den Kopf. „Wenn mich hier keiner aufsammelt, bin ich verloren." Die Landschaft war so unendlich weit, die Einsamkeit bedrohlich und schon der nächste Schritt konnte ihn einen steilen Hang hinabstürzen lassen. War es hell oder dunkel? Ja, natürlich die Sonne wärmte ihn. Es musste heller Tag sein. Hatte es einen Sinn, hier ohne fremde Hilfe vorwärts zu gehen? ... Aber wohin ...? Das Zeitgefühl verlor sich. Der Kopf des Blinden fiel vornüber und die behagliche Wärme ließ ihn einnicken.

Vielleicht waren es nur Augenblicke, vielleicht aber lag auch eine lange Nacht zwischen all den Gedanken, die bunt wirbelnd kamen, dann wieder schwanden und nichts als Leere hinterließen.

Stimmen kamen den Weg herunter. Es waren Reiter, denn Lederriemen knarrten und das Trappeln von Pferdehufen war deutlich wahrzunehmen.

„Welch ein erbärmliches Elend haben wir denn hier?", fragte eine Männerstimme und ein Zweiter antwortete: „Lass ihn schlafen, der wird sich ausruhen wollen."

„Von hier ist er nicht", ließ sich der erste Reiter vernehmen „halt, jetzt ist er aufgewacht. Wo soll's denn hingehen, du Hungerleider? Machst nicht den Eindruck, als wenn dir das Leben viel Glück gebracht hat. Was schaust du so dumm drein? Sieh mich gefälligst an, wenn ich mit dir spreche! Nanu, ganz trübe Augen hast du ja! Blind bist du also und weißt nicht wohin mit dir, stimmts?"

„Der Kerl wäre am Ende verreckt, wenn wir nicht vorbeigekommen wären. Welche herzlose Seele hat dieses zerfledderte Gerippe mitten in der Einsamkeit abgeladen?" Der zweite Reiter ließ Mitgefühl erkennen.

„Nicht ... schlagt nicht zu ... jeder ist an der Reihe ... nicht doch, lass mich aus dem Spiel ... hahaha, Spiel sagst du ...?" Heiser und mit schriller Stimme faselte das Lumpenbündel und fuchtelte mit den Armen durch die Luft, als müsse es sich gegen einen Angriff wehren. Die beiden Reiter schauten ratlos auf das menschliche Wrack, das ihnen unverhofft vor die Hufe geraten war.

„Der gehört nicht ins freie Leben, Jakob. Der Kerl ist ja völlig von Sinnen!", sagte einer der beiden Reiter und der andere erwiderte: „Hier können wir ihn jedenfalls nicht lassen. Wir würden uns in alle Ewigkeit versündigen. Komm, pack seinen Stock, dann führen wir ihn neben uns her."

Es war noch eine gute Wegstrecke bis nach Hause und irgendwann hoben die beiden Reiter den heruntergekommenen Mann auf eines der Pferde. Er stöhnte auf, fantasierte und stammelte etwas von „nicht zuschlagen" und von „dem Heim und der lieben Frau, die auf ihn warte".

Am späten Nachmittag kamen Jakob Hassler und Thomas Kemper auf der Dehmel'schen Mühle an. Sie überließen den Blinden der Obhut Marias. Ein Knecht sollte einen Eimer Wasser über dem armen Teufel ausschütten und ihn abreiben. Danach sollte er sich im Schopf ausruhen und schlafen. Vielleicht konnte man ihn in Baden oder Durlach oder Speyer bei der Kirche abliefern. Lange würde der Kerl eh nicht mehr mithalten.

Als Maria den Blinden im Heuschober aufsuchte, beschlich sie eine bange Ahnung. Dies hier war kein Fremder. Bei dem Gedanken lief ihr ein Schauer über den Rücken und es kostete sie große Überwindung, den Kranken anzufassen. Der Körper vor ihren Füßen war mager und zerschunden, aber der weibliche Instinkt sagte ihr, dass sie dieses schmutzige Stück Elend kannte. Vorsichtig zog sie ihm das löcherige Hemd hoch. Jetzt kam die rechte Schulter zum Vorschein. Die Narbe war nicht groß, aber sie war trotz der vielen Ekzeme deutlich erkennbar.

Ein Schreckensschrei erfüllte den schummerigen Holzverschlag. Es gab keinen Zweifel: Vor ihr lag Kaitan Dehmel, ihr eigener Ehemann. Gerade wollte der Hauptschiffer sich von Thomas Kemper verabschieden und nach Hause reiten, da taumelte Maria zurück ins Tageslicht. Fassungslos suchte sie an der Bretterwand Halt. Die beiden Männer im Hof schauten sich verständnislos an.

„Was kreischst du so aufgeregt. Ist dir nicht wohl?" Thomas war über die plötzliche Veränderung der Frau verwirrt. Es war nicht ihre Art, sich so hysterisch aufzuführen.

„Was ihr hier angeschleppt habt, ist der leibhaftige Satan. Thomas, hast du denn wirklich nicht bemerkt, was du dir auf deinen Sattel geladen hast?" Maria schaute von einem Mann zum anderen.

Aus der Scheuer war wieder dieses Stöhnen und Faseln zu hören – bettelnde, flehende Worte: „Hilf mir … hilf … zum Gotterbarmen, so hilf doch einer …!"

In Thomas stieg ein furchtbarer Verdacht auf. Wenn Maria so aus der Fassung geriet, dann konnte es nur die eine tief sitzende schwelende Furcht sein, die sie beide nie losgelassen hatte. Er ließ Jakob stehen, stürmte in den Heuschober und – schaute auf das fahle Gesicht des Todkranken im Stroh.

Wortlos und ängstlich war Maria gefolgt. Mit spitzen Fingern schob sie den Umhang des Aussätzigen hoch, so als könnte sie sich bei der Berührung den Tod holen, und zeigte auf die verblasste Narbe. Der Kranke nahm es nicht wahr. Ahnungslos hatten die zwei Freunde sich diesen Mann irgendwo am Wegrand aufgeladen, ohne zu merken, dass sie den Neffen der alten Heloisa Dehmel gerade dorthin brachten, wo das Leben dieses Teufels begonnen hatte. Es bedurfte erst des feinen Gespürs dieser Frau, um zu erkennen, wer der Blinde war.

„Ich habe den Wolf in eine Schafherde eingelassen." Thomas fasste sich vor die Stirn. „Der schlimmste Heckenreiter, den dieses Tal je hervorgebracht hat, muss gerade uns über den Weg laufen. Jetzt könnten wir Maß an einem Halunken nehmen, der sicher mehr als ein Dutzend braver Menschen auf dem Gewissen hat."

Doch dann schaute er das erbärmliche Bündel mit einem Anflug von Bedauern an. „Der Kerl ist ja wirr im Kopf. Er wäre fein heraus, wenn wir ihn gar zu rasch in die Hölle fahren lassen würden."

Jakob hatte die letzten Worte mit angehört. „Beruhige dich und versündige dich nicht an diesem Halbtoten! Viele Jahre sind ins Land gegangen. Welche Strafe wäre diesem Scheusal in seinen letzten Stunden noch angemessen."

„Der Kerl hat die Franzosenkrankheit, wenn mich nicht alles täuscht", stellte Maria nüchtern fest. Fürs Erste hatte sie die Fassung wieder gewonnen, wirkte geschäftig und zog dem lebenden Skelett die Lumpen vom Körper. Nach den violett verfärbten Beulen von unterschiedlicher Größe zu urteilen, hatte sich die Krankheit bereits durch den ganzen Körper gefressen.

So standen Thomas und Maria vor dem Mann, der schemenhaft in ihrer Mitte gelebt hatte. Der Unhold vor ihnen hatte beiden böse mitgespielt. Ihr ganzes gemeinsames Leben hatte Kaitan Dehmel sie in ihren Träumen begleitet. Thomas, weil er für den größten Teil seines Lebens am Stock gehen musste, und Maria, weil sie allein gelassen den frühen Tod des blassen Kindes nicht verhindern konnte. Jeder von ihnen hatte auf seine Weise das Bild eines Heckenreiters im Gedächtnis behalten, das nicht im Entferntesten mehr dem entsprach, was zu ihren Füßen winselte.

Vor vielen Jahren hatte der Herumtreiber hier, zwischen den ruhelosen Drehungen eines ächzenden Räderwerks, sein Unwesen begonnen. Er hatte Ratten erschlagen, die sich über die Körner hergemacht hatten, und er war mit der Angst herangewachsen, sein Leben lang Dreck fressen zu müssen.

Irgendwann hatte er sich aus diesem Elend losgerissen und versucht, gierig in eine Welt einzutauchen, die weit weg von dieser lauten Mühle auf ihn wartete. Er hatte die Menschen das Fürchten gelehrt, ja sogar diejenigen aus dem eigenen Tal. Er hatte sich stark und überlegen gefühlt, wenn er den Takt vorgeben konnte. Sie tanzten nach seiner Musik. Wie viele Unglückliche an seinem Schwertstreich verblutet waren, wüsste er nicht zu sagen, denn er hatte wahllos zugeschlagen – immer dort, wo es für ihn etwas zu holen gab.

Hätte man ihn eingefangen, dann wäre er rasch ins Jenseits befördert worden. Es hätte ihn einen kurzen Augenblick geschmerzt, aber er wäre schnell von den Qualen erlöst gewesen. So aber blieb er Gefangener einer schleichenden Hinfälligkeit. Es sollte mehr als ein Dutzend Jahre dauern, bis abzusehen war, wann seine Seele abberufen würde. Als er noch bei klarem Verstand gewesen war, hatte Kaitan sich gelegentlich gefragt, ob der Tod ein Bote des Himmels oder der Hölle für ihn sei. Auf jeden Fall war dieses Martyrium gerecht, wenn man bedachte, welches Leid der Lump ringsum verbreitet hatte.

Mit dem Instinkt eines verendenden Wildes hatte der Sterbende seinen Weg in diese Mühle gefunden. Dieses letzte Ziel fand er im Zustand der Verwirrung und Orientierungslosigkeit. Wenn er nur diesen einen Wunsch erfüllt bekam: Eine barmherzige Seele sollte ihm das kleine Lager gewähren, auf dem man ihn still und friedlich ins Jenseits hinüber gleiten ließ.

Jakob spürte, dass es in Thomas und Maria heftig tobte. So also sah die Stunde der Vergeltung aus. Wer würde danach fragen, wenn sie den Dreckskerl hier im Heu kurzerhand erschlagen würden?

Spürte der Todgeweihte die Gedanken, als er sich auf den Rücken drehte und mit leeren Augen an die Decke starrte? Wieder seufzte er und brabbelte wirres Zeug: „... holt mich fort von hier ... nein, nein, nicht doch ... helft mir endlich ...!"

„Komm, Maria", Thomas packte die Frau neben sich beherzt am Arm und zog sie ins Tageslicht. „Dieser Unhold sieht den nächsten Morgen nicht mehr. Wenn die Nacht vorüber ist, wird er seinen Richter gefunden haben – sei es nun unser Herrgott oder der Teufel."

Es war Zeit, dass Jakob ein Machtwort sprach: „Zu Euren Füßen verendet ein irrer Hund. Es ist nicht mehr viel Leben in ihm, aber es ist zuviel, um Euch zur Ruhe kommen zu lassen. Ihr werdet jetzt beide, so wie Ihr da steht, mit mir auf den Ridinger Hof kommen und diese Mühle so lange nicht wieder sehen bis der Blinde dort von seinen Qualen befreit ist. Erst wenn man Erde über ihn geschaufelt hat, lasse ich euch zurückkehren!"

Als man einen Karren angespannt hatte und die beiden sich fortmachten, wirkte die Abfahrt wie eine panische Flucht. Zuvor hatte Jakob noch einer Magd den Auftrag gegeben nach dem Kranken im Heu zu sehen, ihn mit Wasser und Muos zu versorgen, ihm aber sonst nichts aufzuzwingen. Der Rest von dem, was noch an Menschlichem dort lag, sollte unbehelligt hinüberdämmern ins Jenseits.

Die junge Frau hatte später berichtet, dass der Galgenvogel sich nicht mehr viel gerührt hätte. Weder hatte er gestöhnt noch geschrien, auch kein wirres Zeug mehr gefaselt und wenn sie sich nicht täuschte, hatte der Blinde in seiner letzten Stunde gebetet, denn seine Hände waren gefaltet, als man ihm die leeren Augen zudrückte.

Kaitan Dehmel wurde im Schindanger verscharrt, dort wo der Abdecker Haut und Gedärm von toten Tieren vergräbt. Gegen diese schimpfliche Bestattung des einst stolzen Feldwaibel hatte keiner im Tal etwas einzuwenden, weil niemand einen solch gottlosen Halunken dicht bei den Seinen und in geweihter Erde haben wollte.

Geheimnisvoller Herbularius
ANNO 1585

Fester denn je hielt Jakob Hassler alle Fäden der Schifferschaft in seinen Händen. Sicher, es gab immer noch drei weitere Partner. Recht und Brauch wurden zumindest dem Schein nach gewahrt, aber wie diese Macht ausgeübt wurde, das wusste jeder im Tal. ‚Mijnheer' Jakob berief die jährlichen Rügungen ein. Er war es, der das geflößte Holz den Rhein abwärts verkaufte und nach seiner Rechnung wurde geteilt.

Wendel Schickinger war schon lange tot. Sein Sohn Gottfried führte nun das Flößergeschäft, aber mit weniger Waldflächen als früher. Gleich nachdem er vom Vater übernommen hatte, bot ihm Jakob eine stattliche Summe für die Hälfte an seinen Einschlagrechten. Geldgierig wie Gottfried nun einmal war, hatte er die dargebotene Hand bedenkenlos ergriffen und ohne langes Zögern waren sich beide handelseinig gewesen. Erst später war dem jungen Schickinger aufgegangen, dass er den Verlockungen einer Geldsumme erlegen war, die der Käufer schon in wenigen Jahren wieder eingespielt hatte. Nun nagte er zwar nicht am Hungertuch, aber sein Einfluss auf die Schifferschaft hatte sich mit dem übereilten Handel deutlich verringert.

Auch Heinrich Sprauer hatte das Zeitliche gesegnet. Seine Rechte teilten sich fortan drei Erben. Sie stritten untereinander und konnten sich über das Flößergeschäft nicht einigen. Schon bald drängte der knapp dreißigjährige Blondschopf Otto Niddenau die Erben Sprauers aus dem Quartett.

Somit hatte nur noch Hannes Heller über all die Jahre mithalten können. Er war mit seinen nahezu 70 Lenzen ein stiller und biegsamer Partner geworden. Sein Leben lang hatte er fürchten müssen, dass Machenschaften aufgedeckt würden, mit denen er sich in jungen Jahren selber an die Spitze der Schifferschaft setzen wollte.

An Jakob Hassler, dem mächtigsten Mann im Tal, kam keiner vorbei. Vor drei Jahren hatte ihn Markgraf Philipp huldvoll mit dem Titel eines „Markgräflich badischen Cammerraths" ausgestattet und so galt es, diese Ehrung auch bei den anstehenden Verhandlungen würdig zur Schau zu stellen. Zeiten, in denen Jakob als Bittsteller in der Residenzstadt eingeritten war, gehörten längst der Vergangenheit an.

Dank seines wirtschaftlichen Einflusses genoss er Ansehen bis hinauf in die höchsten Kreise. So war es am Ende das pure Geld, das ihn gesellschaftlich anhob. Zugleich aber rechnete man ihn nicht zur nobilitierten Aristokratie, denn seine niederländische, adelige Abstammung ohne jegliche territoriale Macht zählte im Badischen nicht viel.

In den vergangenen Jahren waren die Preise in der Markgrafschaft in die Höhe geschnellt. Sein Schwarzwälder Holz, rheinabwärts verkauft, konnte Jakob jedoch gewinnbringend absetzen. Vor allem Bortebretter aus Tannen- und Buchenholz waren gefragt und so war die Zahl seiner Sägemühlen auf neun angewachsen.

Sicher, die liederliche Finanzpolitik der Markgrafschaft hatte einen enormen Schuldenberg von mehr als 400 000 Gulden aufgetürmt und ständige Auslandsreisen des Regenten taten das Ihre dazu, um immer neue Steuern in Umlauf zu setzen. Es gab schlaflose Nächte, in denen Jakob bei dem Gedanken hochschreckte, dass er sein verliehenes Geld mit einem Schlag verlieren könnte. Woher sollte das Rentamt die Summen aufbringen, mit denen es bei ihm in der Kreide stand?

Zudem war der Geldhandel rund um Frankfurt in den letzten Jahren nahezu vollständig zusammengebrochen. Seit dem neuen Münzrecht von 1555 kontrollierte das markgräfliche Haus die Prägungen und achtete peinlich genau darauf, dass keine fremden Finger im Spiel waren.

Dennoch, solche Misserfolge waren von geringer Bedeutung, denn gleichzeitig war von einem Jahr zum anderen der Wert von Gold und Silber deutlich gestiegen, ebenso wie der von Edelsteinen. Die Lieferungen aus den Niederlanden hatte Jakob noch stets mit gutem Gewinn an den Mann gebracht.

Über die Jahre hatte der Hauptschiffer ein Rankwerk von Vereinbarungen gewoben, in das sich der Markgraf ebenso wie der Bischof von Speyer verstrickt hatten. Geld schaffte Abhängigkeiten und Jakob hielt ein Beziehungsgeflecht in Händen, das von Basel bis nach Amsterdam reichte. Er hatte seine Geschäftspartner mit Krediten und Schuldbriefen so fest an sich gekettet, dass ihnen vor lauter Sorgen die Halskrausen eng geworden waren.

Nachdenklich stand der Hauptschiffer ganz am Ende seines sorgsam bepflanzten Anwesens, das dem Park eines Schlosses in nichts nachstand. Sein verwachsener Sohn Jakobus hatte sich hier hinten ein eigenes Refugium geschaffen. Es war ein Kräutergarten, der streng nach den Aufzeichnungen des Walafried Strabo angelegt war. Mochte der Gnom auch sonst nichts bei den Kapuzinermönchen in Heidelberg gelernt haben, die streng geordneten Beete seines *Herbularius* hatte er exakt nach den althergebrachten Regeln ausgerichtet und mit Kräutern begrünt.

Vor der Umzäunung blieb Jakob stehen und betrachtete die Arbeit des Sohnes mit hochgezogenen Brauen. Jeweils vier Beete in Zweierreihen hintereinander waren durch einen breiten Mittelgang voneinander getrennt. Weitere sechzehn Felder säumten diese mittigen Staffeln wie eine umlaufende Mauer. Der ganze Garten war mit geflochtenen Weidenruten geschützt, um die Einsaat vor Wildverbiss zu schützen.

Es war das erste Mal, dass der Hauptschiffer diesen Kräutergarten bewusst betrachtete. Ein Anflug von Mitleid zog ihn näher zu diesem abgelegenen Teil seines Parks. Dann stand unvermittelt Jakobus neben ihm.

„Ich habe dich noch nie vor meinem Kräutergarten gesehen, Vater", stellte er erstaunt fest.

„Du weißt, ich halte nichts von diesem Herumkratzen in der Erde." Aber des Vaters Stimme klang freundlich.

„Du kennst dich eben nicht mit dem aus, was mich angeht", antwortete Jakobus beleidigt. Zögerlich folgte Jakob ihm in das Innere des Gärtchens.

„Ich verstehe mich nicht sonderlich gut auf dieses Kraut und, bei Gott, ich glaube sogar, dass die Bader den Menschen eine Menge Leid mit all den Säften zufügen, die sie aus dem Grünzeug herauspressen. Ich kannte einmal jemanden der viel vom Heilen verstand, einen Juden, aber der hatte sein Wissen über die Kräfte der Natur aus fernen Ländern mitgebracht. Dort versteht man mehr davon als wir, … aber das ist eine andere Geschichte." Jakob gab sich einen Ruck und vertrieb die Erinnerung an ferne Zeiten. „Warum, Junge, wachsen Kräuter und Blumen bei dir in Reih' und Glied? Deine Beete haben eine seltsame Ordnung."

Aus der Frage klang Anteilnahme. Jakob wollte den Sinn dieser Anlage verstehen. Mit innerer Freude und sichtlich erregt schaute der Sohn mit schiefem Kopf zum Vater hoch. Dessen unerwartetes Interesse an diesem Refugium tat ihm gut.

„Nichts von dem, was du hier siehst, ist zufällig eingesät oder wächst ohne meine Planung heran. Schau diese beiden Beete, hier siehst du Lilien und Rosen. Sie gehören ganz vorn an den Eingang des Gartens. Die Lilie steht für das Leben und die Rose ist Zeichen des Sterbens. Komm ein bisschen weiter mit. Siehst du, hier ist alles nach der Zahl Vier ausgerichtet." Noch nie hatte Jakob den verwachsenen Sohn mit soviel Eifer reden hören, nie zuvor hatte er soviel Begeisterung für etwas gezeigt.

„Was immer du hier siehst, hat seine Bedeutung. Nichts wächst zufällig heran. Die Zahl Vier zeigt die Elemente Feuer, Wasser, Luft und Erde. All meine Pflanzen richten sich nach dem Maß ihrer Natur – nach warm/kalt und trocken/feucht. Glaube mir, Vater, alles hier folgt meinem Willen. Das Elixier meiner Stauden kann den Menschen heilen oder vernichten. Dieser Garten hat eine Kraft, die bis in mein Innerstes reicht!"

Warum faselte dieser Kerl ein so unverständliches Zeug? Was meinte der Junge mit der Bemerkung, dass ein solcher Garten ihm Kraft geben würde? Wusste er immer noch nicht, dass er sein Leben lang ängstlich und schwach geblieben war?

Jakob schüttelte den Kopf über dieses Vergnügen am Unkraut, wie er es nannte. Längst war der Krüppel erwachsen und doch blieb er ein nichtsnutziger Kostgänger auf dem Hof.

Eigenbrötlerisch war er und menschenscheu. Gerade so wie Morgana, seine Mutter. Auch sie hatte bei den Menschen nur Unverständnis und Ablehnung hervorgerufen. Dennoch, sie war schön gewesen, Jakobus dagegen war verunstaltet, boshaft und voller Tücke. Gelegentlich flößte er seiner Familie regelrecht Furcht ein.

Anfangs hatte Jakob beabsichtigt, auch die anderen Gewächse zu betrachten, aber jetzt hatte er das Gefühl, dass er sich mit den Hirngespinsten des Sohnes verbünden könnte. Abrupt und ohne eine weitere Frage zu stellen, machte er kehrt und verließ diesen rätselhaften Ort.

„Es wird Zeit, dass ich an die Abreise denke." Des Vaters Interesse an dem Kräutergarten wurde vom Tagesgeschäft verdrängt.

Wie schon öfter in letzter Zeit überkam ihn ein Schwindelgefühl. In solchen Momenten drehte sich alles um ihn herum und er musste an einem Baum, einer Mauer Halt suchen. „Nichts Ernstes", dachte er und anstatt Jakobus Lebewohl zu sagen, gab er sich einen Ruck und strebte mit energischen Schritten zur Hofeinfahrt. Dort standen Wagen und Pferde für die Abreise bereit.

Christoph wartete bereits und drängte auf den Vater ein, ihn in die markgräfliche Residenz mitzunehmen, aber Jakob wehrte ab. „Nichts da. Zum Vergnügen wird hier nicht herumkutschiert. Schau, dass du deine Aufträge in die Reihe bringst. Noch heute fährst du zur Dehmel'schen Mühle und sagst den Leuten, dass sie das Holz beim Müllenbach über den Riesen herunterschaffen. Zuerst müssen sie aber die Stützstreben ausbessern. Du stehst mir für das Gerüst gerade. Ich will nicht, dass einer der Fergen sich die Glieder zerquetscht, wenn die Stämme die Rutsche bergab sausen."

„Wann überlässt du mir das Geschäft einmal außerhalb vom Hof?" Die Enttäuschung des älteren Zwillingssohns war deutlich herauszuhören, aber er erhielt keine Antwort. Brummig machte er kehrt und ging zum Stall, wo er seinen Bruder Johannes bei den Pferden wusste.

Die rothaarige Luise Schwentendorf schob jetzt den Korb mit dem Reiseproviant unter die Kutschbank. „Mach zu, Endres, der Hauptschiffer wartet nicht auf dich. Kriegst du wieder einmal dein Schuhwerk nicht geschnürt?"

Die Magd heizte ihrem Mann kräftig ein. Er war ein guter Kerl, aber manchmal kam er mit seinen eigenen Angelegenheiten nicht in die Reihe. Luise wusste, dass die heutige Fahrt nach Baden für den Brotherrn von besonderer Bedeutung war.

Für die Reise hatte der Hauptschiffer einen Wagen anspannen lassen, der nach der jüngsten Mode gefedert war. Nachdem er einmal beim Reiten gestürzt war und sich dabei den Rücken verletzt hatte, saß er nicht mehr häufig im Sattel. Auch die alte Stichwunde aus den Zeiten seiner ersten Floßfahrt schmerzte ihn häufig. Jetzt zog er den gepolsterten Wagen vor.

Bei dieser Reise legte Jakob besonderen Wert auf einen beeindruckenden Aufzug. Dabei fuhr er mit großen Beklemmungen in die Residenzstadt. In letzter Zeit sorgte er sich, dass der Markgraf mit all seinen Schulden zahlungsunfähig werden könnte. Philipp, sagten die Leute, verpulvere all die Steuern für seine Reisekasse, wenn er wieder einmal für den Kaiser irgendwo in der Ferne die Kastanien aus dem Feuer holte.

Ruth war nicht mit hinausgegangen. Sie hatte auch nichts für diese Fahrt richten können, lag stattdessen apathisch in der Schlafkammer. Seit Tagen schon kränkelte sie, war abgemagert und klagte über Magen- und Bauchschmerzen. Gestern war beim Wasserlassen Blut mit ausgeflossen. Schließlich hatte Jakob einen Bader kommen lassen. Der hatte ihren Leib abgetastet, mehrfach den Urin berochen und die Kranke anschließend zweimal zur Ader gelassen.

Danach hatte er ihr aufgekochte Brombeerblätter verordnet, von denen sie jeden Tag zwei Becher trinken sollte.

Schließlich sollte Luise eine Handvoll Blüten des dunkelblau-violetten Wiesensalbeis in Essig ausziehen lassen. Mit dem Sud sollte Ruth nachts mehrmals Brust und Bauch einreiben. Und in der Tat stellte sich anschließend eine wohltuend belebende Wirkung bei ihr ein.

Schließlich musste sie jeden Abend ein Sitzbad nehmen. Luise fertigte einen Aufguss von der Schafgarbe, den sie dem Wasser hinzufügte.

Erstaunlicherweise nahm dieses Mal ihr Stiefsohn Jakobus großen Anteil am Zustand der Stiefmutter. Ja, er wollte sogar mit Rat und Tat zu deren rascher Genesung beitragen. Die Magd missbilligte diese unerwartete Fürsorge. Sein plötzliches Interesse am Wohlergehen der Kranken störte sie bei ihrer täglichen Pflege.

Den schlechten Gesundheitszustand lastete Ruth der Jahreszeit an. Die Landschaft war grau, verhangen und nebelig.

Noch einmal ging Jakob in das Haus hinein. „Bleib nur liegen, Frau. Es wird dir keiner vorhalten können, dass du nicht rechtschaffen deinem Tagwerk nachgegangen bist, jetzt brauchst du erst einmal Ruhe", tröstete er sie.

„Ach, Jakob, gerade dieses Mal fällt es mir schwer, dich aus dem Haus gehen zu lassen." Sie versuchte ein Lächeln. „Wenn du fort bist, fühle ich mich einsam. Wenn wenigstens die Sonne hervorkommen würde. Ich spüre schon jetzt den Winter."

„Mir scheint, dass selbst Jakobus sich um dich kümmert. Hier hat er einmal die Gelegenheit, sich anstellig zu zeigen." Beruhigend strich Jakob seiner Frau über den Kopf.

„Lass uns abwarten und sehen, wo seine Fürsorge hinführt." Sie sagte es mit soviel Skepsis in der Stimme, dass Jakob verwundert aufhorchte. Wenn der Mensch krank ist, fehlt ihm das Zutrauen zu allem um sich herum, ging es ihm durch den Kopf, als er in Kutsche stieg. Dann knallte Endres mit der Peitsche und ließ die Pferde antraben.

Es kam nicht alle Tage vor, dass ein so prächtiger Reisewagen im scharfen Tempo den Staub der Straße aufwirbelte. Spielende Kinder sprangen erschreckt zur Seite und eine Schar Hühner rettete sich laut gackernd in das Flüsschen Oos. Geschickt lenkte Endres Schwentendorf das Gefährt durch das schmale Tor der befestigten Residenzstadt, um schließlich mit einem lang gedehnten „Brrrr …" die Pferde anzuhalten.

Während der Hauptschiffer sitzen blieb, eilte der Knecht die geschwungene Steintreppe zum Rentamt hinauf. Dann kam er mit der Nachricht zurück, dass der Markgraf heute keine Audienzen abzuhalten gedenke, da er sich auf ein Fest vorbereite, zugleich aber dem Hauptschiffer Jakob Hassler die Ehre gab, an dem abendlichen Gelage teilzunehmen.

So war das mit den hohen Herren. Sie warfen sich in immer größere Schulden und suchten mit allerlei Zeitvertreib Abstand zu den nagenden Geldsorgen zu halten. „Nun gut." Es war Jakob deutlich anzumerken, dass ihm die Nachricht nicht schmeckte. „Wenn wir den Herrn nicht in seinem Kabinett antreffen, dann eben vor einer üppigen Tafel und mit einem Gänseschlegel im Hals. Dieses Herumrudern wird ihm nicht helfen. Irgendwann muss sich Philipp zu dem bekennen, was er mir schuldig ist."

Im Gasthaus zum Baldrich fand Jakob eine Unterkunft, um sich von der anstrengenden Fahrt zu erholen. Man wies ihm eine der fünfzehn Kammern zu. Er zahlte im Voraus und brauchte den Raum nicht mit anderen zu teilen. Die Herberge verfügte über 30 Badkästen und so überlegte er, ob das Wasser der Fettquelle gegen seine Schwindelanfälle helfen könnte. Auf der Fahrt hierher hatte er sich einige Male an der Lehne der Kutsche festgehalten, um nicht vornüber zu kippen. Für den Augenblick aber war er beschwerdefrei. Statt im Thermalwasser zu baden, legte er sich auf die Strohmatte und fiel in einen kurzen unruhigen Schlaf.

Die Luft in seiner Kammer war stickig und schließlich beschloss er die engen Gassen bis zur Stiftskirche hinaufzugehen. Oben angekommen sah er das erste Mal die Veränderungen der prächtigen Schlossanlage. Der alte Wohnbau stand nicht mehr. Auf den Kellerfundamenten hatte der große Baumeister Caspar Weinhart aus Benediktbeuren quer zum Kavaliersbau eine mehrstöckige Erweiterung des eigentlichen Schlosses geschaffen. Um den Innenhof waren Marstall und Remisengebäude aus dem Plateau herausgewachsen, die mit der Orangerie, rechts der Auffahrt ihren Abschluss fand. Dies alles spiegelte den Kunstsinn des Burgherrn wider, der bis weit in die Zukunft hinein ein Zeichen seiner Regentschaft setzen wollte. Zugleich machte dieses beeindruckende neue Schloss sichtbar, dass Philipp sich hoch verschulden musste, um eine solche Pracht entstehen zu lassen

Nachdem sein Vater Philibert im jugendlichen Alter von nur dreiunddreißig Jahren sein Leben bei einer Schlacht gegen die Hugenotten verloren hatte, war ihm Philipp unerwartet früh und noch ehe er das Mannesalter erreicht hatte, nachgefolgt. Jetzt herrschte er schon zehn Jahre über die Grafschaft und war doch nur selten daheim anzutreffen.

„Gerade einmal 26 Jahre alt ist der junge Markgraf und protzt mit Geld, das er den Landständen aus den Taschen klopft." Jakob sagte es zu sich selbst. Er hatte auf einer Bank Platz genommen und betrachtete andächtig die beeindruckenden Dimensionen der mächtigen Residenz.

Philipp war er bisher erst einmal begegnet. Das war vor zwei Jahren, als der Fürst bei ihm im Tal eine kurze Rast eingelegt hatte. Rückblickend kam es ihm vor, als habe damals ein Schwarm Hornissen seinen Hof überfallen. Schon Wochen zuvor hatte Ruth damit begonnen, alles herzurichten. Die Stallungen waren sorgsam aufgeräumt, Pferde und Kühe auf die Weiden hinausgetrieben, um Platz zu schaffen für den Besuch des Landesherrn mit seinem Gefolge.

Erst am späten Nachmittag war der Reiterpulk herangestürmt. Adelige, Vögte und Herren der Landstände drängten sich um den jungen Markgrafen. Als er vom Pferd gestiegen war, reichte man ihm einen Schluck Wein, von dem er achtlos trank und den er geradewegs angewidert ausspuckte.

Damals würdigte er Jakob nicht eines Blickes. Statt sich nach den Geschäften der Schifferschaft zu erkundigen, rief Philipp nach einem Reitknecht, der etwas am Gurt des Sattels richten sollte, so als gäbe es für ihn im Augenblick nichts Wichtigeres als das Wohlergehen des hochherrschaftlichen Hintern. Barsch und in frostigem Ton dann die Frage:

„Welche deiner Mühlen liegt dem Hof am nächsten?" Die beleidigende Wahl der Worte, das herablassende ‚Du', ließen nichts Gutes erahnen. Jakob wollte erklären, dass es die Dehmel'sche Mühle sei, seine erste und größte, da mischte sich einer der Günstlinge aus dem Gefolge ein: „Euer Hoheit, es ist spät geworden. Vergesst bitte nicht, dass der heutige Abend noch einige unterhaltsame Überraschungen bieten soll."

Mit diesem Hinweis sprang der junge Markgraf wieder in den Sattel und ließ Jakob grußlos stehen. Gleich darauf hatte der nahe Wald den Tross von gut zwei Dutzend Reitern verschluckt.

Damals war Jakob nur zu gut bewusst geworden, dass Philipp es unerträglich fand, bei einem Untertan so tief in der Kreide zu stehen. Immerhin mochte man dem jungen Landesherrn zugute halten, dass der größte Teil der Schulden noch aus Zeiten seines Vaters stammte. Aber er selber hatte nichts unterlassen, um immer neue Geldmittel beizutreiben.

Philipps Bauwut hatte viel Holz gefordert. Setzte der Landesherr seine spendablen Extravaganzen fort, dann war Badens Bankrott abzusehen. Mit dem wirtschaftlichen Ruin aber würden auch die Geldverleiher gleichermaßen in den Abgrund gerissen.

Es lag auf der Hand, dass die scheinheilige Einladung zu abendlicher Lustbarkeit eine Fortsetzung mit anderen Mitteln war. Jakob sollte eingeschüchtert werden. Schlimmer noch, er vermutete, dass der Landesherr ihn für diesen Abend auf ein Parkett lockte, das leicht zu einer Rutschpartie werden konnte. Der Aufschrei einer angeblich insultierten Dame, ja schon das Stolpern des Mundschenks genau vor seinen Füßen wären gegebene Anlässe, ihn als ungebildeten Wäldler und Dummkopf vorzuführen. Das alles könnte wohl nicht die Kreditbriefe aus der Welt schaffen, aber ein Hof, der ihm jegliches Wohlwollen entzog, würde die bedrohliche Lage abermals verschlimmern.

Mit großer innerer Spannung bereitete sich Jakob auf den Abend vor. Endres Schwentendorf hatte rasch ein neues Beinkleid beibringen können. Außerdem trieb er einen großen Filzhut auf, den die Feder eines exotischen Vogels zierte. Trotzdem es ein Leichtes gewesen wäre, die paar Schritte bis zum Schloss zu Fuß zu gehen, ließ Jakob abermals anspannen und fuhr wie all die anderen Gäste bis zum Rondell hinauf. Fackeln erhellten die einsetzende Abenddämmerung und Lakaien eilten herbei, um mit einem Treppchen beim Aussteigen zu helfen und den Herrschaften den Weg zu weisen.

Jakob geriet in ein buntes Treiben, als er die wenigen Stufen des geschwungenen Treppenaufgangs erklommen hatte. Viele der hohen Gäste waren von weit her angereist. Man kannte sich von anderen Geselligkeiten. Es wurde eifrig gegrüßt, tief verbeugt und höflich gelächelt. Er selber aber bewegte sich ratlos durch diese ausstaffierte Welt der Eitelkeiten und wünschte sich jetzt weit weg.

Von der großen Eingangshalle führte eine weitere Treppe in das nächsthöhere Stockwerk, von dem aus man in den Empfangssaal gelangte.

Dann plötzlich heftiges Händeklatschen, das sich rasch im ganzen Raum ausbreitete. Beim Eintreten von Markgraf Philipp bildeten ihm die Gäste ehrfürchtig eine breite Gasse.

‚Eine stattliche Figur macht der Markgraf‘, ging es Jakob durch den Kopf, als er den schlanken und feingliedrigen Körperbau des Monarchen betrachtete. Man sagte, dass er ein Kunstkenner sei und ein treuer Vasall des Kaisers. Aber man sagte auch, dass er als vernarrter Katholik nicht davor zurückschreckte, seine Untertanen für den rechten Glauben in den Tod zu treiben. Wer nicht regelmäßig in die Kirche ging, riskierte hohe Strafen und in den Ämtern Rastatt und Kuppenheim hatte es jüngst sogar Hexenverbrennungen gegeben.

Ohne die Schar seiner Gäste eines Blickes zu würdigen durchmaß der Landesherr den Raum mit weiten Schritten. Zielsicher steuerte er auf den anschließenden großen Festsaal zu und nahm am Kopf einer dreischenkligen Tafel Platz, die den ganzen Raum in seiner Länge ausfüllte. Gleich neben dem Landesherrn hatte man seinen Oheim und einstigen Vormund Herzog Albert V. von Bayern platziert. Den übrigen Gästen war es überlassen, sich je nach Rang und Herkunft mit der Sitzordnung zu arrangieren. Lakaien schoben Stühle zurecht und trugen Kleidungsstücke aus dem Raum.

Jakob beschlich das Gefühl, als halte der Haushofmeister ein besonderes Auge auf ihn. Unwillkürlich wurde er weit unten an die Tafel gedrängt, neben eine üppige, aufgeputzte Vettel. Sie sei die Frau des Truchsesses im linksrheinischen Riquewihr, einem Besitz des Württemberger Herzogs Christoph, vertraute sie Jakob ungefragt an, und sie und ihr Mann seien auf ausdrücklichen Wunsch und in Vertretung ihres dortigen Landesherrn schon vor zwei Tagen angereist, um den Neubau mit einzuweihen.

An dem reichhaltigen Essen und dem Wein konnte sich Jakob nicht recht erfreuen, zu sehr richtete sich seine Aufmerksamkeit auf den Markgrafen am fernen oberen Ende der Tafel und darauf, dass er selber nicht zuviel trank, denn er stellte fest, dass ihm ständig und großzügig nachgeschenkt wurde.

Die Auswahl der Gerichte war reichlich. Es gab Krebse gefüllt mit klein gehackten Äpfeln, Rosinen, Zucker, Eidotter und weißem Brot. Eine riesige Hasenpastete wurde mit großen Messern zerteilt und sackte rasch in sich zusammen. Außerdem hatte man Wildschweingulasch aufgetragen, das zuvor in Pfeffer, Rosmarin und Zimt eingelegt war. Danach gab es Pute mit Himbeeren. Von den vielen Süßspeisen, die Jakob nicht alle kannte, tat er sich nur wenig vom Kürbis im Teigmantel auf.

Wenn die Frau des Württemberger Truchsesses nicht gerade in sich hineinstopfte, was sie mit den kurzen Armen ergattern konnte, redete sie unablässig. Man musste befürchten, dass sie bei all den kulinarischen Versuchungen diesen Abend nicht lebend überstehen würde.

Es ging gegen Mitternacht, als der Haushofmeister sich zu Jakob herunterbeugte und ihn wissen ließ, dass seine Hoheit, Markgraf Philipp, den Hauptschiffer zu sprechen wünsche.

Trotz aller Zurückhaltung beim Alkoholgenuss folgte Jakob der Aufforderung mit einem unguten Gefühl in der Magengegend. Ein schlichter Schemel wurde an die linke Seite des Markgrafen geschoben und er darauf komplimentiert.

Ein mit Goldfäden besticktes Wams betonte den schlanken Körperbau des jugendlich wirkenden Landesherrn. Der Mund mit schmalen Lippen und die zu groß geratene Nase wurden von einem Backen- und Kinnbart eingerahmt, der sorgsam gestutzt war. Philipps Gesicht war gerötet. Von seinem Platz hatte Jakob gut verfolgen können, wie er den Getränken ausgiebig zugesprochen hatte. Der große Weingenuss war dabei sicherlich nicht einmal beabsichtigt, vielmehr gab es während des Gelages ein ums andere Mal Trinksprüche und Huldigungen, die vom Gastgeber mit einem „dem Herrn im Himmel sei Dank" beantwortet wurden.

Übellaunig und barsch begrüßte Philipp seinen Gast.

„Nun, Hauptschiffer, ich hoffe, Ihr seht uns nach, wenn es unsrem Hof nicht gelingt, mit Eurem Lebensstil mitzuhalten!" Dabei schob der Markgraf seinen Sessel so zurecht, dass er seinen Nachbarn direkt anblicken konnte.

Jakobs Position war alles andere als günstig. Man hatte ihn so platziert, dass er vor Philipps Füßen hockte. Als Gast in fremdem Haus, umgeben von Speichelleckern, die ihrem Landesherrn und Gönner in jeder Form ergeben sein wollten, konnte ein Gespräch mit dem angetrunkenen Monarchen zu nichts Gutem führen.

„Wir Flößer essen einfach, Durchlaucht, und wir arbeiten hart. Ein Mahl bei uns soll Kraft für die Last des Tages bringen. Dennoch danke ich Euch für die Gunst, mich an einer so reich gedeckten Tafel teilhaben zu lassen. Ich führe diese Güte darauf zurück, dass die Fronde der Schifferschaft für den schönen Bau des neuen Schlosses ihren Teil zum guten Gelingen beigetragen haben." Noch während er den Satz formulierte, fürchtete Jakob, dass der Gastgeber ihn für die vorlaute Bemerkung hart angehen könnte, aber der blieb betont ruhig – zu ruhig, wie es Jakob schien.

„Fronde, Hauptschiffer, gründen auf unserem alten Recht und Eurer Pflicht. Darin tut Ihr es jedem Untertan gleich. Für jenen Teil Eurer Abgaben gibt es keine Klage."

Dann wurde Philipp unvermittelt heftig. Er wetterte respektlos wie mit einem Knecht: „Anders aber steht es mit Lieferungen, die du mit listigen Kreditbriefen ausgepolstert hast. Das Rentamt hat dir Zugeständnisse gemacht, die darauf abzielen mir den Hals zuzuschnüren, stimmt's?" Philipps Kopf war rot angelaufen. Unverkennbar suchte der Monarch Streit.

„Alle Aufträge sind auf Weisung Eurer Durchlaucht ausgeführt worden!" Wohin sollte dieser Groll führen, dachte Jakob. Einige der hohen Herrschaften rechts und links des Tisches lauschten angestrengt, um etwas von dem Streit mitzubekommen.

„Schlechtes Holz hat Er mir angedreht!" Der Markgraf schlug mit der flachen Hand auf den Tisch, dass die Becher tanzten.

Von einem Moment zum anderen verstummte das muntere Geplauder an der Tafel. Jeder wurde nun Zeuge des weiteren Gesprächsverlaufs und hörte aufmerksam zu.

So erregt auch der Landesherr sich gebärdete, Jakob konnte hier nicht anders, als sich der Auseinandersetzung zu stellen. „Es ist alles Holz aus Euren Wäldern, Durchlaucht, und es ist das Beste, welches wir hierhergeschafft haben." Dabei hielt Jakob es für möglich, dass er auf der Stelle aus dem Saal geworfen würde, aber stattdessen antwortete Philipp mit schmalen Lippen und grimmiger Wut.

„Was treibst du hier so frech auf, Hauptschiffer Hassler, weißt du, mit welcher Summe du inzwischen gegen unsere Grafschaft auftrittst?" Philipp griff nach seinem Becher und hielt ihn achtlos einem Lakaien hin. Er wollte hinunterspülen, was ihm an Ärger im Hals steckte. Nichts mehr von fürstlicher Gunst, keine Anrede als „geheimer badischen Cammerrath." Philipp gewährte Gunst, oder er schob sie mit einer Handbewegung weg. Unverkennbar setzte er alles daran, seinen Gast zu ängstigen und gefügig zu machen.

„Mit Verlaub, Durchlaucht, es sind nicht weniger als 53 000 Gulden, die der Schifferschaft zustehen. Allerdings", Jakob machte eine Pause, „... sind davon 27 000 Gulden Schuldverschreibungen Eures ehrwürdigen Vaters Philibert."

Philipp war über die Summe nicht im Geringsten erstaunt. Er schien haargenau zu wissen, welchen Betrag er Jakob schuldete.

„Was glaubt Er eigentlich wo Seine Maßlosigkeit hinführen wird? Weiß Er nicht, dass Er gleich alles verlieren wird, wenn wir eines schönen Tages nicht mehr zahlen können? Nun, Er soll es ruhig wissen, warum ich Ihm ein schönes Mahl vorgesetzt habe. Es kann vielleicht das Letzte sein, das wir gemeinsam an diesem Tisch einnehmen, Hauptschiffer Hassler. Ich will Ihm nicht verheimlichen, dass der Kaiser damit droht, einen Sequestor einzusetzen, falls die Finanznot unserer Grafschaft sich nicht bessert."

Der Markgraf beugte sich zu Jakob hin, als sei es eine Mitteilung, die nur sie beide etwas anging. „Überlege Er sorgsam, wie er sich mit seinen Forderungen einzurichten gedenkt. Entweder Er macht den halben Schnitt an seinem unredlichen Geschäft, oder die Schuldverschreibungen taugen allenfalls zum Heizen in der kalten Jahreszeit." In drohendem Ton fuhr Philipp fort: „Jakob Hassler, verliere nicht das Maß aller Dinge. Überleg, ob du unser Wohlwollen um jeden Preis aufs Spiel setzen willst?"

Ein geschickter Hund, dieser Philipp, dachte Jakob, aber einschüchtern lassen wollte er sich nicht. Es war nicht gut, sich mit vollem Bauch und Becher zu später Stunde Zugeständnisse abringen zu lassen. Der Markgraf machte Anstalten, sich wieder den angenehmen Dingen des Abends zuzuwenden. Eine unmittelbare Klärung der Angelegenheit hatte keiner der beiden Kontrahenten zu dieser Stunde unterstellt. Ohne jede Ankündigung drehte sich Philipp dem Oheim auf seiner anderen Seite zu.

„Ich trage die Sorgen Eurer Durchlaucht mit allem Respekt mit nach Hause." Jakob stand auf, um sich zurückzuziehen. Er glaubte, dass Philipp diese Abschiedsworte nicht mehr gehört hatte, aber dieser wandte sich ihm unvermittelt nochmals zu und fauchte aufgebracht.

„Nicht ich habe Sorgen in dieser Angelegenheit, Hauptschiffer, es sind die Euren, die Euch quälen sollten. Fahrt nur heim, aber verirrt Euch nicht auf Euren Wegen! Denkt an meine Worte und halbiert Euren Wucher. Am Ende wird es vielleicht doch noch ein anständiges Geschäft, das wir beide besiegeln können!"

Auf dem Heimweg ging Jakob das Gespräch mit dem Landesherrn immer wieder durch den Kopf. Er fragte sich, warum Philipp nicht die wirkungsvollste aller möglichen Waffen gegen ihn gerichtet hatte. Nicht mit einem Wort hatte er die übrigen Partner in der Schifferschaft erwähnt, hatte auch nicht damit gedroht, in das Abkommen der Flößergemeinschaft einzugreifen. Nein, eigentlich war das unmöglich. Die Rechte seines Holzgeschäfts waren verbriefte Zugeständnisse und würden zweifellos im Falle einer Klage vor dem Reichskammergericht in Speyer bestätigt werden. Kein anderer als der selige Vater des Regenten hatte ihn, Jakob Hassler, zum alleinigen Sprecher der Schifferschaft erhoben und ohne Weiteres konnte der Sohn eine solche Absprache nicht über den Haufen rennen.

Der Besuch in der Residenzstadt hätte nicht enttäuschender ausfallen können. Zusammengesunken saß Jakob in seiner Kutsche und fühlte sich einsam. In seinen ersten Jahren als Hauptschiffer hatten ihm all die Menschen zur Seite gestanden, mit denen er in diese Aufgabe hineingewachsen war. Viele waren nun schon gestorben. Wer war aus jener Zeit noch am Leben? Thomas Kemper etwa, aber der Freund war hinfällig und verstand nichts mehr von der Holzwirtschaft. Zwar hatte er auf der Mühle immer noch das Sagen, aber jeder wusste, dass die Sägearbeiten längst von dem jungen Caspar Bantel, einem Zugewanderten aus St. Peter im südlichen Schwarzwald, dirigiert wurden. Der war klug genug, alles so zu richten, als kämen die Weisungen von Thomas und nicht ihm selbst.

Eigenbrötlerisch war Jakob geworden und unbelehrbar. Ratschläge tat er als Einmischung ab und die Gesellschaft anderer war ihm lästig. Geld und Wohlstand hatten eine Einsamkeit um ihn herum geschaffen, die ihn von allen anderen entfernt hatte. Genaugenommen stand er nicht einmal mehr in der Mitte seiner Familie, wenn man bedachte, dass Ruth kränkelte und die Hofarbeit Luise Schwentendorf überließ. Selbst die Zwillinge gingen dem Vater wenn immer möglich aus dem Weg. Verdammte Bande; daheim würde er sie lehren zu gehorchen.

Holpernd und schlingernd rollte der Wagen den Bergrücken hinunter. Gerade wollte er anweisen, eine Rast einzulegen, als Endres auf seinem Kutschbock auf einen Reiter aufmerksam machte. „Wenn mich nicht alles täuscht, kommt Hannß Rindeschwender den Berg hinaufgeritten, als sitze der Teufel hinter ihm im Sattel." Außer Atem hielt der Reiter neben der Kutsche. Das Pferd war hart drangenommen worden, denn seine Flanken bebten und es schlug unruhig mit dem Kopf auf und ab. Schaum tropfte von der Trense.

„Ein Glück, dass Ihr kommt!" Der Knecht rang nach Luft. „Eurer Frau geht es schlecht und der Bader hat gesagt, dass es zum Schlimmsten mit ihr kommen kann. Ich bin Euch so schnell wie nur irgend möglich entgegengeritten."

„Was fehlt ihr denn?", fragte Jakob, ohne wirklich mit einer ergiebigen Antwort zu rechnen. Er wusste, dass der Bote nicht mehr ausrichten konnte, als man ihm aufgetragen hatte.

Nur das konnte Hannß im Augenblick noch mitteilen: Ruth war nach der Abreise des Hauptschiffers nicht mehr auf dem Hof gesehen worden, hatte nur in ihrer Schlafkammer gelegen. Sie hatte Luise aufgetragen, jemanden nach Straßburg zu schicken und Bruder Hippolyt herbei zu bitten. Rasch hatte man einen Wagen nach dem Mönch geschickt und hoffte nun, dass der Elsässer bald eintreffen würde.

Es war noch ein gutes Stück Weges bis zum Ridinger Hof. Endres Schwentendorf ließ die Peitsche über den Pferderücken knallen und so ging es in halsbrecherischer Fahrt über die höckerigen Waldwege. Kurz vor dem Hof brach dann auch noch ein Wagenrad und um ein Haar hätte sich die ganze Fuhre überschlagen.

Hannß Rindeschwender reichte Jakob die Zügel seines Pferdes und während sich Endres an die Reparatur der Kutsche machte, saß der Hauptschiffer ächzend auf und legte wohl oder übel den Rest der Wegstrecke reitend zurück.

Auf dem Hof erwartete ihn die resolute Luise. Sie wischte sich die Tränen mit der Schürze ab. „Da kommt Ihr endlich. Die Zwillinge haben wir vom Wald zurückgeholt. Sie sind jetzt drinnen bei der Frau." Die Mägde und Knechte auf dem Hof standen herum und gafften. Man wollte wissen, wie es denn wirklich um die Kranke stand.

Jakob ritt an eine kleine Mauer heran, um sie als Stufe zu benutzen. Er kam nicht mehr so behände aus dem Sattel wie in früheren Jahren. Ohne sich aufzuhalten ging er ins Haus. Vorbei an dem wartenden Bader kletterte er die Treppenstiege hinauf und klammerte sich dabei keuchend an das Geländer.

In der Schlafstube war es stickig. Es roch nach Kräutern und Tinkturen, aber auch nach Urin und Exkrementen. Die Fenster waren verhangen. Beim Eintreten des Vaters erhob sich Johannes vom Krankenlager der Mutter. Christoph stand neben der Tür und blickte starr vor sich hin.

Der alternde Hauptschiffer durchquerte den niedrigen Raum und beugte sich besorgt über seine Frau. Er sah auf einen Blick, dass Ruth mit dem Tode rang. Greisenhaft eingefallen war ihr Gesicht. Die Haut überzogen ungesund aussehende rote Flecken. Sie schnaufte mehr, als dass sie atmete und ihren Körper schüttelten heftige Krämpfe.

Der Bader war dem Hausherrn hinauf gefolgt. „Wir haben der Frau einen Sud aus Wiesensalbei und Zinnkraut aufgegossen. Ersteres gegen die Krämpfe, während das Zinnkraut das Bluterbrechen zum Stillstand bringen soll."

Nur aus weiter Ferne hörte Jakob den Bericht. Er versuchte Ruth anzusprechen, doch deren leerer Blick ging an die Decke. „Hörst du mich, Frau? Sag etwas! Zum Gotterbarmen, was geht nur mit dir vor?" Immer wieder suchte er ein Zeichen des Erkennens. Wenn sie ihn doch wenigstens wahrnehmen würde, aber die Kranke lag unruhig in den tiefen Kissen, stöhnte und während sie Blut spuckte, drängte sich Luise vor und tupfte den Auswurf ab. Mit einem feuchten Tuch wischte sie der Sterbenden die Schweißtropfen von der heißen Stirn.

„Es ist besser, wenn wir ihr Ruhe gönnen", sagte sie rückwärts gewandt. „Nehmt dort auf dem Stuhl Platz, Hauptschiffer. Die anderen solltet Ihr gehen lassen. Es ist nicht gut, wenn die Kammer so voll ist. Lasst die Seele in Ruhe ihrer Wege gehen, wenn es nun einmal der Wille unseres Herrgott ist."

Luise Schwentendorf sagte es in ihrer festen Art und Weise. Nicht jammernd oder vorwurfsvoll. Der praktische Sinn war ihr auch in dieser Stunde nicht abhanden gekommen.

Jetzt blieb nur noch Jakob im Raum zurück. Die Zweisamkeit der Eheleute wurde nur für kurze Zeit von Luise unterbrochen, wenn sie nach dem Rechten schaute, den heißen Körper abrieb oder das Tuch erneuerte, in das die Sterbende ihr Innerstes hineinhustete.

Während der Hauptschiffer stumpf vor sich hin blickte, ging ihm unablässig die Frage durch den Kopf, welches rätselhafte Übel Ruth überkommen hatte. Bei seiner Abreise war sie müde und zerschlagen gewesen, aber er hatte fest darauf vertraut, dass sich alles zum Guten wenden würde. Nun ja, er hatte sich eingeredet, dass sie wieder auf die Beine käme.

War seine Reise in die Residenzstadt falsch gewesen? Sie hatte ihm eh nur Ärger gebracht. Jetzt bereute er seinen Entschluss. Warum hatte er nicht bei ihr ausharren können? Diese Krankheit musste einen Ursprung haben. Hatte sie vor ihm etwas zurückhalten wollen? Wusste sie um ihren Zustand, als er den Hof verließ und hatte sie dennoch geschwiegen, um ihn beruhigt reisen zu lassen?

Es stand außer Frage, dass die Frau an seiner Seite Abschied nahm – von ihm, von dieser Heimstatt, vom Leben selbst. Kaum fünfzigjährig wollte sich der letzte Funken Leben nicht mehr entfachen lassen. Der Tag schwand dahin und die Dämmerung verwischte die Konturen im Raum. Während Ruth anfänglich geröchelt hatte, lag sie jetzt bewegungslos da. Vom Krankenlager kamen keine Geräusche mehr. Jakob saß unbeweglich und wagte nicht näher zu kommen. Ihm fehlte der Mut, in den Gang der Dinge einzugreifen. Hier tat sich eine Welt auf, die er fürchtete und der er jetzt nicht nahe kommen wollte.

Luise trug zwei Öllichter in den Raum, stellte sie seitlich neben dem Bett ab und beugte sich zu dem leblosen Körper herunter.

Sie sagte nichts, schaute den Hauptschiffer voller Mitleid an und dann machte sie eine Bewegung, die Jakob sein Leben lang nicht vergessen würde. Sie legte die Finger auf Ruths Gesicht und schloss der Toten voll warmer Anteilnahme die Augenlider.

Diese kleine unbedeutende Bewegung, dieses endgültige Zeichen für den Übergang in ein anderes Leben, grub sich tief in das Innere des Mannes ein, der seine Frau in der letzten Stunde ihres Lebens nicht mehr erreichen konnte. Dieser kurze Moment, in dem die leeren, ausdruckslosen Augen geschlossen wurden, ließ Jakob spüren, dass sie ihn allein zurückgelassen hatte.

Ruth war nie eine Frau gewesen, die sich in den Vordergrund gedrängt hatte. Weder war sie eitel noch herrschsüchtig gewesen. Sie war auch kein Ausbund wilder Lebensfreude. Diese Frau dort vor ihm auf dem Totenbett hatte Jakob ohne viel Aufhebens den Raum geschaffen, den er für seine weit reichenden Geschäfte beanspruchte. Sah man einmal von den wundervollen Wochen der leidenschaftlichen Hingabe während ihres Hausbaus ab, war beider Leben von harter Arbeit

und dem Takt der Jahreszeiten bestimmt gewesen. Der Liebes-
akt im warmen sommerlichen Regen auf einer einsamen Waldlichtung würde ihm unvergessen bleiben – weil das Erlebnis
sich heraushob aus ihrer gegenseitigen Anspruchslosigkeit in
solchen Dingen.

Mit der Geburt der Zwillinge waren die Liebkosungen sel-
tener geworden. Die gemeinsame Bettstatt diente der nächtlichen Ruhe, nicht der Lust. Ruth war in ihrem Wesen eine stolze
Frau und wohl auch deshalb hatte sie in gewisser Weise spröde,
wenn nicht abweisend auf ihre Umwelt gewirkt, aber auch ein
Stück weit auf den Mann an ihrer Seite. Nie aber hatte sie sich
ihm entzogen oder versagt.

Er musste auf seinem Stuhl eingenickt sein, denn Christoph war unbemerkt hereingekommen und berührte ihn an
der Schulter. „Komm Vater, leg' dich etwas hin. Wir wollen der
Mutter den Schlaf gönnen, den sie gesucht hat – für diese Nacht
und auf ewig."

Es war Ruths sehnlicher Wunsch gewesen, Bruder Hippolyt in
ihrer Sterbestunden im Haus zu wissen. Der alte Freund ihres
Vaters, des verstorbenen Sieur de St. Montaigne, bedeutete für
Ruth die letzte Bindung an ihre linksrheinische Heimat, an das
Elternhaus und die Mädchenjahre im Schatten der mächtigen
Kathedrale von Straßburg.

Erst zwei Tage nachdem sie für immer die Augen geschlossen hatte, fuhr der Wagen auf dem Rondell des Hauses vor, in
dem jetzt getrauert wurde. Man musste es dem betagten Mönch
hoch anrechnen, dass er sich auf die beschwerliche Reise eingelassen hatte. Er war älter als der Hauptschiffer, aber sein aske-
tischer Lebensstil mochte dazu beigetragen haben, dass er mit
knapp 60 Lenzen noch recht rüstig war.

Mit Ruths Tod hatte sich jetzt weiteres Unheil auf dem Hof
ausgebreitet. Der Stiefsohn der Verstorbenen, Jakobus, war
spurlos verschwunden. Niemand hatte ihn gehen sehen, ja,
man hatte den Einzelgänger unter dem Eindruck der Trauer-
nachricht nicht einmal vermisst. Es war üblich, dass er seiner
Wege ging. Dabei war er seiner Stiefmutter in ihren letzten

Lebenstagen kaum von ihrem Krankenlager gewichen. Mehr noch, er hatte Hand angelegt und sich lebhaft um die Kranke gesorgt.

Wieder war es die resolute Luise, die alle Hebel in Bewegung setzte, um etwas über den Verbleib des Krüppels in Erfahrung zu bringen, denn der Hauptschiffer war apathisch, unfähig, eine Entscheidung zu treffen.

Am Morgen, als man Ruths sterbliche Hülle der Erde übergab, hatte der Mönch nur wenige Worte gesagt. In seinem Alter wurde man stiller. Die kurze Predigt war es, mit der er den Trauernden Raum für eigenes Nachsinnen lassen wollte.

Wie bei ihrem ersten gemeinsamen Ritt den Rhein stromauf wirkte Bruder Hippolyt immer noch lebhaft und quirlig, als seien die Jahre spurlos an ihm vorbeigegangen. Er drängte den Hauptschiffer dazu, mit ihm ein wenig in den weiten Park zu gehen. Jakob war niedergeschlagen: „Wozu um alles in der Welt soll ich mich weiter abrackern. Was immer ich anpacke, ist doch sinnlos geworden", murmelte er und ließ sich ächzend auf eine Bank sinken.

„Eure Frau, Jakob, hat Euch nicht verlassen, sie ist nur vorausgegangen! Unser Leben ist nun einmal endlich … und … habt Ihr nicht gesunde Söhne, die nun bald auf den Steuerstuhl wollen? Wisst Ihr noch, was ich der Toten am offenen Grab mit auf ihren Weg gab? ‚Erhöre mich, wenn ich rufe, Gott meiner Gerechtigkeit, der du mich tröstest in Angst; sei mir gnädig und erhöre mein Gebet. So steht es im Psalm 4." Der Mönch packte den trauernden Witwer am Arm. „Schaut zuversichtlich auf die Zeit, die Euch noch bleibt."

„Ihr wollt Trost spenden, Bruder Hippolyt, das sehe ich sehr wohl, aber ich erkenne nicht den Grund, warum ihr Lebenslicht so rasch verloschen ist."

„Und wenn Ihr es wüsstest? Was würde Euch das helfen?" Die Antwort blieb Jakob schuldig. Immer wieder wanderten seine Gedanken in die Vergangenheit zurück, als ihn Bruder Hippolyt ein erstes Mal mit Ruth zusammengebracht hatte. Wie hoffnungsvoll lag damals die Zukunft vor ihm und wie fern war das alles jetzt.

Als sich die beiden Männer wieder dem Haus näherten, kam Luise auf sie zu. Jakob kannte die Magd lange genug, um zu erkennen, dass sie schlechte Nachricht brachte.

„Man hat Jakobus gefunden. Erschreckt nicht, Hauptschiffer: Er ist tot. Weiter unten am Fluss lag er. Halb verdeckt ragten nur die Beine aus dem Wasser. Ein Holzfäller meinte, bei dem Anblick habe es ihn geschaudert, weil der Unglückliche mit seiner krummen Gestalt ganz entsetzlich ausgesehen habe. Das Ufer sei an der Stelle sehr hoch und er könnte darauf wetten, dass Jakobus sich mit einem Kopfsprung den Hals gebrochen hat." Luise hielt sich die Hände vor das Gesicht, als müsse sie den Anblick vor ihrem geistigen Auge verdecken. „Ach, auf diesem Haus lastet seit Kurzem ein wahrer Fluch", jammerte sie.

Ohne auf seinen Straßburger Besuch zu achten, wandte sich Jakob ab. Wortlos und gebeugt verschwand er im Haus. Den Rest des Abends verbrachte er drinnen. Dort saß er wie leblos, trank ungewöhnlich viel Bier und jagte alle hinaus, die zu ihm wollten.

Als die Magd am nächsten Morgen die Fenster der Wohnhalle aufriss, um die stickige Luft hinauszulassen, ließ sie ein Geräusch zusammenfahren. Auf dem großen Sessel neben der Feuerstelle kauerte der Brotherr. Zwischen leeren Bechern und achtlos herumliegender Kleidung dämmerte er auf seinem Sessel dahin.

„Hier seid Ihr, Hauptschiffer. Himmelherrgott wie seht Ihr nur zerrupft aus. Warum seid Ihr gestern Abend nicht in Eure Kammer hinaufgegangen? Da glaubt man Euch im Bett und tatsächlich schlagt Ihr Euch hier die Nacht um die Ohren. Wirklich, Ihr seht nicht gut aus." Luise klopfte ein Wams aus, das am Boden herum lag. „Was hilft der schönste Sonnenaufgang, wenn man ihn verschläft!", schimpfte sie unverdrossen weiter. „Dabei sucht Euch der Elsässer Mönch schon seit Stunden."

Die Magd plauderte ohne Unterbrechung. Es war ihr anzumerken, wie unangenehm es ihr war, den alten Hassler in solch einem verwahrlosten Zustand vorzufinden.

Mühsam drehte sich Jakob aus dem Sessel heraus, während Luise ungerührt weiter auf ihn eindrängte.

„Ihr solltet Bruder Hippolyt nicht warten lassen. Ich habe ihn schon beim ersten Tageslicht draußen im Garten herumwandern sehen. Er geht dauernd hin und her und redet mit sich selbst."

Ungekämmt und mit geröteten Augen trat Jakob in die frische Luft des kühlen Morgens hinaus.

„Da kommt Ihr endlich." Auch der Mönch wirkte übernächtigt, ja ebenso gereizt wie der Hauptschiffer selbst. Man spürte, dass ihn etwas umtrieb.

„Jakob, ich habe ebenso wenig geschlafen wie Ihr. Gestern ging Euch das rätselhafte Sterben Eurer Frau durch den Kopf. Nun, auch ich habe mir diese Frage immer wieder gestellt. Als Euch die Hausmagd von Jakobus' Tod berichtet hatte, seid Ihr ohne ein Wort umgedreht, habt Euch die ganze Nacht Eurem Leid hingegeben."

Der kleine Mönch wanderte auf und ab und seine Hände vollführten fahrige Bewegungen ein Seelenzustand, den Jakob an Bruder Hippolyt sonst nicht kannte.

Mit einem deutlichen Vorwurf in der Stimme fuhr der Mönch fort: „Als Ihr fortgegangen wart, blieb auch ich allein. Im Laufe des Abends fragte auch ich mich immer wieder, warum Jakobus sich selber das Leben genommen hat." Er machte eine Pause. „Übrigens, dass er sich absichtlich in den Fluss stürzte, steht meines Erachtens außer Frage. Ihr stimmt mir doch zu? Als Mönch denkt man viel nach über die Welt, über die Menschen, die auf ihr herumwandeln und über deren Sinnen und Trachten. Warum schied Euer Ältester fast zur gleichen Zeit aus dem Leben wie seine Stiefmutter – das habt Ihr Euch doch auch gefragt, oder?"

Bruder Hippolyt unterbrach seine ruhelose Wanderung auf dem knirschenden Kies und blieb vor Jakobs Sitzbank stehen.

„Ich stellte mir vor, wie es wohl im Innersten des Jungen ausgesehen haben mochte. Einsam war er, das ist gewiss. Ob er litt? Wir wissen es nicht. Sicher spürte er, dass er alle abstieß, oder glaubte es zumindest. Nie würde sich ein Weib mit ihm einlassen. Kurzum, sein Unglück war ihm unerträglich und nur zu oft ließ er es die Menschen spüren."

„Ja, nun gut, das wissen wir ja", gab Jakob ungeduldig zurück. Das alles waren Gedanken, die ihm selber schon hundert Mal durch den Kopf gegangen waren. „Ging es dem Nichtsnutz denn nicht gut auf dem Hof? Zumindest mit Ruth hätte er seinen Frieden schließen können! Der Kerl wusste sehr wohl um den Schaden, den er täglich in unser Haus trug."

„Schaden hat Euer Jakobus wahrlich angerichtet, aber nun denkt einmal weiter zurück. Erinnert Ihr Euch an Straßburg und die Hexenverbrennung? Wisst Ihr noch, wie Ihr mich damals angesprochen hattet, ratlos, Hilfe suchend? Ich begegnete Euch irgendwo in einer Gasse – mit dem verschreckten Kind an der Hand. Danach seid Ihr nur selten nach Straßburg zurückgekehrt. Ständig haben Euch die Geschäfte durch das Land getrieben. Ich hingegen sah das Kind im Hause der Familie St. Montaigne weit öfter."

„Das ist lange her und Ihr solltet mir nicht Vorhaltungen für eine Zeit machen, die so weit zurückliegt."

„Schon, schon, jene Zeit scheint uns in der Tat schon eine Ewigkeit her", fuhr Bruder Hippolyt unbeirrt in seinen Überlegungen fort, „aber es ist wichtig, dass ich gerade jetzt darauf eingehe. Damals öffnete sich das Kind mir gegenüber stets dann, wenn wir über Pflanzen, Kräuter, die Natur im Allgemeinen, kurzum, über Dinge sprachen, die ihn nicht verletzen würden. In jener Welt bekam er keine Widerworte, keine hintergründige Hänselei oder – schlimmer noch – ein aufgesetztes Bedauern. Im Garten ließ er wachsen, aber – und das ist bedeutsam – er zerstörte auch nach Belieben. Dabei fiel mir schon damals auf, dass er oftmals keinen Unterschied machte, ob es wertvolle Blumen und Kräuter waren oder nutzloser Wildwuchs. Gerade dieser Drang zum Zerstören ging mir gestern erneut durch den Kopf."

„Lieber Bruder Hippolyt, nehmt Rücksicht auf mich. In diesen Stunden der Trauer kommt Ihr auf Dinge zu sprechen, die sich längst verwachsen haben. Das alles hat doch nichts mit seinem Tod zu tun."

„Da bin ich aber ganz anderer Ansicht. Gerade hier, Jakob, kommen wir zum Kern dessen, was ich Euch bei all dem Leid, das Ihr jetzt verspürt, nicht vorenthalten kann." Bruder Hippolyt hielt inne, zögerte für einen Moment und dann sagte er Worte, die er so lange hinausgezögert hatte.

„Euer Sohn Jakobus, lieber alter Freund, hat nach allem menschlichen Ermessen Hand nicht nur an sich selbst, sondern auch an seine Stiefmutter gelegt. Dieses Kind – und ein solches blieb er in seinem Inneren ganz offensichtlich bis zuletzt – dieses Kind also hat den Tod Eurer geliebten Frau Ruth auf dem Gewissen."

Bruder Hippolyt stand jetzt direkt vor dem Hauptschiffer. Wie mochte Jakob diese Enthüllung aufnehmen? Würde er aufbegehren, sich abermals abwenden und wortlos in seine Stube entschwinden?

„Ihr wisst nicht recht, was Ihr da sagt!" Wie konnte der alternde Mönch nur eine so gottlose Vermutung äußern. „Dieses ist nicht der rechte Augenblick, schlecht über den Toten zu reden. Es ist wohl wahr, dass aus dem Kerl nichts Rechtes wurde, aber hängt ihm nicht eine solche Sünde an!"

Bruder Hippolyt machte eine beschwichtigende Handbewegung. „Ich weiß sehr wohl, dass ich Euch jetzt zusätzlichen Kummer bereite, aber Ihr werdet wohl oder übel noch einen Moment zuhören müssen." Dabei griff der Mönch unter seine braune Kutte und zog einiges lädierte Grünzeug hervor, das er dort verborgen gehalten hatte. Dann fuhr er fort:

„Ich muss Euch jetzt bitten, mich bis zum Herbularius Eures Sohnes zu begleiten. Als mir gestern all die Gedanken über seinen Jähzorn und die Eigenbrötlerei durch den Kopf gegangen waren, suchte ich den Kräutergarten auf. War nicht gerade dort der einzige Platz in seinem Leben, den er liebte? Ein kleines Viereck, in dem er herrschte und regierte."

Während der Mönch sprach, gelangten sie an die Stelle, wo Jakob noch kurz vor seiner Reise nach Baden den Sohn zum letzten Mal gesehen hatte. Bruder Hippolyt hielt sich nicht lange auf. Er packte Jakob am Ärmel und zog ihn an den gepflegten Lilien- und Rosenbeeten vorbei. Alles schiene unverändert. Baldrian, Haselkraut und Ringelblumen standen sauber aufgereiht. Doch dann sah Jakob, dass zwei Beete im hinteren Teil des Gartens zerstört worden waren. Das Erdreich lag offen da, wie eine blutende Wunde.

„Ich beginne Euch zu verstehen, Bruder Hippolyt", sagte er jetzt, während er mit dem Fuß über das Beet strich. „Ihr wollt mir zeigen, dass Jakobus kurz vor seinem Tod einen Tobsuchtsanfall bekommen hat?"

„Nein, die Angelegenheit stellt sich anders dar. Jähzorn wächst aus dem Augenblick heraus, spontan und ohne Plan. Jakobus suchte nicht seinen Freitod wegen eines Wutanfalls. Hier stoßen wir auf etwas, das bedachtsam und zielstrebig angelegt worden war. Als ich mir diese leeren Beete anschaute, wunderte ich mich, dass ich keinen winzigen Rest einer Pflanze vorfand. Die Einsaat wurde, wie man so sagte, mit Stumpf und Stiel beseitigt. Warum, so fragte ich mich, hat er das Grünzeug nicht einfach umgegraben und warum hat er alles aus dem Hortulus entfernt? Jeder Gärtner nutzt verwelktes Grün als Humus. Was also war hier gewachsen? Und wo ist das alles hingekommen? Ich ging einige Schritte weiter bis hierher, seht Ihr ...?" Der Mönch war auf der Rückseite der Anlage angelangt und deutete auf welkendes Kraut hinter der Hecke. „Nun schaut, was auf der Erde liegt, und dann betrachtet einmal, was ich in der Hand halte. Seht Ihr einen Unterschied?"

Nach kurzer Betrachtung antwortete Jakob mit wachsendem Interesse an den Ausführungen des alten Freundes: „Nun ja, die Kräuter scheinen von der selben Gattung abzustammen."

Bruder Hippolyt konnte vor Erregung kaum noch an sich halten. „Ihr habt richtig beobachtet, denn beides stammt von diesen herausgerissenen Stauden vor uns auf dem Boden. Nun aber gebt gut acht: Wenn Ihr genau hinseht, werdet Ihr neben diesem Kraut mit den weißgefärbten Dolden und gerippten Blättern eine weitere Pflanze entdecken, offenbar von dem zweiten Beet." Der Mönch hatte sich weit herabgebeugt und durchkämmte das faulende Grün mit den Fingern beider Hände. „Seht Ihr dort jene Stängel, die aussehen wie rankendes Kürbisgewächs. Es hat kleine rote Beeren, da, seht her ...!"

Nur mühsam kam er aus seiner gebückten Haltung wieder hoch. „Nun, ich weiß, dass Ihr Euch mit all der Botanik nicht gut auskennt. Jakobus aber hatte im Kloster in Heidelberg sehr wohl aufgemerkt. Bei dem Kraut mit den weißen Dolden und den kugeligen Fruchtkörpern handelt es sich um nichts anderes als um Aethusa canapium, oder wie man landläufig sagt, um die Hundspetersilie. Giftig, aber in der Regel nicht tödlich. Das zweite Kraut dort mit den roten Früchten sieht nicht nur aus wie Kürbiskraut, es gehört tatsächlich zu jener Gattung, mit dem Unterschied, dass es sich um die hochgiftige, rotbeerige Zaunrübe handelt."

„Das mag ja alles sein, aber was sagt das schon? Deswegen muss der Kerl doch nicht gleich die eigene Stiefmutter vergiftet haben", fiel Jakob dem Mönch ungeduldig ins Wort. „Ich will Euch ja abnehmen, dass er Giftkräuter in seinen Hortulus mit eingebracht hat, aber daraus zu schließen, dass er sie zum Töten einsetzte, ist eine sehr gewagte Behauptung."

„Leider, lieber Jakob, bin ich noch nicht am Ende angelangt. Die Wirkung dieser Kräuter sah ich auf einmal in engem Zusammenhang mit Ruths Krankheit. Nach anfänglichen Erregungszuständen folgte Erbrechen, dann Durchfall und später sogar Erstickungsanfälle – alles Beschwerden, die von der Hundspetersilie hervorgerufen werden.

Ich habe daraufhin Eure Magd Luise beiseite genommen und schließlich erfahren, dass Eure Frau Blut beim Wasserlassen verlor. Auch von Hautreizungen und Blasenbildungen sprach sie. Solche Übel wiederum können von der rotbeerigen Zaunrübe ausgelöst werden.

Beide Kräuter blühten unscheinbar, beinahe wie zufällig im Garten Eures Sohnes. Als Luise dann hinzugefügt hatte, dass Jakobus seit geraumer Zeit eigene Tinkturen zur Stiefmutter hinaufgebracht hatte, war mir klar, dass er mit Vorsatz vorging.

Dann erzählte sie mir noch, dass sie Jakobus mehrmals aus der Kammer gewiesen habe, aber gemeinsam mit den Zwillingen gelang es ihm dann doch, sich dem Einspruch der Magd zu widersetzen."

„Und wenn alles so ist, wie Ihr jetzt sagt, warum sollte Jakobus die eigene Stiefmutter vergiften? War sie es nicht, die ihn aufgezogen hat? War sie es nicht auch, die ihn trotz all der Teufeleien immer wieder verteidigt hatte?"

„Auch dafür erhielt ich gestern eher zufällig eine Antwort. Als man Jakobus aus der Kammer der Mutter vertrieb, war er auf einmal puterrot angelaufen und hatte Luise angeschrien:

„Was weißt du altes Rabenaas schon von meiner Mutter. Aus dem Jenseits wird sie auftauchen. Meine Mutter hat Macht, große Macht sogar. Der Vater hat auf diesem Hof mit der falschen Frau im Bett gelegen. Jetzt kommt die Zeit, das Unrecht auszurotten!"

„Das soll er zu Luise gesagt haben?" Jakob war fassungslos. „Warum sollte dieser Unhold gerade die Frau aus dem Weg räumen, die ihn hochzog, ihn wusch, sich um ihn kümmerte und sorgte?"

„Wir können nur vermuten", gab der Mönch vorsichtig zurück. „Denkt einmal nach: Er sah mit an wie seine eigene Mutter zum Scheiterhaufen gezerrt wurde, dann plötzlich eine Fremde, die ihn anfasste, ihn badete. Jede Berührung verursachte ihm Schmerzen, jede Umarmung verstand er als Bedrohung. Das Weibliche, nach dem er sich vielleicht gesehnt hatte, fand er jedenfalls nicht in seiner Stiefmutter. In seine Andersartigkeit, floh er die Menschen. Er wuchs in eine eigene Welt hinein, die seinem heimlichen satanischen Treiben Tür und Tor öffnete."

„Ihr meint, dass Jakobus uns alle hasste?"

„Wenn er um die Aufmerksamkeit eines Menschen bemüht war, dann allenfalls um die Eure. Ihr Jakob, wart sein Retter in der Not gewesen. Eine Vermutung ist es, mehr nicht. Die anderen aber ertrug er notgedrungen – bis zu dem Augenblick, als er in seinem Leben keinen Sinn mehr sah. Sein einsames, krankes Hirn mochte ihm eingegeben haben, dass er mit dieser arglistigen Tat seiner wahren Mutter näher rückte." Bruder Hippolyt zerrieb die Blätter der Hundspetersilie zwischen den Fingern und ließ sie achtlos fallen. Darauf wischte er sich sorgfältig die Handflächen im Gras ab.

Missgelaunt stieß Jakob mit dem Fuß nach den welkenden Kräutern. „Pah, dieser Unhold. Wenn dieser Satan mit seinem Ableben versucht hat, uns alle zu strafen, dann ist ihm das ja bestens gelungen."

Bruder Hippolyt schaute Jakob lange an, ehe er wie zu sich selbst antwortet:

„Ihr hattet Eurer ersten Liebschaft auf ihrem Scheiterhaufen versprochen, ihr Kind aufzuziehen. Dank Eurer Hilfe war sein Körper mit heiler Haut davongekommen, seine Seele aber nicht. Er hat den Albtraum stets mit sich herumgetragen. Ihr hattet ihn vor dem Feuer gerettet – im Wasser aber fand er den Tod."

Faule Schuldner
Anno 1594 / 1596

Je mehr Abstand Christoph Hassler vom Ridinger Hof hatte, umso besser. Er liebte es zu reisen, sei es in die Bischofstadt Speyer, zur badischen Residenz oder mit dem Floß den Rhein hinab. Wenn er sich aus der unguten Atmosphäre des Ridinger Hofs wegschlich, fühlte er sich ungebunden und frei. In der Ferne galten seine Regeln. Dort konnte er sich ohne das ständige Einmischen des griesgrämigen Vaters in das aufregende Treiben der Städte werfen und vielleicht ein Liebesabenteuer einfädeln, ehe er sich wieder fortmachte.

Neunundzwanzig Jahre war er jetzt alt. Ständig nörgelte der Alte, er solle sich daheim nützlich machen. Zudem sei es längst an der Zeit, eine Frau heimzuführen. Statt sich herumzutreiben, sollte er lieber einen Nachwuchs zeugen. Eine gute Partie sei er und ein rechtes Mannsbild allemal.

Zum Teufel mit einem Eheweib. Unterwegs und auf langen Reisen wusste Christoph sein freundliches Naturell vorteilhaft zu nutzen. Sein Schnauzbart gab ihm das Aussehen eines furchtlosen Landsknechts. Die graublauen Augen schauten mit wachem Blick aus einem Gesicht mit starken Wangenknochen und buschigen Augenbrauen, die er vom Vater geerbt hatte. Wenn er gelegentlich aufbrausend und jähzornig war, so war auch hier unverkennbar, dass ihm der Alte sein Temperament mit auf den Weg gegeben hatte.

Auf keiner Kirchweih fehlte Christoph und auf Hochzeiten tanzte er, bis ihm der Schweiß ins offene Hemd rann. Einige Leute sagten, dass züchtige Mädchen sich von dem Draufgänger besser fernhielten, denn er wusste, wie er ihnen unter den Rock kommen konnte. Eine Magd auf dem Hof hatte ihren gottlosen Lebenswandel bitter bezahlen müssen. Das Kind, von dem sie entbunden worden war, hatte keinen Vater und doch wusste alle Welt, dass sie im Sommer zuvor bei der Heuernte den Sohn des Hauptschiffers umflattert hatte wie eine liebestolle Henne. Dem jungen Hassler konnte sie nichts nachweisen und so zog sie eingeschüchtert wieder ab. Zu groß war die Macht der Familie Hassler und es gab niemanden, der den Vorwurf der jungen Mutter beeiden wollte.

Christoph strotzte vor Lebenskraft und Optimismus und merkte sehr wohl, dass sein Vater eifersüchtig auf diese wilde lustvolle Männlichkeit war. Der Sohn lebte Frohsinn und Sorglosigkeit in einer Art vor, die dem Alten abhanden gekommen waren. „Der Nichtsnutz räkelt sich in den warmen Kissen von Wohlstand und Reichtum. Er kennt keinen Hunger", hatte Vater Jakob gebrummt und haderte mit dem Verfall seiner eigenen Existenz.

Jetzt war Christoph im badischen Rentamt vorstellig. Dabei war es ihm flau um die Magengegend. Einerseits hing von diesem Gespräch vieles für die Schifferschaft ab, andererseits aber fühlte er sich in seiner Rolle als Geldeintreiber unbehaglich. Mit dem neuen Markgrafen hatte sich die Geldnot in Baden immer weiter zugespitzt.

Noch nicht einmal dreißigjährig hatte es Markgraf Philipp noch früher dahingerafft als seinen Vater Philibert. Viel zu früh, sagten die einen und zu spät die anderen. Eduard Fortunatus war jetzt neuer Landesherr und hatte mit seinem liederlichen Lebenswandel die Vorgänger unrühmlich übertroffen. Mit diesem Land verband ihn herzlich wenig, war er doch in London geboren. Sein unstetes Leben trieb ihn nach Skandinavien, Italien, dann wieder in die Niederlande und am Ende wusste niemand so recht, wo Eduard Fortunatus gerade wieder Badener Dukaten aus dem Fenster warf. Der Monarch war nicht zimperlich im Schuldenmachen und hatte die Schifferschaft immer wieder um Geld angegangen. Die Summen, mit denen die Markgrafschaft bei dem alten Hassler im Buche stand, waren bedrohlich angewachsen.

Vor sieben Jahren war Vater Jakob in Speyer beim Reichskammergericht vorstellig geworden, um die Rückzahlung seiner Forderungen mit Habsburger Recht durchzusetzen, aber hier, wie auch bei allen anderen anhängigen Streitigkeiten, hatte der kaiserliche Gerichtshof die Klage endlos verschleppt. Einmal forderte man neue Beweise, dann wieder sollte ein aktueller Schuldenstand errechnet werden. All das hatte nur Kosten und Ärger gebracht. Wiederholt hatte der Vater die Befürchtung geäußert, dass es den Herren Richtern darum ging, den Ruf des Landesherrn nicht weiter zu beschädigen.

Sorglos, wie Eduard Fortunatus nun einmal war, hatte er den schmählichen Brauch seiner Vorgänger fortgesetzt und die Schuldenpolitik noch weiter ins Kraut schießen lassen. Es war absehbar, dass über kurz oder lang auf kaiserliches Geheiß ein Sequestor eingesetzt würde. Eine solche Entscheidung wäre dann vielleicht sogar das Aus für all jene Gläubiger, die sich in der Residenz gegenseitig die Türklinke in die Hand drückten.

„Was will er nun wirklich, wenn er sich hier aufplustert?", wurde Christoph gleich bei Ankunft vom Rentmeister zurechtgewiesen. „Mit Eurem Vater war vereinbart, alle Kreditbriefe mit dem ausgehandelten Zinssatz zu vergüten. Will er jetzt Rosinen zählen, wenn unser gutes Silber einmal mit Verspätung in seinem Beutel landet?", fuhr der Rentmeister den jungen Hassler an.

„Mit Verlaub, eben dieser Zins geht schon seit fünf Jahren nicht mehr ein – von der Tilgung der Schuld einmal ganz abgesehen", antwortete Christoph mit leiser Stimme. Er spürte, dass er nicht überzeugend auftrat, denn der Vater hatte ihm für diese Mission wieder einmal kein einziges Dokument mit auf den Weg gegeben.

„Christoph Hassler, lass er es sich ein für alle mal gesagt sein, er schürt mit seinem Vater das Feuer gegen unseren erlauchtigsten Landesherrn. Ein solches Misstrauen steht gerade demjenigen nicht an, der mit so vielen Gunstbezeugungen ausgestattet ist. Führt er nicht seit Langem einen Rechtsstreit gegen das markgräfliche Haus? Mehr noch, hat er noch immer nicht begriffen, dass die Angelegenheit nur deshalb anhängig ist, weil das hohe Gericht nichts von diesem Zauber hält, den der Herr Hauptschiffer dort angezettelt hat?"

Der Rentmeister war jetzt in Fahrt „Was soll mich diese ganze Aufregung scheren. Er ist schließlich in guter Gesellschaft mit dem Durlacher Markgraf Ernst Friedrich gleich nebenan. Unser Nachbar ist ebenso raffgierig wie er hier? Wohlmöglich wird sich demnächst dieser Ernst Friedrich in einem Handstreich unsere Badische Markgrafschaft einverleiben. Wer weiß, vielleicht werdet Ihr über kurz oder lang Eure Forderungen mit ihm ausstreiten können."

Ohne den Blick zu heben, gab er Christoph mit der Hand ein Zeichen, sich zu entfernen. „Er ist jetzt entlassen. Sollte er aber Lust verspüren, sich anderswo zu ereifern, so mag er die Schreibstube gleich nebenan aufsuchen, da gibt es sicher einen Registrator, der Zeit für ihn hat. Guten Tag, Herr Hassler!"

Das war ein deutlicher Rausschmiss. Noch nie stand das Glück der Schifferschaft so sehr auf der Kippe wie in diesen Tagen. Ging die Markgrafschaft in die Hände eines Sequestors, wäre das vielleicht sogar ein Befreiungsschlag für die Untertanen. Für Jakob Hassler und seine Nachkommen könnte es dagegen der blanke Ruin sein. Daheim im Tal hörte man bereits gelegentlich einen respektlosen Ton. Wenn „Mijnheer" Hassler, der alte Blutsauger einmal stolperte, würde manch einer gern nachtreten. Es wäre doch in Gottes Namen mehr als gerecht, wenn der Alte einmal ebenso um seinen Lebensunterhalt bangen müsste wie sie alle hier.

Auf dem Weg zu seinem Pferd klangen Christoph die letzten Worte des Rentmeisters im Ohr. Was hatte er gemeint mit dem Durlacher Markgraf? Schon anderen Orts hatte man davon geredet, dass die Badener Residenz von diesem Nachbarn bei Nacht und Nebel überfallen werden könnte. Wie ernst war dieses Gerücht?

Er beschloss, alte Kontakte aufleben zu lassen. Anno 1592 gab es einen gewissen Baptist, der mit ihm geflößt hatte und der jetzt in der Durlacher Residenz im Dienst stand. Vielleicht würde man dort etwas wissen, falls an dem Gerücht etwas dran war.

Während Christoph in die Abenddämmerung hineinritt, dachte er an den Zwillingsbruder. Der war jetzt sicher fern all dieser Sorgen. Nach dem Tod der Mutter hatte er sich immer öfter mit dem Vater zerstritten. Christoph hatte keinen Zweifel daran, dass Johannes sich so rasch davongemacht hatte, weil er das freudlose Elternhaus abgrundtief gehasst hatte. Für das Holzgeschäft jedenfalls war er nie zu interessieren gewesen.

Irgendwann, als er mit dem Floß nach Gelder geschickt worden war, hatte er die Gelegenheit genutzt und sich sang- und klanglos aus dem Staub gemachte. Nach Gent oder Amsterdam soll er weitergezogen sein. Ob Johannes ein glücklicheres Leben führte als er selbst?

Vor einem Jahr dann kam die Nachricht, dass er offenbar wohlbehalten und gesund sei. Ein Geuse hatte ihn im Herzogtum Brabant auf der Straße getroffen. Als Schüler eines Künstlers male er Bilder aus, die ihm der Meister vorgab.

Christoph lächelte. Wenn er selber wieder einmal Flöße bis in die Niederlande begleiten sollte, würde er auf eigene Faust nach Johannes suchen.

In Durlach hatte Christoph zwischenzeitlich Baptist getroffen, eine Plaudertasche, wie man so sagt. Der redselige Junge hatte sich freudig der gemeinsamen Floßfahrt vor zwei Jahren erinnert und gab bereitwillig Auskünfte. „Unser Stallmeister hat etwas vom Hofmarschall Ernst Friedrichs mitbekommen. In Durlach sagt man, dass Ihr Badener hoch verschuldet seid und nicht einmal der Kaiser die Hand über euren Fortunatus halten würde. Warum also nicht die Gunst der Stunde nutzen und bei euch einmarschieren."

Die Neuigkeiten aus der Durlacher Markgrafschaft klangen mehr als bedrohlich. „Glaubt Euer Landesherr denn wirklich, dass er mit Musketen und Kanonen herumballern kann? Immerhin, wir haben auch einiges Blei zu verschießen", stachelte Christoph den anderen auf.

„Was soll unser Fürst sich die Hände mit Blut beschmieren. Sei doch ehrlich, Christoph, euer Bruder Leichtfuß Eduard ist nicht daheim. Die Leute sagen, dass eure Residenz so etwas wie ein Hundezwinger ohne Meute ist. Und überhaupt, wer von euch würde vor Kummer umkommen, wenn wer anderes die Dinge wieder gerade rückt? Wir wollen euch doch nur helfen, euren nichtsnutzigen Saufbold davon zu jagen? Am Ende ist es doch egal, ob euer Landesherr ‚Fortunatus' oder ‚Ernst Friedrich' heißt, habe ich recht?"

Jakob Hassler hatte die Neuigkeiten seines Sohnes anfangs ohne Kommentar entgegengenommen. Möglicherweise hatte dieser Baptist nur angeben wollen. Doch dann wurde er zusehends unruhiger. Vielleicht waren die Schreckensmeldungen gar nicht so übertrieben?

Andererseits riskierte der Durlacher Markgraf nicht viel, wenn er beabsichtigte, bei seinem Verwandten einzufallen. Ein Streit unter Nachbarn, hier am oberen Rhein, würde im fernen Spanien als lästiger Husten abgetan, mit dem man sich für eine Nacht herumschlug, um sich am nächsten Morgen kaum noch daran zu erinnern. Der Habsburger Kaiser war inzwischen alt geworden und hatte genug Sorgen mit der englischen Königin, Elisabeth I.

„Was zuviel ist, ist zuviel!" Wütend haute der Hauptschiffer mit der Faust auf die Tischplatte. „Seit Jahr und Tag gebe ich dem Fortunatus mein gutes Geld, ebenso wie es seine Vorgänger von mir ergaunert haben, und vielleicht ist er schon morgen bankrott!"

„Reg dich nicht wieder so auf. Noch ist nicht aller Tage Abend." Immer wenn der Vater tobte, hatte Christoph das Gefühl, der Alte könnte unverhofft den Schlagfluss bekommen. Wenn er so in Rage geriet, lief er an und die Äderchen auf seiner Stirn traten bedenklich hervor. Jetzt schwankte der Hauptschiffer und hielt sich an der Tischplatte fest.

„Noch gibt es das Reichskammergericht. Wer könnte bessere Beziehungen dahin haben als du, Vater!"

„Ach was, diese Hoffnung können wir begraben. Seit Jahren schlage ich mich mit Speyer herum und alle Welt weiß, dass man dort die Pergamente so hoch auftürmt, dass sich unter den dicken Stapeln nichts mehr finden lässt."

Warum hatte Jakob seinen Ältesten überhaupt zum Verhandeln nach Baden geschickt? Besser wäre er selber in die Residenz gefahren. Was konnte der Spund schon ausrichten. Das Rentamt hatte bei einem solch unerfahrenen Milchknäblein, wie Christoph es nun einmal war, sowieso keinen Respekt.

„Hast dich wohl mit ein paar dummen Sprüchen abspeisen lassen, was?", ging der Alte den Sohn rüde an.

„Nie bist du zufrieden mit dem, was ich tue", schrie Christoph ihn an. „Diese ständige Nörgelei. Du denkst immer nur, dass du alleine weißt, wie die Dinge zu richten sind. Glaubst du wirklich, dass der Rentmeister seinen Sack aufgeknüpft hätte, wenn du an meiner Stelle bei ihm vorstellig geworden wärst?" Seit Anbeginn behandelte ihn der alte Greis wie einen dummen Jungen, saß derweil plump in seinem muffigen Zimmer herum. Dabei hatte der Vater überhaupt keinen Überblick über das Tagesgeschäft. Es kam immer häufiger vor, dass er wichtige Pergamente in seiner Lade behielt. Ob er damit seinen Sohn im Dunkeln tappen lassen wollte oder auch nur vergesslich war? Es würde nicht mehr lange dauern und Jakob Hassler würde zum Ende seines Lebens all das wieder umwerfen, was er über Jahre mühsam aufgetürmt hatte.

„Reiß das Maul gefälligst nicht so weit auf. Hast wohl gar keinen Respekt mehr, was? Noch bist du nicht der Hauptschiffer, hast gefälligst zu parieren, wenn ich es so will, verstanden!", brüllte Jakob zurück.

Er fasste sich an die Schulter. Der Schmerz seiner alten Stichwunde plagte ihn am helllichten Tag.

In der folgenden Nacht schlief er kaum und so fasste er kurzerhand den Entschluss, gleich am nächsten Morgen die Dinge selber in die Hand zu nehmen. So schwer es ihm auch fallen mochte, er musste in die Residenzstadt fahren. Noch einmal würde er dort alles in die Waagschale werfen und sich sein Recht erkämpfen. War Jakob nicht früher stets etwas eingefallen, um am Ende seine Schuldner mehr noch in die Pflicht zu zwingen als zuvor?

„Luise ...! Luise, komm endlich, wenn ich dich rufe!" Zwar zeterte er laut, aber er wurde nicht ausfallend. Die flinke Magd wusste ihn zu nehmen und er wiederum spürte, dass sie in dem großen, leeren Haus unentbehrlich geworden war.

„Leg mir den guten Rock zurecht und lass anspannen. Noch heute will ich nach Baden fahren." Nach einem kurzen Zögern fügte er hinzu: „Und Christoph kommt mit mir. Ich werd' dem

Nichtsnutz zeigen, wie man es anstellt, damit die Gäule nicht übers Geschirr trampeln!"

Als Luise zur Tür hinausging, schüttelte sie den Kopf. Konnte der Alte nicht endlich einmal Ruhe geben? Der Christoph war kein schlechter Kerl, ein wilder Hengst, ja, vielleicht, aber er wusste auch, wie die Wirtschaft zu besorgen ist. Was war schon schlimm daran, wenn er sich einmal kräftig besoff oder um ein fesches Mädchen herumschwänzelte?

Schon beim Verlassen des Hofs spürte Jakob, wie schwer ihm diese Fahrt fiel. Der November ging seinem Ende zu und es war nasskalt. Ein Knecht kutschierte, nicht im Einspänner wie früher, sondern vorn auf einem geräumigen Wagen. Energisch hatte Luise darauf gedrungen, dass sich der Hauptschiffer öfter einmal auf der Bank ausstreckte und unterwegs nicht ständig sitzend durchgerüttelt wurde. Der Sohn ritt voraus. Ihm kam dieser schnelle Aufbruch gar nicht recht, denn er hatte sich anderweitig vergnügen wollen.

Der Weg nach Baden war einsam. Dann aber, als sie oben an der Teufelsschlucht angekommen waren, verstellte ihnen eine Rotte von neun Fremden den Weg. Es war ungewöhnlich, Männer mit so starker Bewaffnung hier anzutreffen.

„Wo wollt Ihr hin?" Der Wortführer fragte nicht etwa ungehalten oder respektlos. Ganz offensichtlich war er in bester Laune.

„Wir sind auf dem Weg zur ...", wollte Christoph sich erklären, doch der Vater fiel ihm ins Wort. Noch hatte er hier das Sagen. Er richtete sich auf seinem Sitz auf: „Was soll diese Inquisition? Was geht es Euch an, wo wir hinwollen?" Dann ergänzte er etwas versöhnlicher. „Wir machen uns beim badischen Rentamt vorstellig."

„Vorstellig ... wegen was?" Der Obrist wollte es genauer wissen.

„Nun, Markgraf Eduard Fortunatus steht bei mir in der Kreide. Wir haben einen Handel zu klären", gab Jakob widerwillig zurück. „Ihr solltet uns nicht den Weg versperren." Er baute darauf, dass die Erwähnung des Landesherrn den Männern Respekt einflößen würde.

Amüsiert wandte sich der Obrist im Sattel um. Die letzte Bemerkung hatte bei seinen Leuten eine allgemeine Heiterkeit ausgelöst. „Ihr habt Euch vergeblich diese Reise zugemutet, Alter. Bruder Leichtfuß ist auf und davon und wenn Ihr glaubt, mit dem Halunken Geschäfte zu betreiben, dann nehmt Euch in acht, dass Ihr nicht im Armenhaus landet."

„Was redet Ihr da? Für Männer, die im Sold unseres Fürsten stehen, seid Ihr recht vorlaut!"

Das war mutig gesprochen und Christoph fürchtete schon, dass es zu einem Streit kommen könnte. Doch der Obrist saß selbstsicher und gebieterisch auf seinem Gaul.

„Merk' dir, Alter, wir essen nicht das Brot Eures Fürsten und wir pfeifen auf den verkommenen Säufer. Seit dem Morgen steht Ihr unter dem Schutz der Grafschaft Durlach. Ihr seid ein alter Mann. Im Grunde ist es uns egal, wenn Ihr Euch diese Reise nicht aus dem Kopf schlagen lasst. Jedenfalls werdet Ihr in diesen Tagen kaum jemanden finden, der mit Euch ins Geschäft kommen will."

Als der Durlacher Reiter merkte, dass Jakob sich nicht umstimmen ließ, fügte er hinzu: „Einer von uns wird Euch begleiten, um sicherzugehen, dass die Dinge so stehen, wie Ihr es hier vorgebt. Fahrt also zu und versucht Euer Glück. Jedenfalls scheint es nicht gut um Euer Geld zu stehen, denn es wird keinen geben, dem Ihr Euer Herz ausschütten könnt."

Nun war es also genau so gekommen, wie Christoph es berichtet hatte. Da hatte der Junge einmal gute Arbeit geleistet – auch wenn die Botschaft nicht erfreulich war.

„Was versprecht Ihr Euch, mit mir in Baden einzureiten?", fragte Christoph die neue Reisebegleitung. Der Geleitschutz missfiel ihm zwar, aber er konnte die Gelegenheit nutzen, mehr über die Vorgänge in der Residenz in Erfahrung zu bringen.

„Es geht hoch her rund ums Schloss. Man hat uns aufgetragen, die Augen offen zu halten und zu schauen, ob sich etwas Verdächtiges tut." Stolz über seine Mission und zugleich ohne jeden Argwohn plauderte der Junge munter drauflos.

„Wann habt Ihr denn Euren Überfall angezettelt?"

Der Durlacher schien Gefallen an Christoph zu haben und plauderte frei und ohne Hemmungen. „Wir haben niemanden überfallen, Herr. Vorgestern waren wir am Abend nach Kuppenheim aufgebrochen. Die Leute haben nicht schlecht gestaunt, als wir ihnen den Pulverturm verrammelt haben. Dann waren wir mit mehr als drei Fähnlein weitermarschiert nach Baden."

„Willst du sagen, dass Ihr nicht mehr Männer gewesen seid, um die Residenz einzunehmen?" Christoph mochte nicht glauben, dass Eduard Fortunatus' Grafschaft mit einer Handvoll Landsknechten zu nehmen war.

„Wo denkt Ihr hin, es gab noch andere, die sich von Rastatt her auf den Weg gemacht haben. Wie viele von dort einmarschiert sind, weiß ich nicht", ergänzte der Durlacher und trabte an. Jetzt hatte er offenbar doch Sorge, dass er zu viel verraten könnte.

Jakob hatte damit gerechnet, dass Waffen klirrten und Schlachtenlärm zu hören wäre, aber alles war ruhig. Es gab keine Geschäftigkeit. An den Häuserecken standen Männer herum – Durlacher, wie er vermutete – die Musketen an die Häuserwände gelehnt hatten. Man ließ den Reiter und die Kutsche passieren. Der Kiesplatz vor dem Rentamt war dann aber doch belebt. Badener Bürger diskutierten heftig. Man war in Sorge und fragte herum, wie es nun weitergehen sollte. Mehrere Dutzend Durlacher standen in strammer Haltung um den Platz herum, so als müssten sie eine Herde Schafe beaufsichtigen.

Das große schmiedeeiserne Tor des Rentamts war verschlossen. Christoph hörte sich um und kam mit der Nachricht zurück, dass mehrere Gläubiger um ihr Geld fürchteten und um eine Audienz nachsuchten. Wen sie allerdings sprechen sollten, wussten sie alle nicht.

Die Stunden zogen dahin. Mit eingezogenen Knien lag Jakob auf der Kutschenbank. Die unbequeme Fahrt und die Aufregungen hatten ihm die letzte Kraft geraubt. Als Christoph ihn fragte, was er jetzt für einen Plan habe, erhielt der Sohn keine Antwort. Einen Platz zum Ausruhen wollte der alte Hassler haben, nichts als schlafen und – an nichts denken.

Drei Tage dämmerte der Hauptschiffer im Gasthaus zum Salmen vor sich hin. Unfähig, das Bett zu verlassen, fürchtete er schon jetzt den Rückweg nach Hause. Er hatte keinen Appetit, aß nur wenig und nach langem Zureden. Seine Gedanken wanderten nicht über den düsteren Raum hinaus. Währenddessen lungerte der Sohn tagsüber immer wieder um das Rentamt herum. Jetzt endlich wurde das große Tor geöffnet und ein Mann um die Vierzig, ein gewisser Pankratz Bär von Falkenhain, wie sich bald herausstellte, erklärte, dass Bittsteller nach dem Mittagsläuten Audienz erhielten.

In aller Eile rannte Christoph zum Gasthof. „Komm steh auf, Vater. Wir können noch heute unser Anliegen vorbringen."

Ganz benommen kroch Jakob aus der Bettstatt, ließ es zu, dass ihm der Sohn das Haar kämmte und den Umhang zurechtzupfte. „Vergiss deinen Hut nicht", mahnte Christoph noch, als sie sich hastig auf den Weg machten.

Die wenigen Schritte zum Rentamt fuhren sie in der Kutsche. Die Schlange derer, die in diesen Tagen Klarheit haben wollten, war lang. Schon glaubte Christoph, dass es heute wieder nicht gelingen würde ihr Anliegen vorzubringen, da kam einer der Badener Räte den ungeheizten Gang entlang. Er stutzte, hielt an: „Da brat mir doch einer einen Storch. Ist das nicht Hauptschiffer Hassler? Ich kann mir schon vorstellen, warum er hier ganz hinten ansteht." Dann eine Pause. Der Rat überlegte etwas, dann rief er den Wartenden zu:

„Kommt Leute, macht einmal Platz. Der Alte hier wird sich den Tod holen in der Kälte. Er hat einen langen Weg hinter sich, Ihr hingegen könnt auch morgen wieder anstehen!"

Man murrte, meinte auch, dass es hier nicht nach dem Alter ginge, aber man rückte auch zur Seite. Gestützt auf seinen Sohn wurde Jakob ohne langes Warten in einen kleinen Seitengang geführt. Schon bald öffnete sich eine Tür. Vater und Sohn betraten just dasselbe Kabinett, aus dem Christoph so rüde hinausgeworfen worden war.

Jakob schwankte. Ihm war schwindelig, alles um ihn herum drehte sich. Seit Tagen hatte er diesem Gespräch entgegengefiebert, jetzt sank er auf einen Schemel, der dicht bei einem Kachelofen stand. Dieses lausige Wetter. Hier war es wenigstens warm. Was zum Teufel sollte er hier? Christoph, ja der Junge musste jetzt ran und retten, was zu retten war.

Pankratz Bär von Falkenhain, der jetzt die Geldgeschäfte für den Durlacher Markgraf regelte, schaute missgelaunt auf. Er wirkte übermüdet nach all den Aufregungen der letzten Tage.

Jakob ließ er unbehelligt sitzen und schaute nur den Sohn an: „Ihr seid also die bekannten Flößer Hassler." Neugierig kam er näher. „Dann ist das dort Euer Vater. Ihm scheint es nicht gut zu gehen. Was muss er auch in seinem Alter und in dieser kalten Jahreszeit in der Gegend herumkutschieren! Seid Ihr nicht Mannsbild genug, um die Angelegenheiten selber zu richten?"

Die Luft hier drinnen war so stickig, dachte Jakob. Sein großer Schlapphut fiel zu Boden. Er wollte selber für sich antworten, aber stattdessen nestelte er am Kragen herum, versuchte ihn zu weiten. Hoffentlich überfiel ihn nicht gerade jetzt einer seiner lästigen Schwindelanfälle. Er war froh, dass der Durlacher sich den Sohn als Gesprächspartner ausgesucht hatte.

„Herr, ich bin nur der Sohn, Hauptschiffer ist mein Vater dort beim Ofen", stellte Christoph richtig.

„Schon gut, schon gut", der Adelige winkte ab. „Er kann sich seine Erklärungen sparen. Wir wissen Bescheid über ihn als Wucherer. Glaube er mir, es gibt andere, die haben eine Antwort nötiger. Weiß er überhaupt, wie viel Euer gottloser Fortunatus uns Durlachern schuldet? Wir wollen nicht lange herumfeilschen. Noch kennen wir nicht alle Schulden, die sich hier seit Jahren türmen. Euch ist doch hoffentlich klar, dass alle Ansprüche hier und jetzt verfallen sind."

„Herr, seit Jahr und Tag geht uns die markgräfliche Familie um Geld an. Wenn unsere Kreditbriefe nichts mehr taugen, wird es Eurer Durlacher Reputation ebenso sehr schaden wie dem Ruf unseres Landesherrn." Ohne sich stark genug zu fühlen, selber das Wort zu ergreifen, hörte Jakob fassungslos zu, wie streitbar der Sohn sich zur Wehr setzte. Er selber hätte an seiner Statt nicht besser auftreten können.

„Wenn die Schifferschaft sich außerstande sieht, fortan ohne diese Ansprüche ihr Geschäft zu betreiben, werden wir andere beordern, die Holzgeschäfte zu richten." Der Adelige drohte, aber hatte er wirklich Übersicht über die wirtschaftlichen Angelegenheiten zwischen dem Herrscherhaus und dem Geschäft mit Schwarzwälder Holz?

„Es steht mir nicht an, Euer Gnaden, Euch gleichermaßen in Furcht und Schrecken zu versetzen, wie Ihr es gerade bei mir versucht. Lasst es mich frei heraus sagen. Schulden, die anhängig bleiben, stinken weit über die Landesgrenzen hinweg. Es mag schon sein, dass Ihr uns fürs Erste aus dem Geschäft jagen könnt, aber haben wir Holz nicht auch in Durlach abgeliefert? Um es kurz zu fassen: Wir haben gute Ware, genügend Sägemühlen, kundige Hände und betreiben das Flößen bis weit in die Niederlande hinein."

„Na und? Ein anderer wird kommen, dem wir die Zügel in die Hände geben. Glaubt Ihr, unersetzlich zu sein?", entgegnete der Adelige mitleidslos.

„Warum solltet Ihr ein so großes Risiko eingehen und ein gutes Geschäft gegen ein unsicheres eintauschen? Es wäre ein Marsch in die Dunkelheit. Ihr wüsstet nicht, wer fortan die Dinge für Euch mit Gewinn richten könnte, schlimmer noch, ob er überhaupt etwas vom Holz, dem Einschlag und dem Verkauf versteht. Warum solltet Ihr ein gutes Pferd gegen ein lahmes ersetzen? Denkt Ihr wirklich daran, allein deshalb von vorn zu beginnen, nur um Recht in Unrecht umzukehren?" Während Christoph dies sagte, lächelte er unablässig. Es hatte den Anschein, als würde er nicht um das Glück seiner Familie, sondern lediglich um einige Klafter Holz feilschen.

Der Adelige antwortete nicht. Langsam und gedankenverloren ging er um den Sekretär herum und blätterte in einem Pergament. Christoph glaubte das Dokument zu kennen. Es mochte die Liste der markgräflichen Schulden sein.

Nach einer Weile kam die Antwort hinter dem Schreibtisch hervor. Unerwartet versöhnlich meinte der neue Rentmeister:

„Nun gut, wir wollen ihn ja nicht vordringlich aus dem Geschäft stoßen. Außerdem brauchen wir auch in Zukunft Holz mehr noch als in der Vergangenheit und vieles davon wäre für das Durlacher Fürstenhaus einzubringen. Wir haben fürs Erste genug zu richten und da mag es in der Tat schädlich sein, einzureißen, was noch trägt. Würde er sich mit einer Hälfte des Geldes zufrieden geben, das er ausgeliehen hat?"

„Das, Herr, wäre kein wünschenswerter Handel. Ich bitte Euch zu bedenken, dass wir Klage führen vor dem Reichskammergericht in Speyer und unser Advokat würde sich nicht scheuen, eine Eingabe auch in dieser Angelegenheit auszuweiten!"

Der Durlacher zuckte zusammen. Dieser Ton war zu scharf. „Drohen, junger Mann, lass' ich mir nicht. Was denkt er eigentlich, wie er mit seinem neuen Landesherrn umspringen kann?" Dann nach einer Weile des Nachdenkens: „Ich sage Euch, wie wir die Sache aus der Welt schaffen können. Das Fürstenhaus Durlach haftet für die Pfandbriefe und Kredite, wie sie von ihm ausgeliehen wurden. Alte Forderungen aus den Zeiten des jungen Markgrafen Philbert aber lassen wir unter den Tisch fallen. Will er mit diesem Vorschlag nicht leben, so mag er sehen, wo er bleibt. Wir jedenfalls wollen kein weiteres Geld zum Fenster hinauswerfen." Dann nach einer Weile. „Er sollte sich jetzt schnell entscheiden und endgültig. Draußen warten andere, denen es ebenso unter den Sohlen brennt wie ihm hier. Außerdem sieht der Alte dort beim Ofen nicht gut aus. Bringt ihn rasch heim, ehe er vom Leben loslässt."

Alles stand auf des Messers Schneide. Christoph wendete sich dem Vater zu, suchte seinen Willen zu ergründen, aber der Alte saß apathisch gegen eine Wand gelehnt. Die Chance, endgültig handelseinig zu werden, würde so schnell nicht wiederkommen.

Er fasste sich ein Herz. Jetzt oder nie musste entschieden werden. „So wie Ihr es vorschlagt, mag ein Pergament unsere Absprache besiegeln. Auf die Schuldbriefe erhalten wir Zins. Auf Geld aber, das wir den Badischen Markgrafen vor dem Jahr 1570 ausgeliehen haben, erheben wir keinen weiteren Anspruch." Doch Christoph blieb auch jetzt noch beharrlich. Was war mit dem Gold und was mit den Edelsteinen, die der Vater hier über die Jahre zurückgelassen hatte? „Nur eines setzt bitte noch hinzu. Wir haben dem ehrwürdigen Markgrafen Eduardo Fortunatus Gold im Wert von 18 000 Gulden überstellt. Diese Schuld sollte ebenfalls verzinst und mit Frist zurückgezahlt werden."

„Euch fehlt es nicht an Courage, Christoph Hassler", und es lag Anerkennung in der Stimme des Rentmeisters, „bedenkt, dass Ihr Gefahr lauft, meine Geduld zu überfordern. Nun gut, also, ich will auch hier einen Schritt nachgeben. Gold, das Ihr hier abgeliefert habt, verbrieft sich ganz sicher mit einem anderen Recht als Holz. Ihr bekommt auf diesen Teil die Hälf te zugesprochen. Den anderen Teil seht als verloren an. Es ist eh fraglich, ob von Eurem schönen Gold noch irgendetwas in Baden herumliegt. Hiermit aber hat das Feilschen auch sein Ende." Christoph wusste, dass jetzt kein unbedachtes Wort das Erreichte gefährden durfte. So nickte er nur und schwieg.

„Schon morgen sollt Ihr einen Brief mit heim nehmen, der Euch Zins und Rückzahlung auf zehn Jahre garantiert." Der Adelige schaute jetzt besorgt zum Vater hinüber. „Und Ihr legt Euch ins Bett, Alter. Es ist kalt hier in diesen Tagen. Zieht Euch warm an und reist rasch ab. Lasst getrost Euren Sohn die Dinge richten. Der Kerl weiß, wie er seinen Schnitt macht, meint Ihr nicht?"

Christoph packte den teilnahmslosen Vater am Arm und zog ihn hinter sich her. Mühsam kam Jakob in die Höhe und wankte zur Tür hinaus. Nicht mit einem Wort hatte er etwas zu diesem Handel beitragen können. Wie eine Strohpuppe hatte er am Ofen gesessen und zugehört, wie sein Sohn die Schifferschaft beherzt in eine neue Zukunft hinein rettete.

Gerade hatte das Jahr 1597 begonnen und der Handstreich, mit dem sich Ernst Friedrich von Durlach die Markgrafschaft Baden einverleibt hatte, lag nun schon zwei Jahre zurück. Seitdem ging es mit Jakob stetig abwärts. Den gesundheitlichen Zusammenbruch während seiner Reise in die Residenz hatte er nie überwunden.

Damals war er auf den Boden der Kutsche gebettet worden. Die Rückfahrt auf der holperigen Strecke hatte ihn hin und her geworfen. Der Sohn zu Pferde und der Knecht vorn auf dem Kutschbock hatten immer wieder sorgenvoll rückwärts geblickt. Ohne Unterbrechung waren sie nach Hause gehastet.

Inzwischen hatte Christoph die Schifferschaft nicht nur beherzt neu aufgerichtet, er hatte den Vater entthront, ihn abserviert, ja gedemütigt. Ungerührt hatte der Durlacher Rentmeister ausgesprochen, was der Vater anfangs nicht glauben mochte; der Sohn hatte jetzt das Sagen und tatsächlich war das Flößergeschäft mit ihm in ruhiges Gewässer getrieben. Er hatte Zusagen verbrieft bekommen, die von der neuen badischen Herrschaft besiegelt worden waren. Zwar blieb ein Teil der Forderungen für immer verloren, die Grundfesten des Unternehmens standen dennoch. Mit der neuen Vereinbarung war auch dem Bischof in Speyer ein Zeichen gegeben worden. Man hatte sich allseits arrangiert.

Nicht auf einen Schlag, sondern Schritt für Schritt hatte der Junge dem Vater das Ruder aus der Hand genommen. Einmal sollte Jakob seine Bücher herausrücken, dann wieder war ein Handel abgeschlossen, für den es im Nachhinein keine Einrede mehr gab. Gelegentlich berichtete Christoph ihm vom Holzeinschlag oder dem Betrieb der Sägemühlen, aber er konnte mit den Nachrichten nichts anfangen. In den letzten Jahren hatte er von immer mehr loslassen müssen – an immer weniger konnte er sich klammern.

Draußen hatte jetzt mit aller Machte der Winter eingesetzt. Es schneite unablässig und der Ridinger Hof war von der Welt abgeschnitten. Man musste mit dem zurechtkommen, was die Scheuer hergab.

Jeden Morgen stützte Luise den Hauptschiffer, bis er ächzend auf seinen breiten Lehnstuhl sank. Seit Ruths Tod hatte er beständig zugenommen. Ab und an brachte ihm die Magd eine Suppe oder einen Brei. Beides bekam er besser herunter als feste Nahrung.

Danach saß er still in sich gekehrt und gab sich seinen Erinnerungen hin. Wie mochte Johannes in der Fremde zurechtkommen? Der Junge hatte nie die stabile Gesundheit seines Zwillingsbruders besessen. Wo mochte sein Jüngster jetzt sein? Von den Neffen Christiaan und Pieter hatte man schon seit geraumer Zeit keine Nachricht gehört.

Bruder Frans war verstorben, ebenso Franziska. Von drei Geschwistern war nur er noch am Leben. Die Neffen van Nienpoort konnten sich recht und schlecht über Wasser halten, hieß es. Das Frachtgeschäft war auf England und Skandinavien beschränkt. Nach Süden hin beherrschte die spanische Armada die See. Was den Ankauf von Edelmetallen aus der neuen Welt betraf, hatten die Spanier den Nordprovinzen den Hahn zugedreht. Um an Gold und Diamanten heran zu kommen, mussten die Geusen versuchen, sich über England und die Hansestädte zu versorgen.

Mit dem Tod seiner Frau war auch Jakobs Lebensmut endgültig entschwunden. In diesem Haus galt sein Wort nichts mehr. Wenn er etwas forderte, lächelte man nachsichtig. Er war nur noch Zuschauer, ein Greis, der auf sein Essen wartete und hoffte, dass die langen schlaflosen Nächte zu Ende gingen.

Ohne jede Nachsicht hatte ihn der eigene Sohn unerbittlich auf diesem gottverdammten Sitzmöbel festgenagelt. Aber auch seine Schuldner, die Floßmeister, Knechte auf den Sägemühlen, der Waldvogt, sie alle suchten sich woanders Rat.

Früher war er von einer nicht endenden Kraft getragen, schwamm ganz oben und war berauscht von der rasenden Fahrt, mit der ihm das pralle Leben ins Gesicht blies. Abenteuerlust umspülte einst seinen jugendlichen Körper. Jetzt aber war es ein endloser Schleifweg, auf dem er gezogen wurde.

Die aufregende Fremde, das schnelle, rastlose Leben – all dies war zu einem vollständigen Stillstand gekommen. Eine lähmende Trägheit hatte sich seiner bemächtigt.

Wann war er das letzte Mal auf der Dehmel'schen Mühle gewesen? Wenn er sich einmal aufraffte und den alten Freund und Weggefährten Thomas Kemper aufsuchte, erkannte der ihn nicht mehr. Sein Geist war längst ins Dunkel hinabgesunken. Bewegungslos starrte er die niedrige Decke an, liebevoll betreut von Maria.

Diejenigen um ihn herum, die jetzt so emsig in den Tag hinein schafften, waren ihm fern. Ja, Jakob war neidisch auf die Jugend, ihren Lebenswillen, aber auch auf deren Gleichgültigkeit seinem schleichenden Siechtum gegenüber. Ahnungslos und unbefangen stürmte die Jugend vorwärts. Der Gedanke an ein Ende war ihr fern und egal. Eines Tages würde auch sein Sohn Christoph sich mit der Endlichkeit des Lebens abfinden müssen. Es war Jakob unerträglich, dass er im wahren Sinne des schrecklichen Wortes „abgespeist" wurde. Es war beschämend, dass er sich mit Luise über Haferschleim und Gerstenbrei unterhalten musste statt mit stämmigen Männern über die Waldarbeit. Ein nutzloses Möbel war er, wie der abgewetzte Lehnstuhl, auf dem er saß.

War er es nicht gewesen, der aus einem Schutthaufen all die Menschen wieder in Lohn und Brot gebracht und ein mächtiges Handelsunternehmen aufgebaut hatte? Jahr für Jahr hatte er gefährliche Reisen unternommen. Er hatte etwas in die Hand genommen, hatte es geschultert und vermehrt, um all das seinem Sohn Christoph, einem unerfahrenen Grünschnabel, in die Hand zu drücken.

Nach vorn gab es nichts mehr zu richten. Jakobs neue Begleiter waren die eigenen Erinnerungen. Einsame, endlose, trübe Gedanken, die sich im Hirn breitmachten. Es waren listige Kobolde, die ihn einnebelten. Bilder stiegen in ihm auf, die weit zurückreichten, wie der Augenblick, als sich die losgerissene Sau auf der ersten Floßreise in die Fluten des Rheins hinein gerettet hatte. Vergnüglich gluckste Jakob in sich hinein. Ja, es hatte in der Tat komisch ausgesehen, wie alles Mühen nichts half und das Schwein sich auf und davon gemacht hatte. Was hatten sie alle damals gefeixt. Und dann sein erster Ritt aus dem Niederländischen zurück in dieses Tal. Wie stolz war er gewesen und voller Tatendrang. Man hatte zu ihm aufgeschaut. All die Floßfahrten, die einträglichen Geschäfte entlang des Rheins. Oftmals hatte er sein Leben aufs Spiel gesetzt, aber alles in allem hatten ihm die Reisen zu immer mehr Reichtum und Ansehen verholfen.

Und dann wieder stellten sich Bilder der Misserfolge und Enttäuschungen ein. Ihn schauderte es, wenn er an die Qualen seines Kerkers in Speyer dachte, an den verbogenen Jakobus mit seinem verfluchten, teuflischen Wesen. Ein Unhold ohne Herz und Wärme. Auch jetzt noch war der Junge raumgreifend und breitete sich unheilvoll in seinen Gedanken aus.

Wäre er nicht gewesen, würde Ruth heute noch an seiner Seite stehen und ihn stützen. Mit ihrem Tod war das Gefühl eines nicht endenden Siegesmarsches vergangen. Das Alter hatte ihm keinen sanften Einstieg beschert, ihn vielmehr harsch und mitleidlos in seinen Lebensabend hinein gezwängt.

Er hatte immer geglaubt, stark und unabhängig zu sein. Seine Frau, seine Söhne, sein Gesinde, so meinte er, hingen von ihm und seinem Willen ab.

Doch nun war alles umgekehrt. Zusammengefallen und ohne Antrieb, wie er jetzt war, schob man ihn hin und her, setzte ihm Nahrung nicht wegen ihrer Schmackhaftigkeit, sondern der Verdaulichkeit halber vor. Der fette Leib ließ ihn ungelenk umhertorkeln. Bücken konnte er sich nicht mehr. Immer weniger gab man auf ihn acht und es kam häufig vor, dass er angekleidet im Bettkasten lag. Dann rümpfte Luise die Nase, wenn sie ihn morgens respektlos aus den Federn scheuchte. Er drohte ihr wohl dann und wann, schnaubte, dass er sie aus dem Haus werfen würde, aber sie machte sich nichts draus, wusste nur zu gut, dass sie und nicht er jetzt im Haus das Sagen hatte.

Oh ja, sein Geist war gelegentlich noch recht regsam und ließ ihn nicht in Ruhe. Rücksichtslos tobte er sich am Alten aus. Eine nicht enden wollende Unruhe trieb ihn um.

Der Wechsel der Jahreszeiten war für ihn nichts anderes als ein unerbittlich fortschreitendes Taktmaß seines Lebens. Besonders bedrückte ihn die beklemmende Ahnung, dass dieses Leben jetzt immer rascher verglühte. Der kurze Rest des Weges bis ins Jenseits wurde überschaubar. Man mochte es ihm wohl nicht so deutlich sagen, aber er selber spürte die Taubheit des Alters in sich hochranken, wie beharrlich wuchernder Efeu einen Baumstamm abschnürt. Langsam und unaufhaltsam wickelte ihn der Schmarotzer ein, schnürte ihn ab und lähmte jede Bewegung. Irgendwann würde es ihn niederringen, ihn erdrosseln, dieses teuflische Schlinggewächs.

Immer wieder nickte er ein. Nur für kurze Zeit, dann wachte er auf, weil das schmerzhaft drückende Blut sich seinen Weg durch die engen Adern suchte. Er fühlte es pochen.

Er wollte jetzt einfach so da sitzen und vor sich hin dösen. Über kurz oder lang aber führte das Nachdenken und Erinnern zum Brüten. Wie kleine lästige Plagegeister nagten die Bilder an ihm. Er wollte sie abschütteln, nicht zulassen, dass sie ihn drangsalierten und ihm Fragen stellten: War sein Leben redlich verlaufen? Hatte er seine bedeutende Aufgabe als Hauptschiffer rechts und links seines Weges in gottgefälliger Weise wahrgenommen oder hatte er die Menschen rücksichtslos an den Klippen des Lebens zerschellen lassen? Hatte Ruth an ihm einen Mann gehabt, der ihr Halt gab?

Im Leben? In ihrem Todeskampf? Zum Teufel mit diesen Schuldgefühlen.

Er mochte jetzt innehalten, nachdenken, aber zugleich spürte er, dass der kleine Rest Leben in ihm hier irgendwo enden musste. Seine ständigen Schmerzen ließen keinen Raum für sinnvolle Planungen.

An Stolpersteinen hatte es ihm wahrlich nicht gefehlt. Er kam ins Straucheln, aber hingefallen war er nie. In den Jahren, als seine Jugendlichkeit ihn schier trunken gemacht hatte vor Tatendrang, hatte er die Hindernisse bedenkenlos genommen, war federnd nach jedem Sprung wieder aufgekommen. So viele Jahre hatte ihn das Gefühl getragen, dass es vorwärts ging, dass er schneller war als die anderen um ihn herum.

Dann aber ging es nicht mehr im Laufschritt. Wann hatte er das letzte Mal auf den Stämmen eines seiner Flöße gestanden, war berauscht von dem Wispern und Glucksen des Wassers und getragen von dem Zusammenhalt einer Männergemeinschaft, die ihr Leben gegenseitig versicherte?

Wieder erfasste Jakob eine quälende Unruhe. Seine Beine zuckten. Er konnte nicht still sitzen. Schließlich erhob er sich von seinem Lehnstuhl und öffnete mühsam die Tür nach draußen. Für einen Augenblick hielt er sich am Holzrahmen fest, um nicht das Gleichgewicht zu verlieren. Dann torkelte er hinaus in den rückwärtigen Park und in die sanfte Stille der Winterlandschaft.

Ganz plötzlich empfand er eine unsagbare Zufriedenheit in sich aufsteigen. Die Enge und Dunkelheit des Hauses hatte er hinter sich gelassen. Die Luft hier draußen war so klar. Einzelne Schneeflocken tanzten vor ihm her. Er war überhaupt nicht müde. Ein so wunderbares Gefühl hatte Jakob schon lange nicht mehr verspürt. Ohne jede Hilfe durchquerte er den verschneiten Garten. Keuchend stolperte er über das knackende Astwerk einer alten Haue, drohte zu stürzen und fing sich wieder. Bald war er im lichten Baumbestand verschwunden und setzte auch jetzt noch unbeirrt seinen Weg fort. Langsam und Schritt für Schritt entfernte er sich vom Hof. Nicht ein einziges Mal war er stehen geblieben, um sich umzuschauen.

Irgendwann hatte er den verwegenen Gedanken, die Sauwasen zu erklimmen, den Ort, an dem der alte Stiefvater Hassler vor langer, langer Zeit von einem Baum erschlagen worden war. Dann aber vergaß er diesen Plan, stapfte ziellos weiter. Inzwischen hatte ein leichtes Schneetreiben eingesetzt.

Die Flocken blieben im Bart, auf den Augenbrauen, dem abgewetzten Umhang hängen. Dann tanzten sie immer heftiger um ihn herum. Glitzernde Eiskristalle verwischten die Fußabdrücke des herumirrenden Alten. Rasch verdeckten sie die Spuren eines schwankenden Greises, der verbissen vorwärts strebte und sich auf dem weichen Teppich einen Weg bahnte.

Das Lustgefühl, in diese wunderbare weiße Welt einzutauchen, dieser rauschhafte Taumel, mit dem er sich vorwärts bewegte, setzten Kräfte in ihm frei, die er nicht für möglich gehalten hatte. Jetzt ging es einen flachen Hang hinauf. Dort standen hohe Bäume ohne Unterholz. Er wollte sehen, ob man sie im Frühjahr fällen konnte. Doch dann war der alte Mann erschöpft – welch einen Sinn hatte es, unablässig auszuschreiten? Ob er weiterging oder hier ausruhte – welchen Unterschied machte es? Welche Absicht hatte er verfolgt, als er sich auf den Weg gemacht hatte? Er war nun doch zu müde, um seinen Marsch fortzusetzen.

Plötzlich stand ihm klar und deutlich vor Augen, dass heute Dreikönigstag war. Ihn schreckte der Gedanke nicht, dass die Leute Angst vor Epiphanias, dem zwölften Tag nach Weihnachten, hatten. Sollten doch die Geister an diesem dunkelsten Tag des Jahres ihr Unwesen treiben.

Es war so wunderbar, die Ruhe hier im Wald zu spüren. Mit beiden Händen suchte Jakob Halt und wollte sich schwerfällig auf dem gefallenen Stamm einer Fichte niederlassen, nur ein wenig ausruhen. Er ächzte und stieß hörbar den Atem aus. Das Holz war feucht und duftete angenehm modrig. Ganz langsam glitt er auf den Waldboden, lehnte sich gegen die morsche Stütze. Dort blieb er schließlich ermattet sitzen. Es war ein besonders harter Winter – schlecht für die Gliederschmerzen, aber gut für das Holz, ging es ihm durch den Kopf. Es wuchs dann zwar langsamer, machte es bei der grimmigen Kälte aber robust und haltbar.

Der Ort, an dem er hingesunken war, sagte ihm nichts. Er war nicht einsam – nicht jetzt und hier. Diese Stelle hatte keine Bedeutung, aber die klare Luft und das angenehm fahle Licht ließen Raum für den Sturm an Erinnerungen.

Das schwache Augenlicht erkannte nur schemenhaft die Konturen von Bäumen und Sträuchern, zugleich versetzte ihn diese weite verschneite Landschaft in einen berauschenden Taumel. Er war wieder jung und stark, so als könnte er aufspringen und voranstürmen. Für eine kurze Zeit war er gänzlich schmerzfrei.

Auf einmal fiel ihm seine erste Goldmünze ein, die man ihm als kleinem Jungen auf dem gräflichen Schloss in Baden in die Hand gedrückt hatte. Wie aber war er zu diesem Schatz gekommen? Ein Mädchen, jung wie er, hatte sie ihm geschenkt. Warum nur? Und warum hatte er später niemals nach diesem lustigen Ding geforscht?

Dann ging ihm seine Familie durch den Kopf. Warum trat keiner näher an ihn heran? Warum hielten sie alle starrsinnig Abstand zu ihm? Jetzt, wo es darauf ankam, wollten sie nicht auf sein freundliches Grüßen antworten, wandten sich ab und gingen wortlos vorbei. Erkannte ihn denn niemand mehr? Ach, all die Gesichter waren ernst und ausdruckslos.

Morgana in all ihrer Sinnlichkeit. Hatte es sie wirklich gegeben oder hatte sie nur in seinen Träumen existiert? Hatte er einst tatsächlich am Ufer eines klaren Weihers in den Armen dieses überirdischen Wesens gelegen? Ob diese erste Geliebte je an Gott geglaubt hatte? Oder war sie nur eine zügellose Nymphe gewesen, vielleicht tatsächlich eine Hexe?

So lange war das alles her, vielleicht auch gar nicht wahr und Ruth, ach ja, seine geliebte Frau, seine Lebensgefährtin, ... sie war ... aus anderem Holz. Solide, stark und unerschütterlich im Glauben ... und als er an die Kinder dachte, an ... wie hießen die Zwillinge nur? Christoph der eine ... ja, ... und ... der andere? Der Name wollte ihm nicht einfallen. Das bunte Karussell der Gedanken drehte und drehte sich in seinem Kopf herum.

Die Kälte stieg nun rasch den Körper hinauf, aber für den zusammengesackten Greis war das ohne Belang. Jetzt war es ganz dunkel geworden und dabei waren doch die Augen weit offen. Die Ruhe und dieser wunderbare Frieden steigerten sich zu einem rauschhaften Taumel.

Der alte Mann meinte sich von einem Boden zu lösen, an den er Zeit seines Lebens so fest gekettet war. Weit vor sich sah er Licht, das einen Weg zu ihm suchte. Dieser helle Glanz drehte sich im Kreis, anfangs kaum wahrnehmbar, dann immer schneller und es wurde ein Strudel daraus. Ja, ein rasch kreisendes, gleißendes Strahlen, das ihn in seinen unerbittlichen Sog mit hineinzog – angenehm, mild und noch fern. Diese Helligkeit hob ihn mit all ihrer Energie hinauf. Um alles in der Welt wollte er sich diesem Wirbel nicht entziehen. Jetzt umschloss ihn das Bündel von Licht und Wärme. Eine Kraft, die so wohl tat, hüllte ihn ein und riss ihn mit sich fort – fort in eine wundersame Endlosigkeit.

Dort, ganz hinten und am Ende des hellen Leuchtens, das ihn trug, vermeinte er paradiesischen Frieden zu spüren. Undeutlich war der Blick voraus, keine festen Formen ließen sich ausmachen. Er fühlte sich auf traumhafte Weise getragen – höher und höher hinaufgezogen. Er wollte in dem Wirbel aufgehen, mit der heranströmenden Glut verschmelzen – eins mit ihr werden. Den gefrorenen Boden unter sich hatte er weit zurückgelassen und schwebte – ja er flog – immer weiter – immer schneller – hinein in dieses unbeschreibliche Meer von Licht und Geborgenheit. Dort wollte er eintauchen und für immer bleiben. Nur nicht zurückschauen, nach unten.

Dann verloren die Empfindungen ihre Leuchtkraft und ebbten ab. Es war unsagbar wohltuend, wenn Geist und Körper Ruhe gaben. Eine behagliche Leere umfing den alten Mann. Er wusste nichts von dem befreienden Lächeln, mit dem er in einen tiefen – ewigen – Schlaf hineinglitt.

Drei Tage lang hatte man von früh bis spät nach Jakob Hassler gesucht. Starker Schneefall hatte eingesetzt und den Waldboden gleichmäßig und sauber zugedeckt. Lange war man die Umgebung abgelaufen, anfangs kopflos, dann planvoll und mit dem Vorsatz, alle Richtungen abzuschreiten.

Luise hatte die Vorwürfe, die man ihr gemacht hatte, energisch zurückgewiesen. Sie konnte nicht andauernd ein Auge auf den alten Hauptschiffer haben. Es war schließlich nicht das erste Mal, dass es ihn in seiner Unruhe aus dem Haus getrieben hatte. Nun ja, dieses Mal aber war sie mit den geräucherten Vorräten auf dem Dachboden beschäftigt gewesen und hatte beim besten Willen nichts bemerken können.

Irgendwann hatte man auf dem Ridinger Hof die Sinnlosigkeit des anstrengenden Herumstapfens im meterhohen Schnee erkannt und schließlich das Rufen und Suchen aufgegeben.

Erst Monate später, als man wieder nach jungen stämmigen Wieden für die neuen Flöße des Frühjahrs suchte, war ein junger Ferge auf die zusammengesunkene Gestalt eines Erfrorenen gestoßen. Der Körper war schwarz, schaute aus zerfetztem und nassem Stoff hervor. Es war unverwechselbar der Umhang des alten Hassler. Die Gestalt war nur halb umgefallen, gestützt auf einen Ellbogen. Die linke Hand des zerfallenden Leichnams umklammerte einen Blutstein mit dem Relief einer Jungfrau. Das niederländische Familienwappen mag dem Hauptschiffer vom Hals gerissen sein, als er im Fallen mit der Hand danach gegriffen hatte.

Glossar

Agraffe, Spange, Gewand- und Mantelschließe.

Ankerboote, Begleitboote, die durch Setzen von Ankern die Steuerung eines Floßes zu beeinflussen suchten.

Arkebusen, Auch Hakenbüchsen genannt. Vorderlader des 15. und 16. Jahrhunderts.

Artikelbrief, Da es noch kein stehendes Heer gab, wurden Söldnertrupps angeworben, deren Anspruch aus den Kriegsdiensten durch einen ‚Artikelbrief' abgesichert war – leider aber durch missliche Umstände (etwa eine verlorene Schlacht) nicht immer eingelöst wurde.

Badische Dicken, Münzgeld von 1518.

Bähöfen, Halboffene Feuerstellen, um die Wieden (siehe dort) zu erhitzen und sie biegsam zu machen.

Bank, Engste Stelle bei St. Goar.

Bietungsmast, Der mächtigste Stamm auf dem Steifstück des Floßes, der bei allen Steuer- und Ländungsmanövern die Zugkräfte der Ankerseile aufnehmen musste und besonders fest mit dem Floß verbunden war.

Blutstein, Rot schimmernder, metallhaltiger Stein, oft als Heilmittel gegen Blutstillung gepriesen.

Borte, Gesägte Vierkanthölzer oder Bretter.

Bundhaube, Häufig getragene Kopfbedeckung für Männer, die unter dem Kinn geschnürt wurde.

Commedia dell'Arte, Italienisches Stehgreiftheater, das sich im 16. Jh. entwickelt hatte und in den folgenden 200 Jahren Marktplätze, Theater, selbst königliche Höfe eroberte.

Convivum, Gemeinsames Mahl einer Zunft in geselliger Runde als Sinnbild christlicher Brüderlichkeit.

Dissacken, Kurzes, scharfes Schwert, das im Gürtel Platz hatte und sowohl als Kampfwaffe wie auch zum Zerkleinern von Fleischteilen diente.

Fähnlein, Eine Abteilung Landsknechte (auch Gewalthaufen genannt) mit einer Stärke von ca. 400 Mann.

Fergen, Flößer.

Fideikommiss, Erbfolgebestimmung, wie sie üblicherweise in adeligen Familien durch das unveräußerliche und unteilbare Vermögen auf den erstgeborenen Sohn, die so genannte „Manneslinie", festschrieb.
Siehe auch Adelsrecht.de.

Floßhaken, Universalwerkzeug der Flößer, mit Eisenspitze und Widerhaken.

Floßtafel, Das Mittelstück eines Floßes.

Fuchs, Ein verkeilter Stamm, der angeschwemmtes Holz im Fließwasser festhielt.

Fuß, Drei (badische) Fuß sind ca. 1 Meter.

Gaden, Kramläden, Buden, wurden von der Markgrafschaft gegen einen mäßigen Preis an die Bürger verliehen.

Gefähr, Eine Klippenbank vor Kaub.

Geißblatt, Doldengewächs, als Unkraut und an Hecken vorkommend.

Gestöre, Kleine Floßaufbauten aus Rundholz oder Brettern, die – aneinander gebunden – oftmals mehrere hundert Meter Länge erreichten.

Giersch, Ledernes Holzgewächs.

Gulden, Ein Gulden: nach heutigem Wert etwa 10 Euro.

Halfleute, Vorspänner, Männer, die mit Pferden die Schiffe stromaufwärts zogen.

Hauen, Abgesteckte Waldflächen, die zum Fällen von Bäumen definiert und freigegeben waren.

Hauptkann, Angestellter Stubenknecht einer Trinkstube.

Herbularius/Hortulus, Mittelalterlicher Kräutergarten – zumeist mit Palisaden oder aus lebenden Hecken umfriedet.

Hexenhammer, Der 1489 in Köln gedruckte Kodex für Hexenprozesse.

Infirmarium, Saal in Klöstern zur Aufnahme erkrankter und pflegebedürftiger Menschen.

Jungfrauen, Untiefe mit seitlichen Strömungen nahe der Loreley.

Kaldaunen, Eingeweide.

Kipper und Wipper, Eine Bezeichnung jener Tage für betrügerische Münzpräger, die den tatsächlichen Wert von Metallen durch billigere Legierungen herabsetzten.

Klausen, Künstliches Aufstauen von Wasser zur Anhebung des Pegels beim Flößen.

Kölsche Mark, Nach der Reichsmünzordnung von 1524 mit einheitlichem Gewichts-Standard.

Kuhmaulschuhe, Flache und sehr breite Schuhe – auch Bärentatzen genannt – wie sie im 16. Jahrhundert häufig getragen wurden.

Landstände, Vertretungsorgan der Landbevölkerung und Inhaber lokaler Gewalt.

Lappenbrücke, Vorderer schwenkbarer Teil eines Großfloßes mit ca. 15 Meter langen „Lappenrudern", die von je 7 Ruderknechten gehandhabt wurden.

Leistenfelsen, Scharfe Krümmung bei Bacharach.

Lichtmess, 2. Februar eines jeden Kirchenjahrs.

Mäander, Kurvenreicher, verschlungener Lauf eines Flusses.

Margaretha, 13. Juli.

Mediren, (Halbieren), dublieren (Verdoppeln) nach Adam Riese (1492-1559) dessen zweites Büchlein von 1522 reißenden Absatz fand.

Muos, Ein Getreidebrei, typische Grundnahrung jener Zeit.

Morganen, Wassergeister (Bretagne), halb Hexen, halb Feen, ähnlich den Sirenen der Loreley.

Neu-Indien, Ursprüngliche Bezeichnung für das neu entdeckte Amerika.

Niftel, Altdeutsch für Neffe, Nichte, Onkel, Tante.

Nornen, Schicksalbestimmende Frauen aus der nordischen Mythologie

Pikenierhandschuh, Panzerhandschuh.

Pluviale, Umhang eines hohen kirchlichen Würdenträgers.

Profos, Erfahrener Offizier im Rang eines Hauptmanns.

Riesen, Große hölzerne Gleitbahnen, auf denen Stämme zu Tal befördert wurden.

Rosenkranzbruderschaft, Eine von Dominikanern im 15. Jahrhundert gestiftete Gemeinschaft (Laienbruderschaft).

Rügung, Jährliche Zusammenkunft der Schifferschaft, um anstehende geschäftliche Belange zu regeln.

Sapine, Werkzeug, das zum Ziehen und Richten der Baumstämme diente.

Schwarzwälder, Pferderasse, die dank ihrer Kraft und Ausdauer für schwere Arbeiten im Wald besonders geeignet war.

Skapulier, Ordenstracht, ein über Brust und Schulter fallender Überwurf.

Störhandwerker, Schwarzarbeiter jener Zeit, die keiner Zunft angehörten – und in der Regel Pfusch ablieferten.

Trinitatis, Erster Sonntag nach Pfingsten.

Truchsess, Vergleichbar einem Haushofmeister.

Unkelsteine, Basaltriff im Mittelrhein

Verklaustes Holz, Ineinander geschobenes Schwemmholz.

Wasserstuben, Aufgestaute Bachläufe, in denen die Stämme für den Weitertransport zusammengebunden wurden.

Wieden, Kleine Tannenstämme, die in Bähöfen (vergl. dort) zusammengedreht (gedrillt) wurden, um die Stämme im Floß zusammenzuhalten.

Zeughaus, Waffenkammer der Stadt zur Selbstverteidigung durch die Bevölkerung (meist Mitglieder der Zünfte).

Zopfmaß, Ehemals der dünne (oberste) Durchmesser eines Baumstamms.

Zweiling, Spätmittelalterliche Münze, die auch am Oberrhein vorkam. Etwa 1 Pfennig.

DER UNTERGANG DER KURPFALZ

von Wolfgang Vater
320 Seiten, Euro 13,90

1799 – Die Kurpfalz steuert auf dramatische Ereignisse zu. Die linksrheinische Pfalz ist besetzt. Die französischen Revolutionsheere stehen vor den Toren Mannheims und Heidelbergs. Der Kampf tobt. Niemand weiß, wie sich das Blatt wenden wird und wem man in diesen Zei-ten noch vertrauen kann.

August Hosé und der taube Künstler Peter de Walpergen versuchen mit der Macht der Aufklärung den über sie hereinbrechenden Kriegswirren zu begegnen. Aber auch sie scheint der unerbittliche Strudel der Zeit mitzureißen, zumal sie von ihrer nicht unbelasteten Vergangenheit eingeholt werden.

In bester Tradition gelingt es Wolfgang Vater (bekannt durch seinen Roman „Die Flucht nach Heidelberg") die Zeitumstände und die entscheidenden Ereignisse, die zum Ende der Kurpfalz führten, anhand der Schicksale von Menschen und ihrem Handeln erlebbar zu machen.

www.wellhoefer-verlag.de

Die Flucht nach Heidelberg

von Wolfgang Vater
320 Seiten, Euro 13,90

Heidelberg 1683 – Nur der Magd und der kleinen Tochter der Hugenottenfamilie Lamadé ist die Flucht aus dem besetzten Sedan nach Heidelberg gelungen. Auf dem Heidelberger Schloss finden sie Unterschlupf.

Die Intrigen am Hof, den Tod des letzten reformierten Kurfürsten, die Rekatholisierung der neuen Heimat und die Verwüstung der Kurpfalz durch den berüchtigten Mélac erleben sie hautnah. Als ihre Verfolger in Heidelberg auftauchen, überstürzen sich die Ereignisse.

Wolfgang Vater schildert in seinem packenden Roman das Schicksal und die Erlebnisse zweier Frauen, die sich in dramatischen Zeiten mit Mut ihrem vermeintlichen Schicksal entgegenstellen.

www.wellhoefer-verlag.de

ROSE GRANDISSON
GEFANGEN IN HEIDELBERG

von Michail Krausnick
224 Seiten, Euro 16,80

ROSE GRANDISSON – ein historischer Kriminalfall nach den aktenmäßigen Berichten des Heidelberger Stadtdirektors und Untersuchungsrichters Dr. Ludwig Pfister.

Erzählt wird der Aufstieg des Gauner- und Hochstaplerpärchens Carl und Rose Grandisson in die besten Heidelberger Kreise, ihre gnadenlose Demontage und das ungleiche Verhörduell des Stadtdirektors Dr. Ludwig Pfister mit der „engelhaft schönen" Gefangenen, das zugleich auch eine außergewöhnliche Liebe offenbart.

Den Leser erwartet eine literarische Zeitreise in die Heidelberger Romantik und das Jahr 1815, in dem die Stadt am Neckar das Hauptquartier der Fürsten und Kaiser im Entscheidungskampf gegen Napoleon war.

www.wellhoefer-verlag.de

BERUF: RÄUBER

von Michail Krausnick
208 Seiten, Euro 9,80

Michail Krausnick
Historischer Roman

Beruf: Räuber

Von den Untaten der Räuberbanden
des Hölzerlips und Mannefriedrich
im Spessart und Odenwald
und ihrem schrecklichen Ende
in Heidelberg

wellhöfer

Das Buch ist so spannend zu lesen wie ein Krimi. Nur: Es ist kein
Krimi.
Den Mannefriedrich und die
Hölzerlipsbande hat es wirklich
gegeben: Zwischen Spessart und
Odenwald trieben sie ihr Unwesen. Im Mai 1811 haben Sie an
der Bergstraße bei einem Postkut-
schenüberfall einen Kaufmann
getötet, sind später gefasst und in
Heidelberg mit dem Schwert hin-
gerichtet worden.

Michail Krausnick hat nach alten Akten und Gerichtspro-
tokollen eine historische Reportage geschrieben, in deren
Mittelpunkt ein Räuberdichter zur Schillerzeit steht: Philipp
Friedrich Schütz, genannt Mannefriedrich, ein Liederma-
cher, Märchenerzähler und Musikant. Seine in der Heidelberger Haft in die Kerkerwand geschriebenen Lieder erzäh-
lenvom Leben der Vaganten und der Not der Arbeits- und
Obdachlosen.

www.wellhoefer-verlag.de

Besser, wenn du gehst

von Frank Wündsch
800 Seiten, Hardcover, Euro 22,90

Herausgerissen aus ihrem Lebensmittelpunkt in ihrer kurpfälzischen Heimat erleben die beiden Mannheimer Freunde Richard Bittermann und Heinrich Lachner als junge Soldaten hautnah die Schlachten des Ersten Weltkriegs, schlagen sich durch die unruhigen Zeiten der Weimarer Republik und leiden bereits unter den ersten Anzeichen der Unterdrückung von Minderheiten und Andersdenkenden in der herannahenden Nazi-Zeit. Der Jude Richard Bittermann spürt die drohende Gefahr für sich und seine Familie. Frisch verliebt und tief verwurzelt in seiner Heimatstadt, will er Mannheim dennoch nicht verlassen. Bald steht er vor existenziellen Entscheidungen.

www.wellhoefer-verlag.de